Robert Corvus
Ströme der Macht

PIPER

Zu diesem Buch

Graf. Niemals hätte der Maler Quilûn vermutet, eines Tages diesen Titel zu führen. Nun zählt er zu den bedeutendsten Männern auf dem Berg der Macht. Unverhofft ist er zum Oberhaupt des Tiefen Hauses Schneegrund geworden, aber niemand hat ihn auf die Intrigen innerhalb der Adelsfamilien vorbereitet.
Kann er der Grafentochter trauen, die sich durch seine Ernennung übergangen fühlt? Oder der unheimlichen Magierin, die das Mündel des verstorbenen Grafen war? Quilûn ist entschlossen, den Willen des Toten zu ehren. Bald begreift er, dass er dafür die Ströme der Macht ändern und das Leben auf dem Berg in den Grundfesten erschüttern muss.

Robert Corvus, 1972 geboren, lebt in Köln. Der Diplom-Wirtschaftsinformatiker war in verschiedenen internationalen Konzernen als Strategieberater und Projektleiter tätig. Corvus ist Metalhead, Kinofan und Tänzer. Er veröffentlichte zahlreiche Romane in den Reihen »Das schwarze Auge« und »Battletech« sowie einen apokalyptischen Vampirthriller. Mit der Trilogie »Die Schattenherren« und dem Einzelroman »Schattenkult« etablierte er sich auf der dunklen Seite der Fantasy. Zuletzt erschienen sein Science-Fiction-Roman »Das Imago-Projekt« sowie sein High-Fantasy-Epos »Berg der Macht«.

Robert Corvus

STRÖME DER MACHT

Roman

PIPER

Von Robert Corvus liegen im Piper Verlag vor:
Drachenmahr
Die Schwertfeuer-Saga (Serie)
Feuer der Leere
Das Imago-Projekt
Berg der Macht
Ströme der Macht

MIX
Papier aus verantwortungsvollen Quellen
FSC
www.fsc.org
FSC® C083411

Originalausgabe
ISBN 978-3-492-26011-4
August 2019

Umschlaggestaltung: Guter Punkt, München
Umschlagabbildung: Guter Punkt, Julia Jonas
unter Verwendung von Motiven von Getty Images
Satz: Tobias Wantzen, Bremen
Gesetzt aus der Caslon
Druck und Bindung: CPI books GmbH, Leck
Printed in the EU

EINS
Stärke

»Glaubt Ihr wirklich, diese Narretei sei weise?«, murrte Fürst Doryam von Schneegrund.

Selbst in dem Umhang aus derbem grauem Stoff war er ein ansehnlicher Mann. Kein Wunder. Als Lichtmeister des Tiefen Hauses Schneegrund verfügte er über beträchtliche Mittel, und Semire wusste, dass er einen erheblichen Teil davon auf seine Eitelkeit verwendete. Sie glaubte den Gerüchten, dass er seine Nase hatte brechen und aufschneiden lassen, um einen Zauber aus Quarz einzusetzen, der ihr die schmale, gerade Form gab. Die breiten Schultern dagegen waren wohl das Erbe der väterlichen Linie, auch Semires Großonkel hatte sie gehabt. Augentropfen sorgten für ein feuriges Glänzen, das im Schatten der Kapuze brannte.

Doryam saß auf einem Thron, den er trotz der Eile über einen der Flaschenzüge der Schneegrunds hatte herunterschaffen lassen, dreihundert Höhenschritt von der Stadt bis hierher, wo die aus den Ebenen heraufführenden Straßen endeten. Das Sonnengelb der Schnitzereien in der Rückenlehne schien gegen das Grau des verregneten Morgens anzukämpfen, so wie der Fürst mit seinem gesamten Habitus dagegen protestierte, sich hier in der Wildnis dem nassen Wetter auszusetzen, statt die Annehmlichkeiten seines Palastes zu genießen.

Eines Palastes, den der von Semire geführte Ausfall dem Griff von Haus Schwertgrat entrissen hatte. Immerhin war Doryam klug genug, um zu begreifen, dass er in den Kämpfen des vergangenen Tages keinen Ruhm erworben hatte. Semire vermutete, dass er auf Verhandlungen gehofft hatte, während sie die Truppen zur Sonnenbrücke geführt hatte. Doch die Einsicht, dass er nicht noch einmal hintanstehen durfte, wenn er den Respekt im Tiefen Haus nicht verlieren wollte, führte nicht dazu, dass er es schätzte, nun selbst in den Kampf zu ziehen. Dass die meisten Krieger, die hier am Ufer des Almahn darauf warteten, in die Kähne zu steigen, Verbände über frischen Wunden trugen, beeinträchtigte seine Laune sicher zusätzlich.

Ein Axtschwinger schien unentschlossen, ob er seine Waffe weiterhin mit der Rechten führen sollte, da ihm nun an dieser Hand zwei Finger fehlten. Er wechselte den Schaft in die Linke, aber den Schild rechts zu halten, war ihm wohl doch zu ungewohnt. Ein Bruder vom milden Orden des heiligen Clerron setzte Maden auf eine Beinwunde, um diese vor Entzündung zu schützen, bevor er einen sauberen Verband anlegte. Ein Speerträger mit struppigem Haar benutzte einen Gürtel, den er einem Toten abgenommen haben mochte, um einen aufgeschlitzten Stiefelschaft zusammenzuhalten.

»Unsere Truppen sind erschöpft«, raunte Doryam.

»Ihre sind es auch«, entgegnete Semire von Schneegrund, die Tochter des verstorbenen Grafen Golar. »Die Schwertgrats werden vermuten, dass wir das gestern eroberte Gebiet in der Stadt sichern. Hier unten werden sie keinen Angriff erwarten, erst recht nicht so schnell.«

»Vielleicht, weil niemand mit klarem Verstand einen solchen Angriff befehlen würde.« Doryams Thron knarrte, als er versuchte, mehr Stoff von dem unscheinbaren Umhang unter seinem Hintern hervorzuziehen, um sich vollständig einwickeln zu können.

Semire legte den Kopf in den Nacken. Es regnete beständig aus einem grauen Himmel, aber ein Wolkenbruch war es nicht. Nach dem stickigen Qualm an der Sonnenbrücke genoss sie die kühlen Tropfen auf dem Gesicht ebenso wie die Brise, die in den Kiefern rauschte.

Die Bäume boten in dieser Flussschleife einen guten Sichtschutz. So hatten sie die Schiffer überraschen können, die nun mit Sorge die Fässer und Säcke betrachteten, die sie in das Kastell der Schwertgrats hatten bringen wollen. Jetzt lagen die Waren aufgestapelt im Wald, ohne Planen, die sie vor dem Regen schützten.

»Der Krieg ist eine Kunst des Verbergens«, sagte Semire. »Wer siegreich sein will, sucht ein Bündnis mit der Überraschung. So lehrt es Palion.«

»Schreibt der nicht auch irgendwo, dass der Krieg nur ein Mittel ist, um der Macht zu dienen?«, fragte Doryam. »Dass man nicht unentwegt kämpfen kann, ohne alles zu verlieren, für das man in den Kampf gezogen ist?«

»Diese Fehde geht gerade mal in den zweiten Tag«, erinnerte Semire. »Haus Schwertgrat hat sie uns erklärt, es hat unseren Hauptpalast belagert, wir haben die Belagerung durchbrochen und unsere Feinde über die Sonnenbrücke zurückgetrieben, die wir dann zum Einsturz gebracht haben.«

»Das hört sich für mich danach an, dass wir unsere Gewinne von den anderen Häusern anerkennen lassen sollten.«

»Und wieso sollten sich die Schwertgrats damit abfinden?« Semire benutzte die rechte Hand, um den Umhang über den linken Arm zu ziehen. Sicher wäre es schlecht, wenn der Verband durchnässte. Die Clerroniten hatten die tiefe Stichwunde nicht grundlos mit dem Sud aus Heilkräutern bestrichen. Die Verletzung schmerzte bei jedem Pulsschlag. »Unsere Feinde haben ein ganzes Stadtviertel verloren«, fuhr sie fort. »Hinter der Sonnenschlucht sind sie jedoch sicher. Wir müssen sie hier unten treffen, um ihnen zu zeigen, dass sie dennoch verwundbar sind. Wenn wir das Kastell nehmen, büßen sie die Möglichkeit ein, Nachschub aus ihren Ländereien den Berg hinaufzuschaffen. Das werden sie spüren, und zwar stärker mit jedem Tag, den die Fehde andauert. Ja, Palion schreibt, dass man den rechten Zeitpunkt für Friedensverhandlungen nicht verpassen darf. Aber der ist erst gekommen, wenn man sich in einer Position der Stärke befindet.«

Die Nässe tropfte von Doryams Kapuze und lief den Stoff hinab. Der Thron gab ihm eine würdevolle Erscheinung, vor allem wegen des Gegensatzes zum umgebenden Wald, aber inzwischen saß er in einer Pfütze. »Oben in der Stadt, bei unseren Palästen, sind wir nun schwach wie nie, nachdem Ihr so viele Krieger hier heruntergeführt habt.«

»Nur drei Hundertschaften«, wiegelte Semire ab. »General Esgur organisiert die Verteidigung unserer Besitzungen, und drei von unseren vier Magiern stehen ihm bei.«

Der Schatten seiner Kapuze verbarg Doryams Gesicht beinahe vollständig, aber Semire sah, dass er den Blick senkte. Die Erkenntnis, dass sie vom Hauptteil der Truppen ihres Tiefen Hauses isoliert waren, sickerte wohl langsam ein. Es hatte drei Stunden gedauert, die Krieger über die Flaschenzüge bis hierher abzulassen, eine weitere, um den Almahn zu erreichen. Dann hatten sie Glück gehabt: Nur eine halbe Stunde später waren ihnen die drei Lastkähne ins Netz gegangen, und die Kapitäne hatten sie kampflos übergeben. Aber selbst einem in der Kriegskunst Unkundigen wie Doryam musste klar sein, dass sich das Schlachtenglück jederzeit wenden konnte.

Das Kastell der Schwertgrats war das einzige, das direkt am Ufer des Flusses lag, der durch die magischen Figuren in seinem Bett bergauf floss und damit die Versorgung der Stadt erheblich erleichterte. Entsprechend gut befestigt war der feindliche Stützpunkt. Wenn sie ihn nicht im Handstreich nähmen, müssten sie sich entweder ungeschützt im Gelände einem massiven Gegenangriff stellen oder in die Wildnis fliehen. Weder ein Rückzug in die Stadt noch das Heranführen von nennenswerten Verstärkungen wäre in der Schnelligkeit möglich, die ein Gefecht erforderte.

Ein Krieger, von dessen Schild eine Ecke abgesplittert war, verharrte fünf Schritt von ihnen entfernt und verbeugte sich mit der Faust am Schwertgriff. Dadurch schob er den grauen Umhang weit genug zur Seite, damit man seinen Eisenharnisch sah. Die Panzerung hatte Schrammen abbekommen, der mit weißer Farbe aufgemalte Schneekristall war nur noch mit viel gutem Willen zu erkennen.

Semire winkte den Mann heran, aber er wandte sich an Doryam, um Meldung zu machen. »Die Magierin ist so weit, Fürst. Sie hat die Imagolems in Stellung gebracht.«

Semire presste die Zähne aufeinander. Am vorigen Tag hatte sie gemeinsam mit diesem Krieger gekämpft, sogar geblutet. Ihre Armwunde pochte. Keiner Gefahr war sie ausgewichen, sie war den Truppen vorangestürmt. Ohne sie wäre der Sieg an der Sonnenbrücke unmöglich gewesen. Und doch zollte der Mann Fürst Doryam den Respekt, nicht ihr. War es denn wirklich so unvorstellbar, dass eine Frau auch eine Anführerin sein konnte?

Und das, obwohl Doryam ein jämmerlicher Feigling war! Er blickte dem Krieger noch nicht einmal ins Gesicht.

Semire schluckte ihren Ärger hinunter. Jetzt musste sie zum Wohle ihres Hauses handeln. »Wir sollten rasch angreifen«, riet sie. »Bevor man uns entdeckt.«

Doryam nickte, aber den Befehl gab er dennoch nicht. Der Regen knisterte auf den Zweigen und auf dem Stoff der Umhänge.

»Kyrins Wache kommt eine besondere Bedeutung zu«, behauptete Semire. »Wir können uns nicht erlauben, unsere beste Magierin zu verlieren. Vielleicht wollt Ihr ihre Garde anführen?«

Wenn Doryam diesen Vorschlag annähme, bliebe ihm die unmittelbare Gefahr der Schlacht erspart. Kyrin würde aus dem Wald heraus die Imagolems lenken, während Semire mit so vielen Kriegern, wie auf die drei Boote passten, in das Kastell einfahren würde. Der Großteil der Schneegrunds würde über Land vorrücken und hoffentlich das Haupttor von Semires Trupp geöffnet vorfinden.

»Es bleibt bei unserer Absprache.« Doryam stand auf. Er war eine durchaus imposante Gestalt. Es lag wohl an den breiten Schultern. »Ich führe die Hauptstreitmacht.«

Semire wandte sich an den Krieger. »Du hast den Lichtmeister gehört. Macht euch abmarschbereit.«

Bestätigend schlug der Mann eine Faust gegen die Brust und kehrte zur Truppe zurück.

Doryam sah ihm nach und beobachtete, wie die Männer aufstanden, ein letztes Mal Waffen und Rüstungen prüften und sich in ihren Einheiten sammelten.

Er räusperte sich. »Ich nehme an, die Berichte, dass Ihr unseren Truppen vorangestürmt seid, sind übertrieben.«

»Das einfache Volk braucht Anführer, die seinen Geist heben. Es richtet sich nach den Offizieren und die richten sich nach ihrer Feldherrin. Wer einen Angriff führen will, muss das von vorn tun.«

»Dann werdet Ihr im vordersten Boot fahren?«, fragte er mit Spott in der Stimme.

»Selbstverständlich«, versetzte Semire.

Prüfend sah er sie an. »Falls die Schwertgrats unseren Plan durchschauen, werden sie auf die Boote schießen. Das vorderste werden sie am leichtesten treffen.«

Sie zuckte die rechte Achsel. »Ein Boot ist immer das vorderste.«

Er lachte auf. »Aber nicht in jedem sitzt eine Tochter unseres Grafen.«

»Im Sterben sind wir alle gleich, aber nicht im Leben. Die Handlungen einiger wiegen mehr als die von anderen. Es gibt den Männern Mut, wenn sie sehen, dass sich ihre Anführer der größten Gefahr stellen.«

»Steht das auch bei Palion?«

»Nein, das ist meine Erfahrung.« Fest sah Semire ihm in die Augen. Sie brauchte nicht auszusprechen, dass sie – im Gegensatz zu Doryam – bereits Klinge an Klinge auf Leben und Tod gefochten hatte.

Er wandte den Blick ab und beobachtete wieder die Männer. Semires Trupp drängte sich in den Booten. Die Planen, die vorher die Waren vor Nässe geschützt hatten, sollten nun die Krieger vor ihren Feinden verbergen. Wenn sie ruhig saßen, ähnelten ihre Konturen denen von Getreidesäcken.

»Führen von vorn …«, murmelte Doryam. »Ist das eine Frage des Mutes oder des Leichtsinns?«

»Eines weiß ich gewiss«, sagte Semire. »Wenn ich morgen aufwache, werde ich den Respekt aller Männer in Haus Schneegrund haben.«

»Auch wenn der Angriff misslingt?«, fragte Doryam herausfordernd.

»Wenn der Angriff misslingt«, sie nahm das Zweihandschwert auf, das an einem Baum lehnte, »werde ich morgen nicht aufwachen.«

Mit flatternden Lidern schlug Kyrin die Augen auf. Sie öffnete ihre Wahrnehmung ein Stück weit für die eigenen Sinne, blieb aber vorsichtig. Sie durfte die Konzentration nicht verlieren.

In ihrer rechten Hand fühlte sie den porösen Stein der Leitfigur. Ihr Daumen lag nicht länger auf der Rune, die in den kantigen Schädel geprägt war; sie hatte den Imagolem an seine Position gelenkt. Er sah ebenso aus wie die Statuette, mit vier Beinen, von denen eines gebrochen war, sodass er es nur noch nachziehen konnte, und vier kräftigen Armen, zwei davon als Scheren ausgeformt. Der Leib war gekerbt. Der untere Teil, an dem die Beine und ein gebogener Stachel saßen, verlief parallel zum Boden. Der Oberkörper mit Kopf und Armen stand senkrecht darauf.

Behutsam stellte Kyrin die Figur in den Halbkreis vor sich, zu den vier anderen. Jede davon erlaubte ihr die Verbindung zu einem der Imagolems, die sie auf dem Grund des Flusses bergauf geschickt hatte. Sie sollten im Verbund marschieren, aber dieser war wegen des gebrochenen Beines zurückgefallen. Kyrin hatte unterschätzt, wie sehr es ihn unter Wasser behinderte.

Die anderen Figuren waren zweibeinig. Bei einem der Imagolems ersetzten steinerne Schwertklingen Unterarme und Hände. Ein weiterer hatte einen kugelförmigen Rumpf, nur kurze Arme und einen Kopf, der nicht mehr war als eine Halbkugel, die halslos auf dem Hauptkörper saß. Für Kyrin war eine solche Körperform eine seltene Arbeit. Die beiden letzten waren von den Proportionen her sehr nah an athletischen Menschen.

Sie gestattete sich einen Blick zum Fluss. Die drei Boote legten ab. Auf einem davon musste sich Semire von Schneegrund befinden.

Der größere Teil der Truppe sammelte sich in Gruppen zu zehn Kriegern. Eine nach der anderen verließ den Sammelplatz in der Flussschleife nach Norden.

Ein Dutzend Kämpfer blieb bei Kyrin zurück. Die Hälfte davon kauerte neben ihr unter der zwischen Zweigen gespannten Plane, die den Regen abhielt, solange keine Bö die Tropfen unter den Stoff wehte. Die anderen sicherten die Umgebung mit einem Wachkreis.

Kyrin ließ den Blick schweifen, ohne zu verharren. Ein Teil ihrer Konzentration war noch immer bei den Imagolems, obwohl sie gerade nicht die Sinne mit einem von ihnen teilte. Aber sie hätte gespürt, wenn etwas Bedeutsames vorgefallen wäre. Wenn sich einer der Steinkrieger alarmiert gefühlt hätte, zum Beispiel, oder wenn einer verletzt worden wäre.

Kyrin genoss den Wind auf der Haut. Ihre Schürze knirschte, während sie sich vor und zurück wiegte. Sie sollte das blaue Leder fetten, wenn die Fehde ihr die Zeit dazu ließe.

Die Fehde – und ihre eigenen Forschungen. Die Gezeiten der Macht … Sie hatte den versteinerten Kopf eines Gravioners aus dem Dunkelsee geborgen. Wenn zutraf, was der zurückgezogen lebende Magier Abuliar erzählt hatte, waren die Gravioner vor Jahrtausenden die Herren des Bergs gewesen. In der Zeit, bevor die Tiefen Häuser die Macht übernommen hatten, sollen sie in Eintracht mit der Magie des Bergs gelebt haben.

Kyrin würde einen Weg finden müssen, mit dem versteinerten Kopf zu sprechen. Immerhin war sie bereits sicher, dass er außerhalb des Wassers überleben konnte und auch den Transport unbeschadet überstanden hatte, denn das Gesicht in dem Steinkopf, der einen guten Schritt durchmaß, bewegte sich.

Das war jetzt unwichtig. Sie musste bei der Sache bleiben, durfte in ihrer Aufmerksamkeit nicht nachlassen, obwohl sie schon so lange wach war. Der Marsch zum Dunkelsee und zurück, der Kampf an der Sonnenbrücke, dann der Weg hierher …

Sie zog den Korken aus dem Glas mit den aufputschenden Kräutern, griff hinein und schob sich eine Handvoll in den

Mund. Eigentlich brühte man sie mit heißem Wasser auf, aber auf diese Art wirkten sie noch stärker. Der Preis dafür war ein ekliger Geschmack, als hätte sie getrocknete und zerstoßene Fischhäute im Mund.

Sie nahm die filigranste Figur zur Hand. Auch dieser Imagolem war, verglichen mit einem Menschen, ein muskulöser Riese, aber ohne die übertriebenen Proportionen seiner Kameraden. Er hieß Asmodel und war eine von Kyrins frühen Kreationen, bevor Graf Golar sie angewiesen hatte, der Kampftauglichkeit unbedingte Priorität einzuräumen.

Kyrin hob die Figur vor ihr Gesicht, drückte den Daumen auf die in die Stirn gekerbte Rune und schloss die Lider.

Sie sah durch die Augen des Imagolems. Das Wasser trübte die Sicht, es führte gelben Sand mit sich, und durch die Regentropfen, die die Oberfläche unruhig machten, drang nur wenig Licht herab. Aber Asmodels Sinne waren feiner als die eines Menschen, und als Kundschafter war ihm eine gewisse Neugier eingegeben. Er hatte etwas gefunden.

Eine kleine Skulptur stand auf dem Grund. Sie bildete eine Flagge nach, die in einem Sturmwind zu schlagen schien, der den Berg hinauf wehte.

Solche Figuren gab es überall im Flussbett des Almahn. Die Zauberer erneuerten sie fortwährend, damit das Wasser beständig bergauf floss. Auch Kyrin hatte diese Flaggen gemeißelt, es war eine gängige Aufgabe für die niedrigen Ausbildungsgrade der Magier.

Sie brachte Asmodel dazu, sich aufzurichten. Die anderen vier Imagolems standen vor ihm, näher am Kai. So war es vorgesehen, sie waren kampfstärker als er.

Asmodel wandte den Kopf. Obwohl sie noch hundert Schritt entfernt waren, sah er die Schatten der Bootsrümpfe, die sich auf dem Fluss näherten. Der Riemenschlag war ungleichmäßig, die Ruderer waren nur dürftig aufeinander abgestimmt. Kein Wunder, saßen doch Krieger anstelle von echten Flussschiffern in den Booten.

Dennoch würden sie nicht mehr lange brauchen. Kyrin

tauschte die Figuren aus und griff den zweiten Imagolem, der voll ausmodellierte Hände hatte. Er sollte den Angriff beginnen.

Der Almahn sammelte sich in einem weiten Becken, einer Art See, bevor er wie in einem umgekehrten Wasserfall mehrere Hundert Schritt den Steilhang hinaufsprang. In diesem Bereich schwächte die Strömung ab, die Boote ließen sich leicht steuern.

Semire von Schneegrund hockte nicht unter der Plane, sondern neben dem Kapitän im Bug des vordersten Kahns. Ein Krieger drückte dem Schiffer einen Dolch in den Rücken, damit er nicht im letzten Moment die Parole vergaß, die ihnen die Zufahrt in das Kastell der Schwertgrats öffnen würde.

Die Befestigungsanlage erhob sich am linken Ufer. Bis auf eine Höhe von zwei Schritt war sie gemauert, darüber bestand sie aus einer Holzpalisade. An manchen Stellen waren die Pfähle angespitzt, aber auf dem Großteil der Länge schlossen nach außen gebogene Eisenkrallen nach oben hin ab. Eine dornenbewehrte Kette verschloss die Einfahrt zu den Anlegern. Auf den Kais standen Kräne, die Galgen ähnelten.

Der Bidenhänder lag neben Semire auf dem Boden des Bootes, verborgen von einer Decke. Sie öffnete die Kiste daneben. Darin lag ein aus Sandstein geschlagener Zauber, dessen Form an eine Spindel erinnerte. Er war so groß wie zwei Fäuste und Rillen zogen sich längs darüber, beinahe parallel zueinander. An den Spitzen waren Lederriemen befestigt.

»Heda!«, rief die Wache von einem der Türme, zwischen denen die Kette gespannt war. »Wer seid ihr?«

»Pettr aus Weizmühl!« Die Stimme des Kapitäns schwankte, aber das mochte man der Anstrengung der nächtlichen Fahrt zuschreiben. »Ich bringe das Getreide.«

Der Krieger drückte den Dolch fester in den Rücken des Mannes.

»Die Sonne hat die Ähren golden gefärbt!«, fuhr er fort.

Der Wächter gab ein Handzeichen. Rasselnd senkte sich die Kette ins Wasser.

Es wurde Zeit, Semires Arm wieder einsatzfähig zu machen. Unter dem Umhang löste sie den Verband. Protestierend wurde das Pochen intensiver. Sie musste jedoch ein wenig quetschen, damit Blut aus der Stichwunde sickerte. Es war wichtig, dass der Zauber damit in Berührung kam, hatte der Magier ihr eingeschärft.

Sie hob den spindelförmigen Stein auf. Er bildete wohl einen Muskel nach, wobei ein Muskel dieser Größe in Semires Oberarm keinen Platz gefunden hätte. Aber sobald die Magie wirkte, würde er sich zersetzen, also war es gut, wenn er zu Beginn viel Masse besaß. Mit zwei Lederbändern befestigte sie den Stein ober- und unterhalb der Wunde und zog die Schnallen zu – die untere fester als die obere, damit immer ein wenig Blut austreten konnte.

Sie spürte den Schmerz, aber auch die versprochene Kraft erfüllte das Glied. Semire hatte das Gefühl, dass sie den Bidenhänder allein mit der Linken hätte schwingen können.

Ihr Boot glitt als erstes in das Hafenbecken. Es hielt auf den hintersten Anleger zu.

»He, du Trottel!«, rief ein Vorarbeiter mit klobigen Handschuhen, der auf dem mittleren Kai stand. »Hierher! Wir wollen deine Säcke nicht spazieren schleppen!«

»Winke ihm«, forderte Semire den Kapitän auf.

Er tat es.

»Langsam jetzt«, wies Semire ihn an.

Unter der Decke fasste sie den Schwertgriff. Mit dem Daumen fühlte sie über die Parierstange. Sie bestand aus geschmolzenem und wieder erstarrtem Granitsand, und sie trug einen Zauber, der die Schärfe von gebrochenem Glas auf die Klinge legte.

Sie gestattete sich einen Blick über die Schulter. Die Kapuze behinderte Semires Sicht, sie musste sich beinahe ganz umdrehen, um zu erkennen, dass auch das zweite Boot durch die Einfahrt kam. Der Steuermann sah verkniffen aus.

In ihrem eigenen Boot zogen die als Flussschiffer getarnten Krieger die Riemen ein. Der Rumpf stieß an den Kai.

Missmutige Arbeiter kamen herbei. »Nun werft schon die Leinen hoch!«

Das zweite Boot steuerte denselben Kai an, aber auf der anderen Seite.

Der Vorarbeiter mit den großen Handschuhen sah zu ihnen herunter und musterte die Plane, unter der sich die meisten Kämpfer verbargen. »Sehr voll können eure Säcke aber nicht sein«, murrte er.

Ein metallisches Krachen ertönte vom entferntesten Kai. Semire konnte nicht sehen, was dort vor sich ging, aber sie hörte Alarmrufe.

Es war so weit.

Sie sprang auf und riss ihr Schwert in die Höhe. »Schneegrund!«, schrie sie.

Die Männer an den Riemen waren als Erste kampfbereit. Sie brauchten nur ihre Waffen zu greifen. Die anderen mussten erst die Plane loswerden.

Semire nutzte die drei Schritte Anlauf, die ihr die Breite des Kahns gewährte, und sprang am Kai hoch. Trotz des Schmerzes, der durch ihren linken Arm jagte, vertraute sie dem Zauber und fasste mit der freien Hand die Mauerkante.

Sie wurde nicht enttäuscht. Ihr Griff war fest, und mühelos zog sie ihr Gewicht nach oben. Am gestreckten Bein brachte sie den linken Fuß auf die Mauer, drückte sich mit der Ferse ab und rollte sich längs nach oben.

Wären ihre Gegner auf sie vorbereitet gewesen, hätten sie die zu ihren Füßen liegende Semire einfach abstechen können. Aber Palion behielt recht: Die Überraschung war eine kaum zu bezwingende Verbündete.

Semire sprang auf und schlug ihr Zweihandschwert in einem hohen Halbkreis, während ihre ersten Krieger gerade auf den Kai kletterten. Ihr Hieb tötete niemanden, verletzte aber drei Männer an Brust und Schulter. Blut spritzte. Sie schrie unartikuliert.

Ihre Gegner taumelten zurück, den Kameraden entgegen, die gerade aus dem zweiten Boot stiegen.

Semire stieß einen Mann zur Seite, der eine für seine sonstige Erscheinung viel zu vornehm gefertigte Lederkappe trug, um den Vorarbeiter angreifen zu können. Es war wichtig, den Feind seiner Anführer zu berauben. Das brach die Koordination in seiner Kampflinie und schwächte die Moral stärker als der Verlust eines gewöhnlichen Kriegers.

Sie legte das Schwert an wie eine Lanze und trieb es mittig durch den Körper ihres Gegners.

Er versuchte, sie mit seinen prankenartigen Händen abzufangen, aber das führte nur dazu, dass die scharfe Schneide ihm einen Daumen abtrennte. Gurgelnd rutschte er von der Klinge. Sein Blut besudelte den Boden, vermischte sich mit dem Matsch, den der Regen geschaffen hatte.

Der Krieg war unglaublich schmutzig. Semire fragte sich, wie man die getragenen Balladen darüber dichten konnte, wie die Barden sie in den Palästen vortrugen. Ein Schwert mit seinen klaren Formen hatte eine ganz eigene Schönheit, aber das Blut verdarb den Glanz des Stahls.

Auch am Sterben war nichts Heroisches. Der kräftige Mann vor ihr krümmte und erbrach sich, während er die Hände auf die Wunde presste. Aber Semires Klinge war durchgedrungen. Wenn er seinen Bauch auch schützen mochte – am Rücken trat das Blut aus wie Wein aus einem zerschnittenen Schlauch.

»Schneegrund!« Wieder reckte Semire ihr Schwert in die Höhe.

Ihre Krieger hatten die Arbeiter bereits niedergemacht und nahmen ihren Ruf auf. Klang bei ihr selbst auch solche Begeisterung, solcher Blutdurst darin?

Sie hoffte es. Genau diese Gefühle musste sie bei ihren Männern anstacheln.

»Vorwärts!«, rief sie. »Für Haus Schneegrund!«

»Schneegrund!«, brüllten die Krieger.

Sie stürmte mit ihnen den Kai entlang. Ein wenig fiel sie zurück, weil sie sich einen Blick nach rechts gestattete.

Das zweite Boot leerte sich, obwohl die Kämpfer ein Problem mit der Plane hatten, die irgendwo festhing. Sie zerschnitten sie mit ihren Schwertern.

Wichtiger war, was sich am entferntesten Kai zutrug. Dort, wo er in den Platz vor den Speicherhäusern überging, ragte eine mit Eisenbändern verstärkte Rampe aus dem Wasser, auf die Querhölzer genagelt waren, um dem Tritt Halt zu geben. Ein Imagolem mit kugelförmigem Rumpf stapfte sie herauf. Er war so schwer, dass Semire bei jedem Schritt erwartete, dass die Konstruktion brechen könnte. Sie hoffte, dass Kyrin wusste, was sie tat. Für die beiden Imagolems, die das Ufer bereits erreicht hatten, galt das auf jeden Fall. Ein menschenähnlicher Titan und ein Steinmann, dessen Unterarme riesige Schwertklingen waren, metzelten sich durch die herbeieilenden Kämpfer des Feindes. Es war ein schrecklicher Anblick, und zugleich machte er Semire Mut.

Den würde sie auch brauchen. Ihre ersten Gegner waren Arbeiter gewesen, keine Krieger, und sie hatte die Überraschung auf ihrer Seite gehabt. Das galt nicht für die mit Harnischen gepanzerten und Spießen bewaffneten Männer, die sie nun erwarteten. Irgendwo mussten auch Fernkämpfer stecken. Ein Armbrustbolzen schlug dumpf in das Gesicht des Kameraden neben ihr. Er brach zusammen, als sei er gegen eine Wand gerannt.

Beim Laufen war die Kapuze von Semires Kopf gerutscht. Wäre sie eine einfache Kämpferin gewesen, hätte sie ihr Haar zu einem Zopf gebunden, damit es nicht in ihr Gesicht wehen konnte. Da sie jedoch die Anführerin war, trug sie ihre rote Mähne offen. Sie wirkte wie eine Flagge. Die Männer sollten sehen, wie sie in vorderster Linie focht. Das weckte den Beschützerinstinkt der Krieger und forderte ihren Mut heraus.

Ein Kamerad vor ihr schlug eine Lanze zur Seite, aber eine zweite spießte ihn auf. Zitternd glitt er von der blutigen Spitze.

Semire tat einen weiten Schritt über ihn und teilte kurze Schläge nach rechts und nach links aus, um eine Öffnung zwischen den Stangenwaffen zu schaffen.

Die Schnelligkeit des Überfalls wirkte für sie: Hätten die

Schwertgrats in Ruhe Aufstellung nehmen können, hätten sich die Schneegrunds wohl einer drei oder gar vier Reihen tiefen Formation gegenübergesehen. Dann hätten Lanzenträger aus den hinteren Gliedern Semire angegriffen.

So aber hatte sich lediglich eine einzige Reihe geformt, und bei der befand sich Semire nun jenseits der gefährlichen Lanzenspitzen. Vier Schritt trennten sie noch von ihren Feinden, aber auf diesen vier Schritt hatte sie von den Stangenwaffen nichts mehr zu befürchten.

Das erkannten auch ihre Gegner. Einer von ihnen zog sich rückwärtsgehend zurück, wodurch er die Front in Unordnung brachte. Ein anderer ließ seine Hauptwaffe sogar fallen und zog einen unterarmlangen Dolch.

Damit konnte er gegen Semires Bidenhänder nicht bestehen. Ihre Klinge maß beinahe zwei Schritt.

Sie deutete an, über dem Kopf auszuholen, kippte die Waffe jedoch ab und zog von unten hoch. Der Stahl schnitt durch den linken Oberschenkel des Mannes.

Kreischend brach er zusammen.

Wieder war überall Blut.

Semire musste ihren Vorteil nutzen, weiter vorwärtsstürmen, wenn sie überleben wollte. Sie machte einen großen Schritt und stach ihr Schwert in den Hals des Mannes.

Die Imagolems hatten sich innerhalb des Kastells verteilt, um die feindlichen Kräfte auseinanderzuziehen. Kyrin nutzte die Sinne des Vierbeinigen, um zu beobachten, wie er einen der Türme aufbrach, in denen die Flaschenzüge endeten, die von der Stadt herunterkamen. Bislang hatten die Verteidiger keine Möglichkeit gefunden, effektiv gegen die Steinkrieger vorzugehen. Die einzige Lanze, die eine Feuersteinspitze mit Kampfzauber getragen hatte, war zerbrochen. Mehrere weitere, die aber nur einfache Stahlspitzen hatten, stachen auf Kyrins Streiter ein, brachten jedoch nicht mehr als ein paar Schrammen zustande. Der

Dreschflegel, den ein Mann mit Tonnenbrust schwang, zeigte mehr Wirkung. Zwar beschädigte er die Substanz des Imagolems nicht, aber er schlug so geschickt gegen eines der vorderen Knie, dass dieses immer wieder einknickte. Für seine Attacken wählte er dasjenige Bein, das sich auf derselben Seite befand wie das gebrochene, sodass der Steinkrieger auf diese Seite zu fallen drohte.

Kyrin spürte die Wut des Imagolems. Er wollte den Störenfried angehen.

Aber das wäre nicht im Sinne des Einsatzes gewesen. Zwar hätten die vier Steinarme dem Mann innerhalb kürzester Zeit den Garaus gemacht, aber dafür mussten sie ihn erst einmal zu fassen kriegen. So überlegt, wie er kämpfte, ließ er sich bestimmt nicht leicht fangen. Vor allem aber vermochten die Attacken den Imagolem letztlich nicht zu gefährden. Auf sie einzugehen hätte vom viel wichtigeren Ziel abgelenkt: den Vorbau aufzubrechen.

Die Magierin zwang den Steinmann unter ihren Willen. Schlag um Schlag hämmerten seine granitenen Fäuste in das Tor. Auf der Innenseite musste es mit einem massiven Querbalken gesichert sein, aber darüber und darunter splitterte das Holz. Kyrin ließ den Imagolem durch eines der entstandenen Löcher greifen und eine ganze Planke herausreißen.

Weiterhin stießen die Lanzen gegen den steinernen Leib. Der Tastsinn übertrug sich nur rudimentär über die Leitfigur, deswegen empfand Kyrin keinen Schmerz. Für den Imagolem selbst war er eine Sinneswahrnehmung wie jede andere, weder erstrebenswert noch unangenehm. Unbeirrt folgte er ihren Befehlen, zerschlug die Tür und bekam schließlich den Sperrbalken zu fassen, den er aus der Halterung wuchtete.

Er hätte nun den Weg für die Truppen der Schneegrunds freigeben können, aber die Erfahrung lehrte Kyrin, ihren Geist noch ein wenig länger in diesem Steinkrieger zu lassen. Mit einem trockenen Krachen gaben die gesplitterten Reste der Tür nach, als er sie aufriss.

Ein Schwarm von Armbrustbolzen prasselte gegen seine Brust.

Auch ein gut gefertigter Harnisch hätte mit einem solchen

Geschosshagel Schwierigkeiten bekommen. Beim Imagolem splitterte Stein aus dem Torso. Wenn sich das ein paarmal wiederholte, würde es ihn beeinträchtigen, aber noch war er, vom verletzten Bein abgesehen, voll einsatzfähig. Kyrin fachte seinen Zorn an und ließ ihn vorstürmen.

Die Armbrustschützen hatten sich kniend und stehend hinter der Tür versammelt. Hastig luden sie nach, aber derzeit waren sie nicht Kyrins Hauptsorge. Sie brachte den Imagolem dazu, den Kopf in den Nacken zu legen.

Tatsächlich! In der Decke über dem Durchgang klafften armdicke Löcher. Solche Vorrichtungen dienten dazu, siedendes Öl auf Eindringlinge zu gießen.

Der Imagolem war größer als ein Mensch. Die Fäuste seines oberen Armpaars konnten die Decke erreichen. Wuchtig schlug er aufwärts, um sie zum Einsturz zu bringen.

Kyrin merkte, dass ihm diese Aufgabe gefiel. Ihre enge Begleitung wurde nicht gebraucht, damit er sie zu Ende führte. Sie öffnete die Augen, wodurch sie zwei einander überlagernde Bilder wahrnahm, bis sie den Daumen von der Rune im Kopf der Leitfigur löste.

Die Statuette vollzog alles nach, was dem Steinkrieger zustieß. Als Kyrin sie abstellte, bröckelten grobkörnige Steinsplitter aus der Brust.

Den Imagolem mit den Klingenarmen hatten die Schwertgrats wohl als wichtigsten Gegner angesehen und entsprechend mit Schüssen aus einer Balliste und Vorschlaghämmern angegriffen. Er hatte sich in eine Falle locken lassen, wo ihn ein an einem Kran schwingender Eisenhaken aus dem Gleichgewicht gebracht hatte. Dann waren zwei todesmutige Krieger mit durch Waffenzauber gehärteten und geschärften Äxten über ihn hergefallen. Ein letzter Lebensfunke arbeitete noch im Stein, aber sein Körper war bis zur Bewegungsunfähigkeit zertrümmert.

Kyrin nahm Asmodels Figur, drückte den Daumen auf die Rune und schloss die Augen. Ihren Späher hielt sie weitgehend aus dem Gefecht heraus. Er stand auf der Befestigungsanlage an der Hafeneinfahrt, von der sich der Kampf längst fortbewegt hatte. Die Schwertgrats hatten die Lastkähne in Brand geschossen, sodass sie nun schwarz rauchende, langsam sinkende Wracks waren. Eine zweifelhafte taktische Entscheidung, fand Kyrin, verwehrte sie doch den angreifenden Schneegrunds eine Rückzugsmöglichkeit. Das würde die Entschlossenheit von Semires Truppen weiter steigern.

Im Südwesten, an der Außenmauer, wehte das rote Haar der Grafentochter. Asmodels Augen waren scharf genug, um zu erkennen, wie die Schwertkämpferin ihre riesige Waffe handhabte. Es wirkte, als würde ihr der Bidenhänder entfallen, aber das war wohl nur eine Finte, um die beiden vor ihr stehenden Feinde zu verwirren. Sie griff um, die Klinge beschrieb einen weiten Bogen und schlug tief in die Flanke des einen Gegners. Gleichzeitig mit dem Hieb tauchte Semire zur linken Seite weg, was sie aus der Reichweite des Schwerts brachte, das der zweite Kontrahent gegen sie schwang. Mehrere Krieger der Schneegrunds sprangen vor, um ihn abzufangen.

Asmodel wandte den Blick über die Palisade nach außen. Er sah, wie sich die ersten Landtruppen am Waldrand sammelten. Es wurde Zeit für den Hauptauftrag der Steinmänner.

Kyrin wechselte zum Imagolem mit dem kugelförmigen Hauptkörper. Auch ihn hatte sie bislang weitgehend aus den Kämpfen herausgehalten, er stand in einem Lagerschuppen. Dieser befand sich ein wenig hangaufwärts direkt an der Straße, die auf das Haupttor zuführte.

Sie ließ ihn durch die Bretterwand brechen. Er lief in sich beschleunigendem Takt den Weg hinunter.

Die Torwachen bemerkten ihn, aber die meisten Pfeile, die sie auf ihn abschossen, prallten wirkungslos an ihm ab, und selbst die mit Steinspitzen spickten ihn nur, ohne Wirkung zu zeigen. Ein Schwertkämpfer sprang zwischen ihn und das Tor, überlegte es sich angesichts des anstürmenden Ungetüms aber anders und warf sich in Sicherheit. Der Imagolem wollte den Mann zertrampeln, doch Kyrin hielt ihn auf Kurs.

Donnernd brach der Steinkrieger durch das mit Eisenbändern verstärkte Tor.

Entsetzt starrten die Krieger der Schwertgrats auf das zersplitterte Tor.

Semire von Schneegrund erkannte den Vorteil des Augenblicks. »Auf den Wehrgang!« Mit dem Schwert in der linken Hand zeigte sie auf die Mauer. Mit jedem Herzschlag schien Feuer in ihrem Arm aufzulodern, aber er war noch immer so kräftig, dass sie das Gewicht der Waffe kaum spürte. »Mir nach!«

Obwohl ein Dutzend Kameraden gefallen waren – oder vielleicht bei einigen auch deswegen –, hatte der Kampfrausch ihre Krieger erfasst. Semire musste ihnen nicht mehr voranstürmen. Sie eiferten darum, zuerst auf die Mauer zu gelangen, die das Kastell schützte. Klingen schlugen aufeinander oder in das verstärkte Holz von Kampfschilden. Männer schrien. Eine Hand fiel Semire entgegen. Sie konnte nicht erkennen, ob sie einem Freund oder einem Feind abgetrennt worden war.

Semire streckte den Arm nach oben, ließ sich auf den Wehrgang helfen und bedankte sich dafür, indem sie den Kameraden mit einer hohen Wehr vor einem Spalthieb schützte. Funken stoben aus dem Metall der Schwerter, aus der Klinge ihres Gegners brach ein Winkel, so groß wie ein Fingerglied. Im Gegensatz zu Semires Schwert war das seine nicht durch einen Zauber gehärtet.

Ihr Kontrahent war sichtlich überrascht, was wohl weniger an der gelungenen Parade oder der Beschädigung seiner Waffe lag als an dem Umstand, dass ihm eine Frau entgegentrat.

Ein weiterer Vorteil, den Semire entschlossen nutzte. Ihr Hieb brach seinen Harnisch zwar nicht, fegte den Mann aber vom Wehrgang. Nach seinem kippenden Schrei zu urteilen, kam er drei Schritt tiefer unglücklich auf.

Rauch stieg am Steilhang auf. Der Vorbau, der die Flaschenzüge schützte, brannte. Zwar verhinderte das wirksam, dass Haus Schwertgrat über diesen Weg Nachschub ins Gefecht schickte, aber es ärgerte Semire trotzdem. Intakte Anlagen waren eine bessere Verhandlungsmasse.

Doch das ließ sich jetzt nicht ändern. Die Aufmerksamkeit der Feldherrin wurde hier gebraucht, am Tor. Die Landtruppen drängten herein und zu Semires Überraschung befand sich Fürst Doryam tatsächlich in der Führungsgruppe.

»Die Fernkämpfer!«, rief sie ihren eigenen Kriegern zu. »Erschlagt die Fernkämpfer!«

Bogen- und Armbrustschützen waren die größte Gefahr für die Schneegrunds, die ein offenes Feld überqueren mussten, um das Kastell zu erreichen. Der Angriff der Kameraden band inzwischen beiderseits des Tors die Verteidiger auf dem Wehrgang, aber auch darunter gab es Schießscharten, von denen aus die Anrückenden beschossen wurden. Semire hockte sich hin. »He!«, rief sie Doryam zu. »Hier oben bin ich!«

Sein Harnisch glänzte. Der Schneekristall darauf war mit weißem Sandstein ausgelegt, zweifellos ebenso ein Schutzzauber wie die Türmchen auf seinen Schultern. Dennoch trug er einen Helm mit vollständigem Gesichtsschutz, der nur kleine Öffnungen für die Augen freiließ. Von Veteranen wusste Semire, dass man dadurch nur sehr wenig sah, was die hektischen Kopfbewegungen bestätigten, mit denen Doryam sich umsah. Er ähnelte einer Katze, die einer Fliege zu folgen versuchte.

»Hier, Fürst Doryam!«

Endlich verharrte sein Blick bei ihr.

»Die Bogenschützen!« Sie zeigte unter den Wehrgang. »Weist Eure Leute an, sich um die Bogenschützen zu kümmern!«

Sein Blick ruckte herab.

Glücklicherweise reagierten seine Offiziere schneller als er. Ein Leutnant, dessen Schwert seine Faust mit einem Korb aus gelbem Jade schützte, führte eine Gruppe der Eingedrungenen in die von Semire gewünschte Richtung.

Ein Pfeil bestrafte seine Tapferkeit. Das Geschoss drang durch sein Gesicht, blieb aber im Kopf stecken. Entweder der Schädelknochen oder die Innenseite des Helms hielt es auf.

Er ließ seine Waffe fallen, knickte in den Knien ein und röchelte Blut hervor. Es sah gespenstisch aus, wie er nach dem Schaft tastete, der aus seiner Wange ragte.

Doryam brach ebenfalls in die Knie, obwohl ihn nichts getroffen hatte. Er stützte sich auf den Boden und hantierte an seinem Helm. Offenbar übergab er sich, was in der Enge seines Kopfschutzes sicher besonders unangenehm war.

»Alles muss ich selbst machen!«, zischte Semire. Sie entdeckte eine Bodenluke auf dem Wehrgang, riss sie auf und glitt an den Holmen der Leiter hinab, statt die Sprossen zu benutzen.

Diesmal hatte sie ihre Gegner unterschätzt. Zwar drangen die Krieger des Leutnants in die zur Innenseite des Kastells offene Stellung, aber einer der Schwertgrats sah Semire dennoch kommen und empfing sie mit einem Schwerthieb.

Sie versuchte, noch im Rutschen zu parieren, aber dafür war der Bidenhänder eine zu langsame Waffe. Sie brachte die wuchtige Klinge nicht richtig in den Weg des Angriffs, der sie leicht aus der Bahn schlug.

Ihr Glück war, dass ihr Gegner den auf den linken Arm gebundenen Stärkungszauber traf. Der Stein hielt den Stahl auf. Dennoch schmerzte die gestern empfangene Stichwunde, als wäre die Klinge eingedrungen.

Semire holte aus.

Erschrocken stellte sie fest, dass ihr linker Arm die Bewegung nur unvollständig mitmachte. Der Schwerttreffer musste den steinernen Zauber, der mit fortdauernder Wirkung ohnehin porös wurde, beschädigt haben, sodass er nachließ.

Semire führte einen einhändigen Hieb, aber durch die Ablenkung war sie unaufmerksam. Ihre Klinge schlug gegen die Unterseite des Wehrgangs über ihr und verlor beinahe alle Wucht, bevor sie den Gegner traf.

Sein Bart und das Halbdunkel, in dem sie kämpften, machten es schwer, sein Alter zu schätzen. Aber er musste einige Erfahrung gesammelt haben, denn er wusste, wie man ein Schwert nahe am Griff so treffen konnte, dass man es aus der Hand prellte.

Scheppernd fiel Semires Waffe zu Boden.

Sichernd trat ihr Gegner auf die Klinge.

Zurück konnte Semire nicht, die Leiter käme sie viel zu langsam hinauf. Rechts von ihr war die Mauer, die nur enge Schießscharten durchbrachen. Sie könnte nach links springen, bis zum Boden war es nur noch ein Schritt. Dort würde sie sich waffenlos mitten im Kampfgetümmel wiederfinden.

Sie entschloss sich zu einem Angriff. Schließlich schien die Überraschung an diesem Tag mit ungewohnter Treue an ihrer Seite auszuharren.

Semire schmetterte einen Faustschlag unter das Kinn ihres Gegners.

Vielleicht traf sie nicht richtig, weil der Bart die Konturen verwischte. Der Mann steckte den Hieb beinahe unbewegt ein. Er lachte sogar.

»Komm her, Weib!« Er trat nah an sie heran, umarmte sie und quetschte sie an sich.

Vor einem solchen Angriff schützten sie auch die Rüstungszauber auf ihren Schultern nicht! Der gegen ihre Brust gedrückte, verletzte Arm sandte ungeahnte Wellen des Schmerzes durch ihren Körper. Blitze zuckten vor ihren Augen und sie hatte Schwierigkeiten, Luft zu holen.

»Na, das Kriegspielen ist wohl weniger geruhsam als deine Stickerei, was?«, höhnte der Gegner.

Sie versuchte, ihn mit einem Kniestoß zwischen die Beine zu treffen, aber er war zu nah. Sie konnte kaum die Oberschenkel bewegen.

Er lachte, während er sie immer fester an seinen Harnisch presste.

Aber dann traf ihn ein von unten geführter Schwertstich ins Bein. Aufschreiend ließ er Semire los.

Keuchend sackte sie zusammen und atmete tief durch. Ihre Sicht verschwand hinter Blitzen, bevor sie sich klärte. Diese Zeit nutzte sie, um nach dem entfallenen Bidenhänder zu tasten.

Das dauerte länger, als ihr erfahrener Gegner hätte brauchen sollen, um ihr den Todesstoß zu geben.

Aber er war selbst tot. Der Kamerad, der sein Bein getroffen hatte, musste nachgesetzt haben.

Semire sah in das wilde Hauen und Stechen und begriff, dass sie wohl nie erfahren würde, wer ihr Leben gerettet hatte.

Kyrin schmeckte die Kräuter in ihrem Mund nicht mehr. Sie bewahrten sie vor dem Einschlafen, aber wirklich wach war sie auch nicht. Nur gedämpft hörte sie die Rufe der siegreichen Krieger, die durch das Kastell streiften, um versteckte Schwertgrats zu finden. Der Rauch der Feuer, die sie nun löschten, juckte in ihrer Kehle, aber seinen Geruch nahm sie kaum wahr. Ob der Tag wirklich so grau war, wie er ihr erschien, konnte sie nicht sagen.

Die Krieger ihrer Leibwache scherzten mit denen, die das Kastell erobert hatten. Man warf sich gegenseitig Faulheit vor – den einen, weil sie im Wald zurückgeblieben waren, den anderen, weil sie bis zum Mittag gebraucht hatten, um die Anlage zu nehmen.

Asmodel erwartete sie vor einem der wenigen Steinhäuser innerhalb des Kastells. Er überragte Kyrin um einen vollen Schritt, aber für einen Imagolem erschien er schlank. Dabei gab es kaum Menschen, die solche Proportionen aufwiesen – mit den gewölbten Schultern und den kräftigen Schenkeln. Zwischen den Beinen gab es kein störendes Gemächt, Imagolems vermehrten sich nicht. Fähige Magier schlugen sie aus dem Stein. Granit, in diesem Fall.

Kyrin streckte den Arm und strich über die Schrammen an der Brust des steinernen Mannes. »Du hast dich gut geschlagen«, murmelte sie. Asmodel war doch noch in einen Kampf geraten. Sie hatte es erst spät bemerkt, weil sie ihren Geist mit anderen Imagolems verbunden hatte, aber er hatte von sich aus fünf Gegner überwunden. Ihr Blut verdunkelte seine grauen Fäuste.

Die Kräuter rangen mit Kyrins Erschöpfung. Vorerst setzte sich keine Seite durch.

»Wartet hier draußen«, befahl sie ihrer Leibgarde. Das war den Männern ohnehin lieber, so konnten sie mit ihren Kameraden feixen. Mit einem Gefühl der Taubheit betrat Kyrin das Haus.

Semire von Schneegrund trug einen frischen Verband um

den linken Arm, der schlaff herabhing. Mit dem rechten dagegen gestikulierte sie umso lebhafter in Richtung der Frau und der beiden Knaben, die vor ihr neben einem Wandteppich saßen. Dieser zeigte ein Schwert vor einer Sonne, das Wappen des Tiefen Hauses Schwertgrat.

»Schneidruhm?«, rief Semire. »Das ist Euer Name? Ihr seid Baronin Schneidruhm?«

»So ist es.« Die Frau trug das brünette Haar zu einem Ring frisiert, der auf ihrem Kopf saß wie ein voluminöser Reif. Ein Striemen an ihrem schlanken Hals deutete darauf hin, dass man ihr eine Kette gewaltsam abgenommen hatte. Trotz der glänzenden Metallstücke an ihrem Kleid, die Rüstungsteile modisch nachahmten, wirkte sie nicht wie jemand, der sich gegen Krieger zur Wehr setzte. »Ich bin Baronin Morita Schneidruhm, und dies sind meine Kinder.« Sie deutete erst auf den Jungen zu ihrer Linken, dann auf den zu ihrer Rechten. Der eine trug eine rote, der andere eine gelbe Tunika. »Ich erbitte die schonende Behandlung, die uns aufgrund unseres edlen Standes zusteht.«

Die beiden Knaben waren annähernd gleich alt, um die fünf Jahre, schätzte Kyrin. Man erkannte sie sofort als Geschwister. Das flachsblonde Haar war in einer runden Kante geschnitten. Während der eine stur geradeaus starrte, blickte der andere furchtsam zwischen seiner Mutter und Semire, hinter der zwei rußverschmierte Krieger standen, hin und her.

»Wie lautet der Name Eures Gemahls?«, wollte die Grafentochter wissen. »Etwa Isbar?«

Morita runzelte die Stirn. »Ihr kennt Euch?«

Semire lachte auf. »Vor der Arena hat er mir im Namen von Haus Schwertgrat ins Gesicht gespien und die Fehde erklärt! Und nun ist uns seine Frau ins Netz gegangen!« Triumphierend sah sie sich um.

Sie bemerkte Kyrin.

»Ah, unsere Magierin!«

Kyrin knickste. »Herrin.«

Semire kam zu ihr. Schweiß, Staub und Ruß verklebten ihr langes Haar, das sonst kräftig rot leuchtete und bei jedem Schritt

Wellen warf. »Deine Imagolems haben hervorragende Arbeit geleistet. Du hast sie grandios gelenkt.«

»Danke, Herrin.«

Semire grinste. »Unser Angriff war noch erfolgreicher, als wir gehofft haben.« Sie wirbelte zur Gefangenen herum. »Eine Baronin! Die werden wir uns teuer bezahlen lassen.«

Kyrin folgte Semire zurück in die Mitte des Raumes.

Stirnrunzelnd blickte sie zu einer Tür, in die ein Muster geschnitzt war, das sich aus unzähligen Klingen zusammensetzte. Spielten ihre überreizten Sinne ihr einen Streich, oder hörte sie tatsächlich eine Frau schreien? Oder gar zwei?

»Was für eine glückliche Fügung!«, freute sich Semire. »Wenn Schneidruhm diese Botschaft überbringen durfte, genießt sein Haus bei den Schwertgrats zweifellos hohe Achtung. Sagt, Morita, ist Isbar verwandt mit dem Grafen?«

»Nur weitläufig«, gestand die Baronin. »Aber er ist ein kluger Ratgeber.«

»Tatsächlich?«, lauerte Semire. »Dann hat er wohl auch zur Fehde mit uns geraten?«

Stolz blickte Morita zu ihr auf. »Es ist weise, stets alle Entwicklungen zu bedenken, die in eine ruhmreiche Zukunft führen mögen.«

»Und den Tod meines Vaters habt Ihr als Möglichkeit gesehen, um einen Vorteil zu erlangen.« Semire trat nah an Morita heran und spie ihr ins Gesicht.

Würdevoll hob die Gefangene ein spitzenbesetztes Tuch und wischte den Speichel ab. »Ich nehme an, dass das sehr rasch entschieden wurde.«

»Ja, ich erinnere mich, dass es Unruhe in Eurer Loge in der Arena gab. Aber den Gedanken, uns anzugreifen, müsst Ihr lange vorher abgewogen …«

Semire unterbrach sich und blickte nun ebenfalls zur beschnitzten Tür. Also waren die Schreie wohl keine Einbildung.

»Was geht dort vor?«, verlangte die Tochter des toten Grafen zu wissen.

Einer der beiden Krieger, die sie schützten, blickte betreten zu Boden. Der andere sah Kyrin an, als sei es ihre Aufgabe, ihre Feldherrin über die Realitäten eines Sieges in Kenntnis zu setzen.

Schnaubend verschränkte Kyrin die Arme.

Semire ging entschlossen zur Tür und öffnete sie.

Am Gang dahinter lagen vier Zimmer. Die Geräusche kamen aus den beiden zur Rechten. In die gedämpften Schreie von Frauen mischte sich das Gelächter von Männern.

Auch im Palast konnte Kyrin Semire an der Art erkennen, wie sie ihre Schritte setzte. Besonders fest, beinahe, als würde sie stampfen. Jetzt wirkte sie wie ein Krieger, der gegen den Schild eines Feindes anging. Offenbar rauschte die Streitlust noch in ihren Adern. Sie riss eine der Türen auf und stürmte in den Raum dahinter.

Kyrin ging ihr nach.

Semire drückte sich gegen eine Wand, während sie auf das Bild starrte, das sich ihr bot.

Drei Frauen lagen mit den Bäuchen auf einer Tischplatte, Hand- und Fußgelenke waren an den Tischbeinen festgebunden. Trauben und Bratenreste standen zwischen ihren nackten Körpern. Bei zweien waren die Knebel verrutscht oder heruntergezogen worden. Wenn Kyrin das hektische Gefummel eines der Krieger an seiner Hose richtig deutete, hatte er die verheulte Schwarzhaarige gezwungen, mit ihrem Mund sein Gemächt zu liebkosen.

Er war nicht allein. Vier Männer ließen hier der Wollust ihren Lauf. Ihre Schwerter lagen unbeachtet auf dem Boden, ebenso wie die Harnische und Teile ihrer Kleidung. Fürst Doryam, der Lichtmeister des Tiefen Hauses Schneegrund, trug keine Hose. Nur die Länge seines Hemdes bedeckte seine Blöße.

Kyrin überlegte, ob sie Semire noch erklären musste, was hier geschah. Die Grafentochter war noch bleicher als sonst und ihre Körperhaltung war erstarrt. Die Lebhaftigkeit, die sie beim Verhör der Baronin gezeigt hatte, war von ihr gewichen wie die Wärme aus einem Stück Kohle, das man in einen Eimer Wasser warf. Begriff sie, was sie sah?

»Sind das die Siege, die Ihr erringen wollt?«, fragte Semire tonlos. »So wollt Ihr Ruhm erwerben? Tohlymm – vor einer Stunde noch haben wir Rücken an Rücken gekämpft.«

»Das haben wir«, bestätigte der Mann, der seine Hose notdürftig verschnürt hatte, kleinlaut.

»Du bist ein Hauptmann. Vorbild für deine Krieger.«

Er wich ihrem Blick aus, sah aber nicht zu Boden.

Doryam lachte. »Diese Männer haben Großes geleistet! Wir sollten ihnen die Freuden des Sieges gönnen.«

Die Schwarzhaarige wimmerte. Ihr Gesicht konnte Kyrin nicht mehr sehen, schamhaft hielt sie den Kopf gesenkt, soweit es die würdelose Haltung auf dem Tisch ermöglichte.

»Habt Ihr auch Großes geleistet, Fürst Doryam?«, fragte Semire. »Ich muss Euch aus dem Blick verloren haben, nachdem Ihr Euch am Tor übergeben habt.«

Böse funkelte er sie an.

»Wie vielen Feinden habt Ihr Euch gestellt?«, setzte sie nach.

»In der Hitze des Gefechts habe ich den Überblick verloren«, antwortete er.

»Wie viele habt Ihr erschlagen? Wenn ich Eure Klinge aus der Scheide zöge, fände ich Blut daran?«

Trotzig hob er den Kopf. »Ich kann Euch ein Schwert zeigen, das Blut geschmeckt hat, aber das wäre unsittlich.« Er zupfte am Hemd über seinem Gemächt.

»Ihr widert mich an, Fürst Doryam.«

»Ach! Und Eure Offiziere?« Er deutete auf die anderen Männer. »Widern die Euch auch an? Ihre Schwerter hätten das Blut ebenfalls gern gekostet, aber ihre Würfel fielen weniger glücklich als meine.«

Semires Nasenflügel zitterten, ihre Augen verengten sich.

Kyrin fasste sie am unverletzten Arm. »Auf ein Wort, Herrin.«

»Ich werde nicht dulden, dass die Ehre des Hauses Schneegrund befleckt wird.«

»Oh, wir beweisen die Standhaftigkeit unseres Hauses auf unnachahmliche Weise!«, höhnte Doryam.

Semire löste sich von der Wand.

»Auf ein Wort!«, wiederholte Kyrin. »Ich bitte Euch.«

Wenigstens sah Semire sie an.

Kyrins Blick bohrte sich in ihre Augen. »Bitte.«

Semire ließ sich von ihr auf den Gang führen, wo ihre beiden Krieger sie erwarteten.

»Sorgt dafür, dass niemand uns stört«, wies Kyrin die Männer an und zog Semire durch eine Tür auf der gegenüberliegenden Seite des Gangs. Sie gelangten in die Küche. Schubladen waren herausgerissen, eine Vorratstruhe geleert, Mehl lag wie verwehter Schnee auf dem Boden.

Semire schloss die Tür, lehnte sich dagegen und sah aus dem Fenster auf den Vorbau der Flaschenzüge, der noch immer qualmte, obwohl keine Flammen mehr zu sehen waren. »Also, was gibt es?«

Das derbe Lachen der Männer drang bis zu ihnen. Doryam war leicht herauszuhören.

Kyrin schluckte. »Lasst sie gewähren. Sie glauben, sie haben ein Anrecht auf diese Früchte des Sieges.«

»Wie kannst du das sagen?«, rief Semire entsetzt. »Du bist doch selbst eine Frau!«

»Und ich lenke schon lange Imagolems in Kämpfen. Ich weiß, was danach geschieht. Es gefällt mir nicht, aber die Sieger nehmen sich, was sie begehren. So ist es immer.«

»Gutes Essen, Gold, Silber – das ja.« Semire betrachtete die Verwüstung in der Küche. »Aber hier geht es um Menschen. Doryam … er ist vermählt. Und Tohlymm ebenfalls, wenn ich mich nicht irre.«

Kyrin räusperte sich. »Nicht alle sind so. Noch nicht einmal die meisten. Aber bei einigen Männern … Sie fühlen sich stark und lebendig, wenn sie sich besiegten Frauen aufzwingen.«

»Wie erbärmlich!«

»Das mag sein, aber Ihr braucht sie.« Kyrin sah Semire fest an, bis diese den Blick erwiderte. »Ich bewundere Euch. Ich habe noch nie eine Frau gesehen, die so in einer Schlacht steht. Ein paar Söldnerinnen, aber die sind Sonderlinge. Ihr dagegen genießt den Respekt der Männer.«

Semire schnaubte. »Auf den Respekt von Feiglingen, die Wehrlose schänden, verzichte ich gern!«

»Wirklich?«

Kyrin ließ die Frage einsinken.

»Fürst Doryam von Schneegrund ist jetzt der mächtigste Mann unseres Hauses.«

»Das ist Quilûn«, versetzte Semire. »Es hat meinem Vater gefallen, einen Maler zu seinem Nachfolger zu bestimmen.«

»Zugestanden, aber noch ist Quilûn nicht auf dem Berg. Und wenn er eintrifft – erwartet Ihr, dass sich die Adligen unseres Hauses vorbehaltlos hinter ihn stellen? Oder wird das Wort des Lichtmeisters Gewicht haben? Werden sie abwarten, wie er sich entscheidet, bevor sie selbst es tun? Zumindest einige von ihnen?«

Wieder schnaubte Semire. »Wenn sie wüssten, was Doryam für ein Feigling ist! Ich bin sicher, dass er keinen einzigen Kampf ausgefochten hat.«

Kyrin legte den Kopf schräg. »Das mag sein. Aber er bleibt der Lichtmeister. Das war Euer Vater auch, bevor er Landvogt und Oberhaupt unseres Tiefen Hauses wurde.«

»Was willst du andeuten?«, fuhr Semire sie an.

»Wir alle wissen, dass am Ende die Unsterblichen entscheiden, wer die Macht erhält, aber keiner von uns weiß, auf wen ihre Wahl fällt.«

»Sicher nicht auf einen Feigling.«

Kyrin hoffte, dass Semire in ihrer Aufregung das Wimmern überhörte, das jetzt wieder einsetzte. Diese Idioten hätten wenigstens die Knebel ordentlich befestigen können! Dann wäre es auch Kyrin leichter gefallen, zu ignorieren, was nur ein paar Schritt entfernt geschah.

»Seid Ihr sicher, dass die Geister das interessiert?«, fragte Kyrin. »Viele haben sich die Unsterblichkeit mit dem Schwert in der Faust verdient. Sie wissen, wie es im Krieg zugeht.«

Semire presste die Lippen zusammen.

»Wie heißt der andere? Der mit Euch gekämpft hat? Tohlymm?«

»Ich habe ihn für einen tapferen Mann gehalten«, sagte Semire tonlos.

»Das mag er auch sein.«

»Und zugleich ein Schänder?«

»Es hat den Anschein.«

Unwillig schüttelte Semire den Kopf. »Ich habe den Befehl. Ich will das nicht zulassen.«

»Und was wollt Ihr stattdessen tun? Einen fähigen Offizier hinrichten? Und den Lichtmeister? Man wird sagen, Ihr wäret von der Macht berauscht und wolltet alle aus dem Weg räumen, die Euch nahe kommen.«

»Ich müsste sie ja nicht gleich töten lassen«, sagte Semire zögerlich.

»Aber demütigen wollt Ihr sie?«

»Diese Männer demütigen die Frauen, die wir gesehen haben!«, brauste Semire auf. »Aus keinem anderen Grund, als dass sie genau das sind: Frauen! Männern geschieht so etwas nie.«

»Nein«, bestätigte Kyrin. »Oft wird ihnen gleich der Hals durchgeschnitten.«

»Das ist das bessere Schicksal!«

»Vielleicht«, gestand Kyrin zu. »Aber das ändert nichts daran, dass Eure Leute – Eure Männer – es als Demütigung empfinden werden, wenn Ihr ihnen nehmt, was ihnen jeder andere Feldherr nach einem Sieg gewährt.«

Semire ballte die Hände zu Fäusten. Sogar die linke. Ihr verletzter Arm zitterte.

»Sie respektieren Euch, wie sie keine Frau zuvor respektiert haben«, sagte Kyrin eindringlich. »Aber das kann schnell umschlagen. Dann seid Ihr nur eine Frau mit einem Herzen, das zu weich ist für die Härte des Krieges.«

»Ich habe sie geführt«, flüsterte Semire. »Ich bin ihnen vorangestürmt. Mir verdankt unser Haus diesen Sieg.«

»Das wissen sie«, beteuerte Kyrin. »Diejenigen, die dabei waren, wissen es. Und sie werden davon erzählen. Jedenfalls, wenn man sie nicht auslacht, weil sie einem schwachen Weib Bewunderung zollen.«

Semire atmete tief ein.

Dann tat sie etwas, das Kyrin überraschte: Sie schluchzte, rutschte mit dem Rücken an der Tür hinab, schlang den unverletzten Arm um die Beine und barg ihr Gesicht auf den Knien.

Kyrin hockte sich neben sie, zögerte kurz und legte einen Arm um ihre Schultern. »Die Welt richtet sich nicht nach unseren Wünschen. Wir müssen sie nehmen, wie sie ist, und uns in ihr bewähren. Wenn wir sie verändern wollen, müssen wir ihre Gesetze verstehen und für uns nutzen.«

Semire zitterte. »Der Krieg ist so viel hässlicher als in den Liedern.«

Als er Semire von Schneegrund erkannte, wollte sich der Leutnant aufrichten. Sanft drückte sie ihn zurück auf das Lager. »Schone dich. Das ist ein Befehl.«

Ein sorgsam gewickelter Verband bedeckte die linke Gesichtshälfte und den gesamten Kopf oberhalb der Stirn. Einzelne Schlaufen liefen unter dem Kinn hindurch, wohl, damit er nicht verrutschte.

»Ich nehme an, wir haben Euren Krieger gefunden«, meinte der Clerronit trocken. Er trug die schmucklose graue Kutte seines Ordens. Über die Brust lief der hellbraune Ledergurt, der eine Tasche mit Verbandszeug, Zangen, ein Vergrößerungsglas und Nähzeug an seiner Seite hielt.

»Ja, das ist er. Die Pfeilwunde hat er erlitten, als er meinem Befehl gefolgt ist.«

»Vermutlich ein Befehl, der anderen Menschen das Leben kosten sollte.«

»So ist das in einer Fehde.«

»Die Weisheit, die darin liegt, menschliches Fleisch zu zerschneiden und fremde Knochen einzuschlagen, hat sich mir nie erschlossen.«

»Deswegen bist du ein Heiler geworden und kein Krieger«, vermutete Semire.

Das Haus der mildtätigen Brüder vom Orden des heiligen Clerron war in mehrere Säle unterteilt. Für diejenigen, die es in einen davon schafften, bestand Hoffnung. Wer nach Einschätzung der Clerroniten nicht zu retten war, blieb im Vorhof, wo er allenfalls eine Tinktur erhielt, die seine Schmerzen dämpfte.

In den Sälen unterschied man nicht nach der Herkunft der Bedürftigen, sondern nach Verletzung und Krankheit. Jedenfalls sah es die Regel so vor. Aber die Brüder waren nicht naiv. Auch hier, im Saal für Kopfverletzungen, trennte man die Angehörigen verfeindeter Häuser. Die Schwertgrats und ihre Vasallen lagen im nordwestlichen Bereich, die Schneegrunds im Südosten.

»Ist dir sein Name bekannt?«, fragte Semire.

»Der Körper eines Bettlers leidet und heilt genauso wie der eines Barons«, meinte der Clerronit. »Wir scheren uns nicht um Namen.«

Der Verwundete stammelte unverständlich.

»Schon gut«, sagte Semire. »Zur rechten Zeit werde ich dich zu einer Audienz rufen. Dann reden wir in Ruhe.«

Mit einem Lächeln ließ sich der Mann auf sein Kissen sinken. In seinen blauen Augen lag Dankbarkeit. Semire wusste nicht, warum. Ihr Befehl war es gewesen, der ihm den Pfeil eingebracht hatte.

»Können wir uns jetzt um Euren Arm kümmern?«, fragte der Clerronit. Wie viele Angehörige seines Ordens war er ein magerer Mann, dem man ansah, dass er sich wenig im Leben gönnte. Das war etwas, das Semire nie verstanden hatte. Wenn man das Leben so hoch schätzte, dass man sich ganz dem Dienst an Kranken und Verwundeten verschrieb, wie konnte man sich dann dem Großteil von dem verschließen, was das Leben schön machte? Ging es darum, etwas von dem Leid derer nachzuempfinden, die man pflegte?

»Werde gesund«, sagte sie zu dem Leutnant. »Haus Schneegrund braucht dich.«

Ihre Worte schienen ihn zu enttäuschen, auch wenn sie den Grund dafür ebenso wenig erriet wie den für die Dankbarkeit, die zuvor in seinen Augen aufgeschienen war.

Sie folgte dem Clerroniten in den Saal, in dem diejenigen lagen, die an Beinen oder Armen verletzt waren. Ein Mann presste die Zähne in ein Beißholz, während man ihm eine Hand absägte, die Semire nur wegen ihrer Position am Körper als solche erkannte. Irgendetwas hatte sie vollkommen zermalmt, jetzt war sie ein von Knochensplittern durchsetzter Fleischklumpen.

Semire sah weg.

Orim Flutgrau kam ihr entgegen. Der Mann war etwas älter als Semire, sie hatte die Einladung zur Feier seines fünfunddreißigsten Geburtstages bekommen. Erschienen war sie dort nicht. Seine Stellung war niedrig genug, um sich das erlauben zu können. Zudem wusste jeder, dass er nur einer von mehreren Dutzend Verehrern war, die davon träumten, in die Grafenfamilie einzuheiraten. Wenigstens war Orim nicht hässlich. Zwar waren seine Hände zarter, als es Semire gefiel, aber die Brauen hatten einen entschlossenen Zug.

Zwei Schritt vor ihr und dem Bruder verbeugte er sich. »Mich deucht, wir haben dasselbe Ziel.«

Semire nickte angemessen. »Ist das so?«

»Mir scheint, Euer Arm bedarf der Aufmerksamkeit. Bei mir«, er tippte auf seinen linken Oberarm, »ist es das Andenken von der Abschiedsfeier Eures Vaters, das mir Ärger macht. Die Clerroniten sagen, Tarins Schnitt sei gut verheilt, aber bei Regen schmerzt er noch immer.«

Eine Bö wehte einen Schwall Tropfen durch ein scheibenloses Fenster. Die Nässe prasselte auf den aus großen Fliesen gefügten Boden.

Der nieselnde Niederschlag des Morgens hatte sich den Tag über gesteigert. Jetzt, am Abend, plätscherte das Wasser durch die Speier von den Dächern. Es war eine unangenehme Zeit, um im Vorhof des Heilerhauses zu sterben.

Oder fiel es leichter, von der Welt Abschied zu nehmen, wenn sie sich nicht allzu schön präsentierte?

»Ich will Eurem Heil nicht im Wege stehen«, sagte Semire. »Schließt Euch uns an.«

Sein Lächeln verriet, dass er verstand, dass sie ihn durchschaute.

Der Bruder brachte sie zu einem hohen Bogenfenster. Scheiben gab es hier ebenso wenig wie in den meisten anderen Heilsälen, die Clerroniten schworen auf die segensreiche Wirkung frischer Luft. Die Öffnung lag auf der windabgewandten Ostseite, sodass der Regen nicht hereinwehte, wie der trockene Boden bewies.

»Wartet hier«, bat der Bruder. »Ich hole Stühle.«

»Lass dir ruhig Zeit«, sagte Semire.

Brummend entfernte er sich.

Die Clerroniten trugen keine Waffen, aber die Tatsache, dass all jene, die ihre Verwundeten versorgen lassen mussten, auf sie angewiesen waren, verlieh ihnen eine gewisse Machtstellung. Wer in einem Heilerhaus einen Streit begann, fand sich auf der Straße wieder. Darüber hinaus verweigerten die Clerroniten die Behandlung von mittelschweren Leiden in Adelshäusern, durch die sie sich ausgenutzt fühlten. Zwar ließen sie keinen Menschen verbluten, aber niemand legte sich mit den Clerroniten an, wenn sie drohten, die entstellende Flechte einer Dame oder den unbeherrschten Harndrang eines Barons unbehandelt zu lassen.

Semire sah aus dem Fenster in den Regen, sodass niemand innerhalb des Saals von ihren Lippen ablesen konnte. »Ich nehme an, die Clerroniten werden keine Ursache für die Pein in Eurem längst verheilten Arm finden.«

»Welche Pein?« Orim grinste. »Wann immer ich Euch sehe, fühle ich mich gesund und kräftig.«

»Wir sollten die Gastfreundschaft des Heilerhauses nicht über Gebühr strapazieren. Es sind meine Leute, die heute der Fürsorge bedürfen.« Allerdings wich der Schmerz nicht aus Semires Arm. Dass der Zauber ihm Kraft gegeben hatte, bedeutete nicht, dass er auf den Protest gegen die intensive Beanspruchung während des Kampfes verzichtet hätte.

Doch ihre Wunde war von minderer Bedeutung. Hier ging es um die Machtspiele der Tiefen Häuser, die sich gern auf dem neutralen Grund der Clerroniten trafen.

»Ich bin ein wenig überrascht, dass man Euch schickt«, gestand Semire.

»Wer sagt, dass ich geschickt wurde?«, fragte Orim.

»Meine Erfahrung. Flutgrau schuldet Sturmruf die Treue und jedes Tiefe Haus dürfte sich für unsere … Unstimmigkeiten mit den Schwertgrats interessieren.«

»Wenn Ihr es sagt. In der Tat entsinne ich mich, meinen Grafen verstimmt gesehen zu haben, als er davon erfuhr, dass Ihr die Sonnenbrücke zum Einsturz gebracht habt.«

»Es waren keine von seinen Leuten darauf. Nur Schwertgrats und ihre Vasallen.«

»Es geht ihm weniger um den Einsturz an sich als um den Umstand, dass die Brücke nun nicht mehr da ist. Das nötigt seine Gefolgsleute zu erheblichen Umwegen. Er empfindet es als ungerecht, dass ein solcher Aufwand bei ihm hängen bleiben soll, wo er doch mit diesem Händel nichts zu tun hat.«

Semire schmunzelte herablassend. »Leider sprecht Ihr mit der Falschen darüber. Haus Schwertgrat hat die Fehde einseitig erklärt und uns angegriffen. Alles Weitere ist eine Folge davon. Ihr werdet Euch an den Verursacher wenden müssen.«

»Oh, sicher wird Haus Sturmruf auch mit Haus Schwertgrat sprechen. Aber läge es in Eurem Interesse, wenn man sich dabei einigen würde?«

»An einem einträchtigen Miteinander muss uns allen gelegen sein«, heuchelte Semire. »Das wird auch Morita Schneidruhm so sehen.«

»Wer ist das?«

»Eine Baronin aus dem Gefolge der Schwertgrats.« Semire lächelte. »Seit heute Morgen genießt sie meine Gastfreundschaft, wird aber sicher gern zu ihrem Gemahl zurückkehren. Ebenso wie ihre beiden Söhne. Ob Ihr den Schwertgrats wohl ausrichten könntet, dass sie wohlauf ist?«

Auch Orim lächelte, als er nickte. »Das wird sich machen lassen.«

»Vielleicht sage ich es dem Grafen besser selbst«, schlug Semire vor. »Ich werde gern am Treffen teilnehmen.«

»Ich fürchte, dort werden nur die Oberhäupter der Tiefen Häuser zugegen sein.«

»Ich bin die ranghöchste Schneegrund auf dem Berg«, stellte Semire klar.

»Aber Ihr seid kein Graf.«

In seinem Blick lag etwas Lauerndes, aber sie verwehrte ihm den Gefallen, den Köder zu schlucken. Stattdessen verbarg sie sich hinter dem, was ihre Erzieherin als unüberwindliche Rüstung einer Dame bezeichnet hatte: ihrem Lächeln.

Orim räusperte sich. »Graf Jorrmon von Sturmruf … er sorgt sich, dass diese Fehde größere Kreise ziehen könnte. Er hält es für gut, wenn sie rasch beendet wird.«

»Das sehe ich genauso. Er sollte das beim Treffen mit den Schwertgrats ansprechen.«

»Das wird er. Aber es wird ihnen schwerfallen, einzulenken, nachdem Ihr sie gedemütigt habt. Viele sagen, es wäre weise, wenn Ihr in den Hintergrund treten würdet.«

»Derzeit sehe ich keinen würdigen Ehemann.« Vielsagend musterte sie ihn.

Orim lachte freudlos. »Nicht Ihr persönlich, sondern das Haus Schneegrund. Es gab Fälle, in denen sich auch ein Tiefes Haus vorübergehend unter den Schutz eines Mächtigen stellte.«

»Und dieser Mächtige könnte Jorrmon von Sturmruf sein?«

Grinsend zuckte Orim mit den Achseln. »Er wird bei den Mächtigen gehört. Im Gegensatz zu einem Haus ohne Graf.«

»Mein Vater hat einen Nachfolger bestimmt.« Semire musste sich sammeln, um den Namen auszusprechen. »Quilûn.«

»Ich hörte davon, aber das kann unmöglich stimmen. Den Maler?«

»Den neuen Grafen unseres Tiefen Hauses.«

»Wenn Ihr meint.«

Der Clerronit kehrte mit zwei Stühlen zurück.

Zum Abschied verbeugte sich Orim Flutgrau ebenso tief wie bei der Begrüßung, aber Semires Nicken fiel eine Spur beiläufiger aus.

ꙮ

Es reichte Brotans Feinden nicht, dass er an einer Kette von einem Ast hing, so weit gestreckt, dass gerade mal seine Fußballen den Boden berührten. Beinahe fühlte er sich geschmeichelt davon, dass sie ihm offenbar zutrauten, sich zu befreien, obwohl dazu offensichtlich keine Möglichkeit bestand. Sollte er die Schellen mit bloßen Fingern lösen? Oder den Ast zerbrechen, der doppelt so dick war wie seine Oberschenkel?

Er überlegte, ob er sich hinaufziehen und auf den Ast schwingen könnte. Aber auch dann würde ihn die Kette noch an den Baum fesseln. Gemeinsam mit seinen jetzt gestreckten Armen umschloss sie den Ast. Er müsste darauf nach oben kriechen wie eine Raupe, doch dann würde er eine Gabelung erreichen, die sich so weit spreizte, dass seinem Weg ein Ende gesetzt wäre.

Die imperialen Krieger des Berges hatten die Stelle für seine Fesselung gut ausgesucht. Tarin Kalthorn besaß viel Erfahrung in solchen Dingen, auch wenn er wohl meistens Tiere gefangen setzte und keine Menschen.

Dennoch hatten sie zusätzlich einen Imagolem zu seiner Bewachung abgestellt. Stoisch harrte der graue Steinkrieger neben ihm im Regen aus. Seine Proportionen waren annähernd menschlich, nur die linke Hand war durch eine überdimensionierte Kugel ersetzt, wie eine ständig geballte Faust. Mit seinen zweieinhalb Schritt überragte er selbst Brotan um einen ganzen Kopf, und die Muskelpakete spotteten jeder Beschreibung.

Damit nicht genug, standen auch noch vier Laternen um Brotan herum, sodass die Imperialen ihn problemlos im Blick behalten konnten. Ihre Zelte waren abseits des Flusses aufgebaut, wohl, weil der Boden dort nicht ganz so nass war. Ein zweifelhafter Vorteil bei dem Regen, der bereits den gesamten Tag angedauert und auch während der Dämmerung nicht nachgelassen hatte.

Seit es dunkel war, wurde das Wetter sogar noch wilder. Brotan fror im Nordwind und flussaufwärts zuckten Blitze. Inzwischen folgte der Donner ihnen bereits im Abstand von zwei

Herzschlägen. Er fragte sich, wie hoch die Wahrscheinlichkeit war, dass ein Blitz den Imagolem träfe. Und ob ihm das helfen würde, wenn die Naturgewalt den Steinkrieger wirklich zerschmetterte. Die Kette wäre er dadurch schließlich nicht los. Dafür müsste der Blitz den Baum treffen und Brotan müsste dem dann herabstürzenden Ast ausweichen.

Das fiele ihm schwer. Wegen seiner zwar gut versorgten, aber noch immer schmerzhaften Stichwunde im rechten Oberschenkel – einem Andenken an die nächtliche Flucht, die mit seiner Gefangennahme geendet hatte – stand er die meiste Zeit auf dem linken Bein und entlastete das verletzte. Es wäre dumm, die Heilung zu verzögern.

Ein paar niedrige Lagerfeuer brannten unter schräg gespannten Planen, aber abgesehen von den Wachen, die sich zwischen den Rundgängen an ihnen aufwärmten, waren sie verlassen. Der Regen trieb die Reisegesellschaft in die Zelte. In demjenigen, das Brotan am nächsten stand, vergnügte sich ein Mann mit zwei Frauen. Dass die Laterne, die er wohl benutzte, um die Schönheit seiner Gespielinnen zu bewundern, aussagekräftige Schattenspiele auf der Zeltwand erzeugte, hatte er offenbar nicht bedacht.

Eine Lampe näherte sich aus dem Lager. Interessiert blickte Brotan ihr entgegen. Durch das einbeinige Stehen verkrampften seine Muskeln, da kam ihm jede Ablenkung gelegen.

Die Besucherin war Tarima Eichfrost. Die schlanke Frau trug ein vornehmes dunkelgrünes Kleid, das in mehreren Lagen fiel. Ein dunkles Dreieck zog sich von beiden Schultern bis zur Gürtelschnalle, die als schneebedeckter Baum ausgeformt war. Daran schlossen sich Streifen in der Farbe von frischen Trieben an, die wie ein Schal auflagen, aber offenbar an einer Seite festgenäht waren. Außen schien das Grün von Nebel überhaucht. Aus diesem Stoff waren auch die Ärmel bis knapp über die Ellbogen gefertigt, die Unterarme bedeckte der blattgrüne Stoff, und die Spitze, die über die weißen Handschuhe fiel, war so dunkel wie das Dreieck am Rumpf.

Das Kleid umschloss den Hals so eng, dass es dessen schlanke

Form betonte, auch, weil die Brosche vor der Kehle den Blick anzog. Darauf glänzte ein aus Diamanten gelegter Schneekristall.

Tarima hielt ihre Laterne in der Rechten. Die Linke brauchte sie für den weißen Regenschirm, der in zwei Stofflagen gefertigt war. So konnte der Wind, wenn er hereinfuhr, die obere Lage anheben und entweichen, ohne der Dame den Schutz zu entreißen.

Brotan wusste, dass Tarimas Haar eigentlich gelockt war, aber davon war bei ihrer jetzigen Frisur nichts zu erkennen. Sie hatte einen strengen Knoten an ihrem Hinterkopf geflochten. Der Grund dafür war offensichtlich: So entblößte sie die Wunde, wo einmal ihr linkes Ohr gewesen war. Inzwischen war sie vernäht, aber die Heilung würde noch Monde beanspruchen. Selbst dann mochte eine hässliche Wucherung zurückbleiben.

»Hast du dich schon mit deinem zukünftigen Kameraden angefreundet?«, fragte Tarima im Näherkommen.

Brotan runzelte die Stirn. »Wen meint Ihr?«

Sie schwenkte die Laterne in die Richtung des Imagolems. »Schau ihn dir genau an, Barbar. In ihm siehst du deine Zukunft.«

Brotan blickte zum Steinkrieger hinüber. In den vergangenen Kämpfen hatte dieser einige Schrammen abbekommen. Aus der Kugel, die ihm die linke Faust ersetzte, war ein Stück herausgesplittert, ebenso wie aus der linken Ferse. Ob die Kerben an Brust und Bauch frisch geschlagen waren oder ihn schon lange verunstalteten, konnte Brotan nicht erkennen. Das auffälligste Merkmal des kantigen Gesichts waren die Brauen, die zwei Fingerbreit vorstanden. In den flachen Ovalen der Augen gab es weder Pupillen noch Iriden, was irritierte, weil man dadurch nicht erkannte, wohin der Imagolem blickte.

»So wirst auch du sein«, prophezeite Tarima. »Es ist unausweichlich, dass deine Seele in eine solche Statue gebannt wird. Aber dein Wille wird mit deinem Körper sterben. Quält dich der Gedanke, dass du gegen deine eigenen Leute ins Feld ziehen wirst?«

»Das wird noch lange dauern«, meinte Brotan.

»Du hältst dich für einen guten Kämpfer.«

Die hochgebundenen Arme verhinderten, dass er mit den Achseln zuckte. »Fragt das die Imperialen, die ich erschlagen habe. Das waren über ein Dutzend.«

»Das mag sein.« Nachdenklich musterte sie ihn. »Ich habe mir sagen lassen, dass sich die Arena von einem Schlachtfeld unterscheidet. Man kämpft mit besonderen Waffen, manchmal gegen Tiere und bei anderen Gelegenheiten gemeinsam mit Kameraden, die beim nächsten Aufeinandertreffen Todfeinde sein können.«

Die bittere Erinnerung daran, dass seine Kameraden ihn zurückgelassen hatten, stieg in Brotan auf.

»Möglich, dass du ein paar Monde in der Arena durchhältst, oder auch ein Jahr oder zwei.« Tarimas Grinsen entblößte makellos blaue Zähne. »Je länger, desto besser. Die Masse wird sich an dir ergötzen und deine Kampfkunst wird sich vervollkommnen.« Sie trat an ihn heran und leuchtete seinen Körper ab. »Dein Wuchs ist beeindruckend, das will ich zugestehen. Aber irgendwann wirst auch du einem begegnen, der schneller oder rücksichtsloser ist oder einfach mehr Glück hat. Und dann zwingen wir deine Seele zusammen mit all den Kampffertigkeiten, die du erworben haben wirst, in einen Steinkrieger.«

»Wieso verschafft Euch das solche Befriedigung? Ihr wisst, dass ich Euch nie gequält habe. Ich bin ein Gefangener, weil ich Euch befreit habe.«

»Ich hoffe, dafür erwartest du keine Dankbarkeit«, sagte Tarima kühl. »Ohne dich wäre ich nie in Gefangenschaft geraten.«

»Ich war nicht der Einzige, der den Zug mit Euren Steuereinnahmen überfallen hat.«

»Keine Sorge, deine Kameraden kriegen wir auch noch. Und auch, wenn du mich nicht allein entführt hast, so bist du doch einer der wenigen, die dabei waren, als mein Gemahl getötet wurde. Hast du nicht sogar damit geprahlt, das mit deinen eigenen Pranken vollbracht zu haben?«

Brotan hasste Unehrlichkeit. »Ich war es«, bestätigte er. »Er war ein Feind. Hätte er die Möglichkeit dazu gehabt, hätte er mich ebenso getötet.«

»Das wird die Arena übernehmen. Und damit wird dein Dienst am Tiefen Haus Schneegrund erst beginnen.«

Sie wandte sich dem Imagolem zu. »Stolz sieht er aus, nicht wahr?« Wieder lächelte sie Brotan an. »Doch das ist nur äußerlich. Er kennt keine Furcht, aber auch keine Selbstachtung.« Sie trat zwei Schritte zurück. »Komm her, Steinmann! Zu mir!«

Der riesige Krieger gehorchte sofort.

»Wollt Ihr die Sache beschleunigen, indem Ihr mich von ihm zerreißen lasst?«, höhnte Brotan. »Das würde Euch übel bekommen. Ihr wisst, dass Euer Graf noch im Sterben befohlen hat, wie mit mir zu verfahren ist.«

»Selbstverständlich respektiere ich Graf Golars Wunsch«, erwiderte sie ruhig. »Ich denke nur, du solltest wissen, was dein Schicksal für dich bereithält.« Sie sah hinauf in das steinerne Gesicht. »Knie nieder!«

Der Riese tat es. Er bewegte sich geschmeidig, ganz im Gegensatz zu den Eigenschaften, die man mit Stein in Verbindung brachte. Sogar die modellierten Muskelstränge regten sich, als würden sie wirklich arbeiten. Aber das konnte nicht sein. Eine Scharte am linken Oberschenkel war so tief, dass sie einen Menschen behindert hätte. Dem Imagolem machte diese Verletzung offensichtlich nichts aus.

Auch kniend überragte der Steinkrieger die Frau noch deutlich.

»Beuge dich vor und stütze dich auf den Händen ab«, befahl sie.

Er tat es mit ausdrucksloser Ruhe.

»Tiefer. Herab auf die Ellbogen.«

Er senkte die Schultern. Brotan sah, wie das Gewicht der Unterarme Wasser aus dem Boden drückte.

»Mach den Rücken gerade«, forderte Tarima.

Sie stellte die Laterne zwischen den Schultern des Imagolems ab, betastete prüfend den Stein und betrachtete ihren weißen Handschuh. Offenbar war sie mit der Sauberkeit zufrieden, sie ließ sich nieder.

»Ist Euch das nicht zu nass?«, spöttelte Brotan.

»Seit ich die Gastfreundschaft einer gravilischen Zelle genossen habe, bin ich Kummer gewohnt«, gab sie zurück.

Widerwillig gestand sich Brotan ein, dass ihre Demonstration ihn beeindruckte. Der Imagolem bot ein Bild willenloser Unterwerfung, und sie saß so vornehm auf ihm, dass niemand an ihrer Selbstsicherheit zweifeln konnte. Sie fühlte sich als Herrin und hatte wohl auch allen Grund dazu.

»Sehr folgsam, diese Riesen.« Sie tätschelte den steinernen Hinterkopf. »So wirst auch du sein.«

Er presste die Zähne aufeinander. Stand ihm das wirklich bevor? Wäre er ein Spielzeug seiner Feinde? Würdelos wie ein überzüchtetes Haustier?

»Gehorsam ist eine hohe Tugend in einem Heer, nicht wahr?«, säuselte Tarima. »Die Folgsamkeit unserer Imagolems mag dazu beitragen, dass sie die besten Krieger der Welt sind. Ihre Steinfäuste werden den Wahn deiner Zauberpriesterin zermalmen.«

Der Regen wurde heftiger und Böen wehten ihn immer wieder unter Tarimas Schirm. Sie reagierte weder darauf, dass sie nass wurde, noch darauf, dass zwischen Blitz und Donner nun nicht einmal mehr ein Herzschlag lag. Der zuckende Lichtschein beleuchtete ihre aufrechte Gestalt und ließ den weißen Schirm so hell aufleuchten, dass er blendete, wenn Brotan ihn direkt ansah. Tarima verhielt sich, als sei es unter ihrer Würde, sich mit dem Wetter zu befassen.

»Kannst du dir vorstellen, wie viele Imagolems die Tiefen Häuser in Schlachtreihen aufstellen werden, wenn sie sich zusammentun? Die verschrumpelnde Greisin, diese Emala, wird an einem solchen Wall scheitern, auch wenn sie wirklich alle Städte in Gravilien in Brand steckt und euer gesamtes Volk über den Torn führt.«

»Das sind nur Spinnereien einer alten Frau, die den Tod nahen fühlt«, versetzte Brotan. »Sie will erleben, wie unser Volk heim auf den Berg kommt, bevor sie stirbt.«

»Du glaubst nicht daran?«

»Sie ist wahnsinnig.« Er hörte die Unsicherheit in seiner eigenen Stimme. In einem Gespräch im Zaubertempel hatte Emala ihm erklärt, dass sie nicht sterben wollte. Ein verständlicher Wunsch, der wohl die meisten Menschen bewegte. Doch dem Tod konnte man nur entkommen, wenn man mit der Macht des Berges die Unsterblichkeit erlangte. So, wie die Geister der Tiefen Häuser es getan hatten. Was war so verrückt daran, dasselbe anzustreben? »Ich bin kein Freund von Emala«, sagte er dennoch und hoffte, dass er dabei überzeugter klang.

Ein weiteres Licht näherte sich aus dem Lager. Die niedergehenden Blitze blendeten Brotan zu sehr, als dass er mehr als einen Schattenriss erkannt hätte, aber sein Blick veranlasste Tarima dazu, sich umzuwenden.

Der Mann, der einen Hut mit breiter, aber wegen der Nässe schlaffer Krempe trug, war Derrek Eichfrost. Wenn ihn die unterwürfige Position, zu der Tarima den Imagolem gezwungen hatte, verwunderte, zeigte er es nicht. »Nachricht vom Berg«, sagte er stattdessen. »Eine Fehde, Tante.«

Brotan fand es merkwürdig, dass Derrek Tarimas Neffe war. Sie waren etwa gleich alt, um die dreißig Jahre.

»Welche Häuser?«, fragte sie.

»Schwertgrat greift uns an. Wir müssen unsere Kämpfer rasch zurückbringen. Ich denke, ein Eilmarsch wird befohlen.«

Tarima sah Brotan an. »Ihn werdet ihr wohl nicht mitnehmen?«

Ein Blitz beleuchtete Derreks Gesicht. Seine harten Züge deuteten auf ein Kriegerleben hin, und die Narbe auf der linken Wange verriet, dass es mindestens einmal knapp für ihn geworden war. »Der Gefangene wird mit dem Tross nachkommen.«

»So wie Domors Leiche?«, fragte Tarima tonlos.

Brotan hatte die beiden zu der Stelle im Wald geführt, wo er Tarimas Gemahl getötet hatte. Obwohl ein Imagolem seine Überreste bewacht hatte, waren sie einigen Tieren zur Nahrung geworden und faulten zudem, ein schrecklicher Anblick.

»Man wird Domor in allen Ehren behandeln«, versicherte Derrek. »Er wird gemeinsam mit Graf Golar auf dem Berg eintreffen.«

»Und mit mir. Ich werde die Toten auf ihrem letzten Weg begleiten.«

»Willst du nach all den Entbehrungen in der Wildnis nicht schnell wieder auf den Berg?«

»Doch«, bestätigte sie. »Aber dieser Abschaum«, verächtlich sah sie Brotan an, »ist der Letzte, der meinen Gemahl lebend gesehen hat. Ich werde ihn keinen fremden Händen anvertrauen.«

Gänzlich verschont hatte die Fehde das Viertel der Tagelöhner nicht, dafür lag es zu nahe am Palast der Schneegrunds. Die Kämpfe waren hier jedoch nicht sehr intensiv gewesen, stellte Kyrin fest, während sie mit Asmodel der breitesten Straße des Stadtteils folgte. Die Unterkünfte sahen aus, als könnten sie beim nächsten Sturm zusammenbrechen, aber das war normal. Die meisten waren aus den Bohlen grober Tische, zerbrochenen Türen, Überresten von Karren oder anderem Ausschuss zusammengenagelt. Hier wohnte man nur vorübergehend, oder zumindest redete man sich das ein. In vielen Familien wurde das zu einer Verheißung, dann zu einer Erzählung, schließlich zu einem Märchen, das durch die Generationen gereicht wurde. Irgendwann ging es nicht mehr darum, eine feste Arbeit in einer der Manufakturen der Stadt oder in einem Palast zu bekommen, sondern eine der besseren Hütten, die sich am steilen Hang emporzogen. Dafür musste man diese entweder den bisherigen Bewohnern mehr oder minder freundlich abnehmen oder man baute eine neue. Da sich niemand darum scherte, was in diesem Viertel geschah, ergaben sich abenteuerliche Konstruktionen, aufeinandergestapelte Häuser und Verschläge, die nur ein paar Seile vor dem Sturz in den Abgrund bewahrten. Immer wieder kam es zu Unglücken, deren unmittelbare Folge aber auch freier Baugrund war.

Die Hauptstraße säumte den Fuß des Hangs. Nach dem Regen war sie überflutet. Kyrin gab es auf, ihr Kleid aus dem Wasser herauszuhalten. Sie würde es wechseln, wenn sie zurück im Palast war. Wenigstens war die blaue Lederschürze, die sie als Magierin auswies, unempfindlich.

Den Blicken der Menschen, die am Wegesrand standen, wich Kyrin aus. Zwar befürchtete sie nicht, dass man sie wegen der Silberintarsien an ihrer Schürze überfallen würde, vor allem nicht in Asmodels Begleitung. Aber ein Blick konnte leicht als Aufforderung an die Wartenden verstanden werden, ihre Fähigkeiten als Kistenschlepper oder Küchenhilfen anzupreisen. Besonders zu so früher Stunde hofften viele noch auf einen lohnenden Tag, der eine warme Mahlzeit und ein paar Münzen einbrachte.

So bemerkte Kyrin erst dreißig Schritt weiter – als sie einen Bäcker erreichte, der sein Geschäft wie eine Festung mit winzigen Fenstern und einer nietenbeschlagenen Tür sicherte –, dass sie an der einmündenden Gasse vorbeigelaufen war, die sie suchte. In der Nacht, als sie den aus dem Dunkelsee geborgenen Steinkopf hierhergebracht hatte, hatte das Viertel anders gewirkt. Die Bewohner hatten sich still auf den Dächern versammelt, um dic Brände in der Stadt zu beobachten.

Kyrin kehrte um und nahm die richtige Abzweigung. Im Gesicht einer Frau schwer erkennbaren Alters, die ein Tuch um den Kopf geknotet hatte, leuchtete Hoffnung auf. Sie erlosch, als die Magierin und ihr Imagolem kein Interesse an ihr zeigten, sondern weitergingen.

Kyrin und Asmodel erreichten das aus für diese Gegend ungewöhnlich soliden Baumstämmen errichtete Blockhaus, an das sich weniger stabile Hütten stützten. Bei Tageslicht war der Unterschied zu den Bauten, die ohne jedes handwerkliche Geschick zusammengezimmert waren, noch deutlicher als bei ihrem nächtlichen Besuch.

Kyrin klopfte.

Schritte schlurften im Innern. Rubon öffnete. Er war ein Mann, dem man ansah, dass er in seiner Jugend kräftig gewesen war. Jetzt bog sich sein Oberkörper mit einem seltsamen Schwung nach rechts. Strähnen weißen Haars hingen auf seine Brust hinab, obwohl sich oben auf dem Kopf bereits eine handtellergroße kahle Stelle befand. Anders als bei ihrer ersten Begegnung trug er einen gut gewebten blauen Umhang, der sogar mit Kaninchenpelz gefüttert war. Offenbar war ihm kalt, was zu gleichen Teilen an der dunklen Hütte und an seinem Alter liegen mochte.

»Ah, endlich!«, murrte Rubon. »Wird Zeit, dass Ihr kommt, Zauberin. Brauche etwas aus meinem Lagerraum.«

Kyrin unterdrückte ein zufriedenes Schmunzeln. Wenn er auf sie angewiesen war, um etwas aus dem Zimmer zu holen, in das sie den Steinkopf gebracht hatten, bedeutete das, dass er sich selbst nicht traute, es zu betreten. »Ich werde es dir gern holen.« Sie zog ihren Geldbeutel hervor und schüttelte ihn, damit die Münzen klirrten. »Und die Entlohnung für deine Mühe habe ich auch nicht vergessen.«

»Das will ich Euch auch geraten haben«, grummelte er und griff danach.

Sie zog den Beutel weg. »Erst will ich sehen, ob du unsere Vereinbarung eingehalten hast.«

Brummend trat er zur Seite, wobei er den linken Türflügel vollständig aufzog. Der Eingang hätte auch einem repräsentativen Saal Ehre gemacht.

Er führte jedoch in eine Wohnstube mit einem Kamin, in dem verkohlte Scheite lagen. Davor stand ein mit Goldbrokat bezogener Sessel.

Kyrin trat ein, Asmodel folgte ihr. Die meisten Einrichtungsgegenstände sahen wertvoller aus, als man es für dieses Stadtviertel hätte vermuten sollen. Das galt für den ovalen Spiegel mit dem verschnörkelten Rand, die Blumenvase mit der filigranen Bemalung, die Fasane und Jagdhunde zeigte, für das ziselierte Schwert an der Wand, den runden Teppich aus fein geknüpften Fäden und den ausgestopften Bären mit den Bernsteinaugen. Aber die Kombination war dermaßen unharmonisch, dass der Raum insgesamt vor allem die Geschmacklosigkeit seines Besitzers bezeugte.

Eine vertrocknete Schlange hing unter der Decke, das weit aufgerissene Maul mit den Giftzähnen war zur Tür ausgerichtet. In den als Augen eingesetzten Smaragden funkelte das Licht der mit acht Kerzen bestückten Deckenlampe. Einfältigen Gemütern mochte das Angst einjagen.

Der Alte schlurfte zur gegenüberliegenden Wand, wobei er einen Schlüssel mit breitem Bart unter seinem Umhang hervorzog. Damit öffnete er das Vorhängeschloss an einer Schiebetür. Die Laufschiene musste er gut fetten, denn die Tür glitt leichtgängig und ohne Quietschen zur Seite.

War schon im Wohnraum ein zweifelhaftes Sammelsurium von Merkwürdigkeiten zu finden, so galt das für das anschließende Zimmer in ungleich höherem Maße. Hier stapelten sich Kisten auf Fässern, in Regalen drängten sich Flaschen, Tiegel und Flakons, Sträuße getrockneter Blumen baumelten von der Decke, am gedrehten Gehörn eines seltsamen Tiers hingen zwei vornehme Kleider.

All dies beschien das gelbweiße Leuchten aus dem adernartigen Geflecht im Innern eines Bergkristalls, der in der Stirn des etwa einen Schritt durchmessenden Steinkopfs aus schwarzem Marmor steckte. Das allgemeine Durcheinander war dadurch angewachsen, dass Kyrins Imagolems in der Mitte des Raums Platz für ihn geschaffen hatten.

Der Kopf bildete keinen Menschen nach. Die Wangen quollen zur Seite, ein Kinn war unter den wulstigen Lippen nicht zu erkennen, Ohrmuscheln waren lediglich angedeutet und die Pupillen waren geschlitzt wie bei einem Reptil. Die faltigen Lider weiteten sich, aber den Blick, mit dem die Augen, die größer waren als Kyrins Kopf, sie musterten, vermochte sie nicht zu deuten.

»Zufrieden?«, blaffte Rubon.

»Moment noch«, bat Kyrin.

Sie trat über die Rille, in der die Schiebetür lief, hockte sich hin und betrachtete die beiden sternförmigen Muster, die sie aus Kieseln gelegt hatte. Sie waren nicht verschoben worden, aber sie hätte auch nicht erwartet, dass jemand, der hier herumschnüffelte, so dumm wäre, eine dermaßen offensichtliche Spur zu hinterlassen. Viel wichtiger als ihre Erwartung war die von Rubon. Man hatte ihr den Alten als durchtriebenen Hehler beschrieben, der mit allem und mit jedem handelte, wenn der Preis stimmte.

Aber auch wenn er offenbar geschickt genug war, seinen Besitz inmitten dieses Viertels zu behaupten, war er doch nicht weltgewandt genug, um in einem besseren Stadtteil mit vermögenderer Kundschaft Fuß zu fassen. Also kannte er sich vermutlich mit der gehobenen Gesellschaft und vor allem den Magiern nicht aus. Daher dachte er hoffentlich, dass ein paar hastig angeordnete Steinchen wirklich die magische Macht tragen könnten, unbefugte Eindringlinge zurückzuschlagen.

»In Ordnung«, befand Kyrin, als hätte sie ihren Zauber überprüft. Sie reichte ihm den Geldbeutel.

Rubon setzte an, danach zu greifen, zögerte aber. Misstrauisch sah er auf die Rille im Boden.

»Du bist sicher, solange deine Füße auf der richtigen Seite stehen«, meinte sie, streckte ihm den Beutel aber dennoch entgegen.

Er nahm ihn.

Asmodel kam auf einen Wink zu ihr. Der Imagolem bückte sich, damit sein Kopf nicht gegen die Schlangenhaut unter der Decke stieß.

»Komm über die Schwelle«, befahl sie. »Achte darauf, die Sterne am Boden nicht zu berühren.«

Der Imagolem gehorchte.

»Ich werde ihn hierlassen«, kündigte Kyrin an. »Er wird dir helfen, falls jemand kommt und Ärger macht.«

»Wer sollte denn kommen? Hast du diesen seltsamen Imagolem geklaut?« Rubon zeigte auf den Kopf mit dem Bergkristall, nicht auf Asmodel.

Kyrin war recht, dass er ihn für einen ungewöhnlichen Imagolem hielt. Was er in Wirklichkeit war, wusste sie selbst nur ungefähr. Ein Gravioner, hatte sie von dem mächtigen Magier Abuliar erfahren. Aber das war für sie kaum mehr als ein Name. Angeblich ein Volk, das früher einmal auf dem Ianapat, dem Berg der Macht, gelebt hatte, ein Haus unter dem Zeichen des Mondes. Dann waren die jetzigen Herrscher gekommen, Kyrins Vorfahren, und hatten dieses Volk vertrieben, seine Anführer versteinert und im Dunkelsee versenkt. Nach dieser Erzählung hatte

Kyrin damit gerechnet, dort Menschen zu finden, nicht so ein … Ding, das lediglich aus einem Kopf ohne Körper bestand.

Dennoch hatte sie den Gravioner vom Grund des Dunkelsees geborgen, denn was Abuliar vom Wissen dieses Volkes berichtet hatte, war unglaublich: Angeblich war die Magie keine Kraft, die der Berg ausstrahlte wie die Sonne das Licht. Vielmehr sei sie Gezeiten unterworfen, würde an- und abschwellen, und nur die Manipulation der Zauberer hielte den Ianapat davon ab, seine Macht zurückzufordern. Von dieser magischen Kraft hing das Leben auf dem Berg ab. Wenn Kyrin sie beherrschte, wäre ihr eine unwiderstehliche Waffe in die Hand gegeben.

Sie musste mehr darüber erfahren. Also hatte sie die Unruhe nach dem Ausbruch der Fehde genutzt, um einen der Steinköpfe mithilfe von vier Imagolems gegen eine Kopie aus ihrer Werkstatt auszutauschen und das Original hierherzubringen, in das Viertel, in dem sie und ihr Bruder einen Großteil ihrer Jugend verbracht hatten, bevor Graf Golar sie als Mündel aufgenommen hatte. Aber sie hatte nicht gewagt, einen Imagolem hier zurückzulassen und so die Kampfkraft des Hauses Schneegrund weiter zu schwächen. Dafür, einen echten Schutzzauber zu meißeln, war keine Zeit gewesen.

Wenn Rubon den Kopf für einen exotischen Imagolem hielt, kam Kyrin das gelegen. Falls er neugierig würde und nach dem Ursprung forschte, führte ihn das in eine falsche Richtung, nämlich zu den Magierwerkstätten der Adelshäuser.

»Besser, wir machen uns keine Gedanken darüber, wer ihn vermissen könnte«, schlug sie vor. Sie wollte den Hehler nicht zum Nachdenken bringen, indem sie auf die sicherlich erwartete Ermahnung verzichtete.

»Natürlich nicht«, heuchelte Rubon.

Kyrin nickte bedeutungsschwanger. »Und was suchst du?«

Er blinzelte. »Suchen?«

»Du hast doch gesagt, ich soll dir etwas aus diesem Raum bringen.«

»Ah, genau! Die Lampe, die wie eine Tänzerin geformt ist.« Er zeigte auf ein Stück aus rotem Glas.

Die Form war kunstvoll geblasen und stellte eine Frau in einem knöchellangen Kleid dar, das in einer schwungvollen Drehung wirbelte. Das Innere ließ sich mit Öl füllen, der Docht kam auf Höhe des Bauchnabels hervor, was dadurch möglich wurde, dass sich die Tänzerin weit zurücklehnte. Der gebogene linke Arm und die Hand mit den gespreizten Fingern mochten einen gewissen Windschutz bieten, aber dem schmückenden Effekt war bei dieser Figur eindeutig Priorität eingeräumt worden.

Kyrin holte sie aus dem Regal und gab sie dem Hehler. »Ich hoffe, sie wird gut bezahlt.«

»Das hoffe ich auch«, entgegnete er missmutig. »Es wäre ärgerlich, wenn der Käufer einen Rückzieher machen würde. Ich konnte sie ihm ja noch nicht zeigen.«

Auch das gefiel Kyrin. Rubon hielt die Tür wohl wie vereinbart geschlossen.

»Also ein Steinkrieger in meinem Haus.« Rubon kratzte sich mit der freien Hand am Bauch und blickte an Asmodels Gestalt empor. »Ich weiß nicht, ob mir das gefällt.«

»Er bleibt hier drin, hinter der Tür«, beschwichtigte Kyrin. »Du wirst ihn gar nicht bemerken.«

Rubon brummte missmutig.

»Und jetzt würde ich gern ungestört arbeiten«, sagte Kyrin.

»Von mir aus.« Rubon schlurfte zu seinem Sessel.

Kyrin schloss die Tür. Sie brauchte sich nicht einmal anzustrengen, die Schiene musste wirklich hervorragend gefettet sein.

Kurz überlegte sie, ob sie Rubon zu sehr vertraute. Er könnte das Vorhängeschloss benutzen, um sie einzusperren.

Aber Asmodel würde die Schiebetür sicher einschlagen können.

Sie nahm ihm die große Tasche ab, die er an einem Schulterriemen trug. »Hol mir die Kiste dort vorn«, befahl sie ihm. »Stell sie mittig vor die Tür. Ja, so.«

Die Magierin zog eine Figur aus der Tasche. Sie zeigte die untere Hälfte eines Gesichts und einen Zeigefinger, der vor die geschlossenen Lippen gedrückt war. Ein Zauber, der Stille erschuf. Er wirkte in Richtung des Fingers, trichterförmig ausgehend von dem Bildnis.

Kyrin stellte den Zauber auf die Kiste, sodass er auf den Steinkopf des Gravioners zeigte. Geräusche, die von dort kamen, würden die kleine Skulptur mit der Schweigegeste nicht passieren.

Sie zog den Hammer und einen der mittelgroßen Meißel aus dem Futteral an ihrem Gürtel und setzte an. Um den Zauber zu aktivieren, musste sie die Sperre von der Figur entfernen, eine unförmige, unbearbeitete Wölbung an ihrer Rückseite. Kyrin erledigte das mit drei präzisen Schlägen.

Sie legte ihr Werkzeug neben den Zauber auf die Kiste und stellte sich nah vor den Steinkopf, um sicherzugehen, dass sie sich im Wirkungsbereich befand.

Der Blick aus den Augen mit den Schlitzpupillen folgte ihr.

Kyrin verbeugte sich. »Ich danke für Eure Geduld. Ich weiß, dass diese Unterbringung Eurer nicht angemessen ist. Aber wir müssen vorsichtig agieren.«

Auch nach der Bergung aus dem See hatte sie den Gravioner angesprochen. Zwar bewegten sich seine Züge, vor allem die Augen und die faltige Nase mit den faustgroßen Löchern, aber ob er sie verstand, konnte sie nicht erkennen. Geantwortet hatte er bislang nicht.

»Ich benötige Eure Hilfe«, gestand sie. »In der Zeit Eurer Verbannung ist wertvolles Wissen verloren gegangen. Mein Herr verlangt danach.« Sie hielt inne, weil ihr auffiel, dass sie von Graf Golar sprach wie von einem Lebenden. Sie würde noch Zeit brauchen, um sich an den Gedanken zu gewöhnen, dass sie nie wieder den weisen Worten ihres Gönners lauschen könnte. »Ich biete Euch meinerseits Hilfe an. Für Euch und Euer Volk. Doch dazu muss ich mein Wissen erweitern, um zu erkennen, auf welche Art ich Euch helfen kann.«

Fragend sah sie ihn an.

Die armlangen Lippen bewegten sich. Knirschen und Knacken drangen heraus, wie bei Imagolems, die schlampig gemeißelte Gelenke erprobten, deren Anordnung den Verlauf der Kraftlinien im Stein nicht berücksichtigte.

Kyrin lauschte.

Die Lider ihres Gegenübers verengten sich, während es mit den Augen rollte. Strengte sich der Gravioner an?

Konnte man aus den Geräuschen so etwas wie ein Stöhnen heraushören? Oder beeinflusste der gequälte Ausdruck, den Kyrin auf dem Gesicht sah, ihre Wahrnehmung?

Sie wartete geduldig.

Ihr Gegenüber mühte sich offenbar, ihr etwas mitzuteilen.

Sie glaubte Silben zu hören, die sich vielleicht zu Worten zusammensetzten. Doch ihre Lautfärbung war Kyrin fremd.

Sie hatte bereits befürchtet, dass der Gravioner eine andere Sprache sprechen würde als die Menschen auf dem Berg. Von wem sollte sie diese Sprache erlernen?

Sie blieb weiter vor dem steinernen Haupt stehen und versuchte, durch ihre Körperhaltung Respekt und Aufmerksamkeit zu vermitteln, während sie in Gedanken durchging, was zu tun war. Dass Asmodel den Gravioner bewachte, stellte eine erhebliche Verbesserung zu dem Schwindel mit den Sternen auf dem Boden dar. Dennoch wäre ein dauerhafter Schutzzauber besser. So etwas meißelte sie selten, aber vollkommen fremd war es ihr auch nicht. In ihrer Werkstatt hatte sie Aufzeichnungen dazu, die könnte sie beim nächsten Mal mitbringen. Vielleicht ließ sich solche Magie auch mit einem permanenten Stillezauber verbinden. Die Skulptur auf der Truhe würde innerhalb einer Stunde zu Sand zerfallen.

Wenn sie den Kopf jedoch an einen anderen Ort schaffen wollte, sollte sie das tun, bevor sie den Sicherungszauber anging. Dieser Lagerraum war nur eine Notlösung. Auf die Stimmung ihres Gesprächspartners würde es sich bestimmt vorteilhaft auswirken, wenn er sich in einer angenehmeren Umgebung befände. Mehrere Säle im Palast der Schneegrunds fielen ihr ein. Dort schien die Sonne durch hohe Fenster aus buntem Glas, viele waren mit prächtigen Blumen dekoriert, mit edlen Skulpturen und geschmackvollen Gemälden. Aber leider kam keiner von ihnen infrage, weil man den Steinkopf dort sofort entdecken würde. Noch schlimmer wäre die Hauptwerkstatt der Magier, obwohl es dort auch repräsentative Gebäude gab. Aber unter den erfahrenen Zauberern, den Braun- und Schwarzschürzen, mochte sich einer finden, der erkannte, worum es sich bei dem Gravioner handelte. Bei Steinmeister Agohn war das sogar sicher.

Der Kopf müsste hier verbleiben, bis ihr etwas Besseres einfiel. Vielleicht hatte er andere Wünsche, die sie ihm erfüllen könnte.

Aber dazu müsste sie ihn erst einmal verstehen. Das war ein Problem. Verständigungszauber wurden selten gebraucht und Kyrin hatte sich nie damit beschäftigt. Sie würde tief in ihren Aufzeichnungen graben müssen, vielleicht auch mit großer Vorsicht andere Magier befragen, Gefallen einfordern. Und das, während die Fehde ihre Fähigkeiten als Kampfzauberin erforderte.

Kyrin unterdrückte ein Seufzen. Ihr Zwillingsbruder war der einzige Magier, dem sie vertraute. Jedenfalls weitgehend. Von Graf Golars Traum durfte sie ihm nichts erzählen, er war nicht eingeweiht. Aber über die Möglichkeiten der Zauberei wusste er ebenso viel wie sie, darüber konnte sie sich gut mit ihm austauschen.

Sie hoffte, dass Quilûn sich mit der Rückkehr zum Berg beeilte. Mit ihm würde auch Anthurel die Schneegrunds verstärken.

Isrin Winterstahl war ein Mädchen, das sich so benahm, wie es sich Semire von Schneegrunds Erzieherin früher von der Grafentochter gewünscht hatte. Sie ließ ihr Haar in ordentliche Löckchen legen, sie übte sich in lieblichem Gesang, und Zierschleifen bedeckten ihr Kleid, das sie raffte, damit das feuchte Gras den weißen Saum nicht beschmutzte, als sie formvollendet vor Semire knickste. »Herrin«, sagte sie dabei mit einer Stimme, bei der sich Semire unwillkürlich fragte, ob sie von Natur aus so hoch war oder ob die Erzieherin mit Isrin geübt hatte, wie sie möglichst kindlich, möglichst niedlich klang. Bei Semire hatte man das versucht.

Sie nickte, damit sich das Mädchen wieder aufrichtete.

»Wie alt bist du?«

»Dreizehneinhalb, Herrin.« Aus Isrins blauen Augen strahlte der Stolz darüber, dass sie die höfischen Formen beherrschte. Sie griff sogar den Fächer, den sie an einer Kordel um das linke Handgelenk trug. Dabei war es ein frischer Vormittag, der Wind fiel die Bergflanke herab, er kam von den hohen Gletschern.

Semire ermahnte sich, nicht gering von dem Mädchen zu denken, obwohl es auf eine Art zu leben zusteuerte, die sie immer verachtet hatte. Isrin ließ sich abrichten wie ein Haustier und machte sich abhängig vom Lob derjenigen, die sie in einen Käfig aus Sitte und Erwartung steckten.

»Spielst du mit Kyrins Äffchen?«, fragte Semire.

Sie standen in einem der Haine, die auf dem Palastgelände der Schneegrunds angelegt waren. Diese bestanden meist aus weniger als einem Dutzend Bäumen, die auf Rasenstücken wuchsen, für die man eckige Bereiche im Pflaster freiließ. Das Gras strahlte in kräftigem Grün, aber zwei Stämme waren angebrochen. Ein Katapultgeschoss, das über die Außenmauer geflogen war, hatte sie getroffen, bevor es eine der Steinfliesen zerschmettert hatte. Das Geschoss war inzwischen als Munition zu den eigenen Geschützen geschafft worden. Die Fliese würde man austauschen, wenn Zeit dazu wäre, und die Birken müssten zeigen, dass sie mit dieser Verwundung klarkamen. Anderenfalls würde man sie ausreißen und verfeuern.

»Kyrin hat mir gesagt, ich solle auf ihre Äffchen aufpassen«, erklärte Isrin. »Ich darf sie behalten, wenn Kyrin in der Fehde stirbt.«

Wieder dieser Stolz. Als würde sich Isrin darauf freuen, diese Verantwortung zu übernehmen, obwohl Kyrins Tod die Voraussetzung dafür war.

Ob das Kind diesen Zusammenhang noch nicht begriff?

Semire versuchte sich zu erinnern, wie sie in diesem Alter gewesen war. Auch damals hatte es eine Fehde gegeben, gegen Haus Adlerhoch, und diese hatte Semires Mutter das Leben gekostet. Aber sie war schon vorher ein nachdenkliches Mädchen gewesen, das alles infrage stellte und keine Regel akzeptierte, bevor man es von ihrem Sinn überzeugte.

Bei Isrin waren sogar beide Eltern gestorben, sie hatten sich selbst vergiftet. Eigentlich hatten sie auch Isrin mit in den Tod nehmen wollen, aber das Kind hatte die gallige Flüssigkeit erbrochen. Jetzt wuchs das Mädchen bei seinem Großvater auf.

»Willst du sie nicht füttern?«, fragte Semire.

Die Affen saßen nebeneinander auf einem niedrigen Ast. Ohne den langen, in einer Quaste auslaufenden Schwanz waren sie gerade mal eine Handspanne groß. Einer lauste die goldene Mähne eines anderen, der dritte sah erwartungsvoll zu ihnen herab.

»Sie haben schon etwas bekommen, Herrin.«

Semire zeigte auf den violetten Samtbeutel, der neben dem Stamm lag. »Aber der ist doch noch voll.«

»Sie sollen nicht zu viel auf einmal fressen, sonst werden sie fett.« Isrin blickte streng. »Die nächsten Nüsse müssen sie sich mit Kunststücken verdienen.«

Seit dem Besuch im Heilerhaus trug Semire den linken Arm in einer Schlinge. Mit der rechten Hand knetete sie ihre Schulter. Sie hatte das Gefühl, dass es gut wäre, die Durchblutung zu fördern. »Was hast du ihnen denn beigebracht?«

»Lepp kann auf seinen Händen laufen.« Isrin verzog den Mund. »Aber heute ist er faul.«

Die Trägheit des einzeln sitzenden Äffchens verflog schlagartig, als Kyrin um die Ecke des Pferdestalls bog. Es flitzte am Stamm hinunter und rannte auf sie zu, wobei die Quaste am langen Schwanz hinter ihm herwippte.

Die ein wenig klein gewachsene Magierin trug die blaue Lederschürze, die ihren Stand und ihren Rang anzeigte. An der linken Seite hing ein Hammer in einem Eisenring an ihrem Gürtel, an der rechten eine Art Köcher mit mehreren Meißeln. Das schwarze Haar hatte sie zu einem Zopf geflochten, aber entweder war sie dabei nachlässig vorgegangen oder es lag schon eine Weile zurück, denn eine Vielzahl Strähnen hatte sich gelöst. Wegen der aufgequollenen Augen vermutete Semire, dass die Magierin kaum geschlafen hatte.

Das Äffchen sprang an ihr hoch, wobei es die Falten ihres Kleides geschickt nutzte. Beiläufig winkelte Kyrin den linken Arm so an, dass er zu einer Kletterhilfe wurde. Das Tier ließ sich auf ihrer Schulter nieder und keckerte.

Sie konnte sich ihr Lächeln nicht verkneifen, auch als sie vor Semire knickste. »Herrin.«

»Ich habe dich bei den anderen Magiern gesucht. Sie fertigen neue Steinbrenner.« Diese Steinkerne, die man mit Holzschäften verbinden und mit einer Armbrust verschießen konnte, hatten sich gegen die feindlichen Imagolems der Schwertgrats ausgezeichnet bewährt.

»Ich hoffe, sie sind verwendbar«, sagte Kyrin. »Ich habe ihnen gestern erst zeigen können, wie man sie meißelt. Wir haben vereinbart, dass ich in einer Stunde danach sehe, welche Fortschritte sie machen.«

»Gut.« Semire nickte. »Aber ich möchte wegen etwas anderem mit dir sprechen ... Können deine Äffchen noch ein Weilchen mit Isrin vorliebnehmen?«

»Ich passe gut auf sie auf!«, rief das Mädchen.

»Davon bin ich überzeugt.« Kyrin nahm das Tier von ihrer Schulter und gab es an das Kind weiter. Begeistert wirkte der Affe nach Semires Eindruck nicht, aber er fügte sich.

Die beiden Frauen gingen zur Pferdekoppel, auf der ein Knecht zwei Hengste bewegte. Es waren schön gewachsene Tiere. Bei Pferden hatte Semires Vater des Öfteren seine Sparsamkeit vergessen. Nie fühlte er sich so frei wie auf einem Ausritt, hatte er ihr anvertraut.

»Das Wissen um die Steinbrenner wird sich rasch verbreiten«, meinte Kyrin. »In einem Mond werden unsere Feinde über ähnliche Waffen verfügen, spätestens in zwei werden sie dieselbe Qualität haben wie unsere. Wenn man das Prinzip erst einmal verstanden hat, sind diese Zauber leicht zu meißeln.«

»Ich weiß diese Angelegenheit bei dir in den besten Händen.« Semire lehnte sich mit dem unverletzten Arm auf die oberste Stange der Umzäunung.

Kyrin stellte sich neben sie und sah dem Pferdeknecht zu,

der nun lief, damit die Tiere traben konnten. Einer der Hengste hatte dunkelbraunes Fell, der andere war etwas heller, mit einem beinahe schwarzen Strich, der sich über den Rücken zog und dabei Mähne und Schweif verband.

»Danke für deinen Trost, als ich im Kastell schwach geworden bin«, sagte Semire, ohne die Magierin anzusehen. »Und dafür, dass du mich vor einer Dummheit bewahrt hast.« Sie umfasste das Holz so fest, dass die Knöchel ihrer Hand weiß wurden. Das drängte die Erinnerung an die Schändung der Frauen und Fürst Doryams ekelerregendes Grinsen zurück.

»Ich habe nur meine Pflicht an Haus Schneegrund erfüllt«, versicherte Kyrin. »Reden wir nicht mehr davon.«

Ob sie sich in Gefahr wähnte? Der falsche Stolz mancher Adliger ging so weit, dass sie alle beseitigten, die ihrer Schwäche ansichtig wurden. Der Gedanke, dass Kyrin ihr eine solche Niedertracht zutrauen könnte, schmerzte Semire. Aber wenn sie so von ihr dachte, würden ihr auch Beteuerungen des Gegenteils nur als List erscheinen. Dabei war Semire tatsächlich dankbar für die Stärke, die Kyrins Umarmung ihr gegeben hatte.

»Mehrere Nachrichten von der Reisegesellschaft, die mit meinem Vater unterwegs war, sind eingetroffen«, berichtete Semire. »Die ausführlichste von Tarima Eichfrost. Sie schreibt von einer Invasion über unsere Südgrenze. Eine absurde Anzahl von Kriegern soll drohen, den Torn zu überschreiten.«

»Die Gravilier?«, fragte Kyrin. »Sorgt Ihr Euch deswegen?«

»Später vielleicht. Im Moment hoffe ich, dass wir wirklich einem starken Feind entgegensehen …« Semire ließ den Gedanken nachklingen.

»Die anderen Tiefen Häuser werden Schwertgrat drängen, die Fehde zu beenden, wenn eine echte Bedrohung von außen aufzieht«, erkannte Kyrin ihre Überlegung.

»Wenn unsere Feinde jetzt Frieden schließen müssen«, teilte Semire ihre Gedanken, »noch ohne Steinbrenner und bei allem, was sie verloren haben – werden die Bedingungen vorteilhaft für uns ausfallen. Aber mit jedem Tag können sie neue Verbündete gewinnen. Besonders, solange wir keinen Grafen auf dem Berg haben, der für uns spricht. Quilûn muss möglichst rasch hierher gelangen.«

Der Name des Malers verursachte einen Stich in Semires Brust. Sie fühlte sich von ihm betrogen. Schließlich war sie Graf Golars einziges Kind, nicht er. Das Wissen, dass eine Frau niemals ein Tiefes Haus führen würde, konnte dieses Gefühl nicht dämpfen. Ein Teil von ihr hoffte sogar, dass die Schwertgrats Quilûn abfangen und ihn töten würden, als Strafe für die Anmaßung, das Erbe ihres Vaters anzutreten. Aber natürlich war ihr klar, dass sie auch dann nicht als Herrscherin infrage käme. Und wenn sie Quilûn heil auf den Berg brachte, würde das als weiterer Sieg für Haus Schneegrund gesehen werden.

»Wieso hat Graf Golar ausgerechnet ihn zu seinem Nachfolger ernannt?«, fragte Kyrin. Schon wieder verliefen ihre Gedanken in denselben Bahnen wie Semires. »Ich meine … einen Maler?«

»Ich hoffte, du könntest mir etwas dazu sagen. Du warst mit meinem Vater vertraut.« Semire hielt die Luft an. Mehr noch als die Beziehung zwischen ihrem Vater und Quilûn interessierte sie, was ihn mit Kyrin verbunden hatte. War sie wirklich unter seine Decke gekrochen? Viele munkelten davon und in der Tat hatte er sehr vertraut mit seinem Mündel gewirkt.

»Er hat gut für mich und meinen Bruder gesorgt«, meinte Kyrin unverbindlich.

Semire ließ den Gedanken an eine mögliche Liebelei los. Letztlich war bedeutungslos, ob eine Bürgerliche ihren Vater in den anderthalb Jahrzehnten nach dem Tod seiner Gemahlin getröstet hatte. Über aufgeregten Tratsch hinaus wäre eine solche Information für nichts zu gebrauchen, dafür kam derlei zu häufig vor. Selbst wenn es männliche Kinder aus einer solchen Verbindung gegeben hätte, wären sie keine Bedrohung für Semire geworden. Sie wären als Bastarde ohne Adelsprivileg aufgewachsen.

Viel wichtiger war, ob andere Geheimnisse ihren Vater und Kyrin verbunden hatten. Eine von Semires Blumen hatte ihr davon berichtet, dass Kyrin sich in der Burg am Dunkelsee aufgehalten hatte. Das Mädchen hatte gesehen, dass Kyrin in ihrer Kammer die Leitfigur eines Imagolems benutzt und dabei Zeichnungen angefertigt hatte. Zwar hörte sich das nicht nach einer ungewöhnlichen Beschäftigung für eine Magierin an, vor allem, wenn sie sich wie Kyrin hauptsächlich mit Steinmännern befasste. Aber wieso am Dunkelsee? Im Palast der Schneegrunds stand ihr doch eine gut ausgestattete Werkstatt zur Verfügung. Ob das mit einem Auftrag von Semires Vater zu tun hatte?

Semire war sich sicher, dass er etwas mit Kyrin geteilt hatte, das seiner Tochter vorenthalten geblieben war, und das kränkte sie. Dieses Gefühl war ein weiterer Grund, noch nicht anzusprechen, dass Semire davon wusste, dass Kyrin dem verstorbenen Grafen in einer geheimen Angelegenheit gedient hatte und offenbar auch noch über den Tod hinaus diente. Ein kühler Kopf würde ihr bessere Dienste leisten.

»Ich hoffe«, sagte Semire, »wir erfahren, dass die Medizin, die man meinem Vater in seinen letzten Stunden verabreicht hat, seinen Verstand beeinträchtigt hat. Das würde uns die Möglichkeit geben, Quilûn durch jemanden zu ersetzen, der sich auf das Herrschen versteht.«

»Aber worin läge der Vorteil?« Wegen des Größenunterschieds musste Kyrin ein wenig nach oben schauen, um Semire in die Augen zu blicken. »Quilûn könnt Ihr einfacher lenken als einen Adligen, der für einen Thron erzogen wurde.«

Nachdenklich sah Semire in die braunen Augen der Magierin. Einen solchen Gedanken hatte sie der vier Jahre jüngeren Frau nicht zugetraut. Aber das hätte sie wohl tun sollen. Kyrins kleine Gestalt führte in die Irre. Sie war alles andere als ein Kind. Ihre Imagolems genossen auch unter den Magiern Bewunderung und sie hatte die Steinkrieger schon oft in eine Schlacht gelenkt.

Dachte Kyrin so – dass man andere lenkte, damit sie nützliche Dinge taten? Adlige ebenso wie Imagolems?

Und vielleicht auch die Tochter eines verstorbenen Grafen?

Wieder krampfte sich Semires Hand um die oberste Stange der Koppel.

ZWEI
Festigkeit

Der Palast der Schneegrunds nahm eine ebenso große Fläche ein wie manche Dörfer, die Quilûn auf der Reise gemalt hatte. Aber die Gebäude innerhalb der Umfassungsmauer hatten einen vollkommen anderen Charakter. Wo einfache Menschen lebten, diente die Architektur dazu, einen trockenen Schlafplatz zu schaffen, einen Lagerraum oder Stellfläche für das Vieh. Hier dagegen war alles darauf ausgerichtet, zu imponieren und die Stellung des Tiefen Hauses für Besucher, aber auch für die Bediensteten herauszustreichen. Für diese Imposanz traten die üblichen Zwecke der Gebäude in den Hintergrund. Das Gästehaus auf der Anhöhe, die innerhalb des Palasts den besten Blick über die Stadt bot, war so schmal, dass lediglich eine einzige Zimmerreihe pro Stockwerk untergebracht werden konnte, aber seine Außenmauern boten riesigen Bannern Platz. Der Schneekristall der Schneegrunds war als sieben Schritt durchmessende Eisenscheibe, strahlend weiß auf blauem Grund, in der Mitte eingelassen. Beehrten Gäste anderer Tiefer Häuser den Palast mit ihrem Besuch, zeigte man ihnen mit ihren Farben, dass sie willkommen waren. An diesem Tag hingen jedoch rechts und links des Schneekristalls die Banner der in Treue verbundenen Vasallenhäuser wie Eichfrost, Kalthorn, Winterstahl und Eisklamm: der schneebedeckte Baum, das vereiste Stiergehörn, das in einem Gletscher steckende Schwert und die Schlucht mit den hellblauen Hängen.

Auch in den anderen Gebäuden waren die Fenster höher, als für den Lichteinfall notwendig wäre, Türme mit spitzen Aufbauten verlängert, Fassaden mit flachen Reliefs verziert, die immer wieder den Schneekristall zeigten. In einem Brunnen bildete eine Statue einen Recken nach, der ein geflügeltes Ross würgte. Die Zähne hatte er dem Hengst ausgerissen, aus den Wunden spritzte Wasser in das Becken. Das Bildnis erinnerte an den Sieg von Haus Schneegrund über Haus Schwingenpracht.

Auf seinem Weg zwischen den Prunkbauten hindurch versuchte Quilûn, sich an den Gedanken zu gewöhnen, dass dieser Palast nun sein Besitz war. Sein Zuhause.

Es fiel ihm schwer. Die Bauwerke schienen ihn mit der Last der ruhmreichen Vergangenheit erdrücken zu wollen. Die Haine, die in den rechteckigen Bereichen sprossen, wo man das Pflaster für sie offen gelassen hatten, wirkten wie eine Mahnung, dass der Wildheit nur jener Raum zugestanden wurde, der den Schneegrunds genehm war. Über Jahrhunderte hinweg hatten Intrigen, Fehden und Kriege das Tiefe Haus geschmiedet. Es hatte sich als eines der Besten, der Dauerhaftesten bewährt, auch, weil Männer mit der richtigen Mischung aus Weisheit und Rücksichtslosigkeit es geführt hatten. Diese Aufgabe hatte der sterbende Graf Golar Quilûn nun unvermutet auf die Schultern gelegt und ihm schwirrte der Kopf von all den Ratschlägen, die ihm die Angehörigen der Reisegesellschaft bereits auf dem Weg zum Berg gegeben hatten.

Quilûn sah auf den Siegelring an seiner linken Hand. Nun lag es an ihm, zu befehlen. Von seinen Entscheidungen hingen Ruhm und Niedergang des Tiefen Hauses ab und auch Glück und Leid, sogar Leben und Tod der vielen Tausend Menschen, die ihm verbunden waren. Überall auf dem Palastgelände waren Krieger zu sehen. Manche übten sich an den Waffen, andere besserten ihre Ausrüstung aus, exerzierten oder saßen nur beisammen. Viele trugen Verbände, aber schlimmer war oft ihr Blick. Manche stierten vor sich hin, und Quilûn konnte nur ahnen, welche Schrecken die Erinnerungen heraufbeschworen. Bei anderen zitterten die Augen hin und her, und dann gab es noch einige, denen man ansah, dass ihre Seele in weite Ferne geflohen war, wo sie nichts mehr fühlen musste.

Quilûn hoffte, dass diese Männer noch keine ermutigenden Worte von ihrem neuen Grafen erwarteten. Er war erst gestern eingetroffen. Über Nacht hatte der Hofschneider ihm ein neues Gewand gefertigt, das vermutlich perfekt passte, Quilûn aber dennoch unangenehm fand, weil er den Schnitt mit den voluminösen Ärmeln und der engen Hose nicht gewohnt war. Er musste zum Thronsaal, wo ihn die Adligen des Hauses erwarteten, um ihn über den Stand der Fehde gegen die Schwertgrats ins Bild zu setzen. Auch Tarin Kalthorn und Derrek Eichfrost waren dort. Sie hatten die anderen über den Zusammenstoß mit den Graviliern an der Südgrenze unterrichtet. Quilûn hatte sich ausgebeten, allein dorthin zu gehen. Er wollte vorher nach Erlyk sehen. Seinem Sohn wollte er die neugierigen Blicke von Baronessen und Edlen ersparen, die in Begleitung ihres Grafen nur darauf lauerten, Mitgefühl für den verletzten Fuß des Jungen zu heucheln, um sich bei ihrem neuen Herrn einzuschmeicheln.

Er überquerte den Platz vor der Festhalle, auf dem der größte Baum auf dem Gelände stand. Seine ausladende und dichte Krone warf einen tiefen Schatten, in dem der Tag noch kühler war. Obwohl er die Kälte schon den ganzen Morgen spürte, hatte Quilûn das Gefühl, zu schwitzen. Wieder strich er mit der Hand über die Stirn. Sie war trocken.

An der Nordseite des Platzes stand ein weiteres Gästehaus. Es war für Adlige vorgesehen, die im Haus Schneegrund einen mittleren Rang einnahmen. Normalerweise wohnten dort Besucher, die auf den Landgütern im Umfeld des Bergs zuhause waren und nach einer Festlichkeit nicht am selben Abend heimkehren konnten. Nun hatte man in dem Bau mit der wellenförmig geschwungenen Front auch Quilûns Tante Bûna und seinen Sohn untergebracht.

Im Säulengang, der das Erdgeschoss zum Platz hin öffnete, erwartete ihn Kyrin. Die kleine Frau hatte die Hände vor dem Schoß gefaltet. Zwei Äffchen balgten neben ihr, ein drittes mühte sich auf ihrer Schulter mit einer Nuss, deren Schale seinen Zähnchen nicht nachgeben wollte.

Kyrin knickste, wobei ihre Lederschürze nur bedingt nachgab. Als Maler war dieses traditionelle Kleidungsstück der Zauberer für Quilûn immer eine Herausforderung. Auf den meisten Bildern wirkte es flach, weil das Leder keine interessanten Falten warf. Manchmal bildeten sich feine Risse darin oder Knicke gruben sich hinein. Aber so etwas wollten die Abgebildeten oft nicht in dem Werk sehen, weil man es so auslegen konnte, dass sie ihre Schürzen nicht pfleglich behandelten. Nur die teils komplexen Kerben, die man mit Silber ausgoss, um Verdienste anzuzeigen, sorgten für Abwechslung. Bei Kyrin gab es fünf davon. Alle waren im oberen Teil der Schürze angebracht, über der Brust.

Quilûn blieb vor ihr stehen. »Schön, zu sehen, dass du die Kämpfe wohlbehalten überstanden hast.«

»Eure Truppen haben mich gut geschützt, Graf.«

Der Gedanke, dass die Krieger des Tiefen Hauses jetzt für Quilûn kämpften, für etwas so Abstraktes wie seine Ehre, fühlte sich noch fremder an als der Besitz des Palastkomplexes. Ehre war etwas, das er immer mit dem Adel in Verbindung gebracht hatte und das ihn deswegen kaum betraf. Von einem Bürgerlichen wurde lediglich erwartet, dass er sich anständig gegenüber seinen Mitmenschen verhielt. Jenseits davon griff Quilûn ins Leere, aber er hatte bereits gemerkt, dass die Ehre für die Adligen in seiner Begleitung eine entscheidende Rolle spielte und dass sie auch davon abhing, wie viel Aufmerksamkeit er, der Graf, ihnen widmete.

»Semire hat mich gebeten, nach Euch Ausschau zu halten«, sagte Kyrin. »Ich soll Euch zur Besprechung im Thronsaal geleiten.«

Er legte eine Hand an die Säule neben ihm, als könnte der Stein seinen Gedanken im Chaos der neuen Anforderungen Halt geben. »Ich fühle mich wie ein Eindringling«, murmelte er.

Kyrin runzelte die Stirn. »Ihr wirkt erschöpft, Graf.« Das Äffchen auf ihrer Schulter merkte wohl, dass seine Herrin sich sorgte. Es ließ von der Nuss ab und sah sich mit ruckenden Kopfbewegungen um. Seine goldene Mähne streifte Kyrins Ohr.

»Hast du etwas Wasser für mich?« Noch beim Schneider hatte Quilûn getrunken, obwohl er das eigentlich nicht gewollt hatte. Der Gedanke, während der Besprechung mit den Adligen eine Unterbrechung erbitten zu müssen, um dem Drängen seiner Blase nachgeben zu können, war ihm unangenehm. Aber jetzt fühlte sich sein Mund wieder so an, als hätte er mit Sand gegurgelt. Wahrscheinlich lag es an den Dämpfen der Quadra, der Flechte mit ihren roten und blauen Strängen. Er hatte sie im Süden eingeatmet, als er seinen Sohn aus der Bärenhöhle befreit hatte. Man nahm seltsame Dinge wahr, wenn man den Atem mit der Quadra tauschte, sagten die Leute, die am Rotbruchwald lebten. Genau das passierte Quilûn seitdem.

»Im Thronsaal werden sie etwas haben«, meinte Kyrin.

Das Schlucken schmerzte in Quilûns Kehle. Er schämte sich dafür, dass er zu einer Pfütze auf dem Platz schielte. »Die Reise steckt mir in den Knochen«, behauptete er. »Zurück haben wir die Strecke, für die wir auf dem Hinweg einen Mond gebraucht haben, in zwei Wochen geschafft.«

Kyrin nickte, aber die Falten blieben auf ihrer Stirn. »Ich fürchte, hier werden die Anstrengungen für Euch zwar anderer Natur sein, aber nicht abnehmen.«

Er lächelte. »Wir waren beide Golars Mündel. Wir kannten uns schon als Kinder. Wieso ihrzt du mich?«

»Es ist angemessen, Graf«, meinte sie.

»Aber doch nicht, wenn wir unter uns sind.« Er versuchte ein Lachen.

»Fehler entstehen aus Gewohnheit«, sagte Kyrin ernst. »Wenn ich Euch unter vier Augen vertraulich anrede, könnte mir das auch unterlaufen, wenn andere zugegen sind.«

Nachdenklich sah Quilûn sie an. Eigentlich wusste er nicht viel von Kyrin, außer, dass sie eine fähige Magierin sein musste. Ihr Bruder Anthurel hatte die Expedition begleitet und bis zuletzt, wenn auch vergeblich, um das Leben des Grafen gekämpft. Niemand glaubte, dass Golars Ableben Anthurels Schuld gewesen sei. Es hatte an diesem verzauberten Pfeil gelegen. Ob Kyrin auch solche tückischen Waffen meißelte? Man durfte sich nicht von ihrer kleinen Gestalt und ihren niedlichen Äffchen täuschen lassen. Zumal sie offenbar Vertrauen als Fehler empfand.

»Haben deine Imagolems in der Fehde …«

Er brach seine Frage ab, weil im schwindelig wurde.

Quilûn fasste auch mit der zweiten Hand an die Säule. Sie schien zu zittern.

Nein, sie zitterte wirklich – das war ein Erdbeben. Jetzt hörte er auch das Grollen des Berges.

Kyrin lehnte sich an die Innenwand des Säulengangs und stellte die Beine auseinander, um einen festen Stand zu gewinnen. Das Äffchen sprang keckernd von ihrer Schulter und sauste mit seinen Kameraden ins Freie, auf den Baum zu. Sie selbst wirkte jedoch ruhig.

»Keine Sorge«, sagte sie. »Wir sind sicher. Die Zauber, die den Palastgebäuden Stabilität verleihen, werden oft überprüft und erneuert.«

Das Grollen blieb noch einige Herzschläge, nachdem das Zittern auslief.

Kyrin löste sich von der Wand. Quilûn ließ die Säule los.

»Gehen wir?«, fragte sie.

»Ich möchte noch schnell nach Erlyk schauen«, erklärte er. »Ein Heiler kümmert sich um sein Fußgelenk.«

Fragend sah sie ihn an.

»Er hat eine Blume gesucht … Dabei ist er in eine Bärenhöhle geraten und dort ist er zwischen zwei Felsen gerutscht und hat sich den Fuß eingeklemmt. Dann hat er das Bein verdreht und …« Quilûn hustete. Sein Hals war so furchtbar trocken! »Auf der Reise hat man sich schon um ihn gekümmert, aber ein erfahrener Heiler soll nach ihm sehen.«

Schweigend sah Kyrin ihn an.

»Ich glaube, der Fuß ist nicht seine größte Not.« Wieder versuchte Quilûn ein Lachen. »Er ist in die Fänge von Tante Bûna geraten. Die hat auch mich manchmal mit ihrer Fürsorge erstickt, als ich ein Kind war.«

Zögernd wandte sich Kyrin halb um und zeigte zum Eingang. »Ich habe den Heiler dort hineingehen sehen.«

Quilûn hatte das Gefühl, dass ihm etwas entging. »Darf ich nach meinem Sohn sehen?«, fragte er vorsichtig.

»Ihr seid der Graf. Ihr könnt tun, was Euch beliebt.«

»Aber es gefällt dir nicht«, vermutete er. »Du würdest mir raten, sofort zu den Edlen zu gehen.«

»Wenn es mir anstünde, Euch einen Rat zu erteilen«, sagte sie, »würde er lauten: Hört auf Semire. Sie hat die Truppen Eures Hauses vor zwei Wochen nach einem überraschenden Angriff Eurer Feinde zum Sieg geführt, seitdem einen Waffenstillstand gewahrt und mit allen Tiefen Häusern verhandelt. Sie ist sehr viel fähiger, als man ihr gemeinhin zutraut. Es wäre klug, ihren Beistand zu nutzen.«

Quilûn sah an der Festhalle vorbei. In dieser Richtung befand sich der Thronsaal. Er nahm an, dass Semire ihn dort mit den anderen Adligen erwartete. Sie kannte er noch länger als Kyrin. An dem Tag, als seine Eltern gestorben waren, hatte sie ihn aus den Kavernen gerettet. Inzwischen war sie eine wunderschöne Frau, von der man aber munkelte, dass sie mit ihren dreißig Jahren allmählich zu alt für eine Heirat wurde. Bei seinen Besuchen im Palast hatte sie sich höflich interessiert an seinen Bildern gezeigt, war ihm ansonsten jedoch wenig nahbar erschienen. Auf dem Tanzboden kam ihre Schönheit voll zur Geltung, wenn ihre Schritte auch geerdeter waren als die mancher dahinschwebender Damen. Sie wegen der Fehde und dem drohenden Krieg mit den Graviliern um Rat zu bitten wäre ihm allerdings nicht in den Sinn gekommen. Er fragte sich, weshalb das so war.

Aber zuerst musste er etwas trinken. Er wollte sich nicht vor den Adligen blamieren, indem er eine Karaffe in einem Zug leerte. »Ich will nach meinem Sohn sehen«, sagte er so harsch, dass Kyrin zuckte.

Eine Entschuldigung wäre wohl unangemessen gewesen. Mit weiten Schritten ging er zum Eingang.

Oft wurden Gemälde im Festsaal ausgestellt, aber dass hier auch Bilder gemalt worden wären, daran konnte sich Semire von Schneegrund nicht erinnern. In der Mitte des Tanzbodens waren Laken ausgebreitet, auf denen ein Dutzend Staffeleien stand. Quilûn eilte zwischen ihnen umher. Die Pinsel, mit denen er mal auf dieser, mal auf jeder Leinwand einen Strich zog oder eine Fläche malte, steckte er manchmal in Halterungen, die aus runden Löchern bestanden. Manchmal ließ er sie aber auch einfach fallen, sodass sie gelbe, orangefarbene und grüne Flecken auf den Laken hinterließen. Nicht immer machte er sich die Mühe, sie aufzuheben und auszuwaschen, wenn er sich neuerlich einem der entstehenden Bilder zuwandte. Er tunkte auch die Finger in einen Farbtopf oder nahm mit dem Daumen das Blau aus einer Palette, um dann direkt mit den Händen zu malen. Semire kannte die Meisterschaft seiner Gemälde, aber je länger sie Quilûn beobachtete, desto mehr erschien ihr der Maler, der nun Herr über Haus Schneegrund war, wie ein Wahnsinniger.

Im Gegensatz dazu widmete sich Baroness Alita Blitzdorn konzentriert einem einzigen Bild. Sie hatte sich Semire zugewandt und geknickst, als sie die Tochter des verstorbenen Grafen im erhöhten Bereich am Eingang des Festsaals bemerkt hatte. Nachdem Semire die Respektsbezeugung mit einem wohlbemessenen Nicken entgegengenommen hatte, war die Baroness zu ihrer Arbeit zurückgekehrt.

Sie trug eine weiße Stoffschürze, um ihr Kleid zu schützen, was wohl auch nötig war, wie Semire an den Farbstrichen erkannte. Um Alitas dünnen Hals lag ein samtenes Schmuckband, das ein hellrotes Juwel in Form einer Rosenblüte vor der Kehle hielt. Ihr Haar war in einen strengen Knoten zurückgebunden. Was sie malte, konnte Semire nicht erkennen, weil ihr die Rückseite der Leinwand zugekehrt war. Sie vermutete aber, dass es sich um die Silberschale mit Trauben handelte, die vor Alita stand und die sie immer wieder musterte.

Quilûn eilte zu einer anderen Leinwand, riss einen breiten

Pinsel aus der Halterung und tunkte ihn in ein Glas mit blauer Farbe, obwohl noch Gelb an den Borsten klebte. Dann jedoch beugte er sich nahe an die Leinwand, um, wie es schien, die Striche mit äußerster Vorsicht zu setzen.

Alita war offenbar unangenehm, dass Quilûn Semire nun schon geraume Zeit nicht bemerkte. Sie räusperte sich vernehmlich.

Quilûn blieb in sein Bild vertieft.

Innerlich seufzend ging Semire die fünf Stufen der Treppe hinab. Sie setzte die Füße so fest auf, dass ihre Schritte hallten.

Er reagierte erst, als sie auf die Laken trat, die den Parkettboden schützten. »Semire!«, rief er. »Was führt Euch zu mir?«

»Ich denke, es wäre gut, wenn wir die Besprechung diskutieren würden, die wir mit unseren Adligen geführt haben.«

Er sah sie an und drehte den Pinsel in der Hand, als müsste er überlegen, wovon sie sprach.

»Es wäre von Vorteil, wenn wir zu einer gemeinsamen Sicht gelangen würden«, fügte sie an.

Alita Blitzdorn steckte ihren Pinsel in die hüfthohe Halterung, die neben ihr stand. Die anderen hatte sie ausgewaschen, bei diesem verzichtete sie darauf. »Ich denke, ich sollte mein Bild trocknen lassen. Mit Eurer Erlaubnis entferne ich mich.«

Unter den nützlichen Dingen, die ihre Erzieherin Semire beigebracht hatte, waren die einhundert Arten, auf die eine Dame lächeln konnte. Fröhlich, belustigt, herausfordernd, abwertend, huldvoll, verletzt, Schutz suchend, überlegen, auch traurig, kalt, ermutigend … Es faszinierte Semire, dass diese subtilen Unterschiede den meisten Frauen intuitiv zugänglich waren und von ihnen verstanden wurden, während sich beinahe alle Männer schwer damit taten. Es war wohl so wie bei den Farben, wo Männer nur die gröbsten Unterteilungen vornahmen und selbst eine völlig geschmacklose Kombination von Kleid und Schal noch lobten.

Jetzt lächelte Semire zustimmend, mit einer Spur von Ungeduld.

Alita säuberte ihre Hände an der Schürze, zog diese aus, faltete sie und legte sie auf einem Schemel ab, knickste und eilte davon, ohne sich nochmals umzusehen.

Quilûn drehte noch immer den Pinsel in der Hand. In seinen Augen lag ein Gelbstich.

Semire zupfte die Schlinge zurecht, in der sie ihren linken Arm trug. Inzwischen schmerzte die Wunde nur noch, wenn man sie drückte, aber die Schlinge erinnerte Semire daran, nicht allzu wild mit dem verletzten Glied herumzufuhrwerken. Sie sehnte sich danach, ihre Schwertübungen wieder aufzunehmen.

Sie trat zwischen die Staffeleien, sodass sie die Bilder betrachten konnte. Wobei sie sich sogleich fragte, ob es sich überhaupt um Bilder handelte. Auf den Leinwänden bestürmten sich zerrissen wirkende Formen. Grelle Farben verbissen sich dergestalt ineinander, dass die gezackten Linien, an denen sie sich berührten, vor Semires Augen flimmerten. Auf allen Gemälden waren weiße Flächen zu sehen.

»Betreibst du Studien?« Semire hörte die Verärgerung in ihrer eigenen Frage. Soweit sie es beurteilen konnte, handelte es sich um hochwertige Leinwände, nicht um billigen Stoff, den ein Maler benutzen mochte, um seine Farbmischungen zu überprüfen. Sie hätten Meisterwerken Raum geben sollen.

Quilûn zitterte, doch das lag nicht daran, dass ihm kalt gewesen wäre. Selbst an einem windigen Tag wie diesem wärmten die im Festsaal verbauten Zauber besser als jeder Kamin. Semire sah ihm an, dass er am gesamten Körper verkrampfte. Er hatte sichtlich Mühe, die aufeinandergepressten Kiefer voneinander zu lösen, um ihr zu antworten.

»Ich versuche, ein altes Bild neu zu fassen.« Er zitterte noch heftiger, als sich seine Anspannung löste und er auf eine der Schmucksäulen zeigte. An den Zacken eines großen Schneekristalls, der dort als Relief eingearbeitet war, hingen zwei Pergamentblätter.

Semire musste mehrere Schritte darauf zugehen, um zu erkennen, was abgebildet war. Die dünn gegerbte Tierhaut war offensichtlich über viele Jahre nachgedunkelt, die Farbe dagegen verblasst, sodass sie sich kaum noch abhob.

Auf beiden Bildern waren jeweils ein Mann und eine Frau zu sehen. Trotz unterschiedlicher Mimik erkannte Semire sofort, dass es sich um dieselben Personen handelte. Auf dem linken Bild blickten sie der Betrachterin entgegen. Verschlungene Blätter fassten die Gesichter ein. Sie gehörten zu einer Blume, die zwischen ihnen platziert war. Ihre Blüte war eine blaue Kugel.

»Ich erinnere mich«, murmelte Semire. »Bei unserer ersten Begegnung … nach dem Beben, als ich mit den Männern in die Kavernen gestiegen bin und dich gefunden habe. Du hattest eine Blume dabei, deren Wurzeln du ausgegraben hattest. Das ist sie, oder?«

»Solche Blätter hat sie nicht.« Das Blau in Quilûns zitternden Augen war heller als das der Blüte auf dem Pergament. »Ich habe sie damals dazugemalt, damit sie meine Eltern miteinander verbinden. Sie sollten nicht getrennt voneinander auf dem Bild stehen.«

Die andere Zeichnung zeigte den Mann und die Frau in inniger Umarmung. Sie war jedoch unfertig. Während die Gesichter ausgearbeitet waren und räumliche Tiefe vermittelten, deuteten lediglich einzelne Linien die Oberkörper an und darunter war ein Drittel des Blattes leer.

Am Tag des Bebens musste Semire Quilûns Eltern wenigstens kurz begegnet sein, aber als sie nun die Bilder betrachtete, erinnerte sie sich nicht an sie. Ob der Vater wirklich so gewinnend gelächelt hatte?

»Das waren die ersten Bilder, die ich für Graf Golar gemalt habe.« Quilûn wischte sich über den Mund. Eine befremdliche Geste, wie Semire fand.

»Der Zug mit der Leiche meines Vaters ist noch eine Woche entfernt«, sagte sie. »Die Vorbereitungen für seine Beisetzung laufen. Aber das bedeutet nicht, dass unsere Feinde die Fehde ruhen lassen würden.«

Sie nahm ihn fest in den Blick. Sein Körper war nicht schwächlich, aber Semire hatte oft genug auf einem Fechtboden gestanden, um zu erkennen, dass Quilûn dort ein Fremder war. Obwohl sie noch immer leicht zitterten, war seinen langen Fingern anzusehen, dass sie feine, genaue Bewegungen gewohnt waren. Er hatte keine Fäuste, die sich um einen Schwertgriff schlossen. Seinen Unterarmen fehlte die Kraft, die sie entwickelten, wenn man täglich Stahl damit schwang. In einem solchen Hacken und Schlachten, wie sie es vor zwei Wochen erlebt hatte, war er sicher noch nie gestanden.

Sie legte den rechten Arm vor den linken, der durch die Schlinge ständig angewinkelt war. Diese Haltung kam einem Verschränken nahe. »Ich nehme an, von unserer Besprechung heute Mittag hast du nichts verstanden«, sagte sie unverblümt.

Er räusperte sich, was sich so anhörte, als steckte ein Husten in seinem Hals fest. »Ich habe mir vorgenommen, zunächst zuzuhören, bevor ich mir ein Urteil bilde.«

Sie ging zwischen den Staffeleien hindurch, umrundete ihn. Eine Taktik, die sie sich bei ihrem Vater abgeschaut hatte: Wenn man im Rücken eines Gesprächspartners stand, sodass er nicht sehen konnte, was man tat, verunsicherte ihn das. »Und wie lautet inzwischen deine Einschätzung?«

Er drehte sich um die eigene Achse, um sie im Blick zu behalten. Auch das verunsicherte; wer sich so verhielt, überließ dem anderen die Kontrolle darüber, wie er sich bewegte. Beinahe, als würde Semire ihn an einer Leine führen.

»Zu welchem Thema wollt Ihr meine Einschätzung hören?«, fragte er.

Quilûn begann ihr leidzutun. Dieses Gespräch überließ er ihr kampflos. Er unternahm noch nicht einmal den Versuch, seinen Verlauf zu beeinflussen oder gar zu bestimmen.

»Derrek Eichfrost und Tarin Kalthorn haben beide gesagt, dass die Schwertgrats weiterhin unsere Entschlossenheit auf die Probe stellen werden«, erinnerte sie. »Am Nachmittag – während du dich mit deinen Bildern beschäftigt hast – ist eine halbe Hundertschaft von ihnen auf dem Gemüsemarkt erschienen. Sie haben die Händler unter Druck gesetzt und sich zu Spottpreisen Kohl und Bohnen besorgt.«

»Also ... haben sie die Vorräte für ihre Truppen aufgestockt?«

»Das ist der weniger wichtige Punkt. Sie haben genug Verbündete oder zumindest ihnen zugetane Häuser auf dem Berg, um ihren Nachschub sicherzustellen. Jedenfalls für den Moment. Dass wir ihr Kastell halten, macht ihnen Schwierigkeiten. Aber der Gemüsemarkt liegt in unserem Einflussgebiet. Die Händler dort haben sich darauf verlassen, dass wir sie schützen. Dazu waren wir heute nicht in der Lage. Wir hatten nur ein Dutzend Bewaffnete in der Nähe. Zu wenige, um gegen die Schwertgrats anzukommen. Hätten sie es versucht, wäre die Machtdemonstration unserer Feinde nur umso deutlicher ausgefallen.«

»Ich verstehe nichts von Kämpfen«, gestand Quilûn. »Ich weiß nicht, wie wir unsere Bewaffneten am besten verteilen. Aber vielleicht kann ich mit den Anführern der anderen Häuser reden?«

Semire spürte den Stich des verletzten Stolzes in ihrer Brust. Tatsächlich wäre das Quilûn möglich. Ihr Vater hatte ihm Vollmacht über das Tiefe Haus Schneegrund gegeben, und er besaß auch eine zweite Eigenschaft, die ihre Feinde als selbstverständlich ansahen, um eine Verhandlung zu führen: Er war ein Mann.

Sie setzte ihre Wanderung fort, um die aufsteigende Wut zurückzudrängen, bevor sie antwortete. Alita Blitzdorns Bild zeigte tatsächlich die Schale mit den Trauben. Es war ebenfalls noch unfertig. Das Behältnis war lediglich eine graue Fläche, die stumpf wirkte, vor allem im Vergleich zum Obst, auf dem einige Tropfen glänzten, die es beim realen Vorbild nicht gab. Dadurch erschienen die Trauben frisch und knackig, obwohl ihre Proportionen falsch waren. Trotz der offensichtlichen Unzulänglichkeiten war es eine Erholung, dieses Gemälde statt der chaotischen Zerstörung zu betrachten, mit der Quilûn die anderen Leinwände traktierte.

»In Besprechungen wie der heutigen«, sagte Semire, »ist das Ungesagte ebenso wichtig wie das, was ausgesprochen wird. Hast du dir gemerkt, wer dich mit ›Graf‹ angeredet und wer es vermieden hat?« Die Kraft, mit der sie sein linkes Handgelenk griff und in die Höhe zog, mochte ihn überraschen. »Das hier«, sie sah auf den mit gelber Farbe beschmierten Siegelring des Tiefen Hauses Schneegrund, »ist nur ein Stück Metall, solange der Respekt vor demjenigen fehlt, der es trägt.«

Er zog die Brauen zusammen. Vielleicht übertrieb sie es mit ihrem belehrenden Ton.

»Jedenfalls entgeht mir nicht, dass Ihr mir die angemessene Anrede verweigert, indem Ihr mich duzt.«

»Ich werde dich wie einen Gleichwertigen anreden, wenn du beweist, dass du einer bist«, stellte sie klar. »Wenn du so weitermachst, lohnt sich die Umgewöhnung nicht. Dann wirst du den Thron so schnell wieder verlieren, dass niemand sich daran erinnern wird, dass du jemals darauf gesessen hast. Entweder weil die Schwertgrats uns überrennen oder weil unsere eigenen Adligen uns beseitigen. Achte auf den Lichtmeister!«

»Fürst Doryam?«

»Kennst du noch einen anderen Lichtmeister in Haus Schneegrund?«

Sie sollte sich wirklich zügeln. Quilûns Miene drückte immer mehr Unwillen aus. Sie gab seine Hand frei.

»Er gehört zu denen, die dich bislang noch kein einziges Mal ›Graf‹ genannt haben. Auch wenn du es nicht bemerkt hast – anderen wird es aufgefallen sein. Man wird es als Zeichen verstehen, dass er deine Autorität anzweifelt.«

Quilûn rang sichtlich mit seinem Stolz, bevor er eine Frage an sie richtete. »Ich sollte ihn also maßregeln?«

»Wenn du dich stark genug dafür fühlst ... Aber wenn du ihn nicht auf die Knie zwingst, kannst du ihn nur in den Kerker werfen. Das könnte dazu führen, dass seine Gefolgsleute offen gegen dich vorgehen.« Prüfend sah sie ihn an.

Er wirkte nicht so, als ob er den Ernst der Lage erfasst hätte.

»Mit Waffen«, fügte sie deswegen an.

»Schneegrunds gegen Schneegrunds?«, versicherte er sich.

»Das geschieht sehr schnell, wenn in einem Tiefen Haus die Führung fehlt. Wenn die Barone Versprechungen hören, die Aufstieg verheißen, Macht, Einfluss. Hast du schon mit einigen von ihnen geredet?«

»Mit Derrek Eichfrost ... Auf der Reise ...«, sagte er zögerlich.

»Darüber, wie ihr die Macht in Haus Schneegrund stabilisiert?«

»Nicht direkt …«

»Also gar nicht.« Die subtilen Andeutungen, die innerhalb des Adels üblich waren, traute Semire ihm nicht zu. »Dass Doryam bereits mit den richtigen Leuten Karten spielt, kannst du als Gewissheit annehmen. Etwa mit Esgur, unserem besten Feldherrn, dem Helden des Westens.«

»Aber … Er muss doch auch sehen, dass es jetzt nottut, gegen die Feinde zusammenzustehen.«

»Wenn er deinen Platz einnehmen will, darf er nicht warten, bis du dir mit einem Sieg über die Schwertgrats Ansehen erwirbst. Wobei er hier zuversichtlicher ist als ich – wenn du dich weiterhin deiner Malerei widmest statt unserem Haus, wird dieser Palast in Trümmern liegen, bevor die Leiche meines Vaters auf dem Berg eintrifft.«

»Weil ein paar Krieger auf dem Gemüsemarkt eingekauft haben?«, fragte er patzig.

»Weil kein Adelshaus dulden will«, schrie sie ihm ins Gesicht, »dass ein Bürgerlicher über ein Tiefes Haus herrscht!«

Sie ballte die Hände zu Fäusten, was im linken Oberarm zu einem leichten Stechen führte, atmete durch und öffnete sie wieder. Ob es ihr passte oder nicht, als Dame musste sie anders auftreten, als ein Mann es konnte. Ein Mann vermochte dadurch, dass er laut wurde, seine Tatkraft zu verdeutlichen. Bei einer Frau wirkte es dagegen hilflos, schlimmstenfalls sogar verzweifelt. Sie war froh, dass Alita nicht Zeugin dieses Ausbruchs geworden war.

»Sie müssen fürchten«, fuhr sie ruhiger fort, »dass sich im einfachen Volk die Vorstellung verbreitet, man bräuchte nicht von Adel zu sein, um weise Entscheidungen großer Tragweite zu treffen. Das würde die Art infrage stellen, auf die jeder Baron, jeder Fürst und jeder Graf lebt.«

Jetzt sah Quilûn nachdenklich aus. Das Zittern legte sich.

»Immerhin wird die Abneigung gegen deine Ernennung nicht ausreichen, um alte Feindschaften beizulegen«, meinte sie.

»Nicht jeder wird Haus Schwertgrat gegen uns zur Seite stehen. Aber wir stecken schon in Schwierigkeiten, wenn jene, sie sich sonst vor uns stellen würden, beiseitetreten. Um das zu verhindern oder sie gar für uns einzunehmen, müssen wir bereits den kleineren Häusern erhebliche Vorteile bieten.«

Fragend sah er sie an.

»Vorteilhafte Handelsverträge. Die Nutzung unserer Flaschenzüge. Schutz für ihre Ländereien abseits des Berges, Zuflucht für diejenigen ihrer Untertanen, die im Marschweg der Gravilier wohnen.«

»Sind sie wirklich über den Torn gekommen?« Plötzlich wirkte Quilûn hellwach.

Semire zog die Nachricht aus dem verborgenen Täschchen, das in ihrem Gürtel eingearbeitet war. »Vor einer halben Stunde kam die Taube.«

»Einhunderttausend? Wie Tarima Eichfrost behauptet?«

»Wir wissen noch keine Einzelheiten. Aber es wird uns helfen, wenn die anderen Häuser die Bedrohung ernst nehmen. Dann werden sie darauf drängen, dass der Berg vereint steht.«

»Ich verstehe.«

Semire nickte. »Du bist ein kluger Mann. Aber das ersetzt die Erfahrung nicht. Du kennst die Barone und Fürsten, weil du ihnen als Maler begegnet bist. In der Arena der Diplomatie werden sie dich in Stücke hauen. Und uns alle mit dir.«

»Aber Ihr habt doch gesagt, dass sie uns wegen der Gravilier beistehen werden.«

»Wenn wir es klug anstellen. Wenn du weise agierst.« Sie machte eine Pause. »Wenn du die Weisheit annimmst, die Erfahrenere dir bieten.«

Er begann wieder zu zittern, wenn auch vorerst nur schwach. »Kyrin hat mir geraten, auf Euch zu hören.«

»Ich habe sie nicht darum gebeten.«

»Aber Ihr wollt mich dennoch zu einer Puppe machen, die an Euren Fäden tanzt.«

»Und die nicht zerbricht.« Sie zeigte auf die Leinwände. »Du willst lieber malen, als Bündnisse zu schmieden und andere zu hintertreiben? Gut. Ich werde das für dich übernehmen. Du kannst dich deinen Gemälden …«

Sie hatte ihre Wanderung wieder aufgenommen, hielt aber nun inne. Ein Bild geriet in ihr Blickfeld, das sich von allen anderen unterschied. Sofort erfasste sie, dass es fertig war, obwohl nichts Erkennbares darauf abgebildet war. Die vorwiegend türkisfarbenen, manchmal stärker grünen, kantigen Formen ähnelten nur entfernt einem Gesicht, das man in einem zerbrochenen Spiegel betrachtete, dessen Splitter in unterschiedlichen Winkeln auf einem Scherbenhaufen lagen. Wenn sie aber versuchte, die Bruchstücke im Kopf zu einem vollständigen Antlitz zusammenzusetzen, scheiterte sie. Hatte es drei Augen?

Und was war das für ein roter Fleck?

Die Zunge konnte es nicht sein, obwohl Semire einen aufgerissenen Mund ausmachte. Aber dort war schon eine Zunge zu sehen, die sich zwischen den Zähnen herauswand.

Waren zwei Personen abgebildet?

»Ist das auch ein Versuch, deine Eltern zu malen?« Es gelang ihr nicht, den Blick abzuwenden.

»Nein, das ist der Schmerz meines Sohnes.«

Vom Grauen fasziniert trat Semire näher. Sie glaubte, wirklich einen Schmerz zu sehen, obwohl das unsinnig war. Wenn überhaupt, hätte sie nur einen Laut der Qual hören können, und das sicher nicht, weil sie ein Bild betrachtete.

Aber sie *sah* ihn. »Pein«, flüsterte sie.

Orangefarbene Linien lagen über dem Motiv. Sie hatten nichts mit den Scherben zu tun, aber sie glänzten auch nicht feucht. Also gehörten sie wohl dazu, Quilûn hatte sie nicht erst heute aufgetragen. Diese Linien waren ein Ärgernis. Semire versuchte sie zu ignorieren, um das Gesicht doch noch zusammenzusetzen, aber immer wieder lenkten sie sie ab.

Quilûn stellte sich neben sie. »Ich habe nie nach Macht gestrebt. Aber Kunst …« Er seufzte tief. »Die Kunst ist eine Meisterin, die vollkommene Hingabe einfordert. Hält man sich zurück, gibt man nicht alles in ein Bild, erschafft man bestenfalls Mittelmäßiges. Dinge, die rasch dem Vergessen anheimfallen.«

Semire war sich sicher, dass sie das vor ihr stehende Bild niemals vergessen würde, obwohl etwas in ihr das als Erlösung empfunden hätte. »Liegt Magie darin?« Sie suchte nach Steinchen, die in die Leinwand eingearbeitet sein mochten.

»Nur der Zauber der Bilder, die in unsere Seele gemalt sind und die wir darin wiedererkennen.«

Er stellte sich zwischen sie und das Gemälde. Das brach den Bann.

Ernst sah Quilûn sie an. »Ich brauche Inspiration. Das dort …« Er wischte in Richtung auf die Bilder, an denen er gerade arbeitete. »Das ist Abfall. Wertlos. Ich weiß nicht, ob ich noch einmal etwas Besonderes schaffen kann.«

»Wenn du den Schmerz deines Sohnes gemalt hast – wieso sollte dir nicht wieder Ähnliches gelingen?«

Sein Blick bekam etwas Bettelndes. »Mit fehlt, was mir diesen Schritt ermöglicht hat. Im Wald und vor allem in der Höhle, in der wir meinen Sohn fanden, wächst eine Flechte mit roten und blauen Strängen, durch die Licht fließt.« Seine Hände schienen etwas in der Luft greifen zu wollen. »Diese Flechte … Sie atmet einen Dampf aus … Ich habe nicht geschlafen in der Nacht danach, aber ich habe dieses Gemälde geschaffen. Es fühlt sich an wie die Erinnerung eines Fremden. Ich weiß nicht mehr, auf welche Weise mir das gelingen konnte.«

»Aber du glaubst, mit der Flechte wäre es dir wieder möglich?«

»Man sagt, die Quadra sei gefährlich.« Zitternd tastete Quilûn über den Ansatz seines blonden Haars. »Aber wenn ich den Dampf nur einatme, wenn ich malen will … Ich könnte ein Bild in einem Rausch erschaffen und danach für mehrere Wochen andere Dinge tun. Nur …«

»Sprich weiter.«

»Dieser Wald liegt weit im Süden, nahe der Grenze. Wenn die Gravilier sie überschritten haben, wird er nicht länger zugänglich sein.«

»Was immer im Imperium Wert besitzt, findet sich auch auf dem Berg«, meinte Semire. »Jemand mit Verbindungen wird diese … ›Quadra‹ heißt die Flechte?«

»Ja.« Er nickte bestätigend.

»Ich denke, man kann alles bekommen, wenn man den Preis zu zahlen bereit ist.«

Ein unsicheres Lächeln zuckte um Quilûns Lippen.

Nachdenklich betrachtete sie sein Gesicht. Das Zittern, das Wischen über den Mund … Wahrscheinlich war er süchtig, und vermutlich nach etwas Schlimmerem als dem Alkohol, in dem der Vater von Tarin Kalthorn seine Seele so gründlich ertränkte, dass seine Familie ihn nach Möglichkeit versteckte.

Aber das brauchte nicht Semires Sorge zu sein. Quilûn war jünger als sie, achtundzwanzig Jahre. Sein Körper würde jeder Droge einen harten Kampf liefern. Lange genug, damit er in Semires Sinne agieren konnte – um dann, wenn er nicht mehr gebraucht wurde, hinter einem Vorhang zu verschwinden, wo man ihn seinem Rausch überlassen könnte. In seinem Fall vielleicht noch mit ein paar Leinwänden und Farben.

Der Gedanke entsprach dem klugen Vorgehen, wie man es bei Hofe brauchte.

Aber die Unschuld, das naive Vertrauen in Quilûns Gesicht rührten Semire.

Sie senkte die Stirn und strich über ihren beinahe verheilten Oberarm. Es war klar, was zu tun war, und sie hatte die Möglichkeit, es zu tun. Nur ihre eigenen Skrupel konnten sie davon abhalten. Doch das würde sie nicht zulassen.

Kyrin arbeitete wie eine Besessene. Mit jedem ihrer hektischen, aber dennoch präzisen Meißelschläge wuchs ihre Zuversicht. Das eine Armspanne lange Gebilde, das unter ihren Händen Gestalt annahm, ähnelte einer Brücke. Die Stufen führten jedoch abwärts, dann schloss sich ein Tunnel an, und den Abschluss bildete ein aufwärtsführendes Treppchen. Es war wichtig, dass der Tunnel exakt waagerecht verlief, was sie mit einer wassergefüllten Schale kontrollierte. Zudem mussten die obersten Stufen auf beiden Seiten dieselbe Höhe haben, was in Kombination mit dem waagerechten Tunnel eine Schwierigkeit ergab, weil der Boden der Kammer im Haus des Hehlers uneben war.

Kyrin richtete sich auf und wischte sich mit einem Tuch den Schweiß von der Stirn.

Die Schlitzpupillen im riesigen Steinkopf des Gravioners waren auf sie gerichtet, aber wegen der fremdartigen Gesichtszüge vermochte sie die Miene nicht zu deuten. Am ehesten ähnelten sie einer Kröte, was vor allem an den ausladenden Wangen lag. Das Licht floss mal schneller und dichter, mal zäher durch den melonengroßen Bergkristall in der Stirn.

Für ihre Arbeit verließ sich Kyrin nicht auf diese Beleuchtung. Drei voll aufgedrehte Laternen umstanden ihr Werkstück. Ihr Licht holte auch die unzähligen Phiolen und Tiegel im Regal zur Rechten aus dem Dunkel. Sicherlich waren Substanzen dabei, für die Frauen, die sich nach Kindern sehnten, oder Kaufleute, die einen Rivalen in den ewigen Schlaf schicken wollten, hohe Summen bezahlen würden. Vielleicht wären auch einige davon für die Fehde der Schneegrunds nützlich. Aber obwohl diese Auseinandersetzung Kyrins Zukunft entscheidend beeinflussen konnte, interessierte sie sich in diesem Moment nicht dafür. Zu bedeutend erschienen ihr die Offenbarungen, die der Steinkopf machen mochte.

Sie merkte, wie sich schon wieder ein zufriedenes Grinsen auf ihrem Gesicht ausbreitete. Anfangs hatte sie Anleitungen für Verständigungszauber studiert, woran sie so verzweifelt war, dass sie kurz davorgestanden hatte, die große Werkstatt der Magier aufzusuchen, um sich dort Rat zu holen. Nur die Furcht, dass ihre Machenschaften hätten auffliegen können, hatte sie davon abgehalten.

Inzwischen war sie froh darum. Der neue Plan war viel besser, und vor allem konnte sie dabei ihre Stärke nutzen. Über einhundert Imagolems hatte sie geschaffen und bei jedem davon hatte sie eine Brücke zwischen einem toten Leib und unbelebtem Stein gemeißelt. Darüber war die Seele in den steinernen Körper gewandert, der sie fortan beherbergte.

Die Verbindung, die Kyrin in den vergangenen Nächten vorbereitet hatte und nun vollendete, war ähnlicher Natur. Sie würde die Seele des Gravioners zwar nicht aus dem Steinkopf ziehen, aber seinen Verstand einladen, den Geist zu berühren, der am anderen Ende wartete. Das sollte Asmodel sein, der Imagolem, der den Gravioner seit einem halben Mond bewachte.

Der Steinmann stand reglos. Ein Mensch wäre an der Behandlung gestorben, die Kyrin ihm hatte angedeihen lassen. Ein Bergkristall, größer als ein Hühnerei, steckte tief in seiner Stirn. Er war größtenteils klar, nur ein milchiger Strang durchzog ihn wie eine feine Rauchfahne.

Eigentlich hatte sich Kyrin vorgenommen, den Verbindungszauber in zwei Sitzungen fertigzustellen. Aber die Aufregung würde sie ohnehin nicht zur Ruhe kommen lassen. Also gönnte sie sich nur einen Schluck von ihrem mit erfrischender Säure vermischten Wasser, um dann weiterzuarbeiten.

Zwei Stunden meißelte sie an den Stufen. Die oberen auf beiden Seiten formte sie mit der Höhe einer Daumendicke aus, absteigend wurden sie immer niedriger und die untersten waren kaum höher, als ein Blatt Pergament dick war. Wenn der Geist tiefer stieg, sollte er sanft den Übergang erreichen.

Kyrin versank in ihrer Arbeit. Sie war hoch konzentriert, obwohl sie keinen konkreten Gedanken fasste. Es war, als könne nicht nur ihr Verstand die Aufgabe greifen, sondern ihr gesamter Körper. Hammerschlag für Hammerschlag arbeitete der Meißel die Form heraus.

Erst als das Gebilde fertig war, spürte sie die Erschöpfung in ihrer Armmuskulatur und in den Fäusten. Zufrieden legte sie das Werkzeug beiseite und nahm einen weiteren Schluck Wasser. Sie hatte die Arbeit noch nicht einmal unterbrochen, um zu trinken.

Sie bedachte den neuen Schweigezauber, den sie auf der Kiste vor dem Eingang positioniert hatte, mit einem prüfenden Blick. Noch waren die Lippen und der sie bedeckende Zeigefinger klar ausgeformt, aber rundherum war der Stein bereits größtenteils weggebröckelt. Er würde seine Wirkung nicht einmal mehr eine halbe Stunde behalten.

Sie ärgerte sich, keinen zweiten mitgenommen zu haben. Das

lag an ihrem ursprünglichen Plan, den Verbindungszauber erst am nächsten Tag fertigzustellen.

Kyrin fühlte eine erwartungsvolle Unruhe in sich. Einerseits war es spät, und in Zeiten einer Fehde schuldete sie Haus Schneegrund eigentlich, sich nicht zu verausgaben. Jederzeit konnte sich der Feind zu einem Angriff entschließen und dann würden ihre magischen Kräfte gebraucht.

Andererseits würde sie die gesamte Nacht wach liegen, wenn sie nun unverrichteter Dinge in den Palast zurückkehrte. Damit wäre auch niemandem gedient, entschied sie.

Kyrin klatschte in die Hände, zog ihren kleinsten Meißel aus dem Futteral, nahm den Hammer wieder auf und hockte sich vor den Zauber. Je eher sie ihn aktivierte, desto länger könnte sie den Schutz des Schweigezaubers noch nutzen, um ein Gespräch mit dem Gravioner zu führen. Falls alles so gelang, wie sie es sich zurechtgelegt hatte. Aber sie verspürte eine große Zuversicht, was ihr ungewöhnliches Vorhaben anging.

Sie meißelte eine feine Rune auf den Tunnel, pustete einige Körnchen aus der geschwungenen Kerbe, stand auf und trat zurück.

Am Zauber selbst war nichts zu erkennen, aber der Steinkopf schloss die Augen. Der Fluss der Lichtperlen ordnete sich neu im Kristall, der in seiner Stirn steckte. Sie bewegten sich nun in gleichmäßigen Schleifen.

Dadurch beruhigte sich auch die Beleuchtung des Lagerraums. Die Schatten schwankten nicht mehr.

Erwartungsvoll sah Kyrin Asmodel an.

Der Imagolem stand reglos wie eine Statue, aber in dem Kristall, den sie in seine Stirn eingearbeitet hatte, regte sich etwas. Kyrin hielt den Atem an. Sie wollte ihre Freude zurückhalten, um nicht zu sehr enttäuscht zu sein, wenn sie sich irrte.

Doch das Leuchten im Kristall wurde heller. Bald war die milchige Eintrübung ein klar erkennbarer Schatten.

Stolz weitete Kyrins Brust. Der Einfall, den Zauber abzuwandeln, durch den man die Seele eines Toten mit einer bis dahin unbelebten Statue zu einem Imagolem verband, war einer der besten ihres Lebens. Dieser Weg öffnete sich jedoch nur, weil sie sich an eine ihrer frühen Lektionen erinnert hatte, die man ihr über Kristallkunde erteilt hatte. In ihrem ältesten Lehrbuch hatte sie ein Kapitel gefunden, das auf Meister Abuliar zurückging, den nun den Traumblüten verfallenen Magier, der sie auf die Spur der Gravioner gebracht hatte.

Asmodel gehörte zu den Imagolems, bei denen Kyrin eine Zunge und einen Luftkanal modelliert hatte. Das ermöglichte Sprache. Jetzt öffneten sich die steinernen Lippen. »Dies ist ein trister Ort.«

Kyrin hüpfte auf der Stelle und stieß einen spitzen Jubelschrei aus. Es gelang!

Sehr wahrscheinlich benutzte der Gravioner eine andere Sprache als sie, aber über die Verbindung tauschte er Gedanken aus, keine Wörter. Deswegen brauchte sie keinen Übersetzungszauber. Asmodel artikulierte die Gedanken so, dass Kyrin sie verstand, und er erfasste seinerseits, was sie sagte, um daraufhin den Sinn ihrer Rede an ihren Gesprächspartner zu übermitteln.

Sie riss sich zusammen. »Ich grüße Euch. Wie darf ich Euch ansprechen?«

»Ich bin Buldagohm.«

Die Worte kamen klar verständlich aus Asmodels Mund. Dass es keine merkliche Verzögerung in der Konversation gab, war mehr, als Kyrin zu hoffen gewagt hatte. Als hätte sie schon häufig vergleichbare Verbindungszauber gemeißelt.

Sie knickste tief. »Kyrin, Zauberin in den Diensten des Tiefen Hauses Schneegrund.«

»Was ist ein Tiefes Haus?«

Diese Frage verdeutlichte ihr schlagartig, wie alt Buldagohm sein musste. Die Ordnung, in der die Menschen auf dem Ianapat lebten, erschien ihr ebenso selbstverständlich und ewig wie der Granit, aus dem er bestand.

»Die Tiefen Häuser herrschen auf dem Berg«, erklärte sie. »Geringere Adelshäuser sind ihnen verpflichtet. So bestimmen sie das Geschick der Menschen.« Dass sie die magische Kraft des Gesteins nutzten, um ihre edelsten Mitglieder zu Unsterblichen zu machen und Truppen aus Imagolems zu erschaffen, die jenseits des Berges unbesiegbar waren, erwähnte Kyrin nicht. Immerhin war sie beinahe sicher, dass die Ahnen der Tiefen Häuser auch die Gravioner geschlagen hatten, die vor ihnen auf dem Berg gewohnt hatten. Einige von ihnen hatten sie versteinert und im Dunkelsee versenkt, den Großteil des Volkes aber vertrieben. Diese Unglücklichen waren wohl die Vorfahren der Gravilier, die nun über die Südgrenze drängten.

»Kann ich Euch mit Nahrung zu Diensten sein?«, fragte sie.

»Meine jetzige Form überdauert ohne Wasser und Luft, ohne Brot und Fleisch.«

Diese Antwort durfte sie wohl als Nein deuten. Das hatte Kyrin erwartet und gehofft. Sie wollte sich nicht mit einer Bewirtung aufhalten, aber das Angebot würde wohl jeder Gesprächspartner als Freundlichkeit auffassen.

Sie hatte sich noch weitere Floskeln zurechtgelegt, wie etwa, sich danach zu erkundigen, ob sie diesen Raum umdekorieren könnte, sodass der Gravioner seinen Aufenthalt als angenehmer empfand. Aber ein Blick auf den Schweigezauber gemahnte sie daran, dass ihr die Zeit davonlief. Außer den Lippen und dem Zeigefinger war kaum noch Substanz vorhanden.

»Ich interessiere mich für die Gezeiten der Macht«, sagte sie geradeheraus, »und ich hoffe, dass Ihr mich bei meiner Forschung unterstützen könnt.«

Wenn Buldagohm ihr Vorstoß missfiel, würde sie sich überlegen müssen, wie sie seine Gunst erwarb. Im Gegensatz zu anderen Gesprächspartnern konnte er ihr immerhin nicht verweigern, ihn zu treffen. Schließlich vermochte sich ein körperloser Kopf nicht von der Stelle zu bewegen.

»Das Gestein im Innern des Berges«, sagte er, wobei er sich Asmodels Mund bediente, »ist so alt und so fest, dass es nicht tot sein kann. Es ist in einer Zeit gewachsen, in der es noch keinen Unterschied gab zwischen Leben und Nicht-Leben. Die Kraft, die den Fels beseelt, atmet. Ein und aus. Wie der Mond abnimmt und wieder anwächst. Wie die Hitze des Sommers den Herbststürmen weicht und die weiße Winterdecke für das Frühlingskleid schwindet. Wie Tag und Nacht einander abwechseln. So ist es der Welt eingeschrieben.«

Das passte zu dem, was Abuliar behauptete. Kyrins Herz pochte, denn es widersprach dem elementaren Grundsatz, den man in der Zauberwerkstatt lehrte: dass die Magie ewig und unwandelbar sei, ein Fundament, das niemals schwankte.

Doch schon seit sie mit Abuliar gesprochen hatte, nährten ihre Beobachtungen Zweifel. »Wir haben eine Fehde und immer wieder erschüttern Beben den Berg«, murmelte sie.

»Großer Weisheit bedarf es, die Ströme der Macht zu leiten«, verkündete Asmodel für den Gravioner. »Sie sollen nicht zornig aufschäumen und nicht versiegen, denn gegen ihren Zorn kann niemand bestehen. Regt sich der Berg, so lauscht der weise Mann, beugt sein Haupt in Demut und dient. Er nutzt den Kristall für den Berg, denn der Berg atmet hinein in die Ewigkeit.«

Kyrins Blick wechselte zwischen den Bergkristallen in den Stirnen von Asmodel und Buldagohm. Offenbar hatten sie eine besondere Kraft, die dabei half, die Ströme der Macht im Innern des Berges zu leiten.

Sie bezweifelte jedoch, dass diese Ströme in Unordnung waren. Eher glaubte sie, dass die Geister, die Unsterblichen der Tiefen Häuser, miteinander rangen, denn die Beben kamen stets dann auf, wenn auch die Menschen gegeneinander kämpften. Was sich oben auf dem Berg abspielte, spiegelte sich in seinem Innern. Oder vielmehr umgekehrt, denn die echten Entscheidungen trafen die Ahnen.

»Wie kann es uns gelingen, der Ströme Herr zu werden?«, fragte sie.

»Man beherrscht die Gezeiten der Macht nicht, man nutzt sie wie den Wechsel der Jahreszeiten. Wer ihn kennt, sät und erntet zur rechten Zeit.«

Buldagohm konnte nicht ahnen, dass die Gezeiten der Macht in Kyrins Lebenszeit und auch, so weit die ihr zugänglichen Aufzeichnungen zurückreichten, niemals abgenommen hatten. Was er kannte und beschrieb, das An- und Abschwellen, fand nicht mehr statt.

»Ich fürchte, unser Wissen um die Kraft der Kristalle ist geschwunden«, dehnte Kyrin die Wahrheit. »Ich wäre sehr dankbar, wenn Ihr mir erklären könntet, wie wir sie so einsetzen, dass sie den natürlichen Fluss der Gezeiten unterstützen.«

»Und wie würde sich Eure Dankbarkeit äußern?«

Kyrin erstarrte. Der Schweigezauber zerfiel, und nun drohte eine lange Verhandlung darüber, wie sie dem Steinkopf sein Dasein angenehmer machen könnte.

Doch es kam schlimmer. »Ich fordere«, verkündete Buldagohm, »dass alle meine Gefährten vom Grund des Sees geholt werden.«

Semire von Schneegrund schob den schweren Vorhang aus rotem Samt zur Seite und trat in den Schankraum des *Lustgartens*, um nachzusehen, was den Lärm verursachte, der ihre geschäftliche Unterredung so penetrant störte. Allzu erbost war sie über die Unterbrechung nicht; dass sie Jasir warten ließ, zeigte ihrem Gesprächspartner, wer sich nach wem zu richten hatte. Für die Ergebnisse war es oftmals vorteilhaft, wenn sie klarmachte, dass sie an der Spitze der Hierarchie stand.

Der Schankraum des *Lustgartens* hatte nichts mit den verrauchten Räumen gemein, die man in den Spelunken der Nachbarschaft fand. Hier standen keine aus Bohlen gezimmerte Tische, sondern lackierte Möbel. Die meisten davon waren weiß, sodass die gepolsterten Sitzgelegenheiten, die stets für mindestens zwei Personen Platz boten, an Rubine auf Zucker erinnerten. Anstelle von Talgkerzen sorgten rußfreie Leuchtsteine, die geschmackvolle Statuen hielten, für Helligkeit. Neu war dabei ein Bildnis in Form einer menschengroßen Fee, bei der Dutzende kleiner Leuchtsteine in die aus Silberdraht gewobenen Flügel eingearbeitet waren. Aus dem Springbrunnen erhob sich eine Figurengruppe, die ein wohlproportionierter Mann dominierte, den vollbusige Frauen anhimmelten.

An diesem Abend war der *Lustgarten* sehr gut besucht. Eine

Einheit von vierzig Söldnern hatte sich entschlossen, hier das Silber auszugeben, das man ihnen vor ein paar Stunden ausgezahlt hatte. Aliére legte normalerweise großen Wert auf ein Auftreten, das einer Adligen zugestanden hätte. Nun hatten sie und die dunkelhäutige Owasa hinter der geschwungenen Theke so viel zu tun, dass sie trotz eines Rotweinflecks nicht dazu kam, das Hemd zu wechseln.

Aber Aliére war nicht die Blume mit den größten Schwierigkeiten. Auf den ersten Blick erkannte Semire, dass Iselja zu viel getrunken hatte. Die gertenschlanke Frau taumelte so stark, dass sie über ihre eigenen Füße stolperte und lang hingeschlagen wäre, wenn sie sich nicht am Brunnenrand hätte abfangen können. So fiel sie nur auf den Hintern.

Die Männer grölten vor Lachen.

»Ganz schön heiß hier, was, Iselja?«, rief ein Söldner mit schwarzem Haar, das glatt am Kopf anlag, aber auf den Schultern in Löckchen auslief. Er wedelte mit einem Fächer, der ganz sicher nicht ihm gehörte. Dafür war die Spitze zu verspielt und die hellblaue Farbe passte zu Iseljas Kleid.

Nur mit Mühe kam sie auf die Beine. Ihr hüftlanges Haar fiel vor ihr Gesicht, sodass es aussah, als hätte sie sich eine Decke über den Kopf gezogen. Mit vorgestreckten Händen schwankte sie auf ihren Fächer zu.

Der Söldner klappte ihn zusammen und warf ihn einem Kameraden zu.

Iselja änderte die Richtung und schickte sich an, in das Brunnenbecken zu steigen, weil das der direkte Weg zu ihrem Fächer war. Sie tat sich jedoch schwer damit, ihr Kleid zu raffen.

»Warte, Hübsche, ich helfe dir!« Der Mann, der gerade noch den Fächer gehabt hatte, trat an sie heran und griff ihr grob an den Hintern.

Sie drohte nach vorn zu kippen.

Er benutzte die andere Hand, um sie an der Brust abzufangen. Lachend knetete er Iseljas Busen. »Na, das ist ja gerade noch einmal gut gegangen!«

Semire hatte genug. Mit der linken Hand griff sie eine Weinflasche aus einem der rautenförmigen Fächer hinter der Theke. Die Stichwunde in ihrem Arm war so weit verheilt, dass ein dünner Verband ausreichte, den sie unter der Kleidung trug. Auch dieser diente hauptsächlich als Erinnerung, es nicht allzu wild zu treiben. Semire übte sogar schon wieder mit dem Schwert.

Festen Schrittes eilte sie zu Iselja, wobei sie einige Söldner aus dem Weg schob. Der Mann, der sich mit der hilflosen Frau vergnügte, war sichtlich überrascht von der Kraft, mit der Semire seinen Arm wegzog. Vielleicht auch davon, dass sie ihm fest in die Augen sah, statt den Blick kokett zu senken.

Während er noch überlegte, wie er darauf reagieren sollte, breitete sich ringsum gespanntes Schweigen aus.

Semire drückte ihm die Flasche in die Pranke, die sich eben noch mit Iseljas Brust beschäftigt hatte. »Freut euch anders!«, ermunterte sie ihn. »Welchem deiner Freunde du einen Schluck gönnst, überlasse ich dir.«

Damit änderte sich auf einen Schlag das Zentrum des Interesses. Jeder forderte nun lautstark, bedacht zu werden.

In dem entstehenden Gedränge legte sich Semire einen von Iseljas Armen über die Schultern, stützte sie und zog sie mit sich auf das Sofa unter der Empore. Erst am Zittern des schlanken Körpers merkte sie, dass die andere Frau weinte. Sie löste sich auch nicht von Semire, als sie sich setzten. Im Gegenteil: Iselja zog sich so fest an sie, dass Semire aufpassen musste, dass der Gesichtsschleier nicht verrutschte, hinter dem sie ihre blauen Zähne verbarg.

Caliga brachte Iseljas Fächer und ließ sich auf der anderen Seite der jungen Frau nieder. Sie war die *violette Lilie*, wie Semire ihre Stellvertreterin bezeichnete. Wenn Semire nicht anwesend war – und das kam während der Fehde häufig vor –, traf Caliga die Entscheidungen. Über die notwendige Erfahrung verfügte sie zweifellos, auch wenn man der Frau mit dem runden Gesicht nicht ansah, dass sie älter als fünfzig Jahre war. Aber jeder, den es etwas anging, wusste, dass sie bis vor etwa zwei Monden noch ihre eigene Herrin gewesen war. Inzwischen floss der Gewinn des *Vögelnests* in Semires Tasche.

»Manora ist so niedlich«, schluchzte Iselja mit dem nassen Gesicht an Semires Schulter. »Ich wollte sie nicht weggeben! Das wollte ich nicht …«

»Und womit hättest du sie ernährt?« Caliga lächelte, aber Semire hörte ihr an, dass sie nur mit Mühe ihre Stimme dämpfte.

»Ich habe etwas gespart, ich …« Iseljas Brabbeln wurde unverständlich.

»Das würde niemals reichen, um ein Kind durchzubringen«, urteilte Caliga hart.

Semire strich Iseljas seidiges Haar auf den Rücken. Sommersprossen sprenkelten ihr Gesicht, aber auch ihre Arme. An besseren Abenden fanden sich manchmal Männer, die schätzten, wie viele der rotbraunen Pünktchen es an dem Körper gab, der manche an eine Weidenrute erinnerte. Einer von ihnen bezahlte dann dafür, auf einem der Zimmer im Obergeschoss nachzählen zu dürfen. Wenn ein Kumpan danach das Ergebnis anzweifelte und es selbst nachprüfen wollte, wurden es einträgliche Stunden.

»Wenn sie nüchtern ist, sieht sie es ein«, raunte Caliga Semire über die Frau in ihrer Mitte hinweg zu. »Deswegen hat sie auch zugestimmt. Sie ist eine lausige Näherin, sticht öfter in ihre Fingerkuppen, als dass sie den Saum trifft. Als Magd ist sie zu ungeduldig und die Feldarbeit ist ihr zu anstrengend.«

Leider musste man Caliga zustimmen. Als sich Iseljas Bauch so sehr gewölbt hatte, dass ihr Zustand nicht mehr zu verbergen gewesen war, hatte Semire die Schwangere erst hinter die Theke gestellt, dann mit Botengängen und später in der Küche beschäftigt. Dabei hatte sie völlig neue Schimpfwörter von Iselja gelernt, mit denen sie ein Suppenhuhn bedacht hatte, das seine Federn nicht so leicht hatte hergeben wollen, wie die Frau sich das vorgestellt hatte. Am heißen Wasser, mit dem sie den toten Vogel übergossen hatte, hatte sie sich so schwer verbrüht, dass die Haut an ihrer linken Hand Blasen geworfen hatte. Ungewöhnlich kurz nach der Entbindung hatte sie drei junge Burschen zusammen auf das Zimmer genommen und die halbe Nacht beschäftigt gehalten. Trotz ihrer Magerkeit war sie sehr ausdauernd.

»Ihre Schönheit ist ihr einziges Kapital«, zischte Caliga. »Heute Nacht bleibt es ungenutzt.«

Das war in der Tat bedauerlich. Mit diesem Ansturm hatte niemand rechnen können. Zwar würde bald eine Handvoll Frauen aus dem *Vögelnest* zur Verstärkung kommen, aber dennoch würden einige Männer den *Lustgarten* unbefriedigt verlassen. Semire konnte nur hoffen, dass sich das nicht herumspräche.

Sie streichelte Iseljas Hinterkopf. »Manora wird es gut haben. Sie bekommt ein besseres Leben, als du ihr hättest bieten können.«

»Wer kümmert sich jetzt um sie?«, wollte die noch nicht einmal zwanzigjährige Mutter wissen.

Semire achtete darauf, dass die Blumen im *Lustgarten* Schwämme bekamen, die mit wirksamen Ölen getränkt waren, und auch darauf, dass diese Öle nicht gepanscht wurden, wenn man die Vorräte auffrischte. Deswegen kam es vergleichsweise selten zu Schwangerschaften. Die Kinder, die dennoch zur Welt kamen, konnte sie über ihre Verbindungen in der Welt des Adels meist sehr gut vermitteln. Manora bildete keine Ausnahme.

Dennoch schüttelte Semire den Kopf. Wenn eine Frau sich entschloss, ihr Kind selbst großzuziehen, respektierte sie das. Usella zum Beispiel tat das, ihr Sohn war jetzt drei Jahre alt. Andere Blumen hatten den *Lustgarten* verlassen, was ohnehin ein kluger Gedanke war, wenn die Schönheit zu welken begann. Nur mit wenigen ging das Alter so milde um wie mit Caliga.

Aber wenn eine Blume Semire bat, ihr Kind auf einen Weg zu schicken, der es aus ihrem Leben hinausführte, war die Bedingung, dass alle Bande zerschnitten wurden. Manora war ein halbes Jahr alt, sie würde die Erinnerung an Iselja rasch verlieren. Die einzige Frau, die sie als Mutter kennen würde, wäre Baroness Nakila Habichtsruf. Und die wäre entsetzt, wenn in ein paar Jahren ein Freudenmädchen an ihrem Tor stünde, um das Kind, das sie Tochter nannte, zurückzufordern.

»Es geht ihr gut«, versicherte Semire.

Erst dachte sie, dass Iselja wieder stärker zitterte, aber dann merkte sie, dass es der Boden war. Das Wasser im Becken schlug konzentrische Wellen. Ein neuerliches Beben.

Die meisten Männer im Schankraum bemerkten es überhaupt nicht. Sie klopften sich auf die Schultern, empfahlen sich gegenseitig, welche Blume das Pflücken lohnte, und prahlten mit absolvierten Ritten.

Das Beben legte sich.

Semire löste Iseljas Umarmung. »Bring sie irgendwohin, wo sie ihren Rausch ausschlafen kann«, befahl sie Caliga.

»Da bietet sich die Gosse an«, murrte ihre Stellvertreterin.

»Ein Zimmer mit einer Liege«, stellte Semire klar.

»Verdient hat sie das nicht.« Immerhin half Caliga ihr auf. »Füllt sich ab vor einem Abend, an dem sie einen krummen Rücken kriegen sollte von dem Silber, mit dem sie sich abschleppt.«

Semire kehrte zurück in den Nebenraum hinter dem Vorhang.

Dass er den kalten Braten nicht angerührt hatte, bewies nicht etwa Jasirs gute Manieren. Es lang nur daran, dass er sehr viel bessere Speisen gewohnt war, als seine zerlumpte Erscheinung vermuten ließ. Sein Haar war ordentlich gekämmt, was wohl bedeutete, dass er heute nicht selbst gebettelt hatte.

»Wo waren wir stehen geblieben?«, erkundigte sich Semire.

»Ihr habt mir mitgeteilt, dass Ihr keine Geschäfte mehr mit mir machen wollt«, behauptete er beleidigt.

»Das stimmt so nicht«, sagte sie mit samtener Freundlichkeit. »Du hast deine Aufgabe gut erfüllt. Alle Armbrüste sind pünktlich und wohlbehalten bei ihren Empfängern angekommen. Ich habe keine Klage gehört. Du musst nur verstehen, dass Derrek Eichfrost die älteren Rechte hat. Er ist zurück auf dem Berg und hat sich ausreichend erholt, um die Lieferungen wieder selbst zu erledigen.«

Böse funkelte Jasir sie an. Er war in einem ähnlichen Alter wie Caliga, und beide dachten nicht daran, sich zur Ruhe zu setzen, obwohl sie es sich hätten leisten können. Sie liebten, was sie taten. Sicher auch die Aufregung, die damit verbunden war.

Aber man wurde nicht so alt, wenn man Gefahren nicht einschätzen konnte. So wie Caliga hatte einsehen müssen, dass sie nicht als Konkurrenz von Semire hatte weitermachen können, begriff Jasir, dass seine Bettler niemals gegen Derrek Eichfrost und seine Schläger angekommen wären. Es war eine seltsame Laune des Schicksals, die Derrek in ein Adelshaus hineingeboren und ihn auch noch zum Baron gemacht hatte. Semire erwartete, dass er innerhalb der nächsten fünf Jahre einen gewaltsamen Tod sterben würde. Sie fragte sich nur, ob er am Ende auf einem Schlachtfeld oder in einer verrufenen Gasse läge.

»Ich bin zufrieden mit dir, Jasir«, versicherte sie. »Wirklich. Deswegen hoffe ich, dass du mir in einer anderen Angelegenheit helfen kannst, die Verschwiegenheit und eine gute Kenntnis von Orten und Gegebenheiten erfordert, die vor anderen verborgen liegen.«

»Solche Kenntnisse sind nicht billig.« Sie hörte die Gier in Jasirs Stimme, aber das war ihr recht. Solange Jasir Gewinn daraus zog, ihr zu Diensten zu sein, wäre er loyal. Und bei dem, was sie vorhatte, würde er umso mehr Silber verdienen, je zuverlässiger er lieferte.

»Ich suche etwas. Ein spezielles Rauschgift in möglichst reiner Form. Es wird aus einer Flechte im Süden gewonnen, die man Quadra nennt.«

Staub und Schutt waren vom Sonnenplatz geräumt, aber die umstehenden Gebäude blieben Ruinen. Hier hatten die Truppen der Schwertgrats Feuer gelegt, um ihren Rückzug über die Sonnenbrücke zu decken.

Jetzt herrschte wieder reger Handel. Hühner gackerten und Gänse schnatterten in Transportkäfigen. Ein Schmied, dem das schwarze Haar wie ein Pelz auf der Brust wucherte, hämmerte auf einem Hufeisen herum. Eine Frau mit einer grauen Haube maß eifrig Tuch ab. Ein paar Halbstarke in zerschlissener Leinenkleidung warfen johlend Steine auf ›Graf Schwertgrats Eier‹, die von Melonen dargestellt wurden. Der Spaß, sie mit ihren Würfen zu zertrümmern, war ihnen die paar Kupferstücke wert, die der Schausteller dafür verlangte. Fehlwürfe bedachten sie mit ebenso lautem Geschrei wie Treffer.

Da es rund um den Platz kein intaktes Dach mehr gab, waren vor den Trümmern Sonnensegel gespannt, die auch kurze Regenschauer abhielten. Zwei Büttel versuchten, den Streit zwischen einem Spießbrater und einem Schneider zu schlichten, der sich beschwerte, dass sich der Geruch des Holzfeuers in der feilgebotenen Kleidung festsetze. Die langen Stäbe, die nicht nur Amtszeichen, sondern auch Mittel waren, ihrer Autorität Geltung zu verschaffen, machten in der Erregung wenig Eindruck.

Trotz des Gedränges fand Kyrin den Steinmeister sofort. Das lag weniger am goldblonden Haar, dessen Locken weit über den schmalen Rücken des hoch aufgeschossenen Mannes fielen, als an dem Umstand, dass man respektvoll Abstand von ihm hielt. Agohn stand vor den Überresten des Marktturms. Von außen betrachtet schien das Erdgeschoss des runden Gebäudes noch intakt zu sein, aber Kyrin wusste, dass die Trümmer der oberen Stockwerke alles darin zerschlagen hatten. Der oberste Magier musterte die Ruine mit sichtlichem Interesse, vielleicht auch mit Vergnügen, wenn Kyrin die leichten Falten an seinen Mundwinkeln richtig deutete. Die Arme hingen gerade an den Seiten der schlanken Gestalt herab, die verschiedenfarbigen Plättchen aus Onyx, Granit, Quarz, Jade und Sandstein, die ihm die Fingernägel ersetzten, waren deutlich zu sehen.

Kyrin stellte sich zwei Schritt seitlich von ihm, sodass er sie bemerken musste, und knickste. »Ihr habt mich herbestellt, Steinmeister?«

Sein Lächeln wurde breiter, als er sie anblickte. Er kam auf sie zu. »Die Imagolems zu befreien, die die Sonnenbrücke im Innern zusammengehalten haben, war ein folgenreicher Schritt.« Unangenehm dicht vor ihr blieb er stehen.

Kyrin verspürte den Drang, vor ihm zurückzuweichen. Er stand so nah, dass bereits ein Händeschütteln umständlich geworden wäre, und sie musste den Kopf beinahe in den Nacken legen, um ihm ins Gesicht zu schauen. Aber er sprach gerade laut genug, damit sie seine Worte im Markttrubel verstehen konnte.

»Ich handelte auf Befehl«, sagte sie. »Die Zauberwerkstatt hat meine Dienstpflicht gegenüber dem Tiefen Haus Schneegrund bestätigt.«

»Das weiß ich«, versicherte Agohn. »Das weiß ich gut …«

Dadurch, dass er eine dunkelblaue Robe trug, stach das Weiß seiner Lederschürze besonders hervor.

»Die Leitfigur, die im Keller des Marktturms verborgen war …« Agohn warf einen weiteren Blick auf die Ruine und schüttelte sachte den Kopf. »Das ist sehr altes Wissen.«

Er legte die Hände auf dem Rücken zusammen, wobei er zuvor sorgfältig das Haar anhob, sodass die goldenen Locken sie verdeckten. Diese Geste hatte Kyrin bei ihm oft beobachtet. Mit langsamen, aber sorgsam gesetzten Schritten ging er auf die Schlucht zu. Kyrin folgte eine Armlänge hinter ihm, seitlich versetzt, damit er sie mühelos ansprechen konnte, falls er das wünschte.

»Wissen ist wie Feuer«, sinnierte er. »Es ist eine Grundlage jeder Zivilisation. Unerlässlich, wir brauchen es täglich. Aber man muss vorsichtig damit umgehen, sich stets versichern, dass man es beherrschen kann. Sonst verbrennt man sich daran.«

Sie erreichten ein Holzgatter, das als Absperrung an den Fundamentresten der Sonnenbrücke stand. Agohn stützte sich darauf. Er sah in die Tiefe der Schlucht. Mehrere Hundert Schritt weiter unten glitzerte Wasser.

»Was glaubst du«, fragte er, »was die Händler hier auf dem Sonnenplatz mit dir machen würden, wenn sie wüssten, dass du diejenige bist, die ihre Brücke zum Einsturz gebracht hat?«

»Der Handel brummt«, meinte Kyrin. »Es geht ihnen nicht schlecht, scheint mir.«

»Es ging ihnen schon besser«, gab Agohn zu bedenken. »Vor allem den wichtigen. Denen mit Einfluss, die ein paar Schläger dingen könnten. Es wird ihnen kaum gefallen, dass die Waren von der anderen Seite der Schlucht drei Stunden länger unterwegs sind und dass die Kunden von dort ausbleiben.« Er drehte sich um und lehnte sich an das Geländer. »Sieh dir an, wer hier einkauft: einfache Leute. Wer Gemüse und bescheidene Güter anbietet, kann gute Preise verlangen, weil auch die Kunden den Weg auf die andere Seite scheuen, wo es billigere Ware geben mag. Außerdem hat die Fehde Gärten und Felder verwüstet und Häuser müssen repariert werden. Man braucht etwas für den Topf, Latten, Nägel. Aber feine Gewürze? Juwelen?« Agohn verzog den Mund. »Nur wenige finden sich, die für das zahlen wollen, was hohen Gewinn bringt.«

Die Büttel verloren die Geduld mit dem Spießbrater. Einer von ihnen zog dem Mann den Stab über den Rücken.

Der Getroffene schrie auf und ballte die Hände zu Fäusten, aber da nun auch der zweite Büttel seinen Stab drohend erhob, wich er zurück.

»Mach dir keine Sorgen.« Agohn faltete die Hände vor dem Bauch. Kyrin wunderte sich, dass ihm das trotz der knotigen Finger mühelos gelang. »Deine Magierschürze schützt dich. Vor allem, wenn du bei mir bleibst.«

Sie verstand sehr wohl, dass er damit nicht die körperliche Nähe meinte. Sie begegneten sich selten.

»Manche Dinge sollten vergessen werden und vergessen bleiben«, fuhr er fort. »Denke an Tarisonn. Er steht als Weinender Mann auf dem Platz der Reue, ein unablässiger Strom von Tränen befeuchtet seine Augen, das Einzige, was sich in seinem basaltenen Körper noch regt. Generationen wird er kommen und gehen sehen, ohne selbst noch am Leben teilzuhaben. Er liebte das Wissen, aber die Weisheit hat er vernachlässigt.«

»Er hat verbotene Zauber gemeißelt«, rutschte es Kyrin heraus.

»Hat er mit dir darüber gesprochen?«, lauerte der Steinmeister.

»Es steht auf dem Schild, das er hält.«

Agohn lachte kaum hörbar. »Du hast meine Frage nicht verneint. Lass mich sagen, was ich glaube: Er hat mit dir geredet. Deswegen warst du am Dunkelsee.«

Kyrins Herz pochte. Wusste er nur von ihrem einwöchigen Aufenthalt in der Burg, bei dem sie die Gravioner auf dem Grund des Sees gefunden hatte? Oder auch von ihrem zweiten Besuch, bei dem sie mithilfe von vier Imagolems Buldagohm gegen den von ihr gemeißelten Schädel ausgetauscht hatte?

»Erris hat mir berichtet, dass du dort Studien betrieben hast«, sagte Agohn.

Sie erinnerte sich an den hageren Magier mit den seltsamen Symbolen in der Schürze und auch an das nach Himbeeren duftende Freudenmädchen. Es hatte nicht nur ihn besucht, sondern auch in Kyrins Zimmer spioniert, während sie mit Asmodel erkundet hatte, was das dunkle Wasser verbarg. Selbst wenn ihr zweiter Besuch Agohns Spähern entgangen war, mochte der erste ausreichen, um Kyrin versteinern zu lassen. Unter Magiern war diese Strafe auch für Frauen statthaft, wenn auch selten geworden. Falls der Steinmeister durch das Freudenmädchen oder durch Erris' Überwachungszauber davon wusste, dass sie die früheren Herrscher des Berges entdeckt hatte, würde er sie sicher zum Schweigen bringen.

Er zuckte mit den Achseln. »Ich kann Erris nicht leiden. *Orden der Mahner!*« Er schnaubte. »Arrogante Wichte. Trotzig wie ungezogene Kinder und in der Vergangenheit verhaftet. Sie sind der Beachtung nicht wert. Ihre Haltung hat sie in die Erstarrung geführt.«

Er klackte seine steinernen Fingernägel gegeneinander, was eine Warnung sein mochte. Aber immerhin kam er nicht darauf zu sprechen, dass Erris' Magierorden die Steinköpfe im Dunkelsee bewachte. Würde er frei davon sprechen, wenn er davon ausginge, dass Kyrin es wusste? *Mahner* … Sie dachte an die schrecklichen Bilder von Brand und Vertreibung, die man dort unten mit Licht in das Wasser malte, sodass die Gravioner sie immerzu sehen mussten.

Agohn löste sich vom Gatter. Sie gingen auf den Platz hinaus. »Aber du bist anders, Kyrin«, meinte er. »Du versackst nicht in der Vergangenheit, du strebst nach neuem Wissen.«

Sie erreichten ein Standbild aus Sandstein. Auf einem gerade einmal hüfthohen Sockel erhob sich eine edel gekleidete Figur eines Mannes, der eine Hand einladend ausbreitete und die andere selbstbewusst in die Hüfte stützte, sodass der kurze Umhang in gefälligen Falten über den Ellbogen fiel. Ein faustgroßes Loch klaffte in seinem Bauch, als bestünde er aus Wachs, das ein glühendes Eisen an dieser Stelle geschmolzen hatte. Der Einschlag eines Steinbrenners.

»Der Schütze hat den guten Forrlin wohl mit einem Imagolem verwechselt.«

Für einen Steinkrieger hatte die Figur viel zu kleine Muskeln. Aber der Rauch auf dem Gefechtsfeld mochte das verborgen haben, und die Korngarbe, der Korb mit Melonen und der Getreidesack, die hinter Forrlin modelliert waren, konnten den Umriss verwischt haben.

»Er scheint ein Freund von Feldfrüchten gewesen zu sein«, vermutete Kyrin.

»Solange er ihnen nicht zu nahe kam«, schränkte Agohn ein. »Er musste niesen, sobald jemand mit einer Ähre vor seinem Gesicht wedelte, heißt es. Aber er hat die Bauern angeleitet, die Äcker auf eine Weise zu bestellen, die drei Ernten ermöglicht.«

»Mit Zauberei?« Das Thema interessierte Kyrin nur mäßig. Sie suchte in Agohns Blick und im Ungesagten einen Hinweis darauf, ob er ihr vielleicht doch zürnte und sie strafen wollte.

»Nur mit Mist, Schweiß und einem Wechsel der Saat. Er war der Landvogt des Tiefen Hauses Finstertann.« Agohn legte eine Hand in das Loch, das der Steinbrenner hinterlassen hatte. »Wir haben uns lange gefragt, warum du so eifrig die Studienseminare konsultiert hast. Mit der Entwicklung dieser Waffe hast du deine Zeit wahrhaft gut genutzt.«

»Danke, Steinmeister.« Sie knickste vorsichtig.

»Du hast Wissen aus unserem Bestand zu deinem Vorteil verwendet.« Agohns Stimme gewann an Härte. »Natürlich erwarten wir, dass du nun das Wissen der Zauberwerkstatt erweiterst. Du wirst uns zeigen, wie du die Steinbrenner gemeißelt hast.«

»Dafür brauche ich die Erlaubnis meines Grafen, solange die Fehde währt.« Obwohl er sie scharf musterte, beruhigte sich Kyrins Herzschlag. Er ahnte nichts von ihren Erkenntnissen über die Gravioner. Ihm ging es nur um die Steinbrenner. Das mochte ihr einen Verweis einbringen, vielleicht die Auflage, ein paar

Zauber für die Werkstatt zu meißeln. Ein paar Wochen Arbeit, höchstens.

Agohn zog die Hand aus dem Loch. Sie verließen die Mitte des Platzes und kehrten zur Schlucht zurück, begaben sich zu einer Stelle etwas rechts vom Gatter, wo ein grauer Imagolem mit einem abgeplatteten Schädel aufragte.

»Du solltest deinem Grafen zu verstehen geben«, sagte Agohn langsam und betont, »dass es gut für ein Tiefes Haus ist, mit der Zauberwerkstatt zusammenzuarbeiten. Andere haben das früher begriffen als Schneegrund. Ich bekomme häufig Besuch von den Schwertgrats.«

Vor dem Imagolem schwebte eine Sänfte kniehoch über dem Boden. Die Vorhänge aus weißem Samt würden das Innere kühl halten. Um den Rand der Bodenplatte zogen sich filigran gemeißelte Samen von Pusteblumen. Ein Werk, das harmlos aussah, aber äußerste Geduld und Kunstfertigkeit erforderte, damit man nicht einen der haardünnen Samen abbrach, während man den nächsten aus dem Stein schlug. Kyrin hätte es nicht gewundert, wenn Agohn diesen Zauber selbst geschaffen hätte.

Er schaute zu den Brückentrümmern hinüber. Von hier aus erkannte man gut, ab welcher Stelle sie eingebrochen war.

»Sie hätte intakt eingenommen werden können, wenn die Eisklamms und die Kalthorns zur Verstärkung gekommen wären, vermutet man«, sagte Agohn im Plauderton.

»Bei den Eisklamms haben die Schutzzauber ihres Palastes versagt, er stand in Flammen. Und die Kalthorns hatten mit Beben zu kämpfen.«

»Ja«, bestätigte Agohn gedehnt. »Seltsam, so ein Beben im Stein, das nur einen engen Bereich um einen Palast herum erfasst, nicht wahr? Ebenso merkwürdig wie das plötzliche Versagen von Schutzzaubern im ungünstigsten Moment.«

Grußlos stieg der oberste Magier des Berges in die Sänfte und zog die Vorhänge zu.

Quilûn genoss die kühle Brise. Hier, mehrere Hundert Höhenschritt über der Stadt, war die Luft frisch und rein. Ohne den Staub, den Mensch und Tier aufwirbelten, schien ein Schleier von den Farben der Welt gezogen. Das Ocker des kleinen Palasts hob sich wunderschön vom makellosen Blau des Himmels ab.

Quilûn fühlte sich, als sei eine Fessel gelockert, die um seine Brust lag, seit Graf Golar ihn zum Herrn über Haus Schneegrund ernannt hatte. Ihm war klar, dass Dutzende Barone und Fürsten auf seine Entscheidungen warteten und auf Fehler lauerten, auch wenn er sich gerade einige Wegstunden von ihnen entfernt befand. Aber es half, dass er sie nicht in unmittelbarer Nähe wusste, wo sie jedes seiner Worte belauschten und jede seiner Bewegungen beobachteten.

Mit ihm waren außer dem Trupp Krieger, der ihn schützte, nur unbedeutende Adlige hier heraufgekommen. Semire hatte ihm geholfen, indem sie eine wichtige Besprechung über die Verhandlungslinien einberufen hatte, die das Tiefe Haus auf dem Schlachtfeld der Diplomatie bezog. Dabei wollte kein Baron fehlen, der etwas auf sich hielt.

Daher lagerten in der Senke zu Quilûns Rechter hauptsächlich junge Baronessen und Baronets. Einige hatten ihre Kinder mitgebracht, die zwischen den Büschen umhertollten. Der einzige alte Mann, Emin Winterstahl, zeigte ein paar Burschen die kreisförmige Anordnung von Spiegeln an der Nordseite der Senke, wo der Berghang anstieg. Dort bedienten die in weiße Roben gekleideten Lichtlenker Kurbeln und Hebel, um die Spiegel stets so auszurichten, dass möglichst viel vom Sonnenlicht in den Schacht fiel.

In den Kavernen darunter waren vor sechzehn Jahren Quilûns Eltern in ihren Tod gestürzt. Das Seltsamste an diesem Gedanken war, dass er nicht schmerzte. In gewisser Weise hatte Quilûn Frieden mit den Geschehnissen geschlossen. Statt Pein empfand er Leere. Ein Gefühl, dass ihm Erinnerungen fehlten. Erlebnisse, die einen Heranwachsenden mit seinem Vater und seiner Mutter verbinden sollten, die er aber niemals erfahren hatte. Seit seinem zwölften Lebensjahr hatte es nur noch Tante Bûna gegeben. Und natürlich Graf Golar, der aus der Distanz über ihn gewacht hatte. Es war ein Glück, dass er diese beiden Menschen in seinem Leben gehabt hatte. Aber Vater und Mutter waren sie nicht gewesen.

Nachdenklich betrachtete er die Spiegel. In den Kavernen gab es ebenfalls welche, aber anders als diese waren sie nicht eckig und gewölbt, sondern meist in ovalen Rahmen gefasst und flach. Als Lichtknechte hatten Quilûns Eltern sie gereinigt, damit die Sonnenstrahlen ihren Weg tief hinab in die Gärten der Unsterblichen fanden. Noch immer wusste Quilûn nicht mit Gewissheit, ob ein Streit zwischen den Geistern im Gestein des Berges die Ursache für das Beben gewesen war, das seine Eltern in den Abgrund gerissen hatte. Aber da der Berg stets bebte, wenn eine Fehde auch die Unsterblichen ergriff, hielt er es für wahrscheinlich, dass nicht alle Geister des Tiefen Hauses Adlerhoch damals mit dem Friedensschluss einverstanden gewesen waren. Dafür sprach auch, dass dieser Lichtschacht mitsamt dem umgebenden Gelände und dem Palast, vor dem Quilûn jetzt stand, als Beute der damaligen Fehde an das Haus Schneegrund gefallen war.

Quilûn löste sich von den Fragen, auf die er ohnehin keine Antwort erwarten durfte, und wandte sich wieder seiner Leinwand zu. Er malte den Palast, der kurz nach dem Sieg über Haus Adlerhoch ausgebessert und später ausgebaut worden war. Hier oben, in der klaren Luft, gestattete er sich, sein Werk ohne den Anspruch anzugehen, etwas Besonderes zu schaffen. Statt zu versuchen, in der Art zu malen, wie er Erlyks Schmerz eingefangen hatte, bildete er das Gebäude so ab, wie er es sah.

Oder beinahe, zumindest. Auf seinem Bild traten die Runen, die in den Mittelbau des turmartigen Bauwerks geschlagen waren, rot hervor. Er wollte dem Betrachter die Bedeutung der Zauber verdeutlichen, die den Palast stabilisierten.

Das Erdgeschoss bestand aus einem Säulenkreis, in dessen Innerem eine runde Mauer stand, die viel zu dünn war, um die oberen Stockwerke zu tragen. Zudem wurde sie von drei weiten Toren geschwächt.

Darüber erhob sich der zylindrische Hauptbau, in dem sich die Gemächer der Lichtlenker auf zwei Stockwerke verteilten. Die Reliefs in diesem Bereich dienten, soweit Quilûn das beurteilen konnte, nur der Verzierung.

Hier hatte der Palast früher mit einem Dachgarten seinen Abschluss gefunden, aber inzwischen war er nach oben hin erweitert worden. Nun gab es dort zehn Säulen, die zunächst aufeinander zustrebten, um dann abzuknicken und wieder auseinanderzugehen. Die Form ähnelte einer Sanduhr.

In die Säulen waren die meisten der stabilisierenden Runen gemeißelt. Sie hielten einen ringförmigen Aufbau, der so weit hinausragte, dass er vor Sonne und Regen schützte, wenn man aus dem Erdgeschoss trat. Aus den eingearbeiteten Schneekristallen fiel an besonders heißen Tagen kalte Luft.

Die gewagteste Konstruktion aber waren die Pylonen, die daraus emporsprossen. Diese spitzen Säulen drehten sich dem Himmel entgegen. Auf Quilûn wirkten sie wie die Finger einer huldigend erhobenen Hand. Er überlegte deswegen, ihre Zahl für sein Bild auf fünf zu reduzieren, obwohl es in Wirklichkeit sieben waren.

Er skizzierte seine fünf Pylonen mit dem Kohlestift, nur ein Schatten auf der Leinwand, den er leicht auswischen könnte, wenn der Entwurf nicht überzeugte. Er trat zurück, um die Proportionen und die Bildaufteilung zu prüfen.

Er fand keinen Fehler, aber dennoch beschlich Quilûn das Gefühl, dass er etwas Wesentliches nicht erfasste. Er überlegte einige Atemzüge lang, in denen er die kalte Luft genoss.

Dann entschied er, später zu den Pylonen zurückzukommen und zunächst den einzigen Baum zu malen, der hier wuchs. Die Buche erhob sich unmittelbar neben dem Palast, ihre Krone erreichte beinahe die ursprüngliche Höhe des Bauwerks. Auf seiner Palette mischte er ein sattes Grün an, wobei er darauf achtete, dass es sowohl mit dem Ocker des Gebäudes als auch mit dem kräftigen Blau des Himmels harmonierte.

Als er aufblickte, trat Zimila Eisklamm zwischen den Säulen im Erdgeschoss hervor. Das blonde Haar der jungen Frau leuchtete warm. Ihr war allerdings offenbar kalt, denn sie hüllte sich so vollständig in einen bodenlangen weißen Umhang, dass außer dem Kopf ihr gesamter Körper bedeckt war. Am Faltenwurf erkannte er, dass sie die Hände benutzte, um das Kleidungsstück innen zusammenzuhalten.

Fragend sah er sie an.

Er bemerkte, dass etwas an ihren Schritten nicht stimmte. Vermutlich trug sie keine Schuhe, sondern ging barfuß. Für eine Baroness war das ungewöhnlich, aber vielleicht genoss sie es, das Gras zu spüren, so wie Quilûn in der kühlen Luft auflebte.

Neben der Staffelei, von der er wieder ein wenig zurückgetreten war, blieb sie stehen und sah ihn lächelnd an, wobei sich das kleine Muttermal in ihrem Mundwinkel auf interessante Weise bewegte. Ihre blauen Augen wirkten katzenhaft, weil sie rote Lidstriche über die äußeren Augenwinkel hinaus gezogen hatte.

»Habt Ihr kein Verlangen, Euch zu den anderen zu gesellen?« Quilûn zeigte mit dem Pinsel zur Senke, wo die Adligen auf Decken saßen und sich gegenseitig von den Kuchen anboten, die ihr Gesinde gebacken hatte.

»Mich verlangt nach anderer Süßigkeit«, sagte Zimila.

»Wie kann ich Euch helfen, Baroness?«

»Das ist die falsche Frage.«

Quilûn blinzelte verwirrt.

»Ihr seid mein Graf.« Zimilas Lächeln wurde breiter, die Lippen öffneten sich und zeigten das helle Blau ihrer schönen Zähne. »Ihr solltet nicht fragen, wie Ihr mir helfen könnt. Ich sollte Euch zu Diensten sein.«

»Nun, ich will ein Gemälde anfertigen, und ich denke, ich habe alles, was ich dafür brauche.« Seine Geste strich über die Leinwand und die Farbpalette.

»Ist ein Bild wirklich alles, was Ihr begehrt?« Sie überbrückte den Abstand zwischen ihnen mit zwei kurzen Schritten und schob eine Hand aus dem Umhang, um sie auf seine Brust zu legen. Auch mit der zweiten hielt sie den Stoff nicht länger fest, sodass er sich öffnete.

Unter dem Umhang war sie nackt. Ihre Brüste waren größer, als Quilûn vermutet hatte, und so fest, dass er am Faltenfall nicht bemerkt hatte, dass es kein Mieder gab, das sie stützte.

Sie kicherte, wohl, weil sie die Überraschung auf seinem Gesicht erkannte.

Ungeschickt kam er mit dem Pinsel an den weißen Stoff, den er dadurch mit einem grünen Fleck besudelte.

»Verzeiht!«, rief er und trat einen Schritt zurück. »Das wollte ich nicht.«

»Das ist unwichtig.« Sie folgte ihm. »Dieser Umhang gehört Euch, Graf. Ihr könnt ihn Euch nehmen und ihn benutzen, wie Ihr wollt. So wie alles in Haus Schneegrund. Auch mich.«

»Aber … Ihr seid doch kein Besitz …«, stammelte er verwirrt. »Nichts, das man benutzt.«

»Oh, ich würde mich freuen, wenn Ihr mich benutzen würdet.« Sie kam noch näher. Ihr Duftwasser stieg in seine Nase, sie roch nach Federnelken. Die junge Frau verstärkte ihren Druck gegen seine Brust, um sich abzustützen, als sie sich auf die Fußballen stellte, um seinen Hals zu küssen.

Ein wohliger Schauer durchlief ihn und hinterließ eine Gänsehaut.

Sie ging um ihn herum, wobei sie über seine Seite strich, seinen Nacken.

Er wagte nicht, sich zu regen, und konnte keinen anderen Gedanken fassen, als dass er sie begehrte.

»Sollte der mächtigste Mann des Hauses Schneegrund nicht auch die schönsten Frauen des Hauses Schneegrund genießen?«, flüsterte Zimila.

Quilûn hatte lange nicht mehr bei einer Frau gelegen. Seine Gemahlin war im Kindbett nach Erlyks Geburt gestorben. Ein paar Jahre später hatte eine Nachbarin ihn betrunken gemacht, damit er sie für eine Nacht ihre Einsamkeit vergessen ließ. Danach war nichts mehr über einen Kuss hinausgekommen.

Wohl deswegen reagierte sein Körper so stark. Schmerzhaft

spürte er den Widerstand der Hose, die verhinderte, dass sein Glied sich aufrichtete.

Zimila kam wieder vor ihn. Ihr Lächeln war jetzt siegesgewiss, und er wusste, dass er ihr geben würde, was sie von ihm wollte. Er konnte den Blick nicht von ihr wenden. Mit spitzen Fingern griff sie das Seidenband, das den Umhang vor dem Hals zusammenhielt, und zog die Schleife auf. »Ihr zittert, Graf. Das tut Ihr oft.«

Der Umhang blieb auf ihren Schultern, öffnete sich aber so weit, dass die Sonne den goldenen Flaum ihres Lustdreiecks beschien. Der Schwung ihrer Hüften und die schlanke Taille kamen zum Vorschein. Nun erkannte er auch, dass sie ihre Knospen rot gefärbt hatte.

»Ja«, sagte er mit rauer Stimme und wusste selbst nicht, ob er damit ihre Beobachtung bestätigte oder ihr bei dem zustimmte, was sie zu tun beabsichtigte. Sein Mund war schrecklich trocken, aber er war gewiss, dass ihre Zunge Abhilfe schaffen würde.

»Ihr plagt Euch zu sehr«, schnurrte sie. »Landvogt und Graf eines Tiefen Hauses … das muss schwer auf Euch lasten. Gewährt mir die Ehre, Euch zu helfen, diese Bürde für eine Weile zu vergessen und neue Kraft zu schöpfen.«

Sie nahm seine zitternde Linke und führte ihn in den Palast.

Penetrant folgten die beiden Krieger von Haus Sturmruf Kyrin durch die aufsteigenden Straßen. Sie gaben sich keine Mühe, unbemerkt zu bleiben. Warum auch? Sie wollten der Magierin, die mit einem Imagolem durch das von ihnen beherrschte Viertel ging, klarmachen, dass ihr Tiefes Haus auf die Seinigen achtete. Bislang hielten sich die Sturmrufs aus der Fehde heraus, in diesem Teil der Stadt hatte es noch keine Kämpfe gegeben. Sie wollten, dass das auch so blieb.

Unzählige Windspiele verzierten die weiß verputzten Häuser. Bälle, die sich aus gebogenen Lamellen zusammensetzten, drehten sich in jedem Hauch, an Fäden und Stäbchen aufgehängtes Glas klingelte, bunte Wimpel flatterten.

Der Palast des Hauses Blitzdorn war viel kleiner als jener der Schneegrunds. Sein Besitzer war ein Baron, kein Graf. Seinem Status gemäß bewohnte er keinen ummauerten Komplex, sondern ein mehrflügeliges Gebäude. Da er auf Imposanz und Machtdemonstrationen verzichten konnte, hatte er sein Heim ein wenig verspielt gestalten können. Es hatte einen sternförmigen Grundriss. An den Spitzen erhoben sich gedrehte Türmchen, von denen gebogene Rampen zu einer Art Schneckenhaus auf dem Zentrum des Gebäudes führten. Dieser Aufbau war mit Luken versehen, die sich öffnen und schließen ließen und so dem Wind Zugang gewährten oder ihn aussperrten. Haus Blitzdorn beschäftigte einen meisterhaften Musiker, der sich darauf verstand, mithilfe der einströmenden Luft Töne zu erzeugen und so Lieder überirdischer Schönheit zu spielen.

»Warte hier auf mich«, befahl Kyrin.

Isidiel stellte sich neben den hohen Eingang. Der menschenähnlich modellierte Imagolem erstarrte.

Ein Gitter, das wie ein Flechtwerk aus unzähligen gebogenen Eisenstangen wirkte, verschloss zwar das Tor, aber innerhalb des Geflechts stand eine Personenpforte offen. Dahinter bewegten sich träge helle Stoffbahnen, die von der zehn Schritt hohen Decke herabhingen. Blitze waren mit Goldfaden daraufgestickt.

Bei ihrem ersten Besuch hatte Kyrin sie als verwirrend empfunden, weil man in keiner Richtung weiter als ein paar Schritt sehen konnte, aber inzwischen fand sie problemlos ihren Weg. Die Wachen sahen nur kurz von ihrem Kartenspiel auf, sie erkannten die Magierin sofort.

Kyrin folgte dem Geräusch von Meißelschlägen in eines der Zimmer, die eigentlich dazu dienten, kleine Gesellschaften zu geben. Die mit eingelegtem Bernstein verzierte Speisetafel war auf zehn Gäste ausgelegt, aber derzeit hielt sich nur eine Dame hier auf: Baroness Alita Blitzdorn, die Gemahlin von Kyrins Bruder.

Es tat weh, diese Frau weinen zu sehen. Statt einen Stuhl zu benutzen, kauerte sie in einer Ecke. Das dunkelblaue Kleid bedeckte sie wie ein unordentlicher Haufen Kissen. Dennoch glich sie einem der Schönheit geweihten Kunstwerk, mit den hellen Wangen, über die ihre Tränen liefen, den fein geschwungenen, dünnen Brauen und dem akkurat gesteckten schwarzen Haar, auf dem einzelne Perlen vornehme Akzente setzten. Neben ihr lag ein zerstörtes Bild, das sie mit ihrer linken Hand festhielt, obwohl sie es nicht ansah. Die Leinwand war noch auf einen Rahmen gespannt, wie Maler ihn benutzten, während sie daran arbeiteten. Dieser Rahmen war mehrfach gebrochen, der Stoff zerknittert.

Abwartend blieb Kyrin stehen. Die gegenüberliegende Wand bestand beinahe vollständig aus spitz zulaufenden Fenstern, durch die man die Blumenpracht des Gartens bewundern konnte. Aus diesem drangen auch die Meißelschläge herein, die Alitas Schluchzen aber nicht übertönten.

Kallin, das Äffchen, das Kyrin mitgenommen hatte, sprang von ihrer Schulter und huschte zwischen Stuhl- und Tischbeinen zu ihrer Schwägerin. Seltsamerweise hatte das Tier oft dieselben Wünsche wie seine Herrin.

Alita fand erst aus ihrer Betrübnis, als das Kerlchen an ihrem Kleid zupfte. Dann sah sie erschrocken auf. »Kyrin! Ich habe dich gar nicht bemerkt.« Eilig erhob sie sich, wobei sie das zerbrochene Bild noch immer festhielt. »Hat man dir schon etwas angeboten? Bist du durstig?«

Kyrin umrundete den Tisch. »Mach dir keine Gedanken um mich. Was ist passiert?«

»Passiert? Wieso? Ich …« Alita schien erst jetzt zu begreifen, was für einen Eindruck sie machen musste. Ihre Wangen röteten sich. Kurz ging sie in die Hocke, um das Gemälde abzulegen.

Kallin vermutete wohl, dass sich in der zerknautschten Leinwand etwas Essbares verbarg. Jedenfalls fand er sie interessanter als Alitas Kleid. Das war verständlich, weil es eine Schale mit prallen Trauben und anderem Obst zeigte.

»Ist jemand gestorben?«, fragte Kyrin vorsichtig.

»Nein. Es ist nur …« Alita schüttelte den Kopf und wischte ihre Tränen ab.

Obwohl Kyrin ihr ansah, wie aufgewühlt sie war, bewies die Eleganz dieser Bewegung die Würde, die dieser Frau in die Wiege gelegt worden war. Die Nobilität, die Erzieherinnen in allen Adelshäusern ihren Schützlingen mitgeben wollten, erschien im Vergleich dazu wie der peinliche Versuch einer gescheiterten Nachahmung.

»Ich bin dumm«, sagte Alita. »Ich verschwende meine Zeit mit nutzlosen Tätigkeiten, und dann heule ich herum, statt Anthurel dankbar dafür zu sein, wenn er mich darauf hinweist.«

Kyrin hatte befürchtet, dass ihr Bruder mit Alitas Traurigkeit zu tun hatte. Ihr war ein Rätsel, wieso er seine Gemahlin so schlecht behandelte, aber wenn sie ihn danach fragte, stritt er es wütend ab. Es gäbe keine Leidenschaft ohne Streit, sagte er dann, und nur weil Mann und Frau diesen Streit auf unterschiedliche Art betrieben, bedeutete das nicht, dass eine Seite weniger grausam sei als die andere.

Grausamkeit hatte Kyrin an Alita jedoch niemals beobachtet. Sie nahm ihre Schwägerin in die Arme.

»Was ist es denn diesmal?«, flüsterte sie.

»Ich habe mir eingebildet, ich könnte malen.« Mit dem Fuß schob Alita das Bild zur Seite.

Kallin wirkte beleidigt, als er mit erhobenem Schwanz davonstolzierte. Er fühlte sich wohl durch die lediglich aufgemalten Trauben arglistig getäuscht.

»Ich finde es gar nicht übel«, meinte Kyrin. »Die Wassertropfen auf den Früchten … es sieht natürlich aus.«

»Einer Baroness steht es schlecht an, mit verschmierten Fingern nach Hause zu kommen«, flüsterte Alita. »Anthurel hat ganz recht. Ich weiß nicht, was ich mir dabei gedacht habe. Wenn wir wichtigen Besuch hätten und ich würde ihn mit Farbe an den Händen … nicht auszudenken! Unter den Fingernägeln setzt sie sich hartnäckig fest, man bekommt sie kaum mehr weg.«

»Hat Anthurel dein Gemälde zerbrochen?«

Alita löste sich aus der Umarmung. »Er hat recht daran getan. Ich hätte es nie malen dürfen.«

Kyrin lächelte resigniert. Es war wie immer: Alita nahm ihren

Gemahl in Schutz. Zu viele dieser Gespräche hatte Kyrin bereits geführt, zu oft hatte sie am Ende als diejenige dagestanden, die den beiden ihr Eheglück neidete. Dabei konnte Alita zornig werden, ohne dass ihr Geschick in der Gesprächsführung darunter gelitten hätte. Im Ergebnis hatte sich Kyrin schon mehrfach gefragt, ob sie wirklich einen Keil in eine Beziehung zu treiben drohte, die ohne ihr Einwirken von harmonischer Eintracht gehalten wurde.

Der Blick auf das zerstörte Gemälde bewies das Gegenteil, aber Kyrin fand keinen Weg, etwas Gutes zu bewirken. Alles, was sie anbieten konnte, war Trost, und selbst den nahm Alita nur in geringer Dosis an.

Kyrin holte einen Lederbeutel aus ihrer Umhängetasche. Das Klackern der Nüsse darin erregte sofort Kallins Interesse. Das Äffchen tapste zu ihnen zurück, stellte sich auf die Hinterbeine, wobei es sich auf dem Schwanz abstützte, und sah zu ihnen auf. Die rosafarbene Zunge zuckte zwischen den Lippen hervor.

»Eigentlich wird er zu dick«, erklärte Kyrin, »aber trotzdem wäre es nett, wenn du ihn füttern könntest.«

Alita mochte Kyrins Äffchen. Die Andeutung eines Lächelns erschien auf ihrem Gesicht, als sie den Beutel nahm. Mehr war wohl für den Moment nicht zu erreichen.

Die Magierin ging hinaus in den Garten, über dem sich das durchsichtige Schneckenhaus erhob. Das transparente Dach gab den Pflanzen ausreichend Licht. Bewässert wurden sie mit Eimern, die die Dienerschaft jeden Abend herbeischleppte. So erhielt der Schweiß des einfachen Volkes die überbordende Pracht aus roten, weißen und gelben Blüten für den Adel.

Anthurel benutzte den Garten gern, um hier seine Zauber zu schlagen. Dafür hatte der Baron, Alitas Vater, ein Podest aus Sandsteinblöcken unterschiedlicher Höhe errichten lassen, in dem mehrere Schraubstöcke eingelassen waren. Einer davon hielt einen grauen Rohling, den Anthurel gerade bearbeitete.

Seine konzentrierte Miene hellte sich auf, als er sie kommen sah. »Kyrin! Erlöse mich von diesem eintönigen Werk.«

So besorgt sie auch über seinen Umgang mit seiner Gemahlin war, wärmte das Lächeln ihres Bruders doch auch dieses Mal ihr Herz. Sie konnte nicht anders, als es zu erwidern.

Er legte sein Werkzeug auf einen Block und wischte die Hände an seiner Schürze ab. Sie war blau, wie bei Kyrin.

Sie zeigte auf den Rohling. »Wird das ein Wasserspeier?« Die hässliche Fratze mit dem aufgerissenen Maul war bereits zu erkennen.

»Für die Magierwerkstätten«, erklärte Anthurel. »Steinmeister Agohn hat sie bei den Magiern der Häuser angefordert, die nicht in die Fehde verwickelt sind. Einfache Zauber zum Schutz der Gebäude, die auch Gelbschürzen meißeln könnten. Ich schätze, er will uns beschäftigt halten.« Er grinste. »Aber ich bin bald fertig. Morgen setze ich mich wieder an die Steinbrenner.«

»Ich bin froh, dass du die Waffen für uns meißelst und nicht für unsere Gegner.«

»Ich auch«, sagte Anthurel ernst. Sie wussten beide, dass die Zauberwerkstatt inzwischen ebenfalls Steinbrenner fertigte. Kyrin hatte sich Agohns Anweisung gebeugt und ihr Wissen an ein Studienseminar weitergegeben. Hätte der Steinmeister Anthurel befohlen, die Geschosse für ihn anzufertigen, hätte er sich dem kaum verweigern können. Schließlich schuldete Haus Blitzdorn den Schneegrunds keine Treue. Wegen seiner ehelichen Verbindung hätte er sich nicht mehr darauf berufen können, dass Graf Golar ihn aus der Gosse geholt hatte, auch wenn zu vermuten stand, dass Agohn die Waffen an die Feinde seines Wohltäters verkaufte.

Kyrin strich mit Zeige- und Mittelfinger über eine geschwungene Rille, die das linke Auge des Wasserspeiers definierte. Anthurel arbeitete präzise wie immer. »Du benutzt Granit.«

»Für den Steinmeister nur das Beste«, proklamierte er ironisch. »Wenn ich etwas anderes als Granit nähme, müsste ich damit rechnen, dass er meine Figur zurückschickt und mir sagt, er will etwas Dauerhaftes und nicht alle zehn Jahre den Zauber austauschen. Außerdem sollten wir die Zunft nicht gegen uns aufbringen.«

Sie wagte nicht, ihn anzusehen. »Woher wissen wir, dass Granit dauerhafte Zauber schafft?«

»Was meinst du? Er ist der härteste Stein.«

»Hältst du es für unmöglich, dass seine Magie nachlässt?« Kyrin ärgerte sich über die Hitze, die in ihre Wangen stieg. Fraglos merkte Anthurel ihr die Unsicherheit an, schließlich kannte er sie gut.

»Verschweigst du mir wieder etwas?«, fragte er enttäuscht. »Wie bei den Steinbrennern?«

Er nahm ihr übel, dass sie jahrelang an diesen neuen Waffen gearbeitet hatte, ohne ihn einzubeziehen. In gewisser Weise empfand er Kyrins Verschwiegenheit als Betrug an ihrem geschwisterlichen Vertrauen.

»Entschuldige«, bat er dann zu ihrer Überraschung. »Ich nehme an, man hat dir Geheimhaltung befohlen. Deine Frage wird einen Grund haben, den du nicht enthüllen darfst. Dennoch«, seine Hand klatschte auf den halb fertigen Speier, »ich kann dir nichts anderes sagen als das, was du bereits weißt: Jeder Zauber ist so dauerhaft wie der Stein, aus dem er geschlagen ist. Deswegen geht alle Macht vom Berg aus. Sein Fels ist der härteste der Welt, der älteste. Seit Urzeiten zieht er Kraft aus der lichtlosen Tiefe und schließt sie in seiner festen Struktur ein.«

Sie merkte, dass Anthurel versuchte, ihr zu helfen. Aber er tat es aus dem falschen Grund: Loyalität zu Haus Schneegrund, das er als seine Familie sah, obwohl er durch seine Heirat mit einem anderen Haus verbunden war. Kyrin musste behutsam vorgehen. Vielleicht wusste er etwas über die Gezeiten der Macht, über das An- und Abschwellen der Magie, aber eine zu unverblümte Frage würde ihn misstrauisch machen. Er würde sich fragen, wie sie eine solche Veränderung der magischen Ströme zu nutzen gedachte. Wenn alles schiefging, würde er sogar Semire von Schneegrund darauf ansprechen und seine Hilfe direkt anbieten. Das könnte Kyrin in eine Erklärungsnot bringen, aus der sie sich nicht mehr würde befreien können. Wahrscheinlich würde man ihr noch nicht einmal glauben, wenn sie unter der Folter die Wahrheit sagte: dass sie in Graf Golars Andenken handelte. Sie hielt einer Sehnsucht die Treue, die er zeitlebens selbst vor seiner Tochter verborgen hatte. So, wie Kyrin auch ihrem Bruder verschwieg, wofür sie ihr Leben riskierte.

»Unvergänglich wie der Stein, aber …« Mit gerunzelter Stirn sah Anthurel auf die bisher nur angedeutete Fratze.

»Was denkst du?«

»Wenn der Stein zerfällt, löst sich der Zauber auf, den er trägt. Man müsste also den Stein zerstören. Bei Granit wäre das schwierig. Ich habe einmal mit Tarisonn darüber gesprochen, er hat irgendwo in den Studienseminaren die Thesen eines Wahnsinnigen gefunden. Der wollte Säure aus dem Himmel regnen lassen, um alle Statuen zu verätzen.«

Kyrin schüttelte den Kopf. »Das ist wirklich Wahnsinn.«

Wieder lächelte er. »Also nicht das, wonach du suchst.«

Damit hatte er recht. Das klang nicht nach den Gezeiten der Macht, von denen Abuliar und Buldagohm gesprochen hatten.

Kallin erlöste sie von dem Drang, sich zu erklären. Träge trottete das Äffchen auf allen vieren zu ihr.

Alita Blitzdorn stand in der Tür zum Gesellschaftsraum. Schmerzhaft empfand Kyrin die Widersprüchlichkeit dieser Frau. Offenbar traute sie sich nicht in den Garten, in dem sich der Gemahl aufhielt, der ihr wegen des Gemäldes zürnte. Aber obwohl ihre Haltung diese Scheu verriet, war auch ihr Stolz zu sehen. Als würden zwei Seelen in ihrer Brust ringen: eine, die ihr Geburtsrecht als Tochter eines Adelshauses einforderte, und eine, die wie ein Hund darauf wartete, dass ihr Herr ihr verzieh. Aus ihren blauen Augen blickte diese Seele voller Sehnsucht zu Anthurel, der sie noch nicht einmal bemerkte.

»Noch ein bisschen hin- und herspülen.« Quilûn strich über den Rücken seines Sohnes.

Erlyk schob die gluckernde Flüssigkeit in seinem Mund von einer Seite auf die andere und zurück, wodurch sich abwechselnd die rechte und die linke Wange wölbte. Der Elfjährige hielt sich mit beiden Händen am Becken fest, das ihm bis zur Brust ging. Für einen Jungen seines Alters war er klein.

So kostbare Kleidung wie jetzt trug Erlyk zum ersten Mal in seinem Leben. Der Schneider hatte die mit einer blauen Borte versehene Tunika heute Morgen gebracht. Auf dem Rücken glitzerte ein mit Silberfaden gestickter Schneekristall auf dem weißen Stoff, der so weich war wie das Gefieder einer Taube.

Im Vergleich zu Quilûns Räumlichkeiten waren die Zimmer, die sein Sohn und Tante Bûna bewohnten, bescheiden dimensioniert. Dennoch überstieg schon der Wert der Einrichtung des Bads denjenigen des Hauses, in dem sie bisher gelebt hatten. Die Badewanne mit den Bronzefüßen, die wie Löwenpranken geformt waren, die Vielzahl von Flakons unterschiedlicher Farbe, Form und Größe, die vollverspiegelte Wand, die Pumpe mit dem vergoldeten Hebel, das Bodenmosaik, das einen See mit dichtem Schilf am Ufer zeigte …

Erlyk hielt mit dem Spülen inne und sah fragend zu seinem Vater auf.

»Das reicht für heute«, entschied Quilûn.

Erlyk spie die Flüssigkeit in das Becken. »Bäh!«, machte er. »Ist das bitter!«

Quilûn gab ihm einen mit Rubinsplittern besetzten Becher. An einem anderen Ort wäre er gut genug für edlen Wein gewesen, hier im Palast benutzte man ihn für klares Wasser. Der Knabe nahm einen Schluck und spuckte sofort wieder aus.

»Du musst gurgeln«, riet Quilûn.

Erlyk tat es. Er sah niedlich aus, mit dem weit in den Nacken gelegten Kopf und dem offenen Mund.

Quilûn fragte sich schon, ob sein Sohn gar nicht mehr aufhören wollte, als er endlich doch noch ausspuckte.

»Besser?«

Erlyk machte ein nachdenkliches Gesicht. Seine Oberlippe wölbte sich, weil er mit der Zunge über die Zähne tastete. Er nahm noch einen Schluck, um wieder auszuspucken.

Quilûn gab ihm ein weiches Tuch, mit dem er seinen Mund abputzte. »Zeig mal!«

Erlyk blickte zur Spiegelwand und fletschte die Zähne. Die Blaufärbung, das Zeichen des Adelsstandes, war nicht zu übersehen.

»Sehr gut«, lobte Quilûn. »Ich denke, du musst jetzt nicht mehr jeden Tag spülen. Jeder zweite sollte reichen.«

Statt seine Freude darüber zu zeigen, dass die bittere Übung nun nicht mehr ganz so häufig anstand, nickte Erlyk nur ergeben. Er war kein fröhliches Kind.

»Hast du schon alle Gärten im Palast gesehen?«, fragte Quilûn.

In Pflanzen, vor allem in Blumen, lag Erlyks größtes Talent. Unter seiner Fürsorge spross und blühte alles.

»Tante Bûna sagt, ich muss auf den Wegen bleiben, damit die schönen Sachen nicht dreckig werden.« Er zupfte am Saum seiner Tunika.

Quilûn lachte. »Das hat sie mir früher auch gesagt. Aber ich bin sicher, dass wir uns bei den Gärtnern einfachere Kleidung ausleihen können.«

»Davon rate ich ab«, sagte eine Stimme vom Eingang des Badezimmers.

Quilûn wandte sich um.

Fürst Doryam von Schneegrund lehnte in der Tür und nickte ihm zu.

Quilûn erwiderte die Geste, fragte sich aber, ob die lässige Haltung ihm gegenüber angemessen war. Bislang erlebte er das höfische Protokoll sehr viel steifer, mit genauen Regeln dafür, wer wen zuerst grüßte und wie tief sich verneigt oder geknickst wurde. Nachdenklich drehte er den Siegelring mit seinem Daumen am Finger.

Aber hier, in der Gästewohnung, waren sie unter sich. Quilûn wollte keinen unnötigen Streit beginnen, auch wenn er sich fragte, wieso der Fürst, der zweitmächtigste Mann in Haus Schneegrund, ihn hier aufsuchte. Wie er mit locker verschränkten Armen am Rahmen lehnte, machte er nicht den Eindruck, ein eiliges Anliegen zu haben.

»Ihr solltet von den Bürgerlichen Eures Hauses nichts ausleihen«, meinte Doryam. »Auch keine einfache Kleidung für Euren Sohn. Alles, was sie besitzen, gehört Euch. Verlangt, was Ihr begehrt.«

»Ich werde es mir merken.« Quilûn ging seinem Sohn voran aus dem Bad.

Zögerte Doryam, bevor er den Weg in den Aufenthaltsraum freigab? Oder bildete sich Quilûn das ein?

Er verstand, dass der selbstsichere Mann mit den breiten Schultern und den flammenden Augen Erlyk Angst machte. »Geh zum Unterricht«, erlöste er ihn. Der Junge hatte jetzt mehrere Lehrer, die sich ausschließlich ihm widmeten.

Erlyk eilte hinaus. Quilûn sah, dass sie sich bald wieder um sein Haar kümmern müssten. Eigentlich war es schwarz, vor Graf Golars Reise hatten sie es blond gefärbt, aber seit ihrer Rückkehr waren sie nicht mehr dazu gekommen.

»Bitte.« Quilûn deutete auf einen der Stühle an dem runden Spieltisch. Mehrere durch Schiebeklappen verschlossene Fächer waren darin eingelassen. Sie enthielten Würfel, Karten und Stäbchen.

Doryam rückte den Stuhl zurecht, ließ sich so darauf nieder, dass er seitlich zum Tisch saß, und legte einen Unterarm ab. »Ich bringe schlechte Nachrichten.« Unglücklich oder besorgt sah er nicht aus, eher belustigt.

Auch Quilûn nahm Platz. Er sah sein Gegenüber an, tat ihm aber nicht den Gefallen, zu fragen. Glücklicherweise verschonte ihn heute das Zittern. Es kam und ging in Schüben.

»Die Gravilier überrennen unsere Ländereien im Süden«, sagte Doryam. »Die anderen Häuser trifft es auch, aber uns am stärksten. Ob wirklich einhunderttausend Feinde den Torn überschritten haben, wissen wir noch immer nicht, aber in den Botschaften steht, dass sie überall sind. Bislang stellt sich ihnen niemand entgegen. Unsere Untertanen schreien um Hilfe.«

»Wollt Ihr einen Feldzug führen, Fürst?«

»Leider ist es mir verwehrt, die Ehre dieses Schlachtfeldes zu suchen.« Seine Stimme troff dermaßen von übertriebenem Bedauern, dass er nicht glauben konnte, dass Quilûn ihm diese Regung abnahm. Er gab sich noch nicht einmal beim Heucheln Mühe. »Als Lichtmeister unseres Hauses ist es meine oberste Pflicht, mich um die Kavernen und Schächte zu kümmern. Die Spiegel müssen sauber gehalten werden, die Lichtlenker müssen ihre Arbeit tun. Die kleinlichen Händel der Sterblichen dürfen keinesfalls zu Ungemach für die Ahnen führen.«

»Ihr tragt eine große Verantwortung«, gab Quilûn zu. Die Beben verstand er als Warnung. Wenn sie wollten, konnten die Geister die Hänge des Berges für die Menschen unbewohnbar machen. Von ihrer Gnade hing alles ab.

»Leider«, sagte Doryam mit einer Ironie, die Quilûn als unverschämt empfand. »Und auf Eure Schultern hat unser geliebter Graf Golar eine nicht minder schwere Bürde gelegt. Ihr seid nun der Landvogt unseres Tiefen Hauses.« Er lehnte sich auf den Tisch, als wollte er nun etwas Vertrauliches enthüllen. »Es obliegt dem Landvogt, unsere Ländereien jenseits des Berges zu schützen und ihre Erträge zu sichern.«

»Aber ich bin kein Heerführer!«, rief Quilûn entsetzt.

Doryam lehnte sich zurück. »Ein Heerführer zu sein ist einfach«, versicherte er. »Man muss nur vor den Truppen herziehen. Ein Krieger zu sein, das ist das Schwierige. Dazu muss man sich unermüdlich an den Klingen üben.« Beiläufig legte er eine Hand auf den Griff seines Degens. »Mir war das immer zu mühselig, auch wenn ich zugebe, dass die Früchte, die man unmittelbar nach einem Sieg ernten darf, für so manche Anstrengung entschädigen. Dennoch ist es ein Glück, dass Ihr kein Geschick an der Waffe braucht, um ein Heer zu führen. Nehmt Männer mit, die sich auf dieses grobe Handwerk verstehen, und sucht ihren Rat.«

Ungläubig schüttelte Quilûn den Kopf. »Zwar ist es derzeit einigermaßen ruhig auf dem Berg, aber Semire hat mir versichert, dass die Schwertgrats sofort einen neuerlichen Angriff führen werden, wenn sie neue Verbündete gegen uns finden. Ich kann unmöglich den Ianapat verlassen. General Esgur bespricht bereits Pläne für einen Feldzug mit Semire.«

Doryams Lächeln wirkte bedrohlich. Das lag vor allem an

den leuchtenden Augen. Benutzte er Tropfen, um diesen Effekt hervorzurufen, oder einen Zauber? Quilûn wusste von Hofdamen, die dazu winzige Steinkügelchen in ihre Lider stechen ließen, unmittelbar an den Wimpern.

»Eine gewisse Weisheit kann man Euch zugestehen«, meinte Doryam gönnerhaft. »Man hört selten, dass Ihr Euch selbst ›Graf‹ nennt, und auch Euren Namen habt Ihr nicht verlängert.«

Das stimmte. Im Zelt, auf dem Weg zurück zum Berg, hatte er seinen nun korrekten Namen eine Nacht lang in die Dunkelheit gemurmelt. »Quilûn von Schneegrund.« Aber der Adelszusatz führte dazu, dass er das Gefühl hatte, von einem anderen zu sprechen.

»Ich traue Euch nicht zu, dass Ihr das bewusst macht«, beschied Doryam. »Aber Euer Instinkt erweist Euch einen guten Dienst. ›Landvogt‹, das beschreibt eine Aufgabe. Es ist äußerst unangemessen, dass sie einem Bürgerlichen übertragen wird. Viele finden es empörend. Aber letztlich ist es nur eine Tätigkeit. ›Graf‹ dagegen ...« Bedauernd schüttelte er den Kopf. »Niemals. In den Adel wird man geboren. Unser Blut verbindet uns mit denen, die uns vorangegangen sind und von denen die Edelsten noch immer unsere Geschicke bestimmen. Manche sagen: Um zu einem von uns zu werden, müsstet Ihr Eure Adern öffnen, Euch wie ein geschlachtetes Schwein auf eine Leiter hängen und die unedle Brühe loswerden, um sie durch erhabenen Lebenssaft zu ersetzen. Das kann nun wirklich niemand wollen. Weder für Euch noch für Euren Sohn.«

Quilûn starrte den Fürsten an. »Droht Ihr mir etwa?«

In einer Geste der Unschuld hielt Doryam ihm die geöffneten Hände hin. »Ich äußere lediglich meine Besorgnis darüber, dass solche Reden im Palast kursieren. Und ich lobe Eure Weisheit, auf unangemessene Titel zu verzichten, die jene, die sich durch Euren Aufstieg zurückgesetzt fühlen, nur weiter reizen würden.«

Sprachlos beobachtete Quilûn das zufriedene Lächeln, das sich auf dem Gesicht des Fürsten ausbreitete.

»Ich sehe, Ihr fühlt das Gewicht Eures Amtes immer stärker, je mehr Ihr begreift, welche Härten es mit sich bringt«, sagte

Doryam. »Und die Gefahren sind umso größer, mit je weniger Erfahrung man sich ihnen stellt. Doch schöpft Hoffnung: Es ist nicht unumgänglich, sich dort aufzuhalten, wo Dolche und Giftbecher lauern. Gerade ein Landvogt … Ich denke, kaum jemand nähme Anstoß daran, wenn er sich auf ein Landgut jenseits des Berges zurückzöge.«

»Habe ich mich verhört? Ihr schlagt vor, ich sollte den Berg verlassen?«, staunte Quilûn.

»Es gibt schöne und geräumige Paläste, weit von der Mühsal des Berges entfernt. Sie verheißen ein sorgloses Leben, auch für Euren Sohn und Eure Mutter.«

»Bûna ist meine Tante«, stellte Quilûn klar.

Doryam zuckte mit den Achseln. »Das ändert nichts.«

Quilûn stand auf. »Ich danke Euch dafür, dass Ihr mich an Euren Überlegungen teilhaben lasst.«

Der Habitus, mit dem sich Doryam erhob, drückte überdeutlich aus, dass er es als Zumutung empfand, dass Quilûn entschied, wann das Gespräch beendet war. Er zog sein Wams glatt.

»Semire hat mich davor gewarnt, dass Ihr mich loswerden wollt«, sagte Quilûn.

Doryam machte eine Geste, die weniger nach einer Ehrbezeigung aussah als danach, dass er eine Fliege verscheuchen wollte. »Wer will das nicht?«

Er ging, ohne darauf zu warten, dass Quilûn ihm gestattet hätte, sich zu entfernen.

»Er ist ein grober Mann«, erklärte Derrek Eichfrost. »Seine Heimat sind Wälder und Sümpfe. Jede Form von Kultur ist ihm fremd.«

»An wen erinnert mich Eure Beschreibung bloß?« Vielsagend sah Semire von Schneegrund die Gasse hinunter, wo Tomalion Eichfrost an eines der aus Bruchsteinen errichteten Häuser pinkelte und dabei leise vor sich hin pfiff.

»Er hat viel getrunken. Das treibt aus.«

Manchmal erweckte Derrek den Eindruck, er sei zu ironischen Bemerkungen fähig. Semire wusste jedoch, dass das nicht der Fall war. Auch diese Erklärung meinte er völlig ernst. Bei jemand anderem hätte sich Semire beleidigt gefühlt, weil ihr Gesprächspartner offenbar davon ausging, dass sie selbst einfachste Zusammenhänge nicht ohne seine Hilfe erfasste. Wie die Tatsache, dass Tomalion ein halbes Fass Wein geleert hatte und seine Blase diese Menge unmöglich von der billigen Kaschemme durch drei Stadtviertel bis zum Palast der Schneegrunds halten konnte. Aber Derrek war jemand, der generell wenig über die Welt nachdachte und noch weniger darüber, welche Wirkung seine Worte entfalteten. Besonders, wenn er selbst dem Wein zugesprochen hatte, befreite sich seine Rede von den Fesseln abwägender Gedanken.

Ohne darauf zu achten, dass eine Dame nur zehn Schritt weiter stand und ihn im Schein des Vollmonds beobachtete, schüttelte Tomalion ab und pfiff weiterhin wohlgemut sein Lied. Semire war froh, dass er es nicht sang. Tomalion pflegte eine Vorliebe für zotige Texte, die weibliche Rundungen sowie Härte und Größe eines Körperteils, mit dem Frauen nicht aufwarten konnten, ausgiebig würdigten.

»Dieser Brotan …«, setzte Derrek erneut an. »Meine Tante hasst ihn aus tiefstem Herzen. Ich habe ihr gesagt, dass Euer edler Vater ihn zu einem erbärmlichen Leben verurteilt hat, erst als Gladiator und später als Imagolem. Aber ich fürchte, es wird ihr keine Ruhe lassen, wenn sie sich nicht selbst von seinem Elend überzeugen kann. Deswegen hat sie sich sogar geweigert, mit uns im schnelleren Trupp zum Berg zu kommen.«

»Sie wird ja bald hier sein.« Nach den Botschaften, die sie mit Tauben und inzwischen auch mit Meldereitern austauschten, war der Hauptzug, mit dem auch die Leiche von Semires Vater kam, nur noch zwei, höchstens drei Tage entfernt.

»Es würde sie um den Schlaf bringen, wenn der Barbar, der ihren Gemahl getötet hat, ihrem Zugriff entschwände«, gab Derrek zu bedenken.

»Ihr werdet einsehen, dass der letzte Wunsch meines Vaters

unser Haus bindet. Wenn er verfügt hat, diesen Mann in die Arena zu schicken, dann muss das geschehen.«

Tomalion hatte sein edelstes Teil verstaut und schloss nur leicht schwankend zu ihnen auf. Sie setzten ihren Weg durch die nächtlichen Straßen fort.

Obwohl Derreks Art ihr fremd geblieben war, verdankte Semire dem rauflustigen Baron viel. Sie waren gleichaltrig und kannten sich seit Kindertagen. Als Heranwachsender hatte er sie beeindrucken wollen, indem er vor ihr damit geprahlt hatte, Havron Blitzdorn getötet zu haben. Zu diesem Zeitpunkt hatte ein Waffenstillstand die Fehde mit dessen Haus unterbrochen, was Derreks Tat zu einem Mord machte. Semire hatte ihn jedoch nicht verraten, sondern die Leiche verschwinden lassen. Havrons Siegelring aber besaß sie noch heute, und Derrek wusste das.

Inzwischen wussten sie viel voneinander. Derrek gehörte zu den wenigen, die Semires zwei Gesichter kannten – die Rose des *Lustgartens*, die sich hinter einem Schleier verbarg, und die Grafentochter, deren Verbindungen in die Schattenwelt bei Hofe einen Skandal verursachen könnten. Derreks Neigungen erwiesen sich als äußerst nützlich für dieses Doppelleben. Er hatte Semire die ersten Fechtstunden erteilt, und mit seinen Kumpanen erledigte er die groben Aufgaben, die man nicht vernachlässigen durfte, wenn man sich in der Unterwelt behaupten wollte. Er hatte offensichtlich Freude daran und wusste es zu schätzen, dass Semire ihm Erlebnisse verschaffte, die einem Baron üblicherweise verwehrt blieben.

Semire wusste, dass sie gut daran tat, ihn sich gewogen zu halten. »Ich werde Eure Tante empfangen, wenn sie zurück auf dem Berg ist«, versprach sie. »Es sollte möglich sein, dass sie in unserer Loge sitzt, wann immer dieser Barbar kämpft.«

Tomalion hielt den Griff seines Degens in der Faust. Er machte sich einen Spaß daraus, die Waffe so zu drehen, dass die Spitze der metallbeschlagenen Scheide an den grob gefügten Wänden entlangratschte. Dass er dadurch die Bewohner aufwecken mochte, war ihm entweder egal oder er hoffte sogar auf einen erbosten Bürger, mit dem er Streit anfangen könnte.

Semire hatte ihn auf Derreks Anraten ins Vertrauen gezogen. Bislang hatte er die ihm gestellten Aufgaben erledigt, aber ihr war unwohl bei dem Gedanken daran, wie wenig sie über ihn wusste. Wie Derrek neigte auch er zu Gewaltausbrüchen, aber deren Ziele waren stets so gewählt, dass sie im Adel niemanden interessierten. Man würde die Nase rümpfen, wenn Tomalions Vorliebe für billige Dirnen und Schlägereien in Spelunken bekannt würde, aber sie als Drang eines jungen Mannes abtun, der seine Kraft erprobte. Semire müsste einen Auftrag für ihn finden, der ihn weiter ins Zwielicht führte. Er musste etwas tun, das Semire verwenden konnte, um ihn unter Druck zu setzen. Bis dahin vertraute sie wohl oder übel darauf, dass Derrek ihn unter Kontrolle hielte, wenn es notwendig würde.

Ein leichtes Zittern im Boden kündigte ein Beben an.

Semire und Derrek blieben stehen und sahen sich an. Tomalion dagegen ging unbekümmert weiter.

Ein Grollen tönte vom Hang herab, gefolgt von einem Knall, der Tomalion umgeworfen hätte, wäre die Gasse nicht so eng gewesen, dass er sofort an einer Hauswand Halt fand.

Dies war kein Elendsviertel, hier wohnten Handwerker. Die Gebäude waren ohne Eleganz, aber stabil gebaut. Die Dachschindeln gerieten jedoch ins Rutschen. Gerade noch rechtzeitig wich Semire aus, als mehrere davon niedergingen und neben ihr auf dem Pflaster zersprangen.

Das Beben wurde heftiger.

Breitbeinig gehend eilte Semire weiter.

Der Boden hob sich so plötzlich, dass es sich wie ein Schlag unter die Fußsohlen anfühlte. Semire machte einige schnelle Schritte, um nicht zu stürzen. Zu ihrer Rechten brach ein Riss in einer Wand auf. Im Mondlicht wirkte er wie ein schwarzer, erstarrter Blitz zwischen den hellen Bruchsteinen.

Jetzt gingen auf der gesamten Länge der Straße Schindeln nieder. Tonscherben schlitterten über das Pflaster. Tomalion schrie auf, weil ihn eine davon an der Schulter traf. Er trug einen breitkrempigen Hut, aber der schützte ihn vor nichts, was schwerer war als ein Hagelkorn. Semire überlegte, ob sie die Kapuze ihres Umhangs überziehen sollte, aber das hätte ihr Blickfeld eingeschränkt. Sie musste einen Weg auf einen Platz finden, wo nichts auf sie herabfiel!

»Mir nach!« Entschlossen hastete sie weiter. »Wir müssen ins Freie, weg von den Häusern!«

In einem Beben, wenn ringsum die Schindeln fielen und die Wände zitterten, fiel die Orientierung jedoch schwer. Statt den Platz mit dem runden Brunnen und der Erle zu erreichen, an den sie sich erinnerte, kamen immer weitere Gabelungen. Egal, für welche Abzweigung sie sich entschied – sie fand lediglich Gassen, von denen kaum eine breit genug war, damit sich zwei Fuhrwerke hätten passieren können.

Das Beben wurde stärker. Semire hatte den Eindruck, dass sich die Pflastersteine verschoben. Sie mochte sich täuschen, weil das Zittern ihre Sinne überforderte und das Mondlicht je nachdem, in welche Richtung sie gerade liefen, manchmal nur indirekt zu ihnen herabdrang.

Noch immer kam kein freier Platz, aber ein Gebäude fiel ihr auf, das ruhig inmitten der schwankenden Häuserzeile stand. Die Tür unter einem Schild, das einen Kristallkelch zeigte, war aufgebrochen. »Da rein!«, rief Semire.

Sobald sie die Schwelle übertrat, war der Boden unbewegt. Nach dem Zittern und den Stößen war das so ungewohnt, dass sie zu stolpern drohte. Sie prallte gegen einen Tisch, auf dem Glasfigürchen ausgestellt waren: Einhörner, Drachen, Blumen und Bäume. Zwischen ihnen stand eine Lampe mit einem Leuchtstein, der hellblaues Licht abgab.

Tiefer im Raum schien eine Laterne, deren zuckende Flamme verriet, dass in ihr ein Docht brannte. Vermutlich war ihr Windglas zerbrochen. Der rötliche Schein wurde von metallenen Applikationen zurückgeworfen, die an den ledernen Jacken von drei Männern befestigt waren.

Semire erstarrte, während hinter ihr Derrek und Tomalion hereinkamen. Offenbar befanden sie sich im Laden eines Glasbläsers, der sein Haus mit wirkungsvollen Zaubern vor Erschütterungen schützte. Bei seiner empfindlichen Ware war das verständlich und es kam ihnen nun zugute. Aber sie waren nicht die Ersten, die hier Zuflucht suchten.

Das wäre nicht weiter schlimm gewesen, wenn die eisernen Verzierungen auf der Kleidung der Männer, die ihnen zuvorgekommen waren, nicht so eindeutig auf das Gefolge von Haus Schwertgrat hingewiesen hätten. Dass sie Degen trugen, gab einen weiteren Hinweis darauf, dass sie Adlige waren. Ihre Gesichter lagen weitgehend im Dunkel, was ihr Alter schwer zu schätzen machte. Bei zweien von ihnen wucherten Schnurrbärte, wie sie bei den jungen Männern derzeit Mode waren.

»Das ist Semire von Schneegrund«, sagte einer von ihnen.

Ein anderer lachte auf. »Ja, natürlich, Ulav! Die geht mitten in der Nacht spazieren, weil sie sich um die Not der Bürgerlichen bei einem Erdbeben sorgt.«

»Wenn ich es dir doch sage!«, beharrte Ulav. »Ich erkenne die roten Haare.«

Semire bereute, die Kapuze nicht übergezogen zu haben. Jetzt hatte es keinen Sinn mehr, zu leugnen. »Eine unglückliche Wendung des Schicksals hat uns zusammengebracht«, sagte sie stattdessen. »Wir sollten froh sein, Zuflucht vor dem Zorn des Bergs gefunden zu haben. Wenn das Beben nachlässt, werden wir sofort wieder gehen. Dann könnt auch Ihr Eurer Wege ziehen.«

Ulav lachte auf. »Seht ihr? Sie ist es.« Er zog seinen Degen. »Für Euch mag das Schicksal dieser Nacht unglücklich sein. Uns dagegen wird das Lösegeld, das man für Euch zahlen wird, zu reichen Männern machen.«

Diese Aussicht schien seinen Begleitern zu gefallen. Auch sie zogen ihre Klingen.

»Drei gegen zwei«, stellte Ulav fest. »Hebt die Hände über den Kopf und dreht Euch zur Wand, meine Herren! Wir werden Euch die Waffen abnehmen.«

Höhnisch lachend zog Derrek Eichfrost seine Klinge. Tomalion tat es ihm nach.

»Mir scheint, Ihr seid draußen besser aufgehoben, meine Herren!«, sagte Derrek.

Derjenige, der das Licht hielt, stellte die Laterne auf einem

Tisch mit kunstvoll geblasenen Flakons ab. »Wir sind zu dritt, Ihr zu zweit.«

»Zwei Krieger gegen drei Bengel«, knurrte Derrek. »Wir werden Euch lehren, was es bedeutet, sich mit den Falschen anzulegen.«

»Vielleicht ist es das wirklich nicht wert«, ließ sich der Dritte vernehmen.

»Zieht Eure Hosen aus!«, forderte Tomalion.

»Wie meinen?«, fragte Ulav.

Draußen grollte das Beben.

»Ich will Euch mit nackten Hintern nach Hause stolpern sehen!«, grölte Tomalion.

»Das wird ein denkwürdiger Anblick!«, stimmte Derrek ihm zu. »Also – runter mit den Hosen.«

Semire verdrehte die Augen. Hier war nichts zu gewinnen, diese Konfrontation war vollkommen unnötig. Zudem war der Laden des Glasbläsers ein ungünstiges Kampffeld. Nicht nur würde der an der Misere unschuldige Besitzer einen hohen Schaden erleiden, wenn hier alles zu Bruch ginge. Die beengten Verhältnisse mit den Präsentationstischen und die spärliche Beleuchtung machten einen Kampf zu einer Glückssache. Das reduzierte den Vorteil, den die Erfahrung ihrer Seite verschaffte, erheblich.

»Einen so unschönen Anblick wollt Ihr einer Dame doch wohl …«, setzte sie an.

Tomalion ließ sich jedoch nicht zurückhalten. Er stapfte durch die Lücke zwischen zwei Tischen. »Die Hosen runter, habe ich gesagt!«

Ulav wich an die Wand zurück, aber der Kamerad zu seiner Rechten agierte unerwartet tapfer und überlegt. Er stieß Tomalion seinen Degen in den Oberschenkel.

Tomalion schrie auf. Viel zu spät versuchte er sich an einer Parade, als könnte er den Treffer noch ungeschehen machen. Er schlug gegen die in seinem Muskel steckende Klinge, was sie nicht herausbrachte, sondern im Gegenteil weiter in das Fleisch dringen ließ. Sein Schrei wurde zu einem Brüllen.

Der Gegner zog nun selbst den Degen zurück, doch schon stieß der Kamerad auf der anderen Seite zu.

Semire hatte Tomalion solche Angriffe parieren sehen, aber seine Wut lenkte ihn ab und der Wein machte ihn träge. Der Stahl drang in sein anderes Bein.

Derrek sprang auf den Tisch neben ihm. Klirrend flogen hübsche Glasfigürchen durcheinander, einige zersprangen auf dem Boden. »Verdammt noch mal, wehr dich!«

Semire sah nicht, welchen Weg sein Degen nahm, aber er schlug seitlich in den Kopf des Gegners, der seinen Vetter bedrängte. Der Mann taumelte zurück.

Mit Wunden in beiden Beinen brach Tomalion zusammen.

Derrek sprang vor ihn. Er federte in den Knien ab, hob Tomalions Degen auf und warf ihn Semire zu.

Die Klinge funkelte im Licht der blauen Laterne. Das reichte ihr, um abzuschätzen, wo sich der Griff befand. Sie fing ihn aus der Luft.

Derrek drang bereits auf Ulav ein und erwehrte sich gleichzeitig dessen Kameraden, der noch immer beeindruckend überlegt focht.

Da Tomalion den Zwischenraum blockierte, der die beiden Tische vor ihr trennte, bückte sich Semire und kroch unter der Tischplatte hindurch. Vernehmlich riss ihr Kleid. Darum konnte sie sich jetzt nicht kümmern. Hinter dem Tisch sprang sie auf.

»He!«, rief sie, um die Aufmerksamkeit des Gegners vor ihr von Derrek abzulenken.

Es gelang nicht, er blieb konzentriert bei der Sache.

Semire machte einen Ausfallschritt und streckte sich vor, um ihren Degen zwischen die feindliche Klinge und Derreks Kopf zu bekommen. Stahl knallte auf Stahl. Der Treffer lag zu nah an der Spitze von Semires Waffe, als dass sie den Block hätte halten können, aber ihr Widerstand reichte aus, dem Angriff genug Wucht zu nehmen, damit er nicht durch Derreks lederne Jacke drang.

Außerdem führte er dazu, dass sich der Mann nun ihr zuwandte. Sein blonder Schnäuzer bedeckte die Lippen vollständig. Er machte einen Schritt zurück und hob die Klinge in eine mittlere Bereitschaftshaltung.

Semire hatte mit Einhandwaffen geübt, aber sie mochte sie nicht. Sie fand es schwieriger, mit ihnen zu fechten. Bei einem längeren Griff konnte man die Hände gegeneinander verdrehen und hatte dadurch ein weiteres Spektrum an Bewegungen zur Verfügung.

»Ich kämpfe nicht gegen eine Dame«, verkündete ihr Gegenüber feierlich und nahm die Waffe zurück, beinahe, als wollte er sie in einem Salut küssen.

Mit einem Aufschrei stürzte sich Semire auf ihn. Sie hackte gegen seine Klinge, Funken sprühten aus dem Stahl. Sofort holte sie aus und schlug von Neuem zu.

Ob er überrascht oder doch eher verärgert war, dass eine Frau sich so wenig damenhaft verhielt, war in der Dunkelheit nicht zu erkennen. Aber Semire sah, dass die Wucht ihres letzten Hiebs seine Klinge nach außen abdrängte.

Sie stach auf seine Brust zu.

Gerade noch wich er zur Seite aus.

Im Rückschwung hakte sie ihre Klinge unter den Degenkorb, der seine Hand schützen sollte. Jetzt kostete er ihn die Waffe, die sie aus seinem Griff schlug. Klappernd landete der Degen irgendwo in der Dunkelheit.

Sie setzte ihrem Gegner die Spitze ihrer Klinge an den Hals. »Ergebt Ihr Euch, mein Herr?« Trotz der höflichen Worte war ihre Stimme ein Zischen.

Verblüfft hob er die Hände.

Neben ihm sackte Ulav auf die Knie. Er hielt sich den Bauch.

Derrek sah sie mit zusammengezogenen Brauen an.

Tomalion lehnte an einem Tisch und drückte die Hände auf seine Beinwunden.

Der Gegner, den Derrek zuerst getroffen hatte, kroch über den Boden davon.

»Nicht so schnell!«, rief Semire. »Blut ist hier genug geflossen, aber bevor Ihr geht, wollt Ihr sicher noch Eure Schuld bei uns begleichen.«

Fragend sah Ulav zu ihr hoch. Sein Bauchtreffer war wohl nicht allzu schlimm.

»Eure Hosen«, erinnerte Semire.

Derrek und Tomalion lachten zustimmend.

»Ich weiß nicht alles«, gestand Buldagohm zu Kyrins Enttäuschung. »Niemandes Klugheit durchdringt alle Bereiche. Ich muss mich mit den Meinen beraten, um herauszufinden, wie Ihr mit Euren Möglichkeiten die Ströme der Macht umleiten könnt.«

Um ihre Gespräche mit dem Steinkopf angenehmer zu gestalten, hatte Kyrin von Rubon einen Sessel besorgen lassen. Die Armlehnen waren etwas zu hoch für sie und ihre Füße berührten den Boden nur mit den Ballen, wenn sie darin saß, aber die rote Polsterung machte ihn bequem. Jedenfalls besser, als die ganze Zeit stehen zu müssen.

Unbequem allerdings war, dass ihr Gesprächspartner immer wieder darauf zu sprechen kam, dass weitere von den riesigen Steinköpfen vom Grund des Dunkelsees geborgen werden müssten. Dafür fertigte Kyrin bereits eine weitere Kopie an, damit es nicht sofort auffiele, wenn noch einer von ihnen fehlte. Der passende Stein war schwierig zu beschaffen, und auch die Zeit, um ihn zu bearbeiten, war nicht leicht zu bekommen. Zwar beschränkten sich die Kämpfe auf Scharmützel und ein Waffenstillstand mit den Schwertgrats schien in Reichweite, aber dennoch erwartete Semire zu Recht, dass Kyrin sich voll in die Arbeiten einbrachte, die zur Verteidigung des Tiefen Hauses notwendig waren. Die Magierin nahm Kräuter, um zusätzliche wache Stunden zu gewinnen, doch dadurch hatte ihre Konzentration nachgelassen und sie hatte einen Rohling verdorben. Inzwischen war ein weiterer beschafft und grob in Form gehauen, doch jetzt musste sie genauer Maß an einem Vorbild nehmen. Dazu musste sie einen Imagolem auf den Grund des Sees schicken. Wie oft würde ihr das gelingen, ohne entdeckt zu werden?

Vielleicht hatte man bereits erkannt, dass Buldagohm verschwunden war. Möglich, dass die Wächter das aus Scham über ihr Versagen geheim hielten und nun darauf lauerten, dass die Diebin zurückkehrte.

Aber es sah danach aus, dass sie das Risiko dennoch eingehen müsste. Sie musterte Asmodel. In dem Kristall, den sie in seine Stirn eingesetzt hatte, wanderten Lichtkugeln, die Glühwürmchen ähnelten.

»Ich werde Euch die Gesellschaft nehmen müssen«, kündigte sie an. »Asmodel hat die feinsten Sinne. Ich brauche ihn für die Vorbereitungen.« Und zusätzlich wenigstens drei Imagolems, um die tote Kopie zum See zu bringen und den lebenden Steinkopf hierher zu schaffen. Diesmal ohne die Ablenkung, die eine Belagerung des Palasts bot und die beim ersten Mal dazu geführt hatte, dass Semire sie hatte gewähren lassen.

»Ich werde die Einsamkeit ertragen«, versicherte Buldagohm durch Asmodels Mund. »Der Gedanke, bald mit einem meiner Brüder sprechen zu können, wird mich trösten. Ihr seid eine inspirierende Konversationspartnerin, aber auch Ihr werdet Euch mit niemandem so fruchtbar austauschen können wie mit Eurem Bruder.«

Kyrin stockte. »Wie kommt Ihr auf diesen Gedanken?«

»Nun, es ist doch offensichtlich, dass nicht nur die Fachkunde zählt, wenn man zusammen über ein Problem nachsinnt. Es ist auch wichtig, dass man auf ähnliche Weise denkt. Die Geschwister sind diejenigen, mit denen man den Lebensweg am längsten gemeinsam beschreitet. Wenn sie dann noch denselben Interessen folgen, verspricht das ein größtmögliches Verständnis für die Ideen des jeweils anderen.«

In diesem Moment wurde Kyrin wieder bewusst, wie fremd das Wesen vor ihr war. Ein Kopf ohne Körper, die ausladenden Wangen, die vage an einen Frosch erinnerten, die faltige Nase, die senkrecht stehenden Pupillen, natürlich der Kristall in der Stirn.

»Das meine ich nicht.« Kyrin schloss die Hände um die Armlehnen, als müsste sie Halt suchen. »Woher wisst Ihr, dass ich einen Bruder habe, der ebenfalls ein Magier ist?«

»Ihr werdet es in unseren Unterhaltungen erwähnt haben.«

Nein, das hatte sie ganz sicher nicht. Bei ihren Gesprächen mit dem Gravioner achtete sie darauf, Themen zu vermeiden, die ihn gegen sie aufbringen konnten. Dazu zählte das Schicksal seines Volkes, das die Truppen des Imperiums über den Torn in die Sümpfe getrieben hatten, wo sie seit Jahrhunderten ein primitives Leben führten. Auch dass die Gravilier, wie sie sich heute nannten, nun zu einem Feldzug gegen den Berg aufgebrochen waren, erwähnte sie mit keiner Silbe. Überhaupt bemühte sie sich, den Eindruck zu vermitteln, dass – von der gegenwärtigen Fehde abgesehen, die sie als einen Aufstand der Unverständigen ausgab – Frieden auf dem Berg herrschte. Dass hier Menschen lebten, die an Wissen interessiert waren und gern auch nach Buldagohms Volk forschen würden, wenn ihnen die Mittel dazu an die Hand gegeben würden. Natürlich in Form der Herrschaft über die Gezeiten der Macht.

Um Widersprüche in diesem Hirngespinst zu vermeiden, erwähnte sie kaum andere Personen. So brauchte sich Kyrin nicht zu merken, welche Rollen sie ihnen in ihrer Trugwelt zugewiesen hatte. Sie ließ Quilûn ebenso unerwähnt wie Semire, und natürlich auch ihren Bruder.

»Woher wisst Ihr von Anthurel?«, fragte sie nochmals.

»Ihr werdet ihn erwähnt haben«, wiederholte er.

Sie war sicher, dass das nicht der Fall war. Erst recht hatte sie ihm niemals gesagt, wie ihr Bruder hieß.

Aber von Buldagohms Fähigkeiten wusste sie nichts. Konnte er etwa ihre Gedanken lesen? Schweiß trat auf ihre Stirn.

Ihr Blick wanderte über den Zauber, der den Steinkopf mit dem steinernen Mann verband. Die abwärtsführende Treppe, den Tunnel, die Stufen auf der anderen Seite … Die Verbindungsrune …

Kyrin runzelte die Stirn. Die von ihr gemeißelte Magie verband den Gravioner mit Asmodel. Sie tauschten sich nicht über Worte aus, sondern über Gedanken. Asmodel verstand, was Kyrin sagte, wiederholte ihre Worte in seinem Kopf, bot sie Buldagohm an, der seinerseits den Imagolem an seinen Überlegungen teilhaben lassen konnte. Aber das sollte sich auf diese beiden beschränken, Kyrin war davon nicht betroffen. Schließlich trug sie auch keinen Bergkristall in der Stirn.

Erschrocken schrie sie auf. »Du liest Asmodels Gedanken!« Wie hatte sie das übersehen können? »Nicht nur das, was er versteht, wenn ich mit dir spreche. Alles, was du in seinem Verstand findest. In seinen Erinnerungen.«

Reglos sahen die geschlitzten Pupillen sie an.

Bei einem normalen Imagolem wäre das kein Problem gewesen. Sie besaßen kaum ein Gedächtnis, das über die Funktionen ihres Körpers hinausging. Das machte sie zu Kriegern, die kein Zögern kannten, und zu mehr oder minder geschickten, aber willenlosen Dienern.

Doch Asmodel war einer von den Imagolems, die Kyrin nach Graf Golars Vorgaben gemeißelt hatte. Sein Verstand hatte eine schlafende Ebene, eine ruhende Persönlichkeit. In dieser Beziehung bildete er einen Menschen noch genauer nach, als seine äußere Form vermuten ließ. Dazu gehörte auch, dass er sich wie ein Mensch an seine Erlebnisse erinnerte.

Mehrfach war Asmodel zugegen gewesen, wenn sich Kyrin und Anthurel getroffen hatten … und nicht nur das …

»Was weißt du noch?«, fragte Kyrin tonlos.

Die steinernen Lider schlossen sich und öffneten sich langsam wieder. Die wulstigen Lippen zitterten.

»Ich weiß, dass Ihr nicht viel mehr Verstand habt als ein paar Käfer, die sich an der Süße eines Gebäcks berauschen«, sprach Buldagohm aus Asmodels Mund. »Vermessen nennen sich Eure Herrscher ›die Tiefen Häuser‹, aber von den wahren Tiefen des Berges ahnen sie nichts. Ihr habt das Herz nicht gesehen, das im Granit schlägt. Den großen Kristall in all seiner Pracht habt Ihr niemals erblickt. Und erst recht nicht jene, die weit unten ruht. Ihr nennt Euch Magier und bildet Euch ein, die Macht zu beherrschen, die im Fels gebunden ist. Aber Ihr wisst nicht, was Ihr heraufbeschwört, indem Ihr in ihrem Fluss herumpfuscht. Der Berg wird Euch begraben. Die Beben, mit denen er sich jetzt regt, sind nur ein Anfang.«

»Die Geister ringen miteinander«, sagte Kyrin.

Wieder zuckten die Steinlippen. »Möglich. Oder sie verzweifeln daran, eine Kraft im Zaum zu halten, die sie nicht bändigen können. Mit jedem Mond wird es schwieriger. Wenn wir Euch nicht helfen, werdet Ihr sterben.«

Kyrin drängte ihre Furcht zurück. Der Steinkopf konnte sich nicht vom Platz bewegen. Zwar saß sie nur zwei Schritt von ihm entfernt, aber er vermochte sie dennoch nicht zu erreichen. Sie war in Sicherheit. »Nehmen wir an, Ihr hättet recht mit dem, was Ihr sagt, Buldagohm. Behauptet Ihr, dass Ihr die Gezeiten der Macht lenken könnt?«

»Nicht ich allein, aber wir alle zusammen«, antwortete er. »Und auch dann können wir sie nicht lenken, aber wir können verhindern, dass die Ströme alles in den Untergang reißen, wenn die Dämme brechen. Ihre Gewalt ist in der Gefangenschaft angewachsen, die Ihr der Magie aufgezwungen habt. Sie wird in den Berg zurückdrängen und nichts wird sie aufhalten. Aber wir können ihre Zerstörungskraft auf Gebiete lenken, wo sie Euer Haus Schneegrund verschonen und dieses Haus Schwertgrat zerschmettern.«

Offenbar überschätzte er die Feindschaft zwischen den beiden Tiefen Häusern. Fehden flammten immer wieder auf, wenn ein Graf einen Vorteil darin sah, erstarben aber ebenso rasch, wenn dieser Vorteil nicht mehr gegeben war. Jeder rechnete mit einem baldigen Friedensschluss. Aber das war jetzt unwichtig.

»Ihr würdet also ein Bündnis mit Haus Schneegrund schließen?«, fragte Kyrin.

»Wir werden jeden einzelnen Schänder vom Berg vertreiben, ganz gleich, hinter welchem Wappenzeichen er seine Unfähigkeit versteckt«, widersprach Buldagohm. »Aber wenn Ihr meine Geduld nicht noch weiter auf die Probe stellt, werden wir das Leben der Euren verschonen.«

Der Wimpel, den man zum Gedenken an Graf Golar an einem der höchsten Masten im Wald der Erinnerung hochzog, war so groß, dass er das Haus hätte bedecken können, in dem Quilûn vor seinem Umzug in den Palast gewohnt hatte. Imagolems zogen stoisch an den Tauen. Hunderte von metallenen Beschlägen schmückten den Mast und schützten ihn zugleich vor der Witterung.

Die Menge stand auf dem gepflasterten Platz zwischen dem Steilhang, von dem ein beständiger Wind fiel, und den Masten. Quilûns Platz war ganz vorn, an der Kante, jenseits derer es abwärts ging. Unzählig viele Masten standen vor ihm, alle mit dreieckigen, grauen Stoffbahnen bestückt, die meisten mit mehreren. Sein Blick suchte den, an dem die Wimpel für seine Eltern und für seine Gemahlin, Erlyks Mutter, gehangen hatten, bevor Gewitterwinde sie mit sich genommen hatten. Er fand ihn nicht, sein Standort war zu ungewohnt. Als einfacher Maler hatte er sich über einen viel tiefer gelegenen Pfad zu diesem Ort der Erinnerung begeben.

Eine kleinere Trauergesellschaft war einhundert Schritt entfernt versammelt. Sie hisste den Wimpel für Domor Eichfrost, den Magier, den die Gravilier getötet hatten, als er an der Südgrenze die Abgaben für Haus Schneegrund eingetrieben hatte. Tarima Eichfrost sah zu dem flatternden Stoff auf. Soweit Quilûn erkannte, weinte sie nicht, aber ihre Fäuste waren geballt. Derrek knotete das graue Trauerband um ihren Oberarm. Neben den beiden fiel Quilûn ein vielleicht fünfundzwanzigjähriger Mann auf, der zwei Krücken brauchte, um sich auf den Beinen zu halten. Es musste ihm wichtig sein, an der Bestattung teilzunehmen.

Insgesamt standen dort unten dreiundzwanzig Trauernde. Die Menge vor dem Wimpel von Graf Golar war unüberschaubar. Sie füllte nicht nur den Platz aus, sondern zog sich auch den Hohlweg hinauf. Nicht nur Haus Schneegrund und seine Schutzbefohlenen waren hier. Auch die anderen Edlen waren gekommen, sogar die Schwertgrats, die man leicht an den rüstungsähnlichen Eisenverzierungen an ihren Gewändern erkannte. Mit fünfzig Jahren war Graf Golar der älteste Adlige seines Ranges auf dem Berg gewesen. Quilûn hatte mitbekommen, wie verwundert man sich gezeigt hatte, dass er sich nicht längst in die Tiefen Kavernen des Berges begeben hatte, um die Unsterblichkeit zu erlangen. Ob sein Tod die anderen Hochadligen daran gemahnte, den Zeitpunkt, an dem man die ultimative Gnade der Geister erbat, nicht zu weit in die Zukunft zu schieben?

Semire von Schneegrund nahm die Urne mit den Überresten ihres Vaters von zwei Windpriesterinnen in grauen Kutten entgegen. Die alten Frauen traten stumm zurück.

Semire schüttete die Asche auf einen aus Basalt geschlagenen runden Tisch. Seine Oberfläche war dergestalt gemeißelt, dass es aussah, als ob sie sich aus Rabenfedern zusammensetze.

Die Fallwinde erfassten die Asche und wirbelten sie nach Norden davon, in die Weite, die sich zwischen den seitlich vorragenden Bergflanken auftat. Quilûn fragte sich, ob der Schwebezauber sie über den Wald hinaustragen oder ob sie sich auf den blaugrünen Blättern niederlassen würde.

»Die Fesseln des Fleisches hast du überwunden«, murmelte Quilûn die rituellen Verse. »Die Ketten des Lebens halten dich nicht länger. Wir erinnern uns deiner Tugenden. Möge der Wind deinen Geist dorthin wehen, wo er Freude findet.« Hinter ihm sprach die Menge dieselben Worte, aber es war Tradition, sie undeutlich zu artikulieren, sodass ein Raunen entstand. Die Imagolems zogen den Wimpel bis an die Spitze und banden das Tau fest.

Quilûn spürte die Blicke der Menge in seinem Rücken, aber das war ihm nicht unangenehm. Was ihn störte, war die Trockenheit in seinem Mund. Außerdem hatte er das Gefühl, dass er schwitzte, obwohl seine Hand nicht feucht wurde, wenn er sich über die Stirn wischte. Wenigstens zitterte er heute nicht.

Semires langes Haar wehte nach vorn, als winkte es der Asche des Toten nach. Es war umso auffälliger, als es sich von dem eher unscheinbaren graublauen Kleid abhob, das sie zu dieser Feier trug. Quilûn fragte sich, ob sie ähnlich empfand wie er damals, als er von seinen Eltern Abschied genommen hatte. Je mehr Zeit er am Hof verbrachte, desto häufiger beschlich ihn das Gefühl, dass die Adligen sich bis hinab zu den tiefsten Empfindungen von den Menschen unterschieden, die Quilûn bislang umgeben hatten. Für sie hatte jede Geste eine Bedeutung, jede Aufmerksamkeit, auch jedes Fernbleiben, jede Unterbrechung, wenn sie sprachen, und mehr noch die Dinge, die sie nicht sagten. Wie etwa die Ansprache mit dem Grafentitel, die ihm noch immer viele verweigerten.

Er sah hinüber zu Erlyk, der fünfzig Schritt entfernt neben Tante Bûna stand. Trotz der Verwandtschaft war es nicht statthaft, dass er sich zu nahe an den Mast mit Golars Wimpel begab.

Quilûn sorgte sich darum, wie der plötzliche Wandel seines Lebens seinen Sohn verändern würde. Er war nun elf Jahre alt. Würde er sich später noch daran erinnern, dass er als Bürgerlicher aufgewachsen war? Würden die Barone ihn das jemals vergessen lassen?

Semire wandte den Kopf eine Spur zur Seite.

Quilûn verstand das als Aufforderung. Er trat neben sie und schlang das Trauerband um den linken Arm, den sie dafür etwas abspreizte.

»Zieh es fest«, flüsterte sie, ohne ihn anzusehen. »Noch fester.«

»Aber … Ist Eure Wunde schon wieder ganz verheilt?«

»Diese Wunde wird sich lange nicht schließen. Ich will sie spüren. Zieh fester.«

Das graue Band schnürte bereits das Fleisch ab. Quilûn fiel auf, wie kräftig Semires Oberarme waren. Er verknotete den Stoff so, dass die losen Enden bis zum Ellbogen hinabreichten. Dann trat er zurück.

Emin Winterstahl, einer der Ältesten unter den Baronen, die Haus Schneegrund die Treue geschworen hatten, befestigte das Trauerband bei Quilûn. Auch die anderen Trauergäste folgten dem Brauch. Eine stumme Unruhe erfasste die Menge.

Zimila Eisklamm half Tante Bûna mit ihrem Band. Möglicherweise würden einige das bereits als Grenzüberschreitung betrachten. Schließlich war Zimila eine Baroness. Ob es eine berechnete Vertraulichkeit war, mit der sie die Nähe zum neuen Herrn des Hauses Schneegrund unterstrich und sich damit hervorhob, obwohl sie sich vordergründig herabließ, einer Bürgerlichen zu helfen? Jedenfalls machte die hübsche Zwanzigjährige kein Geheimnis daraus, dass sie Quilûn verführt hatte. Ihm gegenüber ließ sie auch keinen Zweifel daran, dass sie ihm gern wieder zu Gefallen wäre, und warf ihm auch jetzt einen offenen Blick zu.

»Sie will ein Kind von Euch«, raunte Tarin Kalthorn ihm zu.

Der Abenteurer hatte eine Haut wie Leder, die tiefe Falten kerbten. Er war berühmt dafür, dass er viele Monstrositäten für die Arena gefangen hatte, so, wie auf der Reise mit Graf Golar. Für Quilûn war wichtiger, dass er entscheidend mitgeholfen hatte, Erlyk vor dem Bären zu retten.

»Wir kommt Ihr darauf, dass Zimila schon Mutter werden will?«, fragte Quilûn leise zurück. »Sie ist doch noch so jung.«

»Aber keine gute Partie«, erklärte Tarin. »Ihre Familie ist beinahe mittellos. Sie weiß, dass ein Graf sein Kind nicht darben lassen wird. Im Gegenteil, er wird dafür sorgen, dass es in einem angemessenen Palast aufwächst, mit Dienern, Garderobe und allem, was einem Spross so edler Lenden zusteht. Damit wäre auch sie versorgt. Viele Frauen schätzen Sicherheit.« Er zuckte mit den Achseln. »Und ich bin sicher, die Erfüllung ihres Wunsches wird nicht ohne Vergnügen sein.«

Verwirrt sah Quilûn nochmals zu der koketten Frau hinüber. Sie sprach jetzt mit Alita und Anthurel Blitzdorn. Der Magier trug eine blaue Schürze, wie es seinem Stand und Rang entsprach, aber das Kleidungsstück war so schmal geschnitten, dass es nicht zu echter Arbeit getaugt hätte, sondern allein der Repräsentation diente. Dennoch erreichte er nicht die Eleganz seiner Gattin. Niemand vermochte das. Bei Alita war der Adel etwas, das so natürlich zu ihr gehörte wie ihr Körper. Ihre Haltung, die Miene, die Würde und zugleich Wärme und Klugheit ausstrahlte …

Auch Kyrin stand bei ihrem Zwillingsbruder. Ihre Schürze war sauber, aber nicht modisch gestaltet. Das widerspenstige Haar hatte sie heute gebändigt, indem sie eine blaue Kappe trug. Sie wirkte vollkommen in sich versunken, sprach mit niemandem und half auch nicht mit den Trauerbändern.

Ein Mann mit polierten Eisenschuppen auf dem gelben Wams verbeugte sich, als Quilûn ihn bemerkte. Ein metallenes Band fasste seinen Hut ein.

Quilûn nickte ihm zum Zeichen zu, dass er sich nähern dürfe.

Nochmals verbeugte sich der Mann, bevor er den Abstand mit zögerlichen Schritten überbrückte. »Ich bin Baron Isbar Schneidruhm.«

»Ich danke für Eure Anteilnahme.« Auch am Arm des Barons flatterte ein graues Band.

Isbar schluckte. »Ich bedauere die Fehde zwischen unseren Häusern zutiefst. Ich empfinde großen Respekt für das Tiefe Haus Schneegrund.«

»Ich hoffe, wir werden diese Angelegenheit bald beilegen können.« Semire hatte ihn gemahnt, während der Feierlichkeiten unverbindlich zu bleiben. Jede leichtsinnige Äußerung konnte die Verhandlungen erschweren, die bereits begonnen hatten.

»Ich …« Isbars Hände fuhren in einer Geste der Hilflosigkeit durch die Luft. »Meine Frau und meine Kinder sind Eure Gefangenen. Seit einem Mond habe ich sie nicht mehr gesehen. Als Eure Truppen unser Kastell erobert haben, fielen sie in Eure Hände.«

»Zu dieser Zeit war ich nicht auf dem Berg.«

»Natürlich. Ich mache Euch keinen Vorwurf. Solche Dinge geschehen in einer Fehde. Aber sie fehlen mir und ich sorge mich um sie. Ich wäre sehr beruhigt, wenn Ihr mir sagen könntet, dass sie keine Not leiden.«

»Wir neigen nicht zu Grausamkeiten«, versicherte Quilûn. Er erinnerte sich an Semires Mahnung, alles offenzulassen, und fügte an: »Nicht, solange sie nicht notwendig werden.«

»Sie fehlen mir sehr, und ich bin sicher, umgekehrt ist es genauso.« Isbar zog einen Brief aus einem Ärmel. »Er ist nicht gesiegelt, Ihr könnt Euch überzeugen, dass nichts darin steht, was Eurem Haus schaden könnte. Wenn Ihr diese Worte des Trostes meiner Frau überbringen lassen könntet, stünde ich in Eurer Schuld. Soweit die Pflichten gegenüber meinem Herrn das zulassen.«

Betreten drehte Quilûn das Schreiben zwischen seinen Fingern.

»Ihr habt doch selbst einen Sohn.« Tränen stiegen in Isbars Augen.

Quilûn nickte. »Ich werde den Brief eigenhändig übergeben.«

»Ich danke Euch! Die Milde zeichnet einen großen Herrscher aus. Unter Euch wird das Haus Schneegrund erstarken.« Mit einer Verbeugung zog er sich rückwärtsgehend in die Menge zurück. Die anderen Angehörigen von Haus Schwertgrat bedachten ihn mit unfreundlichen Blicken, einige von ihnen wechselten wohl abfällige Bemerkungen.

Semire hatte Quilûn berichtet, dass der Gatte der gefangenen Baronin ihr ins Gesicht gespien hatte, um die Fehde zu erklären. Aber das war keine besondere Missachtung, sondern eine der vielen Sitten unter Adligen.

Er suchte die Tochter des Grafen unter den Trauernden. Wegen des roten Haars machte er sie schnell aus. Sie stand bei den Familien einfacher Krieger, die in der Fehde ihr Leben gelassen hatten. Da sie nicht von Adel waren, hatte man sie bereits kurz nach ihrem Tod verbrannt und bestattet, ihre Wimpel wehten irgendwo in diesem unübersehbaren Mastenwald. Ob Semire wohl jemals darüber nachdachte, wofür sie gestorben waren? Was bedeutete die Ehre des Tiefen Hauses Schneegrund einem Mann, der seine Familie ernähren musste? Und was war mit den Angehörigen? Fragten sie sich, welchen Sinn die andauernden Fehden auf dem Berg hatten, die wegen eines taktischen Vorteils erklärt und wieder beigelegt wurden, ohne dass sich – abgesehen von einer Machtverschiebung, die auf Bällen hinter Fächern festgestellt wurde – irgendetwas geändert hätte?

Wahrscheinlich nicht. So war die Welt.

Aber Quilûn gefiel diese Logik des Hasses nicht. Er sah auf

den Brief in seinen Händen, drehte ihn. Ein Vater, dem man Frau und Kinder genommen hatte ... Der wusste, dass seine Familie sterben würde, wenn sein Herr einen Fehler machte ... Das konnte einen Mann in den Wahnsinn treiben. Ganz abgesehen davon, dass die Frau und die Kinder keinen Einfluss auf die Entscheidungen gehabt hatten, die sie in Lebensgefahr gebracht hatten.

Quilûn ging zu Isbar Schneidruhm, den seine Begleiter darauf aufmerksam machten, dass der Graf nahte. Der Baron drehte sich um und sah ihn fragend an.

»Habt Ihr die Worte gesprochen?«, fragte Quilûn. »Für Golar von Schneegrund?«

»Wie es der Brauch ist«, bestätigte Isbar vorsichtig.

»Ich möchte den Brief nicht übergeben.« Quilûn gab ihn zurück. »Es ist unnötig.«

Bestürzung trat in Isbars Miene. »Aber ...«

»Was darin steht, könnt Ihr Euren Lieben selbst sagen. Ihr habt Golars Geist Freude und Freiheit gewünscht. In diesem Geist werde ich die Euren freigeben, sobald ich zurück im Palast bin.«

Kyrins Nervosität übertrug sich auf ihre Äffchen. Sie tollten im umfunktionierten Weinkeller herum, keckerten, sprangen über die Fässer und Eimer, die inzwischen mit Steinbrennern bestückt waren. Lepp kletterte an der rauen Wand hoch, stieß sich ab und klammerte sich an einen der gusseisernen Leuchter, die an kurzen Ketten von der Decke hingen. Jeder davon hatte drei gebogene Arme, die jeweils eine Lampe hielten. Durch Lepps Manöver geriet sein Leuchter so heftig ins Schwanken, dass Öl herausspritzte. Es erlosch, bevor es den Boden oder die Fässer erreichte.

»Lass das!«, rief Kyrin trotzdem. Sie wollte nicht, dass der schwarze Pelz des Äffchens Feuer fing. »Weg da!« Sie wedelte mit den Armen.

Obwohl sie zu klein war, um den Leuchter zu erreichen, zeigte ihre Missbilligung Wirkung. Mit einem protestierenden Schrei sprang Lepp auf den Türrahmen. Auch von dort sah er sich vertrieben, weil sich die Tür öffnete, und hüpfte weiter auf Asmodels Kopf. Er fummelte am Bergkristall in der Stirn herum, vielleicht hielt er ihn für ein großes Stück Zucker.

Semire von Schneegrund trat mit dem für sie charakteristischen festen Schritt ein. Sie hatte die Hände vor dem Schoß gefaltet, die Zipfel des grauen Trauerbands hingen bis zum linken Ellbogen. Die Silbermünzen am Gürtel passten gut zu ihrem roten Kleid, aber der Dolch an ihrer Hüfte erschien wuchtig. Er war beinahe ein Kurzschwert.

Die Edle bemerkte Kyrins Blick. »Ich wurde neulich in der Stadt überfallen. Noch ist die Fehde nicht beigelegt.«

Kyrin war ihr noch die Ehrbezeugung schuldig. Sie knickste tief.

Semire nickte bestätigend. Das Keckern der Äffchen raubte der Geste etwas von ihrer Würde.

»Sind die Steinbrenner bereit?«, fragte Semire. »Ich hoffe zwar, dass wir sie nicht so bald brauchen werden, aber es ist gut, sie zu haben.«

Kyrin zeigte die Reihen von Behältnissen entlang, die den Keller füllten. Es war ein lang gezogenes Gewölbe, zwölf Leuchter waren nötig, um es zu erhellen. Die Eimer und Fässer stellten die Längswände voll.

»Bei einem Angriff finden die Armbrustschützen zwanzig Geschosse in jedem Eimer.« Kyrin nahm eines heraus. Der Zauber war aus Sandstein geschlagen und sah aus wie eine schmelzende Wachskerze, an der Tropfen herabliefen. Er war in einer Rille in einen Holzschaft eingesetzt, an dem ihn ein Haltezauber in Form einer kleinen Kette fixierte. »Die Fässer sind für den Nachschub gedacht. Die Geschosse für die Ballisten«, sie zeigte auf die speerartigen Waffen, die an den kurzen Wänden aufgereiht standen, »müssen natürlich einzeln transportiert werden.«

Semire streckte die Hand aus. Kyrin gab ihr den Steinbrenner, den sie interessiert betastete, wendete und von allen Seiten betrachtete. »Hast du ihn selbst gemeißelt?«

Kyrin schüttelte den Kopf. »Ich habe hauptsächlich die Arbeiten beaufsichtigt.«

Und natürlich hatte sie sich mit dem Gravioner und seinen Wünschen beschäftigt, aber das konnte sie nicht sagen. Seit vorgestern, als sie erfahren hatte, dass ihr Gesprächspartner das Gedächtnis des Imagolems ausspioniert hatte, fand Kyrin keinen Schlaf mehr. Ihr war ein Rätsel, wie Buldagohm das gelungen war. Sie sah keine Möglichkeit, den Zauber in der anderen Richtung in gleicher Weise zu nutzen. Unwillkürlich blickte sie zu Asmodel hinüber, der wie eine Statue neben der Tür stand. Natürlich könnte sie die Leitfigur nutzen, um ihn während der Verbindung zu lenken, aber was für Anweisungen sollte sie ihm geben? Sie war auf die Sinneseindrücke zurückgeworfen, die über die Leitfigur erfassbar waren – sehen, hören, ein wenig tasten. Und die Befragung des Imagolems dazu, was über die Brücke zu Buldagohm passiert war, brachte kein Ergebnis. Dazu war der Vorgang zu intuitiv, der Imagolem verstand nicht, was geschah. Er bemerkte nur einen Gedanken in seinem Kopf, wenn der Gravioner etwas mitteilen wollte, und fasste diesen dann in Worte.

Semire folgte Kyrins Blick. »Eine eigenwillige Verzierung«, kommentierte sie den Kristall in der Stirn.

»Ja, Herrin.« Dabei wanderten jetzt gar keine Lichter durch den Stein.

»Ich nehme an, er erfüllt einen Zweck?«

Eigentlich hatte sich Kyrin einen anderen Einstieg für ihr Anliegen zurechtgelegt, aber dieser war vielleicht noch glaubhafter. Also improvisierte sie. »Durch ihn kann ich Visionen empfangen. Etwas, worüber ich ohnehin mit Euch sprechen wollte.«

Interessiert lüpfte Semire die Augenbrauen.

»Es ist mir gelungen, in die Zukunft zu sehen. Ich habe die Festung am Dunkelsee geschaut. Oben auf den Zinnen wehte das Banner mit unserem Schneekristall. Es war so riesig wie der Wimpel, den wir für Euren Vater gehisst haben.«

Semire legte den linken Unterarm vor den Bauch, stützte den rechten Ellbogen darauf ab und lehnte den Steinbrenner an ihre Schulter.

Das war nicht die Reaktion, die Kyrin sich erhofft hatte. Dennoch brachte sie ihre Geschichte zu Ende. »Vor den Mauern der Festung knieten unsere Feinde. Tausende von Kriegern. Sie alle legten ihre Schwerter nieder und beugten das Haupt.«

»Kam ich in dieser Vision auch vor?«

»Ihr standet auf den Zinnen. Erhaben, als Siegerin. Ihr habt die Huldigungen entgegengenommen.«

»Und Quilûn?«

Kyrin war froh darüber, dass ihre Äffchen sich besonders lautstark balgten. Das verschaffte ihr einen Vorwand, den Blick abzuwenden. »Quilûn habe ich nicht gesehen. Aber es gab Rauch in meiner Vision, die Schwaden mögen ihn verborgen haben.«

»Interessant«, sagte Semire trocken.

Kyrin wrang die Hände. »Ich glaube, dass dieser Ort, der Dunkelsee, entscheidend für den Triumph ist. Es wäre gut, ihn unter Kontrolle zu bringen. Jetzt noch, bevor die Fehde endet. Wenn ein anderes Banner als der Schneekristall darüber weht, könnte auch der Sieg in der Zukunft einem anderen Tiefen Haus gehören.«

Semire trat vor Asmodel und betrachtete den Stirnkristall aus der Nähe. »In die Zukunft zu sehen ist eine sehr viel mächtigere Waffe als ein Steinbrenner.«

Ein Schauder lief über Kyrins Rücken. »Das ist nur möglich, wenn der Mond in bestimmten Sternkonstellationen steht. In den nächsten Jahren wird es leider nicht mehr dazu kommen.«

»Dann finde ich es umso bedauerlicher, dass du mir nicht Bescheid gegeben hast, damit ich dieser Schau in die Zukunft hätte beiwohnen können.«

»Ich war mir unsicher, ob es gelingt«, behauptete Kyrin. »Ich hatte es zuvor noch nie probiert.«

»Und wie bist du überhaupt darauf gekommen?«

»Ich bin auf alte Schriften gestoßen.«

»Vielleicht sollten unsere anderen Magier diese Aufzeichnungen ebenfalls studieren.« Sie drehte sich um und sah Kyrin auffordernd an. »Möglicherweise findet ihr gemeinsam einen Weg, es zu wiederholen.«

»Leider sind diese Aufzeichnungen während des Zaubers zerstört worden«, sagte Kyrin kleinlaut.

Semire steckte den Steinbrenner zurück in den Eimer. »Wie bedauerlich.«

Kyrin schluckte. »Es ist wichtig, den Dunkelsee für uns zu sichern.«

»Ist es das?« Sinnend strich Semire über ein Fass. Mit der Fingerkuppe nahm sie einen Tropfen von dem Öl auf, das Lepps Übermut verschüttet hatte, und roch daran. »Oder täuschst du dich?«

»Wie meint Ihr das?«

»Deine Vision war offenbar etwas … unklar. Wir alle haben einen anstrengenden Mond hinter uns, unsere Sinne sind überreizt.«

»Ich täusche mich nicht!«, rief Kyrin. »Wir brauchen den Dunkelsee.«

Semire sah ihr so lange in die Augen, bis Kyrin den Blick senkte.

»Das Lügen solltest du dem Adel überlassen«, riet sie. »Ich weiß, dass du am Dunkelsee geforscht hast. Ich nehme an, dass du vier Imagolems mit dir genommen hast, als unser Palast angegriffen wurde, hat mit deinem Aufenthalt dort zu tun. Du hast in der Gunst meines Vaters gestanden, und ich ahne, warum. Du bist jemand, den man leicht mögen kann, Kyrin. Ich mag dich auch. Ich weiß, dass du etwas geheim hältst, und ich habe gehofft, dass du mich ins Vertrauen ziehen würdest. Ich hoffe das immer noch. Aber wenn du mich belügst, schwindet meine Geduld.«

Sie ging. Ihre festen Schritte waren noch lange zu hören.

»Kyrin hat den Verstand verloren!« Nur mit Mühe dämpfte Semire von Schneegrund ihre Stimme.

Die beiden mit Hellebarden bewaffneten Krieger, die ihnen auf dem Wehrgang entgegenkamen, sahen überrascht auf, wandten den Blick aber schnell wieder ab. Sie mochten sich wundern, wieso Semire und Quilûn bei diesem Wind hier draußen an der Brüstung der Palastmauer herumspazierten, wussten aber, dass ihnen keine Fragen zustanden.

Semire zog ihren Umhang enger um die Schultern und ließ Quilûn den Vortritt, damit die Krieger sie passieren konnten. Dann schloss sie wieder zu ihm auf.

»Die Gravilier rücken immer weiter vor«, erinnerte sie das neue Oberhaupt von Haus Schneegrund. »Der Berg muss zusammenstehen, wir müssen unsere Imagolems schicken und sie zum Halten bringen. Die anderen Häuser werden nicht dulden, wenn wir den Waffenstillstand gefährden, der eine gemeinsame Anstrengung ermöglicht.«

Statt zu antworten, rieb er seine zitternden Arme.

»Ist dir kalt?«

»Wie? Nein.« Er ging weiter.

Der Wind war frisch, aber Quilûn hatte behauptet, im Thronsaal zu ersticken. Dass er keinen Umhang trug, besorgte Semire. Es wäre schlecht, wenn er erkältet oder gar fiebrig in die Verhandlungen mit den anderen Grafen ginge. Aber die Sucht hatte seinen Körper offensichtlich im Griff. Dafür sprachen auch sein unruhiger Blick und das ständige Wischen über den Mund. Er hatte eine Flasche dabei, aus der er immer wieder trank. Semire hoffte, dass nur Wasser darin war.

»Wir brauchen die Einheit der Häuser. Unsere Ländereien empfangen den härtesten Schlag. Es ist vor allem unser Interesse, diese Invasion zu stoppen.«

Sie wusste, dass Doryam mehrfach mit Quilûn gesprochen hatte. Obwohl sie den Fürsten nicht leiden konnte, war sie sicher, dass er in dieser Frage in dieselbe Kerbe schlug wie sie und General Esgur. Deswegen konnte das Thema für Quilûn nicht neu sein. Dennoch blieb er ihr eine Antwort schuldig.

Sie passierten eine Stelle, an der ein Katapultgeschoss die Mauer beschädigt und einen Teil des Wehrgangs zertrümmert hatte. Ein Krieger hatte hier das Leben verloren, einem anderen war ein Bein abgerissen worden. Die Zinne war neu aufgemauert worden, frische Bretter schlossen die Lücke im Wehrgang. Weil sie noch nicht verwittert waren, war die Stelle trotzdem deutlich zu sehen.

Ob Quilûn es bemerkte, war nicht zu sagen. Mit verschränkten Armen sah er zum nahen Berghang hinüber, der hier steil aufstieg. Geißenwiese hieß dieser Bereich. Ein paar Ziegen sprangen mit unglaublicher Standsicherheit von einem der noch nicht einmal handspannenbreiten Vorsprünge zum nächsten, um die Grasbüschel zu erreichen. Weiter oben gab es einige waghalsig mit Seilen gesicherte Hütten, die man nur über die andere Seite der Erhebung erreichte.

Trotz ihrer Zweifel, dass Quilûn ihr überhaupt zuhörte, fuhr Semire fort. »Selbst wenn wir noch einen letzten Überraschungsangriff gegen Haus Schwertgrat führen würden, dürfte der Dunkelsee nicht das Ziel sein. Er ist neutraler Grund, ebenso wie die Arena oder die Zauberwerkstätten der Zunft. Wir würden alle gegen uns aufbringen.«

Immerhin nickte er, auch wenn er noch immer den Eindruck erweckte, dass ihn das Gespräch nicht interessierte.

Vielleicht half ein Lob. »Dass du die Geiseln freigegeben hast, zeigt eine bessere Wirkung, als ich erwartet habe. Ein ungewöhnlicher Zug, der alle überrascht hat. Isbar Schneidruhm scheint bei den Schwertgrats für den Frieden zu sprechen.«

»Für unsere Kinder ist Frieden besser als Krieg. Für alle Schwachen.«

Semire umfasste den Lederzylinder, der in einer Innentasche ihres Umhangs steckte. »Wir dürfen Kyrins Wunsch auf keinen Fall nachgeben«, betonte sie. »Das würde den Frieden, den du dir wünschst, auf absehbare Zeit unmöglich machen. Weitere Häuser würden sich gegen uns stellen. Und je schwächer unsere Seite erscheint, desto mehr werden sich mit unseren Feinden verbünden. Man nimmt keine Rücksichten, sondern sammelt sich hinter dem Banner des Siegers. Der Krieg ist unglaublich grausam.«

»Man spricht von Eurer Tapferkeit in den vergangenen Gefechten.«

Semire lachte auf. »Tapferkeit, ja? Natürlich, das ist es, worüber Lieder gedichtet werden. Und über Ehre. Weil die Wirklichkeit zu enttäuschend ist. Nicht die Verdienstvollen oder die Mutigen überleben. Weißt du, worum es wirklich geht?«

»Verratet es mir.«

»Glück. Ein nur schwer erträglicher Gedanke, aber so ist es. Dass mich all die Pfeile verfehlt haben, dass ich immer richtig erriet, wohin ein Schlag zielte … Mein Können mit dem Schwert hat nur geringen Anteil daran, dass ich noch atme. Unbefriedigend, nicht wahr? All das Schlachten und Hacken, der Dreck und das Blut, der Schmerz, die Schreie, der Tod. Man rechtfertigt das Gemetzel mit schönen Umschreibungen, die wenig von all dem erfassen. Und was auch mit größter Mühe und abenteuerlichsten Verdrehungen nicht zu rechtfertigen ist, davon spricht man auch nicht.« Die von Fürst Doryam und seinen Freunden geschändeten Frauen standen ihr vor Augen. »Es ist … Wenn man mit dem Schwert in einer Schlacht steht, geht es nicht mehr darum, einen Sieg zu erringen. Man schlägt um sich, damit man überlebt. Man zertrennt Glieder, zerstört Leiber. Rundherum kracht Metall auf Metall, die Schreie von Wut und Angst und Qual schmerzen in den Ohren. Menschen sterben. Freunde, Feinde. Sie sind nicht mehr wichtig, keine Gefahr und keine Hilfe mehr. Man steigt über Leichen, tritt auf Schwerverwundete. Es ist das Grauen.« Sie merkte, dass sie nicht in Worte zu fassen vermochte, was sie wirklich empfand. Und sie schämte sich dafür, dass trotzdem das andere auch wahr blieb: Es gab diesen Stolz über den Sieg, die unendliche Erleichterung, am Leben geblieben zu sein, den Hass auf den Feind, für den einem keine Qual zu groß erschien.

Quilûn wirkte wieder unkonzentriert. Er ging noch neben ihr her, betrachtete aber die Gebäude des Palastkomplexes, als suchte er etwas. Sein Blick irrte über den Turm, in dem Semire mit den Offizieren die Abwehr des ersten Angriffs geplant hatte, die Festhalle und die Pferdekoppel. »Graf Golars Lieblingsstute hat geworfen, kurz bevor wir aufgebrochen sind«, sagte er unvermittelt. »Wie geht es dem Fohlen?«

»Gut, nehme ich an. Ich habe mich nicht darum gekümmert.« Kopfschüttelnd blieb sie stehen. »Ich habe, worum du mich gebeten hast.«

Fragend sah er sie an. Schon wieder rieb er seine Lippen.

Sie zog den ledernen Zylinder unter ihrem Umhang hervor. »Benutze es in Maßen«, riet sie. »Es war sehr schwierig zu bekommen. Mit der Quelle möchte ich so wenig Kontakt haben wie möglich.«

Er nahm ihr den Behälter ab. »Eine Botschaft?«

Solche Rollen benutze man, um ein Pergament vor Nässe zu schützen, wenn man es einem Reiter anvertraute. Aber dieses enthielt ein Tuch. »Der Dampf der Quadra. Ich sagte doch, dass es keine Droge gibt, die auf dem Berg keine Anhänger hätte.«

Quilûn drehte den Verschluss ab und zog das Tuch heraus. Es war grau, aber nicht unansehnlich, und flauschig. »Ich kenne es nur als Flechte …«, sagte er zögernd.

»Man hat mir gesagt, dass man es einatmen muss.«

Er drückte das Tuch gegen die Nase und tat einen tiefen Zug.

Die Veränderung, die augenblicklich mit ihm vorging, war unübersehbar und kam so plötzlich, dass sie Semire erschreckte. Er nahm die Schultern zurück, seine gesamte Gestalt straffte sich, der Blick gewann Fokus. Und noch etwas anderes geschah. Sie wusste nicht, woran genau es lag, vielleicht an vielen Kleinigkeiten, die zusammenwirkten. Quilûn strahlte Würde aus, sogar Majestät, so wie Semires Vater in seinen besten Tagen. Das erste Mal wirkte er so, als ob der Siegelring wirklich an seine Linke gehörte.

»Geht sparsam damit um. Ich weiß nicht, wie lange diese Dosis reicht, und ich bin mir auch nicht sicher, wie reichlich der Nachschub ist, den ich Euch besorgen kann.« Erst, als sie die Bitte ausgesprochen hatte, fiel ihr auf, dass sie ihn ehrerbietig angeredet hatte.

Er senkte die Hände, hielt aber die Rolle und das halb herausgezogene Tuch fest umfasst. Huldvoll nickte er. »Ich werde die

Ehre des Tiefen Hauses Schneegrund mehren. Niemand wird es wagen, eitel über uns zu reden.«

Das Schlimmste an Brotans Gefangenschaft waren nicht die Fesseln. An seinen Handgelenken hatte sich Schorf gebildet, er spürte die Schellen kaum, mit denen seine Arme zur Decke der Kerkerzelle emporgestreckt wurden. Was ihm zu schaffen machte, war die Bewegungslosigkeit. Auf dem Weg zum Berg hatte man ihn an einem Karren festgebunden, hinter dem er hergelaufen war. Jetzt kribbelten seine Muskeln, weil sie die Belastung vermissten. Er spannte sie an und ließ sie locker, um ihnen zumindest ein wenig Beschäftigung zu verschaffen.

»Willst du mich damit etwa beeindrucken?« Da Brotan bis auf einen Schurz unbekleidet war, konnte der Magier, für den zwei Diener eine kleine Werkbank in der Zelle aufgebaut hatten, das Spiel der Muskeln beobachten. Er tat es mit einem spöttischen Zug um die Lippen. »Auf dem Trockenen nutzt es einem Fisch nichts, wenn er gut schwimmen kann.«

Brotan grinste. »Aber Ihr wollt doch, dass ich in der Arena für Euch Knochen breche.«

»Alles zu seiner Zeit.«

»Und was habt Ihr jetzt mit mir vor? Wollt Ihr mich foltern?«

»Es gibt jemanden, die daran sicher ihre Freude hätte. Aber es gehört weder zu meiner Neigung noch zu meinen Aufgaben, Abschaum Schmerzen zuzufügen.«

In der Tat wirkte der Magier so, als habe er eine Pflicht zu erfüllen, die ihn nicht gerade mit Leidenschaft erfüllte. Etwas, das er erledigen musste, bevor er sich interessanteren Tätigkeiten zuwenden konnte.

Brotan kannte ihn von der Reise, auch wenn sie nie viel miteinander zu tun gehabt hatten. Auf der linken Wange hatte er ein tropfenförmiges Muttermal. Sein Haar war schwarz, die Augen dunkel. Er trug eine blaue Schürze, die einen neuen Eindruck machte.

»Ihr seid wohl erst kürzlich im Rang aufgestiegen«, vermutete Brotan.

Der Zauberer ordnete die Meißel auf seiner Werkbank. Daneben lagen gebogene Stücke aus schwarzem Stein, vermutlich Basalt, und ein unförmiger Rohling aus hellem Stein, so groß wie ein Kinderkopf. »Sorge dich nicht. Ich weiß, was ich tue.«

Brotan verlagerte das Gewicht. Die Stichwunde in seinem Bein war noch spürbar, schmerzte aber nicht mehr.

»Euer Name ist mir entfallen.«

Der Magier setzte sich auf die Kante der Werkbank. »Baronet Anthurel Blitzdorn.«

Er verschränkte die Arme und sah durch die offen stehende Gittertür hinaus. Auf dem Gang stand ein Imagolem. Er hatte sich vorgebeugt und den Kopf so weit gesenkt, dass sein Kinn die Brust berührte, damit er nicht gegen die Decke stieß.

»Ihr seid nicht sehr gesprächig«, meinte Brotan. »Bedrückt Euch etwas? Vielleicht, dass Euch niemand liebt?«

Anthurels Kopf ruckte herum. Böse funkelte er den Gefangenen an.

Brotan lachte. »Ihr gehört doch wohl nicht zu den Naiven, die denken, man würde die fürsorgliche Hand des Imperiums schätzen? Der Berg herrscht wegen Gesellen wie ihm.« Mit dem Kinn deutete Brotan auf den Imagolem. »Brutale Gewalt ist alles, was Euer Reich zusammenhält. Das Volk ächzt unter den Abgaben. Ihr seid in der ganzen Welt verhasst.«

»Wen interessiert, was im Schlamm jenseits des Berges vor sich geht?«

»Offenbar Eure Unsterblichen«, konterte Brotan. »Sonst würden sie keine Maler aussenden, um die Schönheit …«

»Schönheit?«, rief eine Frauenstimme.

Tarima Eichfrost erschien vor der Zelle. Sie trug eine Laterne in der Linken und in der Rechten einen Käfig, in dem ein blauer Vogel auf der einzigen Stange saß. Ihre langen Handschuhe verschwanden in den Ärmeln ihres eisblauen Kleides.

Sie trat ein und stellte den Käfig auf der Werkbank ab, um dann Anthurels Nicken mit einem Knicks zu beantworten. Tarima hob die Laterne an und schob das Haar von der Wunde, wo einmal ihr rechtes Ohr gewesen war. »Mir scheint, von Schönheit hat man einen anderen Begriff in den Sümpfen, die dich ausgebrütet haben.«

»Euch werde ich wohl niemals los.« Brotan seufzte. »Ich verstehe ja, dass Ihr jemanden braucht, dem Ihr die Schuld am Tod Eures Gemahls und an Eurem Missgeschick geben könnt. Aber Ihr scheint von mir besessen. Ich habe einen Feind im Krieg getötet, wie es jeder tun würde, und damit, wie Zauberpriesterin Emala Euch behandelt hat, habe ich nichts zu tun.«

Lächelnd ließ sie das Haar zurückfallen. »Habt Ihr ihm schon gesagt, was ihn erwartet?«

»Ich erinnere mich, dass Ihr das übernehmen wolltet«, antwortete Anthurel. »Aber im Grunde ist es unnötig. Der Zauber wirkt bei Unwissenden genauso zuverlässig.«

»Oh, aber er soll würdigen, was hier geschieht.« Sie stellte die Laterne ab und nahm stattdessen den Vogelkäfig auf. Sie hielt ihn nicht am ringförmigen Griff, sondern legte die Hände seitlich an die Gitterstäbe. So trat sie nah an Brotan heran. »Er soll sein Schicksal begreifen.«

»Ihr habt es mir schon oft genug erklärt«, versetzte er. »Ich werde in die Arena geschickt, wo ich um mein Leben kämpfe. Siege ich, so mehre ich damit den Ruhm von Haus Schneegrund. Unterliege ich, bannt Ihr meine Seele in einen Steinmann und macht mich so zu einem willenlosen Imagolem. Hört auf, mich zu langweilen.«

Tarima schnaubte spöttisch. Brotan fand seltsam, wie schön sie dabei aussah.

Nein … *Schön* traf es nicht. *Edel.* Wie jemand, der mit vollem Recht zu Gericht saß. Man fühlte sich schlecht, weil man ihren Unwillen erregt oder sie enttäuscht hatte. Selbst, wenn sie die Erniedrigung genoss, die man gerade durchlitt. Es war verrückt.

»Die Seele ist flüchtig wie Rauch«, erklärte sie. »Oder wie ein Vogel. Kaum erschreckt man sie, indem man ein Herz mit Stahl kitzelt, schon ist sie fort.«

Sie schüttelte den Käfig. Zwitschernd flatterte der Vogel auf. Er prallte gegen die Gitterstäbe, flog weiter, stieß auf der anderen Seite an. Mit hektischem Flügelschlag versuchte er zu entkommen, aber immer war die Begrenzung des Käfigs im Weg.

Tarima bewies Ausdauer darin, das kleine Tier zu quälen. Sie schüttelte, drehte und stürzte den Käfig, bis der Vogel matt auf seinem Boden lag. Statt zu trällern, japste er jetzt. Den rechten Flügel hielt er merkwürdig abgespreizt, er sah gebrochen aus.

»Wir wollen deine Seele davor bewahren, sinnlos zu entfleuchen.« Ihr Lächeln war so kalt, dass Brotan fröstelte. »Kannst du dir denken, was wir dafür brauchen?«

Schweigend starrte er Tarima an.

»Es ist eigentlich ganz leicht zu erraten«, meinte sie, »aber ein Barbar mag zu dumm sein, um darauf zu kommen. Einen Käfig natürlich! Einen Käfig aus Stein, den wir um dein Herz legen. Man sagt, die Gladiatoren fühlen ihn bei jedem Herzschlag und dass man sich niemals daran gewöhnt.« Wieder schnaubte sie. Diesmal klang es beiläufig. »Betrachte es als eine Erinnerung daran, dass du die Falschen herausgefordert hast, als du jemanden ermordet hast, der so hoch über dir stand wie mein Gemahl.«

Brotan fiel auf, dass die gebogenen Basaltstücke auf der Werkbank den Gitterstäben des Vogelkäfigs ähnelten. Ihre Krümmung war etwas stärker, wenn man sie richtig zusammensetzte, mochten sie ein kugelförmiges Gefängnis bilden.

Plötzlich begriff er, dass der helle Stein, der neben ihnen lag, kein Rohling war. Nur auf den ersten Blick erschien er unförmig. Brotan hatte oft genug Hirsche gejagt und ausgenommen, um nun den Herzmuskel zu erkennen. Sogar die Ansätze der großen Adern, die die Kammern mit Blut versorgten, waren modelliert.

Er spürte den Schlag seines eigenen Herzens. Es pochte so heftig, als wollte es den Brustkorb sprengen, um den Fesseln zu entkommen, die diese beiden Menschen ihm offenbar anlegen würden.

Brotan spürte den Schweiß auf seiner Stirn. Dass seine Handgelenke in Schellen geschlagen waren, beunruhigte ihn kaum. Das waren Fesseln, die man anlegte und wieder löste. Man würde sie ihm ohnehin wieder abnehmen, wenn man ihn in die Arena schickte.

Aber ein Käfig um sein Herz … Was würde das mit ihm machen? Brotan hatte Kämpfe gewonnen, die andere aussichtslos genannt hatten. Das hatte ihn bei seinem Volk zu einem gefeierten Helden gemacht. Es nährte in ihm die Hoffnung, auch aus der Arena und vom Berg entkommen zu können, vielleicht sogar eines Tages die Feinde zu besiegen, die in diesem Moment so übermächtig erschienen.

Aber wie könnte er jemals eine Fessel sprengen, die er in seiner Brust trug? Dabei musste all seine Kraft versagen. Er wäre für immer ein Gefangener! Selbst wenn er es zurück nach Gravilien schaffte … Zauberpriesterin Emala hasste ihn, weil er gegen sie aufbegehrt hatte. Und auch wenn man sie dazu brachte, ihm zu helfen – ihre Kräfte konnten sich nicht mit denen der Magier auf dem Berg messen. Nie hatte sie auch nur einen einzigen Imagolem geschaffen!

Tarima wandte sich an Anthurel. »Macht es schmerzhaft.«

Mit einem unartikulierten Schrei riss sich Brotan an den Ketten hoch, die ihn an der Decke hielten. Er schwang sein rechtes Bein aufwärts, drehte die Hüfte und trat Tarima seitlich gegen den Kopf.

Der Angriff riss sie von den Füßen. Aufschreiend schlug sie lang hin, der Vogelkäfig schepperte auf den Boden.

Brotan trat nach, aber die Kette hielt ihn zurück. Er traf lediglich den Unterschenkel der liegenden Frau, und das auch nahezu ohne Kraft.

Anthurel ließ das Werkzeug fallen, das er gerade aufgenommen hatte, und zog die Baroness vollständig aus Brotans Reichweite.

Wütend riss Brotan an seinen Ketten, aber sie gaben nicht nach.

Tarima wandte den Blick nicht von ihm, als sie aufstand. Einer ihrer Handschuhe war bei dem Versuch, ihren Sturz abzufangen, zerrissen. »So wild«, sagte sie. »So primitiv. Das Volk in der Arena wird ihn lieben.«

Anthurel hielt seine Arme so, als erwartete er, Tarimas Beine würden nachgeben und er müsste sie auffangen. »Geht es Euch gut?«

»Kümmert Euch nicht um mich«, bat sie. »Erfüllt nur Euren Auftrag. Ich werde jeden Augenblick genießen.« Sie zog sich neben die Tür zurück.

Den Vogelkäfig beachtete sie nicht mehr, trotz der kläglichen Laute, die daraus hervordrangen.

»Normalerweise betäuben wir die angehenden Gladiatoren, bevor wir den Stein in ihre Brust stoßen«, erklärte Anthurel. »Aber in diesem speziellen Fall können wir darauf verzichten, denke ich. Mein Imagolem wird ihn festhalten.«

»Die Barbaren werden vom Hass auf den Berg getrieben«, berichtete Tarima Eichfrost. Sie kniete vor den acht Statuen, die von Unsterblichen des Berges beseelt waren. Ihr schwarzes Kleid war züchtig bis zum Hals geschlossen und einfach geschnitten, aber aus edlem Stoff gewebt, dessen Falten seltsam blau aufschimmerten. Quilûn hätte Schwierigkeiten gehabt, den Elmsfeuer ähnelnden Effekt in einem Bild festzuhalten. Aber die Stimmung, die dieser Anblick auslöste, hätte er mithilfe der Quadra vielleicht auf Leinwand bannen können.

Es lag einen halben Tag zurück, dass er den Dampf eingeatmet hatte. Vor dem Schlafen hatte er sich einen Zug gönnen wollen. In der Folge hatte er drei Stunden wie besessen an einem Bild gemalt, das die Schönheit der Nacht ebenso zeigte wie die Furcht, sich in der Dunkelheit zu verlieren.

Jetzt schien ihm, dass er der Einzige im Sanktuarium tief unter der Werkstatt der Zauberer war, der sich nicht fürchtete. Dabei war er neben Tarima auch der Einzige, der sich zum ersten Mal hier aufhielt. Alle anderen waren hochrangige Adlige der Tiefen Häuser – Grafen, Landvögte, Feldherren oder Lichtmeister wie Doryam von Schneegrund.

In einem wegen der Tiefe natürlich fensterlosen Saal, bei dem die Reliefbänder in den Wänden flossen wie Bäche, in denen sich immer neue Figuren andeuteten, bildeten die Edlen einen Halbkreis hinter der knienden Baroness. Tarima berichtete von ihren Erfahrungen mit den Graviliern. Nach den vorhergehenden Gesprächen empfand Quilûn das als Erholung, weil ihre Rede weitgehend frei von Andeutungen war, die er nicht verstand, die Doryam aber mit einem wissenden Nicken zu bedenken pflegte.

»Die Horden, die den Torn überschritten haben, bestehen nicht bloß aus Kriegern«, sagte Tarima. »Ich habe die alte Zauberpriesterin davon sprechen hören, dass sie ihre eigenen Städte verbrennen wollte. Das gesamte Volk sollte sich auf den Weg machen und es sollte keine Möglichkeit zur Rückkehr geben. Wie Heuschrecken werden sie unsere Felder leer fressen.«

»Wie viele sind auf dem Marsch?«, fragte einer der Unsterblichen.

Auf den ersten Blick erkannte man, dass es sich bei den acht beseelten Statuen nicht um Imagolems handelte. Ihre Proportionen waren nicht so absurd auf Kraft ausgelegt und bei keiner von ihnen ersetzten Waffen die Gliedmaßen. Stattdessen waren sie schön ausgeformt und das Licht der nahe der Decke eingesetzten Kristalle schimmerte bei ihnen auf poliertem Marmor, statt von rauem Granit geschluckt zu werden.

Der Fragesteller sah aus wie ein Jüngling mit sorgfältig geschabten Wangen, dessen lockiges Haupt ein Lorbeerzweig krönte. Er war meisterlich gestaltet, bis hin zu den Fingernägeln und den Brauen, aber Augäpfel hatte er nicht und seine Lider zwinkerten nie. Als Kleidung war lediglich ein um die Hüften geschlungenes Tuch modelliert.

Auch die anderen sieben Statuen zeigten schöne Menschen, bis auf einen waren es Männer. Das Gewand der weiblichen Figur bestand aus Schuppen. Da sie sehr schlank war, gab ihr das etwas Schlangenhaftes. Ihr Marmor war der dunkelste, eher braun als weiß.

Vor den Statuen stand ein Wesen, dessen Fremdartigkeit Quilûn noch stärker faszinierte als die Begegnung mit den Unsterblichen. Es bestand aus steinernen Streben, die kippten und rotierten, wenn es sich bewegte. Sie trugen drei Ringe, die jeweils einen halben Schritt durchmaßen und sich um den gemeinsamen Mittelpunkt drehten. Zwischen ihnen brannte ein Klumpen aus Licht, wie geschmolzenes Eisen, der von unsichtbaren Kräften in der Luft gehalten wurde. Immer wieder löste sich etwas aus diesem Block, wie ein zäher Tropfen, aber diese Substanz fiel genauso häufig zur Seite oder gar nach oben wie nach unten. Dieses Wesen trat als Zeremonienmeister auf, es erteilte und entzog den Sterblichen das Wort und hatte auch Tarimas Befragung eingeleitet.

»Man sprach von einhunderttausend Kriegern«, erinnerte sich die Baroness. »Dazu die Frauen und Kinder, die Alten und jene, die aus anderen Gründen keine Waffen tragen können … Eine halbe Million sind auf dem Weg hierher, schätze ich.«

Atemlose Stille folgte ihren Worten.

»Wie ist es ihren Kriegern gelungen, unsere Imagolems zu besiegen?«, fragte der Augenlose.

Tarima schluckte. »Sie haben meinen Gemahl getötet, sodass niemand mehr die Leitfiguren benutzen konnte. Aber das ist nur ein Teil der Erklärung. Die Gravilier haben auch Zauber eingesetzt. Ein Lähmungssiegel hat den Imagolem, den sie gefangen haben, außer Gefecht gesetzt.«

»Beschreibt dieses Siegel!«, forderte die aus Stäben und Ringen bestehende Kreatur, deren Stimme wie das Prasseln eines Feuers klang.

»So groß wie eine Münze.« Tarima deutete es an, indem sie mit Daumen und Zeigefinger der rechten Hand einen Kreis formte. »Sie war zwischen den Schulterblättern des Imagolems angebracht. Die Gravur sieht aus wie gesplitterte Knochen.«

Einen Moment wartete sie.

»Das war nicht ihr einziger Zauber. Am Trutzfels, wo sie mich gefangen hielten, habe ich andere gesehen. Und Graf Golar ist einem weiteren zum Opfer gefallen. Einem Bolzen, der …«

»Davon habe ich den Unsterblichen bereits berichtet«, fiel Steinmeister Agohn ihr ins Wort.

Eine makellos weiße Schürze zeigte an, dass er Herr über alle Magier des Berges war. Zusammen mit dem kräftig blonden Haar, das in sorgfältigen Locken über Brust und Bauch fiel, ließ sie ihn wie eine Flamme aus der Menge hervorscheinen. Auch er wirkte unsicher, immer wieder klackten seine Fingernägel, die aus unterschiedlichen Gesteinen geschmirgelt waren.

»Wisst Ihr inzwischen, woher unsere Feinde diese Zauber haben?«, prasselte das Feuerwesen.

»Zum Lähmungssiegel kann ich nichts sagen, weil ich es nicht vorliegen habe«, schränkte Agohn ein. »Aber die Bruchstücke des Zaubers, der den Grafen niedergestreckt hat, habe ich untersucht. Eine infame Kombination aus Schildbrecher und Splittern, die durch die Blutbahnen das Herz suchen, um es zu zerschneiden. Zweifelsohne eine geschickte Arbeit.«

»Woher stammt der Stein?«, fragte das Wesen.

Tarima kniete noch immer, auch wenn sie niemand mehr beachtete.

»Es ist Granit aus dem Berg, fürchte ich«, gestand Agohn. »Von sehr tief in seinem Inneren.«

»Findet den Verräter, der unsere Feinde mit Magie versorgt!«, forderte der Augenlose.

»Ich bitte um Vergebung, aber der Zauber muss nicht auf dem Ianapat gemeißelt worden sein. Diese Zauberpriesterin Emala, von der Baroness Tarima berichtet, ist sicher nicht ohne Geschick. Es ist denkbar, dass man ihr nur den unbearbeiteten Stein vom Berg zukommen lässt. Das könnte jeder Bauer bewerkstelligen.«

»Dann findet diesen Bauern.«

Mit dieser Aufforderung erstarrte die augenlose Statue. Auch die anderen wurden zu leblosen Bildnissen. Obwohl sie sich zuvor auch nur sparsam bewegt hatten, war das für Quilûn offensichtlich und wohl auch für die anderen Anwesenden, von denen die Anspannung ein Stück weit abfiel. Man seufzte und tuschelte leise miteinander, stand nicht mehr ganz so steif im Halbkreis. Tarima Eichfrost erhob sich.

»Die Unsterblichen beraten über ihre Entscheidung«, verkündete das Feuerwesen.

Die Angehörigen der Tiefen Häuser zogen sich in Gruppen zurück. Tarima kam zu Doryam und Quilûn.

»Das habt Ihr gut gemacht«, lobte Doryam sie. »Euer Bericht war klar und er hat alle Fragen beantwortet. Das wird unserem Haus zur Ehre gereichen.«

Tarima nickte ein wenig verlegen. »Ich diene, so gut ich kann.«

»Und wir dienen den Unsterblichen, wie mir scheint«, sagte Quilûn.

»So ist die Ordnung der Welt.« Sehnsüchtig blickte Doryam zu den Marmorstatuen hinüber. »Wir leben und mühen uns, aber am Ende werden nur wenige von uns erwählt. Der Rest treibt als Asche im Wind.«

»Aber würdet Ihr das wollen?«, fragte Quilûn. »Auf ewig die Sonne missen? In Stein und Dunkelheit gefangen sein? Mächtig auf dem Berg, aber unfähig, ihn zu verlassen?«

Doryam musste sich sichtlich beherrschen, um nur zu kichern, statt laut aufzulachen. »Die Macht, das ist es! Wozu sollte man in die Welt hinausziehen, wenn man die Welt zu sich befehlen kann? Ihr selbst seid doch auf Geheiß der Unsterblichen ausgezogen, um die Schönheit, derer Ihr ansichtig wurdet, auf Leinwand zu verewigen und sie den Ahnen zum Geschenk zu machen.«

»Aber ich habe sie mit eigenen Augen gesehen«, wandte Quilûn ein.

»Und wer ahnt schon, wessen die Unsterblichen in der Tiefe ansichtig werden?«, hielt Doryam dagegen.

»Jedenfalls kann es die Schönheit der Welt nicht übertreffen«, überlegte Quilûn, »sonst würden sie nicht danach verlangen.«

Doryam verschränkte die Arme. »Ihr seid als Bürgerlicher aufgewachsen, deswegen redet Ihr so. Die Unsterblichkeit ist Euch nicht bestimmt, weil Ihr nicht zum Herrschen berufen seid.«

Tarima Eichfrost schaute besorgt. Solche Reden gegenüber dem Oberhaupt ihres Tiefen Hauses mussten ihr unangemessen erscheinen und das waren sie wohl auch. Quilûn verspürte Lust, den Fürsten in die Schranken zu weisen.

Noch während er sich eine Erwiderung zurechtlegte, zog das Feuerwesen mit einem lauten Prasseln die Aufmerksamkeit auf sich. Die Statuen bewegten sich von Neuem.

Die Frau im Schuppengewand sprach. »Dies ist unser Wunsch und Wille: Die Fehde ist beigelegt. Die Truppen aller Häuser werden gegen die Gravilier marschieren und verhindern, dass ihre Füße den Berg besudeln. Haus Schneegrund wird die Sonnenbrücke reparieren, die es zerstört hat. Die Gebiete, die es innerhalb der Stadt erobert hat, sowie das Kastell von Haus Schwertgrat werden unter die Verwaltung des Tiefen Hauses Sturmruf gestellt. Es wird garantieren, dass der Fluss der Waren für Haus Schwertgrat wie vor der Fehde fließt, und es wird die Truppen von Schwertgrat und Schneegrund auf ein Jahr und einen Tag trennen, auf dass der Zorn verraucht. Dafür mag Haus Sturmruf angemessene Abgaben von den Bürgern der verwalteten Gebiete erheben.«

»Ein Jahr und einen Tag …«, raunte Doryam. »Sie werden die Stadtviertel bis aufs Blut auspressen.«

»Wie kommt Ihr darauf?«, wollte Quilûn wissen.

Grinsend zeigte er seine adelsblauen Zähne. »Weil ich es auch tun würde.«

DREI

Pflicht

»Seid stolz!«, rief Semire von Schneegrund. »Wir haben gesiegt und Heldentaten haben die Unsrigen vollbracht! Haus Schwertgrat wollte uns in den Staub werfen, aber hier stehen wir!«

Sicher hätte es die meisten Adligen bereits irritiert, dass eine Frau nach dem militärischen Erfolg in einer Fehde den Triumph verkündete. Aber Semire hatte es satt, auf unfähige Männer Rücksicht zu nehmen und ihnen die Ehre zu überlassen, obwohl sie geringeren Anteil daran hatten, dass Haus Schneegrund sich behauptet hatte, als sie. Dies war der ideale Moment, um mit der Tradition zu brechen. An der Spitze des Tiefen Hauses gab es derzeit keine etablierte Führung. Quilûn agierte unsicher. Fürst Doryam machte keinen Hehl daraus, dass er ihn stürzen wollte, sammelte dafür aber noch Unterstützer. Alle anderen warteten ab. Es gab niemanden, der Semire in die Schranken gewiesen hätte.

Nachdem sie sich einmal entschieden hatte, die Fesseln des Überkommenen zu sprengen, tat sie es auch gründlich. Sie hielt ihre Rede im großen Festsaal, schon deswegen, weil dieser genug Platz bot, um all die Barone und Baronessen, Fürsten und Offiziere der Haus Schneegrund verbundenen Familien zu fassen. Aber sie saß nicht vornehm in einem Sessel, wie man es von einer Dame erwartete, da der einzige Sessel, in dem sie sich angemessen platziert gefühlt hätte, der Grafenthron gewesen wäre, und den hielt derzeit Quilûns schmaler Hintern warm.

Semire stand auch nicht auf der dekorativen Ziertreppe. Breitbeinig hatte sie sich auf die Speisetafel gestellt. Um auch die letzten Zweifel daran zu beseitigen, wer das Tiefe Haus Schneegrund auf dem Schlachtfeld behauptet hatte, trug sie einen Zweihänder auf dem Rücken. Der wuchtige Griff ragte über ihre rechte Schulter, das Ende der Schwertklinge mit der steinernen Spitze kam hinter ihrer linken Hüfte hervor.

Sie reckte eine Faust zur Decke hinauf. Das Trauerband drückte in ihren linken Arm. »Wir haben Haus Schwertgrat gedemütigt! Es hat große Teile seiner Besitzungen verloren. Das wird andere Frechlinge davon abhalten, uns herauszufordern.«

Die Versammelten blickten nicht unbedingt ablehnend zu ihr auf. Eher überrascht. Einen solchen Auftritt waren sie vom verstorbenen Grafen nicht gewohnt. Von seiner Tochter natürlich erst recht nicht.

Semire streckte den Zeigefinger aus der erhobenen Faust. Sie senkte den Arm, bis sie auf den Wappenschild der Falkenkralls zeigte. Gemeinsam mit den Ehrenzeichen der anderen Häuser, die zu Schneegrund gestanden hatten – oder bei denen es opportun war, so zu tun, als hätten sie etwas zum Sieg beigetragen, weil man sie künftig im eigenen Lager wissen wollte –, hing der goldene Falkenfuß auf rotem Grund an der Nordwand. »Seht genau hin und würdigt einen unserer größten Helden! Barn Falkenkralls Asche weht im Wind, weil er die Sonnenbrücke für uns hielt. Ich hielt seine Hand, als er starb. Doch nicht eher wich das Leben aus seiner Brust, als die Niederlage von Haus Schwertgrat gesichert war und die Trümmer der Brücke in den Abgrund stürzten.«

Jubel donnerte durch die Festhalle. Man sah Barns Bruder Jolin und seinem Vater den Stolz an, den sie wegen des Toten empfanden, obwohl sie dem Lebenden niemals Respekt erwiesen hatten. Es betrübte Semire, dass Barn diese Genugtuung nicht mehr erlebte.

Aber für Melancholie war jetzt der falsche Zeitpunkt. »Feiert!«, rief Semire. »Feiert unseren Sieg!« Sie sprang vom Tisch.

Der Wein floss in Strömen. Tomalion Eichfrost würde zwar

noch eine Weile auf Krücken humpeln, drückte aber dennoch eine Magd vor sich an die Wand, goss den Rebensaft in ihren Ausschnitt und trank von ihren Brüsten.

Erhobenen Hauptes schritt Semire durch die tobende Menge. Sie redete kurz mit einigen Adligen und ignorierte andere, die dies rasch zu überspielen versuchten, indem sie so taten, als hätten sie Gesprächspartner in der Nähe ansprechen wollen. Sie fand den Leutnant mit der Pfeilwunde, den sie im Heilerhaus aufgesucht hatte. Eine Maske aus steifem Leder bedeckte die Hälfte seines Gesichts. Sie nahm seine Hand und drückte sie mehrere Herzschläge lang, wobei sie ihm in die Augen sah. Stumm inmitten des ausgelassenen Lärms gedachten sie des Opfers, das er für die Eroberung des Kastells gebracht hatte, für ihren Sieg.

Als sie ihn losließ, sprach Tarin Kalthorn sie an. »Wir wissen, dass die echten Schlachten noch vor uns liegen.«

»Zieht es Euch schon wieder zurück in den Süden?«

»So weit wie beim letzten Mal werde ich nicht reisen müssen, um auf die Gravilier zu treffen.« Er hatte seine Wangen nicht geschabt, aber der Bart war noch so licht, dass die wettergegerbte Haut durchschien.

»Der Ruf des Abenteuers scheint Euch keine Ruhe zu gönnen.«

»Manchmal reicht es, zu wissen, was man verlässt, um zu einer Reise aufbrechen zu wollen.«

»Auf dem Berg gefällt es Euch nicht?«

Er zuckte mit den Achseln.

Semire wusste um die Trunksucht seines Vaters. Auch jetzt machte sich Baron Yurin lächerlich, indem er mit tiefroter Nase und schiefer Stimme alberne Lieder grölte. Tarin musste es schwerfallen, ihm den schuldigen Respekt zu erweisen. Schließlich war er selbst ein weit gereister Held, der in allen Winkeln der Welt Monstren gefangen und zur Arena geschickt hatte.

Dennoch fragte sich Semire, ob auch sie selbst ein Grund für sein Fernweh war. Tarin gehörte zu den wenigen, denen sie glaubte, dass er nicht nur wegen ihrer Stellung um ihre Hand angehalten hatte. Da war etwas zwischen ihnen gewesen, eine gegenseitige Anerkennung, ein Verständnis für die Sehnsüchte des anderen. In seiner Abenteuerlust erkannte Semire ihr eigenes Verlangen nach Freiheit. Nur war ihr damals schon klar gewesen, dass sie dieses in einer Ehe niemals hätte stillen können. Im Adel ging es um die Dynastie, und keine Gattin konnte sich von der Verantwortung freimachen, Erben zu gebären und großzuziehen.

»Ich werde auf dem Berg bleiben«, kündigte sie an. »Es wäre gut, einen umsichtigen Baronet wie Euch bei General Esgurs Truppen zu wissen. Ich werde mich für Euch verwenden.«

Er nickte dankend und mit einer Miene, die inmitten der ausgelassenen Menge besonders ernst wirkte. Das mahnende Beispiel seines Vaters stand ihm vor Augen, er trank zumeist Wasser.

Semire entließ ihn mit einem Nicken.

Die speziellen Gäste, die sie eingeladen hatte, fand sie bei den Bildern, die Quilûn gemalt hatte. Es waren keine der brutalen und aufwühlenden Darstellungen, mit denen er sich neuerdings beschäftigte, sondern traditionelle Motive. Eines zeigte einen Weinenden Mann, der zu Basalt versteinert auf dem Platz der Reue stand und ein Schild hielt, das sein Verbrechen verkündete: *Meißeln verbotener Zauber.* Ein anderes stellte Alita Blitzdorn unter einem Baum dar, ein weiteres silbrige Fische vor einem regenbogenfarben schillernden Wasserfall.

Semires Gäste trugen keinen Familiennamen. Die Frau hieß Zulida, der Mann Muriol. Obwohl der Hofschneider sie mit angemessenen Gewändern ausgestattet hatte, sah man ihnen auf den ersten Blick an, dass sie noch nie einen Palast betreten hatten. Die Adligen mieden sie, niemand sprach sie an, und so verlegten sie sich darauf, die Gemälde zu betrachten und möglichst wenig aufzufallen.

»Ich freue mich, dass ihr gekommen seid«, begrüßte Semire das Ehepaar. Für sie sahen die beiden uralt aus, aber wer hart arbeitete, alterte schneller.

Zulida errötete und wäre bei ihrem Knicks wohl gefallen, wenn Muriol sie nicht geistesgegenwärtig gestützt hätte. Er entblößte einen beinahe kahlen Kopf, als er die Mütze abzog und sich verbeugte.

»Wir sind Euch sehr dankbar, Herrin«, beteuerte Zulida. »Dass wir einmal in einem Palast … Ihr ehrt uns sehr.«

»Ich trage damit nur einen kleinen Teil der Schuld ab, die mich eurer Familie verpflichtet«, sagte Semire. »Nur wegen eures Sohnes bin ich noch am Leben.«

»Dann stimmt es, dass Urbert sich schützend vor Euch geworfen hat?« Erwartungsvoll sah die alte Frau sie an.

»Mit seiner Brust hat er die Lanze abgefangen, die auf mein Herz zielte«, bestätigte Semire. »Ich war verletzt und konnte mich selbst nicht wehren.«

Die Augen der Mutter liefen vor Tränen über. »Er war ein guter Junge. Manchmal schwierig, er hat ein Huhn gestohlen, als er klein war, und wollte es nicht zugeben. Aber im Herzen war er gut.«

Semire ermahnte sich, sie nicht in die Arme zu nehmen. Auf dieser Feier würde eine solche Geste als weibisch angesehen werden. Stattdessen legte sie ihr ermutigend eine Hand auf die Schulter. »Er hat sich in den Kämpfen nicht geschont.« Urbert hatte seinen linken Arm verloren, bevor er sich vor Semire geworfen hatte. Sie erinnerte sich genau an den frischen Verband über dem Stumpf. »An der Sonnenbrücke hat er alles gegeben, was er geben konnte.«

Etwas am Eingang der Festhalle erregte Muriols Aufmerksamkeit.

Semire folgte seinem Blick.

»Sind das die neuen Gladiatoren, Herrin?«, fragte er.

»Mein Mann geht gern in die Arena«, erklärte Zulida. »Urbert ist auch mitgekommen, wenn seine Pflichten es erlaubt haben.«

»Ja, das sind wohl unsere neuen Kämpfer«, bestätigte Semire.

Die meisten waren Plünderer, die versucht hatten, die Unruhen während der Fehde zu nutzen. Man hatte sie gewaschen und ihre Haut geölt, und manche von ihnen hatten eine Statur, wie man sie von einem Krieger erwartete. Dennoch glaubte Semire, dass viele in ihrem ersten Kampf auf dem Sand verbluten würden.

Aber nicht der goldblonde Hüne, der als Letztes den Saal betrat. Noch nie hatte Semire solche Muskeln bei einem Menschen gesehen. Sie hätten eher zu einem Imagolem gepasst. Ein Steinmann hatte jedoch nicht diese raubtierhafte Lebendigkeit. Das schulterlange Haar sah metallisch aus, wie Gold. Sein linker Kiefer … der Winkel schien aus Bronze zu bestehen. Mit seinen grauen Augen blickte er durch die Halle, als orientiere er sich auf einem Schlachtfeld.

Als Semire der Blick aus diesen Augen traf, hielt sie den Atem an und drückte die Brust heraus. Ihr Hals war so trocken wie der Staub in einem sommerlichen Steinbruch.

Die Menge im Festsaal begaffte Brotan und seine Mitgefangenen. Schadenfrohe Scherze wurden gemacht, aber es gab auch anerkennendes Getuschel.

Boshaft lächelnd strich Tarima Eichfrost mit der flachen Hand über Brotans nackte Brust. »Diese Narben zieren dich«, sagte sie genüsslich. »Neun Stück in einem Kreis über deinem Herzen. Da wissen deine Gegner, wohin sie zielen müssen.«

»Ich hoffe, sie sind so dumm«, knurrte er. »Der Basalt wird mein Herz vor ihren Klingen schützen.«

Tarimas Lächeln erstarrte.

Brotan spürte den steinernen Käfig in seiner Brust bei jedem Herzschlag. Ständig erinnerte er ihn daran, dass seine Feinde seine Seele beanspruchten. Auf verdrehte Art zollten sie ihm damit Anerkennung, denn nicht alle angehenden Gladiatoren trugen solche Narben. Manche dieser traurigen Gestalten stufte man wohl als uninteressant ein, was ihre kämpferischen Fähigkeiten anging. An sie verschwendete man keine Zauber, ihr Geist würde nie in eine Statue fahren, um einen Imagolem zu schaffen.

Brotan machte sich keine Sorgen, gegen diese Verurteilten anzutreten. Selbst unbewaffnet hätte er bei den meisten von ihnen nur einen Schlag gebraucht, um sie außer Gefecht zu setzen.

Dann noch ein beherzter Griff, um den Hals zu brechen, und sie würden dieses Leben verlassen.

Er überlegte, ob er das mit Tarima machen sollte. Vielleicht käme sie ihm nie wieder so nah wie jetzt. Zu überleben wäre ein solcher Angriff für ihn natürlich nicht. Hunderte Gäste füllten den Festsaal, die meisten mit Dolchen bewaffnet. Und sterben musste er ohnehin.

Aber noch war die Zeit dafür nicht gekommen. Außerdem versprach der Tod für Brotan kein Entkommen. Er wäre das Tor zu einer Ewigkeit willenlosen Dienstes in einem steinernen Körper. Wenn die Gerüchte zutrafen, die im Kerker umgingen, würde man ihn gegen seine eigenen Landsleute ins Gefecht schicken. Sosehr er Zauberpriesterin Emala auch verachtete, wollte er doch vermeiden, gegen seine alten Kameraden zu kämpfen.

Getuschel ging durch die Menge, die sich um die abgesehen von den Lendenschurzen nackten Männer versammelte. Man machte einer rothaarigen Frau Platz, die sich mit festen Schritten näherte. Auch ihr Kleid war rot, nur ein wenig dunkler als das Haar. Um den linken Arm war ein graues Band geknüpft, wie bei allen Gästen dieses Festes. Sie war die Einzige im Saal, die eine lange Klinge trug. Der Griff eines Zweihandschwerts ragte über ihrer Schulter auf.

Tarima knickste tief und machte der Dame Platz.

Ihre grünen Augen musterten Brotan. Ihre Haut war hell, an den Augenwinkeln sah er Lachfältchen unter den violetten Schatten, der sich über die Lider hinaus fortsetzten. Ihre Finger waren lang und schmal, die Nägel kurz gefeilt. Dass die Waffe nicht nur Dekoration war, sah er an den Füßen. Sie steckten nicht in feinen Schuhen, sondern in Stiefeln, und sein Gegenüber stellte sie schulterbreit auseinander, mit kaum merklich gebeugten Knien. Eine neutrale Stellung, aus der man sich sofort in jede Richtung bewegen konnte, zu Angriff oder Verteidigung.

»Ihr seid eine Kriegerin«, erkannte er.

»Und Ihr ein Krieger.« Ihr Lächeln entblößte die blauen Zähne einer Adligen, wie er es bei Tarima hassen gelernt hatte.

Aber bei dieser Frau sah es nicht spöttisch aus. Im Gegenteil, Anerkennung und ehrliches Interesse lagen darin.

»Vor dir steht Semire von Schneegrund, du Lump!«, fuhr ihn ein Adliger an, der eine helle Weste mit absurd gepolsterten Schulterstücken trug. »Erweise ihr gefälligst Respekt!« Er holte zu einem Schlag aus.

Hätte Brotan noch daran gezweifelt, eine Kriegerin vor sich zu haben, hätte die lässige Bewegung, mit der sie den Angriff abfing, diesen Zweifel zerstreut. Sie fasste das Handgelenk mit einem festen, sicheren Griff. Offenbar hatte sie auch keine Mühe, den Arm zu halten und ihn herunterzudrücken.

»Keine Ehre liegt darin, einen Gefesselten zu schlagen.« Semire lächelte noch immer, und den Blick hatte sie nur so kurz von Brotan gewandt, wie nötig gewesen war, um den Angriff abzufangen. »Er ist ein Krieger und als solchen wollen wir ihn auch behandeln.«

»Er hat meinen Gemahl getötet!«, protestierte Tarima schrill.

»Ich bin davon überzeugt«, Semires Mundwinkel zuckten, »dass unsere Krieger ihm das nicht leicht gemacht haben. Euer Gemahl hatte doch sogar Imagolems dabei. Wenn dieser Mann ihn überwunden hat, muss er sich auf das Kriegshandwerk verstehen.«

»Das hoffen wir alle.« Derrek Eichfrost zog seine Tante zurück und stellte sich vor sie. »Er soll es in der Arena beweisen.«

Brotan war gefangen von Semires Smaragdaugen. »Werdet Ihr zusehen, wenn ich kämpfe?«

Kokett zuckte sie mit den Achseln. »Vielleicht.«

Sie sahen sich in die Augen, aber es war kein Wettkampf, bei dem es darum gegangen wäre, wer zuerst den Blick senkte. Sie faszinierte ihn, und er spürte, dass es ihr mit ihm ebenso ging.

Brotan wusste, dass sie eine hohe Würdenträgerin auf dem Berg war und damit eine Feindin seines Volkes. Ihre Ahnen hatten die seinen in die Sümpfe getrieben, und da Emala offenbar ihre Drohung, den Torn zu überschreiten, wahr gemacht hatte, befand er sich sogar mit Semire im Krieg. Aber auch Feinde konnten einander mit Achtung begegnen. Sie respektierte ihn, und er … Es war seltsam, aber obwohl er beinahe nackt und ein Gefangener war, fühlte er sich in diesem Moment wohl.

An der Nordseite des Festsaals kam Unruhe auf. Die allgemeine Aufmerksamkeit richtete sich dorthin und auch Semire wandte, wenn auch zögernd, den Kopf.

Ein blonder Mann, der dadurch besonders groß wirkte, dass er so dürr war, riss ein Gemälde von der Wand, das einen Wasserfall mit einem Regenbogen zeigte. »Das ist das Geschmiere eines Kindes!« Er betrachtete das Bild in seinen zitternden Händen voller Verachtung. »Jeder kann das vollbringen, wenn er nur genügend übt. Aber Kunst, Kunst muss größer sein als Fleiß!« Er warf das Bild so heftig auf den Boden, dass der Rahmen knackte.

Statt seinem Toben Einhalt zu gebieten, wich man vor ihm zurück, als er zu einem weiteren Gemälde schritt. Darauf war ein See in der Nacht abgebildet, mit ein paar Laternen, die warme Akzente setzten. Der Mann mühte sich mit der Aufhängung, bis es ihm gelang, es von der Wand zu reißen.

Die Damen in der Gesellschaft klappten die Fächer auf. Gemurmel erhob sich.

Semire ging zu dem Mann, der auch das Bild vom nächtlichen Gewässer mit sichtlichem Missfallen musterte.

Brotan spürte den Verlust, als sich die Menge schloss und sie seinem Blick entzog. Das verwirrte ihn, schließlich war sie eine Feindin. Aber es gelang ihm nicht, sie so zu sehen. Im Gegenteil, er hätte zwar gern mit ihr gekämpft, aber nicht, um sie zu besiegen. Lieber in einem Übungskampf. Er war neugierig darauf, zu sehen, wie sie sich bewegte, wenn feiner Schweiß auf ihrer Haut stand, wenn sie mit vollem Einsatz auf ihn eindrang, wenn sich ihre ganze Lebendigkeit zeigte. Sie hatte etwas von einer Raubkatze.

»Bilde dir nichts darauf ein, Barbar«, zischte Derrek Eichfrost in sein Ohr. »Meine Tante wird ihre Rache bekommen. Du wirst leiden, man wird dich demütigen und du wirst uns dienen. Das schwöre ich!«

Sobald Kyrin durch das schwarze Nichts im Eingang von Abuliars Palast trat, fand sie sich in der Mitte eines Saals wieder. Sie fragte sich, ob sich dieser Raum wirklich in dem dunklen Gebäude befand, das eine Grundfläche von zwanzig mal zwanzig Schritt einnahm. Dafür schien er viel zu groß. Die Wände, die ihn einfassten, verschwanden hinter Schwaden hellen Nebels, waren aber wenigstens hundert Schritt entfernt. Die Decke und der Boden bestanden aus Kristall, der eine gleichmäßige Helligkeit absonderte. Weiße Rillen waren hineingeschliffen, in denen Kyrin Runen vermutete. Da jede einzelne von ihnen jedoch ein Dutzend Schritt und mehr maß, konnte sie nur erahnen, welche Zeichen sie ergaben, und was sie in der Kombination darstellten oder gar bewirkten, dafür fehlte ihr jeder Anhaltspunkt.

Da die Abmessungen des Saals jene des Palastes bei Weitem übertrafen, konnte er eigentlich nur unter der Erde liegen. Dazu passte auch, dass sie keine Fenster entdeckte. Türen suchte sie ebenfalls vergeblich. Der Schritt durch das Eingangsportal hatte sie in einen aus fremden Schriftzeichen gebildeten Kreis versetzt, der in den Kristall des Bodens geritzt war wie die Runen.

»Bringst du …« Abuliar verschluckte sich und setzte neu an. »Bringst du mir Traumblüten?«

Der Greis bot einen erbärmlichen Anblick. Das lag nicht nur an den Gebrechen, die Kyrin bereits von ihrem ersten Besuch kannte: dem weißen Haar, das nur noch in einzelnen Strähnen spross; der Oberlippe, die eine Hasenscharte teilte, sodass man die faulenden Zähne sah; den Schleiern in den blinden Augen; dem Buckel; dem steinernen Ohr, das das natürliche auf der linken Seite ersetzte. Abuliar lag zusammengekrümmt und nackt wie ein Säugling auf dem Boden. Nur eine Hand schob er Kyrin zögerlich entgegen. Auf seinem faltigen Gesicht lag eine Hoffnung, die nichts mit dem Vertrauen auf die Früchte eigener Bemühungen zu tun hatte. Es war das Betteln eines Elenden, der sich von der Gnade seines Besuchers abhängig wusste.

»Nein, ich habe keine Traumblüten für Euch.«

Es kostete Kyrin Überwindung, einen Schritt aus dem Kreis hinaus zu machen. Der Kristallboden trübte sich erst mit zunehmender Tiefe ein, sie konnte nicht genau erkennen, wo sich die Oberfläche befand, bevor sie den Fuß daraufsetzte. Unwillkürlich klammerte sie sich an der Ledertasche fest, die sie an einem Schulterriemen trug.

Ihre Stimme blieb dennoch entschlossen, was sie ein wenig stolz machte. »Ich werde auch keine neuen Traumblüten für Euch meißeln.«

»Aber das musst du!« Hechelnd drückte er sich halb vom Boden hoch. »Ich kann es nicht mehr selbst. Ich habe es versucht!« Er streckte ihr eine Hand entgegen.

Sie war nicht sicher, was er ihr zeigen wollte. Die Schrammen an den Fingern? Sie mochten von einem abgerutschten Meißel stammen.

»Ich bin blind«, klagte er.

»Das ist nicht Euer schlimmstes Gebrechen«, urteilte sie.

Er sackte zusammen. Sein faltiger, von Altersflecken gezeichneter Körper bebte, weil er weinte.

Kyrin tat einige Schritte. Bis zu einer Tiefe von ein paar Handspannen war der Kristallboden beinahe wie gefrorene Luft. Man konnte sich einbilden, zu schweben. Der Gedanke gefiel ihr.

»Es ist auch nicht die Sucht nach Traumblüten«, sagte sie, ohne ihn anzuschauen. Er war ein trauriger Anblick. »Es ist Eure Feigheit. Seht in Euer Herz und Ihr erkennt es selbst. Jeder weiß um Eure außergewöhnlichen, beneidenswerten Fähigkeiten. Jeder Lehrling des magischen Handwerks studiert Eure Werke. Die Statuen, die von Eurer Hand geschaffen wurden.«

»Das ist lange her«, ächzte er. »In einem anderen Leben.«

»Ist das die Entschuldigung, die Ihr Euch für Euren jämmerlichen Zustand zurechtlegt? Nein, Ihr seid derselbe Mann. Eure Hände haben Außergewöhnliches gemeißelt, und Euer Verstand hat die Kraft der Kristalle erkundet.«

Sie drehte sich um die eigene Achse und versuchte, die Weite des Saals zu erfassen. Auch er bestand aus Kristall. Konnte es möglich sein, dass er gar nicht so groß war, wie er ihr erschien?

Was, wenn Abuliar und sie nur kleiner waren? Wenn man schrumpfte, sobald man den Palast betrat? Auf die Größe einer Ameise etwa? Dann könnten sie sich im Innern eines Kristalls befinden, eines Juwels, das irgendwo in dem Gebäude in eine Halterung aus Leuchtsteinen geschraubt war, deren Helligkeit durch Boden und Decke strahlte.

Aber dieses Rätsel war ohne Bedeutung. Sie hatte ein wichtigeres zu lösen und dazu brauchte sie Abuliar. »Ich kann nicht glauben, dass Ihr stolz darauf seid, ein Feigling zu sein.«

»Stolz?«, rief er. »Mein Stolz ist schon lange gestorben. Ich bin auf das Geheimnis des Berges gestoßen und davor zurückgeschreckt. Ich hätte das Wichtigste entschlüsseln können, das mich ausmachte, die größte Leidenschaft meines Lebens, den Antrieb für mein Sein. Ich hätte in den Spiegel schauen und auf die andere Seite schreiten können. Etwas begreifen, das niemals ein Mensch begriffen hat. Aber ich hatte Angst, mich zu verlieren.«

»Wenn ich Euch ansehe, glaube ich, dass Ihr Euch durch Eure Furcht erst recht verloren habt.«

»Ja«, heulte er, »es ist wahr. Alles, was ich gewesen bin, ist dahin. Übrig ist nur ein abgetragener Mantel, an dem sich die Motten laben.«

»Das hört sich danach an, dass Euch Eure Tage nichts mehr wert sind.«

Er lachte auf. »Was sollten sie denn noch wert sein? Ich fliehe die Zeit, weil ich mich sogar davor ängstige, sie zu beenden. Ich will Traumblüten … Traumblüten … gib sie mir! Bestimmt hast du noch welche!«

Kyrin wirbelte herum und machte gerade noch rechtzeitig einige Schritte von ihm fort, um den grapschenden Händen des sich über den Boden ziehenden Mannes zu entkommen.

Keuchend blieb Abuliar liegen.

»Traumblüten«, quetschte sie angewidert hervor. »Ihr seid ein weit fähigerer Magier gewesen, als ich es jemals sein werde. Und jetzt wisst Ihr nichts mehr mit Eurem Leben anzufangen, als Traumblüten zu schlucken? Mir ist meine Lebenszeit zu schade, um so etwas zu meißeln, und Ihr opfert Eure Tage voll und ganz dafür?«

»Das ist kein großes Opfer«, sagte er bitter. »Meine Tage sind nichts mehr wert.«

»Niemandes Tage sind von sich aus etwas wert«, versetzte Kyrin. »Sie sind leere Gefäße, die danach dürsten, von uns gefüllt zu werden.«

Er drehte sich auf den Rücken und streckte sich aus. Sein Gemächt war kümmerlich, der Hodensack länger als das Glied.

»Ihr könnt nicht wirklich ein Feigling bleiben wollen!«, bedrängte sie ihn. »Es kann nicht der Entschluss eines der fähigsten Zauberer aller Zeiten sein, auf diese Weise aus der Welt zu gehen.«

»Du kommst zu spät«, meinte er. »Vor zwanzig Jahren, oder vor zehn, hätte ich noch einen anderen Pfad einschlagen können. Jetzt«, er wischte über seinen blinden Augen durch die Luft, »nicht mehr.«

»Ihr glaubt, Eure Entscheidungen haben kcine Bedeutung mehr?«

»So ist es.«

»Gut«, befand sie.

Er zog die Brauen zusammen. »Was soll daran gut sein?«

»Dann habt Ihr nichts mehr zu verlieren. Keinen Grund mehr, Angst zu haben. Eure Furcht schützt nichts mehr.«

Er lachte auf. »Als wäre Angst etwas, für das man sich nach sorgfältiger Abwägung entscheidet. Nein, mein Kind, sie ist etwas, das an dir haftet wie ein Schatten. Sie begleitet dich überallhin.«

»Dann springt ein letztes Mal.«

»Springen?«

»Wenn man springt, haftet der Schatten nicht mehr an einem«, erklärte Kyrin.

»Nur so lange ist man frei, bis man wieder auf den Boden zurückfällt.«

»Ist nicht jeder noch so kurze Moment Freiheit kostbar? Springt mit mir. Nur für ein paar Tage, länger brauchen wir nicht, um einen Unterschied zu machen.«

Er drehte den Kopf zur Seite, sodass sein Gesicht nun zu ihr zeigte. »Ich muss dir zugestehen, dass es dir gelingt, meine Neugier zu wecken. Was für einen Unterschied sollten wir machen?«

Vorsichtig, wie sie hoffte unhörbar, atmete Kyrin durch. Sie hatte ihn an der richtigen Stelle, nun kam es darauf an. »Ich habe mit einem Gravioner über die Gezeiten der Macht gesprochen. Ich habe ihn am Grund des Dunkelsees gefunden, wie Ihr gesagt habt.«

»Du warst dort?«, rief er überrascht.

»Euer Hinweis war sehr wertvoll.«

»Du hast sehr viel mehr Mut als ich.«

»Und Ihr verfügt über mehr Wissen als ich. Beides ist vonnöten. Wir müssen uns zusammentun.«

»Wozu?« Er klang jetzt wirklich interessiert. Er rollte sich sogar auf die Seite, stützte den rechten Ellbogen auf und legte den Kopf in die Hand.

»Um den Berg in seinem innersten Kern zu erschüttern«, sagte Kyrin.

»Weiter. Ich höre.«

»Ihr seid davor zurückgeschreckt, die Gravioner im Dunkelsee zu suchen. Jetzt gibt es einen hier, in der Stadt. Ich bringe Euch zu ihm, wenn Ihr das wünscht. Das wäre ein Traum, der für Euch Wirklichkeit wird. Es wäre echt. Kein Schwelgen in Illusionen, die die Traumblüten Euch vorgaukeln.«

»Aber sicher auch nicht ohne Gefahr«, überlegte er.

»Gefahr – wofür?«, konterte sie. »Für den zerfressenen Umhang, als den Ihr Euren Körper seht?«

Abuliar lachte. »Du gefällst mir.«

»Es wird ein Abenteuer für Euch sein«, fuhr Kyrin fort. »Aber nützen wird es leider nichts. Er stellt Bedingungen, die ich nicht erfüllen kann, und Ihr auch nicht.«

»Wieso bist du da so sicher? Du hältst mich doch für so fähig.«

»Aber nicht, wenn es darum geht, den Dunkelsee zu erobern und gegen sämtliche Tiefen Häuser zu halten.«

»Das wäre wohl wirklich etwas viel verlangt.«

»Also bleibt uns dieser eine Gravioner, mit dem wir sprechen können«, stellte Kyrin fest. »Und selbst wenn wir einen zweiten hätten: Wir wissen nicht, ob wir belogen werden. Jedenfalls nicht, solange wir nicht überprüfen, was sie sagen.«

»Ich ahne, dass ich hier ins Spiel komme.«

Kyrin spürte ihren Puls in ihrem Hals. »Allerdings werdet Ihr Euch dafür gegen Eure alten Freunde stellen müssen.« Es hatte keinen Sinn, Abuliar das zu verschweigen. Er würde es unweigerlich herausfinden, wenn er sich auf den Pfad begab, auf den Kyrin ihn führen würde.

»Welche Freunde sollte ich schon haben?«, fragte er zu ihrer Überraschung.

»Man sagt, Ihr und Steinmeister Agohn seiet einander verbunden«, erklärte sie vorsichtig.

Diesmal war sein Lachen freudlos. Speicheltröpfchen flogen durch den Spalt in der Oberlippe. »Es geht gegen Agohn? Du hast recht, mein Leben ist gelebt. Dass ich noch einmal die Möglichkeit hätte, dieser Natter einen Stoß zu versetzen – damit habe ich nicht gerechnet.« Er strich eine Strähne aus seinem Gesicht. »Wann fangen wir an?«

»Wieso lasse ich mich immer wieder auf so etwas ein?«, fragte sich Semire von Schneegrund flüsternd. »Eigentlich habe ich für genau so etwas Leute wie Tomalion Eichfrost.«

Sie hatte dem Raufbold einen Heilzauber für die durchstochenen Beine gegönnt, sodass er jetzt mit einem eleganten Gehstock statt mit Krücken unterwegs war. Der Griff in Form eines feurigen Hengstes entsprach wohl dem Bild, das er von sich selbst hatte.

In dem von süßlichem Rauch geschwängerten Raum fühlte sich Tomalion sichtlich wohl. Spitzbübisch lächelnd beugte er sich über eine Schöne, die auf einem Möbelstück lag, das eine Mischung aus Sofa und Bett zu sein schien. Er bog seinen Zeigefinger wie einen Angelhaken, schob ihn in den Ausschnitt ihres Kleides, dessen Verschnürung sich gelöst hatte, und hob den Stoff an. Der Anblick ihrer Hügel veranlasste ihn zu einem vergnügten Kichern. Die Frau wandte den Kopf auf dem Kissen, ohne die Augen zu öffnen. Eine erloschene Pfeife lag in ihrer Hand.

Sie war nicht die Einzige, die im Drogenrausch vor sich hin dämmerte, aber die Weggetretenen waren in der Minderheit, soweit Semire erkannte. Rot-gelb gemusterte Tücher unterteilten die Räume des *Tempels der Freude*, was ihn unübersichtlich machte. Wie ein Haus, in dem man Göttliches verehrte, wirkte er jedoch nicht. Eher schon wie eine Kaschemme für Fuhrleute oder eines jener Freudenhäuser, die eine möglichst rasche Befriedigung des Triebes anboten. In manchen der abgeteilten Bereiche fand genau das statt. In anderen wurde gewürfelt. Überraschender war das Mädchen, das auf einem Schemel stehend Gedichte rezitierte. Auch den Mann, der völlig von der gebogenen Klinge fasziniert schien, deren Schneide er an einem runden Schleifstein schärfte, hätte Semire hier nicht erwartet.

Ein Diener, der nur einen knielangen roten Rock trug, stellte ein Tablett mit leeren Gläsern ab, als er sie sah. »Hier drin ist es warm.« Der nackte Oberkörper des lächelnden Jünglings war ein Beweis dafür. In der linken Brustwarze trug er einen Kupferring. »Lasst mich Euch von dem Umhang befreien.«

Sie wehrte die Hand ab, mit der er nach der Fibel griff, die ihren Mantel zusammenhielt. »Es gefällt mir besser so.« Sie gab ihm eine Kupfermünze.

Er grinste. »Wenn es Euch Freude macht.« Er nahm das Tablett wieder auf.

Semire überlegte, dass er die ehrerbietige Anrede bestimmt für alle Gäste benutzte. Er konnte sie nicht als Adlige erkannt haben. Sie trug sogar einen schwarzen Schleier, der ihr Gesicht unterhalb der Nase verdeckte, um ihre blauen Zähne zu verbergen. Allerdings wäre ihr noch lieber, wenn niemand auch nur die auffällige Verhüllung zu sehen bekäme. Sie zog die Kapuze ein Stück tiefer herunter.

Die Gefahr der Entdeckung wäre natürlich geringer gewesen, wenn sie die Sache einfach Tomalion überlassen hätte. Aber sie verdankte den Erfolg in ihrem Schattenleben der Devise, sich möglichst viele Fähigkeiten selbst anzueignen und möglichst viele Verbindungen selbst zu knüpfen. Das erhielt ihr die Freiheit, unabhängig von anderen zu agieren.

Da die Kapuze ihr Blickfeld einschränkte, musste sie sich im Oberkörper umwenden, um nachzusehen, wo Tomalion blieb. Er hatte bereits eine weitere Frau im Arm. Die blond gelockte Schönheit hatte ihre Wangen bis zur Farbe reifer Äpfel gerötet.

Semire winkte ihm.

Das nahm er zwar zum Anlass, zu ihr aufzuschließen, aber nicht, sich von der Dirne zu trennen, die sich lachend von ihm mitziehen ließ.

»Wo ist sie?«, fragte Semire.

»Immer geradeaus.« Tomalion benutzte den Gehstock, um die Richtung zu zeigen. »Am Ende des Gangs rechts, dann durch die Tür, in die eine Viper geschnitzt ist.«

Semire folgte der Anweisung. Vor der bezeichneten Tür hörte sie ein Klacken, das sich in kurzen Abständen wiederholte. Als sie die Kapuze ein Stück von ihrem linken Ohr zog und lauschte, vernahm sie dazwischen ein Zischen.

Halb wandte sie sich zu Tomalion um. »Wartet hier.«

»Nichts lieber als das!« Er lehnte sich an die Wand, legte nun auch den zweiten Arm um seine Auserwählte und zog sie an sich.

Die Vipertür war nur angelehnt. Semire schob sie auf. Im Raum dahinter saß eine Frau in einem grünen Kleid gebückt an einem Webstuhl. Das blonde Haar hatte sie in einem Knoten am Hinterkopf zusammengebunden. An hineingeflochtenen Bändern waren Federn befestigt, die bis auf die Schultern hingen. Lächelnd sah sie ihre Besucherin an, als sie eintrat.

»Ich bin angekündigt.« Semire schloss die Tür hinter sich.

Mit einem Wurf aus dem Handgelenk ließ die Weberin das Schiffchen mit dem Schussfaden zwischen den Kettfäden hindurchgleiten. »Ihr scheint überrascht.« Sie bediente ein Pedal. Knallend vertauschten die oberen und unteren Kettfäden ihre Position.

Die Frau musste eine gute Beobachterin sein. Semires Gesicht konnte sie unmöglich erkennen, auf ihre Überraschung musste sie allein aus der Körperhaltung schließen.

»Einen Webstuhl habe ich hier nicht erwartet«, gestand Semire.

»Wir erfüllen Wünsche.«

Und zwar für teures Silber, dachte Semire. Auch dieses Treffen hatte sie bezahlen müssen, zusätzlich zur Ware. Alles im Voraus.

»Ihr wolltet mich kennenlernen.« Das Schiffchen zischte zurück, knallend wechselten die Kettfäden. »Dafür, was Ihr Euch wünscht, übernehmen wir keine Verantwortung.«

»Dann sollte man vorsichtig sein, was man sich wünscht.«

Die Weberin streckte den Rücken. Ihre Wirbelsäule knackte, obwohl sie keine alte Frau zu sein schien. Semire schätzte sie auf fünfundzwanzig. Sie stand auf, öffnete einen Schrank und nahm einen ledernen Zylinder aus einem Fach. Damit kam sie zu Semire und gab ihn ihr, ließ aber nicht sogleich los, als Semire zugriff. »Vorsicht ist meist klug.«

»Die Quadra ist nicht für mich.« Erst als sie es ausgesprochen hatte, fragte sich Semire, was sie veranlasste, sich vor einer Händlerin dafür zu rechtfertigen, dass sie bei ihr kaufte.

Die Weberin legte den Kopf schräg, während sie ihre Besucherin musterte. »Ihr scheint zu wünschen, unerkannt zu bleiben.«

»Manche verbergen sich hinter Masken«, antwortete Semire. »Ich lebe dahinter.«

Die Frau begab sich zurück zur Bank vor dem Webstuhl, setzte sich und nahm einen grobzinkigen Kamm auf, mit dem sie die neuen Bahnen des Schussfadens fest an den bereits gewebten Bereich heranklopfte. »Seid Ihr glücklich?«

»Jedenfalls will ich am Leben bleiben.« Sie schwenkte die Rolle. »Das hier ist nicht für mich.«

»Natürlich nicht.« Die Weberin sah nicht einmal auf.

Semire verstaute den Zylinder in der Innentasche ihres Umhangs. Mit der Klinke in der Hand drehte sie sich noch einmal um. »Ich verstehe noch immer nicht, was ein Webstuhl an einem Ort wie diesem zu suchen hat.«

»Wir erfüllen Wünsche.« Die Frau beugte sich dicht über das Gewebe und zupfte an einem Knötchen. »Manchen macht es Freude, wenn es einen anderen Menschen nicht mehr gibt.«

Also konnte man hier tatsächlich Auftragsmörder dingen, wie Tomalion vermutet hatte. »Bestimmt eine Aufgabe für den Mann, der seine abgedunkelte Klinge schleift.«

Die Weberin zuckte mit den Achseln. »Ich bin mir nicht sicher, von wem Ihr sprecht«, behauptete sie. »Es gibt Menschen, die wünschen den Tod von anderen. Und es gibt auch Menschen, die diesen Dienst gern übernehmen. Manchen ist es gleich, wen sie aus der Welt entfernen. Andere töten nur erwachsene Männer. Einige lieben es, ihre Hände im Blut eines Mädchens zu waschen.«

Semire schauderte. »Das ist krank.«

»Wir erfüllen Wünsche. Wir bewerten Sehnsüchte nicht.« Sie legte den Kamm beiseite und nahm das Schiffchen mit dem Schussfaden wieder auf. »Wir machen die Welt schöner.«

Diese Aussage erschien Semire dermaßen absurd, dass sie nicht wusste, was sie dazu sagen sollte.

»Es wäre traurig, wenn unser Eingreifen die Welt Schönheit kosten würde. Wir wissen, dass es im Leben jedes Menschen etwas gibt, das schön und erhaltenswert ist. Wir verstehen es und bewahren es, bevor wir töten.«

Semire zwinkerte. »Dein nächstes Opfer ist ein Weber?«

»Eine Kunst, die mehr Feingefühl erfordert, als man meinen sollte. Ich übe mich nun schon einen Mond darin. Aber ich denke, ich werde nun nicht mehr lange brauchen, um ihre Schönheit zu ergründen.«

Semire floh aus dem Raum. Der Anblick von Tomalion, der eine Hand in den Ausschnitt seiner Gespielin geschoben hatte und eine ihrer Brüste knetete, erschien ihr wie eine Erlösung. Sie war zurück in der Welt, die sie kannte.

Hinter ihr knallte der Webstuhl.

Quilûn wählte die Farben ohne Überlegung, er trug sie ohne Vorzeichnung und ohne Konzept auf die Leinwand auf. Seine Arbeit war ein Rausch. Die Quadra war ein Wundermittel. Sie riss die Mauer ein, die sonst Denken von Handeln trennte.

Er überlegte, ob er Alita Blitzdorn ebenfalls einen Atemzug von der Quadra gönnen sollte. Sie war so interessiert, so wissbegierig und dabei doch so bescheiden, ihn nicht zu unterbrechen. Ihre Fragen stellte sie nur, wenn er von der Leinwand zurücktrat. Jetzt stand sie ehrfürchtig hinter ihm und beobachtete ihn. Ihre Augen waren weit geöffnet. Sie wollte sich nichts entgehen lassen.

Aber um den Zylinder zu holen, der das mit dem Dampf der Quadra getränkte Tuch enthielt, hätte er seine Arbeit unterbrechen und in seine Gemächer gehen müssen. In der jetzigen Phase wäre das unverzeihlich gewesen. Quilûn bezweifelte, dass dieselbe Wucht ihn mitreißen könnte, wenn er versuchte, seine künstlerische Kraft zu beherrschen, ihr Zügel anzulegen und in einen ihm genehmen Zeitablauf zu lenken. Stattdessen musste er sich selbst als Instrument begreifen, wie ein Pinsel. Etwas, das größer war als er, war hier am Werk. Er war sich gewiss, dass er etwas Einmaliges schuf, ein Bild, wie es niemals vorher gemalt worden war.

Außerdem war das erste Quadra-Tuch bereits vollkommen ausgewrungen. Er besaß nur noch das zweite, das Semire ihm gestern gebracht hatte. Er würde sie bitten, ihm Nachschub zu bringen. Schnell und viel. Aber bis dahin müsste er mit diesem kümmerlichen Vorrat haushalten.

Er lächelte beim Gedanken an Semire. Er verdankte ihr nicht nur die Quadra, sondern auch das Motiv für dieses Bild. Er malte den Krieg, so, wie sie ihn beschrieben hatte. Das Gefühl, in einem Mahlstrom der Gewalt zu schwimmen, manchmal gegen den Strudel anzukämpfen, mal sich mitreißen zu lassen, mal sich mit wahnsinniger Entschlossenheit in dieselbe Richtung zu ziehen, in die er einen riss. Dieser Mahlstrom beherrschte das Gemälde.

Blutrot drehte er sich aus der linken unteren Ecke. Eisengraue Blitze stellten den Zusammenprall der Waffen dar. Grellweiße Risse zeigten den Schmerz der Verwundeten, dunkle Grautöne das Verdämmern der Sterbenden, hinein in die schwarzen Löcher des Todes. Sie sahen so tief aus, als könnte der Betrachter in diese Bereiche des Bildes stürzen wie Quilûns Eltern in den bodenlosen Schacht, in dem ihr Leben ein Ende gefunden hatte.

Quilûn hielt inne. Die Erinnerung daran, wie seine Mutter und sein Vater in den Abgrund gestürzt waren, berührte etwas in ihm. Wenn die Quadra in ihm wütete wie ein Orkan in finsterer Nacht, so war der Gedanke an dieses Ereignis wie das warme Licht hinter den Fenstern einer Hütte, die rätselhafterweise von der Naturgewalt verschont blieb. Es lud ihn ein, zu verharren und Kraft zu schöpfen.

Aber nur kurz. Bis Alita die Hände wrang und flüsterte: »Ihr müsst weiter voranschreiten, Quilûn.«

Ja, sie sprach die Wahrheit. Dieses Gemälde durfte nicht an kleinlichem Zaudern scheitern. Es war größer als er. Er musste weitermachen, unverzüglich, die Kunst verlangte es!

Er entschied, dass er das Rot, das er für den Mahlstrom verwendet hatte, nicht länger benötigte. Quilûn rührte Blau hinein, schuf ein leuchtendes Violett, in das er Silberstaub schüttete. Mit dem Reichtum eines Tiefen Hauses zu seiner Verfügung brauchte er sich keine Gedanken mehr über Kosten zu machen.

Erwartungsvoll betrachtete Alita die Leinwand mit dem halb fertigen Bild. Als sie bemerkte, dass Quilûn sie ansah, begann sie zu zittern. Ihre Wangen erröteten und sie senkte den Blick. Im großen Festsaal, in dessen Mitte die Staffelei stand, wirkte sie verloren wie ein Mädchen, das seine Eltern zwischen den Weinenden Männern auf dem Platz der Reue vergessen hatten.

Ihre Angst … Diese Emotion konnte das Bild vom Grauen des Krieges vervollständigen! »Kommt zu mir.« Quilûn winkte ungeduldig, weil sie nicht sofort reagierte.

Mit kurzen Schritten, als bewegte sie sich auf einen gefrorenen See hinaus, näherte sie sich ihm.

Er fasste ihr rechtes Handgelenk.

Sie schrie auf, wohl, weil er zu fest zugriff. Darauf konnte er keine Rücksicht nehmen. Wahre Kunst vertrug sich nicht mit Zimperlichkeit.

Er führte ihre Hand zur Schale mit der violetten Farbe. Sie sträubte sich, versuchte, ihren Arm zurückzuziehen, aber er war stärker. Als ihre Finger knapp über der Flüssigkeit waren, hielt er inne.

Ihr Widerstand erschlaffte. In ihren blauen Augen sah er kein Verstehen, aber Vertrauen.

Er tauchte ihre Hand in die Farbe, kreiste mit ihr in der Schale.

Als er sie herauszog, tropfte das Violett auf das Parkett. Heute hatte er keine Laken untergelegt, um den Boden zu schützen.

Alita stolperte näher, weil er ihre Hand zur Leinwand führte. Er benutzte sie wie einen Pinsel, mit dem er violette Wellen auftrug. Im Mahlstrom nahmen sie ihren Anfang, wurden dünner, blasser, weniger intensiv, je weiter sie sich in die grauen Zacken zogen und je trockener die Finger wurden.

Er tauchte ihre Hand von Neuem ein, zog weitere Linien.

Alita spreizte die Finger, legte sie wieder zusammen, drückte den Daumen auf die Leinwand. Sie brachte sich in das Bild ein. Etwas von ihr, das Quilûn nicht erfasst hatte, kam hinein.

Er lächelte. Dieses Gemälde war wirklich größer als er selbst. Er hätte es nicht auf diese Art schaffen können.

Doch dann bemerkte er, dass Alitas Linien einem der eisengrauen Zacken seine Kraft raubten. Sie überdeckten eine der Spitzen, die nach einem Bruch aussah, wie bei einem splitternden Schwert.

Er ließ ihre Hand los.

Mit einem fragenden Blick nahm sie die Finger von der Leinwand.

Er schluckte und presste die Zähne aufeinander. Das Bild war zerstört.

Das war nicht Alitas Schuld. Quilûn war seiner Verantwortung für das Kunstwerk nicht gerecht geworden. Er hatte damit gespielt, statt sich ihm hinzugeben.

Der Maler trat zwei Schritte zurück.

Wenn er erneut das Grau auftrüge, das Violett an dieser Stelle übermalte …

Unsicher betrachtete er die Farbpalette. Wie sollte es ihm gelingen, exakt denselben Ton zu mischen? Dafür müsste er anwenden, was er über die Malerei wusste. Aber diese Art, Kunst zu schaffen, verlangte doch gerade, dass er auf sein Wissen verzichtete, seinen Verstand in den Strom der Quadra warf, sich mitreißen ließ.

Alita knickste zur Treppe am Eingang hin.

Semire von Schneegrund kam die Stufen herunter. »Inzwischen weiß ich, wo ich Euch finde.« Sie entließ Alita mit einem Wink.

Die Baroness sah ihre mit Farbe besudelte Hand an. Auch ihr Kleid hatte violette Spritzer abbekommen. Sie hatte im Festsaal aber keine Möglichkeit, sich zu reinigen. Mit rotem Kopf eilte sie davon.

»Ich sehe: Dir geht es besser.« Mit unverhohlener Missbilligung betrachtete Semire die Farbkleckse auf dem Parkettboden, umrundete die Leinwand und musterte das verdorbene Gemälde. Sie nahm sich Zeit dafür. »All diese Zerstörung … sie muss doch in dir wüten und dich zerreißen.«

»Nur, wenn ich sie nicht male«, erklärte Quilûn. »Wenn ich aber eine Emotion meinem Pinsel übergebe, ist sie nicht länger in mir, sondern im Bild.«

Kaum merklich schüttelte sie den Kopf. »Es scheint, als wärest du von deinem innersten Wesenskern her ein Maler.«

»Etwas anderes habe ich nie behauptet.«

Semire verschränkte die Arme, wandte sich vom Gemälde ab und sah ihn an. »Das einfache Volk denkt, dass wir Adligen ein sorgloses Leben haben. Das erscheint so, weil seine Sorgen nicht die unsrigen sind. Wir wissen, dass morgen, nächste Woche und in einem Jahr Essen auf unserem Tisch stehen wird und dass unser Kopf in der Nacht auf einem weichen Kissen ruhen wird. Aber keiner von uns hat Freunde, deren er sich gewiss sein kann. Nicht einen einzigen. Denn jeder von uns besitzt etwas, das ihm alle anderen nehmen wollen.«

»Und was wäre das?«, fragte Quilûn.

»Macht«, antwortete sie schlicht. »Wir alle sind süchtig danach. Manche von uns besitzen nur kleine Splitter, andere, so wie du jetzt, große Stücke. Und jeder von uns will alles, jeden winzigen Fitzel davon.«

»Auch die Damen?«, zweifelte Quilûn.

Semire schnaubte. »Du hast noch nicht begriffen, dass wir ebenso gnadenlos kämpfen, nur mit anderen Waffen. Ein Gerücht, hinter einem flatternden Fächer geflüstert, kann wachsen und ein Heer in Bewegung setzen. Es kann das Silber auftreiben, das neue Truppen aushebt, oder den Strom der Münzen zum Versiegen bringen. Glaubst du, es gäbe einen Ort, an dem mehr Geheimnisse in Erfahrung gebracht werden als zwischen den Laken? Schwitzende Körper sind geschwätzig. Und Gifte ... Was glaubst du, wer kennt sich damit besser aus? Die Männer, die ständig von der Ehre der Klingen schwadronieren? Oder die Frauen, die schon als Kinder lernen, wie man einen Sud anrührt?«

»Und doch habe ich Euch mehrfach mit einem Schwert gesehen.« Fahrig deutete er auf das Bild. »Auf einem Schlachtfeld fühlt Ihr Euch nicht fremd.«

Sie bedachte ihn mit einem merkwürdigen Blick. »Spielst du Flug und Fall, Quilûn?«

»Nur selten«, gab er zu.

»Du wirst wissen, dass die Startfelder der Figuren zufällig bestimmt werden.«

Er nickte.

»Wenn du dich entscheidest, zu spielen, musst du die Ausgangslage so nehmen, wie sie ist. Du hast nur die Züge zur Verfügung, die in dieser Ausgangsstellung möglich sind. Es ist wie mit dem Zufall unserer Geburt. Flug und Fall ähnelt dem echten Leben sehr.«

»Wenn Ihr es sagt.«

»Falls sich ein Zug anbietet, der den Sieg bringen oder zumindest eine Niederlage abwenden kann, wäre es töricht, darauf zu verzichten, nur, weil einem die Position der Figur nicht gefällt und man sie sich anders gewünscht hat. Im Spiel habe ich das schnell erkannt. Im Leben erst spät. Ich habe mich lange dagegen gewehrt, den Zug zu sehen, der meine Probleme löst. Und deine auch, wie sich nun zeigt.«

Quilûns Blick wanderte über das Bild vom Krieg. »Ihr sprecht von den Graviliern?«

»Nein«, sagte sie ruhig. »Die sind nur eine Ablenkung, eine vorübergehende Störung. Der Berg ist unbesiegbar. Unsere Imagolems haben jeden zerstampft, der gegen uns aufbegehrt hat, und so wird es immer bleiben. Also sind jene, die uns gefährlich werden können, nicht dort draußen zu finden, sondern mitten unter uns. Hier auf dem Berg. Gegen sie müssen wir uns schützen.«

»Und wie soll das gelingen, da Ihr doch erklärt habt, dass hier jeder jedermanns Feind ist?«

»Es gibt Zweckbündnisse«, sagte Semire. »Man unterstützt sich, solange man einander nützlich ist. Wenn man weiß, dass man jemand anderem nützt, kann man ihm trauen.«

»Das klingt nicht nach einer zuverlässigen Basis.«

»Wenn du innerhalb des Adels eine verlässlichere findest, lass es mich wissen.«

»Ihr verfügt über ungleich größere Erfahrung als ich«, lenkte Quilûn ein.

»So ist es.« Semire ging einige Schritte durch den Saal. »Und deswegen ist es für dich von unermesslichem Vorteil, wenn ich dich heirate.«

»Was?«, rief er.

»Uns zu verbinden ist die beste Möglichkeit, den Grafenthron zu sichern.« Sie stand mit dem Rücken zu ihm und tat so, als interessierte sie sich für die schlanken Fenster des Festsaals. »Unser Haus ist gespalten, auch du wirst das bemerkt haben. Es gibt diejenigen, denen der letzte Wunsch meines Vaters Gesetz ist. Sie stehen auf deiner Seite, solange du dich nicht als völlig unfähig erweist. Wobei du daran kräftig arbeitest. Bilder zu malen, wenn unsere Truppen organisiert werden müssten, hilft nicht.«

»Ihr habt doch gesagt, ich solle mich zurückhalten, während Ihr alles regelt!«

»Ja, aber ich bin unsichtbar. Man ignoriert die Verdienste einer Frau. Es erscheint so, als wäre der Thron verwaist. Fürst Doryam fühlt sich beinahe stark genug, das auszunutzen. Ich glaube, er zögert nicht mehr, weil er deinen Widerstand fürchtet, sondern arbeitet schon daran, diejenigen aus dem Weg zu räumen, die ihm gefährlich werden könnten, wenn er deinen Platz eingenommen hat.«

»Er plant einen Bürgerkrieg innerhalb des Hauses Schneegrund?«, rief Quilûn.

»Er nutzt die Gravilier. Er versucht, diejenigen an die Front zu schicken, die ihm unbequem sind. Bislang hat er guten Erfolg damit.«

»Also wird der Widerstand gegen ihn schwächer und er wird bald offen gegen mich rebellieren. Aber wie würde eine Heirat mit Euch dieses Problem lösen?«

»Ich bin die Tochter des Grafen«, erinnerte sie. »Das macht mich zu seiner Erbin, auch wenn ich nicht selbst herrschen kann. Mein Gemahl dagegen … Er wird durch die Ehe mit mir legitimiert.«

»Sogar ich? Obwohl ich als Bürgerlicher aufgewachsen bin?«

»Nicht alle werden es akzeptieren«, gestand sie zu. »Aber viele. Genug, damit sich Doryam seiner Sache nicht mehr sicher sein kann.«

Nachdenklich schüttelte Quilûn den Kopf. »Aber deswegen heiraten … Könntet Ihr mich nicht einfach öffentlich unterstützen?«

Über die Schulter bedachte sie ihn mit einem strafenden Blick. »Glaube nicht, dass ich mich in dich verliebt habe.«

»Der Gedanke wäre mir nie gekommen«, beteuerte er.

»Gut.« Sie sah wieder zu den Fenstern auf. »Wir reden von einem Zweckbündnis. Bilde dir nicht ein, dass ich dir Gehorsam schulde. Weder jetzt noch in der Zukunft. Unsere Throne werden nebeneinanderstehen, aber ich werde mein eigenes Leben haben. Darüber werde ich dir keine Rechenschaft ablegen.«

»Ich verstehe, wie das meine Stellung sichern würde. Aber worin liegt Euer Vorteil?«

Grinsend drehte sie sich um. »Sehr gut. Du versuchst, den Nutzen für mich zu erkunden. Das heißt, dass du nicht übertrieben vertrauensselig bist.«

»Danke.«

»Ich sichere mir eine Position an der Spitze unseres Tiefen Hauses. Wenn sich Doryam dort festsetzen würde, könnte ich nur verlieren. Er ist bereits verheiratet, er kann mich nicht ehelichen. Also wird er mich loswerden wollen. Wenn ich Glück habe, verbannt er mich auf ein Landgut. Aber das glaube ich nicht. Er wird sichergehen wollen, dass es kein Machtzentrum neben ihm gibt.«

»Ihr glaubt, er würde Euch kaltblütig umbringen?«, staunte Quilûn.

»Wenn er eine gute Gelegenheit dafür sieht und der rechte Zeitpunkt gekommen ist.« Sie zuckte mit den Achseln. »Aber den wird er nicht mehr erleben, weil wir ihn vorher beseitigen werden. Offen darf das nicht geschehen, dafür hat er zu viele Anhänger, die es uns übel nehmen würden.«

»Er wird auch nicht in den Krieg ziehen«, brachte Quilûn ein. »Das hat er mir schon deutlich gesagt.«

»Ich habe vielleicht eine Möglichkeit aufgetan, ihn unauffällig töten zu lassen. Ohne, dass es eine Spur zu uns gäbe. Es wird nur leider eine Weile dauern.«

»Dann sehe ich eine bessere Möglichkeit, ihn loszuwerden.«

Quilûn gefiel die Überraschung in Semires Gesicht.

»Das Gegenteil«, sagte er. »Wir töten Doryam nicht. Wir machen ihn unsterblich.«

»Ihn in den Berg gehen lassen?«, rief Semire. »Das wäre ...« Sie stutzte. »Das wäre möglich. Weil jeder damit gerechnet hat, dass mein Vater bei der Rückkehr von seiner Reise in den Berg gehen würde. Die Unsterblichen werden einen Platz in ihren Reihen für ihn vorgesehen haben.«

»Einen Platz, den Haus Schneegrund füllen kann.«

»Aber nicht nach Belieben. Es ist die Entscheidung der Ahnen, wen sie aufnehmen.«

»Sie haben Doryam als Lichtmeister akzeptiert«, sagte Quilûn. »Sie können keine Abneigung gegen ihn hegen.«

»Aber er ist …« Sie legte eine Hand auf ihre Stirn. »Wir würden einen Feind zu einem der Unsterblichen werden lassen, die über unsere Geschicke entscheiden.«

»Ein Feind ist er nur, weil er auf die Position drängt, die ich innehabe.«

Sie tadelte ihn mit einem stummen Blick.

»Wir, meine ich«, korrigierte er sich. »Die Position, die wir innehaben. Aber die wird ihn nicht mehr interessieren, wenn er in den Berg gegangen ist. Und er wird zustimmen. Ich weiß, dass er besessen ist von dem Wunsch, unsterblich zu werden.«

Semire stemmte die Hände in die Hüften und ging sinnend umher. »Er ist ein schlechter Mensch«, sagte sie schließlich matt. »Kaum jemandem ist die Unsterblichkeit so wenig zu gönnen wie ihm.«

Quilûn lachte auf. »Ich hoffe, Ihr glaubt nicht wirklich, das sei ein Argument.«

»Du lernst schnell.« Nachdenklich sah sie ihn an. »Ich werde alles für unsere Eheschließung vorbereiten lassen.«

Erschöpft, aber zufrieden gab Brotan seine Stachelkeule ab. Es war die größte Waffe dieser Art im Arsenal der Gladiatoren, zwei Schritt lang, mit einem Gewirr gebogener und gerader Dornen am Ende, von denen einige so lang waren wie Dolche. In jeden Körper, in den diese Keule schlug, würde sie furchterregende, heftig blutende Wunden reißen, Fleischbrocken würden am Eisen hängen bleiben.

Ein Mann mit grauen Schläfenzöpfen nahm die Waffe hinter der Durchreiche in Empfang. »Das Ding ist nach deinem Geschmack, was?«

»Es wäre mir lieb, wenn man den Kopf noch etwas schwerer machen könnte. Das gäbe meinen Hieben mehr Wucht.«

»Werde mal sehen, ob ich da noch ein Gewicht angenagelt kriege«, murmelte der Waffenknecht.

Noch lieber wäre Brotan mit einem Kampfhammer angetreten. Stumpfe Schlagflächen hatten den Vorteil, nicht stecken zu bleiben. Außerdem drohten die teils dünnen Dornen der Keule abzubrechen, um dann unberechenbar durch die Gegend zu fliegen. Aber er hatte bereits in den ersten Tagen der Gladiatorenausbildung gelernt, dass solche Überlegungen dem zuwiderliefen, was man hier erreichen wollte. Die Menge gierte nach einem Spektakel, je blutiger, desto besser. Ein Hammer, der vorwiegend innere Verletzungen verursachte, befriedigte das in viel geringerem Maße als eine Stachelkeule, die den Getroffenen zerfetzte.

Brotan folgte dem engen Gang, der die Arena mit den Katakomben verband, in denen die Gladiatoren untergebracht waren. Er war solide gemauert. Schrammen in den großen Steinen kündeten von vergangenen Revolten. Brotan konnte sich denken, wie diese ausgegangen waren. Die schmalen Öffnungen auf beiden Seiten hatte man sicher nicht für Bogenschützen angelegt, sondern für Spieße. Problemlos ließ sich so das Leben aus jedem stechen, der sich in diesem Gang aufhielt.

Er ging unter dem Fallgitter durch, dessen Längsstangen nicht nur mit eisernen Spitzen drohten. Auf dem untersten halben Schritt waren sie sogar angeschliffen wie Klingen, damit ein Gladiator, der seinen Kameraden den Durchbruch ermöglichen wollte, sie nicht festhalten und das Gitter so am Niedergehen hindern konnte.

Ohne die beiden Krieger zu beachten, die hier Wache hielten, schlenderte Brotan in den Aufenthaltsraum, aus dem ihm die rauen Rufe der anderen Gladiatoren entgegenschallten. Offenbar gönnten sie sich nach den anstrengenden Waffenübungen ein wenig Spaß.

Ihr Vergnügen ging auf Kosten von Elaimon, den sie zwischen sich hin- und herschubsten. »Weg von mir!«, rief Umirea, eine von nicht einmal einer Handvoll weiblicher Gladiatoren. »Heute teile ich das Lager bestimmt nicht mit dir!«

Sie trug ein ärmelloses Lederhemd, unter dem auf der linken Seite eine schlecht zusammengewachsene Narbe verschwand, die auf ihrer Schulter den Anfang nahm. Ihre Arme waren mit mehreren solcher Andenken an vergangene Kämpfe bedeckt, aber Hals und Gesicht hatten die Klingen ihrer Gegner verschont. Trotzdem sah man auch ihrer Miene die Kriegerin an. Brotan hatte herausgefunden, dass sie mit fünfundzwanzig Jahren ebenso alt war wie er, aber durch die Falten an den Augen und das breite Kinn wirkte sie älter.

Elaimon dagegen befand sich am Übergang zwischen Jüngling und Mann. Wie um zu beweisen, dass er kein Knabe mehr war, trug er einen Bart, dessen Pflege ihm augenscheinlich viel Aufwand wert war. Jetzt machte ihm diese Gesichtsbehaarung jedoch Probleme, bot sie doch den roten Käfern Unterschlupf, die über seinen Körper wuselten. Schreiend zupfte er einige von ihnen heraus und versuchte sie von sich zu schleudern, was ihm aber nur bei einem oder zweien gelang. Die übrigen klammerten sich an seinen Fingern fest, huschten über seine Hände und krabbelten die Arme entlang. Er schlug gegen seine leichte Tunika und sprang wie in einem irren Tanz von einem Fuß auf den anderen, also waren die Insekten wohl auch unter seiner Kleidung. So, wie er sich aufführte, mussten sie ihm Schmerzen bereiten.

Man achtete darauf, den Gladiatoren in ihren Unterkünften nichts an die Hand zu geben, was sich als Waffe verwenden ließe. Die Bänke in diesem Raum waren gemauert, fest mit dem Boden verbundene Steinblöcke dienten als Sitze. Statt Fackeln sorgten leuchtende Steine in den Wänden für Helligkeit, zusätzlich drang Tageslicht durch vereinzelte Löcher in der Decke. Den Himmel konnte man nicht sehen, wenn man sich darunterstellte, Spiegel lenkten die Strahlen. Aber der Regen fand seinen Weg hindurch, weswegen es Ablaufschlitze im Boden genau unterhalb dieser Löcher gab.

Bei seinem verrückten Tanz blieb Elaimon mit den Zehen in einem davon hängen und stolperte einem bulligen Kämpfer mit wucherndem Brusthaar entgegen, der ihn rüde zurückstieß. »Bleib mir vom Leib mit den Biestern!«

Die Käfer selbst befolgten diesen Wunsch nur teilweise. Einige wechselten auf den Bullen über, andere wuselten über den Boden davon in schattige Winkel.

»Die Viecher waren in meinem Bett!«, kreischte Elaimon. »Einer von euch Hurensöhnen hat meine Matratze aufgeschnitten und sie da reingetan!«

Brotan wunderte sich über diese Anklage, aber nicht, weil er den Gladiatoren einen solchen Streich nicht zugetraut hätte – im Gegenteil, sie trieben ständig raue Späße miteinander. Freundschaften waren hier wohl seltener als in dem Heer, das Brotan gewohnt war. Schließlich zogen die Gladiatoren nicht gegen einen gemeinsamen Feind ins Feld, sondern begegneten sich auf dem Sand, um einander den Tod zu geben. Aber dass Elaimon in einem Bett schlief, ließ Brotan aufhorchen. Ihm selbst hatte man nur eine Hängematte zugewiesen und bei den anderen hatte er es ebenso beobachtet.

»Fall nicht!«, riet ein Gladiator mit auffällig dürren Gliedern und stellte Elaimon ein Bein.

Der von Käfern geplagte Jüngling schlug lang auf den Boden und schrie auf. Statt wieder aufzuspringen, wälzte er sich jedoch auf den Steinen, wohl in der Hoffnung, damit möglichst viele der Insekten zu zerquetschen.

Etwa ein Viertel der Gladiatoren befand sich derzeit im Aufenthaltsraum. Die zwei Dutzend Männer bildeten einen Kreis und grölten vor Lachen, wobei sich manche auf die Steinsitze stellten, um nicht von den Käfern erreicht zu werden.

Eines der Krabbeltiere lief vor Brotans Füße. Ein Feuerkäfer! Ihren Namen hatten diese Tiere nicht wegen der rostroten Panzer, sondern, weil es sich anfühlte wie ein Funkenregen, wenn sie über die Haut liefen. Ihre sechs Beine endeten in winzigen Krallen. Brotans Überraschung, das Insekt so weit im Norden und in dieser Höhe zu finden, hinderte ihn nicht, es zu zerstampfen.

»Das reicht jetzt!« Er stieß einige Kameraden zur Seite, um zu Elaimon zu gelangen. »Ihr hattet genug Spaß.«

Es war gar nicht so leicht, den zappelnden Jüngling zu fassen zu kriegen. Schließlich griff Brotan beherzt einen Schenkel und einen Arm und warf ihn sich über die Schultern.

Sofort spürte er selbst die Stiche der Feuerkäfer in seinem Rücken. Er trug Elaimon in den Baderaum.

»Ja, Gravilier!«, rief ihm jemand nach. »Mach es dir mit ihm gemütlich und dann nimm den Bengel richtig ran! Von hinten sieht man den Bart nicht.«

Wasser füllte eine runde Mulde im Boden, die zehn Männer zugleich aufnehmen könnte. Jetzt waren Brotan und Elaimon die einzigen hier. Er schleuderte den schreienden Jüngling hinein.

Ein Knall begleitete ein scharfes Brennen auf Brotans Rücken, das nichts mit den Käfern zu tun hatte. Er wirbelte herum.

Beretton, der Aufseher, funkelte ihn böse an. Er war wohl selbst einmal Gladiator gewesen, auch wenn nun ein getupftes Raubtierfell die Brust bedeckte und damit auch die kreisförmig angeordneten Narben des Herzkäfigs verbarg. Nun beaufsichtigte er die Kämpfer. Auf den schwarzen Schnurrbart legte er besonderen Wert. Die farbigen Perlen, die seine bis zum Kinn baumelnden Spitzen beschwerten, hatte er während Brotans kurzem Aufenthalt bereits viermal ausgetauscht. Funkelnde Rubinsplitter besetzten diejenigen, die er momentan trug. Er holte mit einer Peitsche aus, die Brotan wohl soeben geschmeckt hatte.

»Weg von Elaimon!«, rief Beretton. »Ich dulde nicht, dass du dich an ihm vergehst.« Er schlug zu.

Brotan ließ sich fallen, streckte aber den linken Arm mit geballter Faust in die Höhe.

Statt seinen Oberkörper traf die Peitsche das emporgereckte Glied und wickelte sich darum.

Brotan ignorierte den Schmerz, winkelte den Arm an und bekam das Leder zu fassen. Auf dem Boden rollte er sich fort von Beretton.

Diesem wurde der Griff entrissen, der daraufhin klappernd auf den Stein fiel.

Geduckt kam Brotan auf die Füße und zog die Waffe zu sich. Die Beine der Feuerkäfer stachen in seine Oberschenkel und in die Haut über den Nieren.

Hinter Beretton sammelten sich die neugierigen Gladiatoren.

Der Aufseher starrte ihn an. Er schien unschlüssig, ob er sich mit dem muskulösen Krieger anlegen sollte. Seine Peitsche hatte er verloren und andere Waffen gestand man ihm nicht zu, wenn er zu den Gefangenen hineinging.

Bevor er sich entschließen konnte, nach den Wachen zu rufen, wickelte Brotan die Peitsche von seinem Arm und ließ sie fallen. »Es ist anders, als du denkst. Feuerkäfer. Entweder man patscht auf sich selbst herum wie eine Küchenmagd auf einem Schinken, um dabei doch nur die Hälfte zu erwischen, oder man ersäuft die Biester.«

Rote Punkte trieben im Wasser um Elaimon, der gerade untertauchte und sich dabei die Kopfhaut kratzte.

Hinter Beretton schlossen die Gladiatoren Wetten ab, einige lachten.

Brotan entfernte sich rückwärtsgehend von der Peitsche.

Mit verkniffener Miene kam der Aufseher in den Baderaum herein. Betont lässig nahm er seine Waffe auf. »Kümmere dich um ihn!«, schnappte er, drehte sich um und verschwand.

Brotan watete in das Becken. Niemand machte sich die Mühe, das Badewasser für die Gladiatoren zu erhitzen, aber immerhin war es frisch, weil es über Zu- und Abflüsse ausgetauscht wurde. Brotan spürte die Strömung an seinen Waden. Er hielt den Atem an, tauchte unter und zählte bis dreißig. Das sollte die Feuerkäfer überfordern.

Elaimon hatte seine Tunika ausgezogen. Er wrang sie aus, entdeckte noch ein Insekt, das für Brotans Augen bereits tot aussah, klaubte es heraus und zerdrückte es mit Daumen und Zeigefinger. Der Panzer knackte. Den Schmutz rieb Elaimon unter Wasser ab.

Der Jüngling war zwar weit weniger kräftig gebaut als Brotan – seine Schultern brachten es auf die halbe Breite –, aber die Muskeln zeichneten sich deutlich ab und Fett hatte er auch nicht angesetzt.

»Bist du neu hier?«, fragte Brotan.

»Ich kämpfe seit zwei Jahren in der Arena.«

»Ich meine nur, weil …« Brotan strich über die Narben auf seiner eigenen Brust. »Ich sehe nichts.«

»Ach, das.« Elaimon kratzte sich den Bauch. »Ich bin kein

Gefangener. Ich habe mich selbst entschieden, ein Gladiator zu werden.«

Elaimons Kratzen weckte in Brotan das Gefühl, dass es ihn noch irgendwo juckte, auch wenn er die Stelle nicht genau bestimmen konnte. Er tauchte noch einmal unter und kam prustend wieder hoch. »Feuerkäfer sind üble Biester.«

»Wem sagst du das?« Rötliche Beulen wuchsen auf Elaimons Brust und Rücken.

»Der Saft der Ublido-Stauden wirkt Wunder«, versprach Brotan. »Damit geht das Jucken weg und die Stiche verheilen schneller.« Dass dieser Saft stank wie der Kot einer Raubkatze, ließ er unerwähnt.

»Danke für deinen Rat. Ich werde mich danach umhören.« Elaimon kratzte weiter.

»Das solltest du lassen. Das Kratzen, meine ich. Je intensiver du das machst, desto schwerer wird es, damit aufzuhören. Am Ende reißt du dir überall die Haut auf.«

»Du scheinst dich mit diesen Viechern auszukennen.« Elaimon verlegte sich darauf, mit den flachen Händen zu reiben.

»Ich komme aus dem Süden.«

»Du bist wirklich ein Gravilier?«

»Und du bist wirklich ein freier Mann?«

»Bis zu meinem sechzehnten Geburtstag hieß ich Schwertgrat.«

Er erwartete wohl, dass Brotan das beeindruckte, aber die Namen der edlen Geschlechter auf dem Berg sagten ihm nichts.

Elaimon zuckte mit den Achseln. »Ich habe nie verstanden, wieso der Zufall der Geburt einem zur Ehre gereicht. Jetzt erkämpfe ich mir Ruhm mit Stahl in der Faust.«

Brotan nickte. »Aber wenn du stirbst, ist dein Geist frei?«

»Mich zwingt niemand in eine Statue.« Er grinste, wurde aber wieder ernst, als sein Retter die Brauen zusammenzog.

Brotan löste den Blick von ihm, um sich zu beruhigen. Er hasste den Gedanken daran, auf eine Ewigkeit in einem Steinmann gefangen zu sein. Alle sagten ihm, er würde dann keinen Willen mehr haben, aber sein Verstand musste ja bleiben. Sonst wäre es schließlich sinnlos, einen menschlichen Geist mit einem aufwendigen Zauber zu bannen. Die Gladiatoren verbesserten ihre Fähigkeiten als Kämpfer, um diese später in den Imagolem einzubringen. Also würde etwas von ihm überdauern, für Jahrhunderte. Der Gedanke, dass dieses Etwas Zeuge wurde, wie sein steinerner Körper Tarima Eichfrost zu Willen war … und wenn sie die Lust an ihm verlöre, anderen Edlen des Berges … generationenlang … Diese Vorstellung raubte ihm den Schlaf. Eine Zukunft ohne Würde erwartete ihn. Er wäre willenlos wie ein gut abgerichteter Hund.

Im Bad zierten Malereien die Wände, wie auch in den übrigen Räumen der Gladiatorenunterkunft. Die meisten zeigten überlebensgroße Gesichter von verhärmten Männern, wohl berühmten Kämpfern. Die Darstellungen waren direkt auf den Stein aufgetragen. Sollte das verdeutlichen, dass diese Krieger dem Berg nun in steinernen Körpern dienten?

Wahrscheinlich war die Erklärung simpler: Auch bei Gemälden achtete man darauf, den Gefangenen keine Schnüre und Holzrahmen an die Hand zu geben, die sie als Waffen verwenden könnten. Aber seit ihm der Gedanke gekommen war, erinnerten ihn auch die hart geschnittenen Gesichter seiner Vorgänger an das Schicksal ewiger Gefangenschaft, das ihn erwartete.

»Du gehst also ein und aus, wie es dir beliebt?«, fragte Brotan.

»So ist es. Ich müsste mich noch nicht einmal Berettons Peitsche beugen, aber ich habe ihm gesagt, dass ich genauso ausgebildet werden will wie alle anderen. Ich will Trassoroms Ruhm verblassen lassen!« Stolz reckte Elaimon das vom vornehm getrimmten Bart bedeckte Kinn.

»Wer ist Trassorom?«, fragte Brotan.

Das war wohl nicht die Reaktion, die Elaimon sich erhoffte. »Trassorom. Jeder kennt ihn.« Er vergaß für einen Moment auf das Reiben seiner Haut, um mit locker geschlossener Faust über seinem Kopf zu fuchteln. »Mit dem Dreizack. Trassorom.«

»Ist er schon lange tot?«

Elaimon verzog den Mund, als hätte er etwas Saures getrunken. »Vergiss es.«

»In Ordnung.« Brotan tauchte nochmals unter. »Du hast hier ein Bett?«

»Das bräuchte ich nicht.« Elaimon stieg aus dem Wasser. »Es wäre mir gestattet, überall in der Stadt Herberge zu nehmen. Ich schlafe nur hier, weil …«

»… weil du einer von uns sein willst.« Brotan folgte ihm. »Aber das gelingt nicht, wenn du es nicht ganz wirst. Deine Kameraden werden dich immer als Fremden sehen, dir mit Feuerkäfern und anderem zusetzen, wenn du die wichtigen Dinge nicht mit ihnen teilst.«

»Die wichtigen Dinge?« Elaimon lachte auf. »Mein Bett?«

»Essen. Schlafen. Verletzungen kurieren. Sterben«, zählte Brotan ernst auf. »Diese Dinge machen Menschen gleich oder sie unterscheiden sie.«

Die Belustigung in Elaimons Gesicht wurde zu Nachdenklichkeit.

»Du bist dein eigener Herr«, stellte Brotan fest. »Mir kann es egal sein, wie du behandelt wirst. Aber ich war ein Hauptmann. Ich habe meine Männer in den Sümpfen gegen die Aquebalêebuula geführt. Ich weiß, wovon ich rede.«

Elaimon nickte ernst.

»Was treibt Ihr denn hier?« Erbost stürmte Lastonn in den mit acht Schritt Durchmesser eher kleinen Seminarraum in der Magierwerkstatt. »Ihr braucht einen Genehmigungsschein, um …«

Er hielt inne, als er Abuliar zwischen den fünf menschengroßen Gesteinsrohlingen entdeckte. Eine schwarze Schürze war ein äußerst seltener Anblick, auch für den Schreiber in der Werkstatt der Magier.

»Ich bitte …«, stammelte er. »Man hat mich nicht unterrichtet, dass …«

Er machte einen Schritt rückwärts und stieß dabei gegen einen der Rohlinge. In ihrem Schlafzustand besaß die Figur lediglich annäherungsweise eine menschliche Gestalt, als sei der graue Stein an der Oberfläche geschmolzen, sodass alle Charakteristika verloren gegangen waren. Nur grob waren der Kopf und die Schultern auszumachen, die Arme bildeten mit dem Oberkörper ebenso eine Einheit, wie die Beine bloß Wölbungen in einer Art Stamm waren. Lediglich eine einzige Figur war ausgeformt: die Leserin, eine Statue mit einer Kappe, die an einem niedrigen Tisch hockte, der aus demselben grauen Stein geschlagen war wie sie selbst.

Kyrin unterdrückte ein Schmunzeln. Was den Rang anging, war Lastonn eine Blauschürze wie sie. Aber unter den Symbolen, die in das Leder über seiner Brust gekerbt und mit Silber ausgegossen waren, befand sich die Schreibfeder, die ihm in den Seminaren Autorität verlieh. Er genoss besonderen Zugang zu den Kristallen, die man statt Pergament verwendete, um Aufzeichnungen aus den Sitzungen der hochrangigen Magier in eine dauerhafte Form zu übertragen. Ein Privileg, das er weidlich ausnutzte. Er zählte zu den arrogantesten Zauberern, die Kyrin kannte.

»Hat man denn noch nicht einmal in diesem entlegenen Winkel seine Ruhe?« Seufzend legte Abuliar den Kopf in den Nacken, sodass die weißen Haarsträhnen auf seinen Buckel fielen. Sein Genick knackte mehrfach, als er den Kopf hin- und herkreiste. »Sei so gut und beschreibe mir den Störenfried«, bat der Blinde.

»Lastonn steht vor uns«, erklärte Kyrin. »Der Schreiber.«

»Nie gehört. Wie sieht er aus, dieser Wicht?«

»Er ist ordentlich gekleidet, seine blaue Schürze ist tadellos gepflegt.«

»Blau?«, rief Abuliar so laut, dass Kyrin zusammenzuckte, und lachte auf. »Womit ich mich hier abgeben muss! Na los, wie sieht er aus?« Er schnippte mehrfach mit den Fingern.

Lastonn wurde rot. Er wich sowohl dem Blick der blinden Augen als auch dem von Kyrin aus, indem er die Regale ansah, die bis zur Decke die runde Wand einnahmen. Er wirkte, als hoffte er, unter den Tausenden handgroßer Kristalle ein Werk zu finden, das ihn lehrte, sich aus dieser peinlichen Situation zu befreien – und das durch bloßes Ansehen, was natürlich unmöglich war. Die Steinfiguren des Studienseminars mussten das enthaltene Wissen personifizieren, um es zugänglich zu machen. Sein Blick blieb am hohen Kamin gegenüber dem Eingang hängen, in dem ein lautloses Feuer brannte, obwohl kein Holz darinlag.

»Er hat ein kühnes Gesicht«, behauptete Kyrin. Das war die freundlichste Beschreibung, die ihr für die vorspringende Nase, das spitze Kinn und die ständig gerunzelte Stirn einfiel. »Seine Brust ist … nicht übermäßig betont.« Kyrin erinnerte sie an ein Huhn, was selbst die Schürze nicht verhinderte.

»Die Hände?«, fragte Abuliar ungeduldig. »Was ist mit den Händen? Hat er damit Meißel gehalten?«

»Ich nehme es an«, sagte Kyrin.

Abuliar verzog den Mund. »Also sieht es nicht danach aus.«

»Dieses Werkzeug trage ich nur der Repräsentation wegen!« Lastonn hob das Futteral mit den Meißeln an, das er am Gürtel trug. Die Schlagflächen waren gefällig gerundet. Kein Hammer hatte sie jemals geküsst. »Ich habe mir meine Schürze mit Fleiß verdient. Das wird Steinmeister Agohn Euch bestätigen, Meister Abuliar, ganz gewiss.«

»Ihr glaubt«, knurrte der Alte, »ich sollte mit meinem alten Freund Agohn über Euch sprechen?«

»Nein, ganz und gar nicht!«, haspelte er. »Ich wollte nicht vorschlagen, dass Ihr Eure wichtigen Studien meinetwegen unterbrecht.«

»Ich fürchte, genau das tun wir gerade.«

»Ich empfehle mich!« Lastonn verbeugte sich tief. »Meine Gehilfen werden Sorge tragen, dass Ihr nicht mehr gestört werdet.«

»Das will ich auch hoffen!«, schrie Abuliar. Speicheltröpfchen flogen aus dem Spalt in seiner Oberlippe.

Lastonn floh zurück in den Hauptbereich des Seminars, von dem aus die Studienräume abgingen.

»Er ist weg«, meldete Kyrin tonlos. »Und er wird auch so schnell nicht wiederkommen.«

»Sehr schön.« Wie ein Großvater, der sich auf einen Apfelkuchen von seiner Enkelin freut, faltete Abuliar die Hände. »Wir suchen einen grauen Kristall. Er muss in der obersten Reihe stehen.«

Kyrin legte den Kopf in den Nacken, die Decke war zehn Schritt hoch. Suchend drehte sie sich um die eigene Achse. »Ich bin mir nicht sicher, aber ich glaube, es gibt nur einen.« Die Mehrzahl der Kristalle, auf deren Facetten das Licht aus dem Kamin tanzte, war grün oder rot. In der obersten Reihe machte Kyrin nur einen grauen aus. »Er passt kaum in das Regal, weil er so groß ist. Wenigstens drei Handspannen breit.«

»Er wiegt trotzdem nicht viel. Hol ihn herunter.«

Umlaufende Stege unterteilten die Regale in drei Stockwerke. Auf das nächsthöhere gelangte man jeweils über eine Leiter. Kyrin erklomm die erste, wechselte über den geländerlosen Steg auf die zweite und trat von dort auf den oberen Steg, wo sie ebenfalls nichts vor einem Absturz schützte. Sie machte den Fehler, nach unten zu schauen. Der Abstand zum Boden kam ihr hier viel größer vor. Abuliar, die fünf Rohlinge und die steinerne Leserin wirkten wie Puppen.

Kyrin sah die Kristalle an. In diesem Bereich waren die meisten unterschiedlich grün getönt. Sie waren hohl, mit einem Loch in der Standfläche. In die Innenseite waren winzige Runen geschlagen, jede von ihnen ein komplexes Geflecht, in dem sich schwach das Licht brach.

Die dritte Leiter war an einen Bronzering gehängt, der unter der Decke entlanglief. Das Quietschen, das sie verursachte, als Kyrin sie an die passende Stelle zog, damit sie den grauen Kristall erreichte, kam ihr so laut vor wie ein Alarmruf.

Lächelnd sah Abuliar zu ihr hoch. Oder wandte das Gesicht in ihre Richtung, sehen konnte er ja nichts. »Hast du ihn?«, fragte er nach einer Weile.

»Nein, ich …« Sie hatte damit gerechnet, dass der Krach Lastonn anlocken würde, aber Abuliars rüde Behandlung wirkte zuverlässig. Sie stieg die Sprossen empor.

Der Kristall war zwar ebenfalls ausgehöhlt, aber Runen entdeckte Kyrin nicht. Vorsichtig zog sie ihn ein Stück vor. Er war zwar leicht, aber auch unhandlich. Da sich Kyrin weiter an der Leiter festhielt, musste sie ihn mit einer Hand fassen, und so war die unregelmäßige Oberfläche kaum zu greifen. Sie klemmte ihn unter den rechten Arm und brachte ihn auf diese Weise hinunter.

»Soll ich ihn der Leserin geben?«, fragte Kyrin.

»Ja, und dann tu genau, was ich jetzt sage«, forderte Abuliar sie auf. »Nichts anderes. Ich will nicht alles mehrfach erklären.«

»In Ordnung.« Kyrin stellte den Kristall auf den Steintisch vor der Leserin.

Sofort kam Leben in die Figur. Sie griff den Kristall mit beiden Händen und beugte sich über ihn.

»Verpasse ihr eine Backpfeife auf die linke Wange.«

Überrascht sah Kyrin zu Abuliar hinüber. Aber sie hatte seine Anweisung klar verstanden und sie war eindeutig. Also führte sie den Wangenstreich aus. Wie erwartet schmerzte es an ihrer Hand, den harten Stein zu schlagen.

Die Leserin reagierte. Sie wendete den Kristall, sodass sie nun in die Aushöhlung schaute. Nun wurden die dort eingeritzten Runen erkennbar, das Licht brach sich in den Zeichen, von denen keines größer als ein Fingernagel war.

Die Leserin bewegte lautlos die Lippen.

Die fünf Rohlinge wandelten sich. Knirschend wurden sie konkreter, Gesichtszüge und Haare bildeten sich aus, ebenso wie die Falten von Gewändern, Gürtel und Schuhe. In diesem Studienseminar konnten fünf Rollen Gestalt annehmen, um das Wissen in den Kristallen zu vermitteln. Meistens beinhaltete das eine verbale Unterrichtung, oft aber auch Handgriffe. Wer Zauber erlernen wollte, musste gezeigt bekommen, wie man sie korrekt meißelte.

»Siehst du einen Hund?«, fragte Abuliar.

Der Mann in der prächtigen Robe und der kräftige Schmied zogen Kyrins Aufmerksamkeit auf sich, aber in der Tat bildete sich neben einem Mädchen mit zwei Zöpfen ein kleiner Hund heraus. »Er reicht mir gerade einmal bis zur Wade.«

»Das ist er«, bestätigte Abuliar.

»Er sieht niedlich aus mit seinen großen Augen.«

»Wen interessiert das? Tu, was ich sage. Streichle dem Hund über den Rücken.«

Sie hockte sich hin und befolgte die Anweisung. »Erledigt.«

»Da muss ein Mann sein, auf dessen Gewand ein Komet zu sehen ist.«

»Ja, das stimmt.«

»Der Saum seiner Kutte reicht bis zum Boden, nehme ich an.«

»So ist es.«

»Gut. Nimm deinen größten Meißel und schlage ein Loch in das Gewand.«

»Ich soll es zerstören?«

»Du sollst endlich machen, was ich sage«, forderte Abuliar. »Am besten meißelst du auf der Rückseite, da wird es schneller gehen.«

Sie hoffte, dass die Schwarzschürze wusste, was sie forderte. Wenn man sie aus den Seminaren verwies, weil sie die Einrichtung zerstörten, wären sie weiter von ihrem Ziel entfernt als zuvor.

Vorsichtig setzte sie das Werkzeug an und schlug zu.

Seltsamerweise verursachte weder der Hammer noch das Eindringen der Spitze in den grauen Stein ein Geräusch. Kyrin ging beherzter vor und schuf rasch eine kopfgroße Öffnung. Die Statue erwies sich als hohl.

»Hier ist ein …« Im Innern des Bildnisses befand sich ein Gebilde aus dunklerem Stein, das eine Handspanne groß war. Kyrin bewegte sich ein wenig zur Seite, damit das Licht besser einfiel. »Das wird ein Zauber sein. Er sieht aus wie eine Tür, aus Granit gemeißelt. Sehr klein, mit Wellen darauf.«

»Zieh sie auf.«

Kyrin steckte den Hammer zurück in den Eisenring, die Meißel ins Futteral und griff in das Loch. Sie benutzte ihre Fingerspitzen, um die Klinke zu fassen und zu bewegen. Es gelang ihr, das Steintürchen zu öffnen.

In dem Kamin, der gegenüber dem Eingang des Seminarraums loderte, fielen die Flammen zusammen und erloschen. Sie gaben einen Durchgang frei.

Abuliar streckte den rechten Arm und tastete in der Luft.

»Hier entlang.« Kyrin drehte ihn in die richtige Richtung.

»Nimm die offene Tür mit. Und schließe sie auf keinen Fall. Vor allem nicht, wenn ich im Kamin stehe.« Er lachte meckernd.

Vorsichtig holte Kyrin den Zauber aus der hohlen Statue, deren Stein schmolz und verlief, sodass sich die Öffnung im Gewand der Figur schloss. Kyrin folgte Abuliar.

Der Raum, in den sie gelangten, war ebenfalls rund. Als Kyrin eintrat, erkannte sie, dass sie in einem Turm stand. Oder einem sehr hohen Schornstein. Er erstreckte sich so weit nach oben, dass sich seine Spitze im Dunkel verlor.

Kyrin versuchte zu erraten, wo sie sich innerhalb der Magierwerkstatt befanden. Ein Dutzend Türme erhoben sich auf dem Gelände, aber keiner erreichte diese Höhe. Bei der geringen Grundfläche müsste er einer Nadel ähneln.

»Bist du drin?«, fragte Abuliar.

»Ich stehe neben dir.«

»Ich wollte nur sichergehen. Jetzt solltest du den Zauber schließen. Du kannst ihn auf den Boden legen, wenn du willst.«

Im Kamin schossen die Flammen wieder empor.

»Also.« Abuliar rieb sich die Hände. Er war in erstaunlich guter Verfassung. Die Euphorie fiel mit einer Phase zusammen, in der sein Körper nur schwach nach den Traumblüten verlangte. Letzteres konnte sprunghaft wechseln. »Schauen wir uns die Karte an.«

»Welche Karte?«

»Bin ich blind oder bist du es? In der Tiefe findest du Antworten!«

Kyrin wollte gegen die respektlose Behandlung protestieren, beherrschte sich aber. *In der Tiefe …*

Sie suchte den Boden nach einer Klappe ab, unter der sie eine Treppe finden mochte. Die vielen in chaotischer Weise kreuz und quer verlaufenden Linien verbargen möglicherweise Fugen …

»Oh!«, rief sie, als sie erkannte, was sie betrachtete. »Die Karte ist in den Boden eingearbeitet.«

»Und dort nützt sie nichts. Du solltest sie sichtbar machen.«

Das wirre Muster füllte ein genau umgrenztes Quadrat mit einer Kantenlänge von acht Schritt. In den Ecken befanden sich runde Vertiefungen. In der Nähe jeder Kuhle gab es eine Nische in der Wand, in der eine melonengroße Granitkugel lag.

Kyrin ging zu einer davon und versuchte, sie anzuheben. Sie erwies sich als so schwer, wie sie aussah. Kyrin ächzte.

»Ich kenne Lesezauber nur aus … Sandstein.«

Immerhin bekam sie die Kugel so weit gedreht, dass die zuvor zur Wand hin gerichtete Pupille mit der erhaben gemeißelten Iris ihr nun entgegenblickte. Das machte das gesamte Gebilde zu einem Auge. Und es bewegte sich! Die Pupille zog sich zusammen.

Erschreckt schrie Kyrin auf.

»Du musst sie an die richtigen Stellen legen, damit sich die Karte zeigt«, belehrte Abuliar sie.

»Das schaffe ich nicht!«, wandte Kyrin ein. »Die sind zu schwer. So eine Kugel würde mir entgleiten.« Und wenn nicht, würde sich Kyrin ganz sicher den Rücken verrenken, wenn sie vier Granitkugeln durch den Raum schleppte.

Lesezauber aus Granit!

Sandstein zerfiel bei der Anwendung, aber das Auge vor ihr sah aus, als wäre es gerade eben erst gemeißelt und poliert worden.

»So kurz vor dem Ziel wirst du doch nicht aufgeben!«, empörte sich Abuliar.

»Das habe ich nicht vor«, stellte Kyrin klar. »Ich sage lediglich, dass Ihr mir helfen müsst.«

»Ich?«, fragte Abuliar perplex. »Ich soll Granitkugeln schleppen?«

»Ihr seid blind, aber ich kann Euch versichern, dass außer uns beiden niemand hier ist.«

Sie positionierten die Lesezauber in den Kuhlen an den Ecken.

Die Karte wuchs aus dem Boden. Sie wurde zu einem komplexen räumlichen Gebilde aus Röhren, die Tunnel anzeigten, aus goldenen Stangen für die Bahnen des Sonnenlichts, das für die Gärten der Unsterblichen bestimmt war, aus Drahtgeflechten, die Hohlräume ummantelten, wo sich Kavernen befanden. Es wuchs höher und höher, je tiefer sie das Labyrinth im Innern des Berges erkundeten. Bald verlor sich die Spitze im Dunkel des Turms.

Abuliar zeigte Kyrin, wie sie die Karte durch die Ausrichtung der Augen seitlich verschieben konnte. Die Elemente, die dadurch aus der nach oben gedachten Verlängerung des Quadrats wanderten, zerfielen zu Sand, den der Boden spurlos aufnahm. Eine solche Karte hatte Kyrin noch nie gesehen. Sie verstand noch nicht einmal die Prinzipien, nach denen sie gemeißelt war.

»Was ist das für ein Silbergeflecht?«, fragte sie. Ein Band schlängelte sich teils durch die Tunnel und Kavernen, teils nahm es seinen eigenen Weg.

»Ich vermute, du meinst den Almahn«, sagte Abuliar. »Der Fluss und seine Nebenläufe ziehen sich weit durch den Berg.«

Kyrin dachte an den aufwärts fließenden Strom. Er mündete in verschiedenen Brunnen und Seen, die die Stadt mit Wasser versorgten. Bislang hatte sie angenommen, sein Lauf sei rein zweckorientiert gestaltet. Sie hatte sich getäuscht, das Silbergeflecht verzweigte sich immer weiter.

»Beschreib mir, was du siehst«, wies Abuliar sie an. »Nur dann kann ich dir sagen, ob etwas dabei ist, das mit diesem Kristallherz im Berg zu tun haben könnte, das die Gezeiten der Macht bestimmt.«

Quilûn beobachtete die Lichtknechte. Zu fünft folgten sie den Sonnenstrahlen auf ihrem Weg von Spiegel zu Spiegel in die Tiefe. Der Tag war erst eine Stunde alt, der Abstieg würde noch lange währen.

Es war keine Familie.

Zwei alte Männer wichen einander kaum von der Seite. Gerade reinigten sie gemeinsam einen Spiegel, der nur vier Handspannen durchmaß. Wenn ihre Erfahrung gebraucht wurde, brachten sie sie ein. Beispielsweise, wenn es darum ging, an welcher Seite eines Schachts man ein Kletterseil befestigte, um beim Weg hinunter sicheren Tritt zu finden. Ansonsten blieben sie unter sich. Sie sprachen kaum miteinander. Im Leben, das hinter ihnen lag, mochten sie sich alles gesagt haben, was zu sagen war.

Arjomm, der Anführer, beschränkte sich darauf, den beiden weiteren Mitgliedern der Gruppe Anweisungen zu erteilen. Er und Terlor waren im mittleren Alter. Quilûn interessierte sich jedoch vor allem für den Jüngsten, Forwynn. Zwar war dieser Lehrling auch schon fünfzehn, aber so klein gewachsen, dass er nicht wesentlich älter erschien als die zwölf Jahre, die Quilûn bei seinem ersten und einzigen Einsatz als Lichtknecht gewesen war.

»Forwynn!«, rief Arjomm ungeduldig. »Einen rauen Lappen!«

Der Knabe schreckte auf. Er bestaunte fortwährend die drei Krieger von Quilûns Leibwache. Sie trugen nur leichte Lederrüstungen, um besser klettern zu können, aber Eisenhelme und ein Arsenal aus Schwertern und Dolchen, die sogar mit Steinzaubern versehen waren.

Forwynn befühlte die Putztücher und reichte Arjomm ein vier Handflächen großes, das ungebraucht aussah.

Der Anführer des Trupps benutzte es, um einen eckigen Spiegel abzureiben. Im auftreffenden Lichtstrahl hatte der Lappen ein warmes Gelb, wie sattes Stroh.

Auch Arjomm sah immer wieder zu den Kriegern hinüber. Bei ihm war der Grund dafür aber weniger Neugier als Besorgnis, vermutete Quilûn. Waffenträger gingen oft rüde mit dem einfachen Volk um.

Quilûn schloss die Augen und lauschte auf die Geräusche in der Höhle. Irgendwo strich Wind um eine Felsnadel, ein leises Pfeifen, wie bei einer Maid, die ansetzte, ein Lied zu flöten, und dafür nach dem Grundton suchte. Wasser tropfte. Am lautesten waren jedoch die Krieger und die Lichtknechte. In der Dunkelheit stand man ungern still, deswegen knirschten Lederkleidung oder Steinchen, die unter den Sohlen zermahlen wurden. Terlor verschnürte einen Sack, in dem sie die ausgerissenen Pflanzen nach oben nehmen würden. In den Lichtbahnen wucherte ständig etwas. Darum musste man sich immer wieder kümmern, damit die volle Helligkeit in den Tiefen Gärten ankam.

Die Lichtknechte beendeten die Arbeit an den Spiegeln in dieser Kaverne. Sie nahmen ihre Rucksäcke, die zusammengelegten Seile und die Beutel mit den Haltezaubern auf und schickten sich an, den Sonnenstrahlen tiefer in den Berg zu folgen.

Quilûn wandte sich an seine Leibwache. »Bleibt hier«, befahl er. »Es ist unnötig, dass ihr uns begleitet. Auf dem Rückweg werden wir auf jeden Fall wieder hier vorbeikommen, dann nehmen wir euch mit.«

»Aber Herr!«, protestierte der Leutnant, ein junger Mann mit einem Wangenbart, der beidseitig abstand, als hätte er sich Wildschweinborsten angeklebt. »Wir scheuen keine Mühe, um die Sicherheit des Oberhaupts von Haus Schneegrund zu gewährleisten.« Ob er den Grafentitel mit Absicht unerwähnt ließ?

»Ich wünsche, dass ihr hier rastet«, bekräftigte Quilûn. »Im Berg bieten eure Schwerter keinen Schutz. An der Oberfläche, auf unserem Rückweg, mögen sie dagegen nützlich sein. Vor allem auf dem letzten Stück zum Palast. Einige Meilen werden wir im Dunkeln zurücklegen, schätze ich. Das mag Leute reizen, die unserem Tiefen Haus nicht wohlgesonnen sind. Es ist wichtiger, dass ihr später ausgeruht seid, als dass ihr euch dabei verausgabt, weiter mit uns hinabzusteigen.«

Der Leutnant setzte zu einer Erwiderung an, aber Quilûn kam ihm mit einem erneuten »Ich wünsche es!« zuvor.

Die Krieger fügten sich. Der Offizier wies sie an, Waffen, Panzerungen und Ausrüstung zu überprüfen.

Quilûn dagegen schloss sich den Lichtknechten an. Zwölf Höhenschritt weiter unten, in der nächsten Kaverne, beobachtete er, wie sie den Bereich an einem Spiegel von dem Unkraut reinigten, das hier spross. Nun, da die Krieger sie nicht mehr ablenkten, wirkten sie ruhiger. Quilûn genoss es, ihnen zuzusehen. Der Zweck ihres Tuns war unmittelbar ersichtlich: Unkraut wurde entfernt, Lichtbahnen befreit, Spiegel glänzten frisch. Jeder Handgriff offenbarte sogleich seinen Zweck, das Ergebnis war nicht verborgen hinter einem blauen Lächeln, einem schwirrenden Fächer oder einer komplizierten Formulierung.

Hier unten gab es nur die kleine Welt, die der Schein der Laternen aus der Dunkelheit holte. Obwohl Quilûn sich von massivem Stein eingeschlossen wusste, fühlte er sich frei. Die Erwartungen und Konventionen des Adels erschienen ihm wie Hunde, die auf den rechten Augenblick warteten, um nach ihm zu schnappen. Aber hierher folgten sie ihm nicht.

Quilûn wanderte am Rande des Lichtscheins entlang. Ein Wassertropfen hing an der Spitze eines ockerfarbenen Steins, der wie ein unregelmäßiger Dorn aus der Decke wuchs. Genau unter ihm strebte ihm ein zweiter Dorn aus dem Boden entgegen.

Seltsamerweise empfand Quilûn die Dunkelheit der Kaverne als beruhigend. Er hatte das Gefühl, dass ihn von dort, wo das Licht verdämmerte, jemand beobachtete, der ihm wohlgesonnen war. Ihm als Mensch, nicht dem Tiefen Haus Schneegrund. Quilûn verstand, dass er sich in wohliges Wunschdenken hineingleiten ließ, das viel mit seinen Eltern zu tun haben mochte.

Als Kind hatte er oft darüber nachgedacht, ob ihre Seelen den Weg aus dem Berg herausgefunden hatten. Die Priester sagten, die Freiheit käme, wenn die Überreste eines Menschen mit dem Wind trieben. Deswegen verbrannten sie die Toten und streuten die Asche in die Luft. Wenn Leichen verwesten, dauerte es Jahre, bis sich die Seelen von ihnen lösten. Irgendwann während der vergangenen eineinhalb Jahrzehnte musste es für Quilûns Eltern so weit gewesen sein. Aber sicher hatte derjenige von ihnen, der sich zuerst befreit hatte, auf den anderen gewartet, sodass sie gemeinsam davongeweht waren. Quilûn konnte sich seine Eltern nur vereint vorstellen.

Und was, wenn sie nicht in die Weite der Welt hinausgeweht waren, sondern sich noch immer in diesen Kavernen aufhielten? Vielleicht, weil sie sich den Spiegeln verbunden fühlten oder sich an den Lichtbahnen freuten, die durch die Kavernen schnitten. Oder weil die Unsterblichen ihnen erlaubten, in den unvorstellbar schönen Gärten zu leben, tief unten im Berg.

Quilûn lächelte. Das würde bedeuten, dass seine Eltern diejenigen seiner Gemälde sehen würden, die als Geschenke für die Ahnen akzeptiert wurden. Viele waren es nicht gewesen, aber seine schönsten. Wenn seine Eltern sie wirklich betrachteten, gäbe ihm das die Möglichkeit, ihnen durch die Bilder von sich und seinem Leben zu erzählen … Er merkte, wie er sich von diesen Gedanken davontragen ließ.

Er lauschte in die Dunkelheit. Waren dort wirklich nur das Tropfen von Wasser und die Echos jener Geräusche zu hören, die die Lichtknechte bei ihrer Arbeit verursachten? Er hoffte auf ein Wispern, etwas, das ihn an die Stimmen seiner Eltern erinnerte. Aber dieser Wunsch blieb unerfüllt.

Quilûn merkte, wie die angenehmen Erinnerungen in Schwermut zu versinken drohten. Um sich abzulenken, wandte er sich dem Lichtstrahl zu, dem die Lichtknechte folgten. Er war eine Armspanne dick, wie eine liegende Säule, in der Staubkörner schwebten. An drei Spiegeln knickte er ab, das letzte Mal in einen steil abfallenden Schacht hinein.

Eine Höhle tiefer wandte sich Quilûn an Arjomm. »Ihr werdet niemandem verraten, was ihr jetzt seht.«

Beunruhigt blickte der einfache Mann ihn an. Ob er befürchtete, Quilûn wollte eines jener Blutopfer bringen, von denen die Märchenerzähler behaupteten, dass man die Geister mit ihnen besänftigte? Meist war dabei jedoch eine junge Frau als unverzichtbare Zutat genannt.

»Ich befehle dir«, sagte Quilûn, »mich als Lichtknecht zu behandeln. Du wirst mir Anweisungen geben wie den anderen auch. Ich will mit euch arbeiten.«

»Aber …«

»Sprich frei!«

»Lichtmeister Doryam wird uns streng maßregeln, wenn er erfährt, dass ich mir herausnehme, Euch herumzukommandieren.«

»Von wem sollte er das erfahren?«, fragte Quilûn. »Keiner von euch hat ein Interesse, es ihm zu verraten.«

Arjomm wirkte nicht überzeugt.

»Und ich werde es ihm auch nicht sagen«, ergänzte Quilûn. »Das verspreche ich euch nicht bei meiner Ehre als Adliger, davon verstehe ich noch zu wenig. Stattdessen gebe ich dir meine Hand darauf – als Sohn von Lichtknechten.«

Arjomm merkte wohl, dass er besser nicht zögerte, und schlug ein. Sein Griff war zunächst vorsichtig, aber er verstärkte ihn, als Quilûn zudrückte.

»Stimmt es, dass Ihr in Armut aufgewachsen seid, Graf?«, fragte einer der Alten, dessen Namen Quilûn nicht kannte. Er hatte eine Narbe auf der Nase, die nach dem Überrest einer abgeschnittenen Warze aussah.

»Ich habe nie Not gelitten«, stellte Quilûn klar. »Aber meine Eltern waren Lichtknechte. Ilûna und Matz hießen sie.«

»Ich glaube, ich habe sie gekannt«, grübelte der Alte. »Hatte Eure Mutter Haar wie Gold?«

»Das geht uns nichts an!«, wies Arjomm ihn zurecht.

»Aber er hat recht«, bestätigte Quilûn milde. »Ich schlage vor, ich erzähle euch von ihnen, während wir unsere Arbeit machen. Sie sind hier ganz in der Nähe umgekommen, wir waren während eines Bebens im Berg. Sie sind in einen tiefen Schacht gestürzt.« Er sah in die Dunkelheit.

»Wie tief sind Eure Eltern gefallen?«, wollte Forwynn wissen. Die Neugier auf eine spannende, vielleicht ein wenig gruselige Geschichte überwog seine Scheu vor dem mächtigen Begleiter.

»Das weiß ich nicht«, gestand Quilûn. »Ich war damals zwölf. Jedenfalls so tief, dass ich den Boden nicht sehen konnte. Nur die Geister, die neben einem Lichtstrahl durch den Abgrund tanzten.«

Damit hatte er gewonnen. Jetzt sahen ihn alle gebannt an.

»Hacke oder Lappen?«, fragte er schmunzelnd. »Soll ich das Unkraut beseitigen oder die Spiegel polieren?«

Die Sonne des wolkenlosen Tages brannte alle Schatten vom Sand der Arena, als wolle sie sichergehen, dass ihr keine Kleinigkeit von den Kämpfen entginge, mit denen sich die neuen Gladiatoren beim Publikum einführten. In der Loge der Schneegrunds benutzten die Diener Stangenfächer als Sonnenschutz für die Edlen.

Tarima Eichfrost stellte ihr aus Silber gefertigtes Ohr wie Schmuck zur Schau. Ihr schwarzes Haar – es war frisch gefärbt, Semire von Schneegrund hatte es heller in Erinnerung – war wellenförmig frisiert und hochdrapiert, sodass die Sonnenstrahlen das glänzende Metall trafen, wenn der Diener mit dem Fächer ausholte. Die Reflexion fiel in Semires Augen, ein Blinken wie von einer sich drehenden Münze, aber in viel längeren Zyklen.

Nicht nur das Ohr, der gesamte Körper der Baroness wirkte wie aus Metall gegossen. Tarima saß kerzengerade und atmete kaum, was auch an dem Kleid liegen mochte, das so eng geschnürt war, dass man die Rundungen der Brüste nur noch erahnte. Mit einem schwarzen Strich hatte sie die dünn gezupften Brauen von der hellen Haut abgehoben, gerade Linien, außen verlängert und spitz, an der Nasenwurzel einen Hauch dicker, was ihnen das Aussehen von Nadeln gab. Abgesehen von einem Lidschlag dann und wann bewegte sich an ihr nur der Fächer. Er war mit schwarzem Stoff bespannt, der blau schimmerte, wenn das Licht in einem bestimmten Winkel darauf traf. Lediglich die sehr schmal ausgeführte Spitze war weiß. Die Rechte, mit der sie ihn hielt, hatte sie im Schoß abgelegt, als wollte sie jedes Risiko ausschließen, dass ihr der Fächer für einen noch so kurzen Zeitraum die Sicht auf das Geschehen nahm. Tarimas statuenhafte Miene, in der nichts von der Begeisterung zu sehen war, die durch die Ränge brandete, bildete einen starken Kontrast zu dem so ausgedrückten Interesse am Kampf in der Arena.

Semire flatterte mit ihrem Handfächer, bevor sie ihn mit einem Ratschen zusammenklappte und ablegte. Unauffällig drückte sie die Hand in ihren Schoß.

Das verstärkte das seltsame Gefühl dort, anstatt es zu dämpfen. In der Arena kämpfte Brotan, der gefangene Gravilier, den Quilûn von der Südgrenze mitgebracht hatte. Die Plätze waren heute vergleichsweise spärlich besetzt, einige Logen sogar leer. Bei der Vorstellung bewiesen sich die neuen Gladiatoren im

Kampf gegen Tiere. Das war weniger attraktiv als die Gefechte Mann gegen Mann, bei denen das Drama des gewaltsamen Todes eines Menschen mehrfach an einem Nachmittag zu beobachten war. Auch die Monstren, die furchterregenden Bestien, die man in der Wildnis fing und zum Berg brachte, erregten naturgemäß mehr Aufmerksamkeit. Bei den Einführungskämpfen war allenfalls ein Grauwolf zu erwarten und meist traten die Gladiatoren bloß gegen einen oder zwei tollwütige Hunde an. Aber mit Brotans Kampf bekamen die Zuschauer einen ungeahnten Höhepunkt geboten. Jemand, der ungenannt bleiben wollte, hatte einen Beutel mit Münzen an den Blutmeister der Arena geschickt. Deswegen sah sich Brotan bereits in seinem ersten Kampf einem brüllenden Bären gegenüber, der gerade jetzt über drei Schritt hoch aufragte, weil er auf den Hinterläufen stand.

Die Bestie war auf das Schrecklichste entstellt. Vom Pelz waren nur einzelne Büschel übrig. Das Tier sah aus, als hätten ihm die Wärter schon vor dem Kampf die Haut abgezogen. Tatsächlich waren die rote Färbung und der Schorf aber wohl Folgen einer Krankheit, ebenso wie die Eiterbeulen und die Schwellung, die das rechte Auge verschloss.

Aber Semire sah den Bären kaum. Brotans Gestalt nahm sie gefangen. Die breiten Schultern und die vergleichsweise schmalen Hüften machten seinen Oberkörper zu einem Keil. Ein Paar lederner Armschienen waren seine einzige Rüstung, davon abgesehen trug er nur einen Schurz, der wenig verbarg. Wenn er eine Bewegung zu einer Seite antäuschte, sich dann aber mit seinem kräftigen Bein abstieß und zur anderen sprang, wobei er die Reaktion des Bären beobachtete, war gut zu sehen, wie die Muskeln in seinem Gesäß arbeiteten. Semire erregte die Vorstellung, wie hart es sich anfühlen musste.

Sie hatte nie bei einem Mann gelegen, und nach den vielen Gesprächen, die man im *Lustgarten* dazu führte, war sie zu dem Schluss gekommen, dass wenig Erstrebenswertes daran war. Ihr schien der Geschlechtsakt etwas für Leute zu sein, denen es nichts ausmachte, die Kontrolle über ihr Leben zu verlieren. Die sich wie Tiere einem Trieb auslieferten, zu dumm und zu willensschwach, um sich lohnende Ziele zu setzen und sie mit Konsequenz zu verfolgen. Einige ihrer Blumen sahen das ebenso, sie machten ein Geschäft mit der Triebhaftigkeit und manchmal auch der Gefühlsduselei der Männer. Für ihre ausgenommenen Kunden empfand Semire kein Mitleid, Dummköpfe verdienten ihren Reichtum ohnehin nicht. Aber auch die Frauen verschätzten sich zuweilen und dann verdarben ihnen gebrochene Herzen und traurige Blicke die Einnahmen.

Natürlich hatte Semire darüber nachgedacht, was passieren würde, wenn sie eine Partie Flug und Fall verlöre. Sie hatte sich genau erklären lassen, wie eine Frau die Schwämmchen verwenden musste, um unerwünschte Folgen zu vermeiden. Sie hatte erwogen, diese Erfahrung tatsächlich einmal zu machen, wenn ein Mann sich mit ihrem Verstand messen konnte. Wäre er allzu hässlich, hätte sie ihm Geld geboten, um sich freizukaufen. Aber bislang war nie einer in den *Lustgarten* gekommen, der Flug und Fall gegen sie gewonnen hätte, und so hatte sie diese Entscheidung nie treffen müssen. Nunmehr dreißig Jahre alt, zog Semire Stolz aus ihrer Jungfräulichkeit. Sie war auf keinen Baron hereingefallen, auf keinen prahlerischen Abenteurer, auf keinen vermögenden Lustgreis und keinen Galan, dessen Poesie die Leere seiner Gedanken hinter blumigen Versen verbarg.

Aber Brotan verführte sie zu Gedanken, die ihr fremd waren. Und nicht nur ihren Verstand, auch ihren Körper. Ihre Brüste fühlten sich ungewohnt hart an, als wollten sie sich ihm präsentieren. Eigentlich hätte sie das als erniedrigend empfinden müssen, als wollte ihr Körper sie entmündigen. Aber dafür war die Vorstellung zu verlockend, Brotans kräftige Hände könnten sie umfassen, ohne jede Mühe auf ein Bett werfen und ihre Formen erkunden, fordernd und zärtlich zugleich …

Während Brotan unten auf dem Sand mit einer gewaltigen Stachelkeule ausholte, klappte Semire den Handfächer wieder auf und wedelte sich Luft zu. Das verstand der Diener hinter ihr als Aufforderung, den Stangenwedel intensiver zu bewegen. Ein unangenehmer Luftschwall traf sie im Nacken.

Brotan schlug nicht zu. Nochmals wich er aus. Die Sonne

blitzte auf dem kupfernen Winkel, der ihm einen Teil des Kiefers ersetzte.

Der Bär brüllte. Flocken gelblichen Speichels flogen aus seinem Maul. Er ließ sich auf alle viere herab.

Semire bedauerte, nicht näher am Sand zu sein. Gern hätte sie Brotans Gesicht besser gesehen. Bildete sie sich den überlegenden Ausdruck darauf nur ein? Semire hatte oft genug auf dem Fechtboden gestanden, um zu wissen, dass ein guter Krieger ebenso viel Kraft in seinem Verstand brauchte wie in seinen Muskeln. Sie hätte jetzt gern diese grauen Augen gesehen, die ihr nicht mehr aus dem Sinn gingen, seit man die neuen Gladiatoren im Festsaal präsentiert hatte. Jemand, der eine so schwere Waffe wie die Keule mit solch offensichtlicher Leichtigkeit schwang, konnte mit seiner rohen Kraft die meisten Gegner beherrschen. Vielleicht sogar alle, denen er jemals begegnete. Aber Semire ertappte sich bei der Hoffnung, dass das nicht alles war. Dass Brotan noch mehr in sich hatte. Noch eine andere Form von Stärke.

Trotz der Hitze des Tages schauderte sie im nächsten Luftschwall. Was sollten diese Gedanken? Der Mann dort unten mochte gefällig anzusehen sein, aber er war ein Feind. Ein Besiegter dazu, im Grunde hilflos. Er konnte Semire nicht von Nutzen sein. Ob er über den Bären triumphierte oder von der Bestie zerrissen wurde war nur insofern relevant, als ein interessantes Schauspiel den Pöbel auf den Rängen für das Tiefe Haus Schneegrund gewinnen sollte.

Semire bot ihre Willenskraft auf, um den Blick vom Sand zu lösen. In der eisenbeschlagenen Loge der Schwertgrats war niemand zu sehen. Der Gebietsverlust, den die Fehde ihm beigebracht hatte, war eine Demütigung für das andere Haus. Die Schwertgrats versuchten, Ehre und Wohlwollen zurückzugewinnen, indem sie sich mehr als alle anderen im Kampf gegen die Gravilier hervortaten. Niemand schickte so viele Söldner und auch Haustruppen nach Süden wie sie. Der Arena blieben sie jedoch fern. So ersparten sie sich die Schmährufe des einfachen Volkes, das ihnen Geiz vorwerfen würde, weil sie kein Blut beisteuerten, um den Durst der Menge zu stillen. Alle anderen Tiefen Häuser übergaben an diesem Tag neue Gladiatoren an den Blutmeister der Arena, der sie dem Pöbel vorführte.

Semire hätte Triumph fühlen sollen, aber das tat sie nicht, obwohl ihr klar war, dass dies *ihr* Erfolg war. Sowohl mit dem Schwert auf dem Schlachtfeld als auch mit dem Weinglas in geheimen Gesprächen hatte sie ihr Tiefes Haus zum Sieg geführt. Ihr Vater hatte gesagt, es sei nicht wichtig, wer eine Fehde beginne, sondern wer sie beende. Einfältige Weichlinge verstanden das als Aufforderung zur Friedfertigkeit. In Wirklichkeit beschrieb es, dass der Sieg alles war, was zählte. Der letzte Hieb entschied einen Schwertkampf, nicht weil die Kontrahenten plötzlich ihre Zuneigung füreinander entdeckten, sondern weil der Stahl einen von ihnen niederstreckte.

Das Blinken von Tarimas Silberohr holte Semires Gedanken zurück in die Gegenwart. Sie zwang sich, nicht hinunter in die Arena zu sehen. Klüger wäre es, die Zeit zu nutzen, um ihre Position zu stärken. Selbst, wenn es nur um die Festigung der Treue eines ohnehin loyalen Hauses wie das der Eichfrosts ging.

»Gute Tarima, ich habe dieses Kleid noch gar nicht an Euch gesehen.« Innerlich verdrehte sie die Augen. Hoffentlich klang sie nur ihn ihren eigenen Ohren so affektiert! »Ich nehme an, Ihr habt es kürzlich schneidern lassen?«

Mit unübersehbarem Widerwillen wandte sich Tarima von Brotans Kampf ab, doch sie wusste, dass sie Semire die volle Aufmerksamkeit schuldete. »Ich trage diese Festkleidung für Domor. Für den Moment, in dem der Barbar stirbt, der ihn ermordet hat.«

Semire zwang sich zu einem Lächeln, das wohlwollend wirken sollte, und sah nun doch wieder auf das Kampffeld. Wenn sich Tarima auch den Konventionen fügte, würde sie ein Gespräch doch nicht enger an Semire binden, falls sie dadurch verpasste, was sie so ersehnte: den Anblick der Bärentatzen, die Brotans Einzelteile im Sand verstreuten.

Aber der Krieger wirkte so unglaublich stark, dass Semire den Atem anhielt. Feiner Schweiß glänzte auf seiner Haut. Sie kannte das von ihren eigenen Kämpfen. Zwar trug sie immer eine Rüstung, aber man fühlte, wie sich der Körper erwärmte, wie die Muskeln geschmeidig wurden, wie die Sinne den Gegner umfingen, als wären sie Seile, die ihn fesseln wollten. Sie sah Brotan an, dass er bereit war. Wahrscheinlich hörte er die Menge gar nicht, die allmählich unruhig wurde, weil sie Blut spritzen sehen wollte. Etwas, das die Eisenstacheln an der Keule ebenso versprachen wie die gebogenen Krallen des Bären.

»Ungewöhnlich, dass er gleich bei seiner Einführung gegen ein solches Monstrum antritt«, meinte Semire.

Da sie nicht direkt angesprochen wurde, war es statthaft, dass Tarima den Blick bei den Kämpfenden ließ. »Derrek hat diesen Bären gemeinsam mit Tarin und ein paar anderen gefangen. Er drohte, Graf Quilûns Sohn zu töten.«

Das Zucken eines Lächelns verriet Semire, dass die Münzen, die für diesen Auftakt bezahlten, aus Tarimas Schatulle stammten.

»Ich habe ihm geschworen, ihm die Augen auszukratzen und in die leeren Höhlen zu spucken«, sagte Tarima. »Ich ehre jeden Schwur, sogar gegenüber einem Barbaren.«

Die Menge schrie auf, weil Brotan einen Ausfallschritt nach links machte. Damit brachte er sich neben die Bestie, wobei er den Umstand nutzte, dass diese einseitig erblindet war. Die Stachelkeule riss tiefe Striemen in den Brustkorb.

Der Aufschrei wurde zu einem Jubelsturm. Endlich färbte Blut den Sand. Einem Schwall folgte ein kontinuierlicher Strom. Der Bär trottete weg von Brotan und zog dabei eine rote Spur.

Ein erfahrener Gladiator hätte nun wohl Abstand gewonnen und die Huldigung mit emporgereckten Armen entgegengenommen. Es war wichtig, die Menge zu respektieren und zu zeigen, wie bedeutsam man ihre Zustimmung nahm. Zuweilen entschied der Pöbel über Leben und Tod eines Besiegten, dann hing alles vom Wohlwollen ab, das der Unglückliche in vorhergehenden Kämpfen erworben hatte.

Brotan jedoch war ein Krieger, kein Unterhaltungskünstler. In den Gefechten gegen die Schwertgrats hatte Semire gelernt, dass man jede Gelegenheit nutzen sollte, einen Kampf im eigenen Sinne zu entscheiden. Nichts war dem Schlachtenglück fremder als Treue.

Brotan verfolgte seinen Gegner mit schnellen Schritten.

Semire hielt den Atem an, weil er dabei jede Deckung vernachlässigte. Er hielt die Stachelkeule mit beiden Händen gefasst und holte damit über dem Kopf aus, und zwar so weit, dass die Waffe hinter seinem Rücken abfiel. Brotans Rumpf war gespannt wie ein Bogen, die Muskeln an Brust und Armen traten wie Taue hervor.

Der schwere Kopf des Bären schwang herum, als sei er eine Kugel, die nicht zum Körper gehörte. Das Tier brüllte.

Unbeirrt schlug Brotan zu wie jemand, der aufs Äußerste entschlossen war, einen Klotz Eisenholz mit einem einzigen Axthieb zu spalten. Knochen krachten, wohl Wirbelsäule oder Rippen, als die Stachelkeule auf den Rücken prallte.

Semire sprang so plötzlich auf, dass ihr Kopf gegen den Wedel des Dieners stieß. Sie beachtete es nicht.

Die Menge sah wohl nur das spritzende Blut, aber Semire erkannte, wie präzise Brotan getroffen hatte. Er hätte noch näher an den Bären herankommen können, aber dadurch hätte er Schwung vergeudet. So war exakt der vorderste Bereich des stachelgespickten Kopfes in den entstellten Leib geschlagen. Die Eisendornen waren vollständig eingedrungen.

Genau das erwies sich als verhängnisvoll. Der Bär musste tief verwundet sein und unglaubliche Schmerzen leiden, aber tot war er nicht. Mit ihrer ganzen Kraft und erstaunlicher Gelenkigkeit warf sich die Bestie herum und entriss Brotan die feststeckende Waffe.

Der Krieger fiel und wäre beinahe unter dem riesigen Tier begraben worden. Gerade noch vermochte er sich außer Reichweite zu rollen, als die Tatze in den Sand schlug.

Tarimas Fächer erstarrte. Sie schmunzelte. Sie war wohl die Einzige, die noch die Ruhe bewahrte.

Selbst jetzt bewies Brotan Umsicht, indem er sich auf der blinden Seite hielt. Mit einer Geschmeidigkeit, die bei einem so muskulösen Körper unmöglich schien, kam der Krieger übergangslos aus der Rolle auf die Füße.

Semire mahnte sich selbst, dass Würde die vordringlichste Tugend einer Adelsdame war. Sie gab vor, mit ihrem Aufstehen eine Absicht verfolgt zu haben, indem sie ihren Sessel verließ, zwei Stufen hinabstieg und sich neben Tarima setzte.

Brotan hielt Abstand von dem wütenden Untier, dessen linkes Vorderbein mehrfach wegknickte.

Semire fragte sich, ob es Brotan gelingen konnte, die Stacheln der Keule wieder aus dem Fleisch zu ziehen. Offenbar versuchte er, eine Gelegenheit herbeizuführen, die Waffe zu packen zu kriegen. Er vertraute wohl nicht darauf, dass der Bär verblutete, obwohl der rote Lebenssaft bereits Lachen bildete.

Tarimas Gesicht war nun wieder wie gemeißelt, ohne Lächeln.

»Worin liegt Eure Verbundenheit zu diesem Mann?«, fragte Semire. »Weswegen messt Ihr ihm solche Bedeutung bei?«

Tarima verdeckte ihre Lippen mit dem Fächer. Es mochte eine Angewohnheit sein, Hofdamen pflegten derartige Vorsicht. »Wenn Verlassenheit und Wut die beiden letzten Dinge sind, die Ihr fühlen könnt, Herrin, dann wählt Ihr die Wut, wann immer sich die Gelegenheit ergibt.«

»Dieser Barbar gibt Eurer Wut ein Gesicht, nehme ich an.«

»Und zugleich ist er der Grund meiner Verlassenheit.«

Semire nickte, obwohl sie sich fragte, was Tarima bliebe, wenn sich ihr Wunsch erfüllte und Brotan tatsächlich einen frühen Tod fand. Die Befriedigung, die Augen aus dem Kopf zu schneiden … Aber dann? Nur noch Verlassenheit?

Doch in Semire regte sich nicht die Sorge um die Baronin. Noch nicht einmal die Berechnung, wie sie Tarimas Empfindungen nutzen könnte, um Haus Eichfrost enger an Haus Schneegrund zu binden, sie sich zu verpflichten. Sie wollte nicht, dass Brotan starb. Sie wollte ihn berühren, die flache Hand auf diese starke Brust legen und spüren, wie das Herz darin schlug, wild und kraftvoll. Über den Kupferwinkel seines Kinns streichen. Sie wusste, dass ihr ein solches Erlebnis bei keinem ihrer Ziele nützte. Aber dieses Wissen half ihr nicht, die Sehnsucht zurückzudrängen. Dabei erwartete sie bestenfalls ein flüchtiges Vergnügen, vielleicht auch eine Enttäuschung. Schlimmstenfalls würde Quilûn eifersüchtig werden. Ihre Verlobung würde bald bekannt gegeben, sobald die wichtigsten Adligen vorab informiert waren.

Wollte sie diesen Barbaren vielleicht genau deswegen, weil sie bald eine verheiratete Frau wäre? Quilûn hatte zugestimmt, dass es sich um eine reine Zweckehe handeln würde. Als Mann langweilte er sie viel zu sehr, als dass sie ihm jemals gestatten würde, sie zu berühren, und das war ihm hoffentlich klar. Wollte Semire sich dennoch beweisen, dass sie allein die Entscheidung traf, zu wem sie sich legte?

Sie schrie auf, weil Brotan in einem kühnen Manöver unter den Pranken des Bären hindurchtauchte. Zu spät riss Semire ihren Fächer vor den Mund.

Die Tatzen wühlten den Boden auf. So viel Sand spritzte empor, dass Semire nicht genau sah, was geschah. Sie hörte das Brüllen des Monstrums und die Schreie der Menschen. Unheimlich aber war ihr nur Tarimas kalte Ruhe.

Die Keule lag in einer Pfütze aus Blut, Fleischbrocken hingen an den Stacheln. Brotan beachtete die Waffe nicht, er saß weit vorgebeugt auf dem Rücken des Bären. Mit den Schenkeln klammerte er sich fest. Die Arme lagen um den kurzen Hals des Tiers. An den geschwollenen Muskeln erkannte Semire, dass er gnadenlos würgte.

Das Brüllen des Bären wurde zu einem wütenden Röcheln.

Mit einem Ruck verlagerte Brotan sein Gewicht und riss dabei an seinem Würgegriff. Bildete er sich etwa ein, das Genick seines Gegners brechen zu können?

Der Bär richtete sich auf.

Brotan wirkte wie ein Krieger auf einem widerspenstigen Ross, der sich auf keinen Fall abwerfen lassen wollte. Blut aus der Rückenwunde strömte über seine Schenkel.

Das Tier fiel zurück auf die Vorderläufe und schüttelte sich.

Brotan hielt den Würgegriff.

Der Bär stapfte zur Mauer, die den Kampfbereich einfasste.

Wollte er sich daran scheuern? So wurden diese Tiere doch lästige Käfer los, die sich in ihrem Pelz festsetzten.

Brotan war kein Insekt. Semire erkannte nicht, wie er es machte, aber er glitt seitlich vom Rücken, ohne den Würger zu lösen, und riss den Bären tatsächlich um! Donnernd schlug der schwere Leib auf den Boden.

Einmal noch ruckte Brotan, alle vier Beine seines Gegners traten in die Luft, dann knickte der Bärenkopf in unnatürlichem Winkel ab und das Tier lag bewegungslos. Heftig atmend stand der Krieger auf und trat zurück.

Mehrere Herzschläge war es totenstill in der Arena.

Semire klappte ihren Fächer zusammen, vorsichtig, Rippe für Rippe, als wäre jedes Geräusch ein Sakrileg.

Brotan hob seine Keule auf und ging zur Tür, die in die Katakomben führte. Das Blut des Bären klebte überall an seinem Körper.

Ein einzelner Ruf löste den Jubel der Menge aus. Männer, Frauen, Greise, Kinder, Krüppel und Kaufleute, Adlige und Elende grölten und riefen. Man schlug sich gegenseitig auf Rücken und Schultern, zeigte hinab auf den toten Bären, erinnerte einander an die Einzelheiten des gerade Gesehenen.

Tarima erhob sich. Mit spitzen Fingern ordnete sie die Falten ihres Kleides. Ihr Gesicht war vollkommen ausdruckslos.

Aber Semire war von der Erleichterung überwältigt. Sie konnte unmöglich schweigen. »Die Menge scheint unserem neuen Gladiator gewogen.«

Brotan verließ die Arena, ohne den Jubel zu beachten.

Tarima nestelte am Knoten ihres Trauerbands. »Nichts ist so trügerisch wie die Gunst des Pöbels.« Sie blinzelte in die gleißende Sonne. »Ein schönerer Tag wird kommen.«

VIER

Liebe

Quilûn trat einen Schritt vor, bis an den Rand der umlaufenden Innenterrasse. Das Pochen eines Herzens übertönte das Gemurmel der Festgesellschaft, die sich hier, im Dom der Freiheit, zu seinen und Semires Ehren versammelt hatte.

Unmittelbar vor ihm klaffte das fünfzig Schritt durchmessende Loch, in dem sich ein Abgrund auftat. Senkrecht unter ihm war fünfhundert Schritt tief nur Luft, dann kam der Grund der Sonnenschlucht. Jetzt, zur Mittagsstunde, war sie vollkommen ausgeleuchtet. Das Grün von Büschen und Baumkronen tupfte die hellgrauen Felsen, deren Wölbungen milde Schatten warfen. Ein Nebenarm des Almahn schlängelte sich durch die Landschaft, die Sonne glitzerte auf den Wellen des bergauf strömenden Flusses.

Quilûn tat einen beherzten Schritt hinaus in die Leere. Er hielt den Atem an, drei Herzschläge lang, bis er Vertrauen fasste, dass er wirklich nicht fiel.

Ein Gefühl für die Höhe bekam Quilûn nur, wenn er nach rechts schaute. Dort vereinigten sich die Steilhänge der Schlucht, der Almahn sprang plätschernd und gluckernd den Berg empor, um auf einem Plateau, das sich noch weiter oben befand, den Schwalbensee zu speisen. Dieser Hang war fünfzig Schritt entfernt, nah genug, um eine Relation zu Quilûns Position herzustellen, wenn sein Blick dem schroffen Fels nach unten folgte. Der

Boden in der Tiefe dagegen erschien eher wie ein interessant gemusterter Teppich, weil die Vergleichsgröße fehlte. Quilûn kannte das vom Malen: Selbst riesige Gebäude konnten zierlich wirken, wenn man dem Betrachter nichts zeigte, das ihm eine Einordnung erlaubte. Am leichtesten gelang eine solche Relativierung, indem man winzige Figuren neben dem Bauwerk platzierte. Doch von hier oben betrachtet waren auch die Tiere, die dort unten grasten, fremde Formen. Die Schafe ähnelten weißen Mücken, und ob der dunkle Punkt wirklich ein Hirte war, dem er auf den Hut schaute, konnte Quilûn nicht mit Sicherheit sagen.

Quilûn pendelte sachte mit den Armen, was ihn weiter in den Abgrund hinaustrug. Er fühlte sich von aller Schwere der Welt befreit. Seine Beine trugen keine Last mehr, sein Körper hing im Schwebepanzer, einer wunderschönen Leihgabe von Haus Adlerhoch. Der Harnisch setzte sich aus einer Brust- und einer Rückenplatte zusammen, die mit gekreuzten Riemen verbunden waren. In ihren weißen Marmor waren Federn geschnitten. Breite Gurte hielten Quilûns Oberschenkel, Polster bewahrten ihn vor Druckstellen. An die Innenseiten seiner Unterarme waren große Federn aus demselben Marmor geschnallt. Durch Bewegungen, die eine Mischung aus Schwimmen und dem Flügelschlag von Vögeln darstellten, konnte Quilûn durch die Luft gleiten. Es war ganz einfach. Ob auch das Stirnband mit dem steinernen Adlerauge eine Rolle spielte? Vielleicht las es in seinem Kopf, wie er sich bewegen wollte.

Solange er gerade nach unten schaute, konnte er sich der Illusion hingeben, allein im Nichts zu sein. Mehr noch als die Sicht in den Abgrund faszinierte ihn das Gefühl, nirgendwo anzustoßen und keinen Boden zu berühren. Ein milder Luftzug betastete ihn, als wäre er ein Blumensamen, der auf fruchtbares Erdreich getragen werden wollte. Der Wind zupfte auch an den vier langen Schleiern, die an Quilûns Schultern und an seinen Ellbogen befestigt waren.

Wenn Quilûn den Blick hob, sah er den Stolz des Tiefen Hauses Adlerhoch: den Dom der Freiheit. Rund um die fünfzig Schritt durchmessende Leere, in der Quilûn schwebte, versammelte sich die Festgesellschaft auf einer fünf Schritt breiten Innenterrasse. In der Rundmauer prangten riesige Reliefs von Raubvögeln. Adler, Falken und Bussarde waren dargestellt, als hockten sie auf der Terrasse. Ihre ausgebreiteten Schwingen berührten einander und ihre Schnäbel bogen sich hoch über den Köpfen der Menschen aus der Wand. Die Augen waren in kantige Formen geschlagen, sodass die Vögel herrisch blickten. Über ihnen wurde die bislang glatt gestaltete Wand unruhig, sie bildete Wolkenformationen nach. Die Kuppel bestand aus Kristall, durch dessen Trübung der Himmel nur zu erahnen war. Dennoch erfüllte warmes Licht den Dom der Freiheit. Es strahlte von einer aus Gold getriebenen Sonne aus, die man im Scheitelpunkt aufgehängt hatte.

Semire von Schneegrund schwebte Quilûn von der anderen Seite des Doms entgegen. Ihre Gastgeber erfreuten sie, indem sie Semires Vorliebe für Rot berücksichtigten. Ihre Flugrüstung war ähnlich gestaltet wie jene, die Quilûn trug, auch mit den weit ausgreifenden Schwingen am Rückenteil des Harnischs, aber sie war aus rotem Marmor geschlagen. Wenn Quilûn an einen weißen Falken erinnerte, glich Semire einem Milan. Das Stirnband mit dem blutroten Auge hielt ihr das Haar aus dem Gesicht und betonte ihre ohnehin stolze Miene. Im Gegensatz zu Quilûn hielt sie das Kinn erhoben, sie sah nicht nach unten.

Die langen Schleppen, die auch sie trug und deren Tanz im Wind an Farne unter Wasser erinnerte, gehörten nicht zur Flugpanzerungen. Sie schmückten Quilûn und Semire, weil sie sich heute verloben würden. Das halbe Dutzend anderer Gäste, die nun in die Leere traten, war nicht damit ausstaffiert.

Bûna und Erlyk beobachteten das Geschehen von der Terrasse aus. Bûna fand, eine Frau ihres Alters sähe lächerlich in einer Rüstung aus. Sie trug lieber eines der schönen Kleider, die der Hofschneider für sie angefertigt hatte. Erlyk dagegen hatte schlicht Angst. Er nagte an seiner Unterlippe, während er an die Wand gedrückt stand, möglichst weit entfernt vom Abgrund.

Insgesamt waren einhundertundzwölf Adlige anwesend. Die Gästeliste für die Verkündung ihrer Verlobung hatte Semire zusammengestellt. Die Geladenen kamen aus den Tiefen Häusern Schneegrund und Adlerhoch, die einander besonders verbunden waren, aber auch Sturmruf, das Semire nach der Fehde gegen die Schwertgrats enger binden wollte. Es war für jeden einzelnen Gast zugleich Ehre und Bekenntnis, hier zu erscheinen.

Ihr Gastgeber, Graf Subehn von Adlerhoch, war ein Knabe von fünfzehn Jahren. Sein Vater war vor einem Jahr in den Berg gegangen und gehörte nun zu den Unsterblichen. Man munkelte, dass Subehn wünschte, sich vom Joch der Ratgeber zu befreien, die das Tiefe Haus für ihn regierten. Quilûn traute ihm zu, es zu repräsentieren. Er trug eine Rüstung mit schnabelartigen, gebogenen Panzerplatten auf den Schultern, die ihn größer erscheinen ließen. Das Haar hatte er raspelkurz geschnitten, was ihm wegen des kantigen Schädels eine strenge Ausstrahlung gab. Besonders beeindruckten jedoch die Augen mit den beinahe farblosen Iriden. Sie waren auf Quilûn gerichtet. Die linke Hand ruhte lässig auf dem Griff eines an die Hüfte gegürteten Schwertes.

Neben Subehn stand ein Magier, dessen braune Schürze seinen hohen Rang anzeigte. Während er die Schwebenden betrachtete, strich er zufrieden seinen dünnen, bis zum Gürtel hinabreichenden Bart. Quilûn wusste, dass die Flugrüstungen ihre Wirkung nur innerhalb des Doms entfalteten. Sie brauchten die in Form von Netzen gemeißelten Zauber, die in Wandnischen lagen. Da sie aus Sandstein gefertigt waren, hoben sie sich hell gegen den Hintergrund ab. Im Gegensatz zu den Rüstungen zerfielen sie, weswegen der Magier sie erneuert hatte.

Semire erreichte Quilûn. Mit einem Lächeln, das er nicht zu deuten wusste, knüpfte sie das graue Trauerband an seinem Oberarm auf. Sie hielt es zur Seite, sodass alle es sahen, und ließ es fallen. Unterhalb des Doms wurde es zum Spiel der Winde.

Quilûn tat es ihr gleich. Das Band saß fester, als er erwartet hatte, er brauchte eine Weile. Dann aber war auch für die Grafentochter die Zeit der Trauer vorbei.

Semire wirkte nicht wie jemand, der vergangene Ereignisse bedauerte. Sie sah entschlossen in die Zukunft, und es mochte auch eine Bedeutung haben, dass sie nicht nach unten schaute. Quilûn begriff besser als je zuvor, dass er für sie nur eine Spielfigur war. Er wunderte sich darüber, dass ihn das nicht störte. Es konnte daran liegen, dass er eine *wertvolle* Spielfigur war, die durch keine andere zu ersetzen war und daher auch nicht zerbrechen durfte. Semire musste bewusst sein, dass sie als Witwe alle Macht verlöre, die ihr als Gemahlin eines Grafen zufiele, dem die Gepflogenheiten der Macht unbekannt waren.

Noch etwas anderes fiel ihm auf: Semires Schönheit. Natürlich hatte er die schlanke Gestalt, das seidige rote Haar, die angenehmen Rundungen und die edlen Gesichtszüge schon vorher bemerkt. Aber jetzt begriff er, dass dies nur so etwas war wie ein Lampenschirm, durch den das darin aufgestellte Licht schien. Dieses Licht war Semires Charakter. Sie inspirierte die Menschen in ihrer Nähe und zugleich konnte sie ihnen Angst machen. Sie wusste genau, was sie wollte und wie sie es bekam. Semire war die geborene Anführerin. Es war eine erhabene, manchmal auch harte Art von Schönheit, die sich in ihrer Miene und in ihren Gesten ausdrückte.

Nahm Quilûn sie in diesem Moment so bewusst wahr, weil sie sich nun die Heirat versprechen würden? Oder lag es an der Quadra, die seine Sinne erweiterte? Semire hatte ihm ein weiteres Tuch besorgt. Vor dem Aufbruch im heimatlichen Palast hatte er sich einen Zug gegönnt.

Derrek Eichfrost schwebte hinter Semire heran. Der grobe Mann beeinträchtigte die feierliche Stimmung, weil seine schwarzen, rabenhaften Steinflügel gegen die von Semire krachten.

Sie ignorierte es und streckte ihre Hand zur Seite, auf Derrek zu.

Er legte einen Dolch in einer edelsteinbesetzten Silberscheide hinein. Das Licht aus der Goldsonne funkelte in Saphiren, Smaragden und vor allem dem taubeneigroßen Diamanten, der den Knauf bildete.

Sie griff die Waffe mit den Fingerspitzen beider Hände und bot sie Quilûn dar. »Du sollst mein Gemahl werden. Ich begebe mich in deinen Schutz.« Die Worte sprach sie ernst, aber er sah den Schalk in ihren Katzenaugen blitzen.

Quilûn nahm den Dolch. Semire hatte ihm zu einem mannhaften Zupacken geraten, und er versuchte, dem gerecht zu werden. Zudem griff er fest zu, weil er verhindern wollte, dass ihm der Dolch entgleiten und fünfhundert Schritt tief fallen könnte.

Es ging gut. Quilûn steckte die Scheide in das vorbereitete Gehänge an seinem Gürtel.

Es war wohl ein Zeichen dafür, dass die Unstimmigkeiten zwischen Lichtmeister und Landvogt beigelegt waren, dass Doryam von Schneegrund ihm den Fächer gab, den die Tradition als Gabe für die Verlobte vorsah. Semire hatte ihn selbst ausgesucht. In den elfenbeinernen Stäben funkelten kleine Brillanten. Hellblaue Spitze fasste den weißen Stoff ein. Ungewöhnlich waren die als Schneekristalle gestalteten Enden der Stäbe. Sie waren so glänzend poliert, dass erst bei genauer Betrachtung auffiel, dass sie aus Waffenstahl geschmiedet waren.

Quilûn reichte Semire den Fächer mit den Fingerspitzen. »Deine Ehre ist nun meine Ehre«, verkündete er. »Bewahre sie gut.«

Mit einer huldvollen Geste nahm sie die Gabe entgegen, klappte den Fächer auf, führte ihn in eleganten Schwüngen, legte ihn wieder zusammen und schob die Schlaufe über ihr rechtes Handgelenk.

»Wer gegen diese Verbindung etwas vorzubringen hat«, rief Subehn von Adlerhoch mit für seine Jugend ungewöhnlich fester Stimme, »der spreche binnen zweier Wochen! Sind diese beiden einander dann noch immer in Liebe verbunden und kein Gesetz und keine Sitte trennt sie, dann sollen die Ahnen des Tiefen Hauses Schneegrund sie vermählen!«

»Denkt ihr, Brotan ist einer von euch?«, rief Beretton in den Aufenthaltsraum der Gladiatoren hinein. Er rollte seine Peitsche in Schlaufen auf und legte sie neben sich auf den Steinblock, der als Bank diente. Er streckte die Beine aus. Sein Grinsen verriet die Vorfreude des Aufsehers. Auch die hellen Glasperlen, die er heute an den Enden seines Schnurrbarts trug, wirkten besonders fröhlich.

Brotan ahnte, was jetzt kam. Er kannte die oftmals rauen Aufnahmerituale, mit denen eine Einheit aus Kämpfern neue Kameraden in ihrer Mitte willkommen hieß. Sein Sieg über den Bären verschaffte ihm Anerkennung. Man durfte davon ausgehen, dass er nicht so bald auf dem Sand bliebe.

Draußen musste es regnen, Wasser fiel aus den Löchern in der Decke, plätscherte auf den Boden und lief durch die Rillen ab. Wo es niederging, ließen die knapp einhundert Gladiatoren, die sich nun in dem runden Raum aufstellten, Lücken. Einige stiegen auf die Steinblöcke, die eigentlich als Sitzgelegenheiten gedacht waren, um Brotan auch aus größerer Entfernung sehen zu können. Überhaupt sahen alle zu ihm herüber, manche herausfordernd, andere neugierig oder lauernd, wenige auch respektvoll. Diese Männer waren Raubtiere, sie wollten die Rangordnung klären.

Brotan stellte sich nah an eine Wand, damit ihm niemand in den Rücken fallen konnte. Was immer sie vorhatten, er würde dafür sorgen, dass sie sich lange an diesen Abend erinnerten. »Wie läuft das hier? Ihr fallt über mich her wie Schmeißfliegen über einen Bullen?«

Natürlich wäre er dann im Nachteil, aber immerhin konnten ihn höchstens drei Gegner gleichzeitig angehen. Es wäre eine Frage der Ausdauer, und er müsste seine Angreifer so vor sich ziehen, dass sie ihn vor den Schlägen der Nachrückenden deckten.

»Aber nicht doch!« Beretton lachte. »Du bist nicht mehr in der Wildnis, Gravilier. Hier geht es gesittet zu. Jeder nur einen Schlag und du darfst deinerseits mit einem Schlag antworten. Nur Feiglinge blocken.«

Misstrauisch sah Brotan dem Ersten entgegen, der sich ihm näherte. Es war Gastos, mit dreißig Jahren fünf Jahre älter als er selbst und unter den Gladiatoren so etwas wie ein geachteter Vater. Über den ölglänzenden, bis auf einen Schurz nackten Körper zog sich ein Gewirr von Narben, vor allem an den Armen und den Beinen, die von den üblichen Rüstungen schlechter geschützt wurden als der Rumpf. An der linken Flanke musste es ihn einmal schwer erwischt haben. Dort wucherte ein Wulst aus einer offenbar damals hastig versorgten Narbe, die so lang war wie ein Unterarm.

Gastos grinste schief.

Brotan achtete auf die Schultern seines Gegenübers. Als sie sich bewegten, spannte er die Bauchmuskeln an.

Gastos' Faust schlug dagegen. Brotan spürte den Druck und ein kurzes Brennen, vor allem aber die Festigkeit seiner eigenen Muskulatur.

Nun war es an ihm, zu grinsen. Er ballte die Rechte zur Faust und wählte seinerseits den Bauch als Ziel.

Gastos nahm dem Hieb einen Teil der Wucht, indem er leichtfüßig blieb und sich nach hinten schieben ließ. Er nickte Brotan zu und trat zur Seite.

Als Zweite war Umirea an der Reihe. Sie hatte ihr Haar in strenge Zöpfen gebunden, die sie eng an den Kopf gelegt hatte. Für eine Frau war sie sehr muskulös. Die Rüstung, die sie für gewöhnlich trug – mit viel größeren Wölbungen, als ihre Brüste eigentlich rechtfertigten –, regte die schmutzigen Fantasien der Zuschauer an.

Sie holte aus und Brotan spannte seine Muskulatur vor.

Statt zuzuschlagen, schnellte sie jedoch mit dem Kopf vor und drückte ihm einen Kuss auf die Lippen.

Verwirrt zuckte Brotan zurück.

Jetzt kam der Schlag, und die Faust rammte wesentlich schmerzhafter in seinen Bauch, als das Gastos zuvor gelungen war.

Er ächzte und die Gladiatoren bekundeten grölend ihren Beifall.

Auch Brotan konnte der grinsenden Umirea die Anerkennung nicht verwehren. Sie hatte ihn überlistet. Er schlug nicht fester zu als bei ihrem Vorgänger.

Den Namen des dritten Gegners kannte er nicht. Seine sehnige Gestalt ragte so hoch auf, dass er auf Brotan herabblicken konnte. Schwarzes Barthaar wucherte auf die Brust hinab.

Brotan stellte sich auf einen weiteren Schlag ein. Diesmal aber erkannte er schnell, dass auch der bärtige Mann versuchte, ihn zu küssen, und pendelte zur Seite weg.

Die Gladiatoren lachten, an diesem Abend wurde ihnen wirklich etwas geboten.

Mit einem säuerlichen Grinsen nahm Brotans Gegenüber erneut Aufstellung. Diesmal schlug er ohne Spielchen zu. Es war der bislang schwächste Hieb.

Brotan beschloss, ihm eine kleine Lehre zu erteilen, weil er seinen Spott mit ihm hatte treiben wollen, und stieß die Faust fester vor.

Der Mann ächzte, und als er sich in die Menge zurückzog, hielt er sich den Bauch.

Einer nach dem anderen tauschte einen Schlag mit Brotan. Für sich genommen war kein Treffer eine Herausforderung, aber in der Summe ermüdeten die Hiebe seine Muskulatur. Die letzten Attacken spürte er wesentlich stärker als die ersten und das Brennen wich nicht mehr aus seiner geröteten Haut. Ab und zu benutzte er die linke Faust für seine Erwiderung.

Als Letzter war Elaimon an der Reihe. Die Zuschauer nannten ihn Ohne-Namen, wie Brotan erfahren hatte, weil der Jüngling seine adlige Familie hinter sich gelassen hatte, um Gladiator zu werden. Er schlief jetzt, Brotans Rat folgend, in einer Hängematte, wie alle anderen Gladiatoren auch. Seinen Bart ließ er aber noch immer von einem Barbier trimmen. Freundlich lächelte er Brotan an.

Dieser nickte und bereitete sich auf den Schlag vor.

Elaimon schien etwas auf dem Boden zu bemerken, sein Kopf zuckte zur Seite.

Brotan folgte seinem Blick.

Diesen Moment der Ablenkung nutzte Elaimon für einen Hieb, der viel stärker ausfiel, als Brotan ihm zugetraut hätte. Außerdem traf er nicht den Bauch, wie die Mehrzahl der Kontrahenten vor ihm, sondern die kurze Rippe auf der linken Seite, was in einem schmerzhaften Stich resultierte.

Brotan knickte im Oberkörper ein und machte einen Seitwärtsschritt – seine stärkste Reaktion auf die Angriffe.

Die Gladiatoren jubelten.

Die harte Attacke durch Elaimon verwirrte Brotan ebenso wie dessen selbstgefälliges Grinsen. Er erwiderte mit links und nur mit mäßiger Kraft.

Der junge Mann steckte den Schlag mühelos weg.

Jetzt kamen alle Gladiatoren zu Brotan, umringten ihn und hießen ihn als einen der Ihren in ihrer Mitte willkommen. Sie wussten, dass sie ihm möglicherweise einmal auf Leben und Tod gegenüberstehen würden, aber die meisten wünschten wohl, dass sie als Verbündete auf den Sand treten würden, entweder gegen Bestien oder gegen andere Gladiatoren. Freunde waren sie nicht, Kameraden auch nicht, aber doch Schicksalsgefährten.

Als sich die Menge auflöste, nahm Elaimon Brotan auf die Seite. »Du hast dich sehr gut geschlagen«, lobte er. »Die meisten gehen spätestens nach der Hälfte ein paarmal in die Knie.«

»Dein Schlag hätte das fast geschafft«, behauptete Brotan.

Elaimon bemerkte die Übertreibung nicht. Er war ein guter Kämpfer, aber so herausragend, wie er sich selbst sah, war er nicht. Seine Kraft würde sich niemals mit der von Brotan messen können, dafür war er schlicht zu klein. Hätte Brotan es gewollt, hätte sein Hieb Elaimons Rippe gebrochen.

»Lass uns feiern gehen«, raunte Elaimon ihm zu. »Wir sind eingeladen.«

Brotan lachte auf. »Wo? Im Baderaum?«

Elaimon verdrehte die Augen. »Nicht in den Katakomben. Im *Lustgarten*, einem Freudenhaus, das diesen Namen verdient. Ich weiß nicht, wer dafür zahlt, aber die Rose hat mir persönlich gesagt, dass du erwünscht bist.«

»Und wer ist diese Rose?«, fragte Brotan skeptisch.

»Die Besitzerin. Aber diese Beschreibung wird ihr nicht gerecht. Sie ist …« Er winkte ab. »Du wirst es verstehen.«

»Vielleicht hast du es in deiner Begeisterung übersehen, aber ich bin unfrei. Ich werde der Einladung schlecht folgen können.«

»Das ist eine Frage des Silbers.« Elaimon zwinkerte. »Damit bezahle ich auch einen Wächter, oder zwei, damit du nicht abhandenkommst. Das Geld, das mir die Rose gegeben hat, reicht dafür.«

Brotans Blick suchte Beretton. »Und er lässt das zu?«

Elaimon zuckte mit den Achseln. »Auch für ihn werden sich ein paar Münzen finden. Außerdem«, er tippte in den Kreis kleiner Narben auf Brotans Brust, »glaubst du doch nicht, dass die Magier dich nicht zur Strecke bringen könnten, wenn dir dumme Gedanken kommen sollten?«

Brotan schauderte. Er fühlte den Druck des Steinkäfigs bei jedem Pochen seines Herzens.

Eigentlich hätte Kyrin lieber ihre Erkenntnisse zu den Gezeiten der Macht vertieft, als auf einem Esel durch den Wald zu reiten. Aber derzeit hatte sie dazu keine Möglichkeit.

An die Karte der großen Tiefen, die sich in der Magierwerkstatt befand, kam sie nur in Begleitung Abuliars heran. Der alte Zauberer litt jedoch unter dem Verlangen nach Traumblüten. Kyrin war überrascht von der Heftigkeit, mit der sein Körper reagierte. Für einige Tage war er ihr gesundet erschienen, aber jetzt war er nicht nur blind, sondern auch beinahe taub, konnte seine Glieder kaum bewegen und vor allem nur mit Mühe einen klaren Gedanken fassen. Er lag in seinem Palast, wo seine Imagolems und seine Zauber ihn umsorgten, doch seit zwei Tagen war keine Besserung zu erkennen.

Bei Buldagohm kam Kyrin ebenfalls nicht weiter. Das lag zu einem Großteil daran, dass sie vorsichtig war, was sie ihm offenbarte. Zwar glaubten Abuliar und sie, in der großen Karte die Ausführungen des Gravioners bestätigt gefunden zu haben. Es gab merkwürdige Hohlräume im Berg, und an einigen Stellen wirkte die Karte so, als sei sie absichtlich unscharf gehalten. Doch wie sollte sie Buldagohm weitere Informationen entlocken? Er verlangte inzwischen stur, dass die Seinen aus dem Dunkelsee geborgen werden sollten. Und wenn Kyrin die Unmöglichkeit dieses Vorhabens erklärte, lief sie Gefahr, dass er begriff, wie uneins die Tiefen Häuser des Bergs untereinander waren.

Sie seufzte innerlich und versuchte, sich mit dem Gedanken zu trösten, dass es momentan vielleicht sogar wichtiger war, auf einem Esel durch den Wald zu reiten, als die Gezeiten der Macht zu erforschen. Schließlich waren diese mysteriösen Kräfte auch nur Mittel zum Zweck, etwas, das man möglicherweise als Waffe einsetzen konnte. Aber für den Kampf, um den es ging, für die Auseinandersetzung, die wichtiger war als alle Fehden, fehlte nach Graf Golars Tod der Anführer. Dieser Ausflug konnte zeigen, ob Quilûn dazu werden konnte. Dafür sprach, dass Golar ihn zu seinem Erben gemacht hatte – er musste seine Hoffnung auf den einfachen Maler gesetzt haben. Und dass Golars Traum einen Anführer brauchte, der alles zusammenhielt, bewies der Fehlschlag von Baroness Jasitas Aktionen. Kyrin mochte die junge Witwe und der Gedanke an das Schicksal, das ihr bevorstand, betrübte sie. Jasitas Gefangenschaft im Kerker der Blitzdorns hatte Kyrin einen weiteren Grund geliefert, diesen Ausflug zu organisieren. Vielleicht könnte sie Jasita noch einmal sehen, um sie zu trösten.

Im Moment wartete die Reisegruppe, die aus zehn Kriegern, zwei Fuhrknechten, Kyrin, Quilûn und der kleinen Isrin Winterstahl bestand, die sie als Spielgefährtin für Erlyk mitgenommen hatten. Quilûns Sohn bestaunte einige Blumen, die im Halbschatten unter den Bäumen wuchsen. Sie waren tatsächlich sehr schön, auch wenn Kyrin sie wohl übersehen hätte und einfach vorbeigeritten wäre. Der sonst so trübsinnige Junge lebte in dieser Umgebung jedoch auf. Er hockte im Gras und schnupperte an den hellen, von roten Strichen gezeichneten Blüten.

»Wie wäre es, wenn wir die Stelle markieren?«, schlug Kyrin vor. »Wir könnten eine Kerbe in einen der Bäume schlagen, damit wir sie wiederfinden. Auf dem Rückweg könntest du die Blumen für deine Tante pflücken.«

Bûna hatte sich nicht angeschlossen, sie war zu fasziniert von den Vorbereitungen für Quilûns Hochzeitsfeier. Hätte sie die Arbeiten der Köche und Schneider nicht beobachten können, wäre sie wohl vor unbefriedigter Neugier gestorben.

»Ich will sie nicht pflücken«, sagte Erlyk. »Dann sterben sie doch.«

»Wenn er Blumen mitnimmt, gräbt er ihre Wurzeln aus.« Quilûn saß auf einem Rappen, verfehlte aber die wohl gewünschte Wirkung gräflicher Herrlichkeit, weil er so schlaff im Sattel hing.

Die Krieger waren unberitten. An ihrer Stelle hätte Kyrin die Rast willkommen geheißen, schließlich schleppten sie sich mit Harnischen und Hellebarden ab. Aber die Fehde lag wohl zu kurz zurück, um sich auf einem abschüssigen Waldpfad zu erholen. Wachsam sicherten sie in alle Richtungen, der Leutnant ging den Kreis ab. Vielleicht fürchtete er nicht nur Heißsporne aus dem gedemütigten Haus Schwertgrat. Der Karren mit dem Hausstand und den Gastgeschenken mochte die Begehrlichkeiten von Strauchdieben wecken.

Geduldig wartete Quilûn ab, bis Erlyk alle Blumen bewundert hatte, aufstand und seine Hose abklopfte. So, wie Kyrin Bûna kannte, hätte sie wohl mit dem Jungen geschimpft, weil der kostbare weiße Stoff ein paar Erdflecken bekommen hatte. Quilûn dagegen tätschelte zufrieden den Hals seines Rappen, während Erlyk lächelnd zurück auf den Weg kam und sich von einem Krieger in den Sattel eines Esels heben ließ.

Kallin saß vor Kyrin auf dem Grautier. Die struppige Mähne faszinierte das Äffchen, es zauste sie unentwegt. Die beiden anderen waren bei Isrin auf einem der Karren. Anfangs war es dem Mädchen gelungen, sie mit Trauben dazu zu bringen, Purzelbäume zu schlagen. Mit vollem Magen lausten Lepp und Kell sich lieber gegenseitig.

Sie setzten den Weg fort. Immer öfter sah Kyrin nun ockerfarbene Felsen zwischen dem saftigen Grün des Waldes. Sie zeigte auf einen davon, der wie ein Drachenzahn aus dem Boden ragte. »Bester Sandstein. Genau das, was wir brauchen, um die Sonnenbrücke wiederherzustellen.«

»Sag das nicht zu laut«, scherzte Quilûn. »Wenn die Blitzdorns das hören, werden sie beim Preis nicht mit sich reden lassen.«

»Ich denke, Alita wird Eurem Anliegen gewogen sein«, rutschte es Kyrin heraus.

Verstohlen sah sie zu Quilûn hinüber. Er schien ihr die Bemerkung nicht übel zu nehmen. Im Gegenteil, er lächelte. Der Gedanke an Alita Blitzdorn war ihm offensichtlich angenehm. Im Palast ging man davon aus, dass die beiden eine Affäre hatten, obwohl jeder zu wissen glaubte, dass sich Quilûn auch mit Zimila Eisklamm vergnügte. Ein Umstand, der ihm bei den Männern meist offene, bei den Damen nahezu immer verdeckte Anerkennung einbrachte.

Kyrin bezweifelte, dass Alita ihrem Bruder untreu war, obwohl sie es angesichts der oft herzlosen Behandlung verstanden hätte. Manchmal wünschte sie sich sogar, dass ihre Schwägerin außerhalb des Ehebundes Trost und ein wenig Freude fände. Kyrin fragte sich, ob sie deswegen eine schlechte Schwester war.

Für den Moment erwies sich Quilûns Zuneigung zu Alita als nützlich, selbst wenn sie noch nicht in gleichem Maße erwidert wurde. Sie lockte den Grafen in den Steinbruch der Blitzdorns, ohne vorher Rat einzuholen, der ihm eröffnet hätte, dass der hier gewonnene Sandstein keineswegs der beste war, den es auf dem Berg gab. Es würde starke Haltezauber erfordern, aus diesem Material einen vollwertigen Ersatz für die Sonnenbrücke zu bauen, und es würde wenigstens drei Jahre dauern. Die Architekten müssten die Schlucht zunächst mit Holzkonstruktionen überwinden, bevor überhaupt mit den Steinarbeiten begonnen werden konnte. Ob die alten Fundamente in den Schluchtwänden noch brauchbar waren, musste man noch untersuchen. Und ob die Stabilität ohne die Imagolems gewährleistet wäre, die man in der alten Brücke eingemauert hatte, war ebenfalls ungeklärt.

Angesichts dieser Herausforderungen war es eigentlich noch viel zu früh, um mit den Verhandlungen über die Beschaffung des Steins zu beginnen, zumal der gesamte Berg mit der Abwehr der anrückenden Gravilier beschäftigt war. Ein Graf, insbesondere ein Landvogt, hätte sein Tiefes Haus in dieser Auseinandersetzung positionieren sollen. Dafür sorgen, dass Schneegrund den Ruhm bekäme und andere den höheren Blutzoll in diesem Krieg leisteten.

Aber Kyrin brauchte Quilûn hier. Die Blitzdorns gehörten nicht zu Haus Schneegrund, sondern zu Haus Sturmruf, das schon immer anders mit seinen Untergebenen umgegangen war. In den Minen wurde das besonders deutlich. Hier, abgeschieden vom Trubel der Stadt, wäre der ideale Ort, um zu beobachten, ob Golar auf seinem Totenbett weise entschieden hatte.

Sie hörten die Rufe und Hammerschläge, das Bersten und Poltern des Gesteins schon, bevor sie der Straße aus dem Wald hinaus folgten. Vor ihnen war die Flanke des Berges aufgerissen, eine gewaltige Wunde, eine ockerfarbene Einbuchtung, die nicht nur in die Tiefe ging, sondern auch hinaufnagte. Auf der Jagd nach dem besten Stein hatten die Arbeiter Stollen gegraben, aber auch Gerüste errichtet, deren Gewirr Kyrin an die Siedlung der Tagelöhner in der Stadt erinnerte. Tausende von Zwangsarbeitern wuselten darauf umher, Peitschen knallten, Befehle wurden gebellt. Kräne und Flaschenzüge hievten die nur grob in Form geschlagenen Blöcke auf Karren mit eisenbeschlagenen Rädern, die von Gespannen aus sechs Ochsen gezogen wurden. Das dumpfe Gebrüll der Tiere hallte vom Fels wider. Die zahlreichen von den Werkzeugen geschaffenen Mulden und Aushöhlungen verstärkten und vervielfachten die Geräusche.

Der Hauptbau im Palast der Blitzdorns klebte wie ein Schwalbennest an einem Steilhang. Seine Form ähnelte einer Weinflasche mit dem zentralen Turm als sehr langem Hals. Nebengebäude waren mit waghalsig dünnen Brücken verbunden. Einige davon bewegten sich über dem Abgrund, wenn auch so langsam, dass man es kaum sah. Kyrin wusste es jedoch von früheren Besuchen. Ihr war klar, dass kein Stein ohne Zauber mit dermaßen filigranen Auslegern ein solches Gewicht hätte halten können. Hier waren fähige Magier am Werk gewesen.

Oben auf dem Hauptturm und entlang der Ausleger brannten Feuerschalen. Die Flammen sahen aus wie leuchtende Perlenketten.

»Das ist wunderschön.« Quilûn sah überaus zufrieden aus.

Semire von Schneegrund fragte sich, wieso sie ihn eingeladen hatte. Es wäre klüger gewesen, sich von ihm fernzuhalten. Er beanspruchte einen Platz in ihren Gedanken, der ihm nicht zustand. Es war verrückt! Sie war stolz darauf, wie gut sie ihre Begierden im Zaum hielt, wie diszipliniert sie die Schritte plante und ausführte, die sie dem Gipfel der Macht näherbrachten. Und diesem Barbaren war sie nur einmal kurz gegenübergestanden. Dabei war er mit Ketten gefesselt gewesen, wehrlos …

Der Gedanke erregte sie, als sie jetzt Brotans breite Schultern betrachtete. Heute war er nicht halb nackt, er trug manierliche Kleidung. Natürlich vermochte die grüne Tunika seine gewaltige Kraft nicht zu verbergen, aber es gefiel Semire, dass man nicht alles sah und der Vorstellungskraft Raum gelassen wurde. Wobei ihre Finger dennoch zuckten, als würden sie die Muskelstränge betasten, die sich unter dem Stoff bewegten.

Semire versuchte sich einzureden, dass sie vermutlich enttäuscht wäre, wenn sie ihn nackt sehen würde. So gut, wie sie ihn in Erinnerung hatte, konnte er nicht aussehen.

Aber in der Arena … Natürlich war er weit weg gewesen, doch die Geschmeidigkeit seiner Bewegungen hatte ihr dennoch den Atem geraubt. So schnell … so präzise … so mutig … so stark …

Auch jetzt hatte er die Herausforderung sofort angenommen. Brotan war nicht nur in den *Lustgarten* gekommen – begleitet von Elaimon Ohne-Namen und zwei Aufsehern, die sich an der Theke ein paar Blumen widmeten –, sondern hatte sich auch ohne Zögern auf eine Partie Flug und Fall mit Semire eingelassen.

Wobei er wegen ihres Schleiers, dessen blauer Stoff nicht nur die untere Hälfte ihres Gesichts, sondern vor allem die Färbung ihrer Zähne verbarg, nicht wissen konnte, dass er gegen Semire spielte. Das versetzte ihr einen Stich. Hatte Elaimon ihm auf dem Weg hierher von der Rose erzählt, die noch kein Freier gepflückt hatte? War Brotan nur darauf aus, der Erste zu sein? Oder gehörte er gar zu den Männern, die gedankenlos jede Frau bestiegen, die sich von ihnen in die Kissen drücken ließ?

Hatte er ihre Begegnung im Palast der Schneegrunds, bei der Präsentation der neuen Gladiatoren, vergessen?

Nein, schalt sie sich. Sicher behandelte er jenen Moment nur als das, was er wirklich war: vollkommen bedeutungslos. Nur ein Blick in die Augen, eine flüchtige Berührung, Dinge, denen sie zu viel Gewicht beimaß.

Lichtpunkte glitzerten in dem Geflecht aus Silberfäden, das die pyramidenförmig angeordneten Glasplättchen des Spielfeldes von Flug und Fall aufspannte. Sie zeigten Verbindungen an, entlang derer man die gelben und grünen Dämonenfiguren von einem Plättchen auf ein anderes bewegen durfte.

Brotan nahm eine seiner grünen Figuren und zog sie von der fünften auf die dritte Ebene.

Die Zauber in den eingewebten Onyxfigürchen entfalteten ihre Wirkung. Die Miniaturen von Wegen, Treppen und Brücken drehten sich, und damit auch das gesamte Geflecht, das am Schnabel einer Vogelstatue mit halb ausgebreiteten Flügeln hing. Die Leuchtpunkte auf manchen Silberfäden erloschen, auf anderen schienen neue auf. Einige Glasplättchen klappten weg, andere hoben sich und boten so neue Standflächen.

Auffordernd sah Brotan sie an.

Die Helligkeit aus einem der Leuchtsteine, die weiße Statuen überall im Schankraum dekorativ präsentierten, schimmerte auf dem kupfernen Kieferwinkel … und diese Augen! So grau wie Waffenstahl. Sie erinnerten Semire an die vielen Stunden auf dem Fechtboden. An das erste Mal, als sie eine Klinge geschwungen hatte. Damals war es noch ein Dolch gewesen und Derrek Eichfrost hatte sie unterrichtet. Für ihn war es ein Scherz gewesen, seine größte Sorge hatte darin bestanden, dass sie sich einen blauen Fleck hätte einhandeln können.

Das hatte sie, und nicht nur einen. Wenn andere Damen im Sommer ihre schlanken Arme vorführen wollten, trug Semire lange Ärmel. Ironischerweise beeinflusste das die Mode im Palast der Schneegrunds und, je nachdem, wie viel Ansehen ihr Tiefes Hauses gerade genoss, auch auf dem restlichen Berg.

Das Stahlgrau hatte ihr Schmerzen zugefügt. Aber seine Schläge hatten sie auch abgehärtet. Letztlich hatte der Stahl sie befreit.

Diese Freiheit wollte sie sich auf keinen Fall von den grauen Augen des Barbaren nehmen lassen! Er war nur ein Gladiator, nicht mehr. Was für eine lächerliche Vorstellung, dass jemand ohne jede Bedeutung sie von ihren Zielen abbringen könnte. Gerade jetzt, wo sie der Macht über Haus Schneegrund näher war als jemals zuvor. Sie würde dem Wunsch der Unsterblichen entsprechen und heiraten. Aber keinen Mann, der zu ihrem Herrn werden würde, sondern Quilûn. Einen Maler, einen unerfahrenen Träumer, den sie mit dem Dampf der Quadra belohnen oder ihn unter ihren Willen zwingen konnte, indem sie ihm die Droge vorenthielt. Sicher, sie würde nicht auf dem Grafenthron sitzen. Aber der Adel würde rasch begreifen, dass sie die Entscheidungen traf. Eines Tages, wenn die Umstände günstig wären, würde sie vielleicht doch noch den Platz ihres Vaters einnehmen. Als erste Frau auf dem Berg … Landvögtin eines Tiefen Hauses … Keine Schwärmerei durfte diesen Traum zunichtemachen! Zumal dieser Titel nur ein Beginn war. Wer sagte, dass sich die Tiefen Häuser auf alle Zeit die Herrschaft auf dem Berg teilen mussten? Semire wusste, dass sie fähiger war als die selbstgefälligen Männer auf den Thronen. Und man unterschätzte sie, weil sie eine Frau war. Sie konnte sie alle stürzen, alle zu Vasallen von Haus Schneegrund machen. Aber dazu musste sie entschlossen bleiben.

Sie nahm einen gelben Dämon von der siebten Ebene. Die hockende Gestalt betrachtete ihr spitzzahniges Gesicht in einem Handspiegel.

Über Flug und Fall existierten philosophische Abhandlungen, in denen die Verfasser die Spielfiguren verschiedenen Lastern zuordneten. Diese hier stand für die Eitelkeit.

Semire drehte sie in den Fingern, bevor sie sie auf der dritten Ebene wieder absetzte.

Die neue Figurenkonstellation setzte das Geflecht in Bewegung. Die wegklappenden Plättchen ließen nicht nur vier grüne, sondern auch zwei ihrer gelben Figuren abstürzen – eine mehr, als Semire vorausgesehen hatte. Eine der gelben wurde von einer Glasplatte auf der untersten Ebene aufgefangen, die anderen fünf Dämonen fielen in den gepolsterten Korb.

Buhm, ihr stummer Fechtlehrer, nahm einige Silbermünzen von den Türmchen, die er vor sich aufgestellt hatte, und legte sie klackend in die eiserne Geldkassette. Er hatte ein Gesicht wie ein Stier und eine ebenso massige Gestalt, aber neben ihrem Kontrahenten sah er aus wie ein dickes Kind.

Das Silber war Brotans Kredit. Angeblich hatte es jemand für ihn hinterlegt, der wissen wollte, ob ein Gravilier genug Verstand besaß, um eine Frau in Flug und Fall zu schlagen. Dieser Jemand war Semire selbst. Aus diesem Spiel würde der *Lustgarten* keinen Gewinn ziehen. Auch deswegen war es eine Dummheit.

Aber diese Augen … Bildete sie sich nur ein, dass Brotan sie auf andere Weise ansah als alle anderen Männer?

Sein Blick durch das Geflecht hindurch sandte ein Kribbeln durch ihre Glieder. In ihren Armen, den Beinen, sogar den Füßen spürte sie eine Spannung in den Muskeln. Wie in Erwartung des Angriffs eines Gegners, den sie nicht einzuschätzen vermochte.

Es war wie eine Erlösung, aber auch wie ein Verlust, als sich seine Aufmerksamkeit von ihr ab- und dem Spielfeld zuwandte. Er schob eine goldene Strähne aus seiner Stirn.

Ihr Blick vermaß jede Einzelheit in seinem Gesicht. Es zeugte von seinem kriegerischen Leben. Der Bronzewinkel ging sicher auf eine Verletzung zurück. Das kantige Kinn … Zweifellos hatte es viele Schläge eingesteckt und bestimmt waren viele entschlossene Befehle über diese Lippen gekommen. Semire stellte sich diesen Mann im Rauch eines Schlachtfeldes vor, wie er seinen Kämpfern vorausstürmte. Schon der Anblick dieses Recken, gepanzert und eine Waffe schwingend, musste die Reihen seiner Feinde zum Zittern bringen. Wenn er an der Sonnenbrücke für Haus Schneegrund gekämpft hätte ... Vielleicht wären sie dann auf die andere Seite gestürmt und hätten den Palast der Schwertgrats berannt. Semire und Brotan, Seite an Seite, den Feind vor sich hertreibend ...

Das Kribbeln wanderte tiefer. Sie drückte die Oberschenkel zusammen.

Er stellte seine Figur ab. Ein solider Zug, an dem sie erkannte, dass er mit kluger Überlegung spielte. Aber auch, dass er ein Anfänger war, dem die Abhandlungen zu den besten Strategien in Flug und Fall unbekannt waren.

Das Stehen vor dem Geflecht fiel Semire schwer. Sie wollte ihre Muskeln gebrauchen. Ihre Hände schlossen sich zu Fäusten. Sie wünschte sich mit einem Zweihänder auf den Fechtboden. Zugleich wollte sie auf keinen Fall fort von hier. In Brotans Nähe spürte sie Dinge, die sie nie zuvor empfunden hatte. Es verwirrte sie, aber es lockte sie auch. Wie ein Versprechen, das eine verbotenc Tür gab.

Sie zwang ihre Konzentration zurück auf das Spiel und zog eine Figur auf der fünften Ebene auf ein Plättchen, auf das ein steinernes Röhrchen zeigte. Es stellte einen Tunnel dar, einen der fortgeschrittenen Zauber, die nur für die Expertenvarianten gemeißelt wurden. Ihre Figur pulverisierte zu gelbem Sand, wurde durch den Tunnel gesogen und entstand auf einer anderen Plattform neu.

Ein halbes Dutzend Glasplättchen klappte weg, fünf von Brotans Figuren stürzten in den Korb. Obwohl sie genau das hatte herbeiführen wollen, schmerzte der Anblick Semire.

Buhm brauchte nicht zu zählen. Er nahm alle von Brotans Silberstücken, sortierte sie in die Geldkassette und schloss den Deckel. Der Kredit war aufgebraucht.

Semire war froh, dass Buhm schon vor Jahren seine Zunge verloren hatte. Sein Blick war beredt genug. So hatte er sie noch nie erlebt. Auch er hielt dieses Spiel für eine Dummheit, und er war froh, dass das Silber zurückgewonnen war.

Die Blumen, die sich an der Theke an die beiden Aufseher

und an Elaimon Ohne-Namen schmiegten, stießen übertriebene Laute des Bedauerns aus. Elaimon orderte Wein für sie alle. Teuren, hoffte Semire. So würde der Abend wenigstens noch ein bisschen einbringen.

Brotan zog schnell, indem er einen grünen Dämon auf die siebte Ebene brachte.

Semire runzelte die Stirn.

Hatte sie etwas übersehen? Sie hatte diese Ebene geräumt, weil keine Bedrohung existiert hatte. Aber der Transfer durch den Tunnel hatte die Stellung geöffnet.

Brotan hatte nur noch halb so viele Figuren im Spiel wie Semire, doch wenn er es ganz nach oben schaffte, ein Flug in den Himmel auf den Gipfel der Wonnen, wären alle Opfer bedeutungslos und er hätte gewonnen.

Semires Nackenhaare stellten sich auf. Sie überlegte, ob sie jemals so nah an einer Niederlage gestanden hatte. War Brotan doch ein besserer Spieler, als es bislang den Anschein gehabt hatte?

Nein, dafür hatte er die Partie zu wenig vorausschauend gespielt. Er hatte nur Glück. Das Glück, dass seine Nähe Semire ablenkte. Bisher war das immer umgekehrt gewesen, ein Lächeln hinter ihrem halb durchsichtigen Schleier brachte die Männer um den Verstand.

Semire verbarg die rechte Faust in den Falten ihres Kleides, damit man nicht sah, dass sie sie so fest ballte, dass die Nägel in die Handfläche schnitten, sogar durch den Handschuh hindurch. Die Aussicht auf eine Niederlage demütigte sie. Und dann noch gegen einen Barbaren! Sie verbarg die Wut, die vermutlich in ihren Augen blitzte, hinter einem mädchenhaften Schmunzeln.

Er sah so stark aus, so selbstsicher! Wie ein Raubtier, das sich seiner Beute gewiss war. Vor allem aber bewunderte sie widerwillig, dass er selbst in dem Wissen, keinen Kredit mehr zu haben, die Ruhe behielt. Er konnte keine neuen Figuren mehr einsetzen, und man hatte ihm erklärt, dass er auf die eine oder andere Art Schulden abdienen musste, wenn auch nur eine weitere stürzte. Entweder beim *Lustgarten* oder bei Freunden, die ihn auslösten.

Dieser Krieger kämpfte standhaft, auch wenn seine Sache verloren schien.

Bei Flug und Fall bestimmte das Leuchten der Silberfäden die Zugmöglichkeiten und die Zauber agierten gemäß der ihnen eingemeißelten Gesetze. Aber das Spiel kannte auch einen Glücksfaktor. Er bestand in der Bewegung des Geflechts, die ein Luftzug auslösen mochte. Auch jetzt drehte es sich.

Semires Stellung war noch immer stärker als Brotans. Sie hätte ihren Fehler in drei Zügen ungeschehen machen können. Aber die Verschiebung bot ihr eine Möglichkeit, wenn sie schnell war.

Sie war es.

Entschlossen bewegte sie einen Dämon, der die Habgier personifizierte. Anscheinend ein selbstmörderischer Zug, klappte doch die Plattform, auf der sie ihn abstellte, sofort unter ihm weg.

Aber drei Ebenen tiefer wurde er aufgefangen und dort löste er so etwas wie ein Beben aus: Um ihn herum änderten zwei Dutzend Glasplättchen ihre Stellung. Eine gelbe Figur fiel, aber auch vier grüne.

Zu viele, als dass Brotan das Spiel hätte fortsetzen können.

Semire hatte gewonnen.

Sie empfand Erleichterung darüber, die Niederlage abgewendet zu haben, aber keinen Triumph wegen ihres Sieges. Noch etwas, das sie an diesem Abend verwirrte. Sie konnte nur hoffen, dass man ihr das nicht ansah.

Vielsagend blickte sie auf die leere Stelle auf dem abgewinkelten Flügel der Vogelstatue, wo die Münzen ihres Gegners gelegen hatten, die eigentlich schon immer ihr Silber gewesen waren. »Mir scheint, Ihr habt eine Schuld zu zahlen.«

Brotan wandte sich zur Theke um.

»Deine Kleidung!«, rief Elaimon gut gelaunt. »Du zahlst mit deinen Gewändern, so ist es hier üblich!«

»Zieh schon blank!«, forderte ihn einer der Aufseher auf. »Wir werden dich bestimmt nicht auslösen.«

Gelächter hallte durch den Schankraum. Semire war froh, dass der *Lustgarten* heute nur wenige Gäste hatte. Sie spürte, wie sie errötete.

Sie ertrug die Verachtung auf Brotans Gesicht nicht, als er die Tunika über seinen Kopf zog. Bevor er seinen Gürtel löste, wandte sie sich ab, raffte ihr Kleid und stieg die gebogene Treppe hinauf. Ohne zurückzuschauen, floh sie durch die Seidenbahnen, die bis auf die Stufen hingen, in ihr Zimmer.

Ihr Herz klopfte wild. Sie weinte, ohne zu wissen, warum. Semire hatte das Gefühl, einen schrecklichen Fehler begangen zu haben. Aber welchen?

Brotan hielt ihre Gedanken gefangen, als hätte er ein Netz über sie geworfen. Seine kräftige Gestalt, die geschmeidigen Bewegungen, die Würde, mit der er im Spiel agiert hatte. Seine Augen, immer wieder diese stahlgrauen Augen …

Sie brauchte eine Weile, um ihren Atem zu beruhigen. In dieser Zeit verstummten die amüsierten Rufe im Schankraum. Die Freier würden nun mit der Blume ihrer Wahl auf einem Zimmer verschwinden, während man Brotan nackt auf die Straße schickte. Semire hoffte, dass Elaimon Kamerad genug war, um seine Blöße mit einem Umhang zu bedecken.

Sie trat ans Fenster. Die knisternden Fackeln am Eingang des *Lustgartens* warfen ihr rotes Licht bis zu den Häusern auf der gegenüberliegenden Seite. Aber Brotan sah sie nicht. Er war wohl schon fort.

»Ich werde die Flammen höher malen. Majestätisch«, kündigte Quilûn Alita Blitzdorn an.

Sie hatte sich bei ihrem Gemahl untergehakt, der zwischen ihnen über den Ausleger ging, der einer gemauerten Brücke glich. Auf den Brüstungen zu beiden Seiten loderten rote Feuer in gusseisernen Schalen. Gebogene Käfigstangen sollten verhindern, dass jemand hineinstolperte und sich verbrannte.

»Das Gemälde wird den Gegensatz zwischen Wildheit und Klugheit darstellen«, beschrieb Quilûn seine Vision mit einer ausgreifenden Geste. »Das Bedächtige und mit kühler Überlegung Geschaffene bezähmt das Rohe und Ungestüme. Dafür müssen die Flammen aber besonders bedrohlich wirken, sonst beeindruckt es nicht.«

Obwohl ihre Hand in Anthurels Ellbogen lag, ging Alita einen halben Schritt vor ihm, damit sie Quilûn ansehen konnte. Das Licht der Feuer rötete ihr Gesicht, als hätte sie in Wein gebadet, nahm ihm aber nicht die feinen Züge. Vor allem die Nase … Sie musste ihm unbedingt nochmals Modell sitzen, beschloss Quilûn. Sicher würde der mehrtägige Aufenthalt in ihrem Palast eine Möglichkeit dafür bieten.

»Die Überlegenheit eines disziplinierten Verstandes macht auch das Wilde nutzbar«, schloss Quilûn seinen Gedanken ab.

»Das klingt epochal.« Anthurel schlenderte, als wären sie in schönstem Sonnenschein unterwegs, nicht in sternenloser Nacht, bei einem Wind, der unangenehm kalt wehte. »Ich bin gespannt darauf, es zu sehen.«

Alita rieb seinen Arm, sie schien zufrieden mit ihrem Gemahl. Und sehr verliebt.

Das Gemälde nahm vor Quilûns geistigem Auge Gestalt an. Nachtschwarz würde dominieren, am besten würde es in einem hellen Rahmen wirken. Das Rot der Feuer würde er mit einzelnen gelben Strichen akzentuieren. Einigen Flammen würde er die Form ausgreifender Hände geben. Menschliche Figuren wollte er nicht einbringen, sie würden unpassenden Trost schaffen. Besser wäre ein leerer Ausleger. Das Nebengebäude, auf das sie zugingen, würde er nur als dunkelgrauen Schatten andeuten. Das würde ihm etwas Bedrohliches geben, obwohl es in Wirklichkeit mit seinen gedrehten Erkern verspielt aussah. Wofür er noch keine Lösung hatte, war, wie er dem unbedarften Betrachter deutlich machen sollte, dass es sich um einen Ausleger in luftiger Höhe handelte, nicht um eine Brücke über einen Fluss. Er würde den Dunst der Quadra atmen, das mochte ihm einen Weg jenseits konkreter Darstellungen eröffnen.

»Hört Ihr das?«, fragte Alita. »Sie singen.«

Interessiert trat Quilûn an die Brüstung. Lagerfeuer brannten einhundert Schritt tiefer im dunklen Steinbruch. Über einigen davon hingen Kessel an Dreibeinen, an anderen hielten die

Steinknechte auf Stecken gespießtes Obst über die Flammen, seltener auch einen gefangenen Nager, dem sie das Fell abgezogen hatten. Ihre Zelte standen am Rand des Lichtscheins. Belaubte Äste bedeckten einige davon, man erhoffte sich wohl, sie dadurch besser vor dem Regen zu schützen, der im Laufe der Nacht kommen mochte.

Wenn die Böen ausblieben, hörte Quilûn den Gesang. Er verband die Gruppen an den verschiedenen Feuern: An einem davon sang man eine kurze Strophe, die nächste klang von einem der anderen herauf. Die Reihenfolge schien nicht festgelegt, manchmal setzten zwei Gruppen gleichzeitig ein. Eine davon verstummte dann nach wenigen Silben. Die Melodie war einfach, die Hebungen gleichmäßig wie bei einem Pendel. Vom Text verstand Quilûn wenig. Sterne kamen darin vor, die fern und kalt leuchteten, und eine Sonne, die kein Mitleid kannte.

Kyrin ging an Alina, Anthurel und Quilûn vorbei und lehnte sich ein Stück weiter mit dem Rücken an die Brüstung. Da sie recht klein war, konnte sie sich bequem mit den Ellbogen abstützen. Auf Quilûn wirkte sie müde. Soweit er wusste, hatte sie während der Fehde eine große Last getragen und sich auch danach kaum Ruhe gegönnt. Er wusste nicht, woran die Magierin arbeitete. Die nächsten Tage würde sie mit ihm hier bei ihrem Bruder und ihrer Schwägerin verbringen und sich hoffentlich ein wenig erholen.

»Wir werden viel Stein brauchen, um die Sonnenbrücke neu zu bauen.« Anthurel zog seine Frau an sich. Sie schmiegte sich an ihn. »Glücklicherweise haben wir seit letztem Jahr eine breite Abbaufläche und auch einige Schächte könnten wir weitertreiben. Um die Kapazität voll zu nutzen, benötigen wir aber zusätzliche Steinknechte.«

»Das wird kein Problem sein.« Semire hatte Quilûn erklärt, dass man von einem Grafen erwartete, selbstbewusst aufzutreten. Das galt gegenüber jedermann, also auch den Blitzdorns, obwohl diese nicht seinem Tiefen Haus, sondern den Sturmrufs Treue schuldeten. Die Leute sollten glauben, dass er weiter sah als sie, dass er die Entwicklungen vorausdachte und Lösungen kannte.

Das gab ihnen Vertrauen. In gewisser Weise gab Quilûn ihnen die Sicherheit weiter, die er selbst von der Quadra empfing, die für ihn alle Herausforderungen lösbar erscheinen ließ. »Durch den Krieg wird es viele Gefangene geben. Die Gravilier werden den Preis drücken.«

Alita nickte mit einem klugen Lächeln auf den Lippen. »Sicher wird auch Haus Sturmruf seinen Anteil leisten.«

Anthurel ruckte mit dem Arm, in dem er sie hielt. Die Geste erschien Quilûn rüde.

»Das ist weise«, stimmte Kyrin ihrer Schwägerin zu. »Im besten Interesse der Partnerschaft unserer Tiefen Häuser.«

Zwischen den Ausleger, auf dem die vier standen, und den Boden schob sich ein weiterer Ausleger des Palastes. Er war ein paar Dutzend Schritt länger, sodass sich die an den Enden befestigten Anbauten nicht berührten. Es war ein faszinierendes Erlebnis, diesem langsamen Tanz der Architektur beizuwohnen. Kyrin hatte erzählt, dass die Gesellen der Zauberwerkstatt immer wieder Ausflüge hierher unternahmen, weil die Zauber in diesem Palast wie kaum irgendwo sonst der Schwerkraft trotzten. Das war wohl eine Voraussetzung für die Bewegung der unterschiedlich langen Ausleger, die auf verschiedenen Höhen vom Hauptbau wegstrebten.

Quilûn überlegte, ob er diese Schönheit in das Gemälde einbringen könnte, das er bereits plante. Aber dabei sollte das Thema die gezähmte Wildheit in der Finsternis sein. Also besser ein zweites Bild.

Auch auf den Brüstungen des unteren Auslegers standen Feuerbecken. Ihre Wärme stieg auf. Quilûn merkte, wie der Schweiß die Poren an seiner Stirn öffnete. Es war ihm angenehm, obwohl er bereits nach dem Abendmahl ein heißes Bad genossen hatte. Höhe und Hitze … eine milde Wahrnehmung von Gefahr, zugleich ein Bewusstsein der Stärke, das Gefühl, Herr des eigenen Lebens zu sein. Ihm war noch unklar, wie er das mit seinen Pinseln umsetzen konnte, aber es würde ihm gelingen. Schließlich hatte er jetzt so viele Leinwände und so viel Farbe zur Verfügung, wie er wünschte.

»Bei uns sind die Steinknechte gut aufgehoben«, versicherte Anthurel. »Die Arbeit im Steinbruch ist die beste Verwendung für Verbrecher. Nicht nur wegen der Nützlichkeit, schließlich brauchen wir ständig Nachschub an gutem Stein. Aber auch der Gerechtigkeit wegen: Wir haben leichte und harte Tätigkeiten, je nach Schwere der Schuld. Manche sammeln Feuerholz, andere müssen in großer Höhe Keile einschlagen oder die Lasten an den Flaschenzügen bewegen. Wenn man sie das ein Jahr machen lässt, wächst ihr Rücken nie wieder gerade.«

»Und die Gravilier, die von unseren Truppen gefangen genommen werden«, fragte Kyrin mit merkwürdigem Tonfall, »begehen das Verbrechen, gegen den Berg aufzubegehren?«

»Gegen die Ordnung der Welt«, stellte Anthurel mit einem süffisanten Lächeln klar.

Kyrin wandte sich ihnen vollständig zu. »Wie wird die Schwere dieses Verbrechens eingestuft? Im Vergleich zu den Mördern und Schändern, die hier ihre Schuld abarbeiten, meine ich.«

Anthurel setzte mit gefurchter Stirn zu einer Antwort an, aber Alita kam ihm zuvor. »Seid Ihr mit Samoro Flutgraus Schriften vertraut? Er meint, ein Verbrechen ist stets das Ergebnis einer moralischen Verkrüppelung. Wie ein verwachsener Finger, der dazu führt, dass der Krüppel anders zugreift als ein Gesunder.«

»Von dieser Überlegung habe ich noch nie gehört«, gestand Quilûn.

Alitas Augen leuchteten, ein wunderschöner Anblick. »Wir haben eine Abschrift hier, ich werde sie Euch gern leihen. Er meint, dass diese moralische Verkrüppelung gerichtet werden kann. Es ist ebenso schmerzhaft, wie wenn man einen verwachsenen Knochen bricht, gerade schient und neu zusammenwachsen lässt, aber unter gewissenhafter Aufsicht kann es gelingen.«

»Wobei diesen gravilischen Barbaren schon von ihrer Natur her alle gesitteten Umgangsformen fremd sind«, meinte Anthurel. »Ich denke, wir werden sie getrennt von den anderen halten müssen, zumindest zu Beginn. Andererseits müssen wir auch verhindern, dass sie sich zusammenrotten. Sonst könnten sie zu einer Gefahr für die Aufseher werden.«

»Wenn ein paar Kraftprotze wie dieser Brotan dabei sind, bestimmt«, meinte Quilûn.

Anthurel lachte zustimmend.

Alitas Miene dagegen blieb nachdenklich. »Ich frage mich, ob es uns gelingen kann, auch solche Barbaren an ein zivilisiertes Leben heranzuführen.«

Quilûn betrachtete eine der Feuerschalen, in denen die rote Flamme unter dem Schutzgitter loderte. »Ja, das wird es«, sagte er zuversichtlich.

Das Chaos in der Arena war schlimmer als auf einem Schlachtfeld, selbst wenn die Reihen brachen und alles durcheinandergeriet. Auch im Urwald, im Kampf gegen die Aquebalêebuula, war die Sicht oft getrübt, wenn Dampf aus heißen Sumpfquellen aufstieg. Aber wenn man jemanden erkannte, wusste man wenigstens, ob er ein Kamerad oder ein Feind war. Auf dem Sand konnte jeder Gladiator beides sein – und auch unvermittelt die Seiten wechseln.

Brotan tauchte weg, um Kallams Axthieb auszuweichen. Kallam hatte einen hohen Preis für die Lektionen gezahlt, die ihn die Arena gelehrt hatte. Sein Unterkiefer war eine klumpig zusammengewachsene Ansammlung von Trümmern, weswegen er einen Helm trug, der seinen Mund verdeckte. Er leitete den Schwung seines Angriffs zur Seite ab, bevor das Axtblatt in den Sand schlagen konnte.

Mit der Stachelkeule wäre Brotan zu langsam gewesen, um die Lücke in der Deckung auszunutzen. Er benutzte die Faust für einen Stoß gegen den Hals, in den schmalen, ungepanzerten Bereich zwischen Harnisch und Helm.

Kallam stolperte und brach in die Knie. Er griff sich an die Kehle. Brotan bezweifelte, dass er ihn tödlich getroffen hatte, aber für eine Weile hätte er Atemnot und wäre aus dem Gefecht. Das reichte.

Brotan musste sich ohnehin um anderes kümmern. Ein Speer flog auf ihn zu, gerade noch rechtzeitig sprang er zur Seite.

Überall steckten Wurfgeschosse im Sand. Jeder Gladiator durfte sie verwenden, wie er wollte. Brotan konnte daraus keinen Vorteil ziehen, er war zu unerfahren mit dieser Waffe.

Zehn Gladiatoren kämpften gleichzeitig, jeder gegen jeden. Die letzten fünf würden überleben.

Die Menschen waren nicht die einzigen Kombattanten. Ein Rudel Wildhunde befand sich mit ihnen in der Arena. Entweder die Tiere mit dem kurzen schwarzen Fell hatten Tollwut oder man hatte sie mit einem Rauschmittel vergiftet. Es konnte nicht normal sein, dass ständig Speichel von ihren Lefzen flockte.

Brotan hatte vorgeschlagen, die Hunde zuerst anzugehen, aber sofort nach der Freigabe des Kampfes hatte einer der Gladiatoren sein Schwert in seinen Nachbarn gerammt. Nun sah es so aus, dass sich die Tiere in dem Gefecht besser hielten als die Menschen. Vier von ihnen hetzten in weiten Sprüngen zu Kallam und schlugen ihm die Fänge in Schenkel und Arme. So rissen sie ihn in den Sand.

Brotan versuchte, es so zu sehen, dass er selbst mit jedem toten Gladiator dem Ziel, lebend wieder aus der Arena zu kommen, einen Schritt näher kam. Er wandte sich ab.

Gerade rechtzeitig. Motum, ein Gladiator, den Brotan immer mit Schild und Säbel hatte üben sehen, rannte auf ihn zu. Aus der äußeren Seite seines Schilds war ein großes Stück herausgebrochen, die gekrümmte Klinge hatte er wohl verloren. Stattdessen hielt er einen Speer in der Rechten, nach vorn gerichtet und zwischen Oberarm und Brust eingeklemmt, um ihm mehr Stabilität zu geben.

Als sich Brotan zu ihm umdrehte und die Stachelkeule hob, bekam Motum es mit der Angst zu tun. Aus vollem Lauf bremste er ab, rutschte aber mit dem vorgestreckten Bein weg. Sand spritzte auf. Er fiel beinahe, griff um und schleuderte den Speer.

Der Wurf war viel zu hoch, er ging über Brotan hinweg. Erstaunlich viel Kraft lag darin. Der Speer stieg bis zur Höhe der Einfassungsmauer auf, über der die Ränge begannen.

Er prallte gegen Stränge eines bis dahin unsichtbaren Netzes, die plötzlich aufgleißten. Die Waffe fiel zurück, als sei sie gegen eine massive Kuppel gestoßen.

In Flugrichtung des Speers, aber viel zu hoch, um selbst ohne die magische Sicherung gefährdet zu sein, lag die Loge der Schneegrunds. Sie war aus glattem weißem Stein geschlagen, mit einem funkelnden Eiskristall aus Diamanten in der Mitte. Die rot gekleidete Gestalt von Semire von Schneegrund war gut zu erkennen, obwohl sie im Schatten eines Sonnensegels saß. Augenscheinlich war sie interessiert, denn sie hatte sich auf dem Thron vorgelehnt. Die kleineren Sessel neben ihr waren von anderen Adligen belegt, für die Brotan aber keine Augen hatte. Ohnehin konnte er sich nur einen kurzen Blick leisten, aber dieser gab ihm auf seltsame Weise Kraft. Er dachte oft an die kurze Begegnung im Palast zurück. Aber auch an den Abend im *Lustgarten*, der gar nichts mit dieser Frau zu tun hatte, und das verwirrte ihn.

Verwirrung konnte in einem Kampf tödlich sein. Er wandte sich wieder Motum zu, der jedoch inzwischen seinen beschädigten Schild mit beiden Händen hielt, um Umireas Schwerthiebe abzuwehren.

Die robuste Frau ging kein Risiko ein, dass ihre Klinge sich festbeißen könnte. Sie bewahrte ihren Vorteil und führte die Hiebe so, dass sie nicht senkrecht auf den Schildrand trafen.

Brotan hörte Elaimon Ohne-Namen aufschreien und wirbelte zu ihm herum.

Der junge Kämpfer zappelte in einem Netz, das Voctor über ihn geworfen hatte. Es bestand aus groben Seilen, durch deren Fasern Nägel getrieben waren. Sie kratzten über Elaimons Bronzerüstung und rissen freie Hautstellen auf.

Tapfer ignorierte er die Schmerzen und riss am Netz, um freizukommen. Er wusste, dass die echte Gefahr von Voctors Dreizack ausging. Elaimons Lurchlanze – eine fünf Schritt lange Stangenwaffe mit gezackter Sichelklinge – lag unerreichbar im Sand.

Brotan überbrückte den Abstand mit weiten Schritten, sprang ab, stützte sich an Elaimons Schulter auf und setzte über ihn hinweg. Unter ihm stürzte der junge Krieger, aber das war bedeutungslos. Noch in der Luft trat Brotan gegen Voctors Brust.

Der andere taumelte zurück.

Brotan schlug mit der Stachelkeule zu.

Voctor ließ sein Netz los und brachte den Unterarm in einem Block hoch. Brotan traf nicht mit dem mit Eisendornen gespickten Kopf der Waffe, sondern mit dem Stiel. Die Wucht seines Hiebes war jedoch so groß, dass die Elle seines Gegners mit einem trockenen Knacken brach.

Brotan brachte die Keule herum, als wäre sie ein Paddel mit einem Ruderblatt an jedem Ende. Das umwickelte Griffstück war eigentlich nicht für einen Angriff gedacht, aber als es Voctors Gesicht traf, reichte das, um ein halbes Dutzend Zähne auszuschlagen.

Voctor spuckte Blut.

Brotan trat einen Schritt zurück, um den Abstand zu optimieren, und riss die Waffe abwärts. An Voctors Schulter hielt die Rüstung die Stacheln schnell auf, aber diejenigen, die auf seinen Hals gerichtet waren, drangen tief ein.

Mit einem Ruck riss Brotan die Keule frei und Voctors Halsschlagader auf. Das Blut spritzte in Stößen heraus, er brach zusammen.

Elaimon brachte das Netz herunter. Er schlug es Motum ins Gesicht, der sich von Umirea gelöst hatte, die sich jetzt zweier Hunde erwehren musste. Seinen Schild hatte Motum jedoch endgültig eingebüßt. Er hatte sich einen weiteren Speer genommen, den er mit beiden Händen führte. Es gelang ihm nicht, das Netz damit abzuwehren. Mitsamt Nägeln traf es seinen Kopf so heftig, dass er röchelnd zu Boden ging und auf den Rücken fiel.

Brotan trat ihm den Speer aus den zitternden Händen.

Die Menge hielt es nicht mehr auf den Rängen. Der Pöbel stand und schrie, forderte Motums Blut, und auch die meisten Adligen in den Logen erhoben sich.

»Müssen wir ihn umbringen?«, wandte sich Brotan an Elaimon. »Ich dachte, er kann sich auch ergeben?«

»Dann entscheidet die Menge über sein Schicksal«, antwortete Elaimon. »Es ist klar, was sie will.«

Brotan ließ die Keule pendeln. Ein einzelner Schlag würde reichen, um Motum ebenso wie Voctor zuzurichten, der inzwischen tot im Sand lag. Aber Motum war keine Bedrohung mehr. »Es behagt mir nicht, einen Wehrlosen zu töten.«

»Das interessiert die Menge nicht.« Elaimon nahm Motums Speer auf. Er holte weit aus und rammte ihn so tief durch den Hals des Liegenden, dass er im Boden darunter stecken blieb.

Eine Posaune erklang aus der Loge des Tiefen Hauses Finstertann, das für die Unterhaltung dieses Nachmittages bezahlte. Dort rollte sich ein großes Banner aus, das den schwarzen Baum auf einem Hintergrund von grauen Schleiern zeigte.

»Es ist vorbei«, sagte Brotan. Er sah sich um. Die Hunde taten sich geifernd an den Gefallenen gütlich, ein würdeloses Mahl. Außer Elaimon und ihm standen noch drei Gladiatoren. »Vorbei.«

Die Menge wirkte unwillig. Sie wollte noch mehr Blut.

»Wir sind die Sieger.« Auflachend nahm Elaimon Brotans Unterarm und riss ihn mit nach oben. »Wir haben gewonnen.«

Auch Umirea reckte die Fäuste in einer Geste des Triumphs hoch.

Nun kam Jubel in der Menge auf. Bald übertönte er die Äußerungen des Missfallens. Man feierte die Sieger und berauschte sich an ihrer Kraft.

Brotan sah zu Semire hinauf. Sie hatte sich angelehnt und die Beine übereinandergeschlagen. War sie zufrieden? Sie saß zu weit entfernt, um ihr Gesicht zu erkennen.

Die Hundeführer kamen in die Arena. Sie trugen wattierte Jacken, die an den Unterarmen Schienen aus Kernleder verstärkten. Mit Knüppeln und blutigem Fleisch brachten sie die Tiere von den Leichen der gefallenen Gladiatoren weg.

Brotan ließ sich von Elaimon leiten. Sie gingen eine Runde, um allen Zuschauern nahe zu kommen. Jubel begegnete ihnen überall, der Pöbel schien Stolz daraus zu ziehen, lauter zu sein als die Menschen in den anderen Bereichen der Ränge. Besonders stieg die Begeisterung, wenn Brotan die Stachelkeule hob.

Knechte bargen die Leichen. Mit Bahren brachten sie sie zu einem Ausgang, in dessen Halbschatten Gestalten mit Lederschürzen warteten. Die Magier, deren Zauber die Seelen der toten Krieger in Statuen festsetzen und so Imagolems schaffen würden, wo sie auf Jahrzehnte oder Jahrhunderte willenlos dienen sollten.

Brotan schauderte.

»Du hättest mich leicht töten können«, sagte Elaimon. »Ich stand mit dem Rücken zu dir und ich war im Netz gefangen.«

»Das hätte ich.« Brotan war die Ablenkung vom Gedanken an die Imagolems willkommen. »Aber so habe ich auch für die kommenden Kämpfe einen Verbündeten.«

Der junge Krieger schlug ein, als er ihm die Hand reichte. Für einen Moment schien der Jubel des blutgierigen Pöbels ein wenig leiser zu sein.

»Manchmal glaube ich, die Natur ist die größte Künstlerin«, sagte Alita Blitzdorn gut gelaunt. »Sie benutzt die schönsten Farben.«

»Die Natur ist eine Falschspielerin«, scherzte Quilûn. »Sie ändert beständig die Farben und die Formen.« Er deutete auf eine Gruppe von Blumen, deren weiße Blüten von blauen Punkten gesprenkelt waren. Ein sanfter Wind bewegte sowohl sie als auch das Laub der Bäume, in deren Schatten sie blühten. »Bei einem Gemälde können wir nur einen winzigen Augenblick einfangen. Selbst wenn er perfekt ist, lässt er die Vielfalt der Möglichkeiten vermissen, die das Leben uns zeigt.«

Alita seufzte. »Euch gelingt es so mühelos, in Worte zu fassen, was mein Herz bewegt und ich dennoch nicht benennen kann. Ihr seid nicht nur ein Maler, sondern auch ein Dichter.«

»Zu viel der Ehre«, wehrte er ab. »Ich muss zunächst einmal lernen, ein Graf zu sein.«

»Ihr werdet ein guter Herrscher über Haus Schneegrund werden«, meinte Alita. »Stark und zugleich friedlich. Graf Golar wäre stolz auf Euch.«

Quilûn überlegte, ob Alita ebenfalls an den unglücklichen Tod seines Vorgängers dachte. Alle hatten damit gerechnet, dass er in den Berg gehen würde. Dann wäre er jetzt ein Unsterblicher gewesen, der seinem Nachfolger raten und die Geschicke seines Tiefen Hauses mitbestimmen würde.

Da es anders gekommen war, würde nun Fürst Doryam die Sterblichkeit hinter sich lassen. In den Adelshäusern ließ Semire in diesen Tagen die entsprechenden Gerüchte durchsickern.

Quilûn war froh, dass sie ihm solche diplomatische Pflichten abnahm. Er genoss den Besuch in Haus Blitzdorns Palast. Hier im Wald hörte man die Geräusche des Steinbruchs nur, wenn man darauf achtete. Ansonsten dominierte das Rauschen der Wipfel und heute sangen sogar die Vögel.

»Die größte Schönheit kleidet sich oft in Bescheidenheit«, sagte er.

Alita errötete. Sicher bezog sie seine Bemerkung auf sich. Heute trug sie ein schlichtes Kleid, dessen grüner Stoff ein wenig gröber war als der jener Gewänder, die sie im Palast anzog. Dennoch hatte ein Dornenstrauch ein paar Fäden zerrissen, worauf Quilûn sie jedoch nicht aufmerksam machte. Er wollte ihre gute Laune keinesfalls trüben.

Da sie auf Diener verzichtet hatten, trug Quilûn Staffelei und Leinwand auf dem Rücken, einen Holzkasten mit Farben hielt er in der Rechten. Alita bestand darauf, wenigstens die Pinsel zu tragen, was er ihr nach einem spielerischen Streit erlaubt hatte.

»Seht dort.« Er entschärfte seine Bemerkung über die Schönheit in Bescheidenheit, indem er auf eine Baumhöhle zeigte, in der einige Pilzhüte grünlich gelb leuchteten. »Denkt Ihr, wir können solche Farben einfangen?«

»Ich nicht.« Sie lachte hell. »Ihr bestimmt.«

»Lasst es uns versuchen!« Er stellte den Farbkasten ab und zog die Gurte über den Kopf. Für die Staffelei probierte er einige Standorte aus, damit die drei Beine sicheren Halt fanden und das Tageslicht die Leinwand trotz des Blätterdachs einigermaßen gleichmäßig beschien.

Alita sortierte die Pinsel in die Halterungen an der Staffelei. »Soll ich die Grundfarben auf die Palette tun?«

»Erst studieren wir das Motiv«, erklärte Quilûn gönnerhaft. »Es ist wichtig, dass wir es dem Wesen nach durchdringen. Kommt!«

Er hockte sich vor das Loch, das sich auf Kniehöhe im Stamm der Buche öffnete. »Aus der Nähe seht Ihr, wie das Licht von den Pilzen auf das Moos scheint, das die Höhlung auskleidet. Erkennt Ihr das?«

Alita raffte das Kleid und hockte sich neben ihn. Dabei bemerkte sie die von den Dornen herausgezupften Fäden. Ihr Blick zuckte zu ihm.

Er unterdrückte ein Schmunzeln und sah wieder in das Loch. Quilûn wollte weiterhin so tun, als wäre ihm die Beschädigung ihres Kleides entgangen. »Dort hinten seht Ihr es besonders gut.« Er deutete mit dem Zeigefinger. »Diese Struktur des Mooses ... woran erinnert sie Euch?«

Sie vergaß ihr Kleid und beugte sich vor. Quilûn fiel auf, wie schmal ihr Rücken war. Gern hätte er darübergestrichen.

»Wie ... ein kurzer Pelz«, schlug sie vor.

»Dann müssten aber die Haare weit auseinanderstehen«, gab Quilûn zu bedenken. »Ist es nicht eher wie ein Trockentuch?«

»Ja, Ihr habt ganz recht!«, rief sie mit mädchenhafter Freude in ihrer Stimme.

»Ihr müsst zugleich alles an dem Motiv aufnehmen und die Besonderheiten erfassen. Zwei oder drei Einzelheiten, die Ihr betont, damit auch der Betrachter sie wahrnimmt, machen ein Bild zu einem Meisterwerk. Selbst dann, wenn viele nicht zu benennen vermögen, was es ist, das sie an einem Gemälde fasziniert.«

Ihre roten Lippen öffneten sich über den blaulichen Zähnen zu einem wunderschönen Lächeln. »Ich versuche, es zu sehen, aber mir fehlt Euer Talent.«

»Lasst Euch helfen.« Ermutigt legte er einen Arm um ihre Schultern. Um den Schein zu wahren, zog er sie nicht an sich, sondern zeigte auf einen der Pilze. »Die Flecken auf seinem Hut machen ihn besonders.«

»Den Blauen?«

»Ja.« Eigentlich war es eher ein Türkis als ein Blau, aber darauf kam es jetzt nicht an. »Die Flecken sehen aus wie Tropfen. Und da, wo zwei einander berühren … wie ein Herz, das auf der Seite liegt.«

Sie neigte ihren Kopf zur Schulter. War das eine Geste der Unsicherheit, oder versuchte sie lediglich, die rechte Perspektive zu gewinnen?

Sollte sich Quilûn zurückziehen?

Aber sie roch so gut! Nach Rosen, aber auch nach etwas anderem … einem kundig gemischten Duftwasser. Aus dieser Nähe machte es Quilûn schwindelig.

Lächelnd entschied er, dass Alita nach Alita duftete. Diese Frau war unverwechselbar und einmalig.

»Was ist das?«, flüsterte er.

»Was meint Ihr?«, gab sie mit einem leichten Zittern in der Stimme zurück, das er niedlich fand.

»Dieser Hauch, der Euch umweht …« Er konnte nicht langer widerstehen. Vorsichtig küsste er sie unter dem Ohr.

Sie entzog sich ihm nicht, wandte ihm aber auch nicht das Gesicht zu. Sie zitterte.

Auch Quilûn fühlte die Erregung. Mit dem Daumen der Hand, die er vorher zum Zeigen benutzt hatte, streichelte er sie unter dem Kinn. Er küsste sie erneut.

Er spürte das samtene Band, das sie um den Hals trug, an seinen Lippen. Es war sehr weich, aber kein Vergleich zu ihrer Haut.

Quilûn zog sich ein wenig zurück, darauf hoffend, dass sie sich ihm nun zuwenden würde.

Das tat sie nicht, aber sie hielt die Lider geschlossen und ihre Lippen lächelten verlockend.

Das schwarze Band umschloss Alitas Hals auf der gesamten Länge. Es betonte, wie schlank er war. Vor der Kehle zierte es ein zartroter Stein, der in Form einer Rose geschnitten war.

Aber auch der edelste Schmuck konnte Alitas Schönheit nur verbergen. Wenn man etwas Perfektem etwas hinzufügte, machte man es nicht besser. Quilûn nestelte an dem Band, um den Verschluss zu finden, den er im Nacken vermutete.

Alita riss die Augen auf und griff sich an den Hals. Sie hustete.

Erschrocken zuckte Quilûn zurück.

Sie hustete weiter. Unsicher, vielleicht sogar ängstlich sah sie ihn an.

Auf den Knien rutschte er ein Stück fort von ihr und wandte ihr die leeren Hände zu. Ihm brach der Schweiß aus. »Ich wollte … Ich habe mich getäuscht, was …«

Sie sprang auf und wäre dabei gefallen, wenn sie nicht mit der Schulter gegen den Baum gestoßen wäre, weil sie auf den Saum ihres Kleides trat. Beide Hände lagen jetzt um ihren Hals. Alita hustete so heftig, dass Quilûn sich fragte, ob er sich vielleicht erneut irrte und etwas in ihrem Hals steckte. Ihr Gesicht verdunkelte sich innerhalb weniger Herzschläge.

Er stand auf und bot ihr eine Hand an, wagte aber nicht, sie zu berühren.

»Graf …«, brachte sie heraus. »Verzeiht!« Sie knickste, wirbelte herum und stolperte davon.

Drei Schritte ging er ihr nach, dann blieb er hilflos stehen. Ihr Gang gewann an Sicherheit. Sie drehte sich nicht um.

Quilûn bedeckte das Gesicht mit den Händen. Er schämte sich. Wie hatte er sie nur in diese Situation bringen können? Offenbar litt sie an einer Unbill, von der er nichts wusste, und als er sie bedrängt hatte, war sie zu einem Problem geworden.

Er erinnerte sich an keine einzige Gelegenheit, bei der er Alita ohne das Band um ihren Hals gesehen hatte. Ob es eine Wunde bedeckte? Manchmal schnitten die Clerroniten krankes Fleisch aus dem Körper. Vielleicht war ihr so schön erscheinender Hals in Wirklichkeit fürchterlich entstellt.

Zitternd atmete Quilûn durch und nahm die Hände hinunter. Er betrachtete die Baumhöhle. Jede Lust, die Pilze zu malen, hatte ihn verlassen. Sie würden ihn ohnehin nur an die Schmach erinnern, eine Frau bedrängt zu haben, die diese Form von Nähe ablehnte.

Er sammelte die Pinsel ein und klappte die Staffelei zusammen. Kyrin war Alitas Schwägerin, überlegte er. Er würde sie fragen, was dieser wunderbaren Frau fehlte. Als Graf standen ihm möglicherweise Mittel zur Verfügung, ihr zu helfen. Am besten so, dass sie niemals erfahren würde, dass diese Hilfe von ihm kam. Das wäre eine angemessene Wiedergutmachung für diesen peinlichen Vorfall.

Durch die Gesichtspuder, die Caliga benutzte, sah die gut Fünfzigjährige nicht nur deutlich jünger aus. Zusammen mit dem zu großen Kleid, dessen Schulterstücke weiche Ballons waren, gab es ihr ein puppenhaftes Aussehen. Nichts, was einem Mann die Sinne raubte und seinen Trieb über den Verstand siegen ließ, aber ihre Erscheinung trug dazu bei, dass sich die Freier im *Lustgarten* stark fühlten. Den Rest mussten die Blumen erledigen. Selbst Semire von Schneegrund fand Caliga niedlich. Sie saß ihr an einem runden Tisch in ihrem Zimmer gegenüber, nippte an ihrem Becher mit Fruchtsaft und lächelte sie über den dreiarmigen Kerzenleuchter hinweg an.

»Alle Räume sind belegt«, berichtete Caliga zufrieden. »Krieger, die von einem Schlachtfeld kommen, verspüren keinen drängenderen Wunsch, als sich lebendig zu fühlen. Das gelingt Männern am besten, wenn sich eine Frau lustvoll unter ihnen windet.«

Semire bezweifelte das nicht, ihr *Lustgarten* basierte darauf und auch jetzt hörte sie die übertriebenen Schreie aus den Zimmern. Bislang hatte sie das immer als lächerlich empfunden und auf die Männer hinabgeschaut, die sich zu Knechten ihres Triebes machten und ihr Vermögen für die schlechte Schauspielerei halb erwachsener Frauen verschleuderten. Aber seit sie an der Sonnenbrücke erlebt hatte, wie brutal das Leben eines Mannes sein konnte … Eine Schlacht weckte Empfindungen, die man vorher nicht gekannt hatte, und eröffnete einen anderen Blick auf das Dasein. Man brachte dem nächsten Atemzug so hohe Wertschätzung entgegen, dass die Pläne für einen Pfad, der mehrere Jahre in die Zukunft führte, an Wichtigkeit verloren.

Seit sie Brotan begegnet war … seit sie ihn in der Arena beobachtete …

Sie ertappte sich ab und zu dabei, wie ihre Gedanken wanderten und sie sich nicht mit Geringschätzung, sondern mit Neugier vorstellte, wie es wäre, ihren Körper einem Mann hinzugeben. Einem, der sie verdiente. Und der ihr auf eine Art Vergnügen bereiten könnte, die sie aus vielen Erzählungen, aber nicht aus Erfahrung kannte. Sie wusste, dass es mannigfaltige Arten gab, auf die Mann und Frau einander begegnen konnten. Sanft, stark, wild, vorsichtig, forschend, fordernd … Sie war unsicher, welche Spielart ihr gefallen würde, und das verwirrte sie.

So sehr, dass ihr nun ein Teil von Caligas Bericht entgangen war. »Sogar in Dörfern, die noch vor der Front liegen, haben die Unsrigen Schwierigkeiten«, sagte ihre violette Lilie gerade. »Es gibt Bauern, die sehen die Gravilier als Befreier. Vor allem auf den Ländereien der Sturmrufs. Dort drücken die Abgaben wohl besonders hart. Jedenfalls stellt sich das Volk unseren Kriegern mit Forke und Dreschflegel entgegen. Das Heer muss sich den Proviant mit Gewalt holen.«

Semire senkte den Blick. Caliga sollte nicht sehen, wie unwohl sie sich beim Gedanken daran fühlte, welche Brutalität Bewaffnete denen aufzwangen, die sich nicht wehren konnten. Die Schändungen, die Fürst Doryam und die Offiziere unmittelbar nach der Eroberung des Kastells vorgenommen hatten, waren ihr in schrecklicher Erinnerung. Oft fragte sie sich, was sie hätte tun sollen. Oder tun können. Wahrscheinlich war Kyrins Rat, dass diese Dinge zu einem Kriegszug gehörten, richtig. Aber es machte Semire wütend, sie fühlte sich machtlos, wenn sie Heerführerin war und doch solche Gräuel geschehen lassen musste. Sicher geschah dergleichen auch an der Front, in diesen Dörfern. Die Bauern verteidigten nicht nur Weizen und Äpfel, sondern auch ihre Frauen. So gesehen verhielten sie sich edler als die oftmals adligen Offiziere.

»Was sagen unsere Krieger über die Gravilier?«, fragte Semire, auch, um sich von den deprimierenden Gedanken abzulenken.

Caliga war eine der wenigen, die von Semires beiden Leben

wusste. Sicher konnte sie sich denken, dass die Informationen über den Verlauf des Krieges eher die Herrin über Haus Schneegrund interessierten als die Rose des *Lustgartens* und des *Vögelnests*. Deswegen fragte sie auch nicht, wieso sie ihre Blumen anwies, sich den Freiern noch etwas länger zu widmen, als ihre Bezahlung rechtfertigte. Sie sollten die Krieger in den Armen halten und dem Gerede lauschen, das aus den Erschöpften herausplätscherte.

Caliga nahm ihren Becher wieder zur Hand. Ihre Bewegung war nicht ohne Eleganz, konnte aber in den Augen einer Kennerin nicht mit den genau bemessenen Gesten mithalten, die einem adligen Mädchen bereits in jungen Jahren beigebracht wurden. Manchmal mit Rutenschlägen auf die Finger. »Sie haben einen merkwürdigen Schlachtruf. ›Bei den Mauern von Arterra!‹ Er bezieht sich wohl auf einen ewig zurückliegenden Sieg.«

Semire nickte.

»Viele der Unsrigen beschreiben die Gravilier als Wahnsinnige«, fuhr Caliga fort. »Auf Geheiß ihrer Zauberpriesterin sollen sie ihre eigenen Städte verbrannt haben. Ich kann mir allerdings nicht denken, wieso jemand das tun sollte.«

»Ich schon«, versetzte Semire. »Wer kein Zuhause hat, in das er zurückkehren kann, schaut nur nach vorn.«

»Das …« Caliga blinzelte erstaunt. »Das ergibt Sinn. Auf verdrehte Weise.«

Aus dem Erdgeschoss drang Flötenspiel herauf. Semire hatte drei Musikanten angeheuert, weil sie geahnt hatte, dass es an diesem Abend voll werden würde. Wer nicht sogleich in die Zimmer kam, sollte dennoch im *Lustgarten* bleiben, und dafür musste man die Freier bei Laune halten.

»Für die Geschichte von den verbrannten Städten spricht auch, in welchen Massen die Gravilier unterwegs sind«, meinte Caliga nachdenklich. »Sie reden von einhunderttausend Bewaffneten. Vielleicht ist das nicht übertrieben. Dazu noch die Alten, die Frauen und Kinder … Sie treiben eine Welle von Flüchtlingen vor sich her. Auch die sind ein Problem in den Siedlungen, die vor der Front liegen.«

»Für die meisten Feldfrüchte naht die Ernte«, überlegte Semire. »Die Gravilier haben einen günstigen Zeitpunkt für ihre Invasion gewählt, wenn sie genügend Leute haben, um die Erträge einzubringen.«

»Unsere Krieger nennen sie ›Barbaren‹, aber zugleich sprechen sie mit Respekt von ihnen. Sie stürmen nicht kopflos vor, sondern planen ihre Angriffe. Sogar eine Belagerung haben sie erfolgreich durchgeführt, mit Gräben, die eine Mauer haben einstürzen lassen, und Sturmleitern.«

»Sonst könnten sie auch nicht …«

Es klopfte.

Semire prüfte, dass ihr Schleier fest saß. »Herein!«

Aliére öffnete die Tür. Im Gegensatz zu Caliga war sie in einem Adelshaus aufgewachsen. Semire hatte sie nun lange genug beobachtet, um sich dessen gewiss zu sein, auch wenn die junge Frau nie davon sprach, von woher sie auf den Berg gekommen war. »Die Gladiatoren sind hier«, meldete sie.

Semire stand auf, ohne sich bewusst dazu entschlossen zu haben. Sie schüttelte den Kopf über sich selbst.

»Ich hole die Silbermünzen«, kündigte Caliga an. Semire hatte wieder einen Beutel für Brotan vorbereiten lassen. Sie wollte ihn noch einmal bei einer Partie Flug und Fall beobachten.

Sie achtete auf ihre Atemzüge, während sie zwischen den von der Decke hängenden Seidenbahnen die geschwungene Treppe hinunterschritt. Eine Dame sollte niemals den Eindruck erwecken, in Eile zu sein. Die Welt hatte sich nach ihren Bedürfnissen zu richten. Zumindest sollten das die interessierten Männer denken. Im *Lustgarten* waren alle Männer an der Rose interessiert.

Auch Brotan blickte zu ihr herauf, wie sie zufrieden bemerkte. Statt ihn anzulächeln, sah sie zu der Vogelstatue hinüber, an deren Schnabel das Silbergeflecht mit den Glasplättchen hing. Die Figuren waren noch nicht aufgestellt, Buhm würde sie bringen, wenn die Partie vereinbart wäre.

Brotan kannte keine Zurückhaltung. Der breitschultrige Gladiator erwartete sie am Fuß der Treppe. Oft hatte sie daran gedacht, wie diese Begegnung ablaufen würde. Jetzt ärgerte sie sich über sein offenes Grinsen. Als hätte er beim letzten Besuch die Partie gewonnen.

»Traut Ihr Euch dieses Mal den Sieg zu?« Sie erschrak über ihre eigene Stimme, weil die Frage wie ein Vorwurf klang.

Er ließ sich jedoch nicht entmutigen. »Ich dachte an etwas, bei dem wir beide gewinnen.«

»Was sollte das wohl sein?«

Er deutete über den Springbrunnen hinweg auf die drei Flötenspieler. »Wir tanzen.«

Semire war so verblüfft, dass sie ihre Arme von ihm in eine passende Haltung heben ließ, ungeachtet der Tatsache, dass sie noch auf der untersten Stufe stand. Es fühlte sich an, als sei ihre Linke dazu gemacht, auf den Muskeln seines Oberarms zu ruhen. Unwillkürlich strich sie darüber, beinahe streichelnd, obwohl sie die Mulde bereits gefunden hatte, an der ihr Daumen zur Ruhe kommen sollte. Ebenso selbstverständlich fand auf der anderen Seite ihre Hand in jene von Brotan.

»Lernt man in den Katakomben nun schon, zu tanzen?« Diesmal klang die Frage in ihren eigenen Ohren weniger feindselig.

»Ich war einmal ein Ritter.« Die Bitterkeit in seiner Antwort schmerzte.

Aber als er sie mit einer Drehung von der Stufe führte und dann um den Brunnen herumtanzte, verging der Schmerz, und kurz darauf verwehten auch all die Bedenken, die Semire zuvor gequält hatten. Erleichtert stellte sie fest, dass sie sich keine klugen Worte zurechtlegen musste. Reden war unnötig. Sie sprachen durch ihre Körper.

Er tanzte bei Weitem nicht so elegant, wie sie es aus den Festsälen gewohnt war, aber seine Arme boten festen Halt, als seien sie gemeißelt. Vor allem führte er deutlich. Unmissverständlich zeigte Brotan an, welche Bewegungen er von ihr erwartete, und entschied klar die Richtung für das Paar. Das erkannte nicht nur Semire, sondern auch die Umstehenden. Obwohl sie auf einer willkürlichen Bahn um den Brunnen herum, zwischen den Sitzgelegenheiten hindurch und an der geschwungenen Theke vorbeitanzten, hatten sie immer Platz. Freier wie Blumen wichen ihnen aus. Sogar die Musiker stellten sich auf sie ein, ihr Spiel bekam einen klareren Takt, der mit ihren Schritten harmonierte.

Semire gestattete sich, ganz in Brotans Führung aufzugehen. Am Anfang beruhigte sie sich noch selbst damit, dass sie in dieser Umgebung die Kontrolle hatte. Der *Lustgarten* gehörte ihr, Buhm war nicht weit, ebenso wenig wie sein Schwert. Aber auch diesen Gedanken ließ sie los und gab sich ganz in die Einheit. Aus einer Tänzerin und einem Tänzer wurde ein Tanzpaar. Sie hatte den Eindruck, Brotans Signalen in exakt dem Moment zu folgen, in dem er sie gab. Absurderweise blieb dieses Gefühl, obwohl es mehrfach widerlegt wurde. Er versuchte etwas gewagtere Drehungen und eine Figur, die sie nicht kannte. Er verharrte unvermittelt und erwartete wohl, dass sie sich weit nach hinten lehnte und auf eine Art im Oberkörper kreiste, die ihr unklar war. Aber schon beim nächsten Takt waren sie wieder eins.

Sie schmiegte sich enger an ihn, nahm seine Führung auch über Hüfte und Oberschenkel auf. Wenn er sie an einer Hand in eine Spirale schleuderte, fühlte sie sich frei und verlassen zugleich. Sie genoss es, wenn er sie wieder einfing und sie in die Sicherheit seiner Arme zurückkehrte. Dass sie die Verrücktheit dieser Gefühle erkannte, änderte nichts an ihrem Empfinden.

Sie schloss die Lider und verlor ihre Wahrnehmung für die verstreichende Zeit. Semire brauchte Brotan nicht zu sehen, um zu verstehen, was er von ihr wollte. Sie genoss es, ihm genau das zu geben. Und er erriet, was sie sich wünschte. Dass er es ihr nicht immer gab, steigerte nur die Vorfreude auf das nächste Mal, wenn er es tat.

Verschwitzt und mit klopfendem Herzen hielt sie inne, als die Flötenspieler absetzten. Die Freier und die Blumen sahen beifällig zu ihnen herüber.

Sie lächelte zu Brotan hinauf. Semire hoffte, dass er trotz des Schleiers erkannte, wie beschenkt sie sich fühlte.

Er zog sie näher zu sich heran. Wegen seiner Größe musste sie sich auf die Fußballen stellen, um das zu ermöglichen.

»Hier mögt Ihr Euch Rose nennen, aber anderenorts seid Ihr

Semire von Schneegrund«, flüsterte er. »Eure Augen werde ich niemals vergessen.«

Sie hätte wohl erschrecken sollen. Aber sie sah nur auf seine Lippen. Sie sehnte sich danach, sie warm und weich und fest auf den ihren zu spüren. Nie hatte sie im *Lustgarten* einen Blick hinter ihren Schleier gestattet, aber ihm würde sie erlauben, den zarten Stoff zur Seite zu ziehen, sogar vor allen Leuten.

Zu ihrer Enttäuschung setzte er sie ab und trat lächelnd einen Schritt zurück. Verspottete er sie etwa? Ohne seine Nähe war ihr kalt.

Wieso ließ er sie stehen?

Begehrte er sie nicht?

Hatte er am Ende nur mit seinen Kameraden gewettet, dass sie mit ihm tanzen würde? Männer taten so etwas ständig. Sie sprachen oft von Liebe, aber am Ende waren Frauen nur Zeitvertreib für sie.

Noch immer schwieg und grinste dieser Barbar. Das Licht eines Leuchtsteins schimmerte auf dem Kupferwinkel hinten an seinem Unterkiefer.

Die Blicke im Schankraum wurden Semire unangenehm. Ihr war klar, dass alle gespannt waren, wie es nun weiterginge. Es gab hohe Wetten unter den Stammgästen, wann es so weit wäre, dass die Rose jemanden auf ihr Zimmer führte, um sich entblättern zu lassen.

Brotan sollte sich bloß nicht einbilden, dass er derjenige sein würde, nachdem er sie so stehen ließ! Sie würde die Kontrolle zurückgewinnen.

Elegant ließ Semire ihren Fächer aufschnappen, bedeckte damit ihre Brust und zeigte mit der anderen Hand auf die Vogelstatue. »Spielen wir?«

»Flug und Fall?«, fragte Brotan. »Ich bin ein Gefangener und habe kein Silber einzusetzen.«

»Wenn ich mich nicht täusche, ist der Spender vom vorigen Mal nochmals vorstellig geworden. Falls es Euch nicht an Mut mangelt, werden sich auch genügend Münzen finden.«

Er runzelte die Stirn.

»Fürchtet Ihr Euch etwa, starker Krieger?« Ihr gefiel der ironische Unterton, den sie in ihre Neckerei legen konnte.

»Ich bin kein Haustier, das Ihr nach Euren Wünschen dressieren könnt.« Er ging zur Theke.

»Könnt Ihr für Wein zahlen, Gladiator?«, rief sie ihm nach.

»Heute reicht mir Wasser.«

Sie verbarg ihren Ärger hinter dem flatternden Fächer, wandte sich um und stieg die Treppe hinauf zurück in ihr Zimmer.

»Dort vorn können wir in der Sonne sitzen!«, rief Kyrin.

Anthurel sah unwillig zu ihr herüber. Er bereute wohl die Galanterie, mit der er und Quilûn angeboten hatten, die Körbe mit dem Essen und den Weinflaschen zu tragen. Obwohl es ein schöner Spätnachmittag war, schien er jeden zusätzlichen Schritt als Zumutung zu empfinden.

Kyrin ging weiter auf den Waldrand zu, um jede Hoffnung zu beseitigen, sie könnte sich damit zufriedengeben, dass sie sich an der Uferböschung des kleinen Flusses niederließen, den Anthurel mit so freundlichen Blicken bedachte. Auch jetzt trommelte er unschlüssig mit den Fingern der freien Hand auf dem blauen Lederstück, das vor Brust, Bauch und Schoß in sein Adelsgewand eingearbeitet war und nur mit viel gutem Willen als Andeutung einer Magierschürze durchging.

Kyrin lief die Zeit davon. Nach der Vollstreckung des Urteils mussten die Steinknechte zurück zu ihren Unterkünften geführt werden, bevor die Sonne versank. Hoffentlich kamen sie nicht zu spät. Kyrin ärgerte sich über den Umweg, den sie gegangen waren, weil sie sich im Wald verlaufen hatte. Sie hätte trotz der Mittagshitze auskundschaften sollen, wie man am besten zum Plateau kam, statt sich auf eine Beschreibung zu verlassen.

Alita und Quilûn hatten offensichtlich nichts gegen einen längeren Spaziergang einzuwenden. Vermutlich bemerkten sie noch nicht einmal, wie die Zeit verging, so angeregt, wie sie sich miteinander unterhielten. Quilûn wechselte den Korb immer wieder von einer Hand in die andere, um Blumen, Blätter und Pilze betasten zu können, über das Gras zu streichen oder auf Vögel und Eichhörnchen in den Ästen zu zeigen. Alita nickte häufig, redete aber auch viel. Die beiden konnten endlos die Feinheiten der Malerei diskutieren.

Quilûn hatte Kyrin gefragt, ob sie von einem Leiden wisse, das Alita dazu bringe, ständig das Band mit der rotgrauen Blüte um ihren Hals zu tragen. Von einem Gebrechen ihrer Schwägerin wusste Kyrin nichts. Sie glaubte, dass der Schmuck eine besondere Bedeutung für sie hatte. Erkundigt hatte sie sich aber nie. Alita trug ihn, solange Kyrin sich erinnerte. Jedenfalls die Blüte vor ihrer Kehle. Das Stoffband, das sie hielt, hatte ab und zu gewechselt. Vielleicht fühlte sie sich durch den geschnitzten Stein einem lieben Verstorbenen verbunden.

Wenn man Alita und Quilûn in so angeregtem Austausch miteinander sah, lag die Vermutung einer Liebelei nahe. Das konnte auch Anthurel nicht entgehen, aber er schien keinen Anstoß daran zu nehmen. So herrisch und besitzergreifend, wie er sich sonst gegenüber seiner Gemahlin zeigte, wunderte Kyrin das.

Das Liebesglück ihres Bruders und ihrer Schwägerin war nicht ihre Sache, sie musste Wichtigeres ergründen. Dem war Kyrin noch nicht nähergekommen, obwohl sie nun schon beinahe eine Woche zu Gast bei den Blitzdorns waren. Sie winkte den anderen. »Kommt! Dort haben wir eine gute Aussicht.«

Anthurel verdrehte die Augen, fügte sich aber. Alita und Quilûn war ohnehin egal, wohin sie gingen. Sie schlossen sich an, ohne ihre Unterhaltung zu unterbrechen.

Kyrin trat zwischen den letzten Buchen hinaus auf das grasbewachsene Plateau. Zu ihrer Beruhigung stand die Sonne noch eine Handbreit über den bewaldeten Hügeln im Westen. Sie nahm die leichte Decke von ihrer Schulter und breitete sie aus. Kell sprang darauf und stolzierte umher, wie um anzuzeigen, dass er sie zur Gänze für sich beanspruchte und sie keinen Platz für Menschen böte, die sich dort setzen wollten. Die beiden anderen Äffchen waren mit Erlyk und Isrin im Palast geblieben.

Wie man Kyrin versprochen hatte, bot das Plateau einen exzellenten Blick. Nicht nur auf die Hügel, die den Berg ins Umland verlängerten, sondern vor allem auf einen Teil des Steinbruchs, den man bereits vor Jahrzehnten stillgelegt hatte. Zurückgeblieben war eine schroffe, nahezu senkrecht abfallende Bergflanke. Durch die graue Verwitterung sah der Fels hier besonders hart aus, auch wenn vereinzelte Gewächse darauf wurzelten.

An diesem Abgrund, zweihundert Schritt vom Plateau entfernt und fünfzig Schritt tiefer, stand eine aufgebrachte Menge von einigen Dutzend Menschen. Die grobe Kleidung der Männer und Frauen verriet, dass sie im Steinbruch arbeiteten. Da der Wind zu ihnen hinüberwehte, waren ihre Rufe nur gedämpft zu vernehmen. Kyrin sah, wie sie Steine auflasen, in den Händen wogen und manchmal gegen andere austauschten. Zwischen ihnen gingen Männer mit Peitschen umher.

In Kyrin stritten gegensätzliche Gefühle. Einerseits war sie erleichtert, noch rechtzeitig gekommen zu sein. Andererseits wusste sie, dass das, was jetzt geschehen würde, unangenehm war.

Quilûn und Anthurel stellten die Körbe ab. Erst als Alita ihre Decke ausbreitete, sah sich Quilûn um.

Er runzelte die Stirn. »Was geschieht dort unten?«

Eine Dame, deren Kleid sehr viel kostbarer war als das, was die anderen trugen, trat aus der Menge an den Abgrund.

Kyrin stellte sich so, dass sie Quilûn im Blick hatte. »Sie bestrafen diese Frau, weil sie Steinknechten die Flucht ermöglicht hat.«

»Stimmt, das ist ja heute.« Anthurel kniete sich auf die Decke seiner Gemahlin, öffnete den Korb und nahm das in ein Tuch geschlagene Gebäck heraus.

»Euer Besuch lässt die Tage ineinanderfließen.« Alita lachte unbeschwert. »Da muss man achtgeben, dass man keine Verpflichtung übersieht.«

Anthurel bemerkte wohl, dass sich Quilûn mehr für das Treiben am Abgrund als für die Speisen interessierte. Er stand auf, ohne den Korb weiter auszupacken. »Das ist Baroness Jasita

Flutgrau«, sagte er abschätzig. »Seit sie Witwe ist, hat sie die Freude am Leben verloren. Und zwar so gründlich, dass sie nun auch jedem anderen den Frohsinn neidet.«

Die Hände der Baroness waren vor ihrem Schoß gefesselt. Einer der Peitschenschwinger trat vor und griff in ihr Gesicht. Sie versuchte es wegzudrehen, aber er machte das nicht zum ersten Mal. Er hielt ihr die Nase zu, bis sie den Mund öffnete, in den er etwas hineinschob.

»Ein Levitationszauber«, erklärte Kyrin, damit Quilûn genau verstand, was dort geschah.

Jasita schwebte augenblicklich empor. Der Mann gab ihr einen kräftigen Stoß, sodass sie über den Abgrund hinaustrieb.

»Wie bei Eurer Verlobung«, scherzte Anthurel. »In ihren letzten Momenten ist der Verbrecherin noch einmal vergönnt, zu fliegen. Ist das nicht ein wunderbares Gefühl gewesen?«

»Das war es«, bestätigte Quilûn, »aber ich wurde dabei auch nicht mit Steinen beworfen.«

Genau das tat die Menge: Sie schleuderte die aufgelesenen Brocken auf die Baroness. Manche verfehlten sie, aber die Treffer mussten sehr schmerzhaft sein. Schließlich trug sie keine Rüstung, sondern nur ein Kleid. Ein Stein traf sie sogar im Gesicht.

»Es geht nicht darum, ihr Schmerzen zu bereiten«, sagte Kyrin. »Oder nicht hauptsächlich. Die Steinknechte schieben sie mit jedem Treffer weiter über den Abgrund hinaus.«

Schon jetzt ging es unter Jasitas Füßen mehrere Dutzend Schritt tief hinunter. Den Sturz auf die Felsen, wenn der Zauber in ihrem Mund zerfallen wäre, könnte sie nicht überleben. Vielleicht brach sie sich beim Aufprall nur ein paar Knochen, aber auf dem Steilhang würde sie keinen Halt finden. Sie würde mit gefesselten Händen über den harten Stein rollen, über Kanten fallen, auf Vorsprüngen aufschlagen und irgendwo weit unten im Tal vollkommen zerschlagen ankommen. Raubtiere würden ihre Leiche zerreißen. Ihre Asche würde niemals im Wind treiben.

»Ich verstehe das nicht«, gestand Quilûn. »Wieso steinigen die Knechte sie? Kyrin hat doch gesagt, sie hat ihnen das Entkommen ermöglicht.«

»Sie hat zwar viele aufgewiegelt, aber nur wenigen tatsächlich zur Flucht verholfen«, stellte Anthurel klar. »Jene, die geblieben sind, müssen nun härter arbeiten, um die Vorgaben für ihre Gruppen zu erfüllen. Schließlich darf der Ertrag der Mine nicht sinken. Das bedeutet weniger Schlaf. Diese Woche sind sie dennoch am Soll gescheitert. Deswegen bekamen sie weniger zu essen.«

Quilûn betrachtete die Körbe und das eingeschlagene Gebäck, an dessen Tuch Kells schwarze Pfötchen herumzupften. »Herrscht denn Mangel an Nahrungsmitteln?«

»Noch nicht, aber wenn den Graviliern nicht bald Einhalt geboten wird …« Anthurel machte eine wegwerfende Geste. »Darum geht es nicht. Wer zu satt ist, wird träge.«

»Mein Bruder weiß, wovon er spricht«, sagte Kyrin. »Wir sind in der Gosse aufgewachsen.«

»Deswegen ist mir klar, wie die da unten denken!«, ereiferte sich Anthurel. »Ihnen geht es immer nur um das Jetzt. Um die nächste Mahlzeit, den vollen Magen. Wenn sie sich den Wanst vollgeschlagen haben, begreifen sie nicht, dass sie bald wieder hungrig sein werden. Man muss dieses Bewusstsein wachhalten, damit sie weiterhin fleißig arbeiten. Von solchen Leuten darf man nicht erwarten, dass sie tun, was in einem Mond oder einem Jahr gute Früchte tragen wird.«

»Also lasst Ihr sie hungern?«, versicherte sich Quilûn.

»Nur so viel, wie gut für sie ist«, wiegelte Anthurel ab. »Um sie zu erinnern, dass sie sich besser gut betragen.«

Quilûn schüttelte den Kopf und sah wieder zur schwebenden Baroness hinüber. Die Steine hatten ihr kostbares Kleid zerrissen, ein Treffer ließ Blut aus ihrem Bein spritzen.

»Das ist unmenschlich!«, rief Quilûn.

»Darüber ist viel geschrieben worden«, sinnierte Anthurel. »Man darf bezweifeln, dass unsereins zu solcherlei fähig wäre. Deswegen lassen wir die Steinknechte die Bestrafung ausführen.«

»Ihr ermuntert sie doch dazu!«

»Auch im Adel gibt es verkommene Subjekte, denen die Ordnung der Welt nicht gefällt«, entgegnete Anthurel eisig. »Wir müssen dafür sorgen, dass sich ein Verhalten, das uns allen schadet, nicht lohnt. Das dort«, er zeigte auf die Hinrichtung, »wird Nachahmer abschrecken, und das ist notwendig. Gerade jetzt, wo die Gravilier vorrücken, muss der Adel zusammenstehen. Zeigen sich Risse unter den Edlen, setzen sich diese im Volk fort. Zugleich müssen wir Vorbild sein. Die Niederen müssen sehen, dass die Hohen auch unter ihresgleichen Gerechtigkeit üben, selbst wenn das Härten bedeutet.«

Quilûn schnaubte.

Anthurel fuhr unbeirrt fort. »Die Baroness hat Glück, dass sie eine Frau ist. Für das, was sie sich erdreistet hat, hätte man einen Mann zu einem Weinenden auf dem Platz der Reue machen können.«

»Oder jemanden wie mich«, fügte Kyrin tonlos an. »Bei Magierinnen hat man schon Ausnahmen gemacht und sie ebenfalls versteinert.«

»Das liegt lange zurück.« Anthurel wirkte jetzt wirklich wütend. »Diese Zeiten sind überwunden. So grausam sind wir nicht mehr zu Frauen, auch wenn sie der Zauberei kundig sind.«

Ein Stein traf Jasita am Kopf. Man konnte nicht sehen, ob sie noch bei Bewusstsein war. Der Zauber hielt sie aufrecht.

»Das ist kein schöner Anblick«, befand Alita. »Ich merke, dass er auf Euer Gemüt drückt, Herr Graf. Warum suchen wir uns keinen anderen Platz? Am Fluss war es doch nett.«

Dass Jasita nicht ohnmächtig war, wurde allen klar, als sie schrie. Selbst auf diese Entfernung ging der Laut der Verzweiflung durch Mark und Bein. Entweder war der Levitationszauber in ihrem Mund nun zerfallen oder sie spuckte den Rest aus. Sie stürzte gleich einem Vogel, dem ein Pfeil das Herz durchbohrt hatte.

Wie Kyrin erwartet hatte, schlug sie so heftig auf einen Felsvorsprung, dass es aussah, als hätte sie gar kein Rückgrat. Sie schien sich darumzuwickeln wie ein nur halb gefüllter Wasserschlauch. Jasita rutschte ab, fiel tiefer, prallte auf, rollte über ihre Seite, fiel, bis sie endlich dem Blick entschwand.

»Wie der geschätzte Anthurel ausführte«, sagte Quilûn tonlos, »sind es diese edlen Taten, die unser vergnügliches und unbeschwertes Mahl ermöglichen. Warum sollten wir also nicht Zeugen dieser Vorkommnisse werden? Oder noch besser: Lasst uns die Körbe zu den Arbeitern bringen. Als Dank für ihren Fleiß, den sie doch zumindest heute eindrucksvoll gezeigt haben. Mir scheint, sie haben sich den Kuchen mehr verdient als wir.«

Finster sah Anthurel ihn an. Kyrin kannte das aufbrausende Naturell ihres Bruders. Sie hoffte, dass er sich nicht zu einer Dummheit hinreißen ließe.

»Der Wein kann zu Kopf steigen«, grollte er. »Alita und ich werden in den Palast zurückkehren und uns zur Ruhe begeben. Den hier gefallenen Worten sollte niemand ein unangemessenes Gewicht verleihen. Nicht wir haben gesprochen, sondern der Wein.«

Quilûn nickte knapp, drehte sich von Anthurel weg und beobachtete, wie die Peitschenmänner die Arbeiter auf die Straße zum Steinbruch führten.

Kell keckerte empört, weil Alita behutsam die Decke aufnahm, auf der das Äffchen hockte. Sie verstaute das Gebäck wieder im Korb, während sie mit Anthurel flüsterte. Die Weinflaschen blieben ungeöffnet.

Kyrin lauschte auf das Säuseln des Windes, der über den Abgrund strich. Jasita hatte sich von ihrer Ungeduld hinreißen lassen, sie hatte zu hastig agiert, um möglichst viele Steinknechte zu befreien, und war dadurch in Gefangenschaft geraten, ohne viel zu bewirken. Aber ihr Tod hatte etwas Wichtiges gezeigt.

Brotans Rippe schmerzte von dem Schwerthieb, den er heute in der Arena empfangen hatte. Er hatte Glück gehabt oder sein Gegner hatte sich als unfähig erwiesen. Das Schwert hatte ihn nicht mit der Schneide getroffen. Anderenfalls hätte die Wucht des Hiebs ausgereicht, den Stahl bis zu seiner Wirbelsäule durch das Fleisch zu hacken. So hatte er statt einer tödlichen Wunde nur eine Prellung hinnehmen müssen. Sie schmerzte, wenn er sich ungünstig bewegte, aber das hielt ihn nicht davon ab, zum dritten Mal den *Lustgarten* zu besuchen.

Er bereute die eitle Streiterei mit Semire von Schneegrund nach ihrem Tanz beim letzten Mal. Diesmal wollte er es besser machen. Sie war eine stolze Frau. Eine Dame, die jeden Mann haben konnte, den sie begehrte. Sie hatte das Recht, respektiert zu werden. Er würde ihr Raum geben, auch wenn das bedeutete, dass sie wieder ihren Spaß mit ihm trieb.

Doch an diesem Abend wirkte es gar nicht so, dass sie das vorhatte. Zumindest strebte sie keinen so schnellen und totalen Sieg an wie bei ihrer ersten Partie. An der Theke hatte man ihm einen Beutel Silbermünzen ausgehändigt, den angeblich ein Unbekannter für ihn hinterlegt habe, damit er Flug und Fall mit der Rose spielte. Das tat er nun seit einer Stunde und die Blumen machten schlechte Geschäfte. Vor allem mit den Stammgästen, die diese Partie wesentlich interessanter fanden als die Reize der jungen Frauen. Man drängte sich um die Vogelstatue mit dem Silbergeflecht, rempelte einander sogar beiseite, sagte aber kein Wort. Gebannt beobachtete man die Züge.

Brotan bewegte eine grüne Figur auf die fünfte Ebene. Bis auf zwei hatte er damit all seine Dämonen dort versammelt.

Semires gelbes Heer dagegen war weit verteilt, aber durch die Silberfäden, auf denen die Leuchtkugeln wanderten, fokussierte sich seine Wirkung ebenfalls auf der fünften Ebene. Anders als bei ihrer ersten Partie ließ sie kaum Figuren stürzen, sie hielt alles in der Schwebe.

Brotan kannte sich mit den Feinheiten des Spiels nicht aus, vor allem, was die in das Netz gewobenen Steinfigürchen betraf, die Tunnel, Treppen und Tore. Sie alle hatten eine Wirkung, aber welche das war, wusste er nur bei einigen. Zudem konnte sich diese Wirkung ändern, wenn mehrere dieser speziellen Figuren zusammenkamen oder durch Leuchtfäden verbunden wurden.

Er wurde den Eindruck nicht los, dass Semire wie eine Spinne agierte, die ihr Opfer längst gefangen hatte, während dieses noch nichts davon ahnte.

Sie bewegte eine Figur im oberen Bereich des pyramidalen Netzwerks. Einige Glasplättchen klappten weg, andere hoben sich, die Lichter wechselten zwischen den Silberfäden, aber der Nutzen dieses Zuges entging ihm. Brotan fühlte sich dumm.

Auf der fünften Ebene standen seine Figuren massiv. Selbst wenn Semire trickreich einige Plattformen wegklappen ließe, würde das seinen Griff um diesen Bereich des Geflechts nur unwesentlich schwächen können. Sie hatte schlicht zu wenige Standflächen, um selbst dorthin vorzudringen.

Wenn ihm das klar war, wusste sie das erst recht. Also hatte sie etwas anderes vor.

War es möglicherweise leichtsinnig, alle seine Figuren auf so engem Raum zu versammeln? Glich er einem Feldherrn, der sämtliche Krieger auf ein einziges Schiff schickte? Das war dann nicht zu entern, aber wenn es sank …

Misstrauisch musterte er die eingeknüpften Steinfigürchen. Konnte eine ihm unbekannte Konstellation eine ganze Ebene wegklappen lassen? Dann hätte er auf einen Schlag verloren.

Oder wollte Semire auf andere Weise gewinnen? Der Weg zur obersten Ebene, dem Gipfel der Wonnen, war nicht gangbar. Zu wenige Fäden leuchteten in diesem Bereich, es gab keinen Weg hinauf.

Trotzdem, dass sie ihn auf der fünften Ebene einfach gewähren ließ, machte ihn nervös. Er beschloss, seine Stellung weiter auseinanderzuziehen, und nahm eine der dort aufgestellten Figuren von einer Plattform.

Semires grüne Augen sahen ihn durch das Geflecht hindurch an. Sie lächelte, was Brotan durch den durchscheinend blauen Schleier über ihrem Mund problemlos erkennen konnte. Sicher benutzte sie diesen Sichtschutz nicht, um ihre wunderschönen Züge zu verhüllen, sondern um das Blau ihrer Zähne zu verbergen. Eine Adlige in einem solchen Haus zu finden hätte viele Fragen ausgelöst. Ihre Tarnung wäre aufgeflogen.

Wobei sich Brotan fragte, wieso das nicht ohnehin der Fall war. Sie war so … so *schön*, aber das Wort erschien ihm abgegriffen, durch den gedankenlosen und alltäglichen Gebrauch seiner wahren Bedeutung beraubt. Es beschrieb nicht nur Semires Gesicht, ihre Augen, den ausgeprägten Schwung der Lippen, die sich durch ihr Lächeln auf eine Weise bogen, die er nicht verstand, die ihm aber das Herz aufgehen ließ. Auch nicht bloß ihr glänzendes, beinahe hüftlanges Haar, ihren festen, aber doch eleganten Gang, die schlanke Figur mit den dennoch ausgeprägten Rundungen. Vor allem lag diese Schönheit im Adel, der nichts mit einem Geburtsrecht zu tun hatte. Diese Frau war in ihrem Innern aufrecht, ungebeugt, sie stand ein für das, was sie für richtig hielt. Das mochte zu Brotans Nachteil sein, wenn sie ihn unnachgiebig ihre Überlegenheit bei Flug und Fall spüren ließ, aber es beeindruckte ihn.

Er stellte sich darauf ein, den *Lustgarten* nochmals nackt zu verlassen. Das Gelächter auf der Straße kannte er nun ja bereits.

Ob auch Semire über ihn lachte? Ließ sie ihn mit ihrem eigenen Silber spielen, weil er sie so sehr belustigte? Der Barbar aus dem Süden, dessen Geist sich nicht mit ihrem messen konnte? Der trotz all seiner ungeschlachten Kraft ihr gegenüber hilflos war?

Frustriert suchte er den besten Zug für die Figur, die er in der Hand hielt. Er fuhr die leuchtenden Fäden entlang, drei Ebenen hinauf, auf die achte. Brotan setzte an, den grünen Dämon auf einem Glasplättchen am Rand zu platzieren, wo er zumindest nicht sofort geschlagen werden konnte.

Semire zog die Stirn in tiefe Falten.

Brotan verharrte, bevor er die Figur absetzte.

Semires Stirn glättete sich. Sie zuckte mit der linken Braue.

Er bewegte den Dämon in diese Richtung.

Sie lächelte breit. Schon allein dafür lohnte sich dieser Zug, entschied Brotan.

Als er erneut ansetzte, die Figur abzustellen, deuteten sich wiederum Falten auf Semires Stirn an.

Also war auch diese Plattform falsch?

Wieso glaubte er eigentlich, dass sie ihn nicht hereinlegen wollte? Im Grunde sprach alles für die Annahme, dass sie ihn zu einem besonders dummen Zug verleiten und dadurch bloßstellen wollte. Das würde für Gelächter im Schankraum sorgen, die Gäste könnten sich schlauer fühlen als der einfältige Barbar und wären ermuntert, weitere Getränke zu ordern und mit den Blumen zu feiern. Gute Einnahmen für den *Lustgarten*.

Aber dieses Lächeln … Brotan vertraute ihrem Lächeln, gegen alle Vernunft.

Semire schloss die Lippen, schmunzelte aber weiterhin und hob das Kinn kaum merklich an.

Es gab einen Pfad weiter hinauf, zur neunten Ebene. Nur ein einzelner Faden, in der Mitte der Pyramidenstruktur, leicht zu übersehen. Aber ein erlaubter Zug, zweifellos. Dort oben drehten sich mehrere graue Steinfigürchen, eingeknüpft in die Fäden und bewegt vom Luftzug. Zwischen zwei Brücken und einer Röhre fiel Brotan ein Pferd mit Adlerschwingen auf. Eine solche Statuette sah er sonst nirgendwo, und er wusste nicht, was sie bewirkte.

Er stellte seinen Dämon unmittelbar davor ab.

Die Lichter gewitterten durch die Fäden wie niemals zuvor. Auf der gesamten Höhe der Pyramide klappten Plattformen weg oder hoben sich. Dämonen stürzten, wurden auf tieferen Ebenen wieder aufgefangen. Es klackerte und prasselte wie bei einem Hagelschlag. Die Umstehenden raunten.

Der Effekt auf das grüne Heerlager auf der fünften Ebene war vernichtend. Entsetzt sah Brotan, wie mehr als die Hälfte seiner Figuren stürzte. Die meisten von ihnen landeten im gepolsterten Korb unter dem Spielfeld. Dort stießen sie zwar auch mit gelben Figuren zusammen, aber das waren erheblich weniger. Die verteilte Stellung hatte Semire vor dem Großteil des Schadens bewahrt.

Das Raunen erstarb. Es schien, als wagte niemand zu atmen.

Niemand außer Semire, deren Nasenflügel sanft zitterten, während sie breit lächelte. Machte sie sich über Brotan lustig? Hatte sie jetzt den Sieg über den einfältigen Trottel bekommen, auf den sie hingearbeitet hatte?

Gedemütigt trat er einen Schritt zurück.

Buhm, der massige Hausdiener, verzichtete sogar darauf, Brotans verbleibende Silberstücke in seine Kassette zu legen.

Das mochte daran liegen, dass die Niederlage allzu offensichtlich war. Aber den ungläubigen Blick, mit dem er Brotan betrachtete, erklärte das nicht. War ihm etwa so deutlich anzusehen, wie sehr er sich schämte?

Er hatte auf Schlachtfeldern und in der Arena Schmerzen erlitten, er hatte Kameraden wie Arlor verloren, er wusste, wie eine Niederlage schmeckte. Ein Spiel hätte ihm nichts ausmachen sollen, und nackt auf die Straße zu treten, das hätte er als kindische Neckerei abtun müssen. Dennoch stiegen ihm Tränen in die Augen. Er hatte Semire vertraut, und jetzt hatte er …

»Ihr seid der Erste, der gegen mich gewonnen hat.« Semire fasste ihr Kleid und breitete es weit zu den Seiten aus, während sie knickste. »Erweist mir die Ehre, Euch nach oben zu führen.«

Er brauchte einen Moment, um die Bedeutung ihrer Worte zu begreifen. Um sich zu versichern, blickte er sich um. Niemand lachte.

Auf der obersten Plattform stand ein grüner Dämon neben dem geflügelten Pferd.

Vorsichtig schloss Quilûn die Tür zu Erlyks Zimmer. Er war froh, dass sein Sohn rasch in den Schlaf gefunden hatte. Das Kind war frei von den aufwühlenden Gedanken, die Quilûn seit der Hinrichtung am Nachmittag plagten.

Im Gang erwartete ihn Kyrin. Die Magierin trug wie immer ihre blaue Schürze, aber die Äffchen waren nirgendwo zu sehen. Sie knickste ehrerbietig.

Er nickte ihr zu und sah sie fragend an.

»Begleitet Ihr mich hinaus?« Sie zeigte zu der Tür, die auf den Ausleger hinausging, der zum Hauptgebäude des Palastes hinüberführte. »Ich will noch etwas frische Luft schnappen, bevor ich zu Bett gehe.«

Es war ein fadenscheiniger Vorwand. Ihre Unterkunft lag nicht in diesem Nebengebäude. Quilûn fiel kein Grund ein, aus dem sie überhaupt hier war.

Er folgte ihr dennoch auf den brückenartigen Ausleger. In dieser Nacht brannten nur jeweils drei Feuerschalen auf den Brüstungen. Die Flammen kamen Quilûn weniger intensiv vor. Hatte man bei ihrer Ankunft etwas auf die Kohlen gestreut, um sie spektakulärer zu machen? Oder hatte sein Eindruck am Dampf der Quadra gelegen?

An diesem Abend hatte er nichts davon eingeatmet. Er wollte mit klarem Verstand nachdenken. Sein Mund fühlte sich bereits trocken an.

Der nächtliche Gesang der Steinknechte drang zu ihnen herauf. Für Quilûn hatte er nichts Erhabenes mehr. Er wusste auch nicht länger, was er von diesen Menschen halten sollte. Für Anthurel waren sie Verbrecher, die ihre Strafe erhielten. Alita glaubte, die Arbeit im Steinbruch könnte sie läutern und zu guten Menschen machen. Diese guten Menschen hatte Jasita Flutgrau wohl bereits in ihnen gesehen, sonst hätte sie ihnen nicht zur Flucht verhelfen wollen. Und doch saßen dort unten an den Feuern auch jene, die Steine auf die Verurteilte geworfen hatten, bis sie in den Abgrund gestürzt war.

Kyrin blieb auf halber Strecke zum Hauptbau stehen. Quilûn stellte sich neben sie an die Brüstung.

Über ihnen bewegte sich langsam ein höherer Ausleger. Seine dunkle Masse verdeckte die Sterne. In einiger Entfernung tauchte der Mond einen spindelförmigen Anbau in ein silbriges Licht.

»Hier gibt es viel Schönheit, die unberührt über dem Elend der Welt schwebt«, meinte Quilûn bitter. »Viele Motive für Gemälde von ergreifender Erhabenheit. Die Blitzdorns bewohnen einen prachtvollen Palast.«

»Ja, nicht wahr?« Kyrin lehnte sich gegen die Brüstung. »Gemessen daran, dass sie nur Barone sind … Der Grafenpalast unseres Tiefen Hauses ist zwar größer, aber nicht viel prächtiger.«

»Du sagst das wie einen Vorwurf.«

»Es ist eine Kritik, die der Adel oft an Haus Schneegrund äußert. Die Edlen meinen, wir müssten mehr repräsentieren. Wer seine Pracht nicht entfaltet, dem traut man sie nicht zu. Das macht ihn schwach.«

Quilûn wollte nicht an eitle Pracht denken, vor allem, nachdem ihm heute vor Augen geführt worden war, wie hart dafür geschuftet wurde. Aber er hatte das Gefühl, dass Kyrin auf etwas anderes hinauswollte. »Was willst du mir sagen?«

Sie blickte geradeaus in die Dunkelheit. »Statt in prunkvolle Feste ist das Vermögen von Haus Schneegrund in einen Traum geflossen, den Graf Golar geträumt hat.« Sie schürzte die Lippen, bevor sie fortfuhr. »In einen Traum von Freiheit, ohne Adel, der den Menschen sagt, wie sie zu leben haben.«

»Ohne Adel?«, wiederholte Quilûn. »Aber … er war doch selbst ein Graf.«

»Seine Frau ist in der Fehde gegen Haus Adlerhoch gefallen. Er hat nie eine Antwort darauf gefunden, wofür sie ihr Leben gelassen hat. Die Ehre des Tiefen Hauses erschien ihm als Trug, als Luftspiegelung, nicht greifbar. Nichts im Vergleich zu der Berührung der Frau, die er geliebt hatte. Er hat viel gegrübelt zu jener Zeit, das hat er mir später erzählt. Er ist durch ein lichtloses Tal gewandert, hat alles infrage gestellt. Das Fundament unseres Lebens auf dem Berg. Er hat geglaubt, dass es auf Unrecht gebaut ist. Die totale Herrschaft der Ahnen … Seine Hoffnung war, dass eine neue Ordnung erwachsen würde, wenn die Menschen die Furcht verlieren würden. Er hat ihnen Räume geschaffen, in denen sie von seinem Traum lernen konnten.«

Quilûn war überrascht, wie stark er merkte, dass er die Quadra an diesem Abend nicht eingeatmet hatte. Er wischte über seine Stirn, doch obwohl er das Gefühl hatte, zu schwitzen, blieb seine Hand trocken. Die Finger zitterten. Er versuchte, sich auf das zu konzentrieren, was Kyrin ihm anvertraute.

»… in vielen Gruppen verteilt. Graf Golar wusste natürlich von allen, aber ich weiß nicht, ob er Aufzeichnungen gemacht hat. Selbst wenn, komme ich nicht heran. Nur Ihr könntet mir Zutritt zu seinen Gemächern gewähren.«

Quilûn räusperte sich. Er wusste nicht, was er darauf sagen sollte. »Du sprichst von einem Aufstand gegen die Macht des

Berges? Geführt von einem Mann, der selbst an der Spitze der Macht stand?«

»Nein, das wollte er nicht.« Sie schüttelte den Kopf. »Das ist etwas, wo er mich nie überzeugt hat. Er glaubte, die Revolution müsste von unten kommen. Deswegen hat er Barden gesucht, die freie Rede führen. Dorfschulzen, die eigene Ideen entwickelten. Barone, die ihre Ländereien anders regierten als durch Unterdrückung. Aber auch kluge Leute, die er als Landvogt auf seinen Reisen traf. Er hat sie ermuntert, ihre Gedanken zu verbreiten. Gleichgesinnte zu suchen. Die Gruppen sollten nichts voneinander wissen, damit wir uns nicht verraten konnten, wenn einer von uns aufflog. Oder gefangen wurde. Die meisten wissen noch nicht einmal, dass sie Teil einer größeren Bewegung sind.« Prüfend sah sie Quilûn an. »Dennoch habe ich einige ausfindig gemacht. Jasita Flutgrau zum Beispiel. Leider habe ich nur zweimal mit ihr sprechen können, bevor ich von ihrer Hinrichtung erfahren habe, und einmal kurz hier im Kerker.«

»Du hast den Ausflug zu den Blitzdorns angeregt, damit ich diese Ungerechtigkeit mit eigenen Augen sehe«, erkannte Quilûn.

Kyrins Schweigen gab seinen Gedanken Gelegenheit, sich in dem neuen Bild zurechtzufinden, das sie ihm zeigte.

»Ich erinnere mich an eine Nacht auf unserer Reise an die Südgrenze«, murmelte Quilûn. »Wir lagerten in der Nähe eines Sees. Ich sah Graf Golar zu einem Dorf aus Pfahlbauten gehen. Er stieg in ein Boot. Ich habe nicht verstanden, was er dort gewollt hat. Könnte er sich mit Rebellen getroffen haben?«

»Das ist möglich, aber mit Revolutionären, nicht Rebellen. Rebellen wollen ändern, wer an der Spitze steht. Revolutionären geht es darum, die Ordnung umzustürzen.« Kyrins Schürze knirschte, als sie mit den Achseln zuckte. »Ich habe keinen Überblick über alle Gruppen. Aber ich weiß, dass Graf Golar seine Reisen als Landvogt gut genutzt hat. Tarima hat von dem Lähmungssiegel berichtet, das einen Imagolem hat erstarren lassen. Und du selbst hast das Geschoss gesehen, das den magischen Schutz von Graf Golars Rüstung durchschlagen hat. Eine zweite Komponente in diesem Bolzen hat ihn getötet.«

»Der Zauber war in Form einer Schlange gemeißelt«, erinnerte sich Quilûn.

»Ich weiß. Ich habe ihn selbst geschlagen.«

»Was?« Er wich von ihr zurück. »Wieso hast du Graf Golar umgebracht?«

Sie verfolgte ihn nicht, blickte ihn aber an. »Der Zauber war nicht für seine Feinde bestimmt. Wir haben den Revolutionären Magie dieser Art gegeben. Uns war klar, dass die Freiheit nicht ohne Gewalt zu haben sein würde. Und in einem Kampf braucht man Waffen gegen die Zauber des Berges. Jasita hat herausgefunden, dass eine der Gruppen unsere Magie an die Gravilier weitergegeben hat. Diese Gruppe hat keine Rücksprache mit dem Grafen gehalten, soweit ich weiß. Offenbar denkt man an der Südgrenze des Imperiums, dass die Gravilier gute Verbündete wären, weil sie auch Feinde des Berges sind.«

»Aber von solchen Zaubern berichten unsere Truppen in der jetzigen Auseinandersetzung nicht.«

»Sie können nicht viele davon erhalten haben«, sagte Kyrin. »Noch nicht.«

»Du meinst … du willst sie doch nicht etwa damit versorgen?«

Demonstrativ wandte sie sich um und sah zu den Lagerfeuern der Steinknechte hinunter. »Über solcherlei habe ich oft lange Nächte mit Graf Golar gesprochen.« Sie lachte freudlos. »So oft, dass sogar seine Tochter den Verdacht hegt, ich könnte seine Bettgespielin gewesen sein. Aber das war ich nie. Soweit ich weiß, war er seiner verstorbenen Frau immer treu. Wir haben uns auf anderer Ebene intensiv ausgetauscht. Wir glaubten beide, dass man die Kontrolle aufgibt, wenn man eine große Gewalt entfesselt. Das Dilemma ist: Es braucht eine solche große Gewalt, um den Ianapat ins Wanken zu bringen. Der Berg, wie wir ihn kennen, muss fallen, wenn sich wirklich etwas ändern soll. Die Macht der Ahnen muss erlöschen. Oder es wird immer Steinknechte geben. Und Hunderttausende andere Unterdrückter.« Über die Schulter blickte sie ihn an. »Nun ist es auch zu Eurer Entscheidung geworden. Die Gravilier greifen uns an.

Wenn wir abwarten, werden unsere Imagolems sie zurückschlagen. Diese Karte können wir kein zweites Mal spielen.«

»Also meinst du …« Dieses verfluchte Gefühl, ständig zu schwitzen! Am liebsten hätte Quilûn sein Gewand abgelegt, um sich mit einem Tuch abzureiben. Er wischte sich über das Gesicht. »Du findest, wir sollten uns mit denen verbünden, die Graf Golar getötet haben? Ihnen die Herrschaft über den Berg übergeben?«

»Wir dürfen nicht eine Tyrannei durch eine andere ersetzen«, sagte sie entschieden. »Aber wir müssen mit allen reden, die uns helfen können, die Macht des Berges zu brechen. Jasita hat mehrere Knechte befreit und nach Süden geschickt. In der Nähe des Berges konnten sie ohnehin nicht bleiben. Zum Dank für Jasitas Hilfe sollen sie einen Zauber zu den Graviliern bringen, mit dem wir uns verständigen können. Ich kann so etwas nicht selbst meißeln, auf diese Art von Magie verstehe ich mich nicht. Darum haben wir nur wenige dieser Zauber und konnten nur diesen einen schicken. Aber wenn er durchkommt, können wir Kontakt mit den Anführern der Gravilier aufnehmen. Mit dieser Zauberpriesterin, über die so wilde Erzählungen von Mund zu Mund fliegen.«

»Hast du es schon versucht?«

»Nein, ich arbeite an anderem.«

»Daran, mich zu einem Umstürzler zu machen«, vermutete er.

»Auch. Aber … Ihr kennt Tarisonn. Den Weinenden Mann, den Ihr gemalt habt, kurz vor Graf Golars Aufbruch. Er hält ein Schild, auf dem steht: *Meißeln verbotener Zauber.*«

»Ich erinnere mich.«

»Auch er gehörte zu uns. Er war etwas Unglaublichem auf der Spur.« Kyrin kam zu Quilûn, fasste ihn an den Armen und leitete ihn mit sanftem Druck neben eines der brennenden Feuerbecken. »Ich will Euch in die Augen sehen«, erklärte sie.

Sie sah sehr ernst aus. Obwohl sie kleiner war als er, hatte er nicht das Gefühl, auf sie hinabzusehen. Es fühlte sich an, als ob er die magische Kraft spüren könnte, über die sie gebot. Vielleicht waren das Nachwehen der Quadra, die seine Sinne erweiterte.

»Er hat von den Gezeiten der Macht erfahren. Davon, dass die Magie nicht so ewig ist, wie sie scheint. Ihr werdet begreifen, was mit diesem Palast geschieht, wenn die zauberische Kraft versiegt.«

Ihre Geste umfasste die wandernden Ausleger, die gewagten Nebenbauten. Quilûn konnte sich nicht vorstellen, dass der Stein allein sie halten könnte. Sogar der wie ein Schwalbennest an den Hang gebaute Hauptteil mochte in die Tiefe stürzen.

»Nicht nur dieser Palast …«, murmelte er.

Sie nickte ernst.

In der Stadt gab es Hunderte, Tausende Gebäude, deren Statik auf Zaubern basierte, die in Säulen, Giebel, Mauern und Fundamente gemeißelt waren. Und mehr noch … Die Wasserversorgung, das Kriegswesen, der Schutz gegen Krankheiten und Ungeziefer … Auf dem Berg durchdrang die Magie alles.

»Eigentlich hätte der Berg seine Macht schon längst wieder zurückfordern müssen«, sagte Kyrin. »Wenn zutrifft, was ich herausgefunden habe, schlägt in seinem Innern ein Herz aus Kristall. Irgendetwas muss es daran hindern, den natürlichen Kreislauf in Gang zu halten. Aber um das zu verstehen, muss ich tief in die Kavernen hinabsteigen.«

»Wie tief?«, fragte er.

Sie schluckte. »Tief. So tief, dass ich dafür Eure Hilfe brauche.«

Quilûn seufzte. »Ich bitte dich, ihrze mich nicht mehr. Ich ekle mich vor dem Adel, der diese Anrede einfordert.«

Ein Lächeln zuckte auf ihren Lippen. »Heute Nacht will ich dich vertraulich ansprechen. Aber wenn wir den Palast wieder betreten, dürfen wir uns keinen Fehler erlauben. Dann musst du wieder der Graf sein.«

Er lachte auf. »Was siehst du in mir? Wie kannst du glauben, dass ich das zuwege brächte? Ich wurde nie zum Anführer erzogen.«

»Diese Frage stellen sich viele«, offenbarte Kyrin freimütig. »Aber Graf Golar war der weiseste Mann, den ich kannte. Mich interessiert, was er in dir gesehen hat.«

»Das habe ich mich oft gefragt«, gestand Quilûn. »Unentwegt, seit er mich zu seinem Erben gemacht hat. Ich habe überlegt, ob ich diese Verantwortung ausschlagen soll. Adlige wie Fürst Doryam würden das nur allzu gern sehen und eine Nachfolge in ihrem eigenen Sinne regeln. Vielleicht sogar zum Besten von Haus Schneegrund.«

»Weshalb hast du dich anders entschieden?«

»Ich glaube, ich vertraue Graf Golar ebenso wie du. Selbst nach seinem Tod. Er hat etwas gesagt, das mir nicht aus dem Kopf geht.«

Abwartend sah Kyrin ihn an. Das Licht der Feuerschale ließ sie aussehen wie eine Flammendämonin.

»Es war, als ich das erste Mal eines meiner neuen Bilder malte. Nachdem ich den Dampf der Quadra geatmet hatte. Ein Bild von Erlyks Schmerz. Der Graf sagte, wir müssten die Wahrheit sehen, auch wenn sie schmerzt.«

Quilûn lauschte dem Gesang der Steinknechte. In dieser Nacht verstand er ein bisschen mehr, was Golar gemeint hatte.

»Und er sagte, ich sei unschuldig.«

Kyrin runzelte die Stirn. »An welchem Verbrechen?«

»In einem allgemeinen Sinne.« Quilûn gestikulierte. »Die Intrige sei mir fremd. Er sagte das mit einer gewissen Bewunderung. Oder mit Wehmut.«

»Er hat dich zum Erben gemacht, weil du nicht durch den Adel korrumpiert bist.« Kyrin nickte entschieden. »Eine weise Wahl. Bei einem Baron hätte er fürchten müssen, dass er seine Macht erhalten will und die Bewegung erstickt. Aber du weißt, wie es sich anfühlt, wenn man zum einfachen Volk gehört.« Fest sah sie ihn an. »Du wirst den Traum des Grafen weiterträumen.«

Er streckte die Hand aus. »Ich hoffe, dass du mir dabei hilfst.«

Semire von Schneegrund lag in Brotans Armen, den Kopf auf seiner Brust, und die Zeit war an einem anderen Ort. Für Semire verging sie nicht. Sie lauschte Brotans Herzschlag und zog mit ihrem Mittelfinger Linien über seinen schweißfeuchten Oberkörper. Dabei vermied sie, die in einem Kreis angeordneten Narben zu berühren. Sie hatte gemerkt, dass ihm das unangenehm war. Über die kurze Rippe auf der linken Seite streichelte sie besonders sanft, er hatte dort in der Arena einen harten Schlag erhalten. Ab und zu strich sie über die Bronze an seinem Kinn. Das Metall war glatt und warm.

Sie spürte ihren eigenen Körper auf andere Weise als jemals zuvor. Semire war angenehm erschöpft, zugleich entspannt und fühlte sich vollkommen sicher, als könnte keine Gefahr in dieses Zimmer eindringen. Die Geräusche der Gäste des *Lustgartens* waren nur gedämpft zu vernehmen, wie das Rauschen von Wellen. In ihrem Unterleib spürte sie, wo Brotan gewesen war. Er schmerzte, aber seltsamerweise störte sie das nicht. Da waren dieses lustvolle Pochen, diese Wärme ... wenn sie sich darauf konzentrierte, kam erneut das Verlangen auf, sich mit ihm zu vereinen. Aber sie wollte die Geborgenheit jenseits der Zeit nicht verlassen.

»Bei deinem Vorstellungskampf in der Arena ...«, flüsterte sie.

Er brummte fragend. Sie mochte, wie seine Brust dabei vibrierte.

»Wieso hast du den Bären nicht verbluten lassen? Er hätte sich nicht mehr erholt. Warum hast du ihn niedergerungen?«

»Ich habe ihn respektiert«, sagte Brotan. »Er hat tapfer gekämpft. Er war ein Krieger wie ich. Ich wollte einen guten und klaren Tod für ihn.«

Sie spürte, wie er verkrampfte. Nur eine leichte Regung, aber so nah, wie sie ihm war, entging ihr nichts. »Was hast du?«

Er seufzte, ein Laut von echtem Kummer. »Für mich wird der Tod kein gnädiges Verlöschen sein. Ich werde zu einem hilflosen Diener werden. Einem willenlosen Haustier. Einem Imagolem.«

Vorsichtig richtete sie sich auf. Die einzige Kerze im Raum stand unter einem roten Glas, aber das Licht reichte ihr, um seine Züge zu erkennen. »Du wirst niemals hilflos sein.«

Er verzog den Mund in einem bitteren Lächeln. »Die Zauber des Bergs … Sie sind mit Mut und Kraft nicht zu überwinden.«

»Niemals.« Zärtlich küsste sie ihn. »Ich verspreche es.«

Sie legte sich wieder in seinen Arm und überlegte, ob sie ihn aus der Arena holen konnte. Aber obwohl die Gladiatoren für die Ehre eines Tiefen Hauses kämpften, gehörten sie diesem Haus nicht. Der Blutmeister der Arena bestimmte über sie, von dem Zeitpunkt an, zu dem sie übergeben wurden, bis man ihre Leichen hinaustrug. Und dass Brotan einer der besten Kämpfer war, die jemals im Jubel der Menge gestanden hatten, war für jeden offensichtlich. Man würde nicht auf ihn verzichten wollen. Ihn im Geheimen fortschaffen zu lassen würde am Käfig um sein Herz scheitern. Die Magier der Arena könnten ihn mit ein paar Meißelschlägen töten.

»Sorge dich nicht«, flüsterte er. »So schnell werde ich mich nicht umbringen lassen.« Er küsste ihren Scheitel. »Ich habe einen guten Grund, am Leben zu bleiben.«

Ausgerechnet jetzt dachte sie daran, dass sie in nicht einmal einer Woche heiraten würde. Quilûn, einen Mann, den sie beherrschen, aber nicht lieben konnte. Noch vor ein paar Tagen war ihr das als ideale Konstellation erschienen, aber nun atmete sie vorsichtig, damit Brotan ihr Schluchzen nicht hörte. Sie drückte sich an ihn und bat ihn, sie festzuhalten.

FÜNF
Niederlagen

Lichter wanderten durch den Kristall in Asmodels Stirn. Wieder lieh der Imagolem dem Gravioner Buldagohm seine Stimme. »Ihr solltet das nicht tun.«

Abuliar kicherte wie ein Junge, der sich über einen gelungenen Streich freute. »Gut, gut. Das beweist, dass meine Apparatur etwas bewirkt.« Der blinde Mann setzte einen spitz zulaufenden Kristall in einen Kopf, der nur zur Hälfte modelliert war, vom Halsansatz bis zu den Brauen. Die Schädeldecke darüber fehlte.

Kyrin hielt Asmodels Leitfigur fest in der rechten Hand. Ihr Daumen ruhte auf dem Hals der Figur, die den menschenähnlichen Imagolem verkleinert nachbildete. Sie war bereit, ihn sofort auf die Leitrune in der Stirn zu drücken und so die unmittelbare Kontrolle über den Steinmann zu übernehmen, falls die Situation kippte. Der Lagerraum in Rubons Unterschlupf kam ihr heute viel kleiner vor, als sie ihn in Erinnerung gehabt hatte, der schwarze Steinkopf dagegen größer. Aber er konnte nicht gewachsen sein, die Regale, Kisten und Säcke mit der Hehlerware boten keinen Platz dafür.

Buldagohms Schlitzpupillen folgten Abuliars Bewegungen.

Der Greis erwies sich als erstaunlich agil. Nach ihrer Rückkehr von den Blitzdorns hatte Kyrin ihn noch kaum ansprechbar vorgefunden. Es war erstaunlich, wie lange die Traumblüten nachwirkten. Der Besuch, bei dem sie ihn damit versorgt hatte, lag mehrere Monde zurück, und dennoch erfassten ihn immer wieder Wellen der Qual, in denen er seine Umgebung nicht wahrnahm und sich wimmernd auf dem Boden krümmte. Aber heute war von den Nachwirkungen der Traumblüten nichts zu bemerken. Er agierte so sicher, dass Kyrin noch nicht einmal vermutet hätte, dass er blind war, wenn sie es nicht gewusst hätte.

Er hatte eine Steintruhe mitgebracht, in deren Längsseiten Flügel gemeißelt waren, während ein gutmütig schauender Hundekopf wie eine Galionsfigur die vordere Schmalseite zierte. Diese Truhe hatte den Magier schwebend auf dem Weg von seinem Palast in das Viertel der Tagelöhner begleitet, sich auf einen Wink von ihm geöffnet und gab nun ihren Inhalt preis. Statuetten, metallene und steinerne Verbindungsstreben sowie Kristalle flogen heraus und in Abuliars fordernd ausgestreckte Hand. Er ordnete sie zu einem Geflecht an, das auf den ersten Blick so chaotisch wirkte wie die Trümmer eines eingestürzten Hauses. Bei näherer Betrachtung aber erinnerte es an ein Skelett, das die wesentlichen Teile eines Körpers zusammenhielt. Neben dem Fragment eines Kopfes, das nun den spitzen Kristall wie eine Schale hielt, waren das sieben unterschiedlich große Hände und mehrere mittig angeordnete, mit feinen Rillen versehene Klumpen.

Abuliar streckte den rechten Arm und schob einen Kristall, in den so vielen Facetten geschliffen waren, dass er beinahe schon wieder rund war, zwischen den Streben hindurch in das Konstrukt hinein. Mehrere Stäbe neigten, verkürzten und dehnten sich, bis ihre Spitzen den Kristall hielten. Der Greis zog die Hand zurück.

Wegen seines Buckels fiel es Abuliar schwer, den Kopf über einen gewissen Winkel hinaus zu drehen. Daher schwenkte er den gesamten Oberkörper, bis das Gesicht mit den schleierdurchzogenen Augen auf den Imagolem gerichtet war. »Wir wissen, dass das Kristallherz etwas mit dem Verlauf des Flusses Almahn zu tun hat.«

Die Lichter innerhalb des großen Kristalls im Schädel des Gravioners wanderten schneller. »Ihr wisst gar nichts«, sagte Asmodel in seinem Auftrag.

Knackend neigte sich das Gebilde aus Stangen und Statuetten dem Steinkopf entgegen. Die Hände betasteten die wulstigen Lippen und die Kerben in den hängenden Wangen.

Der Gravioner rümpfte die faltige Nase unter den zudringlichen Berührungen und schloss die riesigen Augen.

Abuliar schloss ebenfalls die Lider, aber er schmunzelte dabei. Er trug ein Diadem aus Jade. Ein zu einem Dreieck verflochtenes Muster bedeckte seine Stirn, während Ketten aus vieleckigen Steinchen an den Schläfen herabhingen. »Doch«, sagte er genüsslich. »Wir wissen sehr wohl etwas. Wir sind den Gezeiten der Macht auf der Spur ... den Strömen, die sie lenken ... dem Herzen tief im Innern des Berges.« Triumphierend schüttelte der alte Magier, der heute wie im Seminar seine schwarze Schürze trug, die sehnige Faust. »Du kannst die Wahrheit nicht vor mir verbergen.«

»Ihr könnt seine Gedanken lesen?«, rief Kyrin überrascht.

Wieder kicherte Abuliar knabenhaft. »Das nicht. Aber ob er lügt oder wahrhaftig antwortet, das vermag ...«

Asmodel bewegte sich mit einer Schnelligkeit, die Imagolems eigen war, in denen der Geist eines fähigen Gladiators gebannt war. Für die Kraft des Steinmanns war es ein Leichtes, die schwebende Truhe beiseite zu stoßen.

Schmerzhaft rammte der Hundekopf an der Stirnseite des Behältnisses gegen Kyrins Brust. Sie fiel, was ihr Glück war, weil die massive Truhe dadurch über sie hinwegflog, statt sie an der Wand zu zermalmen, gegen die sie krachte.

Mit drei donnernden Schritten war Asmodel bei Abuliars Geflecht. Seine steinernen Pranken zerrissen es, als handelte es sich um ein Spinnennetz. Die Streben knackten, Bruchstücke prasselten gegen die Wände, die Regale und auf den Boden. Klirrend zerbrachen Phiolen mit kostbaren Ölen.

Röchelnd stolperte Abuliar zurück und fiel über die Kiste, auf der Kyrin den Schweigezauber abgestellt hatte, den er dadurch umriss. Der Magier öffnete die Augen weit, obwohl er nichts damit sehen konnte.

Dieser Anblick brach Kyrins Starre. Schlagartig wurde ihr bewusst, dass sie ihre Zeit nicht mit sinnlosen Aktionen vergeuden durften, sonst würden sie hier und jetzt sterben. Der Gravioner hatte die Kontrolle über den Imagolem an sich gerissen und seine Wut war offensichtlich. Wenn sie nicht sofort etwas dagegen unternähmen, würde er die unüberwindliche Kraft des Steinmannes nutzen, um sie zu töten.

Sie presste den Daumen gegen die Rune in der Stirn der Leitfigur und schloss die Augen.

Ihre Wahrnehmung wechselte, sie erkannte den Raum mit Asmodels Sinnen. Seine Sicht war feiner als ihre, sein Gehör präziser. Sie verstand jetzt die Worte in Abuliars Röcheln. »… leichtsinniger Narr … Was für ein Fehler …«

Von dem Alten war keine Hilfe zu erwarten. Im Gegenteil, Kyrin musste ihn retten, denn gegen den Magier, der Buldagohm bedrängt hatte, richtete sich dessen Zorn hauptsächlich. Er ließ Asmodel auf ihn zustapfen. Da sie durch die Augen des Steinmanns sah, wirkte es für Kyrin, als würde sie sich selbst auf den Greis zubewegen, der sich in seiner schwarzen Schürze wand.

»Halt!«, schrie sie, um den Befehl zu unterstützen, den sie durch die Leitfigur übermittelte.

Der Wille des Gravioners war stark. Asmodel erstarrte nicht zu einer leblosen Statue, wie es Kyrins Absicht war. Er bewegte sich lediglich langsamer, als watete er durch tiefes Wasser. Und Abuliar sah ihn natürlich nicht näher kommen! Hilflos schob er sich über den Boden, bis er gegen die geschlossene Tür stieß.

Kyrin verspürte einen Kopfschmerz, von dem sie zunächst glaubte, dass er daher rührte, dass sie bei ihrem Sturz aufgeschlagen war. Aber das konnte nicht stimmen. Dieser Schmerz fühlte sich an wie ein Druck, als regte sich eine Raupe in ihrem Hirn, die absurd schnell anschwoll. Sie presste die Zähne aufeinander und rieb mit der freien Hand eine Schläfe.

Die steinernen Pranken hoben sich in das Gesichtsfeld, das die Leitfigur übermittelte. Die Arme streckten sich auf Abuliar zu.

Dieser Kopfschmerz rührte nicht von ihrem Zusammenstoß mit der Truhe oder dem daraus folgenden Sturz. Für einen winzigen Moment hob sie den Daumen von der Rune. Die Pein verschwand zusammen mit der Sicht aus den Augen des Imagolems, und sie kehrte gemeinsam damit zurück, sobald der Daumen erneut auf die Stirn der Leitfigur drückte. Asmodel übertrug sie, der Schmerz war einer seiner Sinneseindrücke! Das war ungewöhnlich. Taktile Reize kamen nur sehr gedämpft beim kontrollierenden Magier an, damit Verwundungen in einem Kampf ihn nicht ablenkten. Dass Kyrin diesen Kopfschmerz fühlte, bedeutete, dass er um ein Vielfaches stärker in Asmodels Schädel wüten musste. Ein Mensch hätte dadurch das Bewusstsein verloren.

Die Ursache mochte darin liegen, dass sich der Imagolem gegen die Kontrolle durch den Gravioner stemmte. Offensichtlich war er nicht erfolgreich, aber er tat, wozu er geschaffen war: Er kämpfte.

Der Kristall in seiner Stirn leitete das, was er wahrnahm, über den brückenartigen Verbindungszauber an Buldagohm weiter. Offenbar hatte dieser Zauber ein breiteres Wirkungsfeld, als Kyrin vermutet hatte, denn er wirkte auch jetzt noch, nachdem der Imagolem einige Schritte getan hatte. Die Erklärung dafür konnte sie später suchen. Nun galt es, die Verbindung in ihrem Sinne zu nutzen.

Intensiv dachte sie an die Bilder der Vertriebenen, die man den Gravionern in ihrer Verbannung auf dem Grund des Dunkelsees zeigte. Bei Asmodels Erkundungen war sie auf die unter Wasser treibenden Darstellungen gestoßen, geformt aus farbigem Licht. Hohlwangige Gestalten, schreckgeweitete Augen, zerschlagene Glieder, hoffnungslose Blicke. Ein endloser Zug hinab, fort vom Berg. All das holte Kyrin aus ihrem Gedächtnis hervor und schickte es Buldagohm.

Die Ablenkung zeigte Wirkung. Der Imagolem erstarrte, bevor er Abuliar erreichte.

Diese Bilder musste Buldagohm kennen. Sie schmerzten ihn, konnten ihn aber nicht überraschen. Doch Kyrin hatte auch anderen Schmerz. Solchen, der ihn unvorbereitet treffen würde.

Sie entließ die Monster aus den finsteren Kerkern tief in ihrem Herzen, in denen sie verschloss, was sie nicht töten, nicht vergessen konnte.

Die Verzweiflung in den Tränen der Frau, die so jung gewesen war, dass ihre Brüste sich kaum im Ausschnitt des edlen Kleides abgezeichnet hatten, das sie am Jungfernfall ausgezogen hatte. Sie hatte es den Straßenkindern geschenkt, bevor sie in den Tod gesprungen war. Ihr Wunsch, damit den Ärmsten eine Hoffnung zu geben, die sie selbst verloren hatte, war nicht in Erfüllung gegangen. Die Mädchen hatten den kostbaren Stoff zerrissen, keines von ihnen hatte davon lassen wollen. Ihren dreckigen Fetzen hatte Kyrin einem Schneider für ein verschimmeltes Stück Brot gegeben.

Lamirellas glasige Augen. Kyrin hatte als Letzte ihre Hand gehalten, obwohl alle sie vor der Ansteckung gewarnt hatten, sogar Lamirellas Mutter. Lamirella war keine sechs Jahre alt geworden.

Jasitas Schrei bei ihrem Sturz in den Tod.

Die Magd, der ihre Schönheit zum Fluch geworden war, weil der Baronet sie als Belohnung an seine betrunkenen Freunde ausgeliehen hatte.

Das endlose Leid der Weinenden Männer, die alles um sich herum wahrnahmen, sich aber nicht mehr regen konnten. Der Hunger der Bauern, die unter den Abgaben für den Berg ächzten. Die ungeachtet der eigenen Not die festgesetzte Anzahl an Weizensäcken abgeben mussten, wenn die Krieger ihnen nicht die Häuser anzünden sollten.

Die Frau, die sich die gesunden Schneidezähne herausreißen ließ, um mit dem Erlös die Milch für ihren Säugling zu kaufen, die ihre schlaffen Brüste nicht mehr hergaben.

Das Fest der Flutgraus, bei dem die adlige Gesellschaft keine Füchse, sondern Wilderer durch den Wald gehetzt hatte. Da mehr Gäste als erwartet gekommen waren, hatte man noch ein paar Elende dazugenommen, die nie den Hirschen nachgestellt, sondern bloß mehr Holz gesammelt hatten, als einfachen Menschen zustand. Die Edlen hatten auf sie uriniert, nachdem sie sie zur Strecke gebracht hatten.

Das Mädchen, das sein Kind vor die Schwelle eines Kaufmannshauses gelegt hatte, weil es gehofft hatte, dort würde ein gutes Leben auf den Säugling warten. Die Nacht war zu kalt gewesen, die Kaufleute hatten eine kleine Leiche auf den Stufen gefunden.

Sobald sich eine Gewöhnung an eines dieser Bilder des Grauens einstellte, beschwor sie eine weitere der bitteren Erinnerungen herauf. All diese Ungerechtigkeiten, auf denen ihr Hass auf die Ordnung des Berges gründete, über die sie nur mit Graf Golar und seinen Revolutionären gesprochen hatte, vertraute sie jetzt dem Imagolem an. Ihr Herz hämmerte in der Brust, sie schluchzte und merkte, dass ihre Wangen nass waren und die Hand zitterte, mit der sie die Leitfigur hielt. Aber die Pein in Asmodels Kopf war fort.

Sie konnte ihn sogar wieder bewegen. Sie wagte, ein wenig in ihrer Konzentration auf das Grauen nachzulassen, und richtete den Imagolem aus seiner vorgebeugten Haltung auf. Sie drehte ihn fort von Abuliar, sodass sie Buldagohm ansehen konnte.

Die Augen in dem Steinschädel waren geschlossen, aber noch eindeutiger war, dass keine Lichter mehr im Stirnkristall wanderten.

Ohne ihr Zutun schritt Asmodel zu dem Gravioner. Die Überreste des Geflechts knirschten unter den steinernen Füßen. Der Imagolem packte den Stirnkristall und riss ihn mit seiner übermenschlichen Kraft heraus.

Erst als Kyrin den Daumen von der Leitrune löste und die Augen öffnete, merkte sie, wie heftig sie atmete. Sie kauerte am Boden, Abuliars Truhe schwebte über ihr. Mit dem Handgelenk wischte sie die Tränen aus ihren Augen, aber es kamen sofort welche nach. Sie konnte nicht aufhören zu weinen.

»Ist es vorbei?«, fragte der alte Magier nach einer Weile.

Sie blinzelte. Asmodel stand mit dem erloschenen Stirnkristall in den Händen. Der Steinmann war ebenso reglos wie Buldagohms Miene.

»Ich glaube«, Kyrin zog den Rotz hoch, »der Gravioner ist tot.«

Abuliar tat einige vorsichtige Schritte, die Hände tastend zu den Seiten gestreckt. Er schien unverletzt. »Ich habe mir gedacht, ich komme mit dir, denn was habe ich schon noch zu verlieren? Aber bis wir hierherkamen, habe ich nicht geglaubt, dass du es wirklich geschafft hast. Gravioner …« Er lauschte dem Wort nach. »Es ist Jahrhunderte her, vielleicht Jahrtausende, dass sie auf dem Berg geherrscht haben. Allein die Form dieses Schädels. Kaum Ohrmuscheln … die Nase, am ehesten einer Fledermaus ähnlich … die Augen einer Schlange … die fremden Proportionen … Sie können keine Menschen gewesen sein.«

»Ich bin mir nicht sicher.« Es half Kyrin, sich auf diese intellektuelle Überlegung zu konzentrieren. Das ließ die schmerzhaften Erinnerungen verblassen. »Unter Wasser, im Dunkelsee, zeigen sie ihnen unentwegt, wie Menschen vom Berg vertrieben werden. Ich kann mir keinen anderen Grund dafür denken, als dass sie damit gequält werden sollen. Aber das ergibt nur Sinn, wenn sie diese Menschen als ihr eigenes Volk ansehen.«

Fasziniert schüttelte Abuliar den Kopf. Die einzelnen weißen Strähnen auf dem ansonsten kahlen Haupt schienen die Bewegung nur widerwillig mitzumachen. »Können wir einen weiteren Gravioner hochholen?«

Die Frage, ob sie gegen die richtigen Gegner kämpften, durchzuckte Kyrin. Wieso hatten sie diesen Gravioner getötet? Im Grunde hatten sie ihn ebenso gefangen gesetzt wie diejenigen, die ihn im Dunkelsee versenkt hatten. Rechtfertigte das Ziel, das Kyrin verfolgte, die Gravioner in ihre Reihen zu zwingen? Hatten nicht auch sie schon mehr als genug gelitten?

»Es wird schwierig.« Sie kroch unter der Truhe hervor, wobei sie darauf achtete, nicht in Scherben zu greifen, und stand auf. »Die Hochzeit von Quilûn und Semire steht an … Ich muss noch viel vorbereiten. Man hat mir die Verantwortung für die Sicherheit bei den Kämpfen in der Arena übertragen. Das Volk will unterhalten werden, wenn es schon nicht an den Feiern des Adels teilnehmen …«

»Was für unwichtige Nichtigkeiten!«, brauste der Greis auf. »Wir haben viel Bedeutenderes zu tun.«

In Gedanken stimmte Kyrin ihm zu. Viel wichtiger als die Arenakämpfe war es, die Revoluzzergruppen einzuschwören.

Alle mussten gleichzeitig losschlagen, wenn das Heer der Gravilier durchbrach und weitere Truppen vom Berg ausgeschickt würden, um den Vormarsch des Feindes aufzuhalten. Davon wusste Abuliar natürlich nichts, und das sollte auch so bleiben.

Ein Klopfen ertönte an der Schiebetür. »Ist da drin …« Das Holz dämpfte Rubons Stimme. »Lebt Ihr noch?«

»Wir sind in Ordnung!«, rief Kyrin. »Bleibe draußen.«

»Nach dem Lärm zu urteilen ist eine Menge zu Bruch gegangen«, sagte Rubon. »Ihr werdet alles bezahlen müssen.«

»Es wird nicht zu deinem Schaden sein«, versprach Kyrin. »Gib uns ein wenig Zeit.«

»Geheimniskrämer«, murrte Rubon.

Kyrin wartete einige Herzschläge ab. Der Hehler schien fort zu sein, wahrscheinlich hatte er sich in seinen Sessel zurückgezogen.

Sie half Abuliar auf und ging mit ihm tiefer in den Lagerraum, fort von der Tür. Die Bruchstücke des zerstörten Geflechts knirschten unter ihren Füßen.

»Was die Gravioner angeht …«, sagte Kyrin. »Wir dürfen nicht auffallen. Bezähmt Eure Ungeduld, wir …«

»Ungeduld!« Der Alte warf seine Hände über den Kopf, so weit sein Buckel es zuließ. Er sah aus wie ein Geier, der sich mühte, in die Luft zu kommen. »Ich bin über siebzig Jahre alt, und ich habe mich mit allen Drogen vergiftet, auf die ich meine Hand legen konnte. Wenn es eines gibt, das ich nicht mehr habe, ist es Zeit.«

»Dann sollten wir erst recht vermeiden, dass man unsere Forschungen entdeckt«, beschwor Kyrin ihn. »Es wird auffallen, wenn bei der Hochzeit etwas schiefgeht. Man wird Fragen stellen. Sogar der Steinmeister wird davon erfahren.«

»Agohn!«, murrte Abuliar. »Der Kleingeist!«

»Er verfügt über die Macht, unsere Forschungen zu unterbinden«, fuhr Kyrin unbeirrt fort. »Wir dürfen sein Misstrauen nicht erregen.«

Mit einem Ruck löste sich Abuliar von ihr. »Du hast recht. Aber es gefällt mir nicht.«

Kyrin sah sich im Lagerraum um. Es sah aus, als hätten sich zwei Gruppen betrunkener Fuhrknechte hier drin geprügelt. Sie würde eine Menge Silber brauchen, um Rubon ruhigzustellen. Natürlich würde der Hehler den Wert der zerstörten Waren überhöht berechnen.

Aber vielleicht war das ihr kleinstes Problem. »Euer Vermögen … Ihr würdet es doch sicher gut angelegt wissen, wenn Ihr ein wenig Silber für unsere Sache einsetzen könntet?«

Steinmeister Agohn stieß den aus unüberschaubar vielen Gesteinen zusammengesetzten Zeremonienstab auf den Boden. »Das Tiefe Haus Schneegrund schreitet in die Zukunft!«, verkündete er mit getragener Betonung. »Die Saat für die nächste Generation soll gelegt werden!«

Agohn stand vor einer Wand, in der graue Felsströme ineinanderflossen. Sie bewegten sich wie Wasser, aber statt zu plätschern, knirschten sie dabei. Der hellste, nahezu weiße Stein bildete einen sechszackigen Schneekristall. Je weiter sich die Schlieren davon entfernten, desto dunkler wurden sie. Fünf Schritt zu beiden Seiten sammelte sich Anthrazit, bei dem nur einzelne Körner eingebettet in beinahe vollkommenes Schwarz glitzerten.

Quilûn stand neben Semire von Schneegrund hinter dem Steinmeister. Heute erschien ihm seine Braut fremd. Vielleicht lag es daran, dass sie seine Braut war, dass jetzt der Moment kam, in dem er eine Frau heiratete, die er nicht liebte. Die Hochzeit mit Gritta hatte sich ganz anders angefühlt. Sie waren Vertraute gewesen, seit Kindertagen. Gritta hatte ihn nach dem Tod seiner Eltern getröstet. Alle Nachbarn waren zur Feier gekommen, die Menschen, mit denen Quilûn aufgewachsen war, und sie hatten sich versprochen, dass sie einander für immer treu sein wollten, dass sie den anderen lieben und ehren und nie von seiner Seite weichen würden. Tante Bûna hatte ihre Freundinnen beinahe in den Wahnsinn getrieben bei den Vorbereitungen für das Festessen.

Auch jetzt war Tante Bûna dabei, aber diesmal ohne ihre Freundinnen. Man sah ihr an, wie sehr sie sich fürchtete. Schon oberirdisch war die Werkstatt der Magier unheimlich, aber hier unten … Die riesige Spinne, die über der Treppe hockte … Der Weg in die Tiefe … Dieses Sanktuarium, dessen Wände in immerwährender Bewegung waren, wo Statuen nicht leblos blieben, sondern umherwandelten, wenn die Geister des Berges sie beseelten … Die Augen in der Decke der gewundenen Gänge … Es sah aus, als würde sich die Frau, die so gern in höfischen Ehren schwelgte, an Erlyk festhalten. Der Elfjährige stand vor ihr, sie hatte die Hände auf seine Schultern gelegt. Er trug eine perlenbesetzte Jacke, eine enge Hose und glänzende Schuhe. Der Barbier hatte versucht, aus seinen Haaren ein Kunstwerk zu machen. Sie waren mit einem Mal zwei Handspannen länger, der blonde Schopf lief in kupfernem Rot aus.

Das mochte eine Anspielung auf Semires Haar sein. Es war immer auffällig, aber heute trug es zudem zu der Fremdheit bei, die Quilûn empfand. Beinahe immer hatte er Semire in einem roten Kleid gesehen, das zu diesem Haar passte. Meist war der Stoff eine Spur kräftiger gefärbt. Jetzt aber trug sie das Eisblau von Haus Schneegrund, ebenso wie Quilûn.

Auch die zwei Dutzend Geehrten, die sie hierherab ins Sanktuarium begleiten durften, trugen diese Farbe. Manche in Form eines Wamses oder eines kurzen Umhangs, andere als eingesteckte Blume, als Brosche, Schärpe oder Handschuhe. Das galt sogar für Graf Subehn von Adlerhoch, bei dem das Gefieder der Raubvogelköpfe auf seinen Schultern die Brautleute ehrte.

Doryam von Schneegrund wurde an anderem Ort auf die Unsterblichkeit vorbereitet. Die aufgequollenen Augen seiner Gemahlin, Fürstin Danyra, verrieten, dass sie viel geweint hatte. Quilûn kannte sie nicht gut genug, um zu beurteilen, ob das daran lag, dass sie ihren Mann bereits jetzt vermisste. Sie mochte auch die Aussicht bekümmern, künftig eine unbedeutende, wenn nicht vergessene Dame zu sein, die nur noch vom Glanz des Lichtmeisters eines Tiefen Hauses träumen durfte. Diese Eheschließung könnte die letzte Gelegenheit sein, bei der man sie in den höchsten Kreis der Macht einlud. Sie schien entschlossen, in Würde aus dem Zirkel der Bedeutsamen zu scheiden. Hier in der Tiefe blieben ihre Wangen trocken und das Kinn schob sie stolz vor.

Weitaus mehr Gäste erwarteten das Brautpaar in der Arena. Dafür brauchte man noch nicht einmal eine Einladung. Im Gegenteil: Heute trug das Tiefe Haus Schneegrund alle Kosten. Auch die Ränge, für die man sonst bezahlen musste, waren für alle frei zugänglich, und fliegende Händler versorgten die Menge mit Spießen und Früchten. Die Vorkämpfe liefen bereits.

Später am Abend würde die Feier im Palast fortgesetzt, wo all die Leckereien aufgetischt wurden, von denen Tante Bûna seit Tagen schwärmte. Semire hatte sich sehr genau damit beschäftigt, wer hier Zutritt erhalten sollte. Geladen zu sein und nicht zu kommen stellte eine noch stärkere Beleidigung dar, als es umgekehrt der Fall war, wenn das Brautpaar jemanden übersah. Dieser Abend würde zeigen, wie gut die jüngste Fehde verheilt war und wo die Risse für die nächste aufbrachen.

Knirschend, knackend, brechend öffnete sich die Wand vor ihnen. Weniger wie ein Tor, mehr wie eine Schlucht tat sich die Öffnung auf, durch die Agohn voranschritt. Der Zeremonienstab klackte in gleichmäßigem Takt auf den Boden. Sein sorgfältig gelegtes blondes Haar reichte beinahe bis zur Hüfte hinab. Die Locken waren wie die Strahlen einer kräftigen Sonne, die auf seiner weißen Kleidung lagen wie auf einem Schneefeld.

Mit einem lauten Ratschen öffnete Semire den Fächer, der ihre Verlobungsgabe war. Sie sah Quilûn an und lächelte. Das konnte sie auf hundert verschiedene Arten tun. Diesmal erschien es Quilûn wie Trotz gegenüber den Herausforderungen des Schicksals, denen sich die stolze Frau zu stellen gedachte.

Quilûn legte die Hand an den Griff des Dolches, den sie ihm geschenkt hatte.

Sie wandte den Blick wieder nach vorn. Gemeinsam folgten die Brautleute dem einzigen Magier auf dem Berg, der eine weiße Lederschürze tragen durfte.

In den schluchtartigen Seitenwänden deuteten sich Gesichter an, tauchten zurück in den Fels oder begleiteten sie ein Stück weit. Manche leuchteten rot wie Lava, was die ansonsten diffusgelbe Beleuchtung des Gangs ins Orange verschob. Die meisten von ihnen hatten nur entfernt menschliche Züge. Hörner waren häufig, spitze Zähne wie bei Raubkatzen, bei einem verschmolzen die Augen in der Mitte der Stirn, wobei dennoch zwei Pupillen unterscheidbar blieben.

Hier unten, hier im Berg, wurden die wahren Entscheidungen getroffen, begriff Quilûn. Die, auf die es ankam. Dies war das Zentrum der Unterdrückung, die so brutal auf der Welt lastete. Die Gier nach dem ewigen Leben rechtfertigte jede Grausamkeit. Und die Unsterblichkeit konnten nur die Geister des Berges gewähren. Sie herrschten über das tiefste, das älteste, das festeste Gestein, das allein solche magische Kraft enthielt, dass seine Macht sogar jene des Todes überstieg.

Kyrin hatte es Quilûn in den Gesprächen langer Nächte erklärt. Sie begriff die Ordnung der Welt vielleicht noch besser, als ihr selbst bewusst war. Sie war nicht nur eine Magierin, sondern durch ihre Vertrauensstellung auch in die Ränkespiele der Macht im Tiefen Haus Schneegrund eingebunden. Es beruhigte Quilûn, dass sie jetzt nicht zugegen war. Er wusste, dass es keine gefährlichere Aufmerksamkeit für sie gab als jene der Ahnen, gegen die sie revoltieren wollten. Kyrin hielt Quilûn für unverzichtbar, aber in Wirklichkeit war sie selbst ungleich wichtiger. Wenn sie den Aufstand nicht führen konnte, so würde sie doch, falls es notwendig werden sollte, jemanden finden, der die Position des Anführers ausfüllte.

Der Gang weitete sich zu einer Mischung aus einer Kaverne und einem Saal mit zerklüfteten Wänden. Ob Agohn schon einmal hier gewesen war oder ob dieser Raum mit dem Schneekristall im Boden vielleicht nur für diese Zeremonie geschaffen war und danach wieder im Fels aufgehen würde, war dem Steinmeister nicht anzusehen. Er schritt auf die drei Statuen zu, die sie erwarteten. Sie waren belebt, die Gesichter blickten Quilûn und Semire entgegen.

Dem in der Mitte war Quilûn bereits begegnet. Es war der Jüngling mit dem Lorbeer im lockigen Haar.

Sofort ermahnte er sich, dass er nicht wissen konnte, ob ihm derselbe Geist gegenüberstand. Er sah bloß dieselbe augenlose Statue eines lediglich mit einem Tuch bekleideten jungen Mannes. Es mochte sehr wohl ein anderer Unsterblicher als beim Friedensschluss nach der Fehde sein, der von ihr Besitz ergriffen hatte.

Ebenso konnten in den beiden Statuen, die Quilûn das erste Mal sah, Geister stecken, die ihm bereits begegnet waren.

Eine war ein bärtiger Mann in einem bodenlangen Gewand, dessen Borte ein kantiges Muster zierte. Obwohl es aus Stein bestand, bewegte es sich wie in einem sanften Luftzug.

Die dritte Statue wirkte wie die groteske Veränderung eines menschlichen Wesens. Ihre Glieder waren dünn wie Äste. Ob sie überhaupt Kleidung trug oder das Gewölle vor dem Gemächt ein Bewuchs war, ließ sich nicht entscheiden. Ebenso konnten die Stränge, die sich vor der dürren Brust kreuzen, Wurzeln oder gedrehte Stoffbänder darstellen. Eine absurd lange, spitze und nach unten gebogene Nase, die etwas Schnabelartiges hatte, dominierte gemeinsam mit dem weit vorspringenden Kinn das Gesicht. Die Augäpfel wölbten sich so weit, dass sich Quilûn nicht vorstellen konnte, wie sich Lider über diesen Halbkugeln schließen sollten. In dem wirren Haar saß eine Art Krone, die aus Ästen geflochten zu sein schien.

Das Unheimlichste waren jedoch die Finger. Jeder davon hatte sieben Glieder und sie waren so lang wie ein Arm, was dazu führte, dass die spitzen Nägel den Boden berührten, obwohl die Finger entspannt gekrümmt waren. Im Lächeln dieser Statue lag eine bösartige Vorfreude.

Agohn verbeugte sich tief, Quilûn tat es ihm nach, Semire knickste. Das Rascheln hinter ihnen deutete auf die Ehrbezeigungen der Begleiter hin. Würdevoll stellte man sich an der Wand des Kavernensaals auf. In manche Vorsprünge waren Bruchstücke von Spiegeln eingelassen.

Kemar brachte eine Blume als Geschenk für die Ahnen. Der kleine Mann war zu alt, um noch Semires Leibwächter zu sein, aber über Jahrzehnte hatte er sein Leben diesem Dienst untergeordnet. Nun gab die Braut ihm die Ehre, das Geschenk zu überbringen, das die Unsterblichen besänftigen sollte. Eine Entscheidung, die kein Edler des Hauses Schneegrund missbilligen konnte – im Gegensatz dazu, wenn Semire einen der Adligen bevorzugt hätte.

Kemars Gesicht erinnerte Quilûn an ein Nagetier, aber das abgegriffene Schwert an seiner Seite ließ keinen Zweifel daran, dass er ein Krieger war. Das linke Bein zog er ein wenig nach. Er trug den tönernen Topf an zwei Henkeln. Die Blume darin war blau und rot, sowohl im Stängel als auch in der trichterförmigen Blüte. Wo die Farben zusammentrafen, flimmerten sie vor dem Auge.

Quilûn fragte sich, ob sie aus jenem Wald stammte, in dem die Quadra alles überwucherte. Der Dampf der Flechte hatte ihn fest im Griff, gestand er sich ein. Er begann jeden Tag mit einem Zug, bis zum Mittag kam ein weiterer hinzu, nach dem Essen noch einer, bis zum Abend wenigstens drei weitere, manchmal auch fünf. Bevor er sich zur Ruhe begab, wrang er das Tuch nochmals und tauchte die Nase hinein. Inzwischen bewahrte er einen Lederzylinder neben dem Bett auf, für den Fall, dass er mit trockenem Mund aufwachte. An diesem Morgen hatte er besonders viel eingeatmet. Er wollte um jeden Preis vermeiden, dass ihn in Gegenwart der Unsterblichen ein verräterisches Zittern überkäme.

Kemar stellte das Behältnis mit der Blume ab und zog sich mit einer ehrerbietigen Verbeugung zurück. Erst nach fünf rückwärts gesetzten Schritten richtete er sich wieder auf.

Die Unsterblichen bedachten die Gabe weder mit Lob noch mit Ablehnung. Ihre Blicke streiften sie, doch sie sagten nichts dazu.

»Quilûn und Semire von Schneegrund.« Agohn zeigte auf sie. »Diese beiden wollen die nächste Generation der Herrschaft über das Tiefe Haus Schneegrund begründen. Niemand unter den Vergänglichen, die an der Oberfläche wandeln, hat einen Einwand gegen diese Verbindung erhoben.«

»Und wir tun es auch nicht«, verkündete der augenlose Jüngling.

Seine Erleichterung überraschte Quilûn. Obwohl er sie nun als seine Feinde betrachtete, hatte das Urteil der Unsterblichen Gewicht für ihn.

Semire klappte den Fächer ein und richtete sich noch ein wenig stolzer auf.

Quilûn wandte sich ihr zu und tat, was die Zeremonie von ihm verlangte. Zunächst hielt er still, während sie die Verschnürungen an den Schultern seines Festgewands löste. Der Stoff fiel, bis der Gürtel ihn hielt. Er spürte die Kühle der Tiefe auf seinem nun nackten Oberkörper.

Die Miene, mit der Semire ihm entgegensah, vermochte er nicht zu deuten. War es Einverständnis? Eine sanfte Warnung, sich nicht zu viel einzubilden, nur, weil sie sich den Regeln fügte? Ganz sicher war es keine Freude.

Er löste die Schleifen im Schulterbereich ihres Kleides. Die Ärmel zog sie selbst aus. Der Stoff fiel über ihre Hüften.

Unwillkürlich glitt sein Blick hinab zu ihren Brüsten. Sie waren klein, aber fest und schön geformt. Die Knospen erhärteten wohl wegen der Kälte.

Mit der Erfahrung des Malers sah Quilûn, dass Semire für eine Frau kräftige Muskeln hatte. Wenn sie einatmete, deuteten sich die Rippen unter der hellen Haut an. Sie war eine sehr schöne Frau, aber er spürte die Scham, die die entwürdigende Situation in ihr hervorrief. Nicht nur er, auch die Hochzeitsgäste begafften ihre Blöße. Ein Anblick, der nur ihr gehören sollte und demjenigen, dem sie sich in Liebe und Vertrauen öffnete.

Peinlich berührt drehte sich Quilûn wieder zu den Unsterblichen, ebenso wie seine Braut. Gern hätte er sie geschützt, sie wieder bedeckt, doch die Zeremonie erlaubte es nicht.

Die dürre Statue mit den endlos langen Fingern kam zu ihnen. Ein breites Grinsen entblößte ihre spitzen Zähne.

Sie stellte sich zuerst vor Quilûn und hob ihre Hand, aber nicht zu einem Gruß, sondern so, als wollte sie seinen Kopf umfassen. Stattdessen setzte sie den Nagel des Mittelfingers auf der linken Seite seiner Brust ab, dort, wo man den Herzschlag fühlte. Er spürte, wie die Kreatur seine Haut aufschnitt. Es schmerzte viel stärker, als er erwartet hatte, obwohl der Nagel höchstens eine Fingerbreite eindrang. Scharf atmete er ein.

Das Grinsen wurde noch breiter. Mit der anderen Hand drückte die Kreatur ein Steinplättchen in die Wunde. Ihre Finger stachen wie Nadeln darauf ein. Ein helles Klackern hallte durch den Kavernensaal.

Quilûn konzentrierte sich, um reglos stehen zu bleiben. Dieses Minimum an Würde war er seiner Braut schuldig.

Es dauerte lange, und als er dachte, es sei vorbei, trommelten die Finger nochmals auf das Steinplättchen. Jede einzelne Berührung war schmerzhaft.

Endlich schien der Unsterbliche zufrieden. Er wandte sich Semire zu.

Quilûn ersparte ihr, sie zu beobachten, während die spitzen Finger sie quälten. Aber er horchte und jedes Klacken schmerzte ihn.

Der Unsterbliche trat zu den beiden anderen zurück.

»Seht Quilûn und Semire!«, forderte nun der Bärtige. »Den Grafen und die Gräfin von Schneegrund!«

Beifälliges Gemurmel erhob sich.

Endlich war es Quilûn erlaubt, die Blöße seiner Braut zu bedecken. Das Steinplättchen über ihrer linken Brust war daumengroß, es hatte sich eingefügt wie ein Muttermal, ohne jedes Anzeichen einer Wunde. Die Fingernägel hatten einen Schneekristall hineingraviert.

Er griff ihr gelöstes Gewand.

Sie stieß einen erschrockenen Ruf aus.

Er erstarrte. »Was ist?«, flüsterte er.

»Du …« Ihr Zeigefinger bewegte sich auf seine Brust zu, aber sie zog ihn zurück und zeigte auf das graue Plättchen in ihrer eigenen. »Eine Rose«, hauchte sie. »Wieso trägst du eine Rose?«

Quilûn sah an sich hinab, doch das Symbol seiner Ehe war zu nah. Er konnte das hineingeritzte Zeichen nicht erkennen, dafür bräuchte er einen Spiegel. Aber eine Rose? Das verstand er ebenso wenig wie Semire. Sollte ein Graf von Haus Schneegrund nicht das Wappenzeichen ebendiesen Hauses tragen? Semires Überraschung bestätigte, dass eine solche Abweichung ungewöhnlich war.

Er würde später versuchen, den Grund dafür zu erforschen. Vielleicht könnte Kyrin ihm helfen. Jetzt half er seiner Gemahlin, ihr Gewand wieder anzulegen, und sie erwies ihm denselben Dienst.

Agohn rammte den Zeremonienstab auf den Boden und zeigte auf eine neue Öffnung, die sich in der Wand aufgetan hatte. »Eine weitere Ehre wird dem Tiefen Haus Schneegrund heute gewährt. Ein weiterer Unsterblicher wird aus seinen Reihen berufen!«

Nun weinte Fürstin Danyra doch.

Hunderte von Höhenschritt unter der Oberfläche, umgeben von hartem Fels, fühlte sich Semire von Schneegrund wie ein Kaninchen in einer Falle. Sie wusste um ihre eigene Klugheit, aber diese nützte ihr jetzt nichts. Mehr noch, sie schien nicht alle Möglichkeiten bedacht zu haben, die den Ahnen des Tiefen Hauses zur Verfügung standen. Leichtsinnig hatte sie die Gerüchte um die Allgegenwart der Geister im Stein als Ammenmärchen abgetan. Man munkelte davon, dass sie überall dort präsent waren, wo Mauern standen, wo Steine die Straßen pflasterten, wo sich Felsen aus dem Erdreich schoben, sogar wo Kiesel herumlagen. Dass sie aus dem Stein heraus beobachten, hören und, wenn sie wollten, auch Magie wirken konnten.

Semire hatte gedacht, das wären nur Geschichten, mit denen Erzieherinnen ihre Zöglinge disziplinierten. Wer sich stets beobachtet fühlte, der befolgte alle Regeln auch dann, wenn kein Erwachsener in der Nähe war. Nun musste sie erkennen, dass Sterbliche nichts anderes waren als Kinder im Vergleich zu den jahrhundertealten Geistern, die den Berg beherrschten.

Und jetzt trug Quilûn eine Rose über dem Herzen. Eine Rose als Zeichen für die Gemahlin, der er verbunden war. Für Semire, die als Rose den *Lustgarten* führte. Das konnte kein Zufall sein, zumal Semire noch nie davon gehört hatte, dass die Ahnen die sterblichen Führer ihres Tiefen Hauses anders gezeichnet hätten als mit ihrem Wappen. Sie wussten, was Semire tat. Die Frage war nur, ob sie ihre Kenntnisse wirklich aus dem Stein zogen.

Der Gedanke, sie könnten ganz profan Spione haben, Zuträger aus Fleisch und Blut, beruhigte Semires Herzschlag ein wenig, während die Festgesellschaft dem feierlich in seine weiße Schürze gekleideten Steinmeister durch die veränderlichen Gänge des Sanktuariums folgten. Dabei war es schon schlimm genug, wenn es einen Menschen gab, der von ihrem Doppelleben wusste. Das machte sie erpressbar.

Brotan konnte nicht der Verräter sein, er hatte keine Verbindung zum Berg und seinen Geistern.

Handelte es sich um Caliga? Oder um Tomalion Eichfrost?

Sie traute dem Heißsporn nicht. Aber sie hielt sein Denken für zu direkt, für zu sehr auf die sofortige Befriedigung seiner Wünsche gerichtet, als dass sie ihm zutraute, von den Ahnen auch nur als Zuträger akzeptiert zu werden. Er mochte jedoch bei einem Freudenmädchen geredet haben. Semire wusste besser als jede andere, dass einige der jungen Frauen ein erstaunliches Talent dafür hatten, aus jeder Information größtmöglichen Gewinn zu schlagen. Und Caliga … Sie tat ihr Leben lang nichts anderes. War sie unzufrieden damit, als violette Lilie hinter Semire zurückzustehen?

Der Frage, wer ihr Geheimnis bedrohte, konnte sie sich ein andermal widmen. Für den Moment war es am wichtigsten, dass sie ihre Würde zurückgewann. Die Würde war die beste Rüstung einer Dame, lautete die wahrhaftigste Lektion, die Semires Erzieherin ihr mit auf den Lebensweg gegeben hatte. Sie straffte ihre Schultern und achtete darauf, ihre Schritte mit Stolz zu setzen.

Die Ahnen hatten immer von ihr verlangt, zu heiraten. Diesen Wunsch hatte Semire nun erfüllt. Sie glaubte, durch die Vermählung mit Quilûn ihre eigenen Interessen voranzubringen, indem sie ihre Machtstellung im Haus festigte. Aber übersah sie vielleicht, dass sie damit auch den Geistern diente – auf eine Art, die sie nicht verstand?

Sie überlegte, ob sie für die Unsterblichen auf eine ihr rätselhafte Weise nützlich sein könnte. Immerhin hatten sie Semire nicht verraten, geschweige denn verurteilt. Sie hatten ihr nur gezeigt, dass sie wussten, was sie hinter ihrem Schleier tat. Sollte sie die Rose auf dem Steinplättchen über Quilûns Herzen als Warnung auffassen?

Eine Warnung diente dazu, ein bestimmtes Verhalten zu erzwingen. Geheiratet hatte Semire nun schon, das konnte also nicht mehr das Ziel sein. Ob bald eine neue Forderung überbracht werden würde?

Quilûn und Semire traten hinter Agohn ins Tageslicht, aber nicht ins Freie. Noch immer befanden sie sich tief im Innern des Bergs. Lange Ketten von Spiegeln leiteten die Helligkeit der Sonne in die Kaverne vor ihnen. Aus der Decke fielen die Strahlen nicht nur auf glänzende Flächen an den Wänden, sondern auch durch einen Kristall, der sie in einen regenbogenfarbenen Fächer spreizte. Dahinter stand eine nicht vollständig aus der Wand gelöste Statue. Beine waren nicht modelliert, sie kam mit der Hüfte aus dem Fels. Der Rücken war damit verbunden, aber das leicht geneigte Haupt und die ausgebreiteten Arme waren frei.

Fingerlanges, sattgrünes Gras bedeckte den Boden der Kaverne. Auf diesem Rasen waren Blumenbeete angelegt. Schmetterlinge flatterten zwischen orangefarbenen, violetten, blauen und gelben Blumen, von denen ein so süßer Duft aufstieg, dass Semire unwillkürlich schmunzelte. Ein Honig von Bienen, die hier ausschwärmten, musste schmecken wie der Kuss einer Fee. Facettenreiche Kristalle funkelten inmitten der Pflanzen.

Agohn durchquerte die vierzig Schritt durchmessende Kaverne und blieb vor dem Fächer aus farbigem Licht stehen. Er stieß seinen Zeremonienstab auf den Boden, was wegen des Erdreichs statt des gewohnten Knallens nur ein dumpfes Geräusch verursachte. »Die Unsterblichkeit ist eine Gnade, die nur den Edelsten gewährt wird!«, rief er. »Sie sollen uns nicht nur Ansporn sein, sondern uns auch anleiten in der Ewigkeit, die vor uns und den Generationen liegt, die uns folgen. Heute wird das Tiefe Haus Schneegrund geehrt.«

Er streckte den linken Arm zur Seite und öffnete die Hand. Die Gemeinschaft war so still, dass Semire das Klacken von Agohns steinernen Fingernägeln hörte.

»Fürst Doryam von Schneegrund!«, rief Agohn. »Kommt und lasst Euch von der Ewigkeit umarmen.«

Ein Mann trat aus einer Öffnung, die Semire bisher durch die Vorsprünge und Spiegel verborgen geblieben war. Er war nicht nur nackt, sondern kahl geschoren. Haupt- und Schamhaar waren entfernt, Brust und Beine vollkommen glatt, sogar die Brauen hatte man abrasiert.

Der Anblick war so fremd, dass sie Doryam wohl ohne Agohns Ankündigung nicht erkannt hätte. Das lag auch daran, dass er entrückt wirkte. Wie die Vorbereitung der werdenden Unsterblichen ablief, wusste Semire nicht. Doryam bewegte sich sehr selbstsicher, mit einer gewissen Verachtung für seine Umgebung. Er sah auch nicht zu den Menschen herüber, die gekommen waren, um seiner Ehrung beizuwohnen. Als sei er bereits keiner von ihnen mehr, sondern etwas im Wesen anderes, Höheres.

All die Intrigen und Bündnisse, Doryams offenes und geheimes Streben, seine Herrschaft über die Lichtknechte des Tiefen Hauses, die Fehden, die er angezettelt hatte, die Freunde, die er geopfert hatte, die Konkurrenten, die unter seinen Schlägen gefallen waren … Sein gesamtes Streben fand nun die Belohnung, nach der er sich so sehr sehnte, dass die Gier nach ihr eine Besessenheit geworden war.

Jeder Mensch wollte leben. Dass ausgerechnet Doryam nun dem Tod entkam, fühlte sich für Semire wie ein Klumpen in ihrem Magen an. Sie blickte sich um. Zachelio Milanzorn, ein unbedeutender Baronet aus dem Gefolge von Haus Adlerhoch, stützte Fürstin Danyra von Schneegrund. Doryams Gemahlin verbarg ihr Gesicht hinter ihrem Fächer. Es mochte sein, dass sie sich nicht nur in diesem schweren Moment auf den viel jüngeren Zachelio stützen würde. Ob er sein Mitleid kalkulierte? Eine Verbindung mit der Fürstin würde ihn aus dem unteren Mittelmaß herausheben, in dem sein Leben zu versinken drohte. Doryam hatte so gedacht und so gehandelt.

Ironischerweise mochte das aus Danyras Sicht für eine Vermählung mit Zachelio sprechen. Dabei wusste sie, was sie zu erwarten hatte. Sie könnte auch zu dem Schluss kommen, dass der Jüngere leicht zu kontrollieren war.

Semires Blick wanderte weiter zu Quilûn. Er trug dieses Lächeln im Gesicht, das manche für selbstsicher halten mochten, das aber in Wirklichkeit nur von Selbstüberschätzung zeugte. Die Quadra hatte ihn im Griff, und weil Semire die Einzige war, die ihn damit versorgte, war er für sie so etwas wie eine Handpuppe. Sie war nicht besser als Doryam. Verachtete sie ihn so sehr, weil sie sich in ihm wiedererkannte?

Aber da war noch das, was er den Frauen der Besiegten angetan hatte. Dass er sich ihnen aufgezwungen, sie geschändet hatte. Semire wurde übel, wenn sie sich daran erinnerte.

Sie fragte sich, ob Danyra davon wusste. Ausgeschlossen war das nicht. Sie war nicht weltfremd. Ihr war klar, welche Gefahren einer Frau drohten, die sich vor einem blankgezogenen Schwert wiederfand. Besonders dann, wenn ein Mann die Waffe in der Faust hielt, den die Schlacht berauscht hatte. Sie mochte dergleichen als Selbstverständlichkeit abtun.

Semire schloss die Hand so fest, dass sie die Fingernägel spürte. Ihr ganzes Leben war ein Kampf gegen die Fesseln, in die Erwartungen von Menschen sie schlugen, die sie zumeist verachtete. Manchmal fragte sie sich, ob sie ihr Tun dadurch noch mehr an ihren Feinden ausrichtete als eine Frau wie Danyra, die sich in der Nische einrichtete, die man ihr zuwies.

»Seht diese Gabe Eures Tiefen Hauses, die Euch in die Ewigkeit begleiten soll!« Agohn legte Doryam die freie Hand auf den Rücken und zeigte mit dem Zeremonienstab auf ein Gemälde, das in einem Lichtstrahl hing, als hätte man es dort angenagelt. Es war noch nicht dort gewesen, als sie die Kaverne betreten hatte, und Semire hatte nicht bemerkt, dass man es dorthin gebracht hatte. Sie ermahnte sich, ihre Aufmerksamkeit nicht zügellos schweifen zu lassen. Vor allem nicht in Gegenwart einflussreicher Adliger und Unsterblicher, deren Macht ihr Begreifen überstieg.

Es war das Bild mit den grauen Zacken, den roten Rissen, den gewalttätigen Formen, in dem Quilûn den Schrecken des Krieges zeigte. Aber nicht exakt das Bild, dessen Entstehung Semire gesehen hatte, bei dem Quilûn mit Alita Blitzdorns Händen gemalt hatte. Es unterschied sich nicht nur durch den grauen, verschnörkelten Rahmen. Es war eine andere Fassung desselben Motivs, noch deutlicher, noch kraftvoller. Semire musste sich beherrschen, um an ihrem Platz zu bleiben. Immerhin hatte Quilûn nie in einer Schlacht gestanden, er hatte es auf Semires Schilderung hin gemalt. Selbst auf die Entfernung erkannte sie ihr eigenes Empfinden darin. Wäre das noch intensiver, wenn sie es aus der Nähe betrachten könnte?

Doryam stand unmittelbar davor. »Es ist … nicht schön.« Er streckte die Linke mit gespreizten Fingern aus, verharrte jedoch, bevor er die Leinwand berührte. »Aber wahrhaftig.«

Widerwillig bemerkte Semire, dass sie dem verhassten Fürsten zumindest ein Minimum an Respekt zollen musste. Immerhin erkannte er die Meisterschaft in Quilûns Werk. Er hätte die Gabe wohl auch zurückweisen können, aber der echten Kunst verschloss er sich nicht, obwohl man gemeinhin meinte, die Gemälde dienten ebenso wie die Pflanzen dazu, die Schönheit der Welt zu den Geistern zu bringen. Schließlich bestand der Preis für ihre Unsterblichkeit darin, dass sie sich für immer an das Gestein des Berges banden. Aber Doryam akzeptierte die Gabe.

Agohn führte ihn durch den Lichtfächer und trat selbst zur Seite. »Wir bitten Euch, unsere ewigen Herren«, deklamierte er, »nehmt diesen Menschen, der über uns hinausgewachsen ist, in Euren Kreis auf!«

Doryam stellte sich mit dem Rücken zur aus dem Fels ragenden Statue. Er breitete seine Arme so aus, dass sie an den Armen aus Stein anlagen.

Diese bewegten sich, legten sich um Doryams Brust, wobei sie seine eigenen Arme mitnahmen und einfalteten. Der steinerne Kopf senkte sich, bis das Kinn Doryams geschorenen Schädel beinahe berührte.

Die Menschen knieten nieder.

Die beiden Gestalten verschmolzen. Die Statue zog sich in die Felswand zurück und nahm den Mann mit sich. Das geschah sehr langsam, wie bei einer Feder, die zu Boden schwebte, nachdem ein Rabe auf den Zinnen eines Turms sie verloren hatte. Fleisch und Stein wurden eins, nicht mehr unterscheidbar, und die Formen gingen in der Wand auf. Irgendwann waren Doryam und der Geist, der ihn geholt hatte, nur noch eine Wölbung im grauen Fels.

»Ich bin«, tönte Doryams Stimme durch die Kaverne. Sie klang eine Spur dunkler, als sie im Leben gewesen war. »Und ich werde immer sein.«

Das Echo verklang in der Höhe, von wo das Licht über die Spiegel herabstieg.

Agohn erhob sich als Erster wieder, dann die anderen. »Das Sanktuarium duldet uns nicht länger«, verkündete der Steinmeister. »Unsere Zeit hier ist um. Wir müssen zurückkehren an die Oberfläche.«

Semire empfand diese Worte als Erlösung. Die Masse des Berges lastete schwer auf ihr.

Sie hakte sich bei Quilûn, ihrem Gemahl, ein. »Lass uns schnell gehen«, flüsterte sie ihm zu. »Das Volk erwartet uns. Wir müssen uns ihm zeigen.«

Er beschleunigte seinen Schritt, aber sie ächzte und erstarrte, als wäre sie gegen eine Wand gelaufen. Sie fühlte einen Stich in ihrem Herzen.

»Was hast du?« Quilûn sah ehrlich besorgt aus.

Verwirrt blickt sie ihm ins Gesicht. Er war nun ihr Gemahl, aber Semire sehnte sich nach Brotan. Sie spürte die Unwahrheit zwischen dem Bund, den sie geschlossen hatte, und ihrem Gefühl. Als würde ihr Herz gegen das Steinplättchen in ihrer Brust schlagen, als wollte es den Fremdkörper, die Lüge, aus ihrem Fleisch drücken.

»Lass uns gehen«, bat sie. »Bring mich hier raus, Quilûn.«

»Lass ihn!« Brotan sprang vor und fing Narcs Handgelenk, bevor dieser seine Axt in Elaimon Ohne-Namens Schulter schlagen konnte.

Wieder mussten sie kämpfen, bis von zehn Gladiatoren fünf besiegt waren. Doch das Kräfteverhältnis unter den Arenakämpfern verschob sich. Von der Front kamen gravilische Gefangene. Zwei von ihnen, Narc und Kellzar, kämpften heute. Obwohl sie Brotan zuvor nie begegnet waren, erkannten sie ihn als ihren Hauptmann an. Dadurch agierten sie als Dreiergruppe – ein erheblicher Vorteil. Vier Gegner hatten sie bereits niedergestreckt. Doch Brotan wollte nicht, dass Elaimon der fünfte wurde.

Verwirrt sah Narc ihn an. Er hatte buschige, schwarze Augenbrauen. Eigentlich war er hellblond, er färbte sie mit Kohlestaub. Damit zog er auch Striche unter die Augen. Er behauptete, dadurch blendete die Sonne weniger, wenn man schwitzte.

»Er ist ein Freund«, erklärte Brotan knapp.

Elaimon hatte einen Treffer im rechten Oberschenkel eingesteckt, durch einen Speer, den er inzwischen wieder herausgezogen hatte. Aber er kniete noch auf dem Boden, Narc hielt ihn am Schopf und die Axt konnte ihm mit einem Schlag den Garaus machen. Damit wäre der Kampf entschieden.

»Er gehört zu uns«, bekräftigte Brotan.

Narc nickte.

Brotan ließ sein Handgelenk los.

Um sie herum brannten Scheiterhaufen auf dem Sand. Das schränkte ihre Sicht ein, aber die Veranstalter der Spiele hatten darauf geachtet, trockenes Holz zu verwenden, sodass die Feuer nur schwach rauchten. Von den Rängen aus ließ sich das Geschehen zweifellos gut beobachten.

Der Pöbel drängte sich in der Arena, aber die Loge der Schneegrunds war beinahe leer. Nur eine Handvoll Adliger machte Brotan dort oben aus. Tarima Eichfrost erkannte er an dem Silberohr, das in der Sonne glänzte. Semire war noch bei ihrer Vermählung. Brotan presste die Zähne aufeinander und drängte seine hilflose Wut zurück. Sie hatte ihm versprochen, dass sie nur ihm gehören würde, aber der Gedanke, dass ein anderer Mann, ein Hänfling wie Quilûn, sie ins Bett führte, und sei es auch nur zum Schein, erzürnte ihn. Dass sie nun vermutlich zu spät käme, um ihn noch zu sehen, machte es noch schlimmer.

Doch jetzt musste er zunächst den Kampf in der Arena leiten. »Wir nehmen Umirea«, sagte er zu Narc.

»Die Frau?«, versicherte sich der andere Gravilier.

Brotan nickte grimmig. »Sie ist schon verwundet. Wir müssen sie nur in die Zange nehmen. Kellzar!«

Der Krieger blickte zu ihm herüber. Kellzar hatte man ein an der Spitze gebogenes Schwert und einen großen Rundschild gegeben. Dadurch war er gut geschützt. »Geh voran!«

Mit seiner Stachelkeule wies Brotan die Richtung zwischen zwei Feuern.

Kellzar nickte und gehorchte sofort.

»Du schlägst einen Bogen, linksherum«, befahl Brotan Narc.

Auch er setzte sich sogleich in Bewegung.

Zufrieden atmete Brotan durch. Es war wie im Heer, mit einer klaren Befehlsstruktur, man verließ sich aufeinander und kämpfte als Einheit. Eine Art des Krieges, die er verstand. Und die dem willkürlichen Hacken der Gladiatoren überlegen war. Nur noch Umirea, die sich ohnehin nie einfügen würde … Die anderen würden von ihrem Sieg erfahren, und sie würden verstehen, dass man sich mit den Graviliern, die überdies noch zahlreicher werden würden, gut stellen musste. Weitere Gefangene waren noch bei den Heilern, aber es würde nicht mehr lange dauern, bis man auch sie in die Arena schickte. Brotan könnte ihr Anführer werden, dafür sorgen, dass die Gravilier zu einem Machtfaktor anwuchsen. War das erst einmal geschafft, konnte er größere Ziele ins Auge fassen.

Er wollte Kellzar gerade folgen, doch ein unerträglicher Schmerz schoss durch seinen Bauch. Aufschreiend stolperte Brotan einen Schritt vorwärts, bevor er in die Knie brach. Die Stachelkeule fiel in den Sand. Er starrte auf die blutige Speerspitze, die unterhalb der Rippen aus seinem Bauch ragte. Die dunkle Flüssigkeit, die davon herabtropfte, war wohl sein Lebenssaft.

Ein Stoß traf ihn in den Rücken, der Speer zog sich zurück. Er hatte die Wunde verschlossen, nun quoll das Blut in einem kräftigen Strom heraus. Brotan spürte den Herzschlag im steinernen Käfig. Er pumpte das Leben aus seinem Körper.

Doch das ging seinem Gegner offenbar zu langsam. Noch einmal stieß der Speer in seinen Rücken, diesmal höher. Auf der linken Seite drang er zwischen den Rippen hindurch in die Lunge.

Brotan erbrach Blut. Zitternd sank er zusammen, aber dadurch steigerte sich der Schmerz in seinem Bauch. Er stützte sich mit den Fäusten im klebrig nassen Sand ab. Wegen des Blutes in seiner Luftröhre hatte er Schwierigkeiten, Atem zu schöpfen. Dennoch hob er den Kopf.

Auf den Rängen tobte die grölende Menge. Sein Blick suchte die Loge der Schneegrunds. Von Semire war noch immer nichts zu sehen, aber Tarima stand kerzengerade an der Brüstung. So stolz hatte sie auch als Gefangene ausgesehen, als Zauberpriesterin Emala sie dem Volk vorgeführt hatte. Brotan hatte sie stets respektiert. Er hatte ihr sogar die Flucht ermöglicht. Er fragte sich, wieso diese Frau ihn so abgrundtief hasste.

Jetzt winkte sie jemandem. Brotan blinzelte gegen seine Tränen an. Er hörte das Brüllen der Menge wie einen Sturm im Wald.

Elaimon trat in sein Blickfeld. Das verletzte Bein zog der junge Gladiator nach. Er benutzte seinen Speer als Gehstock. Von der Spitze lief Blut am Schaft entlang bis auf seine Faust.

»Aber …« Wieder würgte Brotan Blut hoch. Er spuckte es aus. »… Kameraden!«

Elaimon verzog den Mund, was Schatten wie von Wellen in den penibel gestutzten Bart brachte. »Gladiatoren haben keine Kameraden. Du warst mir ein Freund, aber nur einer von uns kann der Liebling der Menge sein. Hörst du?« Er sah sich um. »Sie wollen deinen Tod. Oder eigentlich will Tarima ihn. Sie wird morgen als arme Frau erwachen. Normalerweise zahlt man für einen Spieß mit Lammfleisch. Heute haben die Verkäufer ihn jedem umsonst in die Hand gedrückt, der versprochen hat, dass er deinen Tod fordert.«

Brotans Blick kehrte zu Tarima zurück.

»Wir unterschätzen oftmals die Grausamkeit der Frauen«, meinte Elaimon. »Du hast dir die falsche Feindin gemacht.«

Semire war noch immer nicht da. Brotan wusste, dass er ein toter Mann war. Aber sie hätte er gern noch ein letztes Mal gesehen.

Elaimon suchte einen halbwegs sicheren Stand. Er nahm den Speer in beide Hände, hob ihn über den Kopf und rammte ihn durch die rechte Schulter tief in Brotans Brust.

Einen Zauber zu meißeln bedeutete, das Unwichtige wegzunehmen. Der Stein barg die Kraft, man musste ihr lediglich Form geben. Je älter und härter der Stein, je tiefer er von anderem Stein umgeben gelegen hatte, desto größer war seine Macht. Kyrin fragte sich, wie tief der Fels reichte, wie stark die Macht anwuchs. Ab einer gewissen Tiefe konnte sie selbst dem Tod trotzen. Manche glaubten, dass das mit der Zeit immer schwerer wurde. Das mochte erklären, wieso sich die Geister der Ahnen immer tiefer in den Fels zurückzogen, je älter sie wurden.

Kyrin bezweifelte diese Erklärung. Sie vermutete, dass sich die Wahrnehmung der Geister mit der Zeit von dem entfremdete, was die Lebenden kannten. Sehen, riechen, schmecken … War ein Unsterblicher darauf angewiesen? Oder entwickelte er gänzlich andere Sinne? Vielleicht wurden die Geister nicht durch die Notwendigkeit, dem Tod zu entkommen, in die Tiefe gezwungen. Ebenso gut war es möglich, dass sie das Interesse am Treiben der Weltlichen verloren und in den Strömen der Macht schwelgten, die den Fels durchzogen. Dass sie auch die Gärten in den Kavernen nicht mehr besuchten, weil die Schönheit der Welt, die sich ihnen dort in Blumen und Gemälden präsentierte, gegen die Ästhetik ewiger Magie verblasste.

Kyrin schlug einen weiteren Splitter von dem hellen Granitbrocken ab, der auf ihrer Werkbank lag. Sie nahm ihn auf und drehte ihn. Er war etwa so groß wie ein Augapfel. Genau passend für die besondere, zusätzliche Magie, die nur Kyrin an ihren Imagolems wirkte. Zur späteren Bearbeitung legte sie ihn auf die Seite.

Hier, in ihrer eigenen Werkstatt im Keller des Palasts, konnte sie die Intrigen vergessen, in die sie sich immer stärker verstrickte. Hier war sie nur eine Magierin, und da sie – abgesehen von ihren Äffchen – allein mit ihrem Hammer und ihren Meißeln war, spielte noch nicht einmal die Farbe ihrer Schürze eine Rolle. Hier, in ihrer persönlichen Zuflucht, war das Leder nur ein Schutz, den sie für ihre Arbeit brauchte.

Der Brocken besaß eine gute Festigkeit. Er stammte von der Statue, die auf dem Relief stand, das eine Brücke darstellte. Sie hatte sich Zeit mit diesem Steinmann gelassen, zwei Monde. Andere hatte sie rascher fertiggestellt, aber an ihm hatte sie solche Freude gehabt, dass sie besonders gründlich gearbeitet hatte. Sie hatte nichts Außergewöhnliches probiert – kein zusätzliches Armpaar, keine Hauer oder Hörner, keine Glieder in Waffenform. Stattdessen hatte sie danach gestrebt, die menschenähnlichen Formen zu vervollkommnen. Das Überflüssige wegzulassen.

Die Statue, die seit Kurzem ein Imagolem war, wies die perfekten Proportionen auf. Der Kopf ein Zwölftel der Gesamthöhe, die Muskelstränge ästhetisch und zugleich kraftvoll, der Brustkorb breit, was ihn im Verhältnis flacher erscheinen ließ, als er war, der Nacken so stark, dass die Schultern keilförmig aufstiegen. Das war, was jeder sofort sah. Aber Kyrin hatte besonderen Wert auf die verborgenen Fähigkeiten gelegt. Sie hatte das Innere der Ohren in den schneckenförmigen Spiralen ausgemeißelt, die sich nach so vielen Versuchen als perfekt herausgestellt hatten. Dieser Imagolem würde hervorragend hören, er könnte durch Wände lauschen. Die Iriden waren fein geriffelt, er hätte weder in gleißendem Licht noch in der Dunkelheit Schwierigkeiten mit seiner Sicht. Eine Zunge und Hohlräume für den Luftfluss … Kyrin war gespannt auf seine Stimme.

Jetzt galt es, die Statue in dem Brocken, der sich vorhin noch zwischen seinen Schulterblättern herausgewölbt hatte, nachzubilden. Mit einer Rune auf der Stirn der Statuette würde eine Leitfigur entstehen, die eine geistige Kontrolle des Imagolems ermöglichte. Grob waren die Formen bereits zu erkennen – wo der Kopf saß, wie weit der Oberkörper reichte, bevor die Beine kämen. Kyrin schlug etwas Stein neben der Stelle ab, die später die linke Schulter sein würde. Sie freute sich darauf, die Figur zu schmirgeln und zu polieren. So hellen Granit fand man selten, er ähnelte schon Marmor, nur war er ein wenig grobporiger.

Kyrin versank in ihrer Arbeit. Sie wechselte zu einem feineren Meißel und formte Schultern und Kopf aus, sodass es wirkte, als wüchse eine kleine Büste aus dem Brocken.

Bevor sie die Arme angehen würde, legte sie ihr Werkzeug ab und reinigte ihre Hände mit einem feuchten Tuch. Sie lächelte. Wenn sie eine Stunde Hammer und Meißel gehalten hatte, fühlte sie, dass sie etwas geschaffen hatte. Selbst wenn es sich nur um Probearbeiten handelte und umso mehr, wenn es um die Leitfigur eines neuen Imagolems ging.

Noch regte sich der Steinmann nicht. Kyrin ging um ihn herum. Wo sie den Brocken für die Leitfigur abgeschlagen hatte, war der Granit noch rau. Das beeinträchtigte die Fähigkeiten eines Imagolems nicht, viele Magier ließen ihnen sogar eine zerklüftete Oberfläche, was ihnen ein urtümliches Aussehen gab. Aber dieses schöne Material sollte kein Makel entstellen. Kyrin würde sich in den nächsten Tagen darum kümmern. Sie hoffte, dass die Kämpfe nicht allzu rasch Kerben schlagen würden.

Ihr Blick wanderte zu der Bahre, die auf dem brückenförmigen Sockel stand. Die blonde Leiche darauf ähnelte einem Imagolem wie kein anderer Mensch, den Kyrin je gesehen hatte. Dieser Mann hatte so viele Muskeln, dass sie bezweifelte, dass ein menschliches Skelett mehr stützen konnte. Er musste ein Titan in der Arena gewesen sein. Das hatte sie schon gedacht, als man die Leiche zu ihr in die Katakomben getragen hatte. Doch die Wunden an Brust, Bauch und in der rechten Schulter waren auch für einen solchen Recken nicht zu überleben.

Kallin hockte auf dem Brustbein. Das Äffchen betrachtete das Gesicht mit den geschlossenen Augen und dem kantigen Kinn. Ein Winkel des Unterkiefers war durch Kupfer ersetzt.

Obwohl sie wusste, dass die Seele bereits in die Statue gewandert war, fühlte sich Kyrin unangenehm berührt davon, dass ein Tier den toten Körper als Sitzgelegenheit benutzte. Sie scheuchte Kallin fort.

Beleidigt sprang das Äffchen auf den Boden, lief auf allen vieren zur noch immer unbewegten Statue und nutzte die ausgeformten Muskeln, um daran emporzuklettern. Triumphierend ließ es sich auf der Schulter nieder und blickte zu Kyrin herab.

Lächelnd kehrte sie an ihre Werkbank zurück, zog das Tuch von einem Korb und nahm einige Trauben heraus. Genüsslich schob sie sich eine davon in den Mund.

Kallin setzte an, zu ihr herunterzukommen, aber Lepp und Kell waren schneller. Sie sprangen auf den Tisch und nahmen jeweils eine Traube entgegen.

Kallin wollte sich wohl nicht erniedrigen, indem er um die Leckerei bettelte und dann als Letzter etwas bekam. Er war ein stolzes Äffchen. Er setzte sich wieder auf die Steinschulter und putzte seine Mähne.

Achselzuckend legte Kyrin die verbliebenen Trauben zurück in den Korb.

Als sie sich wieder aufrichtete, hörte sie Schritte auf der Treppe, die in ihr Refugium herabführte. Schwarze Schuhe mit goldenen Schnallen erschienen auf den Stufen, ein schwarzes Kleid, auf dem blaue Schimmer wanderten, eine Frau mit schlanker Figur. Das hochfrisierte Haar ließ das fein geschnittene Gesicht besonders hell erscheinen. Geschmackvoll aufgetragenes Puder betonte die Wangenknochen, aber den Blick zog das rechte Ohr auf sich. Es bestand aus Silber.

Kyrin knickste. »Baroness.«

Da die Witwe nicht erheblich höher im Rang stand als die bedeutendste Magierin ihres Tiefen Hauses, knickste Tarima Eichfrost ebenfalls, statt nur zu nicken. »Kyrin.«

Abwartend blickte die Magierin ihr entgegen.

»Ah, da ist er ja.« Die Baroness raffte ihr Kleid. Die weißen Handschuhe betonten, dass sich Tarima für einen besonderen Anlass zurechtgemacht hatte. Sie ging hinüber zur Bahre.

Kyrin hatte nur die Schulterwunde verbunden und die Leiche flüchtig gewaschen. Dass noch Blutreste auf der Haut zu sehen waren, störte Tarima augenscheinlich nicht. Lächelnd strich sie über den toten Körper. Es war eine zärtliche Geste. Umso mehr irritierte es Kyrin, dass die Baroness ihre Finger tief in die Wunden am Bauch steckte. Dem Umstand, dass der feine Handschuh an ihrer Linken durch dunkles Blut besudelt wurde, schenkte sie keine Beachtung. »Endlich«, hauchte sie.

Kyrin schluckte.

»Bist du fertig mit ihm?«, fragte Tarima mit der Unschuld eines Mädchens in der Stimme. Sie wirkte vollkommen zufrieden.

»Ich denke, der Geist ist gewandert.« Etwas Boshaftes in Tarimas Blick brachte Kyrin dazu, zu ergänzen: »Aber vollständig sicher kann ich noch nicht sein.«

»Schließe deinen Zauber ab und dann überlasse mir seine Leiche.«

»Warum?« Kyrin straffte die Schultern. Wenn sie schon einer Adligen trotzte, tat sie es besser mit Stolz.

Das freudige Lächeln auf Tarimas Lippen stand in einem unerklärlichen Gegensatz zur mitleidlosen Kälte in ihrem Blick. »Ich will Brotans Augen auspulen und in die Höhlen spucken. Das habe ich ihm versprochen.«

Tarima wirkte auf Kyrin nicht, als hätte sie zu viel getrunken. Ob sie besessen war? Es gab Berichte über Geister, die in Lebende einfuhren, um außerhalb der Kavernen zu wandeln. Aber welches Interesse könnte ein Geist an der Leiche des Gladiators haben?

»Ich brauche seinen Körper noch«, behauptete Kyrin. »Er trägt einen Zauber um sein Herz. Den wollen wir wiederverwenden. Dazu muss ich den Stein zunächst entfernen.«

Tarima verschränkte die Finger, wodurch sie auch den bislang noch sauberen Handschuh besudelte. »Kannst du das sofort tun?«

Kyrin legte die Hand auf den Brocken, aus dem die Leitfigur entstand. »Leider muss ich mich zunächst hierum kümmern.«

»Ich wäre dir verbunden.« Eine Drohung schwang in Tarimas Stimme.

Eine Baroness aus Haus Eichfrost konnte Kyrin nichts befehlen, aber anscheinend interessierte Tarima das nicht. Sie schien überzeugt, dass Kyrin ihr zu Gefallen sein müsste. Sprach das für eine Besessenheit? Wenn ein Geist in sie eingefahren war, dann mochte dieser sich sehr wohl mit Recht als ranghöher ansehen.

Kyrin schwitzte. Im Grunde brauchte sie die Leiche nicht mehr. Zwar holte man die Herzkäfige tatsächlich meistens aus den toten Körpern, aber besonders wertvoll waren sie nicht. Manchmal wurden sie auch in der Arena zerstört, bei einem Brusttreffer mit einer großen Waffe. Oder man klaubte sie aus der Asche der verbrannten Leiche.

Feste Schritte auf den Stufen erlösten Kyrin. Semire von Schneegrund trug ihr hellblaues Hochzeitskleid. Das war nicht das Einzige, das Kyrin an ihr ungewöhnlich fand. Semire blickte starr geradeaus und blieb am Fuß der Treppe stehen.

Kyrin knickste tief, ebenso Tarima, die ihre Herrin mit dem Titel anredete, den sie seit heute mit vollem Recht trug: »Gräfin.«

Kyrin erinnerte sich daran, wie sie Semire bei der Schlacht an der Sonnenbrücke erlebt hatte. Furchtlos, zielstrebig, mit der nötigen Ruhe im Geschrei und Getümmel. Eine Anführerin. Es war ein gutes Gefühl, sie an der Spitze des Tiefen Hauses zu wissen, obwohl sie dort Graf Golars Traum gefährden konnte. Er hatte ihn sicher nicht ohne Grund seiner Tochter verschwiegen und Quilûn sein Erbe anvertraut. Semires Talent für die Macht verriet eine Lust an derselben. Sie würde sich nicht freiwillig davon trennen und die bestehende Ordnung umstürzen.

Ihre Körperhaltung blieb rätselhaft. Als sei sie festgefroren und könnte sich nur mit Mühe bewegen, drehte sie den Rumpf nach rechts. Sie starrte die Leiche an, ging zwei Schritte darauf zu, verharrte erneut.

Der Herzschlag pochte in Kyrins Hals. Teilte sie ihre kleine

Werkstatt mit zwei Besessenen und einem Imagolem, in dem sich die neue Seele erst noch zurechtfinden musste? Sie schauderte.

Semires Kiefer mahlten. Sie wirkte, als stünde sie kurz davor, zu schreien.

»Baroness Tarima, Ihr geht jetzt besser«, schlug Kyrin vor.

Auch die Angesprochene erfasste, dass etwas mit Semire nicht stimmte. »Ich warte oben auf die Leiche«, kündigte sie an, knickste hastig und lief die Treppe hinauf.

Semire ging die letzten Schritte zur Bahre. Auch sie streichelte den toten Körper, aber bei ihr sah es ganz anders aus als bei Tarima zuvor. Wärmer. Das konnte nicht bloß daran liegen, dass sie keine Handschuhe trug. Da war dieser Blick voller Mitleid, und ihre Finger tasteten so vorsichtig, als befürchteten sie, die sanfte Berührung könnte den Toten schmerzen. Tränen glänzten in ihren Augen.

Vollständig verwirrte Semire Kyrin, indem sie sich vorbeugte und die kalten Lippen küsste, wobei sie über die Bronze im Kieferwinkel strich. Sie richtete sich wieder auf, betastete den eigenen Mund. »So kalt«, flüsterte sie. Semire sah zur Statue hinüber.

Auch Kyrin war jetzt kalt, sie fröstelte. Ihre einzige Gewissheit bestand darin, dass sie nicht verstand, was in diesem Moment in ihrer Werkstatt vorging. Was verband Semire mit dem Toten? Ihr war anzusehen, wie sehr sie der Anblick der Leiche traf. Etwas tief im Innern der stolzen Frau war gebrochen.

Es war gefährlich, sich in der Nähe von Adligen aufzuhalten, die in solcher Stimmung waren. Ihr Leben bestand in einer sorgfältigen Kontrolle aller Worte, aller Gesten, ihres gesamten Verhaltens. Wenn sie diese Kontrolle verloren, gab es kein Halten mehr. Es war wie bei einem Wanderer, der sich gekonnt auf einem schmalen Bergpfad hielt, um dann plötzlich abzurutschen und in einen Abgrund zu stürzen. Dieser Abgrund konnte bei einem Mächtigen aus hemmungsloser Gewalt bestehen, aus einem Ausbruch von Brutalität, wie sie sonst immer hinter höfischen Formen verborgen blieb.

Vorsichtig hob Kyrin ihren Korb auf die Werkbank, nahm

die Trauben heraus und lockte ihre Äffchen an. Kallin entschied, dass er nun lange genug geschmollt hatte und seine Mähne hinreichend geputzt war. Er kam gemeinsam mit den beiden anderen zu ihr. Statt darauf zu warten, dass sie sich auf ihre Schultern setzten, griff Kyrin die Tiere und steckte sie in den Korb, um sofort das Tuch darüber zu befestigen. Ihr protestierendes Gezeter kam ihr schmerzhaft laut vor und trieb ihr den Schweiß auf die Stirn.

Semire weinte jetzt. Sie hielt sich an einem Holm der Bahre fest und sah auf die Leiche hinab.

Kyrin knickste tief. Auch das Knittern der Lederschürze erschien ihr unangemessen laut. Sie floh aus ihrer eigenen Werkstatt und die Treppe hinauf. Die wartende Baroness Tarima bedachte sie mit keinem Wort. Kyrin wich ihrem Blick aus, während sie an ihr vorbeieilte.

Semire von Schneegrund wusste, dass sie sich hätte fürchten sollen, aber das tat sie nicht. Sie hatte gehofft, dass Angst ihr die Möglichkeit zurückgeben würde, etwas zu fühlen, aber das geschah nicht.

Inmitten eines Gewitters ging sie nun das fünfte Mal über einen schmalen Steg, der wohl der Überrest einer einstmals gangbaren Brücke war. Ein letzter verbliebener Längsbalken, zwölf Schritt über einem Abgrund. Acht gebrochene Planken waren noch daran festgenagelt. Semire hatte sie gezählt, als sie das zweite Mal darüber hinweggestiegen war.

Eigentlich trieb ihr schon der Gedanke an große Höhen den Schweiß auf die Stirn. In dieser Nacht jedoch blieb die Furcht aus, obwohl jeder Blitz ihr das Gewirr der schlampig zusammengezimmerten Hütten unter ihren Füßen zeigte. Das nächste Dach war acht Schritt tiefer, aber wenn sie in der Mitte des Stegs abrutschte, würde sie erst nach fünfzig Schritt aufprallen.

Wie weit musste sie fallen, um sofort zu sterben? Sich die Hüfte oder das Rückgrat zu brechen, ein Krüppel zu werden, angewiesen auf mitleidige Fürsorge, von eitlen Hofdamen angekleidet, sogar gefüttert zu werden … Diese Vorstellung hatte bisher Unwohlsein in ihr ausgelöst. Jetzt war sie ihr gleichgültig. Sie breitete die Arme aus, fühlte die Schwere, mit der das durchnässte Kleid und der Umhang an ihr zogen, und setzte einen Fuß vor den anderen. Jeder Schritt schmatzte wegen des Wassers in den Schuhen. Eigentlich waren sie für den Festsaal gemacht, auf einem solchen Balken hätte sie damit sofort abrutschen sollen. Anscheinend hatte sie den Tod beleidigt, dass er sie verschmähte.

Sie erreichte das Ende des Balkens, wo sie auf den felsigen Boden treten könnte. Ein Blitz zeigte ihr die Hütten der Tagelöhner, zwischen denen sich zufällige Gassen ergaben. Einige davon endeten unvermittelt oder waren so mit Unrat angefüllt, dass sie unpassierbar wurden. Vielleicht spülte der Regen sie frei.

Als der Donner kam, wirbelte Semire herum. Sie begann ihren nächsten Gang über den Steg. In der Mitte wippte sie in den Knien, er federte auf und nieder, beinahe wie ein Fechtboden. Nur dass der Balken brechen könnte. Sie wusste, dass das nicht geschehen würde. Dieses Leben ohne Farben, ohne Gefühl weigerte sich, sie freizugeben.

In ihren Gedanken beschwor sie Brotans Leiche herauf. Sie erinnerte sich an jede Einzelheit. Den Geruch nach Blut. Die genaue Position der entstellenden Wunden in dem Körper, der ihr solche Freude geschenkt hatte. Die Lage der blonden Haarsträhnen. Daran, wie hart und kalt seine Lippen gewesen waren. Sie erinnerte sich auch an ihre Tränen.

Aber weshalb sie geweint hatte, wusste sie nicht zu sagen. Tat man das nicht, wenn man Schmerz fühlte?

Semire empfand gar nichts.

Sie wusste, dass Tarima auf irgendeine Art dafür gesorgt hatte, dass Brotan in der Arena gestorben war, während Semire mit Quilûn im Berg gewesen war. Aber sie hasste die Baroness nicht.

Sie wusste, dass Quilûn ein erbärmlicher Wicht war. Naiv war er ihr ins Netz gegangen. Jetzt hing sein ganzes Sehnen an der Quadra, die nur Semire ihm beschaffte. Sie konnte ihn abrichten wie einen Hund, aber sie verachtete ihn nicht.

Sie wusste um die Ungerechtigkeit, die darin lag, dass ein Feigling, Lügner und grausamer Mensch wie Doryam mit der Unsterblichkeit belohnt worden war. Aber in ihr war keine Wut.

Sie wusste, dass sie die Liebe ihres Lebens gefunden hatte, einen Mann, den sie respektieren konnte, der außerhalb der Hochnäsigkeit des Adels stand, der sie erfüllte, befriedigte und glücklich machte. Dieser Mann war tot. Aber sie trauerte nicht um ihn.

In ihr war nur Leere und die Welt hatte keine Farben mehr.

Diesmal sprang sie in die Höhe, während sie herumwirbelte.

Es nützte nichts. Mit schlafwandlerischer Sicherheit fanden ihre Füße den Steg. Sollte sie deswegen enttäuscht sein?

Mehrere Blitze gingen in schneller Folge nieder. Natürlich traf sie keiner, aber einer fuhr krachend in die Hütten, die fünfzig Schritt vor ihr auf einem Felsrücken standen. Holz splitterte, Flammen loderten auf, der Regen zischte in den Brand, Menschen schrien.

Semire erreichte das Ende des Stegs, drehte um und ging zurück.

Auf der anderen Seite des Abgrunds liefen Leute. Die meisten eilten nach links, wo sie in einiger Entfernung einen sicheren Übergang finden würden.

Ein Mann bemerkte sie und verharrte. Er hielt einen anderen am Ärmel fest und ein dritter gesellte sich zu ihnen. Sie zeigten auf sie, riefen etwas, das Semire nicht verstand, und liefen zum Steg. Natürlich betraten sie ihn nicht – dafür musste man schließlich lebensmüde sein –, aber derjenige, der sie zuerst bemerkt hatte, ließ sich von seinen Freunden festhalten, trat ganz an den Rand des Abgrunds und streckte ihr die Arme entgegen. Ob der dachte, dass sie vor dem Feuer auf der anderen Seite floh?

Der nächste Blitz tauchte ihn in grelles Licht. Schon dieser kurze Moment reichte, um zu sehen, dass seine Kleidung nicht für ihn gemacht war. Sie hing an der dürren Gestalt wie eine Tunika auf einer Stuhllehne, über die man sie zum Trocknen gebreitet hatte. Nur wurde seine Kleidung im Regen nass, nicht trocken.

Er winkte ihr. »Vorsichtig, Mädchen, ganz vorsichtig!«

»Ein Mädchen!«, rief einer der beiden hinter ihm. »Hörst du, da will ein Mädchen zu uns kommen!«

Der dritte lachte dreckig.

Unbeirrt ging Semire weiter. Sie ließ zu, dass die vorgereckten Hände sie fassten und sie vom Steg an die Brust des Mannes zogen.

»Oh, die fühlt sich aber gut an!« Er drehte sich, ohne Semire loszulassen, und brachte sie so zwischen sich und seine Freunde. Überall berührten sie raue Hände. Sie wurde weiter auf die Hütten zugeschoben. Das Feuer auf der anderen Seite war anscheinend vergessen.

Ein Blitz zuckte.

»Und hübsch ist sie auch!«, rief einer der Kerle. Kerben zerklüfteten sein Gesicht, wohl die Überreste einer Krankheit. »Und wie! Was für eine Schönheit.«

Semire wusste nicht, ob es seine Pranke oder die eines Freundes war, die ihren Hintern knetete.

»Nun sei ein bisschen nett zu uns!«, forderte einer. »Schließlich haben wir dich gerettet. Du könntest mit zersplitterten Knochen bei den Ziegen liegen.«

Sie hätte Angst fühlen sollen. Oder Ekel, auch der wäre ihr jetzt willkommen gewesen. Aber sie war leer.

»Bist du stumm?« Grob beschäftigte sich eine Hand mit ihrer rechten Brust. Der Kerl tat ihr weh.

Semire ging diesem Schmerz nach.

Sie erinnerte sich daran, dass auch Brotan geschmerzt hatte, vor allem zu Beginn. Aber sie hatte seine Berührung dennoch gewollt. Er hatte etwas in ihr geweckt. Um ihre Stärke hatte sie immer gewusst, aber nicht um diese Wildheit, die Schmerzen nicht nur in Kauf nahm, sondern sogar darüber lachte. Sie hatte sich Brotan entgegengeworfen, sich an ihn gedrückt, ihn in sich aufgenommen, seinen Körper genossen, so wie er den ihren.

Endlich riss ein vielfach gezackter Blitz ein Gefühl an die Oberfläche: Wut! Was bildeten sich diese tumben Kerle ein? Sie würden niemals besitzen, was Semire Brotan aus freien Stücken geschenkt hatte.

Sie rammte dem Mann vor ihr den Ellbogen in den sabbernden Mund. Zähne knackten.

Er schlug die Hände vor das Gesicht und stolperte zurück.

»Vorsicht!«, rief einer der Kumpane. »Der Abgrund!«

Semire drehte ihren Oberkörper, was den Griff des hinter ihr stehenden Grapschers löste. Sie nutzte den Schwung, um dem Rufer die Faust gegen die Nase zu schmettern.

Ihre Hand schmerzte, aber Buhm und Derrek hatten ihr eingeschärft, dass der erste Schlag nur selten der letzte sein durfte. Man musste angreifen, solange man im Vorteil war, bis der Gegner außer Gefecht gesetzt war. Also schlug Semire nochmals zu und noch einmal. Links, rechts, links, noch einmal links.

Als der Mann seinen Kopf mit den Unterarmen schützte, rammte sie ihm ein Knie in den Bauch. Er krümmte sich.

Sie sprang hoch, streckte den rechten Arm und riss ihn im Herunterkommen nach unten. Ihr Ellbogen donnerte in seinen Rücken. Er brach zusammen.

Derjenige, den sie in den Mund getroffen hatte, jammerte noch immer mit den Händen vor dem Gesicht herum.

Der dritte war ein Feigling. Schreckensstarr glotzte er sie an. Durch den Regen sah er besonders erbärmlich aus, weil sein Haar am Kopf klebte und auch der Bart zu ein paar unansehnlichen Strähnen wurde. Semire hasste ihn.

Mit vorgereckten Fingern stieß sie die Hand in sein Gesicht.

Was genau sie traf, sah sie nicht, aber es war weich. Dem Jaulen nach zu urteilen, war der Treffer schmerzhaft.

Sie deckte den Mann mit Schlägen ein. Mit jedem Hieb fühlte sie sich besser. Mit jedem Hieb fühlte sie *mehr*. Sie trieb ihn vor sich her. Dass er dabei auf den Abgrund zutaumelte, dafür konnte sie nichts.

Mit finsterer Befriedigung sah sie, wie sein linker Fuß über die Felskante rutschte. Er sackte weg und schrie, aber es war zu spät. Einen Moment noch konnte er sich mit ausgestreckten Armen festhalten, während sein Körper schon an der Steilwand hinabhing.

Mit klopfendem Herzen sah Semire zu, wie er abrutschte, erst langsam, dann schneller. Seine Hände fanden keinen Halt mehr. Schreiend stürzte er in die Tiefe.

Derjenige, dem nun ein paar Zähne fehlten, blickte sie mit Grauen in den Augen an.

Sie ging zu ihm. Er war so erschrocken, dass er noch nicht einmal weglaufen konnte.

Sie tätschelte seine Schulter. »Danke. Ihr habt mir geholfen.«

Sie ging in die Dunkelheit der labyrinthischen Gassen zwischen den Hütten, deren Schattenrisse aussahen wie die Trümmer eingestürzter Paläste.

SECHS
Bündnisse

Am Fuß der Treppe standen zwei Imagolems, deren Arme deutlich zeigten, dass ihr einziger Zweck der Kampf war. Ab dem Ellbogen waren sie in steinerne Sichelklingen ausgeformt. Quilûn verstand nichts von kriegerischer Taktik, aber ihm war klar, dass niemand, der die letzte Windung der Wendeltreppe nahm, ihren Schlägen entkommen könnte. Er hielt es für unmöglich, dass es jemandem gelänge, gegen ihren Widerstand das Sanktuarium zu betreten. Selbst ein großer Trupp, der die Spinne überwunden hätte, die das Kopfende der Treppe bewachte, könnte in diesen beengten Verhältnissen nur mit zwei, höchstens drei Kriegern nebeneinander vorrücken. Das Resultat wäre ein Leichenberg aus von den Steinschwertern zerteilten Körpern.

»Ich bin überzeugt, dass Rosenquarz die Treppe sicherer machen würde«, sagte Abuliar trotzdem. »Du solltest bei jeder Windung eine Stufe austauschen lassen.«

Steinmeister Agohn schnaubte. »Rosenquarz brächte Schwingungen der vierten Harmonie ein. Was sollte das bringen?«

»Es überrascht mich nicht, dass dir die Sinnhaftigkeit entgeht. Dir kam es immer nur auf die Harmonien an, aber die Dissonanzen sind von ebensolcher Bedeutung.«

Agohn machte eine wegwerfende Bewegung. Der Schatten seiner Hand bewegte sich wie die Pranke eines Riesen über den rechten Imagolem.

Quilûn waren die beiden alten Männer unheimlich. Er gewöhnte sich nicht an Agohns Anblick, obwohl er ihm nun schon mehrfach begegnet war. Die vollen Lippen standen im Gegensatz zur ausgezehrten Gestalt. Das hüftlange Blondhaar sah weich aus, die steinernen Fingernägel dagegen drohten wie die Krallen eines Raubtiers. Dass er es verstand, Rivalen aus dem Weg zu räumen, bewies die schneeweiße Schürze, die ihn als höchsten aller Magier des Berges auszeichnete.

Ob Abuliar einer dieser Rivalen gewesen war?

Seine schwarze Schürze sah aus, als hätte er sie nur selten getragen. Die kupfernen Nieten glänzten, es gab kaum Knicke, wie sie in dem harten Leder unausweichlich zurückblieben, wenn die Bewegungen des Trägers es faltete. Unter der Schürze trug Abuliar eine ebenfalls schwarze Robe, bei der ein kluger Schneider darauf Rücksicht genommen hatte, dass der Greis offenbar niemals gerade stand. Sie gab nicht nur seinem Buckel einen Hauch von Eleganz, sondern schloss auch rundherum mit ein paar Fingerbreiten Abstand zum Boden ab. Abuliars Pupillen und Iriden machten den Eindruck, sie würden in das Weiß der Augäpfel hinabtauchen, wodurch sich ein milchiger Nebel über ihnen ergab. Nur einzelne, aber dichte Strähnen sprossen aus dem ansonsten kahlen Haupt, sodass gut zu sehen war, dass eine Nachbildung aus Sandstein die linke Ohrmuschel ersetzte.

Ihre Erscheinung überzeugte Quilûn mehr noch als ihr Gespräch, dass die beiden alten Magier in völlig anderen Sphären dachten, träumten und lebten als er. Vielleicht könnte Kyrin zwischen ihm und ihnen vermitteln, aber die Blauschürze, die als Letzte auf der Treppe ging, versuchte augenscheinlich, nicht aufzufallen. Der einzige Grund, aus dem man ihr überhaupt den Zutritt zum Sanktuarium gestattete, in dem der Adel die Weisungen der Unsterblichen entgegennahm, lag darin, dass es für einen Grafen unwürdig gewesen wäre, sein Geschenk selbst zu tragen. Deswegen konnte er Kyrin als Dienerin angeben, die sich nun mit seinem Bild abschleppte. Ob es Agohn gefiel oder ob er es mit Argwohn sah, dass eine Magierin mittleren Ranges in die Tiefe unter der Werkstatt vordrang, wusste Quilûn nicht einzuschätzen. Der Steinmeister stritt sich seit ihrem Eintreffen mit Abuliar. Spitze Bemerkungen wechselten dabei mit heftigen Ausbrüchen ab, die Quilûn eher von Heißspornen erwartet hätte, die ihre neuen Degen einweihen wollten, als von solchen Würdenträgern. Dazwischen sammelten sie mit eisigem Schweigen Kraft für den nächsten Schlagabtausch.

Agohn strich seine Schürze glatt und schritt ihnen voran ins Sanktuarium. Darum, dass der blinde Abuliar den Weg fand, kümmerte er sich nicht. Am liebsten hätte er ihn wohl zurückgelassen, was beim Rang einer Schwarzschürze aber offenbar unmöglich war.

Stillschweigend trat Kyrin neben den Greis. Er legte seine Hand auf die Schulter der klein gewachsenen Frau und ließ sich führen.

Sie folgten Agohn durch die veränderlichen, fließenden Steingänge. Das Rot, in dem sie leuchteten, erschien Quilûn intensiver als bei seiner Vermählung, aber weniger Gesichter drückten sich heraus, um sie zu beobachten. Quilûns Antrittsbesuch bei den Ahnen von Haus Schneegrund stieß wohl auf geringeres Interesse. Die Steinaugen in den Zierbändern an der Decke glotzten jedoch auch dieses Mal auf sie herab.

Sie gelangten an eine drei Schritt hohe Tür aus schwarzem Jade, die in einem Spitzbogen auslief. Ein Schneekristall aus Kupfer war darauf angebracht, er nahm beinahe die gesamte Breite ein.

»Wir stehen vor der Loge«, flüsterte Kyrin dem Blinden zu.

Sie übergab Quilûn das Bild. Durch das Tuch, das es einhüllte, fühlte er die Schnitzereien im Rahmen. Selbst mit dieser Verzierung maß die Längsseite noch nicht einmal einen Schritt.

»Hast du den Rosenquarz gesehen?«, fragte Abuliar herausfordernd. »Die Unsterblichen stimmen mir zu, dass er einen guten Schutz darstellt.«

»Du unbelehrbarer Dickkopf!«, gab Agohn zurück. »Hier unten gibt es keinen Rosenquarz. Und selbst wenn man ihn im Sanktuarium verwenden würde – wie wolltest du ihn wohl gesehen haben? Vielleicht ist es deinem wirren Verstand entgangen, aber du bist blind.«

»Manchmal ist das ein Vorteil«, versetzte die Schwarzschürze. »Wer nichts sieht, nimmt mit den anderen Sinnen besser wahr. Hast du schon in Erwägung gezogen, dass ich Schwingungen der vierten Harmonie spüren könnte?«

»Das ist lächerlich!«

»Wirklich?« Abuliar löste die Hand von Kyrins Schulter und streckte die andere nach Agohn aus.

Sein Tasten brachte die sorgfältig gelegten Locken durcheinander, was dem Steinmeister sichtlich missfiel. Wegen der Enge des Gangs konnte er jedoch nur einen halben Schritt zurückweichen.

Abuliar fand die Schulter seines Gegenübers. »Los. Gleich in der Abzweigung hinter dem Eingang werden wir den Rosenquarz finden. Oder hast du Angst, widerlegt zu werden?«

Agohns Kiefer mahlten. »Ihr kommt allein zurecht, Graf?«

»In die Loge darf mich ohnehin niemand begleiten, wurde mir gesagt.«

Agohn nickte knapp. »Diese Ehre steht nur dem Oberhaupt eines Tiefen Hauses zu.«

Quilûn entdeckte keine Klinke an der Tür. »Wie gelange ich hinein? Soll ich klopfen?«

»Drückt nur Euren gräflichen Siegelring dagegen.«

Der Stein fühlte sich warm an. Einen kurzen Moment spürte Quilûn Widerstand, dann klackte etwas in der Tür und sie schwang auf.

Er zwang sich, nicht zu Kyrin zu sehen. Alles, was Aufmerksamkeit auf die Magierin lenken mochte, erhöhte die Gefahr, dass Agohn sie auffordern würde, das Sanktuarium zu verlassen. Damit wäre der Hauptgrund ihres Besuchs gescheitert. Kyrin hatte ihm gesagt, dass sie eine Verbindung zu einem der mächtigsten Magier hatte, zu Abuliar, den selbst der Steinmeister nicht ignorieren konnte. Mit seiner Hilfe wollte sie Agohn ablenken und mit Quilûns Hilfe so tief wie möglich in den Berg kommen, um sich hier umzusehen. Was sie suchte, hatte sie nicht verraten. Es sei besser, wenn Quilûn ahnungslos bliebe. So könnte er bei seiner Begegnung mit den Unsterblichen auch nichts versehentlich preisgeben. Obwohl diese Erklärung seinen Stolz verletzte, hatte Quilûn sie akzeptiert.

Er trat in die Loge, die sich zunächst in dichtem grauem Nebel verbarg, der süßlich roch. Hinter ihm schloss sich die Tür.

Die Schwaden sanken zu Boden, wo sie zu einem Wallen wurden, das bis über seine Füße reichte. Ihm gefiel nicht, dass sie seinem Blick entzogen, wohin er trat, aber der Untergrund fühlte sich eben und fest an. Der Nebel erfüllte auch einen weiteren Zweck: Ein diffuses Leuchten drang aus ihm empor und erhellte den runden, vier Schritt durchmessenden Raum, an dessen Wand sich auf Hüfthöhe ein Sims entlangzog, der ein wenig zu schmal war, um sich daraufzusetzen. Gegenüber der Tür stand eine dunkle Maske auf diesem Vorsprung. Ihre Gesichtszüge hätten für ein Lehrstück in Anatomie einer neutralen Mimik getaugt, wie Maler sie oft einübten, bevor sie ihre ersten bezahlten Porträts anfertigten. Mund und Lider waren geschlossen, die Wangen entspannt. Grübchen oder Falten waren nicht zu erkennen, die Gesichtshälften waren so symmetrisch, wie es bei einem echten Menschen niemals vorkam.

Quilûn wartete ab, aber nichts geschah.

Er wollte vermeiden, das Bild in den Nebel zu tauchen, also stellte er es vorsichtig auf dem Sims ab. Die Wandkrümmung war zu stark, als dass es vollständig Halt gefunden hätte. Er versuchte, wenigstens die Ecken so sicher wie möglich zu platzieren. Quilûn löste die Verschnürung und nahm das Tuch ab, faltete es mehrfach und legte es neben die Maske.

Das Bild zeigte Alita Blitzdorn unter einem Baum, von dessen Ästen bartartige Flechten hingen. Es war Quilûns fünfter Versuch, aus der lebensechten Darstellung etwas Kunstvolles zu machen. Alita war eine wunderschöne Frau, sie saß in einer idyllischen Szenerie, die Farben waren im richtigen Verhältnis von Kontrast und Harmonie gewählt, die Motive optimal im Format platziert. Dennoch erschien dieses Bild Quilûn trivial, oberflächlich. Seit ihm die Quadra erlaubte, das Wesen der Dinge statt nur ihre Erscheinung festzuhalten, ging ihm das mit allen gegenständlichen Bildern so.

In den Logen sollten die Oberhäupter Instruktionen von den Ahnen ihres Tiefen Hauses erhalten. Außer dem Nebel regte sich jedoch noch immer nichts. Quilûn hätte sich nicht gewundert, wenn sich eine Statue aus der Wand gelöst hätte oder aus dem Boden gewachsen wäre, ähnlich wie bei den Reliefs in den Gängen. Auch eine körperlose Stimme hätte seine Erwartungen erfüllt oder eine Schrift, die sich im Stein zeigte. Doch er blieb allein und anscheinend unbeachtet.

Ob das normal war? Behaupteten die Oberhäupter lediglich, Instruktionen aus der Tiefe zu erhalten, um die Entscheidungen, die sie in Wirklichkeit selbst trafen, unbezweifelbar zu machen?

Oder war dieses Schweigen ein Ausdruck der Missbilligung? Erkannten die Ahnen ihn doch nicht an?

Aber weshalb hätten sie dann seine Eheschließung mit Semire billigen sollen? Er tastete über die Stelle an seiner Brust, an der er unter der Tunika das Steinplättchen wusste, das den Bund mit seiner Gemahlin bezeugte.

Er sah sich noch einmal genau um und versuchte, etwas in der Wand zu erkennen. Der Stein war jedoch vollkommen ebenmäßig. Struktur erhielt die Fläche lediglich durch die Veränderung der Helligkeit im Nebel, die eine Illusion von Wellen erzeugte. Die Tür, der Sims, die Maske, das Bild, das Quilûn mitgebracht hatte – mehr gab es hier nicht. Es sei denn, es wäre unter dem weißen Wabern verborgen.

Doch das erschien unwahrscheinlich – wieso sollten die Ahnen wollen, dass jemand, mit dem sie zu sprechen wünschten, auf seinen Knien herumrutschte, um möglicherweise so etwas wie ein Mosaik abzutasten?

Es musste leichter sein.

Mit den Fingerspitzen nahm er die Maske auf. Sie fühlte sich vollkommen glatt an, und obwohl sie so dunkel war, drang ein wenig Licht hindurch. »Drachenglas«, erkannte Quilûn.

Er hielt sie vor sein Gesicht.

Ihre Form passte sich an, sie bog und streckte sich, um die vordere Hälfte seines Kopfes zu umfassen. Vorsichtig atmete er ein. Das gelang, das Material hatte wohl passende Öffnungen gebildet. Den Mund konnte er jedoch nicht öffnen.

»Wir grüßen dich, Graf Quilûn«, hörte er eine Vielzahl von Stimmen. Die Silben waren leicht gegeneinander verschoben, aber dennoch verständlich. Wie Kies, der an einem Hang abrutschte, wobei jeder Kiesel ein eigenes Geräusch machte, das aber in einem verbindenden Rauschen aufging.

Quilûn hörte seine eigene Stimme, obwohl er nicht sprach, sondern nur konzentriert dachte. »Ich danke für die Audienz, die Ihr mir gewährt.« Die Worte entfernten sich mit einem vielfachen Echo, als wanderten sie durch eine lange Röhre. »Ich hoffe, Fürst Doryam hat gute Aufnahme erfahren.«

»Er ist einer von uns, doch er muss noch lernen, zu versinken und zu erstarren.«

Quilûn fragte sich, ob das gut war. Im Grunde war er aber nicht am Schicksal des Mannes interessiert, den er kaum gekannt und den Semire offensichtlich eher feindlich betrachtet hatte.

Über seinen Augen wurde die Maske klar. Er sah wie durch einen leichten Dunst.

»Ich habe ein Geschenk gebracht.« Er zeigte auf das Bild von Alita unter dem Baum.

»Das Gemälde, das wir bei deiner Vermählung empfangen haben, gefällt nicht allen von uns. Aber es regt die Gedanken an.«

»Dieses ist gefälliger«, beteuerte Quilûn.

»Ja … das sehen wir.«

Also hatten die Geister eine Möglichkeit, wahrzunehmen, was in der Loge vor sich ging. Das war zu erwarten gewesen.

Eine Nische entstand, wo das Bild an der Wand lehnte. Zugleich zog sich der Sims zurück. Das Gemälde wurde in den Stein gezogen.

»Wir reden zum ersten Mal im Vertrauen, Graf«, rauschten die Stimmen. »Wenn es etwas gibt, das auf deinem Herzen lastet, sprich jetzt.«

Semire war so in Trauer versunken, dass sie sich nicht ansprechen ließ. Kyrin meinte, das hinge mit Brotan zusammen, dem Gefangenen, den sie auf Graf Golars Reise gemacht hatten. Er war als Gladiator in der Arena gestorben. So abwegig es erschien, fand Quilûn doch keine andere Erklärung für Semires Zustand, als dass sie sich dem Barbaren in Liebe geöffnet hatte. Rührte daher der Nachdruck, mit dem sie betont hatte, die Ehe mit Quilûn sei nur ein machtpolitischer Zug? Aber das war gewesen, bevor Brotan auf dem Berg eingetroffen war …

Obwohl Semire eine schöne Frau war, hatte er nie das Interesse gehabt, das Bett mit ihr zu teilen. Sie tat ihm leid in ihrer Trauer, durch die sie sich in ihre Gemächer zurückzog, die Welt aussperrte und nur den Imagolem in ihrer Nähe duldete, in den Kyrin Brotans Seele gebannt hatte. Doch das war ihr Schmerz, nicht seiner, und solange sie damit nicht zu ihm kam, ging er ihn nichts an.

Etwas anderes machte ihm Sorgen: Heute Morgen hatte er den Dampf der Quadra aus dem letzten Tuch gewrungen. Sein Vorrat war aufgebraucht, und außer Semire kannte er niemanden, der ihn mit Nachschub versorgen konnte.

Es wäre Wahnsinn gewesen, sein Sehnen nach der Droge mit den Ahnen zu besprechen. Es würde Quilûn schwach erscheinen lassen.

Er brachte etwas anderes vor. »Seit meiner Kindheit quält mich die Frage, was mit meinen Eltern geschah. Immer wieder kehren meine Gedanken zu jenem Tag zurück, an dem ich mit ihnen die Bahn des Lichts reinigte. Meine Mutter wollte einen Spiegel bergen, dann erschütterte ein Beben den Berg. Ich hielt sie am Sicherungsseil, aber mein Vater zog sein Messer und …« Die Erinnerung stieg mit unerwarteter Kraft auf. Quilûn konnte den Gedanken nicht zu Ende führen.

»Es war ein Unfall, Graf. Niemand hat auf die Lichtknechte geachtet. Die Fehde zwischen uns und dem Tiefen Haus Adlerhoch war auf dem Berg beigelegt, aber nicht in seinem Innern. Die Unsterblichen von Adlerhoch und Schneegrund haben um den Besitz einiger Tiefer Gärten gerungen. Wir haben gesiegt.« Im letzten Satz klang unüberhörbare Befriedigung mit. »Sie gehören uns bis heute. Große Schönheit liegt darin.«

Im Tod seiner Eltern erkannte Quilûn keinerlei Schönheit.

All die gestohlenen Jahre mit ihnen. Der Rat seines Vaters, der ihm vorenthalten geblieben war. Die Wärme seiner Mutter. Das Vertrauen, das er in ihrer Nähe immer, danach jedoch nie wieder auf dieselbe Art verspürt hatte.

Tränen stiegen in seine Augen. Er wollte sie wegwischen, aber seine Finger stießen gegen die Maske. Quilûn blinzelte, um seine Sicht zu klären.

Wo das Gemälde gestanden hatte, gähnte nun eine tiefe Öffnung in der Wand. Der Schatten in ihrem Inneren war undurchdringlich für das schwache Licht aus dem Nebel.

»Warum hast du Alita Blitzdorn gemalt?«, fragten die Ahnen.

»Sie … sie ist eine schöne Frau. Ein gutes Motiv.«

»Was verbindet dich mit ihr?«

Quilûn überlegte, ob er seine Zuneigung leugnen sollte. Schließlich war Alita eine verheiratete Frau. Aber eine Lüge mochten die Geister durchschauen, vor allem an diesem Ort.

»Ich war zu Gast bei den Blitzdorns«, wich er aus. »In ihrem Palast am Steinbruch.«

»Wenn sie dich in ihr Heim einladen, genießt du ihr Vertrauen.«

»Ich denke schon.«

»Gut.« Die Stimmen verhallten, bevor sie fortfuhren. »Das Tiefe Haus Sturmruf bereitet uns Kummer. Sie haben Dinge, die wir wollen. In der Tiefe des Berges. Worum es sich handelt, brauchst du nicht zu wissen. Du wirst dafür sorgen, dass in der Welt der Sterblichen unsere Verbindungen zu ihnen gelöst werden. Wir wollen keine Sentimentalitäten, die unsere Truppen zurückhalten, wenn wir die Fehde beginnen.«

Quilûn schluckte schwer. Die Blitzdorns waren eine bedeutende Familie innerhalb des Tiefen Hauses Sturmruf. Bei einer Konfrontation würden Alita und ihr Gemahl zu den vordringlichen Zielen gehören.

»Alita Blitzdorn …« Seine Gedanken rasten. Er konnte nicht gegen sie kämpfen. Er wollte nicht befehlen, ihren Palast zu stürmen, er wollte sie nicht vor zornige Schwerter blutdürstiger Krieger bringen. Dieser Gedanke ließ ihn an Graf Golars Traum zweifeln: Die Herrschaft auf dem Berg zu stürzen würde auch bedeuten, sich gegen Alita zu stellen. Aber dann beruhigte er sich damit, dass sie Kyrins Schwägerin war. Es war möglich, dass es gelang, sie auf die Seite der Revolution zu ziehen. Wenn es jedoch vorher zu einer Fehde gegen ihr Haus käme … Die Vorstellung war unerträglich! »Ich bin Alita nahegekommen.«

»Gut. Wenn deine Verbindung zu ihr dazu beiträgt, ihr Haus und die elenden Sturmrufs zu Fall zu bringen, weißt du, dass deine Zeit mit ihr nicht verschwendet war. Wenn die Stunde gekommen ist, sollst du uns die ausgebrochenen Zähne ihres Grafen bringen, ihrer Fürsten, Barone und Baronets. Damit wirst du unser Wohlwollen gewinnen und du wirst einen Schritt auf die Unsterblichkeit zumachen.«

Kyrin stellte das steinerne Gehirn in die Wandöffnung. Natürlich konnte das walnussgroße Artefakt, das sie aus demselben Stein geschlagen hatte wie Brotans Leitfigur, keinen Schmerz empfinden. Dennoch tat sie es vorsichtig und rückte es sorgfältig zurecht, sodass es nah an der Eisenplatte lag, die an der Rückseite die Öffnung abschloss. Sie drückte die Hand auf das Metall. Die Wärme des Tages war noch darin.

Kyrin nahm ihren Leuchtzauber – eine fingergroße Steinflamme, die sich in einer Drahtkugel befand – aus der Wandöffnung und hängte ihn an ihren Gürtel. Sie drückte sich ab und schwebte – schwerelos durch den Levitationszauber in ihrem Mund – zurück, so weit es der geringe Abstand zur Wand in ihrem Rücken erlaubte. Diese war durchgängig gemauert, im Gegensatz zu jener vor ihr. Acht Schritt im Quadrat maßen die Mauern, und die vor ihr war von Öffnungen durchlöchert. Jede war eine Handspanne breit und nicht ganz so hoch. In den meisten lagen winzige Gehirne, viele aus Granit, weil das der Stein war, aus dem Kyrin am liebsten Imagolems fertigte. Wenn ihre Armee jetzt noch nicht bereit war, würde sie es nie werden, erkannte die Magierin.

Sie schwebte knapp unter der Decke. Mit einer Hand musste sie sich festhalten, damit sie nicht noch weiter aufstieg und sich den Kopf stieß. Nun, da sie das Hirn deponiert hatte, zog sie sich an den Löchern und den vorstehenden Steinen in der Wand ganz nach rechts, wo Sprossen eingelassen waren. An einer davon hielt sie sich fest, ihre Füße fanden eine tiefere. Mit der freien Hand nahm sie den Levitationszauber aus dem Mund. Sofort spürte sie ihr Körpergewicht.

Sie hielt den Zauber vor ihre Hüfte, damit der Leuchtstein ihn beschien. Er bestand aus Sandstein und war in Form einer Feder gemeißelt. Durch den kurzen Einsatz war er kaum zerfallen. Wenn sie die feinen Rillen noch einmal nacharbeitete, könnte sie ihn ein weiteres Mal verwenden. Kyrin steckte ihn in die Bauchtasche ihrer Schürze und stieg die Sprossen hinunter. Noch lagen die Gehirne in der Dunkelheit des Schlafes. Aber wenn das Sonnenlicht sie weckte, würde sich das ändern.

Am Boden ging sie zu der Geheimtür, die in der Mitte des schmalen Hohlraums untergebracht war. Sie lauschte. Da sie keine Schritte hörte, schlüpfte sie hindurch auf die Treppe des Gästehauses. Auf dieser Seite war die Tür ein Gemälde, das Graf Golar in Herrscherpose darstellte. Sie verschloss sie sorgfältig und ließ die im Rahmen versteckte Sicherung einrasten.

Einen Moment lang betrachtete sie das Porträt. Sie vermisste den Mann mit dem dichten Bart und den grauen Strähnen im Haupthaar, aber in diesem Bild erkannte sie ihn kaum wieder. So hart war seine Miene selten gewesen, so herausfordernd hatte er sich nie auf ein Schwert gestützt. Die Darstellung mochte dazu dienen, gelangweilte Gäste davon abzuhalten, das Gemälde zu genau zu untersuchen und dabei die Tür zu entdecken.

Kyrin stieg hinunter ins Erdgeschoss, verließ das Gebäude durch den Säulengang und überquerte den Platz davor. Hinter einigen Fenstern brannte Licht, aber hier draußen auf dem Palastgelände war sie allein. Ihre Gedanken kehrten zu ihrem Aufenthalt im Sanktuarium zurück. Die Erinnerung an die Erkundung, die sie unternommen hatte, während sich Quilûn mit den Ahnen getroffen hatte, jagte ihr ein Schaudern über den Rücken.

Kyrin wusste noch immer nicht, wie sie zu diesem mystischen Kristallherzen gelangen sollte, von dem Buldagohm gesprochen hatte. Sie war durch die sich ständig verändernden Gänge mit den Wänden aus fließendem Stein geirrt, bis sie bei einem Relief angelangt war, das Muster gebildet hatte, die nach ihrem naiven Verständnis von Formen unmöglich waren. Quilûns Bilder waren fürchterlich und verstörend, aber dieses Relief setzte einen ähnlichen Effekt ins Räumliche fort. Es hatte ihren Verstand zu zerreißen gedroht.

Für solche Eindrücke war sie nicht bereit. Wenn sie weiter in den Tiefen des Berges forschen wollte, wo die Unsterblichen lebten, ging das nur mit Abuliar an ihrer Seite. Der Verstand der Schwarzschürze war hoffentlich durch seine jahrzehntelange Beschäftigung mit den Abgründen der Magie so weit abgehärtet, dass er solchen Offenbarungen standhielt.

Kyrin erreichte die Pferdekoppel. Die Tiere standen im angrenzenden Stall. Hier erwarteten sie siebzehn Imagolems und damit fast alle, die Haus Schneegrund nicht an die Front geschickt hatte. Derjenige, der Brotans Seele trug, war nicht dabei. Semire ließ ihn nicht von ihrer Seite.

Sie erkannte Asmodels vergleichsweise schlanke Gestalt. Kyrin hatte den Kristall aus seinem Schädel entfernt, nur um sicherzugehen, da sie nicht mit Gewissheit sagen konnte, ob nicht noch Restgedanken von Buldagohm enthalten waren. Abuliar untersuchte das in seinem Palast.

Kyrin eröffnete ihre Rede an die Imagolems so, wie sie es immer tat. »Hört mir zu und bewahrt, was ich euch sage.« Sie versuchte, die Steinkrieger wenigstens einmal in jedem Mond zusammenzurufen, damit sie jeden erreichte und ihre Botschaft in das schlafende Bewusstsein einsank. »Ich bitte euch um Verzeihung …«

Semire von Schneegrund brauchte keinen Leibwächter. Sie brauchte den Mann, den sie liebte und der ihre Liebe erwiderte. Der sie annahm, wie sie war, auf den Grund ihrer Seele blickte und sie verstand. Der an ihrer Seite stand, was immer das Leben ihr entgegenwarf. Aber wenn sie Brotan nur als Leibwächter haben konnte, nahm sie das Wenige, was ihr das Schicksal gönnte.

Semire versuchte, Brotan in dem hellgrauen Imagolem zu erkennen. Reglos wie eine Statue stand er im Licht, das durch das größte Fenster in ihren Gemächern fiel. Der steinerne Körper war noch muskulöser, als der aus Fleisch es gewesen war, den sie heute Morgen verbrannt hatte. Und er war erheblich größer, beinahe einen Schritt. Wenn er unter den Leuchtern hindurchging, musste er sich bücken. Das tat er mit der Geschmeidigkeit, die sie von Brotan kannte, und diese Körperbeherrschung war es, die sie davon überzeugte, dass wirklich die Seele, die sie liebte, in den hellen Granit eingefahren war. Wenn der Imagolem so reglos stand, gab es kein Anzeichen dafür.

Es mochte an seiner Nacktheit liegen, die allzu sehr offenbarte, dass der Imagolem ein Wesen aus Stein war. Semire benutzte einen Stuhl, um darauf stehend seine Schulter zu erreichen, und drapierte eine Bahn aus edelstem Gewebe darüber. Sie stieg herunter, schlang den Stoff um die gegenüberliegende Hüfte und von dort aus wie einen Rock um seine Oberschenkel.

Sie trat zurück und besah ihr Werk.

Unzufrieden schüttelte sie den Kopf. Es wirkte eher wie ein Gewand, das zu einer Frau passte. Außerdem hatte Brotan robuste Kleidung getragen, nichts Höfisches. Der Stoff wurde ihm nicht gerecht.

Sie löste ihn wieder und suchte aus den Rollen, die ihre Diener zurechtgelegt hatten, etwas Gröberes. Leider war dieses Leinen weiß, eine Farbe, die sie sich an Brotan nicht vorstellen konnte, aber es kam auf einen Versuch an. Diesmal führte sie den Stoff an seinem Nacken vorbei, sodass sie ihn auf der Vorderseite in zwei Bahnen dicht genug legen konnte, damit er die

Brust vollständig bedeckte. Sie raffte ihn mit einer Kordel, die eigentlich für einen Vorhang gedacht war, um seine Hüfte und zog ihn zurecht. Dass das kräftige Gesäß unbedeckt blieb, weil sich der gesamte Stoff vorne befand, berührte sie seltsam. Als trage sie Schuld daran, den Mann, den sie liebte, der Lächerlichkeit preiszugeben.

Wieder trat sie zurück, um ihr Werk zu betrachten. Der Stoff reichte knapp über die Knie. Aber er war viel zu hell, dadurch wirkte der graue Stein noch bleicher. Wie Brotans Leiche, nachdem die Haut nicht länger durchblutet gewesen war.

Wenigstens war die Vorderseite komplett bedeckt. »Bewege die Arme«, bat sie.

Der Imagolem schwang die Arme vor, hob sie über den Kopf, sodass sie beinahe die Decke berührt hätten, und führte sie hinter dem Rücken wieder herunter. Nochmals kreiste er sie und dann ein weiteres Mal. Es wirkte fremd, weil der Rest des Körpers steif blieb und das Gesicht keinerlei Regung zeigte. Diese Miene war ein Abbild der Erstarrung des Todes.

»Genug«, würgte Semire hervor.

Der Steinmann ließ die Arme wieder hängen.

Das Gewand war kaum verrutscht. Semire versuchte sich vorzustellen, wie eine echte Tunika an ihm aussähe. Es gelang ihr nicht recht, und bei einer Hose fiel es ihr noch schwerer. Würde Kleidung Brotan wirklich Würde zurückgeben? Oder erschiene er lächerlich, wie ein Hund, den man mit dem Gewand eines Zeremonienmeisters ausstaffierte?

Semire erkannte die Aussichtslosigkeit ihrer Bemühungen. Sie wollte Brotan zurück, lebendig, in Fleisch und Blut. Aber dafür reichte all die Macht eines Tiefen Hauses nicht aus. Sie hatte noch nicht einmal davon gehört, dass so etwas den Magiern gelungen wäre.

»Reiß dir dieses Zeug vom Leib!«, forderte sie.

Eine solche Anweisung entsprach der Natur eines Imagolems. Unverhofft bewegte er sich auf diese kraftvolle, fließende Art, die Semire an Brotan geliebt hatte. Er packte den Stoff, zerriss ihn mühelos, ebenso wie die Kordel, und ließ beides zu Boden fallen.

Er richtete sich wieder gerade auf, ließ die Arme hängen und erstarrte.

Leichte Schritte näherten sich. Widerwillig wandte sich Semire um.

Kyrin betrat den Raum mit einem Kasten in der Hand, der Meißel, Lappen und irdene Fläschchen enthielt. Sie knickste. »Gräfin.«

Semire nickte. »Was gibt es?«

»Ich kann ein andermal wiederkommen. Ich möchte nur meine Arbeit abschließen.«

»Was ist denn an Brotan noch zu tun?«

Kyrin schürzte die Lippen. Semire hatte die Magierin wütend angefahren, als sie auf die Sitte hingewiesen hatte, dem Imagolem einen anderen Namen zu geben als dem Menschen, der ihn beseelte. Schließlich wäre er nicht der Mensch, sondern etwas Neues, das durch die Verbindung der Seele mit dem Steinkörper entstand. Davon wollte Semire nichts hören. Sie würde nichts von dem aufgeben, was noch von ihrer Liebe übrig war. Erst recht nicht den Namen.

»Die Stelle zwischen seinen Schulterblättern ist noch rau.«

»Wo du den Stein für die Leitfigur entnommen hast?«

Sie nickte. »Ja.«

»Ist diese Figur fertig?«

»Ich habe sie bei mir.«

Fordernd streckte Semire die Hand aus. »Gib sie mir.«

Kyrin stellte den Kasten ab und zog eine Statuette, die dem Imagolem in jeder Einzelheit glich, aus der Bauchtasche ihrer Schürze. Die Größe und die kantige Rune auf der Stirn waren die einzigen Unterschiede.

Semire nahm sie entgegen. »Ich werde sie behalten.«

»Nur ein Magier kann sie verwenden«, gab Kyrin zu bedenken.

»Ich will nicht, dass jemand sie verwendet!«, schrie Semire.

Betreten sah Kyrin zu Boden.

Semire versuchte, ihren Atem zu beruhigen, wie sie es in den Fechtstunden gelernt hatte. Aber sie selbst war eine härtere Gegnerin als jeder, der ihr gegenübertrat. Ihr eigenes Herz verriet sie, es schlug so schnell, als würde sie rennen.

»Ich möchte die Stelle glätten«, sagte Kyrin vorsichtig. »Nach der Politur wird man nichts mehr davon sehen.«

Semire fürchtete, dass ihre Stimme kippen würde, wenn sie jetzt spräche. Deswegen schwieg sie.

»Die Meißel werden ihn nicht schmerzen«, fügte Kyrin hinzu.

Semire wandte sich dem Imagolem zu, damit Kyrin nicht sah, wie sie die Augen schloss. Sie lauschte auf ihren Herzschlag, atmete mit Bedacht, beruhigte sich langsam. »Wie viel spürt Brotan überhaupt noch?«

»Er ist wie ein Schläfer. Oder ein Schlafwandler. Deswegen fehlt ihm die Initiative, wenn er nicht über eine Leitfigur gelenkt wird. Vor allem, wenn sich eine Lage ändert, kann er seine Entscheidungen nur schwer anpassen.«

Semire dachte daran, wie stupide er die Arme gekreist hatte. »Aber die Imagolems sind doch die besten Krieger der Welt und im Kampf entscheidet man sich ständig.« Sie öffnete die Lider wieder. Der Anblick des starren Steinmanns schmerzte mehr als zuvor. »Attacke, Parade, Ausweichen, Vordringen. Ein Kampf ist voller Entscheidungen.«

»Aber sie erfordern eine andere Art von Denken«, erklärte Kyrin. »Es gibt kein bewusstes Abwägen von Argumenten, von Für und Wider. Ein Kampf hat viel Instinktives. Darum sind die Gladiatoren so gut geeignet. Sie üben sich unentwegt in ihrer Intuition, um möglichst schnell, ohne Zaudern und Abwägen, die Dinge zu entscheiden, von denen Ihr sprecht.«

Semire atmete tief durch. War Brotan nun also ebenso wenig zu Verstandesleistungen fähig wie ein Tier?

»Deswegen laufen Imagolems Gefahr, in Fallen zu gehen«, fuhr Kyrin fort. »Sie werden ohne zu zögern in ein brennendes Haus gehen, wenn ihnen das befohlen wird. Sie werden die Gegner finden, angreifen, bekämpfen und töten. Aber sie können nur schwer abwägen, ob der Brand in dem Haus so weit fortgeschritten ist, dass der Holzboden ihr Gewicht nicht mehr trägt.«

»Ich verstehe.« Semire flüsterte, damit das Zittern in ihrer

Stimme weniger deutlich zu hören war. Sie straffte ihre Schultern, hob das Kinn und drehte sich zu Kyrin um. »Ich danke für deinen Fleiß, aber ich will nicht, dass du an ihm herummeißelst. Nicht jetzt und auch nicht zu einem anderen Zeitpunkt.«

Die Magierin sah sie nachdenklich an, knickste dann aber, nahm ihren Kasten auf und ging.

»Wir müssen so schnell wie möglich die Zauberwerkstatt besetzen. Sie ist der wahre Thron der Macht.«

Die Büste, die vor Kyrin und Quilûn stand, zeigte eine uralte Frau. Die Falten waren derartig tief in die schlaffe Gesichtshaut gegraben, dass sich die Magierin fragte, ob ein Zauber den Tod von dieser Greisin fernhielt. Nach dem Äußeren zu urteilen, hatte sie noch nie einen so alten Menschen gesehen wie Zauberpriesterin Emala.

»Die Zauberwerkstatt muss unser vordringliches Ziel sein«, sagte die steinerne Büste.

Sie bewegte sich exakt so wie die Zauberpriesterin, die Dutzende Meilen entfernt vom Berg einen ebensolchen Stirnreif trug wie Quilûn. Die Farbe blieb jedoch das Grau des Steins. Kyrin fragte sich, ob Emala weniger verwittert aussah, wenn man ihr in Fleisch und Blut gegenüberstand.

»Wir müssen sofort gegen das Zentrum der Magie vorgehen.« Emalas kleine Augen hatten sich so tief in ihre Höhlen zurückgezogen, dass sie vollständig im Schatten lagen. »Ein Stoß ins Herz.«

Quilûn nahm einen Schluck aus einem Becher, von dem Kyrin hoffte, dass nur Wasser darin war, und wischte sich über den Mund. Schweigend sah er die Büste an. Schon vor Beginn des Gesprächs hatte er erschöpft gewirkt, als hätte er in der Nacht nicht geschlafen.

Daran änderte auch der würdevolle, mit blauem Samt bezogene Sessel nichts, in dem er saß. Sie befanden sich in Graf Golars geheimem Refugium, dem Bleikeller, wo Kyrin und er sich so oft über die Revolution ausgetauscht hatten. Statt Bildern hingen Karten und Stammbäume an den holzverkleideten Wänden. Dokumente lagerten in Truhen, Bücher in Regalen. Es gab einen Schreibtisch, ein Bett und eine Mulde im Boden, die Wasser erwärmte, wenn man es hineingoss. Dort hatte Golar oft mit wohligem Seufzen seine Füße entspannt, und manchmal hatte Kyrin es ihm gleichgetan. Die Berührung ihrer nackten Zehen war das Intimste gewesen, was sie ausgetauscht hatten, und auch darin hatte kein geschlechtlicher Drang gelegen. Jetzt war die Mulde jedoch trocken und niemand außer Kyrin wusste um ihren Zweck.

»Du musst ihr sagen, dass wir Zeit brauchen«, drängte sie. »Wir haben noch zu wenige Verbündete. Vor allem im Adel fehlt unserem Aufstand der Rückhalt.«

Nur mühsam erschloss sich Kyrin Golars Netzwerk. Die Hoffnung, in den gräflichen Quartieren hilfreiche Aufzeichnungen zu finden, die ergänzten, was es hier im Bleikeller gab, hatte sich nicht erfüllt.

»Ich fühle mich unwohl«, sagte Quilûn.

»Die Zauberwerkstatt ist das wichtigste Ziel.« Offensichtlich missverstand Emala ihn. Sie begriff nicht, dass er ein körperliches Problem hatte, und dachte, ihr Plan mache ihm Sorgen.

»Die Gravilier dürfen noch nicht angreifen!«, drängte Kyrin. »Sie würden abgewehrt. Dann würde das Heer auf den Berg zurückkehren, ungeschlagen, und die Tiefen Häuser wären zu stark, als dass wir sie stürzen könnten. Unsere Revolution wäre verloren, bevor sie beginnt.« Was sie sagte oder tat, übertrug sich nicht auf die Büste, mit der Emala sprach. Nur Kopf und Schultern desjenigen, der den Stirnreif trug, bildete der Stein nach.

»Es ist noch zu früh«, brachte Quilûn heraus.

»Wir können unseren Vormarsch nicht verzögern«, behauptete Emala. »Wir haben einen gefährlicheren Gegner in unseren eigenen Reihen als die Truppen, die der Berg uns entgegenstellt. Einen, den die Wut unserer Krieger nicht beeindruckt: den Hunger. Ein bisschen davon stachelt unsere Leute an. Sie kämpfen, um satt zu werden. Aber inzwischen fallen ganze Hundertschaften vor Schwäche aus. Ich habe so viele Deserteure, dass ich mir nicht mehr erlauben kann, hinter allen Greiftrupps herzuschicken. An den Lagerfeuern spricht man davon, dass man mit den Aquebalêebuula Frieden schließen und unsere Städte in den Sümpfen des Südens wieder aufbauen könnte. Gefährliche Hirngespinste, die sich ausbreiten wie eine Seuche. Wir müssen die Entscheidung gegen die Truppen des Berges suchen. Und wir müssen zur Zauberwerkstatt durchbrechen.«

Für Kyrin klang die ständige Betonung dieses Ziels eher nach einer Besessenheit als nach einem strategischen Plan. Das war schlecht, es bedeutete, dass Argumente nicht verfangen würden. Sie mussten sich darauf einstellen, dass die Gravilier die Entscheidungsschlacht suchen würden, egal, ob der Zeitpunkt dafür günstig war oder nicht.

Das bedeutete, dass sie unbedingt darauf angewiesen waren, die Gezeiten der Macht zu wenden. Ohne nennenswerten Rückhalt in den Tiefen Häusern mussten die Aufständischen den Adel weitgehend aus dem Spiel nehmen. Wenn die Magie in den Berg zurückfloss und alle Zauber zu totem Stein wurden, wäre die Machtbasis des Bergs zerfallen.

»Frag sie, wie viel Zeit sie uns geben kann«, forderte Kyrin Quilûn auf.

Er schien sie nicht zu hören. Wieder rieb er über seine Lippen.

»Quilûn! Wir müssen einen gemeinsamen Plan mit den Graviliern schmieden.«

Sein Blick war auf die Büste gerichtet, aber Kyrin hatte nicht den Eindruck, dass er wirklich etwas wahrnahm.

»Quilûn!« Sie fasste seine Schulter und schüttelte ihn.

»Stimmt Ihr zu, unsere Kräfte zu vereinen?«, fragte Emala. »Nennt uns Stärke und Aufstellung der Einheiten, die gegen uns geschickt wurden!«

Quilûn riss sich den Reif von der Stirn und sprang auf. »Ich kann das nicht!« Er warf den aus hellem Marmor gefertigten Ring auf den Schreibtisch. »Ich brauche … Es muss noch etwas da sein. Vielleicht in der Hülle …«

»Wo willst du hin?«

Er beachtete sie nicht mehr, sondern lief zur bleiverkleideten Tür, die diesem Raum den Namen gab. Er fummelte so ungeschickt an Klinke und Schlüssel herum, dass er sie erst nach mehreren Versuchen aufbekam. Immerhin schloss er sie hinter sich.

Suchend blickte sich die Büste mit ihren versunkenen Augen um. »Seid Ihr noch da?«

Kyrin stand auf und schloss erneut ab, bevor sie ihrem Frust gestattete, sich in einem Ausruf Luft zu machen. »Wer hat mich, verdammt noch mal, zur Anführerin der Revolution gemacht?« Erbost griff sie den Reif und setzte ihn auf.

Die Büste konnte die Stirn wohl nicht mehr runzeln, weil noch mehr Falten ein Ding der Unmöglichkeit waren. Aber sie zog die Brauen zusammen. »Wer bist du?«

»Die Magierin, die ebenjene Zauber gemeißelt hat, zu denen du nicht fähig bist«, sagte Kyrin wütend. »Faust und Schlange, du erinnerst dich? Der Bolzen, der Graf Golar das Leben gekostet hat. Den Mann, der dein wichtigster Verbündeter gewesen wäre. Ohne den nun zweifelhaft ist, ob der Berg zu Fall gebracht werden kann. Oder das Lähmungssiegel, mit dem du Domors Imagolem gefangen hast? Auch das stammt von mir. Für dich war es allerdings nie bestimmt.«

Die alte Frau wirkte verunsichert. »Diese Zauber haben sich als nützlich erwiesen. Denjenigen, die sie uns gegeben haben, konnte ich leicht begreiflich machen, dass der Handel zu ihrem Vorteil war.«

Kyrin schnaubte. »Du hast ein paar Schwächlinge gekauft, die nicht an die Sache geglaubt haben, sondern nur an ihren eigenen Wohlstand. Wenn man so viele einbezieht, wie man für einen Umsturz braucht, hat man immer welche dabei, die im Herzen falsch sind.«

»Auch du könntest eine Aufschneiderin sein«, überlegte Emala. »Tarima Eichfrost kann dir von diesen Zaubern erzählt haben. Deine Kenntnis ist kein Beweis, dass du sie wirklich gemeißelt hast.«

»Aus deiner Werkstatt stammen sie jedenfalls nicht!«, schnappte Kyrin. Sie hatte es satt, sich Menschen zu fügen, die von Eitelkeiten und Unverstand bestimmt wurden und es nicht einmal bemerkten. »Ihr müsst den Imagolems ausweichen. Sie sind unbesiegbar.«

»Überschätzt euch nicht. Ich habe schon mehrere Helden ausgezeichnet, unter deren Waffen eure Steinkrieger zerbrochen sind.«

»Das waren Späher!«, blaffte Kyrin. »Die Kerntruppen habt ihr noch nicht kennengelernt. Ich spreche von Hundertschaften, gelenkt von Kampfmagiern. Sie werden durch die Reihen eurer Krieger fahren wie aufgestachelte Stiere durch einen Pulk von Kindern.«

Jetzt sah Emala nachdenklich aus.

»Graf Quilûn wird euch Nachrichten schicken, wo diese Einheiten stehen«, kündigte Kyrin an. »Ihr müsst sie umgehen. Und stellt euch dabei klug an: Ihr müsst den Eindruck erwecken, dass ihr euch vor ihnen zurückzieht. Je später man merkt, dass eure Hauptstreitmacht die Flanke umgeht und auf einem Umweg zum Berg vorrückt, desto besser.«

»Dieser Umweg könnte eine Falle sein«, überlegte Emala. »Ich habe keinen Grund, dir zu trauen. Wo ist der Graf? Ich will mit ihm sprechen!«

»Du wirst mit mir vorliebnehmen müssen. Und du wirst mir vertrauen müssen. Wenn du es nicht tust …« Kyrin zuckte mit den Achseln. »Offenbar hast du ohnehin nicht mehr lange zu leben, aber kannst du den Anblick der jungen Männer deines Volkes ertragen, wenn sie erschlagen auf den Feldern liegen? So dicht, dass man auf den Leichen gehen kann, ohne den Boden zu berühren? Und die Frauen und Kinder, die man in die Freudenhäuser und die Minen schicken wird … Wenn du das willst, dann suche die Entscheidungsschlacht gegen die Imagolems.«

Eine Weile schwieg die Zauberpriesterin versonnen. »Wollt ihr wirklich die Ordnung des Berges stürzen? Ich verstehe nicht, weshalb. Sie wirkt sehr zu eurem Vorteil. Sie eröffnet euch einen Pfad zur Unsterblichkeit.«

Kyrin lachte auf. »Nur für wenige! Und die sind wahnsinnig. Besessen vom Versprechen ewigen Lebens. Aber was für ein Leben ist das? Gefangen im Fels … Sie vergehen vor Sehnsucht nach der Schönheit der Welt, die sie verlassen mussten.«

»Du hast den Atem des Todes noch nicht gespürt, Kind«, versetzte die Alte kalt. »Sonst würdest du nicht so leichtfertig sprechen.«

»Dir steht kein Urteil über mich zu!«, rief Kyrin. »Seit Jahren lenke ich Imagolems im Kampf. Ich habe den Tod oft gesehen.«

»Aber er hat noch nicht nach dir gegriffen.«

Kyrin dachte an all die Krieger, die sie gemeißelt hatte, und an das Sterben, das sie durch ihre Sinne wahrgenommen hatte. Schädel, die unter dem Griff von Steinfäusten geplatzt waren. Männer, die mit nacktem Grauen in den Gesichtern in eine Schlucht gesprungen waren, um den Steinmännern zu entkommen. Zerschmetterte Leichen auf einem Platz, über dem die Sieger die Flagge mit dem Schneekristall gehisst hatten.

Sie kannte den Tod, sie kannte den Krieg. Sie kannte die Imagolems, die gegen die Gravilier standen. Besser sogar als die meisten Magier. Graf Golar hatte ihrer Kunst den Weg gewiesen. Ihre Imagolems waren anders als andere. Nicht nur äußerlich. Dass Kyrin ihnen eine so menschenähnliche Gestalt gab, dass sie ihnen die Fähigkeit zu sprechen verlieh, hatte einen tieferen Grund.

»Wenn ich dir vertrauen soll«, sagte Emala, »brauche ich eine Garantie, dass du mich nicht verrätst.«

»Ich nehme an, mein Wort ist dir dafür zu wenig?«, ätzte Kyrin.

»In der Tat«, bestätigte die Zauberpriesterin. »Ich will den Sohn des Grafen.«

Die unvermittelte Forderung fühlte sich an wie ein Schlag vor Kyrins Stirn.

»Er scheint ihn zu lieben«, sagte Emala. »Das sagen jedenfalls die Gefangenen, die wir gemacht haben. Der Knabe mag Blumen, nicht wahr? Ich werde jeden Tag frische in sein Zelt stellen lassen.«

»Erlyk als Geisel? Das muss ich …« Kyrin unterbrach sich. Unter normalen Umständen hätte sie mit Quilûn besprechen müssen, dass sein Sohn in die Gewalt der Gravilier gegeben wurde. Aber diese Zeiten waren nicht normal und Quilûn war nicht er selbst. Diese Droge, die er von Semire bekam … oder besser: nicht mehr bekam, weil auch die Herrin über Haus Schneegrund nicht mehr zurechnungsfähig war …

Kyrin konnte Graf Golars Traum nicht der Schwäche eines Süchtigen und einer Trauernden opfern. Golar war es, der sie aus der Gosse geholt hatte, nicht Quilûn. Golar hatte sie versprochen, für seinen Traum zu kämpfen. Dass dazu notwendig wäre, ihre magischen Fähigkeiten zu steigern und zu meißeln, bis ihre Augen brannten und ihre Hände zitterten – damit hatte sie gerechnet. Dass sie einen alten Magier, der beinahe zu einer Legende verkommen war, aus einem Refugium locken würde, dass sie die Angehörigen eines totgeschwiegenen Volkes auf dem Grund des Dunkelsees ausfindig machen und in den Tiefen des Berges spionieren würde, hätte sie nicht zu träumen gewagt.

Sie war zu weit gegangen, um noch umzukehren. Und jetzt, vor der Büste, durch die die Befehlshaberin eines einhunderttausend Helme starken Heeres sie beobachtete, war Kyrin die Einzige, die den nächsten Schritt für die Revolution gehen konnte. Es war keine edle Handlung, einen Elfjährigen in die Hände der Feinde zu geben.

Aber eine notwendige.

»Ich werde dir Erlyk schicken.«

»Drei Tage«, bestimmte Emala. »Wenn er dann nicht da ist, werden wir uns den Weg zum Berg durch die Imagolems hindurch erzwingen.«

Die faltigen Züge glätteten sich. Die markanten Merkmale der Büste verschwanden. Sie wurde zur androgynen Darstellung eines menschlichen Kopfes.

Semire von Schneegrund beobachtete, welche Wege das Regenwasser auf Brotans steinernem Körper nahm. Der Imagolem stand im Gras eines der Birkenhaine, die auf dem Palastgelände angelegt waren. Die lichten Baumkronen waren nur wenig höher als er und hielten das Nieseln nicht ab.

Die gemeißelten Brauen leiteten die Rinnsale zu den Seiten. Sie liefen über die Wangen. Etwas tropfte vom markanten Kinn auf die Brust, das meiste floss am Hals ab. Auf den Schultern sammelte sich das Wasser in den Mulden zwischen den Formen, die Knochen und Muskeln im Stein nachbildeten. Es regnete schwach, aber beständig. Obwohl die Tropfen kaum zu sehen waren, liefen diese winzigen Teiche über. Auf dem Weg abwärts zog das Wasser die Linien der kräftigen Brust nach. Es floss über den Bauch, vorbei am geschlechtslosen Schritt, durch die Rillen zwischen den Muskelpaketen an den Beinen, an den schmal wirkenden Knien und den Schienbeinen vorbei, über die Füße in den Boden. Dort ermöglichte es eine Art von Leben, wie dieser Stein sie niemals erfahren würde.

Semire hielt ihren Schirm nach hinten geneigt, damit das abfließende Wasser ihre Sicht nicht trübte. Sie wusste nicht, ob sie weinte. Sie hoffte es.

Kyrin näherte sich vom Kartenturm her, dem höchsten Gebäude auf dem Palastgelände. Semires Hoffnung, dass die Magierin ein anderes Ziel haben könnte, zerfiel. Die kleine Frau hielt direkt auf den Hain zu.

»Ich habe befohlen, dass man mich in Ruhe lässt!«, rief Semire ihr entgegen. Sie hasste sich selbst dafür. Stille war angemessen in diesem Moment der Zweisamkeit mit dem, was von ihrer Liebe geblieben war.

Unbeirrt trat Kyrin zwischen die Birken. »Es ist wichtig.«

»Ich bin die Gräfin dieses Tiefen Hauses«, erinnerte Semire. »Ich entscheide, was wichtig ist und was nicht.«

»Ihr seid nicht die Herrscherin der Welt«, erwiderte Kyrin. »Es gibt Ereignisse, die sich der Kontrolle selbst eines Tiefen Hauses entziehen.«

Semire versuchte es mit einem strengen Blick und einem Lächeln, das eine Warnung war. Das würde Kyrin deutlicher als alles andere zeigen, dass sie im Begriff stand, sich eine Feindin zu machen.

»Die Zeit läuft uns weg«, sagte die Magierin. »Ein Krieg, wie es noch nie einen gab, wird kommen. Wir müssen alle Kräfte sammeln, die wir auf unsere Seite ziehen können.«

»Bist du unter die Heerführer gegangen?«, fragte Semire. »Befasst du dich jetzt mit unseren Bündnissen?«

»Ihr habt mich gefragt, was mich mit Eurem Vater verbunden hat.«

Semire spürte eine seltsame Wut in der anderen Frau. Nicht die heiße Art, die sie so oft bei Derrek oder Tomalion erlebt hatte, die in Schlägereien oder heftigen Gefechten aufloderte. Bei Kyrin war es ein unterdrücktes Feuer, so etwas wie eine Glut unter einer Kruste aus Asche, wie man sie in Schmiedeöfen fand. Heiß genug, um den Stahl zu schmelzen, mit dem Derrek oder Tomalion um sich schlugen.

»Graf Golar hatte einen Traum.« Kyrin musste sich offenbar beherrschen, um nicht zu schreien. »Er hat mich daran teilhaben lassen, und nun ist es an mir, ihn weiterzuträumen.«

»Und darin geht es um eine Fehde? Gegen welches Haus?«

»Gegen alle, sogar unser eigenes.«

Semire schüttelte den Kopf. »Du hast den Verstand verloren.«

Kyrins Lächeln war unheimlich. »Wenn jemand wahnsinnig ist, dann ist es die Welt. Ihr seht das nicht, obwohl Ihr darunter leidet.« Ihr Finger stach auf Brotan zu. »Wieso ist er jetzt ein Imagolem?«

»Weil du ihn dazu gemacht hast.«

»Das ist die einfache Antwort, geeignet für Leute, die ungern denken. Ihr seid besser als das. Ihr wisst, dass ich nur getan habe, was man von mir erwartet. Brotan ist in der Arena gestorben, wie man es von ihm erwartete. Er wurde gefangen genommen von Kriegern, von denen man das erwartete. Weil er für die Freiheit seines Volkes in den Krieg gezogen ist, wie man es von ihm erwartete. Das alles ist völlig normal in dieser wahnsinnigen Welt. Niemand hat einen Fehler gemacht. Keiner. Aber was dabei herauskommt, ist dennoch Unrecht. Und Leid. Wir werden in eine Welt hineingeboren, die gar nichts anderes erlaubt.«

»Und du glaubst, mein Vater wollte sich nicht damit abfinden?«

»Das weiß ich. Aber ich habe keine Zeit, es Euch im Einzelnen zu erklären. Für Eure Aufgabe braucht Ihr das große Bild nicht zu kennen.«

»Du bildest dir ein, mich mit Aufgaben versehen zu können?«, staunte Semire.

»Quilûn ist abhängig vom Dampf dieser Quadra, er kann an gar nichts anderes mehr denken. Aber er muss an anderes denken und deswegen müsst Ihr ihm Nachschub besorgen.«

»Was du nicht sagst. Aber ich verstehe heute offenbar etwas langsam. Was war noch einmal der Grund, aus dem mich dieser Krieg interessieren sollte, den du führen willst? Abgesehen davon, dass er anscheinend die Welt, in der ich als Gräfin gut lebe, in den Untergang reißen soll?«

»Ihr lebt gut? Da muss ich einem Trugschluss erlegen sein.« Sie stützte sich an den Imagolem. »Ein Geliebter aus Stein. Wer wünscht sich das nicht? Seine Zärtlichkeiten sind sicher etwas rau, aber Ihr könnt ja einen Harnisch tragen, damit er Euch nicht zerquetscht.«

»Übertreibe es nicht«, knirschte Semire. »Ich übe eine besondere Rücksicht, weil ich weiß, was du meinem Vater bedeutet hast, aber das hat seine Grenze.«

»Ihr glaubt doch, ich hätte sein Bett gewärmt!«, rief Kyrin. »Edlere Beweggründe sind Euch nie in den Sinn gekommen. Aber so war es nicht. Wir haben uns nachts getroffen, damit uns niemand belauscht. Unser Traum hatte nichts mit verschwitzten Laken zu tun. Es geht um die Gerechtigkeit, nach der die Unterdrückten lechzen.«

»Der Traum eines Gossenmädchens, wie du eines warst«, sagte Semire verächtlich.

»Jede von uns hat ihre Träume.« Kyrin tätschelte den steinernen Arm. »Und manche eröffnen sich unverhofft. Gestern haben wir darüber gesprochen, dass die Imagolems keinen inneren Antrieb haben. Die Persönlichkeit fehlt ihnen, die Erinnerungen.«

»Ich entsinne mich«, sagte Semire mühsam beherrscht.

»Habt Ihr Euch auch gefragt, wo diese Erinnerungen hin sind? Ihr wisst doch, dass unsere Erfahrungen unsere Seele formen wie ein Meißel den Stein. Und die Seele steckt im Imagolem, sonst wäre er nur eine unbelebte Statue.«

»Du hast mir selbst gesagt, dass alles stirbt bis auf die Instinkte.«

»Nein, das habe ich nicht gesagt«, widersprach Kyrin. »Die Instinkte sind das, was wir brauchen. Deswegen lassen wir sie an die Oberfläche. Der Rest der Persönlichkeit schläft. Ich sprach von Schlafwandlern.«

Verwirrt versuchte Semire, im Gesicht der Magierin zu lesen. Sie wurde nicht schlau daraus. Oder verwehrte sie sich nur selbst die Hoffnung?

»Was schläft, kann erwachen«, sagte Kyrin fest. »Graf Golar hat mich schon früh angewiesen, meine Imagolems so zu meißeln, dass das Erwachen leicht herbeigeführt werden kann.«

»Und was sollte durch dieses Erwachen bewirkt werden?«

»Bei Brotan?« Kyrin sah hinauf in das gemeißelte Gesicht. »Das könnt Ihr besser beantworten als ich. Hat er Euch so geliebt wie Ihr ihn? Dann wird er es wieder tun.«

Semires Herz setzte für einen Schlag aus, um dann umso stärker zu pochen. War nicht jede Liebe eine Frage, die sich nach einer Antwort verzehrte?

Aber diese Sehnsucht war allzu leicht zu erraten. Semire wusste aus dem *Lustgarten*, wie einfach es war, Verliebte auszunutzen, indem man ihre eigenen Wünsche als Köder benutzte. »Du lügst.«

»Vielleicht«, gestand Kyrin freimütig. »Aber Ihr wollt mir glauben.«

Ja, das wollte Semire. Ihr Herz drohte ihren Brustkorb zu sprengen. »Zeige mir, dass du sein Gedächtnis zurückholen kannst. Beweise deine Worte!«

»Nicht jetzt«, wehrte Kyrin ab. »Es ist noch zu früh.«

»Du widersetzt dich?«, rief Semire. »Ich bin deine Gräfin! Ich könnte dich fliegen und stürzen lassen. Und vorher könnte ich dich den brutalsten Knechten übergeben, damit sie dir die Haut vom Rücken peitschen.«

»Ja, diese Macht habt Ihr«, räumte Kyrin ohne eine Spur von

Angst ein. »Aber wenn Ihr das tätet, würdet Ihr niemals erfahren, ob ich Brotan sein Gedächtnis zurückgeben kann. Ihr würdet Euch Jahrzehnte nach ihm verzehren, alt werden und sterben, ohne jemals wieder ein Wort der Zuneigung von ihm zu hören.«

Nun war Semire sicher, dass sie weinte. Vielleicht sah Kyrin es wegen des Regens nicht. Aber was spielte das für eine Rolle? Die kleine Frau begegnete ihr so unverschämt, wie es zuvor nur Kemar und ihre Erzieherin gewagt hatten, und damals war sie noch ein Mädchen gewesen. Aber wenn die Magierin wirklich in der Lage war, ihre Liebe zurückzubringen ... Ja, der Körper wäre noch immer Stein, aber wenn sich die Seele wieder ausdrücken könnte ... Wenn Erinnerungen und Empfindungen zurückkehrten ... Gemeinsam mit Brotan würde Semire neue Kraft gewinnen. Zusammen könnten sie anscheinend Unmögliches vollbringen. Seine Leiche war verbrannt, nur der Kupferwinkel seines Kiefers war geblieben, aber womöglich ließ sich ein neuer Körper schaffen, den Semire liebkosen konnte.

Sie merkte, dass sie sich in einer haltlosen Träumerei verlor. Aber es war eine Erlösung von dem Schmerz, der sie in seinem Griff hielt. »Wann soll das geschehen?«

»In wenigen Wochen. Die Zeit drängt.« Auf Kyrins Gesicht stand überdeutlich, dass sie ihren Sieg erkannte. »Ich brauche einen zuverlässigen Mann, der sich auf das Kämpfen versteht und einen Trupp befehligen kann, den wir zu den Graviliern schicken«, forderte sie. »Sofort. Und er sollte weniger Fragen stellen als Ihr, Semire. Am besten gar keine.« Sie wandte sich zum Gehen, drehte sich aber noch einmal um. »Kümmert Euch um Quilûns Droge. Wir brauchen ihn.«

Im grünen Licht des Mooses, das die Kaverne erhellte, beobachtete Quilûn die Affen. Sie hatten einen weit abstehenden Pelz, aber ihre vorspringenden Schnauzen waren unbehaart. Wie bei dem Tier, das ihn angefallen hatte, als seine Eltern in den Tod gestürzt waren. Aber jenes Tier hatte Quilûn größer in Erinnerung. Lag das daran, dass er damals kleiner gewesen war, ein Junge von zwölf Jahren?

Einer der Affen war besonders deutlich zu sehen, als Schattenriss vor einer Lichtbahn, die in einiger Entfernung schräg durch die Höhle schnitt, auf einen Spiegel traf und in einen abwärtsführenden Schacht geleitet wurde. Das Tier saß auf dem felsigen Boden neben dem gurgelnden Fluss. Es stieß die Hand ins Wasser und riss sie mit einem zappelnden Fisch darin wieder heraus. Ein Biss der kräftigen Zähne beendete das Leben der Beute.

Die Affenhorde wirkte ruhig. Die Tiere lausten einander, einige dösten träge oder säugten ihre Jungen. Das beruhigte auch Quilûn. Er hatte oft darüber nachgedacht, wieso der Affe damals unmittelbar vor dem Beben aufgetaucht war. Gritta hatte ihm erzählt, dass viele Tiere so etwas kommen spürten, bevor ein Mensch die Vorzeichen wahrnahm. Er glaubte, dass sie recht hatte, und wenn das stimmte, war in nächster Zeit wohl keine Erschütterung des Berges zu befürchten. Seit drei Stunden stieg Quilûn bereits mit Kyrin und Abuliar abwärts, sie hätten es keinesfalls rechtzeitig wieder an die Oberfläche geschafft.

Ohne Schürze war Kyrin ein ungewohnter Anblick. Sie trug grobe Leinenkleidung und darüber, wie auch die beiden Männer, einen grauen Umhang, in den wellenförmige Steine eingewebt waren. Wenn sich dieser Überwurf bewegte, verwischte er die Gestalt des Trägers wie Nebel. Er sollte sie verbergen, vor allem vor den Spürzaubern, die es sicher im Berg gab.

Kyrin setzte sich neben Quilûn und sah auf den ledernen Zylinder, den er an seinen Oberschenkel gebunden hatte. Ein vorwurfsvoller Blick, wie ihm schien.

Trotzig öffnete er den Behälter und zog das Tuch heraus. Es war noch recht frisch, deswegen brauchte er es nicht zu wringen. Der Dampf der Quadra waberte darum herum, ohne sich weiter als eine Fingerbreite vom Stoff zu entfernen. Als sei er klebrig.

Quilûn nahm einen kurzen Zug. Es fühlte sich an, als würde sich der Raum hinter seinen Augen dehnen. Das Leuchten des Mooses erschien ihm intensiver. Er sah Abuliar klarer, der auf einer Anhöhe unter dem Sonnenstrahl stand, mit leicht abgespreizten Armen, und leise vor sich hin murmelte. Trotz der Entfernung glaubte Quilûn sogar, einzelne Silben zu verstehen, wenn er sie auch nicht zu sinnvollen Worten zusammenzusetzen vermochte.

»Ich bin mir meiner Sucht bewusst.« Er verstaute das Tuch und verschloss den Zylinder sorgfältig. »Doch wer meine Freunde und wer meine Feinde sind, über diese Frage grübele ich noch. Die Ahnen im Berg haben mir die Eltern genommen, aber du hast meinen Sohn für deinen Umsturz geraubt.«

»*Unseren* Umsturz«, korrigierte Kyrin. »Und Erlyk ist nicht tot. Derrek Eichfrost beschützt ihn.«

So, wie er Derrek erlebt hatte, war er ein Heißsporn, der für eine Prügelei jede Möglichkeit der Verständigung opferte. Quilûn war alles andere als beruhigt bei dem Gedanken daran, dass der leicht reizbare Baron inmitten eines gravilischen Heerlagers auf seinen Sohn aufpassen sollte. Er wäre den beiden am liebsten gefolgt, aber Kyrin weigerte sich, ihm zu verraten, wohin genau sie unterwegs waren, und die Front war hundert Meilen lang. So konnte er nur hoffen, dass Erlyk nicht zwischen die Klingen geriet.

Wenigstens war Tante Bûna bei dem Jungen. Während Quilûn das Sehnen nach der Droge aufs Lager geworfen hatte, war sie so entschlossen aufgetreten, dass man ihr gestattet hatte, seinen Sohn zu begleiten. So hatte Erlyk zumindest einen vertrauten Menschen bei sich. Quilûn hatte ein schlechtes Gewissen, weil ihn das freute. Immerhin schwebte dadurch nun auch die Frau in Gefahr, die sich seiner angenommen hatte, als er zur Waise geworden war.

Wieder bemerkte er Kyrins Blick. Er fand es merkwürdig, dass er das Gefühl hatte, sich vor einer Frau rechtfertigen zu müssen, die ihm seinen Sohn genommen hatte. Wollte er beweisen, dass er selbst ein besserer Mensch war?

»Ich brauche die Quadra. Aber wenn ich sie habe, brauche ich sonst nichts mehr. Ich bin frei.«

»Ihr vielleicht. Euer Körper nicht. Inzwischen munkelt man

im Palast darüber, wie dürr Ihr werdet. Ihr vernachlässigt das Essen.«

Er stand auf. »Bildest du dir ein, dass ich dir sogar darüber Rechenschaft schuldig bin?«

Ein Geräusch, irgendwo zwischen Knattern und Rauschen, brachte sie dazu, zu Abuliar hinüberzusehen. Die Fledermäuse kamen zurück. Oder die Zauber, die eine Fledermausgestalt hatten. Es waren an die einhundert, jede so groß wie eine Hand. Da sie aus Stein geschlagen waren, hätten sie eigentlich nicht flugfähig sein sollen, aber sie flogen dennoch.

Auch Kyrin stand auf. »Es geht weiter.«

Die Fledermäuse umkreisten Abuliar in Form einer Säule, die immer enger wurde. Krachend schlugen die kleinen Leiber zusammen, während sie sich annäherten. Sie klumpten aneinander, bildeten schließlich eine einzige Gestalt, einen Hund, so groß, dass er bis zur Hüfte des ständig gebeugten Mannes reichte.

Abuliar griff in das steinerne Fell.

Quilûn beobachtete den Spürzauber nun schon das fünfte Mal, seit sie in das Kavernensystem eingestiegen waren. Was Abuliar und Kyrin in den Seminaren der Zauberer offenbar geworden war, hatten sie in diesen Stein gemeißelt. Wenn der Zauber in Gestalt eines Fledermausschwarms ausschwebte, erkundete er den Weg voraus. Als Hund führte er sie. Auch jetzt ging er los, langsam genug, damit der blinde Magier neben ihm Schritt halten konnte.

Kyrin und Quilûn schlossen sich ihm an. Der Hund leitete sie am Fluss entlang.

Kyrin zeigte auf den Übergang zu einer etwas höher gelegenen Höhle. »Das Wasser fließt aufwärts. Dieser Seitenarm muss zum Almahn gehören.«

»Du sagst das so, als sei das etwas Gutes.«

Die Magierin nickte. »Das Kristallherz muss in einem See liegen.«

Sie durchquerten drei Kavernen, in denen es dunkler war als in jener mit den Affen, weil das Moos fehlte. Quilûn und Kyrin pusteten auf die Sonnensymbole, die in die Leuchtsteine in ihren

Laternen geritzt waren, um den Lichtschein zu erweitern. Die Höhlenwände erreichte er dennoch nur selten. Ein paar haarlose Ratten mit rosafarbener Haut nahmen fiepend Reißaus.

Vor ihnen kam ein Durchgang in Sicht, den Quilûn an einem hellen Schimmer erkannte. »Dort vorn.« Er zeigte.

»Wo?«, fragte Kyrin.

Offenbar sah er unter dem Einfluss der Quadra besser als sie. Er spürte ein befriedigtes Lächeln auf dem Gesicht.

»Ah, jetzt sehe ich es auch«, sagte sie ein Dutzend Schritte später.

Der Boden war hier zerklüftet, es gab keinen Weg. Sie kamen nur langsam vorwärts. Die Pfoten des Steinhundes klackten auf dem Fels. »Wieso trägt er eigentlich keinen Umhang wie wir?« Quilûn schüttelte den Mantel, die eingenähten Steine klopften gegeneinander. »Muss er nicht gegen Entdeckung geschützt werden?«

»Ein Spürzauber?«, gab Kyrin zurück, als würde das seine Frage als Dummheit entlarven.

Sie stützte Abuliar, damit er beim Abstieg in die nächste Kaverne nicht abrutschte. Die Seile, die sie schon an einigen Stellen verwendet hatten, brauchten sie jedoch nicht.

Quilûn hörte Wasser plätschern und kurz darauf öffnete sich eine weite Höhle vor ihm. Ein breiter Strom speiste einen See, in dessen Mitte ein annähernd runder Kristall stand. Er war so groß wie ein Haus und berührte beinahe die Decke. Lichter, die aussahen wie Laternen im Nebel, wanderten durch sein Inneres. Dunkelgraue, armdicke Ranken umwanden den Kristall. Säbelartige Dornen sprossen daraus hervor. Sie alle waren auf den Kristall gerichtet, keine nach außen.

»Das ist es«, sagte Kyrin. »Wir haben das Kristallherz gefunden. Der Gravioner hat die Wahrheit gesprochen.«

Quilûn fragte sich, wieso sie so sicher sein konnte. Ein Herz hatte Adern, die hinein- und herausführten. So etwas sah er bei diesem Kristall nicht.

Aber um den See herum gab es Stränge von Gestein, die das Licht zurückwarfen. Wie trübes Glas, das in armdicke Bodenrillen gegossen war. Sie nahmen vom Wasser ihren Ursprung oder sie liefen hinein. Ob sie sich unter der Oberfläche fortsetzten und sich mit dem Kristall vereinigten?

Nun, da er darauf achtete, entdeckte Quilûn ein einzelnes Licht. Es wirkte verloren wie ein einsames Kind, das in dichtem Nebel den Weg nach Hause suchte. Langsam wanderte es durch einen der Stränge. Ein aufragender Felsbrocken entzog es Quilûns Blick, aber dahinter tauchte es wieder auf. Es zog weiter, der Wand entgegen, ein Stück daran hinauf. Dann verschwand es, der glasartigen Ader folgend, im Gestein.

»Es sieht so aus, als wäre das Herz nahezu leer«, meinte Kyrin.

»Die Magie ist herausgepumpt.« So, wie Abuliar es betonte, klang es nach einer Zustimmung.

»Dehnt sich der Kristall aus, wenn er sich füllt?«, fragte Quilûn.

»Das wissen wir nicht«, gab Kyrin zu.

»Falls es so ist, werden die Dornen in ihn hineinstechen. Sehr schmerzhaft, wenn er wirklich ein Herz ist.«

»Diese Ranken bestehen aus Granit, glaube ich.« Kyrin ging weiter in die Höhle hinein und zog Abuliar sanft mit sich. »Lasst es uns aus der Nähe ansehen.«

Bevor sie das Ufer des Sees erreichten, trat ein Mann aus einem weiteren Zugang in die Kaverne. Quilûn unterdrückte einen Aufschrei. Er erkannte ihn sofort.

Die Haut schimmerte bläulich in den Lichtern des Kristalls. Anders als bei einem Menschen bestand sie aus einer Vielzahl glatter Flächen. Die meisten Facetten waren so groß wie zwei aneinandergelegte Hände, an den Fingern und am Kopf aber deutlich kleiner, sodass die menschliche Körperform besser nachgebildet wurde. Wer immer diesen Mann modelliert hatte, hatte jedoch auf Ohrmuscheln und Haare verzichtet, wenn man von den Wimpern absah. Auf die Entfernung sah Quilûn sie nur als warmen metallischen Schimmer, doch aus seiner Erinnerung wusste er, dass sie golden waren und die Iriden bronzefarben. Er trug ein violettes Gewand, eine Stoffbahn, die nur locker um den

Rumpf gewunden zu sein schien, aber dennoch nicht von den Schultern rutschte. Es schimmerte feucht.

Kyrin folgte Quilûns Blick, blieb stehen und hielt auch Abuliar zurück, mit dem sie zuvor geflüstert hatte.

»Mein Retter«, flüsterte Quilûn. »Als meine Eltern in den Tod gestürzt sind ... Er hat mich vom Abgrund fortgetragen, als ich gestürzt war und mir den Kopf angeschlagen hatte.«

Sichtlich irritiert zog Kyrin den Tarnmantel enger. »Er sollte uns nicht bemerken.«

»Was wissen wir schon von den Kräften der Geister?«, fragte Abuliar.

»Ich glaube nicht, dass er uns feindlich gesonnen ist«, meinte Quilûn.

»Damals warst du ein Kind«, gab Kyrin zu bedenken. »Wenn ich die Geschichte richtig in Erinnerung habe, warst du mit deinen Eltern unterwegs, um Spiegel zu reinigen. Im Dienst des Berges. Jetzt bist du ein Revolutionär und wir befinden uns an einem Ort, der nicht für Sterbliche bestimmt ist.«

»Wir haben es also wirklich gefunden.« Abuliar lachte unterdrückt. »Das Kristallherz. Den Quell der Magie, wo die Gezeiten der Macht an- und abschwellen. Ihr müsst es mir beschreiben.«

»Später.« Kyrin fühlte sich im Blick des fremdartigen Mannes sichtlich unwohl. »Wir sollten uns zurückziehen. Selbst, falls er uns tatsächlich freundlich gesonnen ist ... Wenn er uns entdecken kann, können andere es auch. Es ist zu gefährlich. Wir müssen wiederkommen, wenn wir so weit sind, dass wir die Gezeiten der Macht umkehren wollen. Besser vorbereitet, auch oben auf dem Berg.«

»Vielleicht leben meine Eltern noch«, sagte Quilûn. »Ich habe mich immer gefragt, ob sie den Sturz überlebt haben könnten. Die Macht der Geister wäre imstande gewesen, sie zu retten.«

Kyrin trat nah an ihn heran und schlug ihm mit der flachen Hand ins Gesicht. »Werde erwachsen! Deine Eltern sind tot, das weißt du besser als ich. Und wir werden es auch sein, wenn wir uns nicht in Sicherheit bringen.« Sie wandte sich zu Abuliar um. »Ich gehe jetzt und ich rate Euch: Kommt mit mir.«

»Das Herz des Berges … Ein riesiger Kristall.« Abuliar seufzte. »Wieso habe ich nicht den Mut gefunden, ihn zu suchen, als ich noch Augen hatte, die sehen konnten?«

Kyrin ging zu dem alten Mann und zog an seinem Gewand. »Wir kehren hierher zurück. Schon bald.«

Der Steinhund wandte den Kopf. Er hatte eine furchterregende Größe, wirkte aber gutmütig. Ein Helfer, kein Krieger. Neben den beiden Zauberern trottete er an Quilûn vorbei.

»Ich kann dich nicht zwingen, mit uns zu kommen«, sagte Kyrin. »Aber deine Eltern sind tot und deinen Sohn wirst du nie wiedersehen, wenn du hier unten bleibst.«

»Das ist ungerecht.«

»Das Leben ist ungerecht. Ich arbeite daran, das zu ändern.«

Sie wartete nicht länger.

Der seltsame Mann dagegen blickte noch immer über den See hinweg zu Quilûn herüber.

»Ich komme wieder«, flüsterte Quilûn. »Aber ich habe einen Sohn, und wenn meine Eltern mich eines gelehrt haben, dann, dass man alles für seine Kinder tut.«

Er wandte sich um und folgte den anderen.

Semire von Schneegrund lief leichtfüßig wie ein Mädchen, das es nicht abwarten konnte, seiner besten Freundin ein Geheimnis anzuvertrauen, in den lichtdurchfluteten Raum. Ihre nackten Füße patschten erst auf den von der Sonne aufgewärmten Holzbelag, dann kitzelten die Fasern des runden Teppichs unter ihnen.

Brotan stand vor dem größten Fenster. Dort kam der helle Stein besonders gut zur Geltung.

Die letzten Schritte setzte Semire mit Bedacht. Sie sah hinauf in das Gesicht des Imagolems. Es trug die entschlossene Miene, die es immer zeigte. Das lag wohl an den kantigen Formen.

Semire strich über ihr Kleid. Es war ihr liebstes, sie trug es so oft, dass der rote Stoff an den Ellbogen bereits sichtbar abgewetzt war. Über dem Bauch verharrten ihre Hände mit sanftem Druck.

»Hörst du mich?«

»Ja, Herrin«, kam die Antwort sofort. Der Imagolem sah sie nicht an, sein Blick ging geradeaus, einen Schritt über ihrem Kopf weg. Wobei sie nicht wusste, ob die Blickrichtung das Sichtfeld eines Imagolems ebenso bestimmte wie jenes eines Menschen. Sie würde Kyrin danach fragen, und überhaupt nach allem, was mit den Imagolems zusammenhing. Sie wollte so viel wissen! Es fühlte sich an, als sei ihr Verstand in den Tagen der Trauer ausgehungert.

»Sieh mich an«, bat sie.

Er senkte das Haupt.

Sie drückte die Hände fester auf ihren Bauch. »Ich habe etwas von dir in mir, Brotan.« Semire unterbrach sich, um dem Drang nachzugeben, zu lächeln. »Etwas von dir hat überlebt. In mir, Brotan. Unsere Liebe ist unüberwindlich. Stärker als der Tod.« Sie weinte, aber es waren gute Tränen von Erleichterung und Hoffnung.

»Verstehst du, was ich sage?«

»Ja, Herrin.«

Semire unterdrückte die Frage, ob er sich freute. Ein Imagolem war zu Freude wohl nicht fähig, oder nur, wenn es seiner kriegerischen Aufgabe nützte. Vielleicht konnte er Triumph fühlen, wenn er einen Feind seiner Meister besiegte.

Ob sich seine deutliche, aber monotone Stimme ändern würde, wenn seine Persönlichkeit zurückkehrte? Der Umstand, dass er überhaupt sprechen konnte, deutete darauf hin, dass Kyrin die Wahrheit gesagt hatte, was die Besonderheiten ihrer Imagolems anging. Andere Magier gaben ihren Geschöpfen diese Fähigkeit nicht. Die meisten Steinmänner vermochten lediglich unartikuliert zu grunzen.

Außerdem *wollte* Semire Kyrin glauben. Die Dinge wendeten sich zum Guten. Brotans Tod in der Arena war eine schreckliche Nachricht gewesen, aber es hätte schlimmer kommen können. Er hatte sich davor gefürchtet, in einen Imagolem gebannt zu werden, doch so überlebte seine Seele. Und sein Albtraum, zu würdelosen Diensten gezwungen zu werden, wurde nicht zur Wirklichkeit. Semire hatte seine Leitfigur gesichert und sie behielt ihn in ihrer Nähe. Sie war jetzt die Gräfin des Tiefen Hauses Schneegrund. Sie hatte die Macht, den Menschen zu beschützen, den sie liebte.

Die *beiden* Menschen, korrigierte sie sich. Jauchzend klatschte sie in die Hände. Sie fühlte sich so lebendig! Es tat so gut, wieder etwas zu empfinden!

Kyrin stand wohl schon eine Weile im Eingang, einem Portal mit einem Rahmen, der als Basrelief in den weißen Stein geschlagen war. Sie knickste, als sich Semire zu ihr umwandte. »Ihr habt nach mir geschickt. Ich will nicht respektlos erscheinen, aber Steinmeister Agohn hat alle Magier in die Zauberwerkstatt gerufen. Eigentlich sollte ich schon auf dem Weg dorthin sein, aber natürlich will ich erfahren, wie ich Euch zu Diensten sein kann.«

Das passte ganz und gar nicht zu Kyrins kühner Rede im Regen. Ob sie hier im Palastgebäude verborgene Zuhörer vermutete, vor denen sie Semire nicht brüskieren wollte? Oder hatte sie sich bei ihrer letzten Begegnung lediglich vergessen? Vielleicht war ihr gesittetes Auftreten auch ein Friedensangebot, nachdem Semire Derrek mit dem Jungen fortgeschickt hatte und Quilûn wieder mit der Quadra versorgte.

»Dieser Krieg – stimmt es wirklich, dass er Brotans Seele zurückbringen wird?«

»Sie ist nicht fort«, präzisierte Kyrin. »Sie schläft nur, und wenn die Zeit gekommen ist, werde ich sie wecken. So wie jene unserer anderen Imagolems.«

Semire erkannte keine Lüge in Kyrins Gesicht. Sie mahnte sich, diesem Eindruck nicht zu sehr zu vertrauen. Die kleine Frau hatte bewiesen, dass sie Geheimnisse über Jahre zu verbergen verstand.

»Ich denke, dieser Krieg, von dem du sprichst …« Weiterhin musterte sie das Gesicht der Magierin genau. »Er wird etwas mit dem Dunkelsee zu tun haben. Und damit, dass du in der Nacht des Angriffs auf unseren Palast plötzlich verschwunden bist. Du hast gesagt, es hinge mit einem Befehl meines Vaters zusammen.«

Kyrin schwieg.

Dennoch … Semire *wollte* daran glauben, dass das Schicksal ihr einen Pfad zum Glück bot. »Ich will dabei sein!«, rief sie. »Ich werde für die Sache meines Vaters kämpfen.«

»Das … freut mich.« Kyrins Zögern war die Überraschung anzumerken.

»Ich werde Mutter!«, platzte Semire heraus. Sie lachte glücklich.

Kyrins Blick hob sich eine Spur, um den Imagolem anzusehen. »Ich verstehe.«

Semire erfreute sich an der Klugheit der anderen Frau. Der Entschluss, sich an ihre Seite zu stellen, fühlte sich richtig an. Überhaupt fühlte sich alles gut und richtig an.

»Ich will dich nicht aufhalten«, beteuerte sie. »Den Steinmeister soll man nicht warten lassen. Geh zur Zauberwerkstatt. Wenn du zurück bist, besprechen wir, wie ich unsere Sache voranbringen kann.« Sie war so voller Kraft! Als hätte sie diese in den vergangenen Wochen aufgestaut und könnte sie nun auf einen Schlag einsetzen.

»Gräfin.« Im Knicks, mit dem sich Kyrin verabschiedete, glaubte Semire echten Respekt zu erkennen. Eine Wertschätzung, die auf mehr fußte als auf ihrem Adelstitel.

Wieder klatschte sie in die Hände, bevor sie sich erneut Brotan zuwandte. Die Schritte, mit denen sie sich ihm näherte, setzte sie mit der Eleganz einer Katze.

Semire streckte den rechten Arm, um die Hand auf die harte Brust des Imagolems zu legen. Sie genoss die Berührung und zugleich vermisste sie den Herzschlag. Die Linke drückte sie auf ihren Bauch. Natürlich war er noch nicht gewölbt. Es würde noch mehrere Monde dauern, bis er so sehr anschwoll, dass er sie behinderte. Der Krieg, von dem Kyrin gesprochen hatte, sollte aber schon in wenigen Wochen beginnen. Semire würde kämpfen wie nie zuvor, denn sie hatte ein ungleich wertvolleres Ziel als je zuvor.

»Ich werde dieses Kind zur Welt bringen«, schwor sie, »und dafür sorgen, dass es mit seinem Vater aufwächst. Einem Vater aus Fleisch und Blut.«

Kyrin hetzte in die Zauberwerkstatt. Die Strecke über den Hof der Metze wollte sie eigentlich nutzen, um ihre beim Lauf durch die Stadt unordentlich gewordene Kleidung in Form zu bringen, traf dort aber auf eine Menschenmenge. An die einhundert Magier standen im von hohen Statuen gestützten Wandelgang, der den offenen Bereich des Hofs umgab.

Meist übten sich dort Aspiranten im Zurechthauen unförmiger Steinklötze oder legten ihre Aufnahmeprüfungen ab, weswegen drei Dutzend Sockel für die Metzarbeiten im Hof standen. Heute jedoch beanspruchte Steinmeister Agohn diesen Platz für sich. Er nutzte ihn weidlich, indem er zwischen den hüfthohen Sockeln umherschritt, wobei er den linken Arm so angewinkelt hatte, dass die Hand auf seinem Rücken lag. Seine Finger flatterten, die steinernen Nägel klackten gegeneinander.

An der Westseite des Platzes stand Abuliar auf einen Stab gestützt. Er trug sein volles Ornat, die schwarze Schürze mit den Silbereinlagen, die seine größten Verdienste bewiesen, am Gürtel ein Futteral, in dem fünf Meißel und ein kleiner Hammer steckten. Rechts und links neben ihm stand je ein Imagolem, der eine nahezu schwarz, der andere grau. Da die meisten Steinkrieger gegen die Gravilier ausgeschickt worden waren, stellte es eine starke Aussage dar, dass man gleich zwei von ihnen mit dieser Aufgabe versah. Der Steinmeister wollte offensichtlich verdeutlichen, dass seine Macht jener der Tiefen Häuser nahekam.

»Dieser Frevel ist nicht zu dulden!«, rief Agohn. »Und wir werden ihn nicht dulden! Unser Leben hängt an der Gnade der Unsterblichen. Sie sind es, die es lenken und schützen. Sie leiten uns an und erheben unseren Verstand zu Gedanken, die wir aus eigener Kraft niemals fassen könnten. Sie werden uns züchtigen, wenn wir diese Unverfrorenheit ungestraft lassen.«

»Worum geht es?«, wandte sich Kyrin flüsternd an Wrunin.

Der Kugelbauch unter der grünen Schürze zeugte von der Freude des Magiers an guten Speisen. Wrunin hatte es gern gemütlich, wich anspruchsvollen Aufgaben aus und vermied generell alles, was ihm Ärger einbringen könnte. Sicher war er einer der Ersten gewesen, die Agohns Ruf gefolgt waren.

»Eindringlinge in den Tiefen Höhlen«, wisperte er. »Weiter unten im Berg, als Sterbliche geduldet werden. Noch nicht einmal die Lichtknechte steigen so tief.«

»Wer bezweifelt, dass ich hier mit aller Härte durchgreifen werde, der täuscht sich.« Agohn nahm einen großen Hammer auf, der an einem der Sockel lehnte. Ein solches Werkzeug benutzte man für gewöhnlich in einem Steinbruch, nicht bei den Metzen. Es war so schwer, dass Agohn beide Hände brauchte.

Auf dem Sockel lag etwas Kleines, kaum größer als eine von Kyrins Händen, das aus grauem Stein gefertigt war.

»Dieser Spürzauber in Form einer Fledermaus ist nicht zu seinem Meister zurückgekehrt. Jetzt wird er uns helfen, ebendiesen Meister aufzuspüren.«

Kyrin hoffte, dass keiner der Umstehenden ihr Schaudern bemerkte. Das war Abuliars Zauber, der sie zum Kristallherz geleitet hatte!

Sie sah zu dem blinden Greis hinüber, der seinen Stab nun mit beiden Händen hielt. Seltsamerweise lächelte er.

Agohn holte weit und mit so viel Schwung aus, dass sein blondes Haar wie eine Flagge wehte. Er schmetterte den Hammer auf die Steinfledermaus, die knallend zersplitterte.

Kyrin zuckte zusammen, ebenso wie die meisten Zeugen.

Achtlos ließ Agohn den Hammer fallen. Er schob die Bruchstücke hin und her, hob eine Braue und nahm mit Daumen, Zeige- und Mittelfinger etwas Helles auf. »Dachte ich es mir doch!«, triumphierte er. »Ein Bergkristall!« Mit einem Ruck wandte er den Kopf zu Abuliar.

Unterdrücktes Raunen war von den Umstehenden zu hören. Kyrin hielt den Atem an.

»Was für ein Glück«, sagte Agohn gedehnt, »dass der Meister

aller Kristallmagie zugegen ist. Mein alter Freund Abuliar wird mir sicher gern zur Hand gehen.« Er grinste boshaft.

»Das wird nicht nötig sein«, versetzte der Angesprochene lapidar.

»O doch, ich bestehe darauf! Deine Fachkenntnis ist unverzichtbar, um dem Frevler auf die Spur zu kommen.«

»Ich war es selbst.« Abuliar setzte seinen Stab mit einem harten Klacken vor und tat einen Schritt. »Ich war in der Tiefe, und ich bin sehr zufrieden mit dem, was ich dort gefunden habe.«

»Wir haben ein Geständnis!«, rief Agohn. »Alles Weitere werden die Unsterblichen entscheiden. Es ist nicht mehr für eure Ohren bestimmt. Räumt den Hof! Sofort!«

Aufgewühlt schloss sich Kyrin der Menge an, in der man sich lautstark darüber austauschte, dass die Gier nach verbotenem Wissen selbst das Herz einer Schwarzschürze faulen lassen konnte.

Im Ballsaal des Tiefen Hauses Saphirtrutz war alles blau, aber in so vielfältigen Farbtönen, dass es nicht ermüdend wirkte. Ein Eindruck der Kälte kam jedoch bei Semire von Schneegrund auf, was die einheitlich weiße Kleidung der Gäste verstärken mochte. Trotzdem fror sie nicht, obwohl sie ein tief ausgeschnittenes Kleid trug.

Sie fragte sich, ob die Dienerschaft der Gastgeber außergewöhnlich gründlich war oder ob Zauber den Boden aus hellblauem Marmor, durch den sich Adern in kräftigerem Blau zogen, sauber hielten. Die Schleppe ihres Kleides war so lang, dass sie in einem Bogen gehen musste, wenn sie sich umdrehen wollte, aber sie nahm keinen Schmutz auf.

Die Wände waren wohl bemalt, um die gewünschte Blaufärbung zu erhalten. Solchen Sandstein fand man in keiner Mine.

Spielerisch durchhängende Stoffbahnen verbargen die Decke. Der Wind, der durch die offen stehenden Fenster hereinkam, schuf geisterhafte Bewegungen, die manchmal so aussahen, als ob sich Hände hineindrückten. Sie waren in hellen Tönen gehalten, die bei einigen ans Violette, bei anderen ans Türkise grenzten.

Von der halben Höhe an aufwärts fanden sich funkelnde Steine in der Wand. Semire fragte sich, wie viele davon echte Saphire waren. Wenn man weit oben farbiges Glas verwendet hatte, würde es niemand bemerken.

Eine Kapelle mit vier Geigern, einer Harfenistin und zwei Flötisten musizierte unter einem Gemälde an der Ostwand, das eine Unterwasserlandschaft mit majestätischen Raubfischen zeigte. Sie hatte ein paar Zuhörer, doch Tänzer gab es nicht. Die Tabletts mit den Hasenohren, den Fasanenzungen und dem Igelbraten waren nur halb geleert, aber außer Aljani Habichtsruf, die unentwegt essen musste, um ihre Fülle zu bewahren, interessierte sich niemand mehr dafür. Die Festgäste unterhielten sich in kleinen Gruppen.

Insgesamt war der mäßige Besuch eine Schmach für Saphirtrutz. Das mochte am nichtigen Anlass der Feier liegen, einem lächerlichen Sieg, den der Graf des Tiefen Hauses in einem Scharmützel mit den Graviliern errungen hatte. Er selbst war nicht anwesend, man munkelte, ihn habe der Blutdurst gepackt, sodass er weitere Ehren im Feld suchte. Irgendein Baron hatte die verwundeten Veteranen geehrt, die mit einem Arm oder einem Bein zu wenig heimgekehrt waren.

Wo es Tapferkeit gab, war Feigheit oft nah, und wo gelobt wurde, da strafte man auch. Diesem Zweck diente eine Vorrichtung in einer Ecke des Saals, wo sich die größte Gruppe von adligen Damen und Herren aufhielt. Zu ihnen zählte auch Subehn von Adlerhoch, neben Semire der edelste Gast. In dem weißen, rüstungsähnlichen Gewand sah der fünfzehnjährige Graf fremd aus. Er trug eine Kappe, aus der sich über seiner Stirn der Schnabel eines Raubvogels bog. Sichtlich vergnügt warf er einen Stein in ein drei Schritt durchmessendes Eisenbecken, das an Ketten über einem großen Loch im Boden hing. Dieses Vergnügen teilte er mit vielen, die ebenfalls Steine aus bereitgestellten Truhen nahmen und in das Becken warfen.

Die Ketten, die es hielten, liefen an einem starken Ring zusammen. Dieser hing an einer Kette, die aus sehr dicken Gliedern bestand und in einem Loch in der Decke verschwand.

Mit einem mulmigen Gefühl im Bauch gesellte sich Semire zu Subehn. Das Loch im Boden behagte ihr nicht. Sie vermied es, hineinzusehen. Ihr reichte das Wissen, dass es der Beginn eines fünfzig Schritt tiefen Schachts war, der über einem Felshang endete, wo wilde Hunde auf ihre Fütterung warteten.

Stattdessen blickte sie nach oben. Knapp über dem Loch in der Decke hing die dicke Kette an einem zweiten Eisenring, von dem spiegelbildlich zum unteren Gegenstück dünnere Ketten abgingen. Sie führten jedoch nicht zu einem Becken, sondern zu den Beinen von verurteilten Deserteuren. Den geknebelten Gefangenen hatte man die Füße zusammengebunden. Mit den Fesseln, die ihre Handgelenke hielten, hing jeder von ihnen an einem Haken.

»Wir fragen uns, wie viel von den Feiglingen oben bleiben wird«, begeisterte sich Subehn. »Denkt Ihr, sie reißen an den Händen ab, wenn das Gewicht zu schwer wird? Oder an den Schultern? An den Beinen sicher nicht, die sind zu stark.«

Eine Dame, die ein Gespinst als Halstuch trug, warf einen so großen Brocken in die Schale, dass sie beide Hände dafür benutzen musste. Sie lachte erfreut und nahm ein Glas Rotwein von einer Freundin entgegen.

»Ich nehme an, die Gefesselten werden nicht an beiden Seiten gleichzeitig abreißen«, vermutete Semire. »Das gelöste Glied ist über die Kette verbunden, also wird der Körper es mitziehen und nichts bleibt zurück.«

Nachdenklich kniff Subehn die nahezu farblosen Augen zu Schlitzen zusammen. »Ihr seid eine sehr kluge Frau. Man muss sich vor Euch in Acht nehmen.«

Sie lachte und er stimmte ein.

»Wollt Ihr auch einen Stein werfen?« Gönnerhaft zeigte er auf die Truhen.

»Das ist nichts für mich.«

»Ich werde ihn gern für Euch in die Schale schleudern. Sagt mir nur, welcher es sein soll.«

»Ich habe nicht vergessen, wie großzügig Ihr seid«, beteuerte Semire. »Ihr habt eine wundervolle Verlobungsfeier für Graf Quilûn und mich ausgerichtet. Es war ein sehr schönes Erlebnis, unsere Versprechen fliegend zu tauschen.« In Wirklichkeit hatte sie die ganze Zeit befürchtet, sich in den bodenlosen Abgrund übergeben zu müssen. Deswegen hatte sie bereits am vorherigen Tag nichts mehr gegessen und so wenig wie möglich nach unten geschaut.

»Ich werde den Stein gern für Euch werfen«, bekräftigte er.

»Das solltet Ihr nicht tun.« Verschwörerisch beugte sie sich vor und schirmte ihre Gesichter mit dem Fächer ab. Erwartungsgemäß glitt sein Blick in ihren Ausschnitt. »Herrscher sind keine Henker«, flüsterte sie ihm zu.

Das Zucken seiner Augenbrauen verriet ihr, dass sie einen Treffer gelandet hatte.

Sie lächelte ein Lächeln, das dem Gegenüber signalisierte, dass man ein Geheimnis versiegelte, und hakte sich bei ihm ein. Es fühlte sich etwas merkwürdig an, weil er kleiner war als sie. Vielleicht würde sich das in den nächsten Jahren noch ändern.

Sie zog ihn vom Loch fort. »Ihr werdet Eurem Grafen und mir ein paar Worte unter uns gönnen«, schnurrte sie dem weißbärtigen Ratgeber entgegen, der für gewöhnlich nicht von der Seite seines Schützlings wich.

»Natürlich wird Vultan das«, sagte Subehn laut.

Aufbegehren stand im Gesicht des alten Mannes, aber er fügte sich und blieb bei den Truhen, während Semire seinen Herrn unter den Fenstern in der Südwand entlangführte. Möglicherweise war Subehn so unerfahren, dass er glaubte, selbst die Richtung zu bestimmen. Sie hatte lange mit den Hofdamen geübt, einen Herrn unauffällig mit der Hand an seinem Ellbogen zu leiten. Es half, wenn man reiten konnte. Männer und Pferde ähnelten sich in vielem.

Sie passierten Brotan, der reglos stand. Es war eine beruhigende Gewissheit, dass er sich mit bewundernswerter Geschmeidigkeit bewegen würde, wenn Semire in Gefahr geriete. Sie konnte sich keinen besseren Leibwächter wünschen als den

Imagolem mit der Seele ihres Geliebten. Im Vorbeigehen berührte sie den hellen Stein zärtlich. Sie hoffte, dass er, wenn sein Geist erwachte, verstehen würde, dass die Vertraulichkeit mit dem Grafen von Adlerhoch nur ein Teil des Spiels um die Macht war. Wie ein Zug bei Flug und Fall. Nur war ihr Ziel nicht, die höchste Ebene zu erreichen, sondern Brotan aus seiner Lähmung zu befreien und ihn zurück ins bewusste Leben zu holen, das er mit ihrem gemeinsamen Kind verbringen sollte.

»Diese Hinrichtung mag ein vergnügliches Spektakel sein«, sagte sie, »aber solange die Gravilier noch nicht besiegt sind, muss man die Verschwendung rügen. Man hätte diese Krieger in die erste Reihe stellen und gegen den Feind schicken sollen.«

»Sie haben sich doch als Feiglinge erwiesen«, wandte Subehn ein.

Semire benutzte ihren Fächer, um die Lippen vor Blicken aus dem Saal zu verbergen. »Mut und Feigheit machen nur bei denen einen Unterschied, die eine Wahl haben. Wenn sie vor den Spießen ihrer Kameraden gehen, können sie nur noch vorwärts.«

»Aber könnten sie nicht überlaufen?«

»Wenn man sie allein in einem Trupp losschicken würde – vielleicht, je nachdem, ob der Feind ihnen traut«, gestand Semire zu. »Deswegen dürfte man sie nur in einer Schlacht einsetzen, in der der Kampf unausweichlich ist. Dazu rät Palion. Ihr lest ihn doch?«

»Es ist lange her.«

Das bezweifelte Semire schon wegen seiner Jugend, aber sie wollte ihn nicht mit übermäßiger Kritik gegen sich aufbringen.

Tarima Eichfrost stand an der Tafel. Sie schüttelte eine leere Weinkaraffe über ihrem Kelch. Drei junge Adlige lachten sie aus. Sie hatten den Rotwein bei sich gehortet.

Ohne die Rache, um die Semire sie mit der Verbrennung von Brotans Leichnam gebracht hatte, wurde Tarima zu einer Trinkerin. Da Derrek die Stadt als Anführer eines kleinen Trupps verlassen hatte, um Quilûns Sohn zu begleiten, gab es hier niemanden mehr, der darauf geachtete hätte, dass sie sich nicht zum

Gespött machte. Semire hatte dafür gesorgt, dass Haus Saphirtrutz sie zu diesem Fest eingeladen hatte, wo alle sie sahen. Sie gönnte sich ein befriedigtes Lächeln.

Aber Semire war nicht hier, um sich zu vergnügen, sondern um den Sieg in Kyrins Krieg vorzubereiten. »Ich bewundere, mit welcher Würde Ihr es ertragt, dass man Euch hintergeht, Graf.«

Subehn setzte an, wegen des Kompliments beifällig zu nicken, merkte dann aber wohl, dass es vergiftet war. »Wie meint Ihr das?«

»Ihr treibt Euren Scherz mit mir.« Semire lachte leise. »Zweifellos haben Eure Ratgeber Euch unterrichtet, dass die Truppen von Haus Adlerhoch im Ringen mit den Graviliern ungebührlichen Härten ausgesetzt sind.«

»Sie schlagen sich tapfer«, sagte er unsicher.

»Ja, tapfer. Eure Truppen tragen keine Schuld an den Entscheidungen der Heerführer. Die Krieger von Haus Adlerhoch kämpfen mit Ehre, auch wenn man sie auf aussichtslose Missionen schickt.«

Er verfiel in brütendes Schweigen.

»Die Verluste müssen schwer auf Eurem Herzen lasten, auch wenn Ihr es mit Würde tragt«, legte Semire nach, Mitgefühl heuchelnd.

Seit eineinhalb Jahrzehnten galten Schneegrund und Adlerhoch als Verbündete, aber als Haus Schwertgrat Semires Palast angegriffen hatte, war keine Hilfe gekommen. Allein Barn Falkenkrall hatte ihr mit einer kleinen Truppe beigestanden, und der war gefallen. In Haus Adlerhoch gab es niemanden mehr, dem sie sich verpflichtet fühlte. Wenn seine Krieger jenseits des Bergs verbluteten, verschaffte ihr das Befriedigung. Diesmal hatten sie als Einzige im Marschweg der gravilischen Hauptstreitmacht gestanden. Ein Zufall, kein Befehlshaber des Berges hatte das voraussehen können.

Nur eine Befehlshaberin, Semire. Sie hatte diesen Weg im Kartenturm geplant, Kyrin und Quilûn hatten ihn an die feindliche Zauberpriesterin durchgegeben. Eine Sichelbewegung um die östliche Flanke herum. Die Adlerhochs hatten noch weiter in dieser Richtung gestanden als vorhergesehen, vermutlich hatten sie Verpflegung requiriert. Dadurch war es zu dem vernichtenden Zusammenstoß gekommen. Semire hatte dafür gesorgt, dass einige der Berichte über die wahre Stärke der durchgebrochenen Gravilier verschwanden, den übrigen nicht geglaubt wurde und falsche Gerüchte in Umlauf kamen. Die Feldherren des Berges, sogar Esgur, glaubten noch immer, sie würden die feindliche Hauptstreitmacht mit ihren Imagolems nach Süden drücken. Nicht einmal mehr eine Woche, und jeder würde das Ausmaß dieser katastrophalen Fehleinschätzung erkennen.

»Das Tiefe Haus Adlerhoch leistet Großes für den Berg«, säuselte Semire. »Aber wer wird auf dem Ianapat herrschen, wenn die Gravilier geschlagen sind?«

Subehn blieb stehen und sah sich stirnrunzelnd um.

Semire löste sich, um sich ihm gegenüberzustellen. »Man muss immer zwei Fehden vorausdenken«, mahnte sie.

»Habt Ihr das auch von Palion?«

Sie gestattete sich ein selbstbewusstes Grinsen, das ihn sichtlich irritierte. »Ihr habt sicher davon gehört, dass man mich mit einem Schwert in der Hand an der Sonnenbrücke gesehen hat. Ebenso im Kastell, das nun die Sturmrufs anstelle der Schwertgrats halten. Ich denke, man kann sagen, dass die Fehde gegen uns Haus Schwertgrat nicht gerade gestärkt zurückgelassen hat. Wenn es darum geht, sich auf dem Berg zu behaupten, scheint meine Familie nicht ganz unfähig zu sein.«

Der erste Körper riss. Die an seinen Beinen befestigte Kette hielt den Mann jedoch, bevor er in die Schale fallen konnte. Blut spritzte aus seiner rechten Schulter, er zappelte wie ein Fisch. Die Damen kreischten angemessen erschrocken.

»Der ganze Arm!«, rief Subehn begeistert. »Vultan hatte recht.«

»Das Gewicht hat an Halt verloren«, stellte Semire fest. »Bei den anderen wird es schneller gehen.« Absurderweise fand sie den Gedanken, dass die Verurteilten in den Abgrund stürzen würden, wenn der letzte zerrissen wäre, unheimlicher als das abgerissene Glied und das spritzende Blut.

»Das will ich mir aus der Nähe ansehen!«

Dieser Bengel war wirklich schwer zu ertragen! Mit einem sanften Griff hielt Semire ihn zurück. »Es ist klug von Euch, Haus Saphirtrutz die Ehre Eures Besuchs zu erweisen. Sie werden denken, Ihr hättet sie nicht durchschaut.«

Jetzt strahlte ihm die Dummheit aus dem Gesicht. Wie lächerlich er mit dieser Adlerkappe aussah!

»Der Graf ihres Tiefen Hauses ist an der Front«, erinnerte sie. »Er wird großen Einfluss auf die Feldherren haben.«

»Und die haben meine Truppen ins Verderben geschickt.« Wenigstens konnte er einen Gedanken weiterführen, wenn er genügend angefüttert wurde.

»Die Fehde nach dem Krieg«, flüsterte Semire. »Sie wird kommen. Ein halbes Jahr später, ein ganzes, vielleicht nur ein paar Monde. Adlerhoch und Schneegrund haben immer zusammengestanden.« Sie lächelte über den Verrat beim Angriff der Schwertgrats hinweg.

»Wir sollten uns auch jetzt zusammentun«, schlug Subehn vor.

»Wir dürfen es nicht zu auffällig machen. Bereitet Eure Kräfte auf dem Berg darauf vor, gegen Saphirtrutz loszuschlagen.« Semire würde dem Tiefen Haus Saphirtrutz den Rat zukommen lassen, nach verdächtigen Aktivitäten des Hauses Adlerhoch Ausschau zu halten. Natürlich würden sie ihrerseits nicht untätig bleiben. Da ihr Graf, der die Ränke am ehesten durchschaut hätte, nicht auf dem Berg weilte und Subehn ein noch dümmerer Bengel war, als sie vermutet hatte, wäre es nur eine Frage der Zeit, bis die beiden Häuser aneinandergerieten.

»Wie wollen wir unseren Bund besiegeln?« Anzüglich musterte Subehn Semires Ausschnitt. »Ich hätte heute Nacht Platz für Euch in meinem Bett. Ich bin jung, aber ich habe bereits so manche schöne Frau beeindruckt.«

Semire kannte hundert Wege, ein solches Angebot auf höfliche Weise abzubiegen, die Sache hinauszuzögern und zugleich dem Galan zu schmeicheln. Aber das war dieser Lümmel nicht wert. »Weder Ihr noch ich haben Zeit für lächerliche Spiele«, versetzte sie. »Unsere Tiefen Häuser halten Ruhm und Macht, weil unsere Ahnen klug entschieden haben. Seht den Vorteil für die Adlerschwingen und handelt entschlossen.«

Er sah aus wie eine aus einem Nachttopf begossene Taube.

»Ihr habt das Zeug zu einem großen Herrscher«, verband Semire die Wunde in seinem Stolz. »Aber Ihr müsst dafür arbeiten. Die richtigen Ratgeber verpflichten. Die richtigen Züge zur richtigen Zeit ausführen.«

So wie sie. Die Nacht würde noch lang werden, das gefallene Haus Schwingenpracht erwartete sie.

Subehn nickte ernst wie ein Mann, der wirklich etwas vom Leben verstand. Mit diesen schauspielerischen Fähigkeiten hätte er ein passabler Hofnarr werden können. Dass er stattdessen ein Graf war, würde sein Tiefes Haus in den Untergang reißen.

»In dieser Werkstatt wispern Stimmen, du seiest eine Frevlerin, weil man dich mit ihm im Seminar gesehen hat.« Steinmeister Agohn blickte lächelnd auf Kyrin herab, wie man ein Kätzchen betrachten mochte, bei dem man noch nicht sicher war, ob man es ersäufen wollte. »Gemeinsam werden wir dieses Gerücht zerstreuen.«

Mit seinen steinernen Fingernägeln klopfte er einen komplizierten Rhythmus auf eine der beiden riesigen Granithände, deren Verschränkung den Durchgang vor ihnen verschloss. Die Finger streckten sich, die Hände hoben sich in den Gelenken nach oben, bis sie ein Dreieck bildeten und die Fingerkuppen aneinanderlagen.

Durch die entstandene Öffnung betraten sie einen gewölbten Gang aus klarem Kristall. Er führte über den Grund eines Sees. Jenseits der transparenten Wandung wehten Algen im lichtdurchfluteten Wasser. Die Sonne war ein gelber Kreis, an dem der Wellenschlag zupfte. Rötliche Felsformationen erhoben sich in Schichten, beinahe, als hätte man Schieferplatten übereinandergestapelt, aber mit zerklüfteten Rändern. Auf ihnen wuchsen Blümchen, deren Blüten eher aus filigranen Fingern als aus

Blättern zu bestehen schienen. Auch sie trieben in einer Strömung, die im Takt von Atemzügen die Richtung wechselte. Über ihnen schwammen bunte Fische. Ihre Schuppen glänzten mal grün, mal golden, je nachdem, wie das Licht auftraf.

In zwanzig Schritt Entfernung endete der Gang an einer Tür aus rotem Marmor, auf der eine auseinanderbrechende Kugel dargestellt war. Aus ihrem Innern schien Magma zu quellen.

Nahe dem Eingang, vor dem sich die Steinhände wieder senkten, stand Abuliar an der rechten Wand. Obwohl er mit der schwarzen Schürze das Zeichen seiner Würde trug, wirkte er gedemütigt. Acht steinerne Tentakel umschlangen ihn, zogen seinen krummen Rücken an die Wand, zwangen die Beine auseinander und hielten die Arme in Winkeln, die schmerzhaft aussahen. Auf der anderen Seite des Kristalls hockte der Hauptkörper des Kraken, zu dem wohl die Tentakel gehörten. Kyrin wusste, dass er kein echtes Tier sein konnte. Hätte ein solches in seiner Gier die Wandung durchstoßen, wäre der Gang überflutet worden. Aber dass es ein Zauber sein musste, machte den Anblick nicht weniger unheimlich.

Gut gelaunt strich Agohn über sein hüftlanges Haar. »Wie geht es dir, alter Freund?«

Die blinden Augen richteten sich auf ihn. »Du musst große Angst vor mir haben«, röchelte der Greis, »wenn du mich auf diese Art fesselst.«

»Nicht mehr lange …« Agohn lachte. »Dafür wird unsere talentierte Nachwuchsmagierin sorgen. Kyrin wird das Ritual durchführen.«

Abuliars Gesicht zuckte. Er überführte die Regung in eine Grimasse des Schmerzes und stöhnte.

Kyrin bemühte sich um eine gleichmütige Haltung, aber dass ihr der Schweiß ausbrach, konnte sie nicht verhindern. Sie hatte niemals einen Weinenden Mann erschaffen, und sie hätte nicht erwartet, dass sie es das erste Mal bei einem Freund tun würde. Oder einem Verbündeten. Sie wusste nicht, was Abuliar für sie war. Aber was immer sie verband – es wäre gefährlich, wenn der Steinmeister davon erfahren würde.

Innerlich wappnete sie sich dafür, dass er es bereits wusste. Er verfügte nicht nur über eine weit größere magische Macht als sie, sondern auch über Verbündete in der Welt der Geister.

Agohn ging zu einer Werkbank im hinteren Teil des Gangs. »Abuliar kann sehr gewinnend sein«, plauderte er. »Ich weiß das, schließlich sind wir schon sehr lange befreundet.«

Kyrin warf einen schnellen Blick über die Schulter. Die Steinhände wirkten undurchdringlich. Um sie herum war nur Wasser, am anderen Ende des Gangs eine massive Tür … Sie war gefangen wie eine Maus in der Falle. Was immer Agohn mit ihr vorhatte – sie könnte ihn nicht davon abhalten. Der Griff an den Hammer an ihrer Seite war eine hilflose Geste.

»Wenn du wüsstest, wie vielen Gesellinnen er früher den Kopf verdreht hat …« Agohn schnalzte genießerisch. »Trotz der gespaltenen Lippe, er war der Wildere von uns beiden, keine Frage. Sicher, körperlich hat er ein bisschen nachgelassen, aber ich verstehe trotzdem, dass du von ihm fasziniert warst. Natürlich nur, solange du nichts von seinem frevelhaften Treiben wusstest.« Er winkte ihr.

Sie ging zu ihm. Auf der Werkbank lagen eine Reihe Meißel, mehrere Hämmer, Schmirgelsteine mit rauer Oberfläche, Feilen und Tücher. Alles war ordentlich sortiert.

»Ich glaube, du erfüllst deine Aufgabe im Tiefen Haus Schneegrund gut, Kyrin. Du bist zuverlässig. Das ist wichtig. Man muss sich auf uns Magier verlassen können. Da sehe ich gern über deine jugendliche Schwärmerei für eine Schwarzschürze hinweg.«

Er konnte unmöglich selbst glauben, dass Kyrin Abuliar in romantischer Weise zugetan war. Der Greis war beinahe dreimal so alt wie sie, seine Zähne faulten, er war blind, bucklig, faltig, seine Haut war fleckig, sein Kopf bis auf ein paar weiße Strähnen kahl. Anfangs hatte sie sich überwinden müssen, um ihn zu berühren.

Agohn nickte zu den Blümchen, die im Wasser hinter der Kristallwand wuchsen. »Das sind sehr empfindliche Tierchen.«

»Es sind Tiere?«, fragte Kyrin überrascht.

Er zuckte mit den Achseln. »Wie man es nimmt. Sie können ihre Körper biegen und wenden, aber nicht von der Stelle bewegen. Sie versteinern. So heben sie sich über die Jahre der Oberfläche entgegen. Aber damit schaden sie sich selbst. In zu geringer Tiefe gehen sie ein. Außerdem brauchen sie Sonne und Salz und das Wasser muss ständig an ihnen vorbeiströmen.«

»Ihre Farben sind sehr schön.«

»Ja«, stimmte Agohn gedehnt zu. »Schönheit schützt nicht vor Dummheit. Oft findet man Schönheit, die zu ihrem eigenen Nachteil agiert. Manchmal so sehr, dass sie sich selbst vernichtet.« Anzüglich sah er auf sie herab. »Du bist auch recht hübsch.«

Kyrin sah auf ihre Hände und schluckte.

»Jedenfalls versteinern sie. Wie auch Lava.« Er öffnete eine Klappe in der Werkbank und entnahm ein Basaltstück. Der schwarze, poröse Stein war grob in Form der Tiere geschlagen, man erkannte den zylindrischen Hauptkörper und die Andeutung des Kranzes aus Fangarmen. Der Rohling war nicht ganz so lang wie Kyrins Zeigefinger.

»Das ist der Versteinerungszauber?«, fragte sie.

»Wenn du ihn fertig gemeißelt hast«, bestätigte Agohn. »Das Vorbild hast du ja vor Augen. Mach drei Stück davon.« Er sprach seine Aufforderung auf eine Weise, die keinen Zweifel daran ließ, dass Widerspruch eine sehr schlechte Idee gewesen wäre. Womöglich sogar die letzte, die ihr als freier Mensch gekommen wäre.

Kyrin tastete an den Meißeln, die sie an der Hüfte trug, entschied sich dann aber, das bereitliegende Werkzeug zu benutzen. Mit präzisen Schlägen gab sie der Form Schärfe. Es dauerte eine Weile, bis sie einen zweiten und dritten Zauber fertiggestellt hatte.

In dieser Zeit verwendete Agohn am anderen Ende der Werkbank einen Zauber in Form eines Brenneisens, um Buchstaben in ein weißes Holzschild zu pressen. Rauch kräuselte aus der schwarzen Spur, die er hinterließ.

Kyrin legte ihr Werkzeug weg und schob die drei Versteinerungszauber in eine Reihe. »Ich bin fertig, Herr.«

»Dann lass einmal sehen.« Agohn trat unangenehm eng neben sie und musterte ihr Werk. Den mittleren Zauber nahm er mit spitzen Fingern auf. »Der hier scheint brauchbar zu sein.«

Kyrin erkannte keinen Unterschied zu den anderen beiden, neigte aber ergeben das Haupt.

Sie folgte dem Steinmeister zu Abuliar.

»Es wird Zeit, dass du alles Weltliche hinter dir lässt, mein Freund«, sagte Agohn mit unüberhörbarer Bosheit. »Auch wenn es ein bisschen schade um deine Robe ist, wenn wir sie zerschneiden. Von der Schürze ganz zu schweigen.«

»Das braucht ihr nicht«, ächzte Abuliar. »Ich kann mich selbst ausziehen.«

Es tat Kyrin weh, ihn so seiner Würde beraubt zu sehen. Sie erinnerte sich daran, wie er nackt in seinem Palast gelegen hatte, der Sucht nach den Traumblüten ausgeliefert. Das hier war schlimmer.

»Er kann uns nicht gefährlich werden«, wagte sie zu sagen.

Agohn musterte sie einige Herzschläge lang. »Ich will nicht, dass man mich einen Feigling schimpft.« Seine Rechte zeichnete eine verschlungene Geste in die Luft.

Die steinernen Tentakel öffneten knackend ihren Griff.

Abuliar stolperte, schaffte es aber, auf den Füßen zu bleiben. Er sammelte seine Kräfte, bevor er die Verschnürung der Schürze löste.

Es tat Kyrin weh, zuzuschauen, wie er sie über den Kopf zog. Sie nahm sie ihm ab, damit sie nicht zu Boden fiel. Sorgfältig faltete sie das Zeichen seines Ranges zusammen. Das Knirschen des Leders klang für sie wie eine Anklage.

Agohn sah sie fragend an. Ein spöttisches Lächeln zuckte um seine Lippen.

»Mit einer schwarzen Schürze sollte man immer respektvoll umgehen«, erklärte sie.

»Nun trägt er ja keine mehr.«

Kyrin legte Abuliars Schürze auf dem Boden ab, da sie nicht zur Werkbank zurückkehren wollte. Währenddessen entledigte sich der Greis seiner Robe. Sein faltiger, fleckiger, gebeugter

Körper bot einen erbärmlichen Anblick. Das steinerne Ohr auf der linken Seite wirkte wie ein Wurfgeschoss, das im Schädel steckte.

»Du weißt ja, wie es abläuft«, sagte Agohn gönnerhaft. »Mach den Mund auf.«

Der blinde Mann tat es. Merkwürdigerweise fand Kyrin, dass die kräftig rote Zunge, die sich zwischen den fauligen Zähnen hindurchschob, das Schönste an ihm war. Sie legte den Zauber darauf.

»Schlucken, mein Freund«, wies der Steinmeister ihn an.

Abuliar legte den Kopf in den Nacken, so weit sein Buckel es erlaubte. Der Hals verdickte sich, als der Zauber durch die Kehle rutschte. Kyrin glaubte, zusätzlich eine Bewegung zu sehen, die auf das steinerne Tier zurückgehen musste. Strebte es bereits seinem Ziel entgegen?

Am Ende seines Lebens war Abuliar mutig, dachte sie, wagte aber nicht, es auszusprechen. Der Greis wimmerte nicht um Gnade, er unternahm keinen unwürdigen Versuch, sich ein milderes Urteil zu erbetteln. Und vor allem verriet er sie nicht. Sie war ihm unendlich dankbar.

»Jetzt geht es schnell«, kündigte Agohn an. »Sein Körper versteift sich bereits.«

Zunächst erkannte Kyrin keine Veränderung. Aber dann sah sie, wie Abuliars Haut dunkler wurde. Zugleich verlor sie an Farbe. Sie wurde grau.

»Die alten Meister, die diesen Zauber ersonnen haben, waren Giganten des Geistes«, schwärmte Agohn. »Siehst du, wie die Lider auseinandergezwungen werden? Er kann die Augen nicht mehr schließen. Im Gegenteil, er muss sie aufreißen.«

»Mir scheint …« Kyrin trat wieder dichter an ihn heran. »Kann es sein, dass ihre Trübung nachlässt?« Die milchigen Schleier über den Pupillen wurden durchsichtiger.

Stirnrunzelnd drückte Agohn sie beiseite. »Das wusste ich nicht …«, murmelte er.

Offenbar geschah hier etwas, das der Steinmeister nicht vorausgesehen hatte und das ihm nicht gefiel.

»Das ergibt Sinn.« Kyrin hoffte, dass er ihr die Schadenfreude nicht anhörte. »Schließlich gehört es zur Strafe, dass die Verbrecher ihre Umgebung beobachten, während sie selbst zur Reglosigkeit verdammt sind.«

Abuliars Augen richteten sich auf Kyrin. »Ich kann dich …«, er sprach schleppend, »… dich sehen.« Seine Mundwinkel zuckten in einem schwachen Lächeln.

»Biege ihn in Form!«, forderte Agohn barsch.

»Wie?«, fragte Kyrin.

»Er soll halbwegs gerade stehen. Am Buckel können wir nichts machen, aber er braucht nicht zur Seite abzuknicken.«

Kyrin überwand sich, legte die Hände unter Abuliars linke Achsel und drückte.

»Ja … gut so«, befand Agohn. »Jetzt die Arme. Beuge sie in den Ellbogen. Er muss schließlich das Schild vor seiner Brust halten.«

Kyrin folgte den Anweisungen des Steinmeisters. Abuliars Haut wurde immer dunkler. Die Flecken waren kaum noch zu erkennen. Die Falten blieben erhalten, aber die Oberfläche wurde porös wie Basalt, obwohl sie sich weiterhin warm wie ein lebender Körper anfühlte. Die Lider schlossen sich nicht mehr. Kyrin wusste nicht, woran sie es zu erkennen glaubte, aber ihr schien, dass etwas Liebevolles darin lag, wie Abuliars Augen ihr folgten.

Die letzte Anpassung der Armhaltung nahm Agohn selbst vor, als er das weiße Holzschild mit der Beschreibung des Verbrechens in die Hände klemmte. *Beleidigung der Tiefe* stand darauf.

Abgesehen von den Augen bewegte sich Abuliar nicht mehr.

Agohn griff an das linke Ohr. Da es aus ockerfarbenem Sandstein gemeißelt war, unterschied es sich deutlich vom nahezu schwarzen Basalt, aus dem der restliche Körper nun bestand. Agohn brach es ab und betrachtete es in seiner Hand. »Ein schönes Andenken«, befand er.

Kyrin kämpfte gegen die Übelkeit an, die in ihr aufstieg.

Agohn steckte das Ohr in die Bauchtasche seiner Schürze. »Seine Augen entzünden sich bereits, siehst du?«

Das Weiß rötete sich.

»Das kommt, weil er sie nicht mehr schließen kann. Unsere Vorgänger haben die Verurteilten manchmal einige Wochen in diesem Zustand aufgestellt. Oder auch für ein Jahr. Es gibt Beschreibungen, dass sie nicht erblinden, obwohl die Augen austrocknen.« Agohn seufzte. »Ich hätte mich früher daran erinnern sollen, dann hätte es mich nicht überrascht, dass er wieder sehen kann.«

»Wäre er nicht der einzige Versteinerte auf dem Platz der Reue, der nicht weint?«, fragte Kyrin vorsichtig.

»Aber nein, das werden wir ihm nicht antun. Die Gravilier sind die Barbaren, nicht wir.« Er zog einen mittelstarken Meißel und seinen Hammer aus der Halterung an seiner Hüfte. »Ich werde ihm selbst Erleichterung verschaffen. Schließlich ist er mein Freund.«

Der Steinmeister setzte drei harte, präzise Schläge in die linke Braue. Ein Wasserstrom quoll heraus, floss über das auf ewig geöffnete Auge und dann über das basaltene Gesicht. Agohn wiederholte die Schläge an der rechten Braue. Wegen der gebückten Haltung rann das Wasser nicht über die Brust, sondern plätscherte auf den Boden.

»Unschön«, urteilte Agohn. »Aber daran kann uns niemand die Schuld geben. Wir haben gut gearbeitet.«

»Es wird Zeit, Feuer und Stahl auf den Berg zu rufen.« Semire von Schneegrunds Grinsen hatte etwas von einem Raubtier. Eine Hand drückte sie auf ihren Bauch, als spräche sie zuvorderst zu dem Kind, das sie mit dem Mann verband, dessen Geist nun einen Imagolem beseelte. Diese Geste beobachtete Quilûn nicht zum ersten Mal bei ihr. »Alles ist bereit«, sagte sie.

Als Graf erwartete man von Quilûn, dass er im blauen Sessel Platz nahm, der prächtigsten Sitzgelegenheit in Graf Golars Bleikammer. Semire und Kyrin nahmen mit gepolsterten Stühlen vorlieb. Die verquollenen Augen der Magierin zeugten von vergossenen Tränen, über deren Grund sie sich ausschwieg.

Die drei Sitzgelegenheiten standen vor der Büste, die das zerfurchte Antlitz der Zauberpriesterin Emala nachbildete. Die Herrin der Gravilier würde nur hören, was Quilûn sagte. Er drehte den marmornen Stirnreif jedoch in den Händen, noch setzte er ihn nicht auf. Er sah Kyrin an.

»Ein Wort von Euch, und die Revolution bricht los«, bestätigte sie. »Das Gedächtnis unserer Imagolems wird erwachen. Einige haben wir mit Bedacht an andere Häuser verschenkt. Auch sie werden sich erinnern und begreifen, dass man sie versklavt hat. Bei den meisten wird die Wut keine Grenze kennen. Die Schutzzauber, die in Wälle und Tore gemauert sind, werden erlöschen, wenn ich die Gezeiten der Macht wende. Die Imagolems können die ihnen innewohnende Magie halten, weil sie beseelt sind. Das gibt ihnen eine eigene Kraft, die kaum ein anderer Zauber hat. Sie werden auf keinen nennenswerten Widerstand treffen.«

Das hatte sie Quilûn und Semire bereits mehrfach erklärt. Dennoch erzielte es immer aufs Neue Wirkung, wenn die Magierin vor Semire davon sprach, dass der Verstand ihres Geliebten zu ihr zurückkehren würde. Sie hoffte wohl, dass damit auch die Gefühle wiederhergestellt wurden. Quilûn stellte es sich jedoch schwierig vor, einen Mann aus Granit zu lieben.

»Bist du sicher, dass du die Ströme der Macht ohne Abuliar umkehren kannst?«, fragte Quilûn. »Oder brauchst du mehr Zeit für die Vorbereitung?«

»Wir sollten nicht zögern«, kam Semire der Antwort der Magierin zuvor. »Die Heerführer des Berges sind lange auf unsere Finte hereingefallen, aber jetzt haben sie uns durchschaut. Sie wissen, wo die Gravilier stehen. Die Imagolems marschieren Tag und Nacht. Sie werden die Hauptstreitmacht bald eingeholt haben. Wenn das geschieht, werden die Gravilier sofort in einer Schlacht gebunden. Sie müssen spätestens morgen die Kastelle einnehmen.«

»Kyrin?«, fragte Quilûn nach.

»Ich muss es ohne Abuliar schaffen«, antwortete sie. »Ich glaube, dass der Steinmeister etwas ahnt. Diese Ahnung kann zur Gewissheit werden, wenn er erfährt, dass Abuliar nicht allein beim Kristallherzen war. Ich habe einen neuen Weg dorthin gefunden für den Fall, dass der, den wir gegangen sind, inzwischen verlegt ist. Aber wenn Agohn mich gefangen setzen lässt, kann ich ihn nicht mehr gehen.«

Semire beugte sich ein Stück zu Quilûn herüber. »Ein Wort von dir«, bekräftigte sie.

Er sah die Büste an und setzte den Reif auf die Stirn.

»Da seid Ihr ja!«, stellte das steinerne Faltengesicht fest. »Jetzt sehe ich Euch.«

»Ich sehe Euch auch, aber mein Herz verlangt nach einem anderen Anblick«, sagte Quilûn. »Ich sehne mich nach meinem Sohn.«

»Was soll das denn jetzt?«, hörte er Semire unterdrückt zischen.

»Ich will sicher sein, dass es Erlyk gut geht«, fügte Quilûn unbeirrt an. »Zeigt ihn mir.«

»Es hat einen Vorteil, wenn man ein Jahrhundert gesehen hat.« Emala lachte. »Man wird nur noch selten überrascht.«

Ihre Züge in der Büste verloren die klaren Konturen, die Falten glätteten sich, die tiefen Augen kamen hervor, die Nase flachte ab. Das bedeutete, dass sie ihren Stirnreif abgesetzt hatte. Bevor das Steingesicht vor Quilûn jedoch alle individuellen Merkmale einbüßte, bildeten sich neue aus. Es wurde runder als zuvor, das Haar fand in einen sauberen, wenn auch einfachen Schnitt.

»Erlyk!«, rief Quilûn, noch während sich die neuen Formen fanden. »Wie geht es dir? Und Tante Bûna?«

»Sie sagt, ich esse nicht genug.«

Quilûn lachte. »Das kann ich mir vorstellen. Ich hoffe, sonst quält sie dich nicht allzu sehr.«

»Ich musste in den Badezuber, sobald wir im Heerlager angekommen waren. Das Wasser war kalt.«

Erleichtert schüttelte Quilûn den Kopf. Wenn das Erlyks

größte Klage war, brauchte man sich wirklich keine Sorgen zu machen.

»Ich habe dich lieb, Vater«, sagte Erlyk.

»Ich habe dich auch lieb.« Quilûn räusperte sich. »Alles, was ich tue, tue ich für dich. Auch wenn es nicht immer danach aussieht, das darfst du nie vergessen.«

»Warum hast du mich weggeschickt?«

»Das habe ich nicht!«, beteuerte Quilûn. »Ich wollte das nicht.«

»Es musste sein, Quilûn«, sagte Semire fest.

»Du wirst bald wieder hier bei mir sein«, versprach Quilûn. »Es dauert nicht mehr lange.«

Erlyks Mund öffnete sich, aber seine Worte hörte Quilûn schon nicht mehr. Die Büste wandelte sich wieder zu Emalas Antlitz.

»Ihr könnt ganz beruhigt sein«, versicherte die Zauberpriesterin. »Mein Alter erreicht man nicht, wenn man wichtige Fragen falsch einschätzt. Ich weiß, dass ich die Werkstatt der Zauberer nur im Tausch gegen deinen Sohn bekomme. Gesund und wohlbehalten.«

»Damit will sie dir sagen, dass auch die Umkehrung stimmt«, interpretierte Semire. »Wenn du Erlyk in einem Stück zurückhaben willst, musst du ihr die Zauberwerkstatt geben. Das wird nur gelingen, wenn du dich schnell entschließt.«

Es gab nichts mehr zu überlegen. Auch wenn ihm die Methoden nicht gefielen, mit denen Graf Golars Traum Wirklichkeit wurde: Quilûn glaubte, dass sie für eine gute Sache kämpften. Ungerechtigkeit und Unterdrückung mussten ein Ende finden. Und auch, wenn die Fundamente des Berges brachen, gab es ein Gesetz, das auf immer Bestand haben würde: Ein Vater tat alles für seinen Sohn.

»Bis hierhin war alles nur die Grundierung auf der Leinwand«, sagte er. »Das eigentliche Bild malen wir jetzt.«

Er nahm den Reif ab und reichte ihn Semire. »Erkläre ihr, wie die Gravilier marschieren müssen.«

SIEBEN
Feuer

Von allen Verehrern, die Semire von Schneegrund vor Brotan den Hof gemacht hatten, war Tarin Kalthorn der Einzige, bei dem sie längere Zeit erwogen hatte, ob es nicht doch richtig wäre, sein Angebot anzunehmen. Damals war er noch nicht der Abenteurer gewesen, als den man ihn heute kannte. Er war noch nicht in die Welt ausgezogen, um Dutzende von Monstrositäten für die Arena zu fangen. Aber der Blick des Wagemutigen, der jede Grenze als Herausforderung verstand, hatte damals schon in seinen blauen Augen gelegen. Die Fesseln der Gesellschaft saßen jedoch fester als solche, die aus Eisen bestanden. Eine freie Frau an seiner Seite hätte auch er wohl nicht auf Dauer ertragen.

In der Nacht war Tarin mit einem Lagebericht vom Heer zurückgekehrt und hatte sogleich darauf bestanden, bei diesem Einsatz an Semires Seite zu kämpfen. Hier auf dem Hohlpfad vor dem Wald der Erinnerung, wo sie mit einer Hundertschaft Krieger standen, herrschte trotz des andernorts heraufdämmernden Morgens tiefe Dunkelheit. Die Lampe in Semires Hand reichte gerade aus, um den ratlosen Ausdruck in Tarins Gesicht zu erkennen.

»Darf ich Euch etwas fragen, Gräfin?«

Semire lächelte aufmunternd. »Bevor Ihr daran erstickt, Baronet.«

Er rieb sich die Bartstoppeln. »In der Fehde war Eure Strategie äußerst erfolgreich. Deswegen vermute ich, dass ich etwas übersehe. Aber worin liegt der Vorteil, all unsere Imagolems hierher zu bringen, ohne Magier mitzunehmen, die sie lenken können?«

»Beinahe alle«, korrigierte sie milde. »Einer ist bei Quilûn im Palast zurückgeblieben.«

Tarin nickte knapp, aber sie sah ihm das Unwohlsein an. Nicht nur die steinernen Krieger, auch die menschlichen, die sie nicht schon vor Wochen mit General Esgur an die Front geschickt hatten, waren größtenteils aus dem Palast abgezogen. Er wurde nun nahezu ausschließlich von Krüppeln bewacht.

»Und dann … unsere Waffen.« Er zog die Klinge eine Handbreit aus der Scheide. »Wieso sollte ich mein bewährtes Schwert zurücklassen? Die eingeschmiedeten Steine verleihen ihm Schärfe und Festigkeit.«

»Dieses wird Euch gute Dienste leisten«, versprach sie. »Euer Hut leider nicht.« Spielerisch zupfte sie an der weiten Krempe aus schwarzem Filz.

»Wieso nicht? Er ist ganz neu«, scherzte Tarin.

»Besorgt Euch einen Helm«, riet sie ernst.

»Ich verstehe nicht.« Er tippte auf das steinerne Türmchen, das er auf der Schulter trug. »Ich bin zauberisch geschützt. Da kommt weder Pfeil noch Klinge durch.«

»Diesmal wird ein Helm besser sein«, prophezeite sie. »Was heute geschieht, wird Euch verwundern. Aber bald wird es Sinn ergeben.«

Der Zweifel blieb in seiner Miene.

Innerlich seufzte Semire. »Bewacht den Hohlweg.«

Mit dieser klaren Anweisung konnte er etwas anfangen. Er nickte knapp und ging zu den Männern.

Vielleicht dachte er, Semire wollte mit dem Gedenken an ihren Vater allein sein. Aber das war nicht der Grund, aus dem sie dem Weg bis zu dem Plateau folgte, auf dem der Mast mit dem riesigen Wimpel stand, der für den verstorbenen Grafen wehte.

Auch ihre eigene Rüstung war für Semire ungewohnt. Sie

trug einen Vollharnisch mit eisernen Platten an Brust und Rücken. Auf die Vorderseite war der Schneekristall gemeißelt. Ihr Zweihänder war so auf dem Rücken befestigt, dass sie ihn über der rechten Schulter ziehen konnte. Das erforderte eine flexible Aufhängung. Bei jedem Schritt schlug die Klinge klackend auf den Panzer.

Auf dem Plateau war es nicht ganz so finster wie im Hohlweg, aber noch immer dunkel. Hier standen die Imagolems in einem zweireihigen Halbkreis, vor den sie sich nun stellte. Brotan war wegen des hellen Steins, aus dem er gemeißelt war, gut zu erkennen. Er hatte die Position ganz am linken Ende.

»Ich weiß, dass ihr besser hört als die meisten Menschen.« Sie stellte die Laterne vor sich ab. »Deswegen hoffe ich, dass ich nicht laut sprechen muss. Wer mich versteht, hebt den rechten Arm.«

Alle Steinmänner taten es.

»Gut. Ihr könnt ihn wieder senken.«

Zwanzig Imagolems. Das war nicht viel, aber beinahe alle Tiefen Häuser waren gegenwärtig ähnlich schwach bestückt. Der Großteil der Steinkrieger befand sich an der Front. Oder eigentlich jenseits der Front, auf einem Eilmarsch, um den Graviliern in den Rücken zu fallen, die bereits in den Kastellen standen, wo Treppen und Flaschenzüge den Aufstieg in die Stadt ermöglichten.

»Ich weiß, dass ihr wahrnehmt, was ich sage, auch wenn ihr schlaft. Kyrin hat schon oft zu euch gesprochen und auch an ihre Worte werdet ihr euch erinnern. Bald.«

Es irritierte sie, dass einer der Imagolems ein tiefes Loch in der Stirn hatte. Als wäre ein Bolzen, so dick wie Semires Unterarme, hineingefahren. Eine solche Verletzung wäre bei einem Menschen zweifellos tödlich gewesen.

»Wir haben euch gequält, ausgenutzt, in unseren Dienst gezwungen. All das ist wahr. Aber wir gaben euch auch ein langes Leben. Manche von euch haben ein Jahrhundert in dieser Gestalt verbracht und ein weiteres mag vor euch liegen. Bald werdet ihr vor der Wahl stehen, wie dieses lange Leben weitergeht: Ihr könnt euch an Haus Schneegrund rächen. Aber ihr werdet feststellen, dass das unnötig ist. Haus Schneegrund wird untergehen, wie alle anderen Tiefen Häuser auch, und ihr werdet frei sein.«

Sie lauschte auf ihre eigenen Gedanken. Freiheit … das war die Sehnsucht ihres Lebens. Es fühlte sich gut an, davon zu sprechen. Und doch, der Untergang ihres Tiefen Hauses war ein hoher Preis dafür. Vielleicht fände sich ein Weg, ihn nicht zu zahlen. Oder sich einen neuen Thron zu bauen, mindestens so prächtig wie der einer Gräfin. Aber das musste die Zukunft erweisen. Zunächst wollte sie Brotan zurück. Das war jeden Preis wert.

»Eure Freiheit könnt ihr nur erlangen, wenn ihr ein letztes Mal tut, was ich euch sage«, behauptete sie. »Dieser Kampf ist der entscheidende, er kann euer letzter sein. Gewinnt ihn für uns, und ihr gewinnt eure Freiheit. Lasst euch von eurer Rache hinreißen, und ihr erneuert eure Fesseln.«

Ihre Zuhörer verzogen keine Miene. Semire konnte nur hoffen, dass sie die Seelen erreichte, die im Stein schliefen.

Der Wimpel, der an ihren Vater erinnerte, knallte im Wind des anbrechenden Morgens. Sie sah zu ihm hinauf. »Dein Traum«, flüsterte sie. »Hoffentlich weiß Kyrin, was sie tut, sonst wird das hier unser aller Untergang.«

Kyrin fror. Sie war triefnass, und ihr Magen sah einfach nicht ein, dass er nun wirklich vollständig geleert war. Immer wieder stieß sie auf und würgte. Besonders eklig war die Galle. Sie saugte etwas Wasser aus dem Ärmel, um den Mund spülen zu können, bevor sie ausspie.

Je länger sie zum Kristallherzen brauchte, desto höher stieg die Wahrscheinlichkeit, entdeckt zu werden. Obwohl sie sich am liebsten auf den felsigen Boden gelegt hätte, um endlich das Drehen aus ihrem Kopf zu bekommen, nahm sie den schweren Ledersack wieder auf ihren Rücken und wankte weiter. Die Gitterkugel mit dem Leuchtstein pendelte an ihrem Gürtel, wodurch der Bereich der ohnehin sparsamen Helligkeit wanderte. Das erschwerte es zusätzlich, der Ader zu folgen, die wie Glas aussah, sich aber nach einem warmen Metall anfühlte. Wie Blei, das eine Weile in der Sonne gelegen hatte.

Kyrin ächzte unter dem Gewicht, das auf ihren Rücken und die rechte Schulter drückte. Ein Rucksack mit Riemen wäre besser gewesen. Aber das hatte sie zu spät überlegt und dann keinen mehr aufgetrieben, der die Vielzahl an Zaubern gefasst hätte. Außerdem hatte sie nicht mit einem endlosen Marsch durch die finsteren Kavernen gerechnet. Sie dachte an das Fass, das sie als Gefährt benutzt hatte. Nun lag es zersplittert dort, wo der Seitenarm des Almahn, der sie in den Berg hinaufgetragen hatte, auffächerte. Der Zweig, den das Fass erwischt hatte, presste sich durch einen Tunnel mit scharfkantigen Wänden, die das Holz gründlich zerlegt hatten. Kyrin konnte froh sein, dass sie mit einigen Abschürfungen davongekommen war. Das war auch ihrer widerstandsfähigen Lederschürze zu verdanken, die sie nur aus Gewohnheit trug, nicht weil sie die irrsinnige Hoffnung gehegt hätte, ihre Stellung als Magierin könnte ihr eine freundlichere Aufnahme durch die Geister verschaffen.

»Dieser ganze Plan war blauäugig«, schimpfte sie leise.

Es war gut, wütend zu sein, auch wenn sie selbst das Objekt ihrer Wut war. Wut gab Kraft, und die brauchte Kyrin, um ihren Sack voller Zauber durch die Kavernen zu schleppen.

»Als ob jeder Arm des Almahn in diesen See beim Kristallherzen fließen würde. Dafür ist er doch viel zu klein! Ich bin eine Idiotin …«

Sie wusste, dass sie zu hart mit sich ins Gericht ging. Kyrin hatte die Arme studiert, in denen der Fluss die Bergflanke hinaufströmte, und einen gewählt, der in der Nähe der Kavernen im Berg verschwand, die sie gemeinsam mit Abuliar und Quilûn erforscht hatte. Leider hatte sie nicht den vielversprechendsten nehmen können, weil dessen Ufer zu dicht bebaut waren. Man hätte das Fass, in das sie sich mit dem Sack gequetscht hatte, zu leicht entdeckt, obwohl sie im Schutz der Nacht aufgebrochen war.

»Ich habe wirklich Glück gehabt.« Ächzend schleppte sie den Sack einen zerklüfteten Anstieg hinauf, der glatten, hellgrauen Ader folgend. »Ich lebe und ich habe diese Spur gefunden.«

Nur nützte das nichts, wenn sie das Kristallherz nicht erreichte, bevor die Geister auf sie aufmerksam wurden. Zwar trug sie den Tarnumhang, aber der hatte sich schon beim ersten Mal als unzuverlässig erwiesen. Besser ließe sie auch das Flüstern sein, auch wenn es sie wenigstens ein bisschen davon ablenkte, dass sie sich völlig allein in der Dunkelheit befand. Diesmal hatte sie noch nicht einmal die Möglichkeit, umzukehren. Der Angriff der Gravilier lief, die meisten Kastelle hatten sie bereits eingenommen. Überall in der Stadt eilten die Bewaffneten, die es noch auf dem Berg gab, gemeinsam mit den verbliebenen Imagolems zu den Flaschenzügen und den Stiegen, um die Angreifer dort aufzuhalten. Jetzt musste Kyrin die Gezeiten der Macht wenden. Wenn die magischen Bollwerke nicht fielen, mochten sie die gravilischen Truppen abwehren. Die riesige Zahl von Kriegern konnte ihre Übermacht erst entfalten, wenn die zauberisch gesicherten Engpässe überwunden waren.

Die Ader, der sie folgte, verschwand unter dem Basalt. Kyrin stellte den Sack ab. Eine Erlösung für ihren Rücken!

Aber sie durfte sich nicht ausruhen. Sie benutzte eine Hand, um die Gitterkugel mit dem Leuchtstein so zu halten, dass sie den Boden vor ihr gut ausleuchtete, während sie den Bereich vor der Stelle, an der die Ader verschwand, absuchte. Die größte Ironie wäre, wenn sie sich in der falschen Richtung durch die dunklen Höhlen quälte, um dann irgendwo in der Tiefe des Berges kraftlos zusammenzubrechen. Schließlich konnte sie an der Ader nicht erkennen, ob sie sich auf das Kristallherz zu- oder davon wegbewegte. Sie kicherte vor sich hin. Wenigstens lachte sie noch über sich selbst.

Der Boden stieg an, bildete einen Hang. Leider machte es das unwahrscheinlicher, dass die Ader wieder an die Oberfläche kam. Dennoch suchte Kyrin weiter.

Statt der Ader fand sie einen Lichtschein, der zehn Höhenschritt über ihrem Kopf auf der linken Seite in die Kaverne fiel.

Die fahle Helligkeit kam aus einer unregelmäßigen Öffnung und legte sich wie Tau auf das zerklüftete Gestein. Das wenige, was sie davon erkannte, machte ihr klar, dass der Aufstieg alles andere als leicht werden würde.

Ächzend rieb sie sich den Rücken. Sollte sie ihre Last zurücklassen und zunächst nachsehen, ob das Licht wirklich vom Kristallherzen kam?

Aber dann müsste sie wieder herunterkommen und den Sack holen, also den Weg zweimal machen. Selbst wenn ihr Ziel nicht in der nächsten Kaverne lag, fehlte ihr doch ein Anhaltspunkt für eine bessere Richtung. Auf jeden Fall hätte sie dort mehr Helligkeit als hier. Und sie hörte Wasser. Das mochte der Teich sein, oder zumindest ein Bach, dem sie folgen konnte.

Sie schleppte den Sack den Hang hinauf. Wenn es zu steil wurde, stellte sie ihn ab und wuchtete ihn weiter. Kyrin kam nur langsam vorwärts, die Übelkeit kehrte zurück, neben dem Rücken schmerzten jetzt auch die Hände, die Schürfwunden begannen zu pochen, aber sie weigerte sich, aufzugeben. Basaltbrocken um Basaltbrocken, Schritt für Schritt gewann sie an Höhe.

Als sie endlich erkennen konnte, woher das Licht kam, lachte sie erleichtert auf. Es war das Kristallherz, wenn sie sich auch durch einen anderen Zugang näherte als beim ersten Mal. Von hier aus sah sie den Abfluss des Sees. Zehn Schritt zur Rechten sprang das Wasser über drei Absätze aufwärts, bis es nahe der Decke in einem Tunnel verschwand. Dorther kam auch das lauteste Rauschen.

Grimmig lächelnd machte sich Kyrin an den Abstieg. Er war viel kürzer als der Weg herauf, keine zehn Höhenschritt, und wegen des besseren Lichts fand sie leichter Halt für ihre Füße. Der hausgroße, annähernd runde Kristall sah noch immer aus, als sei er von dichtem Rauch gefüllt, in dem sich Laternen bewegten, deren Schimmer nur sichtbar wurde, wenn sie der Oberfläche nahe kamen. Die steinernen Ranken mit den säbelartigen Dornen hoben sich dunkel und drohend davor ab.

Mit einem schnellen Blick überzeugte sich Kyrin davon, dass sie allein in der Höhle war. Dennoch zog sie den Tarnumhang zurecht. Sie schleppte den Sack zum Ufer. Er erschien ihr leichter als zuvor, vielleicht weil es ihr Kraft gab, das Ziel vor Augen zu sehen.

Kyrin zog den vorbereiteten Schwimmzauber aus der Bauchtasche ihrer Schürze. Er bestand aus Sandstein und hatte die Form eines Entenfußes, der wie ein Fisch geschuppt war. Sie band ihn an den Sack. Obwohl sie bei der letzten Anstrengung ächzte, ihn ins Wasser zu stoßen, trieb er an der Oberfläche. Jetzt konnte sie ihn leicht vor sich herschieben, während sie in den See watete.

Kurz überlegte sie, dann entkleidete sie sich. Sie warf erst die Schürze, dann die Robe und Schuhe an Land. Nur ihre Wäsche behielt sie an. Zweifelnd betrachtete sie den Tarnumhang. Er ließ sich nur am Hals schließen, im Wasser würde er sie nicht umhüllen. Schlimmstenfalls würden sie die eingewebten Steine nach unten ziehen. Sie breitete ihn über ihre zurückgelassene Kleidung.

Der Sack trieb auf dem Wasser, als wäre er mit Luft gefüllt. Bis auf die Zauber darin hatte sie keine Ausrüstung dabei, die ihr bei ihrem Vorhaben nützen würde. Kyrin schob ihn vor sich her. Das gelang ihr sogar noch, als sie schwimmen musste, weil der Teich zu tief wurde. Sanfte Stöße reichten aus.

Leider fand sie am Kristall keinen Grund. Der Kugelform folgend, verengte er sich unter der Wasseroberfläche. Sie hielt sich an einem Dorn fest, trat Wasser und schnürte den Sack vorsichtig auf, sodass kein Zauber herausfiel.

Sie hatte mehrere Hundert Heuschrecken aus Granit gemeißelt. Jetzt musste sich zeigen, ob sie wirklich so gierig waren, wie die Figuren in dem Studienseminar behaupteten, das Kyrin konsultiert hatte. Sie setzte den ersten Zauber auf die Ranke.

Sofort biss er sich hinein. Die steinernen Insektenflügel schnarrten. Statt den Bissen zu schlucken, spuckte der Zauber die Steinkörner aus, um die Kieferzangen sofort erneut in die Ranke zu bohren.

Kyrin grinste. Das lief genauso gut wie bei den Versuchen, die sie in ihrer Werkstatt durchgeführt hatte. Die Heuschrecken fraßen Stein, der gerichtete Magie trug. Anders ausgedrückt: Zauber. Den Kristall dagegen sollten sie verschonen.

Kyrin griff in den Sack, holte eine Handvoll Zerstörungszauber heraus und setzte sie auf die Ranke. Zwei von ihnen huschten hinauf, um einen Bereich zu finden, in dem sie ungestört von den anderen fressen konnten.

Die Magierin legte noch dreimal nach, dann schwamm sie weiter zur nächsten Ranke. Einige der steinernen Heuschrecken fielen ins Wasser, aber das sorgte sie weniger als das nun doch recht laute Schnarren der Steinflügel. Sie beeilte sich, ihre Zauber auf die zweite Ranke zu setzen, und schwamm weiter. Der Lärm der fressenden Zerstörungsmagie schwoll an. Nach der vierten Ranke wurde das Echo von den Wänden der Kaverne unüberhörbar. Der erste Dorn brach ab und platschte in den See.

Kyrin hatte den Eindruck, dass das Kristallherz heller wurde, verbat sich aber, genauer hinzusehen. Sie eilte weiter, verteilte die Zerstörungszauber.

Ein zweiter, dritter und vierter Dorn fiel ab, ein mehrere Schritt langes Stück einer Ranke verlor den Halt und stürzte ins Wasser. Auf dem Grund wanderten jetzt Lichter zum Kristallherzen hin.

Kyrin gönnte sich einen kurzen Rundumblick. Weitere helle Kugeln näherten sich durch die grauen Adern. Es konnte nun keinen Zweifel mehr geben, dass der Kristall heller wurde. Die Lichter in ihm wurden zahlreicher und sie bewegten sich schneller als zuvor.

Das Schnarren der Heuschrecken wurde ohrenbetäubend. Eine krabbelte über den Sack zum Schwimmzauber und biss hinein. Kyrins Kraft reichte nur knapp aus, um das steinerne Insekt abzureißen und wieder auf eine Ranke zu setzen.

Sie brauchte einen Moment, um zu erkennen, wieso ihr das Schwimmen schwerer fiel. Die Strömung im See kehrte sich um und sie wurde stärker! Der Almahn floss nicht länger bergauf. Über die stufenartigen Vorsprünge fiel das Wasser nun zurück in den See, und wo es vorher hereingeströmt war, trat es nun aus.

»Ihr seid Euch gewiss, dass Ihr mich entbehren könnt?«

Bei jedem anderen hätte Semire von Schneegrund aus dieser Frage auf Feigheit geschlossen. In Tarin Kalthorns Blick sah sie jedoch das Lodern der Kampfeslust. Er wollte sich ins Gefecht werfen. Seine Frage war reine Galanterie, die pflichtschuldige Sorge um das Wohlergehen einer Dame.

»Führt den Angriff«, gestattete Semire ihm mit huldvollem Lächeln. »Ich werde die Nachhut befehligen.«

Tarin sah hoch in Brotans steinernes Gesicht. »Ich denke, ich kann Euch seinem Schutz anvertrauen.«

»Das könnt Ihr«, bestätigte sie.

Er verbeugte sich. »Gräfin.«

Sie nickte. »Baronet.«

Er gesellte sich zur Haupttruppe, die aus neunzig menschlichen Kriegern und neunzehn Imagolems bestand. Dort reichte man ihm einen Helm, den er mit einem Kinnriemen befestigte.

Auch Semire setzte ihren Helm auf. Er hatte einen geschwungenen Nackenschutz und Wangenklappen, die sie nun festzog. Gekrönt wurde er von einem roten Rossschweif. Solcher Zierrat sah nicht nur eindrucksvoll aus, er verleitete einen Gegner auch dazu, das Ziel größer einzuschätzen, als es in Wirklichkeit war. So konnte ein Schlag über den Kopf hinweggehen.

Die Dämmerung war vorüber, der Tag angebrochen. Die Burg lag deutlich sichtbar vor ihnen. Der Trupp verbarg sich in einem Geröllfeld, an dem der Weg vorbeiführte, der aus der Stadt kam. Jenseits der Befestigungsanlage mündete er in eine Treppe, die vom Kastell des Hauses Saphirtrutz heraufkam. Kein Aufgang zum Berg hatte breitere Stufen, das machte diesen unendlich wertvoll. Die Banner mit dem geschliffenen Edelstein wehten stolz auf den Zinnen.

Aber sie mussten fallen. Dies war der wichtigste Aufmarschweg der Gravilier. Von unten drangen bereits die Kampfgeräusche herauf. Sie berannten das Kastell.

Selbst das konnte die Truppen in der Burg nicht dazu bringen, ihren Kameraden zu Hilfe zu kommen. Sie hielten die Stellung, aber aus der vielen Bewegung auf den Wehrgängen schloss Semire auf ihre Nervosität. Die Weibel scheuchten die einfachen Krieger hin und her. Feuer brannten unter den Kesseln, die Pech oder Öl enthielten, das man über Angreifer schütten konnte, die den überbrückten Weg passieren wollten. Sicher gab es auf diesem auch Fallgruben, die zwar das Gewicht von Menschen, aber nicht das mehrerer Imagolems hielten. Die Steinkrieger der Verteidiger standen außerhalb der Mauern, bereit, den Feind zu empfangen. Semire zählte nur vier. Auch die Truppen von Haus Saphirtrutz befanden sich zum Großteil an der Front.

»Komm schon, Kyrin«, murmelte sie. »Enttäusche uns nicht. Wir haben uns auf dich verlassen.«

Quilûn fragte sich, wie ein Mann es fertigbringen konnte, Alita Blitzdorn nicht zu lieben. Er malte den Sonnenaufgang, aber die Frau in dem schwarzen, hochgeschlossenen Kleid, die ihn dabei beobachtete, war schöner. Ihre Rundungen gefällig, aber unaufdringlich, die Taille schlank, die Hüfte durch das Kleid leicht betont. Die Gürtelschnalle war schlicht gestaltet, setzte aber durch ihren Silberglanz einen Akzent. Alitas helles Gesicht zog den Blick auf sich, gerade im Kontrast zum Schwarz des Kleides und der Haare, die sie heute hochgesteckt trug. Da sie die Lippen nicht gefärbt hatte und kaum Puder trug, waren die blauen Augen der stärkste Farbreiz. Gemeinsam mit dem zartroten Stein in Form einer Rose vor ihrer Kehle natürlich. Quilûn hatte sie noch immer nicht gefragt, was es mit diesem Schmuckstück auf sich hatte.

Er sah wieder auf die Leinwand, die auf einer Staffelei vor ihm stand. Im Bild kam die rote Sonnenscheibe gerade hinter dem dunklen Hang des Ianapat hervor. Inzwischen war sie über das Häusermeer gewandert und stand frei am Himmel. Sie war auch heller geworden, nun orangefarben, nicht mehr rot. Der Himmel war nicht mehr violett, sondern blau.

Der Almahn floss den Berg hinauf, wie er es immer getan hatte. Weißer Schaum stand auf den Wellen, wo er über vorragende Felsen sprang.

Diener zogen die ausgebrannten Fackeln aus dem Boden und brachten sie fort.

Quilûn hatte zu einem Frühmahl in seinem Palast geladen. Die Gäste waren schon bei Dunkelheit gekommen, um den Anbruch des Tages gemeinsam im Freien zu erleben. Sie standen auf dem Platz, auf dem Quilûn auch die Staffelei aufgestellt hatte. Die meisten hüllten sich gegen die morgendliche Kälte in Umhänge oder zumindest in Schultertücher. In kleinen Gruppen trug man die Gerüchte von der Front weiter, versicherte sich der gegenseitigen Freundschaft und beratschlagte, wie man andere zu Fall bringen könnte, um selbst aufzusteigen. Dass sich das einfache Volk immer dem Adel beugen würde, setzte man als selbstverständlich voraus.

Ungeduldig zog Quilûn einige Striche, um den Hausdächern in seinem Bild Struktur zu geben. Alita runzelte kaum merklich die Stirn. Sie hatte recht. Es war eine Technik, die eigentlich unter seiner Würde als Künstler lag. Aber das galt für alle gegenständlichen Darstellungen. Die Quadra hatte ihm das Tor geöffnet, Wahrheit zu malen, nicht bloß Wirklichkeit. Den Kern der Dinge, nicht ihre Erscheinung. Dieses Bild hier diente Quilûn bloß dazu, die Zeit zu vertreiben, bis Kyrin die Gezeiten der Macht gewendet hätte. Sie hatte versprochen, dass er nicht übersehen könnte, wenn es geschähe.

Quilûn blickte über die Schulter zum lang gestreckten Gästehaus. Im Säulengang, der das Erdgeschoss zum Platz hin öffnete, stand ein Imagolem mit kugelrundem Körper. Der Kopf war eine aufgesetzte Halbkugel, die Arme so kurz, dass sich die Hände nicht berühren konnten. Über ihm hingen neben der sieben Schritt durchmessenden Metallplatte mit dem Eiskristall des Tiefen Hauses Schneegrund zwei Standarten an der Mauer. Eine zeigte einen Baum, dessen Äste sich unter der Last des Schnees bogen, die andere eisüberzogene Stierhörner. Die Wappen der Häuser Eichfrost und Kalthorn.

Baron Yurin Kalthorn war beinahe sechzig Jahre alt und mindestens die Hälfte davon hatte er seinem Haus als Säufer Schande gemacht. Er hatte Quilûn einmal Modell gestanden, mit seiner roten Nase, dem wässrigen Blick und in einer Weste, die ein besorgter Diener ständig geglättet hatte, weil sein Herr sie immer wieder aufgeknüpft und zerknittert hatte. Yurins größtes Anliegen hatte darin bestanden, sein Weinglas gut ins Bild zu setzen.

Er trank mit Tarima Eichfrost, die sich in den letzten Wochen anschickte, ihm nachzueifern. Sie war jedoch nicht so trinkfest wie er, weswegen sie sich schon vor Sonnenaufgang hatte übergeben müssen. Nun saß sie neben dem Baron, lachte unangenehm laut und tatschte ständig auf seinem Schenkel und an seinem Arm herum. Ihre Frisur hatte sich gelöst, sodass ihr silbernes Ohr im Licht des Morgens glänzte. Obwohl es aus demselben Material wie Alitas Gürtelschnalle bestand, wirkte es viel aufdringlicher. Es lag an der Trägerin.

Anthurel Blitzdorn gab die Konversation mit den beiden Trinkern auf. Er schlenderte zu Quilûn und Alita hinüber. Auch heute trug er wieder ein Gewand, das die blaue Magierschürze nur symbolisch integrierte. Auffälliger waren die hellen Rockschöße, die bei jedem Schritt wippten.

Seine Gemahlin begrüßte ihn, indem sie sich an ihn schmiegte. Er nahm es eher genervt hin, legte aber einen Arm um sie.

»In Eurem Bild ist nichts von dem Nebel zu sehen, der aus dem Tal aufgestiegen ist«, stellte Anthurel fest. »Werdet Ihr ihn noch ergänzen?«

Er verstand wirklich überhaupt nichts von Gemälden.

»Der Nebel würde nicht zur Stimmung des Bildes passen«, erklärte Alita leise. Sie legte den Kopf in den Nacken. Quilûn glaubte, dass sie gern von ihrem Gemahl geküsst worden wäre.

»Ach ja?«, schnappte dieser stattdessen, ohne sie anzusehen. »Ich hoffe, sie stört Euch nicht, Graf. Leider ist mein Weib nicht sehr verständig.«

»Eure Gemahlin ist eine wundervolle Inspiration«, versicherte Quilûn.

Anthurel presste die Zähne so fest aufeinander, dass die Unterkieferwinkel hervortraten. »Ja, dafür mag sie taugen.«

Ein lautes, trockenes Knacken ließ die Gäste verstummen und aufblicken. Auch Quilûn sah sich nach dem Ursprung des Geräusches um.

Ausgerechnet die betrunkene Tarima Eichfrost sah das Offensichtliche zuerst. Schwankend erhob sie sich von ihrem Stuhl, hielt sich am Tisch fest und zeigte zum Ianapat. »Der Almahn! Er fließt bergab!«

Jetzt hörte Quilûn auch das ferne Raunen der Wassermassen. Sprühnebel stieg über die Hausdächer hinaus auf.

»Du hast nicht zu viel versprochen, Kyrin«, flüsterte er. »Das ist wirklich nicht zu übersehen.«

Ein gewaltiger Donner ließ ihn herumfahren. Die Erde bebte, das Geräusch wuchs an. Der Kartenturm mit der zwiebelförmigen Spitze, das höchste Gebäude auf dem Palastgelände, sackte in sich zusammen. Er kippte nicht zur Seite, sondern fiel einfach ab, jedenfalls, so weit das Gästehaus Quilûns Sicht nicht verdeckte. Zurück blieb eine Rauchsäule, die für mehrere Herzschläge so kompakt stand, als sei sie aus massivem Stein gemauert. Erst dann begann der Wind, sie zu zerfasern.

Der Turm war nicht das einzige Gebäude, das stürzte. Risse zogen sich durch Erker, deren Statik von Zaubern gestützt wurde. Das Dach der Festhalle sackte weg, ebenso wie die Front des Thronsaals. Ringsum zerbrach die Welt.

Kyrin schluckte. Die Erkenntnis traf sie härter, als sie erwartet hatte. Ihr Plan gelang. Was Abuliar vermutet und der Gravioner bekräftigt hatte, traf tatsächlich zu: Der Berg rief die magische Kraft aus den Zaubern zurück, die die Magier über mehrere Jahrhunderte hindurch aus seinem Gestein gemeißelt hatten.

Das betraf auch Kyrins Heuschrecken. Diejenigen, die sie jetzt aus dem Sack holte, bewegten sich nur träge, wenn sie sie auf die Ranken setzte. Das lag sicher nicht nur an dem Umstand, dass sie selbst weniger magische Kraft erhielten, sondern auch daran, dass der Fesselungszauber in den Ranken schwächer wurde. Dadurch enthielten die gierigen Steininsekten weniger von der Magie, die ihren Appetit weckte. Das Schnarren der Flügel wurde leiser, das Licht des Kristalls heller.

Nicht nur wurde die Strömung im See stärker, auch der Wellenschlag nahm zu. Kyrin schluckte Wasser.

Eine Ranke schaffte sie noch, ihr Sack war zu drei Vierteln leer, aber bevor sie die nächste erreichte, kamen die Geister. Fünf von ihnen schwebten hintereinander in die Kaverne. Die feuerroten Gestalten hatten Oberkörper wie Menschen, mit zwei Armen und einem Kopf. Unter der Hüfte faserten sie auf wie zerrissene Tücher. Statt Augen hatten sie nur tiefe Höhlen und auf ihren Häuptern saßen Kronen mit Zacken, die an schlanke Dolchklingen erinnerten. Die Form dieser Wesen war jedoch nicht so klar abgegrenzt wie bei Sterblichen. Gleich Nebel verschwammen sie mit der Umgebung und auch weiter im Innern hatten ihre Körper etwas Nebelhaftes. An manchen Stellen leuchteten sie intensiv wie eine Laterne mit einem roten Glas, an anderen sah Kyrin durch sie hindurch den Fels hinter ihnen. Diese Bereiche wanderten wie wallender Rauch, der in einer Flasche gefangen war.

Schauriges Stöhnen hallte durch die Kaverne. Es schmerzte in Kyrins Ohren. Sie war dankbar für den Lärm ihrer Zerstörungszauber, die diese Laute der Verzweiflung und Verdammnis wenigstens teilweise übertönten.

Weitere Geister kamen hinzu. Sie schienen zu versuchen, das Kristallherz zu erreichen, aber es sah aus, als hielte ein starker Wind sie davon ab. Manche bewegten die Arme, als wollten sie sich in die Luft krallen und nach vorne ziehen. Absurderweise gelang das sogar einigen.

Kyrin setzte an, zur nächsten Ranke zu schwimmen, aber der Lärm war zu schrecklich. Sie musste die Hände auf die Ohren pressen.

Unmittelbar neben ihr stürzte eine Ranke in den See. Sie verursachte eine Welle, die über Kyrin hinwegspülte. Hustend rang sie nach Luft.

Einer der Geister hielt direkt auf sie zu. Auch an ihm zerrte der Wind, den Kyrin nicht wahrnahm. Er kam nur langsam vorwärts und seine Gestalt verschmierte, er zog einen Schweif aus rotem Licht hinter sich her. Das augenlose Gesicht war eine Fratze des Hasses.

Kyrin versuchte, Abstand zu halten, und ließ den Sack mit ihren Zaubern zurück. An der nächsten Ranke musste sie sich jedoch festklammern, um nicht von der Strömung mitgerissen zu werden. Weil sie dafür eine Hand vom Ohr löste, hörte sie das wütende, verzweifelte, zornige Stöhnen noch lauter.

Von Grauen erfüllt starrte sie auf den sich nähernden Geist. Er streckte seine rote Klaue nach ihr aus. Wegen seiner Farbe fürchtete sie, dass er sie verbrennen könnte, aber dann sah sie, dass das Wasser, über dem die Gestalt in geringer Höhe trieb, gefror. Der Wellengang brach das Eis sofort auf, es knackte wie ein splitternder Knochen. Kyrins Atem bildete Wolken vor ihrem Mund.

Ein Wesen, dessen Beine schritthohe Steinsäulen waren, stakste in die Kaverne. Die Säulen trugen mehrere gegeneinandergekippte Reife, in deren gemeinsamem Mittelpunkt sich so etwas wie ein Klumpen geschmolzenen Metalls drehte. Die meisten Geister blickten zu diesem Wesen und sammelten sich in seiner Nähe. Nicht jedoch derjenige, der auf Kyrin zuhielt. Sein Mund klappte auf und zu. Die ausgestreckte Klaue war nur noch eine Elle entfernt. Auf Kyrins Wangen schmerzte die Kälte bereits.

Sie war unbewaffnet und der Sack mit ihren Zerstörungszaubern war außer Sicht. Hier konnte sie nichts mehr ausrichten, und die Geister würden sie töten, wenn sie bliebe. Die Frage war nur, wie viel Zeit sich diese Wesenheiten für das Sterben der Frevlerin lassen würden.

Kyrin hielt die Luft an, tauchte unter, stieß sich ab und vertraute sich der Strömung an.

Quilûns Gäste schrien. Tarima Eichfrost fiel auf den zitternden Boden. Niemand beachtete sie. Manche standen schreckstarr oder klammerten sich aneinander fest, andere liefen davon. Köche, Hausdiener, Krieger, Geliebte flohen aus den Gebäuden.

Über der Stadt stiegen Staubwolken auf. Der Donner einstürzender Bauten rollte heran, wenn er nicht gerade vom Krachen innerhalb des Palasts übertönt wurde.

Alita griff sich an den Hals. Ihre Miene zeigte keine Angst, sondern Bestürzung.

»Wahre deine Fassung!«, befahl Anthurel ihr über den Lärm hinweg. Er schlug ihr ins Gesicht.

Sie starrte ihn an. Ihre Miene wandelte sich zu einer Grimasse des Hasses, die Quilûn erschreckte. Auch Anthurel hatte das wohl noch nie bei seiner Frau gesehen. Er wich einen Schritt zurück.

Nicht weit genug, um ihrem Schlag zu entgehen. Auch einen solchen Angriff hatte er wohl nicht erwartet. In seiner Überraschung unternahm er keinen Versuch, ihn abzuwehren. Alita traf ihn im Gesicht. Ihr Ring riss eine blutige Schramme in seine rechte Wange. »Du Monster!«, schrie sie und spie ihn an.

Sie wirbelte herum und stapfte mit geballten Fäusten davon, auf den Säulengang mit dem Imagolem zu.

Während Anthurel verstört seine Wange betastete, ließ Quilûn Farbpalette und Pinsel fallen und lief ihr nach. »Nicht ins Haus!«

Er nieste, weil Steinstaub in der Luft trieb.

Nur mit Mühe hielt er Alita zurück und drehte sie an der Schulter zu sich um. Mit gesenkter Stirn sah sie ihn an. Sie weinte, ihre Lippen zitterten.

»Was ist mit Euch?«, fragte er.

Ein weiteres Gebäude fiel krachend in sich zusammen. Der Boden bockte so stark, dass das Pflaster brach. Es interessierte Quilûn nicht. Er sah nur den Schmerz dieser schönen Frau.

Sie griff in das Band, das um ihren Hals lag. Es musste robuster sein, als es aussah, denn obwohl sie mit Kraft daran zog, löste es sich nicht. »Anthurel!«, zischte sie. »Er hat mir meine Liebe genommen. Er muss den Segen meines Vaters gehabt haben. Vielleicht auch meiner Mutter!« Die Anklage ließ ihre Stimme schrill klingen. »Sie haben nie geduldet, dass ich mich mit Luhk getroffen habe.«

»Wer ist Luhk?«, fragte Quilûn verwirrt.

»Luhk war ein Fuhrknecht. Vor …« Die erschreckende Erkenntnis weitete ihre Augen. »Sechs Jahre ist das her! Meine Eltern dachten, ich würde meine edle Geburt wegwerfen und mit ihm davonlaufen. Weit fort in die Welt.« Sie riss jetzt mit beiden Händen am Halsband. »Wo mein einziger Reichtum in seiner Liebe bestanden hätte. Und sie hatten recht!«

»Ihr erwürgt Euch ja selbst!«, rief Quilûn. »Lasst Euch helfen.«

Zitternd senkte sie die Hände.

Unter dem weichen Samt an ihrem Nacken fand er einen Verschluss, eine eingehakte Metallöse. Er löste sie und nahm das Band ab.

Auf der Innenseite kam eine Kette mit Gliedern aus härtestem Granit zum Vorschein. Die Abdrücke traten rötlich auf Alitas weißem Hals hervor. »Ist das …?«

»Ein Liebeszauber!«, spie Alita aus. »Ich habe es gewusst, all die Jahre! Nur ein Zauber hat meine Gefühle für Anthurel geweckt und am Leben gehalten. Aber es war mir egal! Weil es sich so gut angefühlt hat …« Ihr Blick suchte den Magier, der das Blut in seiner Hand anstarrte, mit der er die Wange abgewischt hatte. Dort quoll frisches heraus, leuchtend rot in dem grauen Staub, der in der Luft trieb und sich auch auf seinem Gesicht niederschlug.

»Ich muss ihn suchen«, sagte Alita.

»Wen?«

»Luhk.« Sie sah zur Stadt hinüber. Der Staub reichte so hoch, dass er die Sonne verschleierte. Das Donnern war ein durchgängiger Klangteppich.

Quilûn hatte noch eine Aufgabe zu erledigen. Kyrin und

Semire verließen sich auf ihn. »Wartet hier«, bat er Alita. »Sucht Euch einen Platz, wo Euch nichts auf den Kopf fallen kann.«

Sie bebte am ganzen Körper.

Wieder kündete ein lautes Krachen von einem Einsturz.

Quilûn lief zu dem Imagolem mit der Kugelgestalt, der stoisch im Wandelgang im Erdgeschoss des Gästehauses wartete. »Zerstöre die Säulen!« Befahl Quilûn ihm. »Diese zwei!« Er zeigte auf die beiden, die unmittelbar unter der dem Bereich standen, in dem die runde Metallplatte mit dem Wappen der Schneegrunds in die Mauer eingelassen war.

Zu Quilûns Überraschung trat der Imagolem einige Schritte zurück.

»Du sollst die Säulen ...« Quilûn bemerkte seinen Fehler: Der Steinmann nahm lediglich Anlauf.

Quilûn rannte auf den Platz hinaus.

Hinter ihm krachte es fürchterlich, Steinsplitter trafen seinen Rücken. Er lief schneller. Der Staub kratzte in seiner Lunge.

Ein weiteres Krachen erklang hinter ihm.

Er wandte sich um.

Eine Säule lag bereits in Trümmern. Der Imagolem rannte gegen die zweite an. Ein Teil war herausgebrochen, aber auch der Steinmann war beschädigt. Ein Stück fehlte in seinem kugelförmigen Körper, auch der linke Arm war fort. Das hielt ihn jedoch nicht davon ab, den Befehl zu befolgen. Wieder rannte er gegen die Säule.

Diesmal gab sie nach, er brach in einem Hagel aus Splittern durch.

Quilûn hielt den Atem an und sah zur Metallscheibe mit dem Wappen hinauf. Kyrin hatte ihm erklärt, dass Graf Golar vermutet hatte, die Feinde würden es in dem Falle, dass sie den Palast des Tiefen Hauses einnahmen, entfernen. Damit hätten sie unwissentlich an seinem Traum mitgewirkt, denn aus irgendeinem Grund hing es mit dem Wecken der Erinnerungen in Kyrins Imagolems zusammen. Aber es gab noch eine weitere Möglichkeit, die sieben Schritt durchmessende Scheibe zu entfernen, ohne sie mühsam aus der Mauer zu brechen: die beiden Säulen zu zerstören, die nun in Trümmern lagen.

Offenbar stützten sie im Innern der Mauer eine Haltevorrichtung, die jetzt nachgab. Am Scheitelpunkt der Scheibe war zuerst zu sehen, dass sie kippte. Sie fiel nach vorn, auf den Platz.

Mit einem schnellen Blick überzeugte sich Quilûn, dass niemand dort stand, wo sie niederging. Auch Alita Blitzdorn war fort. Nur die einsam stehende Staffelei mit dem begonnenen Gemälde würde zerstört werden.

War das allgegenwärtige Krachen schon zuvor schmerzhaft laut gewesen, so schlug die Metallscheibe nun mit einem solchen Knall auf, dass Quilûn die Wucht des Aufpralls im Bauch spürte. Es klang wie ein Hammer, der auf einen Amboss traf. Ein Hammer von der Größe eines Hauses und ein Amboss mit den Ausmaßen eines Palasts. Quilûn hörte nur noch ein hohes Piepen.

Die Scheibe hatte nicht bloß eine runde Vertiefung in der Mauer zurückgelassen. Quilûn sah eine Vielzahl von Öffnungen, als würde jeder vierte Stein fehlen. Die Sonne leuchtete sie gut aus, so weit das trotz der Staubfahnen möglich war.

Der Imagolem drehte sich langsam um die eigene Achse. Er stieß einen Schrei aus, in dem sich Schmerz und Wut mischten.

Kyrin hatte vorausgesagt, dass sich ihre Steinmänner gegen die Herrscher des Berges wenden würden, wenn sie begriffen, was man ihnen angetan hatte. Dabei würden sie mit mehr Eigeninitiative kämpfen als die Imagolems der anderen Häuser. Aber in diesem Chaos wagte Quilûn es nicht, mit diesem steinernen Krieger zu sprechen und ihm die Lage zu erklären, die er selbst nur teilweise überblickte. Er lief in die entgegengesetzte Richtung.

Überall lagen Trümmer, die meisten Gebäude waren beschädigt. Menschen irrten ziellos umher. In der Stadt waren Feuer zu sehen.

Kemar kam schnell humpelnd auf Quilûn zu. Auch er war vom grauen Staub gezeichnet. Das gab dem Hänfling mit dem rattenartigen Gesicht die Hautfarbe einer Statue. »Wo ist Semire?«, rief der frühere Leibwächter. »Was geschieht hier? Wer greift uns an?«

Quilûn schluckte. Er wollte Alita suchen, aber Kyrin und Semire verließen sich auf ihn. Der Erfolg der Revolution hing davon ab, dass jeder den ihm zugedachten Teil leistete. »Ruf die Truppen zusammen«, befahl er. »Sie sollen sich vor dem Palasttor sammeln. Wir müssen zur Magierwerkstatt.«

»Die Zauberer …« Gehetzt blickte sich Kemar auf dem Palastgelände um, das immer mehr zu einer Trümmerwüste wurde. »Natürlich, nur die können dahinterstecken!«

Die Erde zitterte. Nur leicht zunächst, aber das reichte, um Semire von Schneegrund schmunzeln zu lassen. Sie zog den Zweihänder aus der Halterung am Rücken. Die Klinge, die ohne verstärkende Zauber geschmiedet war, hielt sie tief, damit sie nicht in der Sonne glänzte.

Sie wusste, dass es wirklich so weit war, als der gewagteste Ausleger der Burg abbrach – eine vorkragende Freibrücke, aus der man Öl auf Gegner schütten konnte, die die Stufen heraufkamen. Sie war gebogen, um die Windung der Treppe nachzuvollziehen, und verschwand hinter dem Berghang außer Sicht. Auf diese Weise konnte man nur mit magischer Unterstützung bauen.

Knackend fraß sich nahe der Burgmauer ein Riss durch den Ausleger. Er stürzte herab und zerbrach beim Aufschlag. Die meisten Trümmer blieben auf der Treppe liegen, manche drückten das Geländer ein und fielen in die Tiefe.

Tarin Kalthorn wandte sich zu Semire um. Er war zwanzig Schritt entfernt, aber trotz des Helms sah sie die Überraschung auf seinem Gesicht.

Grinsend richtete sie sich auf und streckte den Arm, um mit dem Schwert auf die Burg zu deuten. »Angriff!«, schrie sie.

Die Steinkrieger erhoben sich und rannten auf die Burg zu, wie man es von Imagolems erwarten sollte. Einerseits war das gut, sie würden ihrem Trupp die entscheidende Wucht geben. Andererseits hielt Semire den Atem an, weil sie auf eine Veränderung an Brotan hoffte. Darauf, dass er wieder er selbst wurde, wenigstens, was seinen Geist anging. Aber er stand nur unbewegt neben ihr, wie es dem Befehl entsprach, den er erhalten hatte.

Semire schluckte. Sie durfte nicht zu ungeduldig sein. Und sie hatte eine Schlacht zu schlagen.

»Wir rücken langsam vor«, sagte sie. Die zehn Krieger, die als ihre Leibgarde eingeteilt waren, stellten sich vor ihr auf. Gemeinsam setzten sie sich in Bewegung.

Die Imagolems schlugen auf die Mauern ein. Zur Stadt hin war die Burg weniger gut befestigt als auf der Seite, an der sie die Treppe bewachte. Ein sechsbeiniger Steinkrieger rannte gegen eines der Tore an und brach einige Bohlen, konnte es jedoch nicht zerstören. Semire wünschte, er würde Platz für zwei andere Imagolems machen, die mit ihren in Keulen auslaufenden Armen bessere Wirkung erzielen konnten, aber das tat er nicht. Die Koordination über von Magiern benutzte Leitfiguren fehlte.

Dennoch fanden die Imagolems an anderer Stelle einen Riss in der Mauer, den sie rasch erweiterten. Ein sehr langer Steinkrieger bot sich als Sturmleiter für die menschlichen Kämpfer an. Tarin Kalthorn war der Erste, der die Zinnen erreichte. Furchtlos schlug er um sich. Hoffentlich begriff er, dass seine Schutzzauber erloschen waren.

Brotan blieb abrupt stehen.

Auch die Imagolems, die im Kampf standen, hielten inne.

»Halt!«, befahl Semire ihrer Leibgarde.

Brotan drehte sich zu ihr und blickte zu ihr hinab.

Das Steingesicht zeigte kaum Mimik, die Augen richteten sich auf sie, die Lippen öffneten sich einen Spalt.

Semires Herzschlag pochte im Hals. Ihr wurde schwindelig.

»Ich liebe dich«, sagte Brotan mit tiefer Stimme. »Seit dem ersten Moment, als ich dich gesehen habe. Ich liebe dich, Semire.«

Sie weinte. Vor Erleichterung wäre sie beinahe zusammengesackt. Semire drückte ihre freie Hand auf den Granit seines Bauches. Er fühlte sich genauso hart an wie zuvor, und doch war alles anders.

Mit einem scharfen Knall prallte ein Pfeil gegen Semires Harnisch. Sie erschrak, aber das Geschoss drang nicht durch. Stattdessen fiel es zu Boden.

Semire hockte sich hin und nahm die Splitter auf, in die die Spitze zerbrochen war. Schiefer, mit einer Zauberrune, die eine Metallrüstung ebenso leicht hätte durchschlagen sollen wie ein Ballkleid.

Kyrin hatte die Wahrheit gesagt. Die Macht der Magie war erloschen.

Die von unten heraufdringenden Kampfgeräusche wurden lauter. »Hörst du?«, fragte sie Brotan. »Deine Leute kommen.«

Er ballte die Hände zu Fäusten, größer als Semires Kopf, und wandte sich der Burg zu. »Ich will kämpfen.«

Sie richtete sich auf. »Ja, das werden wir«, knurrte sie. Hass auf die Ordnung des Berges stieg in ihr auf. Die Gesetze des Adels hatten sie immer von der Macht ausgeschlossen. Auch die Liebe zu Brotan hätten sie niemals geduldet.

Aber diese Gesetze würde Semire jetzt zerstören. Die Klinge ihres Zweihandschwertes taugte dafür, sie entzweizuschlagen. Mit dieser Waffe in den Fäusten würde sie sich das Leben erobern, das sie sich wünschte. Ein Leben mit dem Mann, den sie liebte, und ihrem gemeinsamen Kind. Ein Leben, in dem niemand wagte, ihr Vorschriften zu machen.

»Heute vernichten wir alles, was zwischen uns und unseren Träumen steht«, versprach sie.

Dass er Kemars Hand halten würde, während der alte Leibwächter starb, hätte Quilûn nicht erwartet. Er wusste nicht, was er sagen sollte. Der Mann mit dem spitzen Gesicht lag halb auf seinem Schoß und spuckte Blut. Ein Imagolem hatte ihn erwischt. Sein Brustkorb war zerstampft, der Harnisch geborsten, eine gesplitterte Rippe stach durch das Untergewand. Ob Kemars Gurgeln Worte formte, konnte Quilûn nicht verstehen. Ringsum wurde geschrien, Stahl klirrte, Mauern brachen.

Die Zauberwerkstatt hatte es noch schlimmer erwischt als die anderen Bereiche der Stadt. Hier hatte man die Magie besonders umfassend eingesetzt, um gewagte Architektur zu ermöglichen. Sie lag jetzt in Trümmern, kein einziger Turm stand mehr, und die größten Hindernisse für die Angreifer waren nicht Mauern, sondern Schutthalden, die nur trügerischen Halt boten.

Außer dem Steinstaub behinderte auch schwarzer Rauch die Sicht und reizte zum Husten. Quilûn hielt Ausschau nach einem Clerroniten, der wenigstens Kemars Schmerzen hätte lindern können, fand aber keinen.

Zwei Imagolems droschen donnernd aufeinander ein. Quilûn war froh, dass sie ihn nicht beachteten. Den Großteil seiner Krieger hatte der Kampfrausch fortgerissen, sie hatten sich auf dem Gelände verteilt. Eigentlich hätten sie ihren Grafen schützen sollen, aber er war ein lausiger Anführer. Es war ihm nicht gelungen, die Truppe zusammenzuhalten, nur eine Leibwache von drei Mann war ihm geblieben.

Ein Gravilier stakste über einen Trümmerhügel. Er trug ein Geschirr, an dem eine schwere Armbrust befestigt war. An einem Schwenkarm bewegte er sie auf Quilûn und Kemar zu, erkannte dann aber wohl, dass sie keine Feinde waren, und setzte seinen Marsch fort.

Kemar fasste Quilûns Hand fester. Er nahm seine Linke hinzu und umklammerte damit den Unterarm seines Grafen. Der Todgeweihte versuchte sich hochzuziehen, war aber zu schwach.

Quilûn beugte sich vor und brachte sein Ohr neben Kemars Mund.

Er hörte ein gequältes Ächzen, ein Blubbern, mit dem das Blut hervorkam, und einen Namen. »Semire.«

»Ich kümmere mich um sie«, versprach Quilûn. »Ich werde dafür sorgen, dass sie es gut hat.«

Der Schmerz blieb in Kemars Gesicht, aber die Anspannung um die Augen wich. Er versuchte nicht länger, sich hochzuziehen.

Aus den Staubschleiern trat Emala, begleitet von Kriegern mit spitzen Helmen und kurzen, geschlitzten Umhängen, die an Rabenflügel erinnerten. Quilûn erkannte die Zauberpriesterin sofort, ihr faltiges Gesicht mit den beinahe in den Höhlen verschwindenden Augen war unverwechselbar. Sie benutzte einen Stab, um nicht zu straucheln. Eine grüne Pyramide krönte ihn.

»Davon, dass die Magie abebbt, habt Ihr nichts gesagt, Graf!«, rief sie statt einer Begrüßung. »Ihr solltet nur die Verteidigungsanlagen schwächen, nicht die Stadt in Schutt und Asche legen. Und vor allem nicht die Magie austreiben.«

»Dieser Mann stirbt.« Quilûn rückte Kemars Kopf auf seinen Oberschenkeln zurecht. »Gebt uns noch ein wenig Zeit.«

»Tote und Sterbende brauchen keine Zeit«, versetzte Emala. »Wir haben anderes, um das wir uns kümmern müssen.« Sie streckte eine Hand zur Seite. »Ein Dolch!«

Einer ihrer Krieger zog seine kurze Klinge und gab sie ihr. Alle Gardisten waren identisch ausgerüstet. Zusätzlich zum Dolch trug jeder von ihnen ein Langschwert. Ihre rußverschmierten Harnische sprangen in der Mitte vor, wodurch auftreffende Hiebe seitlich abgleiten mochten. Ihre Handschuhe waren mit Metallplatten besetzt, Schienen machten die Stiefel robuster.

Emala hielt ihren Stab mit dem Ellbogen. Sie umfasste die Dolchklinge und zog sie aus der Hand. Anklagend streckte sie Quilûn den unverletzten Handteller entgegen. »Stumpf! Das waren bis gestern unsere schärfsten Klingen.« Sie hielt ihm den Knauf des Dolches hin. Offenbar hatte der eingefasste Kiesel einen Zauber enthalten.

Ein weiterer Gardist kam über eine Geröllhalde. Blut sickerte auf der linken Seite unter seinem Helm hervor und verklebte das brünette Haar. Er beachtete es nicht.

»Zauberpriesterin!« Er ließ sich auf ein Knie nieder und beugte das Haupt. Das Metall an Harnisch, Waffen und Stiefeln klapperte. »Wir haben einen Abstieg in die Tiefe gefunden, aber wir dringen nicht durch. Eine steinerne Spinne, so groß wie zwei Ochsen, bewacht ihn.«

»Seid ihr auf den Steinmeister getroffen?«, fragte sie. »Er sollte eine weiße Schürze tragen.«

»So jemandem sind wir nicht begegnet, Herrin.«

Erbost schrie Emala auf. »Über einhundert Jahre bin ich alt und noch immer muss ich mich um alles selbst kümmern. Geh voran zu diesem Abstieg.«

»Er führt zum Sanktuarium der Unsterblichen«, sagte Quilûn. »Ihr werdet auf viele magische Sicherungen treffen.«

»Wenn die genauso erloschen sind wie die Schärfe unserer Waffen, mache ich mir darum keine Sorgen«, versetzte die Zauberpriesterin. »Ich hoffe, dass überhaupt noch Magie in diesem Berg ist. Wie habt Ihr das nur angestellt?«

Quilûn senkte den Blick und sah in Kemars Gesicht.

»…mire«, stöhnte der alte Mann schwach.

»Ich kümmere mich um sie«, flüsterte Quilûn. »Das haben wir schon am Totenbett von Graf Golar versprochen.«

Kemar hechelte kurze Atemzüge. Dann erschlaffte er.

Quilûn löste seine Hand und drückte ihm die Augen zu.

»Kommt Ihr mit?«, blaffte Emala.

»Ich will meinen Sohn«, gab Quilûn zurück.

»Solange ich die Magierwerkstatt nicht habe, bekommt Ihr ihn nicht.«

Auflachend sah sich Quilûn in der Trümmerwüste um.

»Ganz recht!«, rief Emala bissig. »Viel ist nicht mehr davon übrig. Ihr hofft besser, dass das Entscheidende noch da ist.«

»Und was soll das sein – das Entscheidende?«

»Die Unsterblichkeit natürlich! So dumm könnt Ihr nicht sein. Seht mich an! Wenn ich mich nicht beeile, kriegt der Tod mich doch noch.«

Bildete sich diese alte Frau etwa ein, sie könnte die Ahnen dazu zwingen, sie in ihren Kreis aufzunehmen? Selbst wenn sie sich Zugang zum Sanktuarium erzwang, war es eine ganz andere Frage, wie sie die Geister dazu bringen wollte, ihre Wünsche zu erfüllen.

Ein Blick in das unendlich alte Gesicht überzeugte Quilûn davon, dass der Wahnsinn sie fest im Griff hielt. Er bettete Kemar auf den Boden und stand auf. »Ich habe meinen Teil des Handels eingehalten. Ihr seid auf dem Berg, Ihr steht in der Umfriedung der Zauberwerkstatt. Jetzt will ich meinen Sohn zurück.«

Mit einer wegwerfenden Geste in Quilûns Richtung wandte sich Emala wieder an den Boten. »Geh voran, habe ich gesagt!«

Der Krieger stieg zurück auf die Halde, sie folgte ihm ächzend. Ihre Gardisten schlossen sich an.

Es kostete Quilûn Überwindung, die nächste Frage zu stellen. »Lebt Erlyk noch?«

Ohne sich umzuwenden, winkte sie in die Richtung, aus der sie gekommen war. »Er ist in dem letzten Haus, das hier noch steht. Ihr könnt ihn Euch ansehen, aber meine Leute werden ihn nicht herausgeben, bevor ich es ihnen befehle. Schneller werdet Ihr ihn also bekommen, wenn Ihr Euch mir anschließt.«

Seine Männer sahen Quilûn fragend an, aber er schüttelte den Kopf. Er wartete, bis Emala mit ihren Gardisten hinter der Halde verschwunden war, dann ging er in die angegebene Richtung.

Das Haus fanden sie schnell, es war wirklich das Einzige, das noch stand. Ein kleines Gebäude, acht Schritt breit, zwei Stockwerke hoch, mit einer Papiermanufaktur im Erdgeschoss. Die Bottiche waren an den Rand geräumt, einer davon war umgedreht und diente als Tisch, an dem fünf gravilische Gardisten um Beutestücke würfelten. Bronzeleuchter waren darunter, ein Wandteppich, ein paar Flaschen Wein, eine Truhe, deren Inhalt Quilûn nicht sehen konnte. Auf Stühlen in der Ecke saßen Bûna, der sichtlich eingeschüchterte Erlyk und Derrek Eichfrost. Quilûn brauchte einen Moment, um zu merken, was ihm an dem rauflustigen Baron so ungewöhnlich vorkam: Er trug keine Waffe.

»Wo sind die anderen, die meinen Sohn schützen sollten?«, fragte Quilûn.

»Sie helfen bei den Kämpfen, Herr Graf.« Derrek war anzusehen, dass er sich auch lieber handfest betätigt hätte, als hier herumzusitzen.

»Hört, hört!«, grölte ein Gardist mit einem Schnurrbart, der bis zu seinem Kinn herabhing. »Ein leibhaftiger Graf des Berges! Dann ist der Ring an seiner Hand wohl echt. Das ist also dein Vater, Bengel?«

Erlyk war zu schüchtern, um zu antworten. Tante Bûna tat es an seiner Stelle. »Dies ist Graf Quilûn von Schneegrund.«

Der Gardist mit dem Schnurrbart lachte auf. »Und ich bin Dogall. Ich bin auch ein Graf.« Er breitete die Arme aus. »Dieses Haus ist meine Grafschaft. Nicht gerade groß, aber dafür habe ich hier das Sagen.«

Seine Kameraden grölten.

»Ich habe sogar hohen Besuch an meinem Hof. Ihr seid nun schon der Dritte mit blauen Zähnen. Auf den Frechling«, er zeigte mit dem Daumen auf Derrek, »würde ich allerdings gern verzichten. Nur ist er leider zu feige zum Kämpfen.«

»Ihr habt mir befohlen«, die Narbe auf Derreks Wange wurde weiß, »auf Euren Sohn zu achten, Graf. Deswegen weiche ich nicht von seiner Seite.«

Quilûn nickte. »Das ist gut.«

»Vater!«, brach es aus Erlyk heraus. »Ich will hier weg! Wann darf ich wieder zu dir?«

Quilûn breitete die Arme aus. »Komm her zu mir!«

Erlyk sprang vom Stuhl.

»Nicht so schnell!« Dogall stellte sich dazwischen. »Vielleicht dürft Ihr ihn in die Arme schließen – aber er bleibt hier drin. Und wenn Ihr ihn herzen wollt, dann müsst Ihr mich schon bitten.«

Wieder lachten seine Kumpane.

»Ich bitte Euch«, sagte Quilûn. »Von Graf zu Graf.«

»Oho!«, rief Dogall. »Das höre ich gern. Aber …« Er rieb sich das Kinn. »Es gibt etwas, das ich mir schon immer gewünscht habe. Auf jedem Marsch durch die Sümpfe und nach jedem Gefecht mit den Lurchen. Wenn ein echter Graf vom Berg vor mir knien würde, das könnte mir wohl gefallen … Da käme ich sogar in milde Stimmung.«

Quilûn wollte seinen Sohn in die Arme schließen. Er fasste

den Degengriff, aber nur, um die Waffe aus dem Weg zu drücken, damit sie nicht zwischen seine Beine geriet. Er kniete nieder.

»Der Adel auf dem Berg hat wohl doch weniger Stolz, als man sich erzählt«, meinte Dogall. »Aber was ist mit dir, Derrek? Ich bin deine Arroganz leid. Wo Grafen knien, sollen Barone nicht stehen! Komm her und tu es ihm gleich.«

Derreks Kiefer mahlten, als er zu Quilûn kam und sich neben ihm auf die Knie niederließ.

Dogall klatsche in die Hände und sah sich Beifall heischend zu seinen Kameraden um.

»Vater, darf ich zu dir kommen?«, fragte Erlyk.

Quilûn breitete die Arme aus und der Junge lief hinein. Es fühlte sich so gut an, ihn endlich wieder zu halten.

Derrek schnellte hoch. Er riss Dogalls Dolch aus der Scheide an der Hüfte des Gardisten, packte den Schopf des überraschten Gegners, riss den Kopf nach hinten und rammte die Klinge in den Hals. Stumpf oder nicht, bei dieser Wucht drang sie durch das weiche Gewebe bis tief in die Brust. Dogall wirkte wie eine grausame Parodie auf einen Schwertschlucker auf dem Jahrmarkt.

Quilûn drehte sich im Aufstehen und brachte Erlyk auf diese Weise fort vom Geschehen.

Dogall fiel wie der Haken an einem Flaschenzug, bei dem man das Seil gekappt hatte. Auf dem Boden trat er mit den Beinen ins Leere und griff an seinen Hals, die Zunge streckte er röchelnd aus dem Mund.

»Ich habe auch etwas, von dem ich seit Wochen träume«, verkündete Derrek. »Gravilier töten!«

Dogalls Kameraden waren aufgesprungen, jetzt zogen sie ihre Schwerter.

Quilûn riss seinen Degen aus der Scheide.

Seine drei Leibwächter sprangen mit blanken Klingen vor ihn. Stahl krachte. Jemand schrie schmerzerfüllt, Quilûn erkannte nicht, ob es Freund oder Feind war.

Er gab den Degen an Derrek weiter. »Ihr versteht mehr davon.«

Die Kämpfenden befanden sich zwischen Quilûn und Tante Bûna, die sich in die entfernteste Ecke des Raums zurückzog.

Derrek riss den Kampf an sich. Obwohl Quilûn zusah, begriff er nicht, wie er das machte. Alles ging so schnell und so viel geschah gleichzeitig. Dogalls Zuckungen erstarben. Ein Gravilier hackte mit seinem Schwert den Arm von einem von Quilûns Leibwächtern ab. Noch bevor er wieder ausholen konnte, rammte ihm Derrek den Degen in den Unterleib. Derrek trat einem weiteren Gardisten gegen den Harnisch. Der Mann stolperte zurück und riss einen Kameraden um. Derrek rief etwas, die unverletzten Leibwächter drangen vor. Ein Hieb zischte über Derrek hinweg. Er bückte sich und hob ein Schwert auf. Die Kämpfer standen nun in einem wilden Knäuel durcheinander. Ein Dolch rammte gegen einen gravilischen Harnisch, rutschte nach unten ab und stach in den Oberschenkel des Gardisten. Obwohl er jetzt ein Schwert hatte, schmetterte Derrek den Ellbogen in das Gesicht eines Gegners. Es war ein blutiges, gewaltsames Chaos.

Und plötzlich war es vorbei. Die Gravilier lagen tot auf dem Boden. Quilûns Leibwächter banden den Armstumpf ihres Kameraden ab. Derrek atmete heftig, hatte jedoch ein zufriedenes Grinsen auf dem Gesicht.

»Es kostet einen hohen Preis, einen Schneegrund knien zu sehen«, stellte er fest.

»Bei einem Eichfrost ist er nicht geringer, scheint mir«, sagte Quilûn.

Erlyk war unverletzt. Das war das Wichtigste. Tante Bûna nahm ihn in die Arme und versuchte gleichzeitig, sich davon zu überzeugen, dass der Knabe auch nicht die kleinste Schramme abbekommen hatte.

Quilûn und Derrek reichten sich die Hände zu einem festen Druck.

Die Webstühle standen still, die Arbeiter trauten sich nicht hierher oder die Kämpfe des Tages hatten sie vertrieben. Das machte Semire von Schneegrunds Weberei zu einem ungewohnt ruhigen Ort. Da sie in einem der ärmsten Viertel der Stadt lag, war sie bislang jedoch auch von den marodierenden Kriegerhaufen verschont geblieben.

Caliga fühlte sich im Obergeschoss sichtlich unwohl. Die puppenhafte Frau, die als violette Lilie Semires Stellvertreterin in ihren Freudenhäusern war, hatte wohl noch nie eine längere Klinge als einen Dolch besessen. Besonders die wuchtigen Zweihandschwerter, die neben dem Fechtboden an der Wand hingen, machten sie nervös.

»Man kann sich leicht vorstellen, wie solcher Stahl eine Gliedmaße abtrennt oder einen Rumpf zerteilt, wie?« Semire rüttelte an einem der Schwerter, um zu prüfen, wie fest die Parierstange saß.

»Man kann es sich noch besser vorstellen, wenn man Euch anschaut.« Vielsagend musterten Caligas große Augen das Blut auf Semires Ärmeln. Auch die ältere Frau hatte unangenehme Bekanntschaft mit einer Klinge gemacht, wie die Narbe an ihrem Hals bezeugte. Dass sie diese Entstellung nicht verbarg, wenn sie allein mit Semire war, war ein Zeichen dafür, wie vertraut die beiden Frauen miteinander waren.

»Ach, das …« Semire löste die Lederbänder, die Front- und Rückenplatte ihres Harnischs auf der linken Seite verbanden. Das Metall hatte einige Schrammen abbekommen, was bewies, dass es die richtige Entscheidung gewesen war, sich zu panzern. »Kannst du mich am Rücken kratzen?«, bat Semire die Fünfzigjährige. »Es juckt schon die ganze Zeit, aber ich kam nicht ran.«

Es war eine Wohltat, Caligas Fingernägel durch das Gewand zu spüren.

»Ruhig fester.«

Caliga tat ihr den Gefallen. »Habt Ihr viele Männer getötet?«

»Das kommt darauf an, was du unter ›töten‹ verstehst.« Semire versuchte, sich das Gemetzel des Tages nicht allzu deutlich in Erinnerung zu rufen. »Auf meinen Befehl sind Hunderte gestorben. Verwundet habe ich Dutzende. Den Todesstoß haben vielleicht zehn von mir empfangen.«

»Zehn Krieger?«, fragte Caliga ungläubig.

»Ich bin eine Gräfin und Befehlshaberin«, erinnerte Semire. »Ich stehe nicht im dichtesten Getümmel. Ich muss den Überblick behalten.« Heute hatte sie tatsächlich vorsichtiger gekämpft als an der Sonnenbrücke. Der Grund dafür befand sich in ihrem Bauch.

»Wenn ich die Krieger im *Lustgarten* oder im *Vögelnest* sehe ...«, murmelte Caliga. »Sie wirken immer so selbstbewusst. So unüberwindlich.«

»Sie versuchen, ihre Angst mit Prahlereien zu vertreiben«, erklärte Semire. »Wirklich gefährlich sind die, die schweigen.« Sie rekelte sich. Das Jucken war fort. »Das reicht jetzt, danke.«

»Unsere Blumen sind bei Euren Truppen«, sagte Caliga. »Wie gewünscht. Nur eine Handvoll bewacht die Häuser.«

Semire nickte. Natürlich konnten ein paar Freudenmädchen keinen Söldnerhaufen aufhalten, wenn dieser ihr Heim niederbrennen wollte. Aber die Frauen, die bei Semire arbeiteten, wussten, wie man Männer um den Finger wickelte und besänftigte.

»Sie werden viel zu tun haben.«

»Darf ich fragen, weshalb ...« Caliga zuckte mit den Achseln. »Ich meine, Ihr zahlt das Silber für die Blumen aus der eigenen Schatulle, wenn ich mich nicht täusche. Warum entlohnt Ihr unsere Mädchen selbst dafür, dass sie den Kämpfern Freude schenken? Fühlt Ihr Euch den Männern so verbunden?«

»Ich habe gesehen, dass nicht nur während einer Schlacht brutale Gewalt geübt wird«, antwortete Semire schärfer als beabsichtigt. »Wenn sich zwei Krieger gegenübertreten, wissen beide, worauf sie sich einlassen. Wenn der Sieger danach eine Frau über einen Tisch zwingt ...« Sie schluckte. Die Erinnerung an die Untaten von Doryam und seinen Spießgesellen nahm sie zu sehr mit. Sie musste sich mit der Wirklichkeit abfinden, wie sie war. Nur so konnte sie darin erfolgreich sein. »Die Krieger des Hauses Schneegrund sollen willige und erfahrene Gespielinnen bekommen. Das wird anderen Frauen großes Grauen ersparen.«

Semire entschied sich für ein Schwert, dessen Parierstange in zwei einander zugewandten Rossköpfen auslief. Die Waffe, mit der sie heute gekämpft hatte, war nicht mehr zu gebrauchen.

Die beiden Frauen gingen wieder nach unten. Auf der Straße empfing sie der in dieser Nacht allgegenwärtige Steinstaub. Semire räusperte sich.

»Brauchst du noch etwas?«, fragte sie zum Abschied.

Caliga schüttelte den Kopf und zog die Kapuze über. Einen Schal hatte sie bereits wieder um ihren Hals geschlungen. »Ich schaue im *Vögelnest* nach dem Rechten und werde alles für die Rückkehrerinnen vorbereiten.«

»Rechne nicht vor dem Morgengrauen mit ihnen.«

»Sie werden erschöpft sein.«

Während Semire Caliga nachsah, dachte sie an das Steinplättchen in Quilûns Brust, in das der Geist bei ihrer Hochzeit eine Rose graviert hatte. Würde ihre Stellvertreterin zu den Unsterblichen gehen, um ihnen Bericht zu erstatten?

Semire hätte sie töten können, um sicherzugehen. Aber es mochte klüger sein, sie mit vorteilhaften Informationen zu füttern. Darüber würde sie ein andermal entscheiden. Außerdem mochte sie Caliga.

Semire wandte sich um und durchquerte eine Gasse, in der das Mondlicht zwei rauchende Ruinen beschien. Auch hier fand sie es auffallend ruhig. Sie hörte ihre eigenen Schritte auf dem Pflaster. Waren die Bewohner des Viertels eingeschüchtert und verhielten sich still, um nicht aufzufallen? Oder waren sie geflüchtet? Auch Lampen waren nicht zu sehen.

Sie erreichte den Platz, auf dem sie Brotan zurückgelassen hatte. Hier war der Hang abgerutscht. Das konnte nichts mit den Strömen der Macht zu tun haben, es musste länger zurückliegen. Gras wuchs schon wieder auf den Trümmern und die besten Steine hatte man aus den beschädigten Häusern gebrochen, um sie anderswo zu verwenden.

Im silbrigen Mondlicht sah Brotan aus, als bestünde er aus

Salz. Die Mimik des Steingesichts war beschränkt, aber der riesige Imagolem wandte sich ihr zu und öffnete ihr die Arme.

Semire umschlang seine Taille. Es fühlte sich an, als würde sie sich gegen eine Säule lehnen.

Vorsichtig umfasste er ihre Schultern und den Rücken mit seinen Pranken. »Ich habe noch nie eine so tapfere Frau wie dich gekannt.« In seiner Stimme lag immer ein Grollen.

»Ich habe mir geschworen, niemals die Angst über mein Leben bestimmen zu lassen«, sagte sie.

Er blickte auf den tiefer gelegenen Teil der Stadt. Überall erhellten Feuer die Nacht.

»In euren Intrigen habe ich den Überblick verloren«, gestand Brotan. »Die Gravilier, die Tiefen Häuser, die Magier, die Bürger … Wer kämpft gegen wen?«

»Jeder gegen jeden.« Semire merkte, wie müde sie war. Aber sie war auch glücklich. Sie hatte Brotan zurück, zumindest einen entscheidenden Teil von ihm. Was das Körperliche anging, würde sie eine bessere Lösung erreichen. Aber für den heutigen Tag ließ sie es gut sein.

»Auf wessen Seite stehen wir?«, wollte Brotan wissen.

»Ab heute«, versprach sie, »kämpfen wir nur noch für uns.«

Quilûn roch den Rauch. Er machte ihn traurig. Selbst ein Zug von der Quadra machte es nicht besser, im Gegenteil, er intensivierte seine Wahrnehmung des Gestanks noch.

Die Nacht war überraschend kalt dafür, dass in der Stadt so viele Feuer brannten. Der Palast der Schneegrunds war ein Trümmerfeld, obwohl er nicht angegriffen worden war. Ohne die Haltezauber waren die meisten Gebäude eingestürzt, und auch die Umfassungsmauer hatte an mehreren Stellen nachgegeben.

Auf Derrek Eichfrosts Rat hin versuchten sie zunächst nicht, das Gelände in seiner Gesamtheit zu sichern. Dafür waren die Schäden zu schwer, und sie hatten zu wenige Kämpfer. Vor allem, wenn sie in den nächsten Tagen offensiv in der Stadt agieren wollten. Auch die anderen Tiefen Häuser würden zweifellos ihren Vorteil suchen, trotz der Gravilier, die sich in den Vierteln um die Magierwerkstatt festsetzten.

Derrek war in seinem Element. Er trieb mitten in der Nacht Arbeiter dazu an, den ausgewählten Bereich zu verstärken. Sie schlossen Lücken in der Befestigung zwischen dem Thronsaal, der Pferdekoppel und dem Steilhang mit der Geißenwiese, indem sie Bruchsteine aufschichteten. Dabei halfen die Imagolems. Zehn waren noch geblieben, ein paar waren desertiert, die anderen zerstört. Brotan war hoffentlich bei Semire.

Auch die Clerroniten gönnten sich keine Ruhe. Sie behandelten die Kranken im Licht der Laternen, die allesamt mit Öl brannten, weil die Leuchtsteine keine Helligkeit mehr abgaben. Die meisten lagen auf Decken auf dem Boden. Betten gab es nur wenige. Eines davon diente Kyrin als Krankenlager.

In ihrem Heilschlaf sah die Magierin friedlich aus. Als wäre eine Last von ihr genommen. Dabei hatte man sie halb ertrunken aus dem Almahn gezogen. Der Clerronit, der sie behandelte – ein Mann, dem ein gebogenes Stück Holz den linken Fuß ersetzte –, meinte, sie habe unglaubliches Glück gehabt, dass sie nur eine Rippe und einen Arm gebrochen habe. Aber ihr Kopf sei mehrfach an die Felsen im Fluss gestoßen, und er bestand darauf, dass sie Ruhe brauchte.

Erlyk trug einen Topf mit dem Blaumond, dieser unglaublich widerstandsfähigen Blume, die Quilûn vor sechzehn Jahren aus den Kavernen mitgebracht hatte, in denen seine Eltern gestorben waren. Ihr dünner Stängel sah so aus, als müsste der erste Sturm sie brechen. Die Blüte war eine blaue Kugel aus Blättern, so fein wie die Härchen der Pinsel, mit denen Quilûn Umrisse hervorhob. Im Mondlicht war die echte Farbe natürlich nicht zu sehen, sie war ein dunkler Ball.

»Sie muss im Schatten stehen«, sagte Erlyk.

Quilûn strich seinem Sohn über den Kopf. »Wir finden einen guten Platz.«

Sie gingen zu einem der Birkenhaine, die innerhalb ihrer Befestigung lagen. Unter einer zwischen den Wipfeln gespannten

Zeltplane lagerten diejenigen von Quilûns Bildern, die man aus den Häusern gerettet hatte. Er stellte die Laterne davor ab.

Unten in der Stadt brannten Hunderte von Feuern, die meisten klein. Einfache Bürgerhäuser waren nicht verteidigt worden, die Paläste der Tiefen Häuser dagegen schon. Sie waren Horte der Finsternis, denn genau wie bei den Schneegrunds hatten auch bei den anderen die Leuchtzauber ihre Kraft verloren.

»Es wäre gut für die Wurzeln, wenn wir sie in offenes Erdreich eingraben würden«, meinte Erlyk.

»Das machen wir besser morgen. Dann wissen wir, ob dieser Bereich so bleibt, wie er jetzt ist, oder ob wir ihn für die Verteidigungsanlagen brauchen.«

Erlyk sah das Gemälde an, das der Laterne am nächsten stand. Es zeigte den kleinen Palast weiter oben auf dem Berg. Nachdem Zimila Eisklamm ihn dort verführt hatte, war Quilûn die Arbeit leicht von der Hand gegangen. Das Motiv des luftigen Turms mit den geknickten Säulen strahlte die Sorglosigkeit jenes Tages aus.

»Ist diese Schönheit für immer verloren?«, fragt Erlyk.

Quilûn blinzelte. Der Rauch biss in den Augen. Er kam von den Leichen, die im Windschutz einiger Trümmerhalden auf dem Palastgelände brannten. Die Gefallenen, die der vergangene Tag das Tiefe Haus Schneegrund gekostet hatte. Auch Kemar war darunter.

Quilûn fühlte sich hilflos. Der einzige Plan, den er verfolgt hatte, die einzige Absicht, in die Kyrin ihn eingeweiht hatte, bestand darin, die Ordnung des Berges zu stürzen. Das schien geschafft. Von diesem Schlag würden sich die Mächtigen nie wieder erholen. Aber Quilûn fehlte jede Vorstellung, was jetzt kommen sollte. Die Revolution hatte gesiegt und zugleich war sie außer Kontrolle geraten. Niemand wusste, was nun geschehen würde, doch Quilûn wusste noch nicht einmal, was geschehen *sollte*.

Wo blieb Semire? Er konnte nur hoffen, dass sie irgendwo dort draußen in der Nacht war und dass Brotan bei ihr war und sie beschützte.

»Wir bauen alles wieder auf«, sagte er. »Schöner als vorher.« Quilûn fragte sich, ob es naiv war, seinem eigenen Versprechen Glauben zu schenken.

DRAMATIS PERSONAE

Abuliar (m, 72): ein Phantom, ein Genie, ein Meistermagier, der die Welt meidet.

Agohn (m, 70): der oberste Magier des Berges.

Aliére (w, 18): eine junge Frau mit nobler Vergangenheit.

Alita Blitzdorn (w, 28): eine über jedes verständliche Maß hinaus liebende Gattin.

Aljani Habichtsruf (w, 41): eine Adlige, die ihr Leben genießt, ohne darauf zu achten, was man von ihr hält.

Anthurel Blitzdorn (m, 26): ein Magier und durch Heirat Baronet.

Arjomm (m, 28): der Anführer einer Gruppe von Lichtknechten.

Asmodel: ein Imagolem mit feinen Sinnen.

Beretton (m, 40): der Ausbilder der Gladiatoren.

Brotan (m, 25): ein hünenhafter Krieger, Gefangener des Hauses Schneegrund.

Buhm (m, 29): ein kräftiger Fechtlehrer ohne Zunge.

Buldagohm (m, Alter unbekannt): ein Weiser der Gravioner.

Bûna (w, 62): eine auch im Alter an gesellschaftlichen Dingen sehr interessierte Dame.

Caliga (w, 52): die violette Lilie und damit stellvertretende Leiterin des *Lustgartens* und des *Vögelnests*.

Danyra von Schneegrund (w, 35): eine Fürstin, die bei den Lebenden zurückgelassen wird.

Derrek Eichfrost (m, 29): ein Baron und Haudegen.

Dogall (m, 27): ein gravilischer Gardist, der sich selbst zum Grafen ernennt.

Doryam von Schneegrund (m, 38): ein Fürst und der Lichtmeister seines Tiefen Hauses.

Elaimon Ohne-Namen (m, 18): ein junger Mann, der den Namen seines Tiefen Hauses gegen den Ruhm der Arena getauscht hat.

Emala (w, 103): die wichtigste Zauberin Graviliens, Heerführerin im Feldzug ihres Volkes gegen den Berg.

Emin Winterstahl (m, 60): ein treuer Gefolgsmann des Tiefen Hauses Schneegrund.

Erlyk (m, 11): ein verträumter Junge mit einer Begabung für Pflanzen.

Esgur (m, 48): ein erfahrener Feldherr in Haus Schneegrunds Diensten.

Forwynn (m, 15): ein Lehrling bei den Lichtknechten.

Gastos (m, 30): ein Gladiator, der die Gunst der Menge genießt.

Isbar Schneidruhm (m, 25): ein Baron, Gemahl und Vater.

Iselja (w, 20): eine Blume, die ihr Kind vermisst.

Isidiel: ein kluger Imagolem.

Isrin Eisklamm (w, 13): eine Waise, die von ihrem Großvater und einer Erzieherin in die adlige Gesellschaft eingeführt wird.

Jasir (m, 50): ein arm erscheinender, aber reicher Mann im Dienst der Rose.

Jasita Flutgrau (w, 28): eine verwitwete Baroness, die die Freuden des Adels infrage stellt.

Jolin Falkenkrall (m, 34): der Bruder eines gefallenen Helden.

Jorrmon von Sturmruf (m, 30): der Graf des Tiefen Hauses Sturmruf.

Kallam (m, 23): ein Gladiator mit lädiertem Unterkiefer.

Kallin: ein Äffchen mit gesundem Appetit.

Kell: ein Äffchen, das die Ruhe schätzt.

Kellzar (m, 24): ein gravilischer Gladiator.

Kemar (m, 61): ein gealterter Leibwächter, dessen Loyalität seine Fähigkeiten übersteigt.

Kyrin (w, 26): eine begabte Magierin, die meisterlich menschenähnliche Imagolems meißelt.
Lastonn (m, 41): ein Magier, der als Schreiber einiges zu sagen hat.
Lepp: ein neugieriges Äffchen.
Motum (m, 23): ein Gladiator, der einen Speer vielfältig einsetzen kann.
Muriol (m, 58): ein einfacher Mann, der Gladiatorenspiele liebt.
Narc (m, 24): ein gravilischer Gladiator.
Orim Flutgrau (m, 35): ein Adliger, der in einem Duell gedemütigt wurde.
Owasa (w, 20): eine dunkle Blume im *Lustgarten*.
Pettr (m, 40): ein Flussschiffer aus Weizmühl.
Quilûn (m, 28): der Erbe eines Grafenthrons.
Rubon (m, 60): der erfolgreichste Hehler im Viertel der Tagelöhner.
Semire von Schneegrund (w, 30): eine Adlige, die mehr sein will als die Tochter eines Grafen.
Subehn von Adlerhoch (m, 15): ein junger Graf, der sich von seinen Ratgebern befreien will.
Tarima Eichfrost (w, 30): eine stolze Baroness, die um ihren Gemahl trauert.
Tarin Kalthorn (m, 34): ein Abenteurer, der schon viele Bestien für die Arena gefangen hat.
Tarisonn (m, 30): ein Weinender Mann.
Terlor (m, 29): ein Lichtknecht.
Tohlymm (m, 28): ein Hauptmann in den Truppen von Haus Schneegrund.
Tomalion Eichfrost (m, 27): ein junger Adliger, der im Zwielicht das Abenteuer sucht.
Ulav Saphirkling (22): ein Adliger, der seine Fechtkünste hoch einschätzt.
Umirea (w, 25): eine der wenigen weiblichen Gladiatorinnen.
Usella (w, 25): eine täuschend kindlich wirkende Blume.
Voctor (m, 24): ein Gladiator, der mit seinem Netz umzugehen versteht.

Vultan (m, 62): der wichtigste Ratgeber im Tiefen Haus Adlerhoch.

Wrunin (m, 39): ein Magier im Rang einer Grünschürze.

Yurin Kalthorn (m, 59): ein Baron, dessen Trunksucht sein Haus zum Gespött macht.

Zachelio Milanzorn (m, 26): ein Baronet, der es versäumt hat, rechtzeitig seine Stellung in der Gesellschaft zu sichern.

Zimila Eisklamm (w, 20): eine hübsche Adlige, die eine Möglichkeit sieht, ihre Zukunft zu sichern.

Zulida (w, 56): eine einfache Frau, die stolz auf ihren gefallenen Sohn ist.

GLOSSAR

Almahn: der Fluss, der den Berg heraufließt.

Aquebalêebuula: Eigenbezeichnung der amphibischen Lebewesen, die das Flussland südlich des Torn beanspruchen.

Bidenhänder: ein zweihändig geführtes Schwert.

Blume: ein Freudenmädchen, das im *Lustgarten* arbeitet.

Blutmeister: der Herr über die Arena.

Clerron: ein Heiliger, der sich um die Kranken, Verwundeten und Elenden kümmerte.

Clerroniten: der Orden, der dem heiligen Clerron nacheifert.

Gravilien: ein Reich südlich des Imperiums, gegründet von einem Volk, das vor Jahrhunderten vom Berg vertrieben wurde.

Gravioner: die Herren des Bergs, bevor die Gründer des heutigen Imperiums sie vertrieben.

Hellebarde: eine Stangenwaffe mit einer Mehrfachspitze, die meist einen Reißhaken, einen Stoßdorn und eine Axtklinge vereint.

Ianapat: der Berg der Magie und Heimat der Unsterblichen. Er hat mehrere Nebengipfel, wie etwa den Uranier, den Garohl und den Tarrun.

Imagolem: ein mit dem Geist eines Verstorbenen beseelter Steinmann.

Landvogt: ein Adliger, dem sämtliche Ländereien eines Tiefen Hauses jenseits des Bergs unterstehen.

Leitfigur: eine Statuette, mit deren Hilfe ein Magier den Geist eines Imagolems übernehmen kann.

Lichtknecht: ein Arbeiter, der die Spiegel reinigt, die das Licht in die Tiefe leiten.

Lichtlenker: ein Arbeiter, der die Eingangsspiegel für die Lichtstrahlen ausrichtet, sodass die Sonnenstrahlen in die Tiefe geleitet werden.

Lichtmeister: ein Adliger, der für sein Haus die Verantwortung in allen Bereichen übernimmt, die damit zusammenhängen, das Sonnenlicht zu den Gärten der Unsterblichen zu bringen.

Magie: die Möglichkeit, den eigenen Willen Gestalt annehmen zu lassen. Die Kraft dazu liegt im Stein, der entsprechend der gewünschten Wirkung geformt werden muss.

Magier: jemand, der Magie praktiziert. In der Regel in der Zauberwerkstatt ausgebildet. Standeszeichen ist eine Lederschürze, deren Farbe über den Rang Auskunft gibt und mittels Silberapplikationen weitere Informationen zum Träger bietet.

Quadra: eine Flechte mit halluzinogener Wirkung.

Sanktuarium: ein Heiligtum.

Steinbrenner: eine zauberische Waffe, die Stein verflüssigt.

Steinknecht: ein Zwangsarbeiter im Steinbruch.

Steinmeister: der oberste Magier des Berges und der Einzige, dem eine weiße Lederschürze zusteht.

Tiefes Haus: eines der sieben edelsten Adelsgeschlechter auf dem Berg der Macht.

Torn: der Grenzfluss zwischen dem Imperium und Gravilien.

Weibel: ein mittlerer Unteroffiziersrang.

Weinender Mann: ein Verurteilter, der bis auf seine Augen, über die nun permanent Wasser fließt, versteinert wurde.

ENTDECKE
NEUE WELTEN
MIT PIPER FANTASY
Mach mit und gestalte deine eigene Welt!
PIPER
www.piper-fantasy.de